Ina-Marie Cassens

Die Heilerin von Salerno

Roman

Knaur Taschenbuch Verlag

Besuchen Sie uns im Internet:
www.knaur.de

Originalausgabe Februar 2007
Copyright © 2007 by Knaur Taschenbuch.
Ein Unternehmen der Droemerschen Verlagsanstalt
Th. Knaur Nachf. GmbH & Co. KG, München
Alle Rechte vorbehalten. Das Werk darf – auch teilweise –
nur mit Genehmigung des Verlags wiedergegeben werden.
Redaktion: Ilse Wagner
Umschlaggestaltung: ZERO Werbeagentur, München
Umschlagabbildung: Bridgeman Art Libary, Superstock
Satz: Adobe InDesign im Verlag
Druck und Bindung: Nørhaven Paperback A/S, Viborg
Printed in Denmark
ISBN 978-3-426-63338-0

2 4 5 3 1

Inhalt

Prolog. 11

Erster Teil

Die List der Magistra 17
Die Heilige Krankheit 33
Der Trost des Erzbischofs . . . 44
Die Frau des Vogts 69

Zweiter Teil

In Phokas' Boot 81
Die Kriegerin 89
Klatschmohn und Schlange . . . 97
Erneute Prüfung 110
Johannes 117
Die Drohung des Vogts 121
Leprosenschau 125

Dritter Teil

Auf dem Weg in die Therme . . 139
Magister Rodulfus aus Bamberg . 153
Die Warnung der Wolfsfrau . . . 166
Costas' Entdeckung 169

Eine schwierige Geburt	178
Die Brüder Hauteville	186
Das Geständnis der Kriegerin	204
Lust	207
Kopfschmerzen	210

Vierter Teil

Das Geschenk des Lehrers	219
Der Aufstand	239
Die Rettung eines Hautevilles	250
Unerfüllte Liebe	260
Verurteilungen	265
Eheleben	272
Ein Eingriff und seine Folgen	274

Fünfter Teil

Die Gefangene des Vogts	293
Mord	299
Die Flucht	305
Das Orakel der Wolfsfrau	335
Das Gemetzel des Robert Guiscardus	341

Sechster Teil

Auf Halifas Spuren	357
Bei Ibrahim, dem *warraq*	377
In der *medina* von Tunis	391
Der Überfall der Banu Hillal	397

Abu Elnum 407
Das Wiedersehen 429
Byzantinische Leidenschaften . . 443
In Sidon 449

Siebter Teil

Auf der falschen Dhau 455
Glaube, Liebe, Hoffnung 461
Auf Wanderschaft 463
Die Mutter aller Städte 480
Der kühne Schnitt 484
Ideale 490
Die Mutprobe 491
Eliahs Rat 499
Das Wagnis 504
Falsche und richtige Fährten . . . 511

Achter Teil

Chalidas Not 531
Sterben und Tod 542
Das Janusgesicht des Theriak . . 545
Der Verräter als Retter 551
Halifas Geheimnis
   oder die Einlösung der Ideale . 552
Heimkehr 557
Ein Band knüpft sich neu 559

Nachwort 565

Weil die Frau von Natur aus schwächer als der Mann ist und sich häufig mit Geburten abplagen muss, erwachsen ihr oft Krankheiten jener Organe, die dem Werk ihrer Natur geweiht sind. Darüber hinaus wagen Frauen aufgrund der Zerbrechlichkeit ihrer Konstitution und aus Scham und Verlegenheit heraus nicht, ihre Leiden an den Krankheiten – zumal an intimen Stellen – einem männlichen Arzt zu enthüllen. Ihr bemitleidenswertes Unglück und besonders der Einfluss einer Frau, die mein Herz bewegt hat, haben mich dazu angetrieben, ihre Krankheiten in klaren Worten zu erläutern, aus Sorge um ihre Gesundheit.

Trota von Salerno, *Passionibus Mulierum Curandorum*

Prolog

Mit jedem Schritt werden ihr die Beine schwerer. Verwandle mich in einen Greif, gütiger Gott, fleht sie. Lass mich in die Lüfte aufsteigen! Lass mich zur Galeere fliegen und Vater den Byzantinern entreißen!
Aber der Abendwind antwortet nicht, und auch die Wolken bleiben an diesem Junitag des Jahres 1021 stumm. So läuft sie keuchend weiter durch die ausgestorbene Gasse, in der nur ein paar herumstreunende Hunde um die Toten winseln. Plötzlich trägt ein heißer Windstoß metallisches Rasseln zu ihr: Schwerter erscheinen vor ihrem Auge, blitzende Schwerter, die auf Schilde schlagen – rhythmisch, erbarmungslos, endgültig.
Da verwandelt sich ihr Herz in einen Knoten aus Angst.
Lieber Gott, fleht sie inbrünstig, lass mich Vater noch einmal umarmen!

Trota kommt zu spät. Die Galeere hat bereits abgelegt. Von vier byzantinischen Rittern gehalten, steht ihr Vater aufrecht am Bug – um den Hals eine Schlange, auf der rechten Schulter einen Hahn, auf der linken einen Affen: die Symbole für Falschheit, Stolz und Dummheit. Die noch lebenden Tiere sind mit Ketten an seinen Leib gefesselt. Blut rinnt unter ihren Leibern hervor, doch es ist das Blut ihres Vaters, der ihrer verzweifelten Gegenwehr ausgeliefert ist.
»Vater!« Mit letzter Kraft erreicht Trota die Mole und läuft auf ihr entlang in Richtung offenes Meer. Sie hat nur Augen für die

Galeere, die bereits die Hafenkette passiert hat. Noch einmal schreit sie, so laut sie kann: »Vater!« Sie winkt mit beiden Armen, stolpert über ein Tau, bleibt stehen, denn die Mole ist zu Ende.
Der Wind dreht, trägt ihr seine heisere Stimme zu. »Trota! Trota!«
Doch da packen ihn zwei byzantinische Soldaten und stülpen ihm einen Sack über den Kopf. Für einen Augenblick hört Trotas Herz auf zu schlagen, die Welt um sie herum steht still – und sie weiß, sie wird dieses Bild nie mehr vergessen.
Da holt der Wind auf, als wolle er dieses Bild wieder fortwehen. Trota fühlt sich, als habe der Hahn in ihr Herz gestochen, die Schlange sie erwürgt und der Affe sie mit keckerndem Lachen verhöhnt. Starr vor Entsetzen schaut sie zu, wie die Galeere kleiner und kleiner wird, bis ihre Konturen über den glitzernden Wellen völlig zu verschwimmen drohen.
Schließlich dreht die Galeere bei. Trota sieht, wie etwas Großes, Dunkles über die Reling gehievt wird, schräg aufs Wasser schlägt, einige Atemzüge obenauf treibt und dann endgültig versinkt. Sie hört erstickte Schreie, empörte Flüche, dann scheint es ihr, als ob die Stimmen der Baresen, die hinter ihr stehen, anschwellen – wie das Brausen des Meeres, wenn es sich in eine zu enge Bucht zwängt.
Himmel und Meer verdunkeln sich vor ihren Augen. Sie schwankt, sinkt auf die Knie. Eine nie gekannte Müdigkeit überfällt sie.
Soll er doch kommen, der Tod. Sofort. Sie ist schon sechs Jahre alt.
Langsam fällt sie vornüber.
»Nicht, Trota!« Gisas Stimme. Ihre Freundin. Gisa reißt sie

von der Mole zurück und schreit: »Nein, nicht! Du musst leben! Leben! Verstehst du?«

Ein Vierteljahrhundert später, im Jahre 1046, durfte Trota sich rühmen, eine der gelehrtesten Frauen ihrer Zeit zu sein. Nach Bari, Bamberg und Palermo war sie in Salerno angekommen. Das Schicksal meinte es gut mit ihr – bis zu dem Tag, an dem es ihr und ihrer hohen ärztlichen Kunst eine Grenze setzte.

Erster Teil

Die List der Magistra

Trota Platearius, die einunddreißigjährige *magistra medicinae* des Salernoer *collegium Hippocraticum*, kämpfte sich durch ein Sommerunwetter zur Burg des Herzogs Waimar hinauf. Der Weg wand sich in Serpentinen durch Macchia und Bergwald, doch mit zunehmender Höhe gewann er auch an Steigung und wurde immer beschwerlicher. Regenschwere Böen fuhren ihr in den Rücken, als wollten sie sie die Küstenflanke des Picentini hinaufschieben, doch das half auf dem glitschigen Pfad auch nichts mehr. Längst war jeder Schritt eine Zumutung geworden. Schon dreimal war Trota ausgerutscht, und ihre Tunika sah aus, als habe jemand sie mit Dreck beworfen. Zudem war sie schwer, wie gerade aus dem Waschtrog gezogen. Längst wärmte sie nicht mehr, sondern drückte kalt auf ihren Baumwollchiton, der ihr wie ein nasser Lappen auf der Haut klebte. Trota rieselte ein Kälteschauer nach dem anderen über den Rücken, und als ob das nicht ausreichte, scheuerten ihr die Bastsandalen auch noch die Fersen wund.

Wenn ich beim Herzog fertig bin, dachte sie ärgerlich, bin ich selbst Patientin. Das habe ich nun von meinem hippokratischen Eid!

Tapfer stemmte sie sich gegen die Böen, schritt, so fest es ging, voran und verbiss sich die Schmerzen. Keinesfalls durfte sie stehen bleiben, um zu verschnaufen. Es galt, keine Zeit zu verlieren, denn der Laufbursche des Herzogs hatte ihr den Befehl überbracht, dass man sie dringend zu sehen wünsche. Warum, das hatte er ihr nicht gesagt. Sie hatte gerade noch Zeit gehabt, den frischen Wundverband einer Patientin zuzuknoten und sich die Medizintasche umzuhängen. Nun drehte er sich, der mit großen Schritten voraneilte, nach ihr um.

»Schneller! Wir müssen schneller sein, verehrte Magistra! Bitte! Sonst setzt es für mich Ohrfeigen!«

»Die schaden dir nichts, Lucio.« Trota keuchte erschöpft und wischte sich das Wasser aus dem Gesicht. Im Gehen wrang sie ihr Haar aus, in der nächsten Kehre aber waren ihre Kräfte verbraucht. Sie musste sich einen Moment ausruhen, rang nach Luft. Ihr Hals schmerzte, ihre Augen brannten, und trotz des Regens hatte sie einen trockenen Mund. Lucio eilte zu ihr zurück und reichte ihr die Hand. Im gleichen Augenblick zerriss ein gewaltiger Blitz die Wolken. Unmittelbar darauf ging ein Donnerschlag nieder, der die Erde erbeben ließ. Selbst Trota zuckte zusammen, Lucio aber sank auf die Knie und begann zu beten. »Dummkopf!«, fuhr sie ihn an. »So ist nun mal die Natur. Sind die Blitze grell, kracht es umso lauter. Lass die Beterei. Sie kostet nur Zeit.«

Sie zupfte Lucio am Ärmel, just als dieser sich bekreuzigen wollte.

»Habt Ihr denn gar keine Gottesfurcht?«, fragte er anklagend.

»Nicht weniger als du, Lucio. Aber ich bin der Auffassung, dass wir Missbrauch mit seinem Namen betreiben, wenn wir ihn nur wegen eines Gewitters anrufen.«

»Dann habe ich eine Sünde begangen?«, entsetzte er sich.

»Nein, Gott hat Besseres zu tun, als jetzt dein Sündenbuch aufzuschlagen, um hineinzuschreiben: Lucio aus Salerno, der Laufbursche Herzog Waimars, rief nach mir wegen eines einfachen Sommergewitters.« Sie rang sich ein Lächeln ab. Es war immer das Gleiche: Sie, die wissensdurstige Medizinerin, glaubte dem, was sie beobachten und prüfen konnte. Die meisten Menschen aber verdunkeln sich ihren Rest Verstand mit Irrglauben. Ob Lucio ihr vertraute? Im Moment schien er jedenfalls eine Spur zuversichtlicher. Er wäre ja auch schön dumm, wenn er, der ein Mann sein wollte, mehr Angst vor einem Gewitter haben sollte als sie, die doch nur eine Frau war. Trota seufzte. Gott, die Medizin und sie, die Heilerin. Es war ihr Schicksal, den Menschen zu dienen. Hatten ihr das nicht Mutter und Aischa, die Hauptfrau des Emirs von Palermo, immer zu verstehen gegeben?

Trota beschloss, nicht mehr zu denken, denn es strengte sie an. Beherzt setzte sie ihren Aufstieg fort.

Nach einer Weile war das Meer hinter einer bleigrauen Wolkenwand verborgen, der Golf von Salerno nur noch zu erahnen. Zur Erleichterung Lucios wurde das Donnergrollen über ihnen schwächer. Auch die Blitze verloren an Kraft. Irgendwo vor ihnen lag die letzte Kehre, dann würden sie den äußersten Kastellring erreicht haben. Die Zeit verstrich langsam. Das himmlische Rumpeln war leise geworden, doch noch hielten die orkanartigen Windböen an, raubten ihnen den Atem. Als sie die Kehre erreicht hatten, peitschte ihnen der Regen direkt ins Gesicht. Trota versuchte, ihre Augen mit der Hand zu schützen, doch es half wenig. Wasser troff nun aus ihrer Tunika, leckte aus ihrem Haar in den Nacken und rann in Rinnsalen über ihren Rücken. Zudem schienen sich ihre Sandalen endgültig im Regen aufzulösen.

Herrliches Wetter hat Waimar sich da ausgesucht, dachte Trota grimmig. Und das wahrscheinlich für nichts. Bestimmt hat er nur opulent getafelt. Kurzatmig geworden, glaubt er jetzt, sein letztes Stündlein habe geschlagen.

Sie blieb noch einmal stehen, um durchzuatmen. Lucio dagegen war vorausgelaufen und schien die Kastellmauer sehen zu

können. Er drehte sich zu ihr um und streckte flehend die Hände nach ihr aus.
»Magistra! Bitte!«
Was für ein furchtsamer Bursche, dachte Trota belustigt. Er hat wirklich Angst vor den Ohrfeigen.
»Ja doch«, entgegnete sie und überlegte, ob sie sich die tropfnasse Tunika vom Körper zerren und den Rest der Strecke in Unterkleidung laufen sollte. Doch auch die war ja nass. Mit Halifa nackt im lauwarmen Sommerregen zu laufen, ja, das wäre etwas anderes gewesen. Mit ihm barfuß über eine dampfende Wiese zu schreiten, sich an seinen kräftigen Körper zu pressen und ihn, umgeben vom Duft der feuchten Kräuter, zu küssen, zu lieben ... Halifa, wo bist du?
»Gelobt sei Jesus Christus. Wir haben es geschafft!« Lucios Stimme verscheuchte den Reigen ihrer sinnlichen Bilder.
Sie schreckte zusammen. »Ja, wir wollen ihn preisen, Amen«, antwortete sie leise und schickte ein kurzes Stoßgebet zum Himmel.
Niesend schritt sie durchs Gewölbe des Kastelltores. Ihre Lippen waren blau vor Kälte und ihre Füße kalt wie Eis. Lucio eilte voraus und stürmte die breite Freitreppe hinauf, die zum *palas*, dem Wohntrakt des Kastells, führte. Hell knallten die Schläge des Türklopfers über den Hof, ein Hund schlug an. Das Gewitter war vorüber, die Wolkendecke riss auf, Lichtstrahlen fluteten über den Golf von Salerno. In den Zisternen gluckerte und gurgelte das Wasser, strömte silbrig über den gepflasterten Hof.
Die Tür ging auf. Erst sah Trota einen Arm, dann den Kopf des Vogts.
»Seid willkommen! Ihr werdet erwartet.«
»Das weiß ich«, sagte Trota matt und stapfte schwerfällig die

Treppe hoch. Selten war sie so erschöpft gewesen. Das erste Mal kam ihr der Gedanke, mit ihren einunddreißig Jahren vielleicht schon zu alt zu sein, aber dann gewahrte sie die begehrlichen Blicke des Vogts, dessen Frau sich jüngst bei ihr beschwert hatte, ihr Mann habe einen Trieb wie ein Ziegenbock. Ich brauche dringend trockene Kleider, sonst hole ich mir den Tod, dachte sie angespannt. Außerdem kann ich in diesem Zustand unmöglich vor den Herzog treten. Ich werde ihn um heißen Tee bitten. Lindenblüten oder Holunder.
Im Vorraum rußten zwei Pechpfannen. Im großen Saal mit dem langen, blankgescheuerten Tisch, den Wandteppichen und dem riesigen, schmalen Waffenschrank brannten vier Öllaternen, die von der Decke herunterhingen. Im Kamin züngelte ein schwaches Feuer, dicke Scheite Oliven- und Eichenholz lagen hoch aufgestapelt daneben. Es war angenehm warm, doch die Gerüche von angebrannten Schwarzwurzeln, gebratenen Sardinen, Knoblauch und Stroh passten nur wenig in einen fürstlichen Rittersaal. Trota musste wieder niesen und rieb den Regen aus den Augen. Ihre Tunika tropfte bei jedem Schritt und tränkte die Strohmatten, mit denen der Boden ausgelegt war.
»Leute, ich glaube, draußen regnet's!«, rief Wilhelm Barbotus mit gespieltem Erstaunen. Der stämmige Ritter hatte ein zernarbtes Gesicht und stechende Augen. Auf Trota wirkte er so verschlagen wie gewaltbereit.
»Bist du dir sicher?«, fragte sein Gegenüber gekünstelt und zog erstaunt die Augenbrauen hoch. »Woran geruhst du, dies zu erkennen?«
»Weil ich … gelernt habe, feucht und nass zu unterscheiden.«
Die Männer brachen in dröhnendes Gelächter aus, doch auf derartige Reaktionen war Trota gefasst. Ohne die Miene zu verziehen, trat sie an den Tisch, griff nach Barbotus' Becher

und trank ihn in einem Zug aus. Wohlwollendes Raunen erklang, und Barbotus erbot sich, ihr nachzuschenken.
»Danke, nein.« Trota schüttelte den Kopf. »Vielleicht später. Aber ich werde mir Eure Freundlichkeit merken. Solltet Ihr den nächsten Kampf überleben, werde ich Euch die Wunden nicht mehr mit dem Brenneisen verschließen, sondern vernähen.«
»Habt ihr das gehört? Trota Platearius, die schönste Samariterin der Welt, macht mir einen Antrag!«
Auch der Vogt lachte. Trota aber jagte ein Kälteschauer nach dem anderen über den Rücken. Sie musste sich zusammenreißen, um nicht mit den Zähnen zu klappern. Am liebsten hätte sie sich auf der Stelle die Kleider vom Körper gezerrt, was den Rittern natürlich sehr gefallen hätte.
»Vogt, wo kann ich mich umziehen?«
Ihre Frage blieb unbeantwortet, denn nun erschien Herzog Waimar auf der Galerie. Der vierzigjährige stattliche Mann mit dem gepflegten Bart war in einen weiten purpurfarbenen Mantel gekleidet, der mit einer goldenen Spange an der Schulter zusammengehalten wurde. Um den Hals trug er eine Kette, deren kräftige Glieder aus Gold und schwarzem Leder gefertigt waren. Der massive runde Anhänger zeigte ein Relief, auf dem Trota das Porträt Kaiser Konrads II. erkannte. Dieser hatte Waimar im Jahre 1038 als Sohn adoptiert, um damit seinen Einfluss in Süditalien zu stärken. Waimar, der Langobardenfürst von Salerno, Capua, Amalfi und Sorrent, durfte sich damit Herzog von Apulien und Kalabrien nennen, doch leider vertrat Heinrich III., Kaiser Konrads Sohn, der seit Juni 1039 regierte, eine andere Italienpolitik als sein Vater. Es gelang ihm, ehemalige Verbündete Waimars gegen diesen aufzuwiegeln, doch Waimar war klug genug gewesen, sich mit den Nordmännern zu verbünden: kampferprobte Ritter aus West-

frankreich, die sich gegen die Byzantiner genauso siegreich geschlagen hatten wie gegen die Sarazenen und jetzt die zweite Kraft im Land hinter Langobarden und Byzantinern waren.
Der Fürst, das sah Trota auf den ersten Blick, war alles andere als krank. Er hatte eine Laute in der Hand, schwenkte sie nachlässig hin und her und machte ein so zufriedenes Gesicht, als habe er seiner Angebeteten gerade ein Versprechen entlockt. Waimar gönnte Trota einen kurzen Blick, grinste und wandte sich nach seinem Begleiter um, der ebenfalls die Galerie betrat.
Trota schoss das Blut zu Kopf. Als zerzauste Vogelscheuche vor dem Herzog das Knie zu beugen war schon demütigend genug, noch demütigender aber war, dass Costas sie in diesem Aufzug sah. Ausgerechnet Costas! Alchimist, Diagnostiker, vor allem aber Leibarzt der herzoglichen Familie und einiger Ritter. Er war ihr schärfster Widersacher – einzig deshalb, weil er Frauen für minderwertig erachtete. Wenn das Weib, pflegte er zu argumentieren, schon zu dumm war, in der Schlange den Teufel zu entdecken, dann ist es von Natur aus auch zu dumm, sich selbständig in den Gefilden der Wissenschaft zu tummeln. Das Heimtückische an Costas war, dass er Leistungen des Weibes, wie er betonte, nicht bestritt oder leugnete. Im Gegenteil, er traute dem unreinen Weib alles Mögliche zu. Und warum? Weil es die natürliche Verbündete der Schlange ist und von dieser in der ihr allein verständlichen Sprache Einflüsterungen erhält – Einflüsterungen freilich, die, da sie gottlos sind, allen Geschöpfen nur schaden.
Herzog Waimar zeigte Trota sein Wohlwollen, indem er noch im Gehen seinen Arm ausstreckte. Trota beeilte sich, ihm die Ehre zu erweisen. Sie küsste des Herzogs Siegelring und senkte die feuchte Stirn auf seinen Handrücken.

Waimar zuckte bei der Kälte der Berührung zusammen.

»Nun, du bist gekommen, das ist gut.«

»Aber wie sieht sie aus!«, warf Costas ein. »Statt sich um ihr Äußeres zu kümmern, zieht sie es vor, Euren Rittern zum Spott zu dienen und Euch damit zu beleidigen.«

»Ich kam gerade zur Tür herein, Costas!«, entgegnete Trota scharf. »Glaubt Ihr, Ihr würdet bei solch einem Wetter anders aussehen?«

»Vorbeugen, Trota Platearius. Ist das nicht eine Eurer Lieblingsweisheiten?«

»Durchaus, Costas. Allerdings kann ich mich nicht erinnern ...«

»... beruhige dich. Costas sorgt sich allein um deine Gesundheit. Du zitterst, siehst bleich aus, und deine Lippen sind blau.«

»Darum bitte ich Euch jetzt auch um eine Decke, Herzog«, sagte Trota freimütig. »Selbst wenn mein Besuch, wie mir scheint, überflüssig geworden ist.«

»Nein, das ist er nicht«, entgegnete der Herzog bestimmt.

»Ihr wollt Eure Tochter also tatsächlich wieder allein von Trota ...«

»Wenn Eifersucht wie Feuer wäre, bräuchte niemand mehr zu frieren. Halt also deinen Mund, Costas. Gaitel will es so. Glaubst du, ich gebe sie krank einem Hauteville? Was wäre das für Politik?« Trota entspannte sich. Costas konnte sich zwar rühmen, ein Freund des Herzogs zu sein. Doch des Herzogs Töchter verwiesen ihn grundsätzlich ihrer Kemenate. Nicht etwa, weil er ein schlechter Arzt war, hatte Costas mit Gaitelgrima und Sikelgaita seine liebe Not – nein, die schönen blonden Herzogstöchter hatten sich schlichtweg in den Kopf gesetzt, sich niemals von einem Mann untersuchen zu lassen.

»Geh nur gleich zu ihnen.« Waimar wandte sich freundlich an Trota. »Gaitel ist wegen irgendetwas hysterisch. Kannst du sie kurieren, bleibe ich dir gewogen.«

»Und wenn ich es nicht vermag?«, wagte Trota einzuwenden. Ihre Schultern waren steif, ihr Nacken verkrampft. Scharf schnitt ihr der Riemen ihrer Medizintasche in die wund gewordene Haut.

»Werde ich ein Spottlied auf dich singen.« Herzog Waimar setzte die Laute an und zupfte ein paar Töne. Seine Ritter applaudierten. Trota indes beugte das Knie und huschte schnell an Costas vorbei auf die Galerie.

Die Kemenaten von Gaitelgrima und Sikelgaita befanden sich im zweiten Stock. Man konnte sie nur erreichen, indem man des Herzogs Arbeitszimmer, einen Raum mit Wandteppichen, Musikinstrumenten, Pergamentbildern und Büchern, durchquerte. Waimar selbst nannte diesen Raum sein Musenzimmer, wo er sich beratschlagte, Laute spielte und las, aber auch Folterungen anordnete und Todesurteile aussprach.

Als Trota auf der steilen, aber breiten Ecktreppe nach oben stapfte, hörte sie, wie die Schwestern sich gegenseitig beschimpften.

Sie können nicht wirklich krank sein, so wie sie sich anhören, dachte sie verärgert. All meine Plackerei war umsonst. Man sollte ihnen den Hintern versohlen.

»Trota, endlich!«, begrüßte sie Gaitelgrima, die Ältere der beiden Schwestern. »Aber wie siehst du aus? Wurdest du überfallen? Das täte mir leid.«

»Falsche Schlange!«, rief Sikelgaita. »Draußen tobt ein Unwetter, und der Pfad ist eine Rutschpartie!«

»Wie treffend Ihr dies erkannt habt, Prinzessin«, bemerkte Trota ironisch. »Wenn Ihr also wollt, dass ich morgen mit Fieber aufwache und übermorgen im Delirium hinscheide, gebt mir keine trockenen Kleider und auch keinen heißen Holunderblütentee.«

Die Schwestern lachten über ihre Worte und riefen sofort nach der Zofe. Als diese kam, halfen sie mit, Trota in Gaitelgrimas Kemenate von ihren Kleidern zu befreien, und frottierten ihr sogar den Leib. Erleichtert und mit geschlossenen Augen ließ Trota alles mit sich geschehen. Sie stand in der Mitte des Raumes und genoss die Geschäftigkeit der Herzogstöchter. Sie kannte sie, seit sie in Salerno heilte, und mochte sie gerne. Einem anderen auf seine Würde bedachten Mediziner wäre die vertrauliche Anrede unangemessen erschienen, selbst wenn er nicht von adligem Geblüt war. Ihr aber war es gleich, denn sie genoss das Vertrauen ihrer Patientinnen.

»Wer ist denn nun wirklich krank?«, fragte sie schließlich, als die Zofe eine Wolldecke um sie schlang und begann, ihr das Haar zu bürsten.

»Niemand!«, rief Sikelgaita fröhlich. »Trotzdem hat Gaitel ein Problem, aber weder Vater noch mir will sie es verraten. Doch warte noch, erst bist du unser Patient, Trota. Wir werden jetzt Medizinfrau spielen und deinen Körper durchkneten.«

Sie nötigten Trota, sich bäuchlings aufs Bett zu legen. Dann träufelten sie ihr Olivenöl auf die Haut und walkten sie mal kräftig, mal sanft durch.

»Welch schöner Rücken«, raunte Gaitelgrima. »Werden da die Magister in deinem Collegium nicht schwach? Deine Haut, deine Hüften, deine Schenkel … Trota, du bist ja schöner als wir.«

Die Mädchen kicherten vor Vergnügen. Besonders die fünfzehnjährige Sikelgaita, die äußerlich so reif wirkte wie ihre zwanzigjährige Schwester. Sie war ein Wunder an fraulicher

Schönheit und bereits die am meisten umworbene Fürstentochter Italiens. Gleichzeitig war sie ein Kraftpaket männlicher Tugenden: Mit dem Schwert stand sie den stärksten Knappen in nichts nach, und zu Pferde war sie so schnell wie jeder Ritter. Sie vermochte im Galopp Pfeile abzuschießen, die bis hundertfünfzig Ellen Entfernung stets ins Ziel fanden, dazu beherrschte sie sämtliche Schlacht- und Schmährufe.

Gaitelgrima war kaum weniger schön, interessierte sich aber für nichtmilitärische Tugenden. Sie lernte lieber Sprachen, beherrschte das Lateinische bald so gut wie ein Gelehrter und war vom Ehrgeiz getrieben, jetzt auch noch Griechisch zu lernen, weil sie sich in den Kopf gesetzt hatte, einmal nach Byzanz zu reisen.

Endlich wurde der Tee gebracht.

Trota setzte sich auf und schlürfte ihn mit kleinen Schlucken. Ihr wurde auch innerlich warm und langsam kehrten ihre Lebensgeister zurück. Selbst das Reißen im Rücken verschwand. Nach einer Weile bat Gaitelgrima ihre Schwester, sie mit Trota allein zu lassen. Sikelgaita fiel nichts Besseres ein, als ihrer Schwester die Zunge rauszustrecken, aber sie gehorchte. Nachdem sie gegangen war, schlich Gaitelgrima zur Tür und lauschte. Um ganz sicher zu sein, spähte sie noch durchs Schlüsselloch.

»Ist es so schlimm?«, fragte Trota sanft.

»Ja«, antwortete Gaitelgrima ernst. »Ohne deine Hilfe bin ich verloren. Doch nicht nur das. All die Politik meines Vaters wäre umsonst. Am Ende stünde das gesamte Fürstentum vor dem Untergang.«

»Mit Verlaub, Ihr übertreibt ...«

»Nein, es mag dir lächerlich erscheinen, doch für mich ist es sehr wichtig. Du musst mir helfen, Trota.«

»Es betrifft etwas ... sehr Frauliches, ja?«, fragte Trota vorsichtig und begann, erste Vermutungen anzustellen: Wahrscheinlich wollte Herzog Waimar Gaitelgrima mit einem Hauteville verheiraten, sie also einem der kampfstarken und schlauen Normannen-Brüder zur Frau geben. Wer aber kam in Frage? Wilhelm, genannt der Eisenarm und erste Graf von Apulien, Herrscher über Melfi, Troja und Lucera, war gerade gestorben. Humfred von Hauteville? Nein, er war zwar noch frei, aber bislang ohne großen Besitz und von seinem verheirateten Bruder Drogo abhängig.
Wer dann?
»Etwas Frauliches, ja«, wiederholte Gaitelgrima mit gedämpfter Stimme und spähte noch einmal durchs Schlüsselloch.
Trota glaubte zu verstehen. Einmal davon abgesehen, welchen Hauteville Gaitelgrima heiraten sollte, eine Prinzessin hatte Jungfrau zu sein. War sie das nicht, war sie nutzlos für die Politik ihres Vaters.
»Ihr solltet Euch mir jetzt anvertrauen«, sagte sie sanft. Gaitelgrima nickte. Sie ging zu ihren Kleidertruhen und entnahm ihnen Unterhemd, Chiton und eine strahlend weiße Ärmeltunika.
»Dies soll dich für dein Kommen entschädigen, wenn du mir hilfst, Trota Platearius.«
»Ihr fürchtet die Hochzeitsnacht, nicht wahr?«
»Ja, aber es ist nicht so, wie du denkst.«
»Sondern?«
»Mein Hymen ist ... nicht richtig. Nur das. Nichts anderes ist geschehen. Das schwöre ich bei Gott.«
Trota bemühte sich, ein Lächeln zu unterdrücken. Dass Gaitelgrima dieses Problem nicht Costas beichten konnte, war mehr

als selbstverständlich. Er, der Mann, hätte aus mangelndem Wissen heraus nur das Falsche denken können und im Glauben, noch Schlimmeres verhindern zu müssen, den Herzog informiert – mit drastischen Folgen: Blut wäre geflossen. Gaitelgrima hätte in Todesangst irgendeinen Ritter beschuldigt, und was der Herzog mit diesem angestellt hätte, wagte Trota sich lieber nicht auszudenken.
»Wer ist denn der Bräutigam?«
»Drogo von Hauteville. Vater hat ihn als Nachfolger von Wilhelm Eisenarm investiert, und damit ist Drogo jetzt der zweite Graf von Apulien samt Besitzungen in Bovino und Venosa. Alle Nordmänner sehen in ihm ihren neuen Führer. Dass Altruda, seine Frau, vor wenigen Tagen starb, ist für Vater ein Wink des Himmels. Nun, Drogo ist zwar ein Mann des Schwerts, aber er verspricht mir, mich in Ehren zu halten. Und was viele nicht ahnen: Er ist ein wirklich gottesfürchtiger Ritter.«
»Ihr meint, weil er in Venosa ein Kloster gegründet hat?«
»Ja, also hilf mir, dass ich ihm und mir in der Hochzeitsnacht keine Schande mache.«
»Ihr glaubt, dass es so weit käme?«
Gaitelgrima antwortete nicht, setzte sich stattdessen auf ihr Lager und sah Trota auffordernd an. »Untersuch mich.«
Trota begegnete ihrem Blick und erwiderte ruhig: »Nein, Gaitelgrima. Ihr werdet Euch selbst prüfen. Ich sage nur, was Ihr tun müsst.« Mit einer raschen Bewegung warf sie sich das Unterkleid über und entnahm ihrer Arzttasche ein Fläschchen Öl und vier doppelfingerlange und teilweise ausgehöhlte Holzstäbchen. Sie waren unterschiedlich dick und zeigten Ähnlichkeit mit einem männlichen Glied. Trota beträufelte das dünnste Stäbchen mit Olivenöl und bat dann Gaitelgrima, sich mit gerafften Kleidern auf den äußersten Rand der Bettkante zu

setzen. Sie forderte sie auf, sich das Stäbchen auf den Mittelfinger zu stecken und es langsam bei sich einzuführen.
»Und wenn ich damit alles noch schlimmer mache?«
»Werdet Ihr nicht.«
Gaitelgrima hielt den Atem an. Das Stäbchen fand seinen Weg.
»Habt Ihr etwas gefühlt?«
»Nein.«
»Dann nehmen wir das nächstdickere.«
Auch mit diesem, das fingerdünn war, hatte Gaitelgrima keine Schwierigkeiten. Trota lächelte. Sie war sich sicher, dass Gaitelgrima bei der nächsten Größe etwas spüren würde. Dann bedurfte es nur ein paar beruhigender Worte, und Gaitelgrimas Problem wäre gelöst. Denn eines hatte Trota als Hebamme und Gynäkologin gelernt: So wie es etliche wirkliche Jungfrauen mit gerissenem Hymen gab, gab es auch hymenbewehrte Frauen, die seit Jahren dem ältesten Gewerbe der Welt nachgingen. Ein Hymen nämlich war zu einem hohen Grad dehnbar, und in manchen Fällen überstand es sogar heißblütigste Attacken, ohne Schaden zu nehmen.
»Immer noch nichts?«
»Ich weiß nicht. Fast bilde ich mir ein, auf ein wenig Widerstand gestoßen zu sein.«
»Dann versucht es bitte mit der letzten Größe. Dabei müsst Ihr natürlich ganz vorsichtig sein.«
Schicksalsergeben seufzte Gaitelgrima auf und stellte sich der letzten Herausforderung. Sie machte zwei Anläufe, beim dritten zögerte sie.
»Es geht nicht ... voran, oder?«, fragte Trota.
»Ja«, sagte Gaitelgrima überrascht und war so von dieser Entdeckung fasziniert, dass alle Röte aus ihrem Gesicht schwand.

»Ich bin mir sicher, Ihr werdet Euch jetzt selbst die Antwort geben können.«
Gaitelgrima nickte. Sie hatte zweierlei verstanden: Sie hatte nichts anderes als ein allzu dehnbares Hymen. Und was ein Mann zu bieten hatte, war von stärkerem Umfang als jenes letzte Holzstäbchen. Trotzdem zögerte sie und sah Trota zweifelnd an. Diese überlegte, ob sie Gaitelgrima noch etwas anbieten sollte, das keinen Zweifel an ihrer Unversehrtheit lassen würde: eine Verklebung. Einem Mann wie Drogo von Hauteville würde es gewiss schmeicheln, ein derartiges Prinzessinnen-Castell bestürmen und besiegen zu dürfen. Wenn Gaitelgrima noch ein wenig schauspielerte, würde der Herr Gemahl hinterher sehr zufrieden mit sich sein können.
Trota hatte sich entschieden. Während sie die Stäbchen wieder einwickelte – zu Hause würde sie sie abkochen –, vertraute sie Gaitelgrima eines ihrer Geheimnisse an. »Unser aller Herrgott hat gewollt, mich eine Harz-Leinöl-Mischung finden zu lassen, mit der ich kleinere Schnittwunden verkleben kann. Sie wird im Wasserbad flüssig, aber bei Körperwärme fest. Mit einem passenden Stäbchen werdet Ihr Euch mit dem flüssigen Harz gewissermaßen bestempeln. Viermal genügt. Euer Bräutigam wird Euch hinterher anbeten.«
Gaitelgrima guckte erst ungläubig, doch da Trota so überzeugend gesprochen hatte, beschloss sie, ihr auch diese ärztliche Wunderkunst abzunehmen. Glücklich sprang sie vom Bett auf und umarmte Trota. Sie war so erleichtert, dass sie die Tür aufriss, die Treppe hinunterlief und noch auf der Galerie rief, Trota sei wahrhaftig eine Heilige und habe sie gesund gemacht. Hastig kleidete sich Trota an, hängte sich ihre Arzttasche um und verließ Gaitelgrimas Kemenate.

Auf der Galerie holte sie Sikelgaita ein. »Was hatte Gaitel denn nun?«

»Nur eine falsche Vorstellung. Mehr nicht.«

»Ach, in diese Richtung ging alles! Wenn ich an der Reihe bin, Trota, hilfst du mir dann auch?«

»Jederzeit. Schickt nur nach mir. Ich werde kommen – bei jedem Wetter«, antwortete Trota lächelnd. Sikelgaita lief ihrer Schwester nach.

Herzog Waimar beendete sein Lautenspiel und küsste beide Töchter auf die Stirn. Costas, der mit den anderen Rittern am Tisch saß und Wein trank, warf Trota gallige Blicke zu. Er trat vor den Herzog, verbeugte sich und sagte, es sei wichtig, jetzt rasch einen Priester zu rufen.

»Und warum?« , fragte Gaitelgrima gereizt.

»Mit Verlaub, Ihr wirkt so gelöst, wie es nur ein Weib sein kann, das mit falscher Magie behandelt wurde.«

»Höre ich da mal wieder eine Eurer üblichen Frechheiten, Costas?«, fragte Trota beiläufig, während sie sich einen Becher Wein einschenken ließ.

»Es ist meine Pflicht, die herzogliche Familie darüber aufzuklären, in welchem Ruf Ihr steht, Trota Platearius! Ich bin hier der Leibarzt und kann und werde nicht zulassen, dass Ihr Unheil anrichtet.«

»Und ich, Costas, empfehle unserem gnädigsten Herzog, Euch ein wenig die Zunge zu stutzen. Sie geifert zu viel.«

»Es reicht.« Herzog Waimars Stimme klang scharf. »Wir schätzen eure Dienste, Ärzte«, fuhr er kalt fort, schenkte seinen Rittern je einen Becher Wein ein und reichte sie ihnen, »nicht aber eure Streitigkeiten. Geht und schlagt euch im Hof.«

Trota schoss das Blut ins Gesicht, sie beugte das Knie und eil-

te davon. Costas rang nach Luft, aber im nächsten Moment hörte sie ihn auch schon hinter sich: »Das werdet Ihr mir büßen«, zischte er in das Gelächter und Gepolter der Ritter.
»Danke für die Warnung, Costas. Aber beruhigt Euch lieber. Aufregung ist nämlich schlecht für Eure alchimistischen Experimente. Ihr könntet Euch die Finger dabei verbrennen!«

Die Heilige Krankheit

Erneut stand Trota im Regen – einem dünnen Schnürregen, der allmählich in feinen Nieselregen überging. Während Costas den ausgebauten Kastellweg nahm, entschied sie sich wieder für den steilen, aber kürzeren Bergpfad. Es ging auf den Abend zu, und das abziehende Wetter machte den Himmel wieder hoch und weit. Noch befleckten ein paar letzte, dunkle Wolken den Himmel, unter dem die Amalfitana im rotgoldenen Licht der Abendsonne lag. Ihr friedvolles Strahlen schien die nahende Nacht hinauszögern zu wollen, selbst der Horizont rückte in eine märchenhafte Ferne.
Als Trota die Hälfte der Kehren hinter sich gelassen hatte, begannen die Wolken über dem Golf zu glühen. Trota sah silbrig gleißendes Licht, das sie an polierte Speerbündel erinnerte, die hin und her schwingend übers Meer glitten, als würden sie nach etwas suchen. Doch sie war zu müde, um länger über dieses Naturzeichen nachzudenken. Es würde sie, dessen war sie gewiss, an einen Schmerz erinnern, für den sie nach diesem Tag keine Kraft mehr aufbringen würde. Glücklicherweise wurde der Regen an den Hängen des Picentini zusehends schwächer, und als Trota schließlich durchs Stadttor trat, hörte er ganz auf.

Zu spät, dachte sie und zupfte ihre feuchte Tunika zurecht, selbst in diesem herrlichen Abendlicht sehe ich wieder aus wie ertränkt.
Die Luft in der Stadt war klar, aber voller geheimnisvoller Geräusche. Tropfen fielen auf das Pflaster, versiegende Rinnsale gurgelten, Zisternen gluckerten. Bis auf ein paar Katzen war niemand zu sehen, aber auf einigen Dachterrassen wurde bereits gefegt. Schwallweise platschte das Wasser, das sich in den Sonnensegeln gesammelt hatte, auf die Straßen, schließlich kreischten auch die Riegel der Haustüren. In den Küchen wurden Herdfeuer neu entfacht, Tische und Stühle ins Freie getragen. Bald hörte Trota auch das Klappern der Aussätzigen und das Glöckchenklingeln frei herumlaufender Ziegen und Esel. Menschen und Tiere nahmen die Straßen wieder in Besitz.
Es wird ein stimmungsvoller Abend werden, dachte Trota, als die ersten Zikaden zu zirpen begannen. Sie atmete auf und fühlte sich mit einem Mal wohler. Die Macchia beginnt zu dampfen. Zistrose, Thymian und Oregano duften bereits, Ginster und Myrte würden bald folgen, schließlich auch die Mastixsträucher. Trota blieb stehen, schloss einen Moment die Augen, konzentrierte sich auf die Düfte und den Abendfrieden.
Als sie die Augen wieder öffnete, verhärtete sich ihr Gesicht. Zwei Jungen schoben eine Karre vor sich her, auf dem mehrere junge Affen hockten. Die Tiere klammerten sich fest aneinander, waren starr vor Angst. Ihr Fell war zerzaust und stellenweise mit Kot beschmiert. Beißender Gestank ging von ihnen aus.
Als ob ich nie vergessen soll und darf, dachte sie. Immer wieder soll ich mich stellen und werde gestellt, plötzlich, unvorbe-

reitet: Mal von einem Gesicht, ein anderes Mal von einem Schwarm Krähen, einem Hahn oder einfach nur einem roten Seidentuch.
Jetzt sind es Berberaffen.
Sie lehnte sich gegen einen steinernen Pfeiler und sah sich wieder in Bari auf der Hafenmole sitzen. Sie plantschte mit den Füßen im Wasser und dachte an ihren Vater, der ihr versprochen hatte, einen Dolch aus der Schlacht mitzubringen.

Da kam Gisa. Ihre Freundin hatte genauso wenig Lust auf Siesta wie sie, und so waren sie auf die Idee gekommen, Aldo aufzusuchen, um sich von ihm Geschichten erzählen zu lassen. Aldo aber stand – eines geringen Vergehens wegen – am Pranger, war aber trotzdem oft gern bereit, irgendwelche Gräuelgeschichten von den Byzantinern zum Besten zu geben, die damals nicht nur Bari, sondern weite Teile Süditaliens besetzt hielten. Er hatte sich Kaiser Basileios, den Bulgarentöter, ausgesucht und ihr und Gisa ausgemalt, wie er nach einer Schlacht tausend Ritter blendete, jedem hundertsten aber ein Auge ließ, damit dieser seine blinden Kampfgefährten zurück in die Heimat führen konnte.
Noch während Aldo erzählte, sah Gisa die Krähen. Aldo behauptete sofort, sie seien Todesboten für sie, die Langobarden, die am Garigliano gegen die Byzantiner kämpften. Trota erinnerte sich, dass sie Aldo nicht geglaubt und den kühnen Entschluss gefasst hatte, die Byzantiner zu fragen: Wie würden sie den Krähenschwarm deuten? Darum hatte sie mit Gisa das Kastell besucht. Der Wachhabende dort versprach, den Schreiber, der auf der Krankenstation lag, zu fragen. Währenddessen sollten sie auf der Turmkrone nach verdächtigen Piratenschiffen Ausschau halten ... Tatsächlich erkannten sie bald darauf-

hin ein Blinken in der Ferne – doch nicht auf dem Meer, sondern über dem Land.

Sie sahen einen Reiter, der sich aus dem Zug löste und sein Pferd zum Galopp antrieb. An seiner in die Höhe gereckten Lanze flatterte es rot – doch erst bei näherem Hinsehen erkannten sie den gelben Doppeladler: das Wappentier der Byzantiner.

Vor Schreck waren sie und Gisa sofort aus dem Kastell geflüchtet. Sie rannten durch die Stadt, hetzten durch die Gassen und rissen mit ihren Schreien die Menschen aus der Siesta.

Sie kommen! Die Byzantiner! Sie haben gewonnen!

Aldos Prophezeiung hatte sich tatsächlich bewahrheitet: Die Krähen über Bari waren die Todesboten von den Langobarden und den Päpstlichen gewesen: Sie hatten die Schlacht am Garigliano verloren, nicht die Byzantiner.

Deutlich sah Trota noch einmal ihre Mutter vor sich: Sie hatte sich gerade geschminkt und ihr bestes Kleid angezogen, als sie mit Gisa ins Haus stürmte. Ihre Mutter war eine schöne Frau, schlank und blond – und dennoch warf sie sich wenig später verzweifelt und mutig zugleich vor dem byzantinischen Katapan auf die Knie. Zuvor hatte das Volk ihm zugejubelt: »Es lebe Boioannes, unser guter Herr!« Alle hatten sie mit Padre Galeni um die Wette geschrien, in der Hoffnung, das Strafgericht, das Bari drohte, mildern zu können.

Dann entdeckte sie ihren Vater. Er saß auf einem Esel, auf der Schulter einen Berberaffen. Seine Hände steckten in einem Joch, sein Kopf war blutverschorft. Er war der einzige Langobarde, den sie am Leben gelassen hatten.

»Heilige Jungfrau!« Eine rostige Stimme riss Trota aus ihren Gedanken. »Heilige Jungfrau, wir haben den Teufel vorm Haus!«

Eine greise, aber wieselflinke Frau eilte über den kleinen Platz vor der Kirche San Cipriano, riss die Tür auf und krächzte den Namen des Padre ins Dunkel des Kirchenschiffs. Wenige Schritte hinter ihr eilte ein Mann herbei, dem zwei etwa siebenjährige Jungen folgten.

Das sind doch Gregor und Gisbert, durchfuhr es Trota. Sie winkte ihnen zu, doch die Jungen beachteten sie nicht. »Der Teufel ist in ihn gefahren!«, riefen sie und schwärmten in die Gassen, Freunde zu alarmieren. Trota wandte sich dem Mann zu. »Was ist denn passiert?«

»Vor unserem Haus! Vor unserem Haus«, jammerte dieser nur, ohne ihr zu antworten. Hektisch winkte er dem Priester zu, der aus der Kirche trat. »Und das mir! Dem Brotbäcker des heiligen Matthäus und Josefs am Campo Olio! Padre, nehmt Weihwasser mit und die Reliquien des heiligen Matthäus!«

»Fasst ihn bloß nicht an, Padre!«, krähte die Alte und fuchtelte mit den Händen. »Sonst schlägt er nach Euch wie nach mir!«

»Ich trage das heilige Kreuz!«, entrüstete sich der Priester. »Wovor soll ich mich fürchten? Du willst mir weismachen, der Satan – unser Herr Jesus Christus besiegte ihn – habe nichts Besseres zu tun, als just an diesem goldenen Abend im unschuldigen Salerno sein Unwesen zu treiben? Nur weil es vorhin geblitzt und gedonnert hat? Da hat sich bloß wer erschreckt.«

»Nein, Padre!«, wimmerte die Alte. »So sieht nur einer aus, in den der Teufel gefahren ist.«

»Das lässt sich überprüfen«, unterbrach Trota ungeduldig und nahm mit dem Padre Blickkontakt auf. Pater Raimfrid war ihr gewogen, seitdem sie seiner Frau eine schmerzhafte Sohlenwarze wegoperiert hatte. Der kleine untersetzte Mann war das Gegenteil von Costas, litt aber darunter, dass ihn niemand aus der herzoglichen Familie als Beichtvater haben wollte.

Seite an Seite eilten sie über den Kirchplatz. Die tief stehende Sonne brachte die Kalksteinwände der unscheinbaren Kirche und der umstehenden Häuser zum Leuchten und zauberte Gold auf die Pfützen. Die gewaschene Luft roch angenehm frisch und harmonierte wunderbar mit dem süß-salzigen Duft des Meeres. Es war, als ob die Natur sich mit einem stimmungsvollen Lichtzauber für das Gewitter entschuldigen wollte, doch die Menschen, die auf einmal alle zu Dutzenden zum Campo Olio liefen, hatten dafür keinen Blick. Spannender war das zu erwartende Spektakel vor dem Haus des Bäckers.

»Gisbert! Gregor!«, rief Trota die beiden Spielgefährten ihres Sohnes. Sie rannten aus einer Seitengasse direkt auf sie zu, hinter ihnen kamen ein Dutzend anderer Kinder. »Wo habt ihr Matthäus gelassen?«

Kaum dass die Jungen sie erkannten, erstarrten sie. Trota spürte einen Stich im Herz. Von einem Augenblick auf den anderen bekam sie Angst. Warum war Matthäus nicht bei seinen Freunden? War ihm etwas zugestoßen? Sie versuchte, den schrecklichen Gedanken zu verdrängen, der plötzlich von ihr Besitz ergriff, doch da zeigten auch schon Gregors und Gisberts Finger auf sie.

»Der Teufel ist in Euren Sohn gefahren!«, rief Gisbert.

»Ja, ich hab's auch gesehen!«, schrie Gregor.

Trota hörte nicht mehr hin, sondern rannte los. Natürlich glaubte sie kein Wort, und doch wusste sie im Tiefsten ihres Herzens, dass weder der Bäcker und die Alte noch Gregor und Gisbert logen.

Du hast es geahnt, aber nie glauben wollen!, meldete sich die hämische Stimme der Selbstzerfleischung in ihr. Jetzt bist du schuld!

Ihr traten Tränen in die Augen. Matthäus war der größte Schatz ihres Lebens. Kostbarer als all ihr medizinisches Wissen, liebenswürdiger als die Segenssprüche der ganzen Welt.

Sie rempelte zwei Nonnen des nahen Klosters San Giorgio an und zwängte sich rüde an mehreren störrischen Ziegen vorbei. Hinter ihr tobte ein wüster Menschenhaufen. Gegenseitig hetzten sich die Menschen auf, nannten sie Zauberin oder Rabenmutter. Zum Glück hielt Pater Raimfrid mit ihnen Schritt, doch sein beschwichtigendes Brummen ging im Lärmen und Sticheln unter.

Der Torbogen.

Die Viehtränke.

Endlich der kleine Campo, an dem der Bäcker und der Ölmüller wohnten. Ein knorriger Olivenbaum wachte über den gepflasterten Platz, dessen von der Sonne beschienenen Stellen in der Abendsonne dampften. Trota schlug das Herz bis zum Hals. Ein zottiger Hund kläffte einen kleinen Jungen an, der am Stamm lehnte und Rotz und Wasser heulte: Matthäus. Trota war außer sich. Wütend trat sie nach dem Hund und schlug ihm ihre Tasche auf die Schnauze.

»Mama!«

»Ich bin da.«

Matthäus war ein einziges Häufchen Elend: Sein dreckverschmiertes Gesicht war voller Schrammen, seine Handrücken und Handinnenflächen blutig aufgeschlagen. Speichelreste klebten in den Mundwinkeln, und seine Hose war nass und roch, streng, eindeutig. Trota drückte ihren Sohn trotzdem an sich, streichelte und wiegte ihn. Matthäus seufzte auf und

entspannte sich. Die Platzwunde am Hinterkopf war nicht schlimm, die Blutung hatte schon aufgehört.
»Ich weiß gar nichts mehr«, murmelte er und kuschelte sich in ihre Arme. »Aber ich bin müde. So müde.«
»Ich weiß«, beruhigte ihn Trota liebevoll. »Schlaf, schlaf, es wird alles gut.«
Die Worte zerrissen ihr schier das Herz. Nichts würde so einfach gut werden. Es war eine Lüge. Matthäus würde sein Leben lang ein Gezeichneter sein – wie einst König Saul, Apostel Paulus oder Julius Cäsar. Trota schwankte zwischen Kraftlosigkeit und Trotz, das Gefühl der Ohnmacht wühlte in ihr wie ein Wolf. Denn dies war nicht Matthäus' erster Anfall. Bei den ersten beiden Anfällen hatte er laut geseufzt und dann eine ganze Weile wie ein Tagträumer vor sich hin gestarrt. Man konnte ihn rütteln, schlagen, anschreien: Er reagierte nicht, hinterher aber hatte er alles vergessen.
Trota schaute sich nach dem Pater um. Raimfrid stand mit ausgebreiteten Armen schützend vor ihr. Die Menschen schwiegen, aber in ihren Gesichtern stand das Misstrauen.
»Er hat mich geschlagen«, wimmerte die Alte. »Geknurrt. Sein Mund war voller Schaum … wie besessen. Der Teufel …«
»Schweig!«, donnerte Raimfrid. »Es ist nicht der Teufel. Er hat die Fallsucht. Wie einst König Saul, von dem geschrieben steht, dass der Geist Gottes über ihn kam. Saul geriet in Verzückung und raste in seinem Haus. Geht eurer Wege.«
Die Worte bleiben nicht ohne Wirkung. Erleichtert nahm Trota wahr, dass die Menschen zurückwichen und nicht den Boden absuchten, um sie und Matthäus als Teufelspack zu steinigen. Niemand wagte es, Pater Raimfrids Schriftkundigkeit in Frage zu stellen. Schließlich konnte er lesen, sie aber nicht. Zudem war er Mitglied des Collegiums, obwohl er schon längere Zeit

nicht mehr praktizierte. Wie viele andere auch wusste Trota, dass Raimfrid seit Monaten unter den Gerüchten litt, seine medizinischen Künste seien, gemessen an denen der anderen Ärzte, nur bescheiden, wenn nicht gar stümperhaft.
Der Padre fasste Trota bei den Ellenbogen und half ihr aufzustehen. Ihren schlafenden Sohn auf den Armen, trat sie schwankend aus dem Schatten des Olivenbaums ins goldene Abendlicht des Campo. Ein Raunen ging durch die Menge. In ihrer weißen Tunika und den goldglänzenden gelösten Haaren wirkte sie wie eine Heilige. Es hatte etwas Biblisches an sich, wie sie ihr Kind trug. Der Padre hatte Recht: Der Teufel war anderswo, aber hier nicht.
Einige Menschen bekreuzigten sich.
Doch auch wenn die Gefahr gebannt war, dass man Matthäus und sie jetzt mit Steinen bewerfen würde – Trota standen Tränen in den Augen. Die Einsicht, ihrem Sohn nicht helfen zu können, nahm ihr die Kraft und machte sie hilflos. Denn gegen die Fallsucht half keine Operation, kein wie auch immer komponiertes Rezept. Sie ließ sich nicht wie eine Fleischwunde vernähen oder mit dem Brenneisen veröden, ließ sich nicht mit Tränken, Salben oder Diäten kurieren. Und leider war ihr bis jetzt auch kein Fall bekannt geworden, in dem Gebete oder exorzistische Rituale geholfen hätten.
Trota kam die Geschichte vom heiligen Christophorus in den Sinn: Der hünenhafte Heilige wollte mit dem Christusknaben auf der Schulter einen Fluss überqueren – ein Leichtes, wie er glaubte, doch schließlich brach er unter der Last fast zusammen. Erging es ihr jetzt nicht ähnlich? Die Menschen in den Gassen lächelten ob der süßen Last, die da in ihren Armen schlief, aber sie ahnten nicht, wie mühsam ihr jeder Schritt wurde. Am liebsten wäre sie zusammengebrochen, so schwer

trug sie an dem Wissen, ein vermeintlich für immer gezeichnetes Kind zu haben.

Salerno hat dir kein Glück gebracht, dachte sie bitter. Die Hilfe, die du anderen zuteil werden lässt, ist dir nicht gedankt worden. Gott hat dich wieder verlassen – wie damals vor fünfundzwanzig Jahren, als die Soldaten des Katapan Vater im Meer ertränkten.

Als die Glocke des Doms schlug, war sie endlich zu Hause. Stumm badete sie Matthäus im Garten, während von den Dachterrassen die Geräusche von Lachen und Späßen zu ihr herüberwehten. Das goldene Abendlicht, das auf den Dächern der Stadt ruhte, hatte die Menschen aus den Häusern gelockt. Sie speisten und plauderten in seinem Glanz, brachten Trinksprüche aus, herzten Kinder und Enkel, kraulten Hunde und Katzen.

Für all dies hatte sie jetzt kein Ohr. Sie war allein. Ihr Mann Johannes war längst zum Nachtdienst ins Spital aufgebrochen, Scharifa, ihr Hausmädchen, war bei einer Freundin. Sie wollten sich das Haar bleichen, denn wer in Salerno was auf sich hielt, trug goldenes Haar.

»Werde ich wieder gesund?«, fragte Matthäus schläfrig, als Trota ihn aus dem Zuber hob, abtrocknete und seine Schürfwunden mit Ringelblumensalbe betupfte.

»Wenn du krank wärst, würde ich ja sagen«, antwortete sie. »Aber du bist nicht krank. Oder fühlst du dich so?«

»Nein.«

»Na siehst du. Was dir passierte, kommt vor in der Welt. Du bist nicht der Einzige, der sich mal in die Hosen macht.«

»Hast du dagegen auch ein Rezept? So ähnlich wie das, mit dem Scharifa und du euch immer die Haare färbt?«

»Hab ich.«

Ein Lächeln huschte über Trotas Gesicht. Machte sie sich vielleicht zu viel Sorgen? Denn ob nun fallsüchtig oder nicht: Matthäus würde ein annähernd normales Leben führen können, wenn er lernte, nahende Anfälle zu erspüren und sich entsprechend zurückzuziehen. Hatte nicht Hippokrates in seinem Traktat von der Fallsucht geschrieben, dass sie, wie die übrigen Krankheiten auch, natürlichen Ursprungs sei und natürliche Ursachen habe? Er erklärte die Epilepsie durch Phlegmafluss aus dem Gehirn und Verstopfung der Adern, durch die Luft und Blut strömen – eine, wie sie mit Bestimmtheit sagen konnte, falsche Annahme. Viel wichtiger aber ist, überlegte Trota, dass Hippokrates sich gegen den Aberglauben wendet. Zudem schreibt er, die Fallsucht sei heilbar wie jede andere Krankheit auch.
Also gab es Hoffnung.
Der Gedanke schenkte ihr genügend Trost. Trota atmete auf und fühlte ihre Kräfte zurückkehren, womit auch der Druck, der ihre linke Brust zusammenpresste, endlich nachließ.
»So, und jetzt sagen wir gute Nacht.«
Sie verknotete das Badetuch um Matthäus' Hüften und trug ihn zum Kaninchenstall. Matthäus streichelte die Tiere, während sie Löwenzahn pflückte und dann beobachtete, wie er seine beiden Lieblinge fütterte. Gerührt sah sie zu, wie er eins der Kaninchen auf den Arm nahm, ihm die Nase ins Fell stupste und es hinter den Ohren kraulte.
»Was hast du ihnen denn zugeflüstert?«, fragte sie, als sie Matthäus zudeckte.
»Nichts«, murmelte er. »Sie sollen niemandem verraten, dass ich in die Hose gemacht hab. Dafür hab ich ihnen versprochen, dass du, Papa oder Scharifa sie nicht aufessen.«

Der Trost des Erzbischofs

Aufstehen! Du willst doch heute mit etwas Neuem beginnen!«
Matthäus öffnete ungestüm die Fensterläden, dann kitzelte er seine Mutter mit einer Gänsefeder im Nacken und an den Fußsohlen.
Die Sonne war längst aufgegangen, im Feigenbaum vor ihrem Fenster zwitscherten die Vögel, und übers Pflaster der Straßen ratterten bereits die Karren der Marktbeschicker. Die Stadt rüstete sich, einen neuen Tag zu begehen. Die einen würden wieder Geschäfte machen, die anderen ihr Zuhause verschönern, und das Heer der Handwerker würde einen vielstimmigen Klangteppich über die Stadt weben. Wer müßig sein wollte, ruhte vor der Stadt in schattigen Gärten, wem Gesundheit und Schönheit am Herzen lagen, verbrachte die Stunden in öffentlichen oder privaten Bädern.
Vor allem diese an römische Zeiten erinnernde Badekultur hatte Salerno den Beinamen »die Opulente« eingetragen. Die Nachbarstädte beneideten Salerno um seine schöne Lage im Tyrrhenischen Meer. Schon gut sechs Jahrhunderte vor Christi Geburt hatten Römer die Lage am Golf ideal für eine Ansiedlung gehalten: dem Meer zugewandt eine muschelförmige Ebene, die die hohen Berge der Campanischen Apenninen mit ihren markanten Gipfeln wie ein Schutzwall umgaben. Dazwischen lagen, hübsch anzuschauen, teils steile, teils sanft geschwungene, von Macchia, Pinien, Korkeichen und Olivenbäumen bewachsene Hügel. Häuser mit flachen Dächern schmiegten sich an ihre Hänge, mit dem schönsten Blick auf das glitzernde Meer. Über die wirtschaftlich blühende Stadt aber ragte, vom höchsten Gipfel aus, das Kastell Arechi, benannt nach dem Langobarden-Herzog Arechi.

Von den Bergen strömten auch die zahlreichen Bäche, denen Salerno, neben einer angenehmen Atmosphäre, Wohlergehen für Mensch und Tier verdankte. So mangelte es dank dreier Aquädukte nie an Wasser. Mehrere, teils unterirdische Kanäle durchzogen die Stadt, auf jedem Platz gab es einen Brunnen, Springbrunnen oder wenigstens eine Zisterne. So, wie der fruchtbare Boden Obst, Nüsse, Gemüse im Überfluss gedeihen ließ, waren draußen auf dem Meer die Fanggründe fischreich. Im Hafen schließlich wurden die Waren des Hinterlands umgeschlagen und verschifft: Holz, Pottasche, Öl, Felle, Wein.
»Wie geht es dir?«, fragte Trota und griff nach Matthäus' Hand.
»Die Schrammen jucken noch.« Er strich mit der Feder über ihre Wangen und piekste sie mit dem Kiel ins Ohr. Trota murrte in die Kissen, aber sie lächelte.
Als ob ich nur geträumt habe, dachte sie. Alles, was gestern geschehen war, mutet auf einmal unwirklich an. Das Leben geht weiter, ich liege warm im Bett, und Matthäus ist wie jeden Morgen ein kleiner Plagegeist. Aber das stimmt nicht. Der Schein trügt. Ab heute ist alles anders. Matthäus hat die Fallsucht, und ich habe kein Mittel, um ihn zu heilen. Ich darf mich nicht damit abfinden, nicht als Mutter, schon gar nicht als Medizinerin.
Trota streckte sich. Sie hatte den seelischen Belastungen des gestrigen Abends getrotzt, davon zurückgeblieben war nichts als Müdigkeit. Am liebsten hätte sie den Vormittag im Bett verbracht, aber für eine *magistra medicinae* gab es auch an einem freien Tag genug zu tun: Zum Beispiel wollte sie das Harz für Gaitelgrima anrühren, es ansprechend abfüllen und eine kurze Gebrauchsanweisung schreiben. Abends standen wie immer Krankenbesuche an, zudem hatte sie sich vorgenommen, an ihrem Traktat über die Schönheit weiterzuarbeiten. Ob blondes,

brünettes oder schwarzes Haar, längst hatte es sich in der gehobenen Damenwelt Salernos herumgesprochen: Trota Platearius hatte die besten Färberezepturen. Inzwischen hatte sie verbessert, was sie einst als Sklavin im Harem des Emirs von Palermo gelernt hatte: nämlich, wie eine Frau sich Haar, Haut und Zähne zu pflegen hat, damit sie begehrenswert bleibt. Seinen Körper, seine Schönheit zu pflegen, hatte sie damals gelernt, war Seelenbalsam. So wie die alten Griechen behaupteten, dass ein gesunder Geist und ein gesunder Körper zusammengehörten, behauptete sie nun, eine zufriedene und glückliche Frau sei nur diejenige, die Zeit für sich und ihre Pflege habe.

Dies betrachtete sie als sozusagen kleinen Teil der Gesundheit, um den großen Teil sorgte sie sich im Spital als Ärztin und Frauenheilkundlerin.

So wichtig ihr Körperpflege war, diesen Morgen reichte es lediglich für eine Katzenwäsche. Nur für ihr Haar nahm sie sich Zeit: Sie bürstete es ausgiebig, wobei sie die Bürste gelegentlich mit Tropfen einer Mischung aus Olivenöl, Aloe- und Tamariskensaft benetzte. Dadurch wurde das Haar geschmeidig und glänzend, gleichzeitig bekam es einen angenehmen Duft.

Weil es schon so spät war, nahm Trota an diesem Morgen das Frühstück im Stehen ein: ein Stück Brot, getrocknete Zwetschgen und einen halben Becher verdünnten Wein. Jetzt war sie so weit gekräftigt, dass sie unterrichten konnte, elf Jungen und ein Mädchen, die dreimal die Woche in ihren eigens für diesen Zweck eingerichteten Unterrichtsraum kamen. Schreiben und lesen zu können, so hatte Trota geworben, sei gut für alles Geschäftliche. Es entlaste das Gedächtnis und festige Handelspartnerschaften, vor allem aber spare man damit die immensen Kosten für die Schreiber ein, die zudem nichts Besseres zu tun

hätten, als die ihnen diktierten Geheimnisse zu verraten. Doch es gebe noch einen anderen Grund: die Heilige Schrift. Sie selbst zu lesen bedeute, größte und schönste Bilder zu erleben, denn kein Mosaik und kein Bild könne so vieles so anschaulich vermitteln wie das geschriebene Wort.
Ihre Überzeugung trug Früchte.
Wer in der Stadt den Verlust von Wohlstand und Macht fürchtete, schickte wenigstens eines seiner Kinder zu ihr. Trota war bewusst, was das bedeutete: Die meisten Menschen glaubten der Kirche, die behauptete, der Teufel allein zerstöre mit dem Licht des Verstandes den wahren Glauben. Sie aber war davon überzeugt, dass Gott selbst den Menschen die Fähigkeit verlieh, seinen Verstand zum eigenen Nutzen und seinem Wohlgefallen einzusetzen.
Im Laufe der Zeit brachte ihr das Unterrichten genügend Geld ein, um außerhalb der Stadt einen Kräutergarten samt einer eigenen Apotheke zu unterhalten, in denen eine Kräuterfrau nach ihren Anweisungen Medizin und Schönheitspräparate mischte und verkaufte.

Matthäus hatte es nicht vergessen. In der letzten Stunde hatte seine Mutter angekündigt, nach einem Jahr Latein sei es an der Zeit, mit dem Griechischen zu beginnen.
Trota begann mit einem kurzen Satz, kreiste ein paar Buchstaben ein und schrieb diese noch einmal sauber in einer neuen Zeile an die Tafel.
»Wieder gilt wie bei den lateinischen Buchstaben: Verkrampft eure Finger nicht!«, rief sie und unterdrückte ein Gähnen. »Buchstaben bestehen aus nichts anderem als ein paar geschwungenen und geraden Linien!«
Sie kämpfte gegen den Wunsch, sich an die Wand zu lehnen

und die Augen zu schließen. Müde schritt sie zwischen den Reihen hindurch und schaute den Schülern über die Schulter. Sie hockten auf einer einfachen Holzbank über ihre ungebrannte Tontafel gebeugt und mühten sich ab, die neuen Buchstaben so von der Wandtafel abzuschreiben, wie sie sie dort hingeschrieben hatte.

»Das wird schon«, sagte sie tonlos und fuhr Gisbert und ihrem Sohn durchs Haar. Matthäus schrieb mit fest aufeinander gepressten Lippen, Gisbert hielt den Mund offen und keuchte wie ein junger Hund. Sein Bruder Gregor aber, der in der ersten Bankreihe saß, stöhnte auf einmal auf: Sein Kreidestift war abgebrochen.

»Warum müssen wir das machen?«, fragte er anklagend. »Latein ist schon schwer genug. Griechisch, sagt Pater Raimfrid, sei noch schwerer.«

»Wenn du Handel treiben willst, musst du griechisch verstehen. Denk daran, die Byzantiner haben selbst in Italien noch vielerorts die Macht in den Händen«, antwortete Trota und konzentrierte sich, neben das Alpha und Omega noch ein ansprechendes kleines Beta und Delta zu schreiben. »Selbst unser Salerno gehörte einmal zum byzantinischen Reich.«

»Aber die Tage der Byzantiner sind gezählt!«, rief Gregor leidenschaftlich. »So wie wir sie im Mai mit den Nordmännern in Apulien aus Ostuni und Lecce vertrieben haben, werden wir sie auch noch anderswo davonjagen.«

»Besser wäre es, wir lebten alle miteinander in Frieden.« Trota schaute Gregor fest an, als wartete sie darauf, dass dieser ihr zustimmte. »Weißt du, es gibt so viele kranke Menschen. Sie gesund zu machen, kostet genug Zeit und Kraft. Aber was machen wir Ärzte hauptsächlich? Wir behandeln Verletzungen aus mörderischen Schlachten, veröden Wunden mit dem

Brandeisen, richten Knochen, operieren Pfeilspitzen aus dem Fleisch.«
»Erzählt mehr davon!«, bettelte Gisbert und legte seine Tontafel auf die Bank, als wäre der Unterricht bereits beendet.
»Das könnte dir so passen. Ich stehe hier nicht, um euch mit Gräuelgeschichten zu unterhalten.« Trota zeigte auf Alpha und Omega. »Merkt euch diese beiden Buchstaben. Sie sind der erste und letzte Buchstabe des griechischen Alphabets. Wer von euch weiß nun, in welcher Bedeutung sie in der heiligen Schrift stehen?« Sie schaute in die Runde, aber weder Matthäus noch irgendjemand anders wusste die Antwort. »Ich bin das Alpha und das Omega, der Erste und Letzte, der Anfang und das Ende.« Sie streckte die Hände nach oben und imitierte den Singsang, mit dem Pater Raimfrid im Dom die Messe las.
»Wer sagt das?«
»Wenn ich mich nicht täusche, unser Herr Jesus Christus am Anfang und Ende der Offenbarung des Johannes«, antwortete eine Männerstimme. Johannes Platearius stand in der Tür und winkte mit einer Papierrolle, deren Siegel aufgebrochen war. »An die Luft mit euch!«, rief er nicht gerade freundlich, hielt den Kindern aber die Tür auf.
Diese ließen sich das nicht zweimal sagen. Ungestüm drängelten sie durch die schmale, niedrige Tür ins Freie. Matthäus dagegen strich umständlich Hose und Kittelhemd glatt. Er warf seinem Vater einen fragenden Blick zu, doch der streichelte ihm nur kurz über den Kopf und schickte ihn ebenfalls hinaus.
Trota verschränkte die Arme: »Ich weiß, es ist dein Haus«, sagte sie gedehnt, »aber das gibt dir nicht das Recht, selbstherrlich den Kindern freizugeben. Schließlich zahlen ihre Eltern für den Unterricht.«

»Ach, tu ich das so häufig?«, fragte Johannes ironisch. »Ich bilde mir ein, es wäre heute das erste Mal.« Trota schwieg. »Mir gefällt nicht, dass du tust, als wäre nichts vorgefallen«, fuhr er milder fort. »Unser Kind hat die Fallsucht, und du tust, als wolltest du dich damit abfinden. Statt zu Alphanus zu gehen, lässt du hier griechische Buchstaben malen. Wo ist deine Gottesfurcht?«

»Was, bitte, soll das heißen?« Trota straffte sich. Ihre Müdigkeit war verflogen. »Stehst du jetzt auch auf Costas' Seite?«

»Versteh es als sanften Tadel. Ob Hippokrates nun mit seiner Phlegmatheorie Recht hat oder nicht: Fest steht, nur Gott kann bei der Fallsucht helfen. Also vertraue dich seinem Diener an.«

Alphanus war der Erzbischof der Stadt und gehörte wie sie, ihr Mann und Costas zu den acht Ärzten, die das Collegium bildeten. Zusammen mit Pater Raimfrid bildete er die theologische Fraktion, gleichzeitig verlieh ihm seine Stellung als Erzbischof den Rang eines *primus inter pares*, eines Ersten unter Gleichen. Seine Autorität war unbestritten, obwohl Ärzte wie Costas genauso wie die Chirurgen Petroncellus und Grimoald die Augen verdrehten, wenn Alphanus im Gottesdienst inbrünstig seine selbst gedichteten Hymnen betete.

»Nur Gott kann helfen, sagst du?«, fragte Trota gedehnt, »gut, ich werde zu Alphanus gehen und ihn bitten, für Matthäus zu beten. Übrigens habe ich schon gestern vor Pater Raimfrid im Staub gekniet. Aber ich stimme dir zu: Wenn Gott mir, weil ich als Weib zu gering bin, nicht zugehört hat, heißt das noch lange nicht, dass er kein Ohr für die Gebete seines Salernoer Erzbischofs hat.«

Sie wusste nur zu gut, wie sie mit derartigen Worten provozierte. Aber seit den schicksalhaften Erlebnissen in Bari waren

die Feste ihres Glaubens erschüttert. Nicht, dass sie Gott oder Christus leugnete, aber deren helfende Hände schienen ihr ein erhebliches Maß zu klein, schwach und ungeschäftig zu sein.
Ihrer Erfahrung nach packten sie einfach nicht dort an, wo sie es hätten tun sollen. Das war zwar ketzerisches Denken, aber eben nur Denken. Gelegentlich wagte sie sich trotzdem zu weit vor. Und das war gerade jetzt der Fall: »Du bist wie ein Gifthauch!«, brauste Johannes auf. »Maßt du dir in deinem verblendeten weibischen Stolz wirklich an, dich auf die gleiche Stufe mit einem Diener Gottes stellen zu können? Ein Weib bist du. Mehr nicht. Wie kannst du das immer wieder vergessen?«
Trota warf ihrem Mann einen vernichtenden Blick zu und schloss die Tür des Unterrichtsraums geräuschvoll hinter sich. Zum Glück legte sich ihre Wut, als sie Matthäus und seinen Freunden beim Spielen zusah. Die Jungen tobten mit einem Bastball vor dem Haus, einzige Regel war: Der Ball durfte auf keinen Fall den Boden berühren. Und so weit sie sah, scheute Matthäus keinen noch so gewagten Hechtsprung, ob in die Höhe oder bodenwärts, um den Ball in der Luft zu halten. Es tat ihr gut zu wissen, wie mutig er doch eigentlich war.
Sie zog sich den Schleier ihres Chitons übers Haar und machte sich auf den Weg. Allmählich gewann sie ihre Fassung wieder. Es wird mir nicht schaden, wenn ich Alphanus mein Herz ausschütte, dachte sie. Im Gegenteil, es ist eine gute Gelegenheit, mich in seinen Augen aufzuwerten. Costas, der mich öffentlich am liebsten als Hexe verunglimpfen würde, werde ich damit den Wind aus den Segeln nehmen.
Vom Hafen her drangen die rhythmischen Schläge der Bootsbauer zu ihr hinauf, gleichzeitig bauschte der Wind die Sonnensegel auf den Dachterrassen und wehte den Duft von fri-

schem und geräuchertem Fisch, nassem Sand und Pinienharz heran. Stare schwärmten über die Dächer, die ersten Ausrufer priesen ihre Waren an. Sie grüßte ein paar Nachbarn und nahm sich vor, nach dem Besuch bei Alphanus den Markt vor San Giorgio zu besuchen. Byzantinische Schwammtaucher boten dort neben Meeresschnecken, Korallenschmuck und Schwämmen auch feines Messinggeschirr an, Wrackgut eines vor der kalabrischen Küste gestrandeten muslimischen Handelsschiffes.

Vielleicht haben sie ja auch ein Perlmutt-Kästchen gefunden, überlegte sie. Dann bekommt Gaitelgrima ihr Harz unauffällig und gleichzeitig ansprechend verpackt.

Der Einfall gefiel ihr. Zufrieden mit sich, bog sie in die Gasse ein, die abwärts zum Domplatz führte. Sie hatte es nicht weit, zudem führte der Weg leicht bergab. Weil die Sonne noch nicht hoch stand, lief sie fast ständig im Schatten – eine Wohltat, im Gegensatz zur Mittagszeit, wenn das Licht alles durchtränkte und Stein und Pflaster aufheizte. Wären dann die Brunnen und Wassergräben nicht gewesen, die von den Aquädukten gespeist wurden, hätte sich das Leben wie in anderen süditalienischen Städten im Kampf gegen Durst und Staub erschöpft.

Sie grüßte Gabriel, den Goldschmied, der sich gerade einen Quersack über der Schulter warf, aus dem ein mit Golddraht und Leder umwickelter Schwertgriff ragte.

»Für wen ist das schöne Stück?«

»Für Sikelgaita.«

»Ihr wollt jetzt schon zu ihr? Sie schläft bestimmt noch.«

»Das ist es doch. Ich möchte sie einmal im Nachthemd sehen.«

»Dann erkundigt Euch vorher, ob der Herzog einen guten Tag hat. Sonst wird er dieses schöne Schwert an Eurem Hals ausprobieren.«

Gabriel lachte nur und gab seiner hübschen neuen Frau einen Kuss. Zu Ostern hatten sie geheiratet, aber seine Ina war zu Gabriels Kummer immer noch nicht schwanger. Seine erste Ehe war daran gescheitert, jetzt dämmerte es Gabriel, dass nicht die Frauen, sondern er dafür verantwortlich war. Eine für ihn kaum zu ertragende Schmach. Aber weder er noch Ina hatten bislang Rat bei ihr gesucht. Sie hätte ihnen Hoffnung machen können. Unfruchtbarkeit war nämlich bis zu einem gewissen Grad heilbar. Zum Beispiel, wenn der Mann zu wenig oder vom Harn geschädigten Samen ausschied, halfen Pastinak und die Wurzel der Sumpfiris: Pastinak nahm dem Harn die ätzende Schärfe, das Öl der Sumpfschwertlilie wirkte schleimfördernd.

Sollte sie Gabriel von sich aus ansprechen?

Nein. Sie durfte sich nicht in alles einmischen. Ina wäre ihr sicherlich dankbar gewesen, Gabriel aber, Salernos bester Goldschmied, würde erst seinen Stolz bezwingen müssen. Auch wenn sie eine anerkannte Ärztin war und in der Gunst der Töchter des Herzogs stand: In den Augen so gut wie aller Salernitaner war sie keine normale Frau. Eine solche nämlich lebte unter der Führung ihres Mannes. Starb dieser, gelangte sie wieder unter die Obhut ihrer Eltern oder älteren Brüder. Nach dem Gesetz durfte sie, mit Ausnahme ihrer Mitgift, noch nicht einmal über Vermögen verfügen, das sie selbst verdient hatte. Selbst die Wohlhabenden konnten kaum lesen und schreiben. Neben den klassischen Mutterpflichten oblag ihnen die Führung des Haushaltes, ihr einziger Luxus war – die Schönheitspflege.

Trota dachte an ihre Ehe mit Johannes. Vor drei Jahren hatte er nach dem Tod seines Kollegen Odericus im Collegium durchgesetzt, ihr den Rang einer Magistra zu verleihen. Zuvor war

sie nur Hebamme und damit im Rang niedriger als jeder Pfleger oder Assistenzarzt. Doch seit sie lehren durfte, nahmen die Spannungen zwischen ihm und ihr zu: Ihre Erfolge als Ärztin für Frauenkrankheiten erregten mehr Aufsehen als sein Projekt eines enzyklopädisch angelegten *antidotariums*, einer Sammlung von Medizinrezepten gegen alle Krankheiten.
Liebte er sie eigentlich noch?
Du hast nicht das Recht, eine solche Frage zu stellen, dachte sie schnell. Denn hast du Johannes jemals geliebt? Wenn du ehrlich bist, gibt es nur eine Antwort: Nein. Von Anfang an ist er nur zweite Wahl gewesen. Du hast Johannes geheiratet, weil er dir Sicherheit gab und du ihn dafür belohnen wolltest, dass er dir ermöglicht hat, zunächst als Hebamme, später als Ärztin zu arbeiten.
Trota presste die Lippen aufeinander, kämpfte gegen ihr schlechtes Gewissen. Ob sie wollte oder nicht: Wieder musste sie an ihn denken, an ihn, der nicht zweite Wahl gewesen wäre, an den Mann, der ihr in Sizilien das Herz geraubt hatte und ihr zum Abschied ins Ohr flüsterte: »Wenn es so weit ist, hole ich dich. Selbst wenn ich dich aus den Armen eines anderen Mannes entführen müsste.«
Plötzlich hörte sie Schritte hinter sich.
»Warte.«
Johannes hielt ihr die Papierrolle mit dem zerbrochenen leuchtend gelben Siegel hin. Er wirkte auf einmal verlegen, sein Zorn war verflogen. »Der Brief ist für dich. Alphanus hat ihn mir gestern Abend ausgehändigt. Ich war einfach zu neugierig. Verzeih mir.«
»Schon gut.«
Trota spürte, wie ihr Herz schneller zu schlagen begann. Ihre Stimmung hellte sich auf, plötzlich fühlte sie sich leicht und

allem Ärger enthoben. Ein süßes Sehnen ergriff sie und brachte sie zum Lächeln. Eben noch hatte sie an ihn gedacht, sich dem Traum hingegeben, die Zeit sei gekommen ... Doch ihre Euphorie verflog, als sie das Papier entrollte und die Zeilen überflog.
»Was ist? Fühlst du dich nicht geschmeichelt?«, fragte Johannes erstaunt.
»Dürfte ich das denn?«, fragte sie skeptisch und verwahrte den Brief in der Innentasche ihrer Tunika.
»Natürlich«, antwortete Johannes betont gönnerhaft. »Der Besuch dieses Bamberger Medicus' gilt schließlich der Ärztin und nicht der schönen Frau – oder ist es etwa andersherum?«
Sein Scherz ließ Trota kurz auflachen. »Warten wir es ab!«, rief sie und setzte ihren Weg zu Erzbischof Alphanus fort.
»Soll Rodulfus Euch ruhig ein bisschen eifersüchtig machen, mein teurer Herr Gemahl.«
Sie erinnerte sich gut an Bernward Rodulfus, den Infirmarius des Bamberger St.-Stephans-Klosters. Er hatte ihr einst Komplimente gemacht, über die sie noch heute lächeln konnte. Vor fünfzehn Jahren, wenige Monate vor ihrer Flucht aus der Stadt, hatten sie sich im Bamberger Leprosorium kennen gelernt. Jetzt verstünde er, hatte der glatt rasierte und kahlköpfige Mönch ausgerufen, warum die Aussätzigen in Bamberg ihr Los so klaglos trügen. Sie erfreuten sich jeden Tag an der Grazie ihrer Jugendlichkeit und genössen es, wenn sie von so kundiger und schöner Hand frisch verbunden würden.

Auf Salernos Domplatz mit dem Benediktinerkloster und der daran angeschlossenen berühmten *scuola medica* spielten Kinder Fangen. Wo noch Schatten lag, arbeiteten wie gewöhnlich niedere Handwerker wie Korbflechter, Spielzeugschnitzer oder

Messerschleifer. Sie teilten sich den Schatten mit vor sich hindösenden Trunkenbolden und Bettlern. Einige von ihnen schnarchten lauter als die meckernden Ziegen, die an der Brunnenstelle tranken. Sie gehörten einer gebeugten Frau mit einem Käfig voller Vögel auf dem Rücken: Ala, die Wolfsfrau, die vor der Stadt mit einem zahmen Wolf lebte und sich darauf verstand, aus Eingeweiden die Zukunft zu lesen.
Ala winkte ihr zu, Trota winkte zurück.
»Besuch mich!«, rief Ala.
»Ja, bald!«
Das Pfeifen einer Beinflöte erregte Trotas Aufmerksamkeit. Ein Spielmann mit rotem verfilztem Haar spielte Tanzlieder, und obwohl er sein linkes Bein unterhalb des Knies auf eine Prothese stützte, stand er so sicher da, als wollte er beweisen: Ich mit meinem Holzbein bin kräftiger als ihr mit euren gesunden Beinen. Trota ging auf ihn zu, denn der Spielmann war auch ein Lupinenverkäufer. Wie es die Kinder taten, hielt sie ihm die hohle Hand hin. Sie naschte gerne von den süßen, nach Mandeln schmeckenden gelben Früchten, die Kraft gaben und schnell sättigten.
Der Lupinenverkäufer steckte die Flöte in den Gürtel, griff zur Kelle und tunkte sie in den Korb mit den Lupinensamen. Er sagte kein Wort, öffnete stattdessen den Mund und zeigte auf seine verstümmelte Zunge. Trota nickte. Sie spürte keinerlei Mitleid, doch ein Schauder erfasste sie. Zu spät hatte sie gesehen, welchen Schmuck der Mann trug: drachenköpfige Armspangen und eine Kette mit einem Thorhammer aus Bernstein. So muskulös wie seine Oberarme aussahen, hätte er ohne weiteres ein ehemaliger warägischer Söldner sein können.
Die Waräger kamen vom Ende der Welt, aus dem sagenumwobenen eisigen Nordreich Thule. Als gottlose Söldner in byzan-

tinischen und slawischen Diensten waren sie tapfere, aber schreckliche Kämpfer. In der Schlacht mähten sie mit ihren zweischneidigen Streitäxten jeden nieder, der sich ihnen in den Weg stellte. Wer mit ihnen zu tun gehabt hatte, berichtete, wie blutrünstig und habgierig sie seien. Sie liebten grausamste Henkersarbeiten, tränken aus Schädeldecken und würden selbst ihre eigenen Frauen schänden.
Ich brauche keine Angst haben, sprach Trota sich Mut zu. Er ist ein Krüppel. Er lächelt mich an, alles ist längst geschehen, und die Gräuelgeschichten über sie ähneln denen Aldos über die Byzantiner.
Soll ich ihn fragen? Ob er einst dabei war? Vielleicht sogar auf der Galeere?
Trota kämpfte mit sich. Längst hatte sie gelernt, dass es aus dem Reigen der Erinnerungen kein Entkommen für sie gab. Aber sie hatte auch herausgefunden, dass es besser war, die Bilder zuzulassen, als gegen sie anzugehen.

Wieder sah sie ihn von zwei flachsblonden, plattnasigen Warägern eskortiert. Mühsam hielt er sich in seinem schäbigen Büßerkittel aufrecht, der Berberaffe auf seiner Schulter lauste ihm das Haar. Zwei Maultiere staksten hinter seinem Esel durch Baris Stadttor. Sie trugen schwer an den zwei großen, schwarzroten Säcken auf ihren Rücken, trotzdem wedelten sie gleichmütig mit Ohren und Schwanz gegen die Schmeißfliegen an, die sie summend umkreisten.
Ohne nachzudenken, riss sie ihre Freundin Gisa mit sich. Hand in Hand stolperten sie vor Boioannes' Rappen, warfen sich bäuchlings aufs Pflaster, schlugen sich Knie und Hände auf. Doch ihre Angst war größer als aller Schmerz. Das Blut rauschte in ihren Ohren, Zeit und Welt verstummten. Erst der süß-

liche Gestank, der den Säcken entwich, brachte sie wieder zu sich.
»Deine Töchter?«, hörte sie Boioannes' höhnische Stimme.
»Die eine«, antwortete ihr Vater. »Sie heißt Trota.«
»Was wünschst du, Trota, Tochter des Dattus?«
»Barmherzigkeit, Katapan! Um Christi willen bitte ich Euch um das Leben meines Vaters.«
»Verschont ihn bitte, Herr«, flehte auch Gisa. »Trota ist mir wie eine Schwester, wir sind wie eins.«
Statt zu antworten stieg Boioannes vom Pferd und zerschlitzte die auf den Maultieren liegenden Säcke. In das gequälte Aufstöhnen der Umstehenden mischte sich das dumpfe Poltern abgeschlagener Köpfe. Jeder war entstellt und schwarz vor Blut, dem einen fehlten die Ohren, dem anderen die Nase. Am grauenhaftesten sahen die aus, denen die Augen ausgestochen waren.
Trotz des bestialischen Gestanks wagten sie nicht, sich zu bewegen. Mit angehaltenem Atem blinzelten sie durch die Beine von Boioannes' Rappen. Warteten, lauschten.
Boioannes, ein Hüne im vergoldeten Panzerhemd und purpurfarbener Toga, suchte sich einen grässlich verstümmelten Kopf aus, hielt ihn an den Haaren in die Höhe und rief, dies sei das Werk ihres Vaters gewesen: »Einer eurer Männer. Er hat sich tapfer geschlagen, bis ihn eine Warägeraxt traf. Er starb schnell. Nach der Schlacht sagte ich: Dattus, probiere dich ein wenig an seinem Gesicht – um deinen Rittern zu zeigen, wie sie bald aussehen werden.« Boioannes ließ den Kopf fallen und befahl Gisa und ihr aufzustehen. Er trat hinter sie, legte die Arme um ihre Schultern und schritt mit ihnen einen Kreis. »Schaut sie euch an, die beiden!«, rief er. »Die Tochter des Dattus und ihre Freundin. Sie sind mutig, und ihre blutigen Knie zeugen von

Tapferkeit. Darum frage ich euch, Bürger von Bari: Soll ich Dattus, euren Stadthauptmann, um dieser beiden Mädchen willen schonen?«

Frauen, deren Gesichter vor Grauen alle Farbe verloren hatten, nickten, doch auf den versteinerten Mienen der meisten anderen malte sich zunehmend Wut und Empörung. Die Stille währte nur kurz, bis schließlich einer rief, was so viele dachten: »Es heißt Auge um Auge, Zahn um Zahn, Katapan. Nur das ist gerecht.«

Entsetzen und Schmach trieben ihr die Tränen in die Augen. Gisa nahm sie in die Arme, begann ebenfalls zu weinen. Da schwang sich Boioannes aufs Pferd und rief: »Ich verachte euch, Baresen! Wie kleinmütig ihr seid! Dattus ist es nicht. Er bot an, im Tausch dafür, dass ich seine Ritter nicht leiden lasse, alle ihnen zugedachten Qualen auf sich zu nehmen. Ich willigte ein, und glaubt mir, ich hätte ihm heute die Tortur nicht geschenkt! Doch um seiner Tochter willen wird dieser Kelch an ihm vorübergehen!«

Die Erinnerung rollte wie eine Woge heißen Öls über sie, doch inzwischen hatte sie gelernt, den Schmerz auszuhalten, bis er langsam abebbte. Einatmen, ausatmen. Mehr als einen leichten Schwindel verursachte er nicht mehr, nur ihr Herz klopfte heftig. Einatmen, ausatmen. Als es ihr wieder besser ging, streckte sie ihre hohle Hand dem Lupinenverkäufer ein zweites Mal entgegen. Bereitwillig griff dieser zur Kelle.

»Hast du unter Boioannes gekämpft?«, fragte sie so beiläufig wie möglich. Dabei schlug ihr das Herz bis zum Hals.

»Akeh.«

»Maniakes? In Sizilien? Syrakus?«

Der Waräger nickte, seine Augen begannen zu leuchten.

Sie entspannte sich.
Er hat nichts mit Vaters Tod zu tun, beruhigte sie sich.
Nein, er nicht.
Georgios Maniakes war einer der fähigsten byzantinischen Feldherrn. Er hatte gegen die Muslime in Sizilien gekämpft und war Oberbefehlshaber der für kurze Zeit verbündeten normannischen, langobardischen und byzantinischen Truppen. Vor acht Jahren hatte er mit verbündeten normannischen Söldnern Messina und Syrakus genommen. Ihr hatte sein Angriff die Freiheit gebracht, etlichen Frauen aus dem Harem des Emirs aber Schändung, Tod oder neue Sklaverei.
»Wenn du für Maniakes gekämpft hast, dann musst du auch Argyros kennen.«
Der Lupinenverkäufer nickte, spuckte aber aus.
Trota schaute zu Boden. Argyros war ihr Vetter – aber das war eine andere Geschichte. Und die, hatte sie im Gefühl, war noch nicht zu Ende.
»Leb wohl. Töte nicht mehr.«
Trota ging ihres Wegs. Sie spürte die Blicke des Warägers im Rücken, beschleunigte ihre Schritte. Auf einmal war sie froh, dass die Klosterpforte offen stand. Fast schon war sie versucht, dies als Wink des Himmels zu sehen, da entdeckte sie Bruder Leo, den Pförtner, mit seinem Reisigbesen. Er fegte den Eingang. Das gestrige Unwetter hatte Zweige und Unrat zusammengespült, und an einer Stelle glänzte noch eine schlammige Pfütze.
»Meldet Ihr mich bitte bei Alphanus an?«
»Wieso das? Er ist doch nachher im Spital.«
»Schon. Aber ich komme jetzt nicht als Ärztin, sondern als Kind Christi.«
»Darum Euer Weg durch die Pforte?«

»Ihr sagt es.«

Leo, bestimmt der längste Mann Salernos, wischte sich den Schweiß von der Stirn und winkte einen Laienbruder heran, der mit einer Fuhre Mist für die Obstbäume um die Ecke kam.

»Du wartest, bis ich wieder hier bin.«

Seite an Seite schritten sie durch ein Spalier von Feigen- und Nussbäumen. Leo war zwei Kopf größer als Trota, tat er einen Schritt, brauchte sie zwei. Der Weg führte über einen Seiteneingang geradewegs in die schummrige Klosterkirche, in der es mehr nach Schweiß als nach Weihrauch roch. Das Licht, das durch die kleinen Bogenfenster fiel, streifte ein paar Säulenkapitelle, auf denen fratzenhafte Fabelwesen ihre Zähne bleckten. Den halbrunden Altar mit dem goldenen Kruzifix schmückte eine weiße Damastdecke, der Teppich, der davor lag, zeigte eine Stadt mit einem felsigen Garten und drei Kreuzen: Jerusalem und Golgatha. Trota beugte das Knie und murmelte ein kurzes Gebet. Doch als sie die Tür zum Kreuzgang aufziehen wollte, rief der Pförtner: »Nicht! Erst muss ich wissen, ob Ihr im Stand der Unreinheit seid.«

»Nein, Bruder«, antwortete Trota mild. »Warum fragt Ihr?«

»Ihr seid unverschämt«, brauste der Pförtner auf.

»Und Ihr ein Philister, Bruder Mönch.«

Sie zog die Tür auf und huschte aus der Kirche. Mit gefalteten Händen und tief ins Gesicht gezogenem Schleier wandelte sie durch das Geviert des Kreuzgangs. Nicht einmal ihre ungeduldigen, schnellen Schritte konnten die friedliche Stille, die hier herrschte, stören. Am Brunnenhaus horchte sie auf das Wasserplätschern und das Gesumm der Bienen, die im Hof von einem Rosenbusch zum anderen flogen.

Sie lehnte sich an den Rand des Wasserbeckens und schloss

die Augen. Das Bild des Warägers verblasste, ihre aufgewühlte Seele wurde wieder ruhig. Plötzlich sah sie Matthäus vor sich, wie er mit seinen Freunden Bastball spielte. Herr, gibt es wirklich keine Medizin für ihn?, fragte sie und lauschte in sich hinein.
Schnarchte Gott? Nein, aber einer derjenigen, die ihm sein Leben geweiht hatten. Das Geräusch kam aus einem der Fenster im oberen Stockwerk, wo sich die Zellen der Mönche befanden.
Das ist auch eine Antwort, dachte sie und betrachtete eine blutrote Rose, die in das Halbrund des Brunnenhauses hing. Aber wie soll ich sie deuten?
Erneut schloss sie die Augen und wiederholte ihre Frage. In das Schnarchen mischte sich eine Erinnerung, die sie auf der Stelle erröten ließ. Halifa ... »Das kann nicht sein, Herr«, flüsterte sie, aber ihre Freude war groß genug, um ein Leuchten auf ihr Antlitz zu zaubern. Doch plötzlich schrak sie zusammen. Wie aus dem Nichts stand Alphanus vor ihr.
»Ich sah, du warst im Zwiegespräch mit Gott«, sprach sie der Erzbischof milde an. »Und dein Strahlen verrät, dass er dir bereits Kraft gegeben hat. Was führt dich zu mir?«
Hier im Kreuzgang gab Alphanus sich ganz als Bischof. Seine gefalteten Hände umklammerten ein Kreuz, und selbst die kleinste Bewegung besaß etwas hoheitsvoll Getragenes. Allein seine flinken Blicke und die Lachfältchen verrieten, dass er ein beweglicher Geist war, der sich auch anderen Situationen anzupassen verstand.
»Ich suche Trost und Rat«, bekannte Trota schlicht. »Gott hat es gefallen, meinen Sohn mit der Fallsucht zu beschweren. Bestimmt habe ich zu viel gesündigt, aber Matthäus' Herz ist rein. Ich flehe Euch an, betet für ihn, hier an diesem Ort, der

die Gebeine des Apostels Matthäus beherbergt, nach dem ich meinen Sohn benannt habe. Betet und bittet Gott, ihm diese Last wieder von den Schultern zu nehmen und stattdessen mir eine größere aufzubürden.«
Sie sank auf die Knie und beugte den Kopf. Sie hoffte, Alphanus mit dieser demutsvollen Vorstellung zu gefallen und seine bekanntermaßen schwärmerische Einbildungskraft zu wecken. Und in der Tat, sie täuschte sich nicht. Alphanus legte seine Rechte auf ihr Haupt und segnete sie für ihren Glauben an die Kraft der fürbittenden Kirche.
»Dein Herz, meine Tochter, ist rein«, sagte er. »Ich werde deinem Wunsch nachkommen und die gebenedeite Mutter anflehen, dass sie bei unserem Herrn Fürbitte für deinen Sohn einlegt.«
Als Trota den Kopf hob, fasste er ihr mit zwei Fingern unter das Kinn, hob es an und lächelte entrückt. Alphanus gefiel sich außerordentlich in dieser Heiligengeste, doch plötzlich begannen seine Augen zu sprühen, mehr noch, Trota bemerkte, wie seine Blicke ihre Gestalt umschmeichelten und er ihr schließlich sogar auf Brust und Schoß schaute, als sie sich erhob.
Seite an Seite schritten sie durch den Kreuzgang.
»Nehmen wir an, Trota, Gott gefällt es, seine einmal getroffene Entscheidung nicht zurückzunehmen«, brach Alphanus schließlich das Schweigen und wechselte von der Rolle des Erzbischofs in die des Arztkollegen, »dann werdet Ihr andere Mittel und Wege finden müssen. Mit der Fallsucht kann jeder leben. Sie zu lindern wäre ein mögliches Ziel.«
»Aber wie? Und womit?«
»Denkt an Ibn Sina.«
»Name und Ruf sind mir bekannt« – Trota klang ungeduldig –, »doch solange ich keine Zeile von ihm kenne ...«

»... ich auch nicht«, fiel ihr Alphanus ins Wort und blieb, da sie den Kreuzgang einmal durchschritten hatten und wieder vor dem Brunnenhaus angekommen waren, stehen. Offen lächelte er Trota an, schüttelte nach einer Weile den Kopf und fuhr spöttisch fort: »Weiß unsere kluge Magistra medicina etwa nicht, dass der große Abu Ali al-Shaykh al-Ra'is, Ibn Sina, fallsüchtig war?«
»Schon! Aber warum deutet Ihr an, dieses Wissen könnte meinem Sohn helfen? Ihr sprecht in Rätseln.«
Trota ließ allen Respekt fahren, was Alphanus aber nicht störte. Stattdessen weidete er sich an ihrer Ungeduld, was ihm die Zeit gab, sie in diesem Moment noch ungenierter zu betrachten als zuvor. Sie hatte das Gefühl, von Alphanus' Blicken Stück für Stück entkleidet zu werden: ihre Tunika fiel, dann der Chiton ... ihr Hemd. Sie starrte auf seine Hände, die das Kreuz umklammerten. Hielt er sich deshalb daran fest? Ihr schauderte, doch Alphanus beobachtete sie scharf, und als er antwortete, hörte Trota einen triumphierenden Klang in seiner Stimme.
»Trota, weißt du es nicht? Wenn Ibn Sina einen Anfall nahen spürte, nahm er Theriak. So einfach ist das.«
»In der Tat, so einfach ist das«, äffte sie ihn nach. »Ich werde also gleich zu Gariopontus in die Apotheke gehen und ihn bitten, mir für den Anfang eine halbe Unze Theriak zu mischen.«
»Dein unziemliches Geschwätz, Trota, ist dieses geweihten Ortes unwürdig«, wies er sie scharf zurecht.
»Wenn Ihr mich vorsätzlich reizt? Ihr nehmt mich nicht ernst, das ist es. Also klagt nicht.« Es lag ihr fern, sich zu entschuldigen. Mehr noch, ihr war gleichgültig, ob sie sich in einem Kreuzgang befand oder nicht und der Mann vor ihr die höchste

geistliche Autorität des Herzogtums verkörperte. Schließlich war Alphanus dazu übergegangen, sich kollegial von Arzt zu Arzt mit ihr zu unterhalten, nicht sie.
»Trota, die Glucke. Mutter bleibt eben Mutter. Damit seid Ihr entschuldigt.«
Sie glaubte, sich verhört zu haben. Alphanus jedoch schien es Freude zu bereiten, sie derartigen Wechselbädern auszusetzen. Nichtsdestotrotz wollte er nicht länger über den Theriak reden und kam ohne Umschweife auf den Besuch des Magisters Rodulfus zu sprechen. Obwohl Trota nicht müde wurde, daran zu erinnern, dass fünfzehn Jahre vergangen waren: Alphanus interessierte sich für Rodulfus' Äußeres nicht weniger als für dessen medizinische Auffassungen. Doch das, spürte sie, war nur Geplänkel. Was er wirklich in Erfahrung bringen wollte, war, wen Rodulfus damals zum Freund oder Feind gehabt hatte.
»An Feinde kann ich mich nicht erinnern. Rodulfus war aber Berater Kaiser Konrads. Es hieß sogar, Konrad habe ihm angeboten, ihn bei seinem Polenfeldzug als Leibarzt zu begleiten. Wie Rodulfus schreibt, wird er im Dezember nach Sutri zur Synode reisen. Mehr weiß ich dazu nicht zu sagen.«
»Aber ich! Heinrich wird sich in Sutri offiziell zum Kaiser krönen lassen, und Rodulfus wie Abt Richar werden ihm den Ring küssen. Doch was bedeutet das? Der Kaiser, der mit Richar einen Bayern in Monte Cassino sitzen hat und darauf spekuliert, in Sutri den Bamberger Bischof Suidger als Papst durchzusetzen, will mit Rodulfus einen weiteren Bayern ins Land einschleusen. Für mich steht außer Frage: Der Kaiser will einen ihm gewogenen Mann auf dem hiesigen Stuhl des Erzbischofs haben. Rodulfus statt Alphanus ist seine Losung.«
»Womit Heinrich einen Kundschafter bekäme, der ihn über jeden Schritt unseres Herzogs informieren wird«, spann Trota

die Gedanken weiter. »Weil es ihm zunehmend Sorgen bereitet, wie verantwortungslos Waimar Bündnis auf Bündnis mit den Nordmännern schließt.«

»Und jetzt sogar Blutsbande knüpft, wie Gaitelgrimas bevorstehende Vermählung mit Drogo von Hauteville beweist.« Alphanus schwieg, legte die Stirn in Falten und musterte Trota aus schmalen Augen. Ein Lächeln huschte über sein Gesicht, als die Stundenglocke zur Terz schlug und die Mönche zur Andacht in die Kirche rief. »Geh mit Gott, meine Tochter«, flüsterte er. »Wir beide wollen zusammenstehen, auf dass jeder dem anderen berichte und helfe.« Er murmelte einen Segen, schlug das Kreuz über Trotas Haupt und ging von dannen.

Mehr verunsichert als getröstet, strebte sie durch die Kirche zurück zur Klosterpforte. Die Mönche, die zwischenzeitlich in der Apsis in ihrem Gestühl knieten, taten so, als würden sie sie nicht sehen, doch als sie ihnen überraschend den Kopf zuwandte, zuckte einer von ihnen merklich zusammen. Der Schweißgeruch war so stark, dass sie auf den letzten Schritten die Luft anhielt. Froh, wieder im Freien zu sein, atmete sie erst einmal tief durch. Gleichzeitig hielt sie die Hand schützend vor die Augen, weil das grelle Licht sie blendete. Es sticht wie Speerspitzen, dachte sie. Kein Wunder, dass so viele Turmwärter entzündete Augen haben und erblinden.

Die unverwechselbaren Geräusche von Holzklappern rissen sie aus ihren Gedanken. Durch einen schmalen Durchlass in der Klostermauer schob Leo auf einem Backschießerblatt den Aussätzigen Brot zu. Die Klosterpforte hatte er verriegelt.

»Obwohl ihr Äußeres der Beweis ist, dass sie Ausschweifungen begangen haben«, erklärte er, »hat Alphanus Mitleid mit ihnen. Wartet besser, bis sie weg sind. Dann lasse ich Euch hinaus.«

»Das könnt Ihr jetzt schon. Ich fürchte die Aussätzigen nicht. Müssen wir sie nicht eigentlich lieben? Sie sind das Sinnbild der Leiden Christi und büßen schon im Diesseits ihre Sünden ab.« Auffordernd legte sie ihre Hand auf den Riegel der Pforte. Leo wollte etwas erwidern, doch es reichte nur für ein unverständliches Murmeln, aus dem Trota die übliche männliche Auflehnung gegen eine selbstbewusste Frau herauszuhören glaubte. Angesichts der Hast, mit der er nun den Querbalken beiseiteschob, fühlte sie sich beinahe hinausbefördert. Am liebsten hätte sie ihm zugerufen, dass er es mit der Wacht über die Reinheit des Klosters nach männlicher Sitte überaus genau nähme und ja nur nicht glauben solle, sie wolle besserwisserischer sein als sein Herr, der Bischof. Doch Trota schwieg, beugte stattdessen ihr Haupt und schritt durch die niedrige Pforte auf den Domplatz.

Sie straffte sich und schaute sich um. Der Lupinenverkäufer war weitergezogen, ebenso Ala und ihre Ziegen. Die Schatten waren geschrumpft, ein Maultier mit Kotzotteln an den Hinterbeinen streunte herum. Neben der Klostermauer hockten die Aussätzigen, betätigten ihre Klapper und bissen gierig ins Brot, das Leo ihnen gereicht hatte. Der eine hatte knotige Geschwüre im Gesicht und eine eingefallene Nase, der andere eine schwärende Krallenhand. Ihm waren beide Füße verbunden, doch da der Verband bereits lose und mürbe geworden war, sah man vorn seine Zehen, beziehungsweise das, was noch von ihnen übrig war: braunrote, eiternde Klumpen voller Straßenstaub. Er suchte Trotas Blick und stemmte sich mühsam in die Höhe.

»Eine milde Gabe, und der heilige Lazarus wird euch vor allem Übel bewahren.«
Er fuchtelte mit seiner Klapper herum, humpelte auf sie zu, blieb aber drei Armlängen vor ihr stehen. Seine krächzende Stimme entsprach dem grauenhaften süßlichen Fäulnisgeruch, der seinem Mund entströmte. Der Aussatz hatte Kehlkopf und Schleimhäute befallen. Er stank wie jemand, der bei lebendigem Leib verfault, dachte Trota und trat einen Schritt zurück. Während sie in ihrer Schürze nach ein paar Münzen suchte, verwarf sie den Gedanken, sie ihm vor die Füße zu werfen. Entschlossen ging sie wieder auf ihn zu und drückte ihm das Geld in die noch gesunde Hand.
»Kauf dir neue Verbandslumpen dafür. Aber wasche sie vorher mehrmals im Meer und lasse sie in der Sonne trocknen. Dann mache dir einen Vorrat von Salbeiblättern. Zerreibe sie so klein wie möglich und bedecke deine Geschwüre damit. Deinen Atem kannst du ebenfalls mit Salbei bessern.«
Er dankte ihr mit einem Blick, überrascht, wie er war. Sie wandte sich von ihm ab und nahm ihren Weg wieder auf. Doch sie kam nur wenige Schritte weit, weil sie erneut hektisches Klappern vernahm. Eine Frau war ihr nachgeeilt und rief sie an, ob sie nicht auch für sie ein Almosen übrig habe.
»Nein«, antwortete Trota. »Wenn ich einen Esel hätte, der ...«
»Aber Ihr seid eine Heilkundige?«
»Ja, was willst du?«
»Dann schaut mich an! Erbarmt Euch meiner! Ich bin keine Aussätzige. Untersucht mich. Nur meine Haut ist schlecht. Meine Stimme ... hört selbst: krächzt sie? Nein. Ich kann sogar singen! Und wie ein verwesender Fisch stinke ich ebenfalls nicht.«
»Schwanger bist du auch, nicht wahr?«

»Ja. Der, der mir dies antat, schlug mich, als er es erfuhr. Dann zeigte er mich als Aussätzige an, weil ich diese Flecken im Gesicht bekam. Ich bin aus Benevent geflüchtet.«
»Das mag sein. Aber ob du Aussatz hast oder nicht, muss eine neue Untersuchung erst feststellen. In ein paar Tagen ist im Spital Siechenschau. Gott steh dir bei!«

Die Frau des Vogts

Am Stand der Schwammtaucher begegnete sie Scharifa, ihrem Hausmädchen, die Gemüse und Fisch eingekauft hatte. Sie war die Tochter einer bei ihrer Geburt gestorbenen Nebenfrau des Emirs von Syrakus und vor acht Jahren, nach der Eroberung der Stadt durch eine Koalition byzantinischer, normannischer und langobardischer Söldner, mit ihr nach Salerno gesegelt. Ursprünglich wollte Scharifa, die jetzt sechzehn Jahre zählte, Ärztin werden, aber kaum, dass sie zur Frau geworden war, hatte sie alle Lust dazu verloren. Johannes bemühte sich, einen Mann für sie zu finden, aber seit neuestem spielte Scharifa mit dem Gedanken, wieder nach Syrakus zurückzukehren, sich dort zu verlieben und eine Familie zu gründen.
»Hast du gesehen, ob sie vielleicht auch Perlmutt-Kästchen verkaufen?«
»Ich weiß es nicht, Herrin.«
Trota schubste Scharifa in die nächste frei werdende Lücke und drängelte sich an ihre Seite. Enttäuscht stellte sie fest, dass bereits sämtliche Schwämme verkauft waren und vom Messinggeschirr nur noch die reich verzierten und damit teuren Aufdeckplatten zu haben waren.
Sie beschloss trotzdem, ihr Glück zu versuchen, und fragte

einen Lockenkopf mit muskulösen, bronzefarbenen Armen: »Habt ihr auch Perlmutt-Kästchen gefunden?« Der Schwammtaucher blinzelte nur. Die Beine weit von sich gestreckt und die Arme hinter dem Kopf verschränkt, saß er auf einem Lehn-Schemel und tat, als ginge ihn der Trubel nichts mehr an. Damit aber kam er bei Trota nicht durch. »Aufwachen!«, rief sie ungehalten. »Du schuldest mir eine Antwort!«
Gelangweilt erhob sich der Bursche, aber als Scharifa ihn neugierig anschaute, wurde er umgänglicher: »Ich kann mit dem Gewünschten leider nicht dienen.« Er lächelte entschuldigend, bückte sich dann aber plötzlich und leerte einen Sack Meerschnecken vor ihnen aus. Scharifa klatschte entzückt in die Hände. Sie griff nach einem zartrota Exemplar, roch daran und hielt es sich ans Ohr.
»Darf ich es behalten?«, bat sie Trota sehnsüchtig.
»Natürlich, wenn sie dir gefällt.« Trota prüfte eine Schnecke nach der anderen, denn ihr ging es um mehr als die Schönheit der Meerschnecken. Der junge Händler lächelte einladend.
»Kauft ihr eine, ist die andere umsonst. Kauft ihr zwei, sind die nächsten beiden frei, und so geht es weiter.«
»Gut, dann nehme ich diese dazu.«
Trota legte ein Schneckengehäuse mit einem zarten, braunweißen Muster in Scharifas Korb, zahlte und schickte sich an zu gehen. »Herrin?«
Scharifa hatte die Arme um sich geschlungen und hielt den Kopf gesenkt. »Fahrt Ihr ... fahrt Ihr vielleicht nach Syrakus?«
»Ja, möchtest du mit?«
»Wenn Ihr es erlaubt?«
»Komm morgen früh wieder. Ich kann nicht allein entscheiden.«

Scharifas Kopf sank noch tiefer, und wenige Augenblicke später begann sie zu weinen. Bestürzt schaute Trota ihr Hausmädchen an, dann verstand sie: Auch wenn Scharifa auf der Suche nach der Liebe nach Syrakus aufbrechen wollte, so kam ihr die Gelegenheit hierzu, der Aufbruch, die Trennung von ihr, Trota, nun doch zu plötzlich. Sie zog Scharifa an sich und streichelte ihr den Rücken. Welche Angst sie doch hat, dachte Trota gerührt. Sie verliert die Sicherheit, die sie in meinem Dienst hat. Und doch weiß sie, dass ihr Entschluss für sie richtig ist. Wie wohl Matthäus damit fertig werden mag? Ist es nicht alles seltsam? Monatelang geht alles seinen gewohnten Gang, dann überschlagen sich die Ereignisse: Steht dies in den Sternen? Will Gott mich erneut prüfen? Oder bilde ich mir alles nur ein? Vielleicht ist alles Zufall?
Ob sie Ala fragen sollte, die Wolfsfrau, die aus Eingeweiden las?
Wohl besser nicht, sagte sie sich, es ist doch alles nur Aberglaube. Ich muss mich gedulden, Gott wird eines Tages Antwort geben. Es hat eben alles seine Zeit.
Sie strich Scharifa noch einmal übers Haar, dann sagte sie: »Hab Vertrauen, Scharifa. Gott allein lenkt unser Schicksal. Und habe ich dir nicht Schreiben beigebracht?«
Scharifa nickte erleichtert, Trota hatte die richtigen Worte des Trostes gefunden. Teilte sie denn mit Scharifa nicht die Gefühle der Angst um einen Mann, die Sehnsucht nach ihm? Bei ihr war es Halifa, bei Scharifa ein noch Unbekannter. Doch die Unruhe des Herzens war – beinahe – die gleiche.
»Lass uns jetzt gehen, Scharifa. Ich habe noch zu tun.« Trota verdrängte ihre plötzliche Gefühlsaufwallung. Sie griff in ihre Tasche und befühlte die Schnecke. Wenigstens hatte sie ein ansprechendes Gefäß für Waimars Tochter. Gaitelgrima brauch-

te die Meerschnecke nur in ein Wasserbad zu legen und zu warten, bis das Harz sich verflüssigte. Die Öffnung des Gehäuses war tief genug, um die Spitze der Stempel-Stäbchen zu präparieren.
Wenn Gaitel sich nicht völlig ungeschickt anstellt, dachte Trota, wird sie sich weder Finger noch Kleidung verkleben. Das Einzige, was sie nicht vergessen darf, ist, rechtzeitig ihre Kemenate zu verriegeln. Hoffentlich bleibt sie mir gewogen. Auf Waimar ist ja doch kein Verlass.

Während der abendlichen Krankenbesuche konnte sie nicht verhindern, dass die zurückliegenden Ereignisse sie in ihrer Konzentration störten. Nur mit Mühe brachte sie die nötige Ruhe auf, ihren Patientinnen zuzuhören. Zum ersten Mal empfand sie ihre Arbeit als lästig, und als schließlich die Zeit des Unterrichts gekommen war, wo sie ihre Novizinnen und Novizen an die Betten führte, war sie der Krankenschicksale so überdrüssig, dass sie nahe daran war, alles abzubrechen. Nur mit Mühe fand sie die passenden Worte. Doch ob sie nun verstohlen gähnte, Sätze nicht zu Ende führte oder schlichtweg ein paar Mal gar nichts sagte – ihre so jungen wie ernsthaften Zuhörerinnen und Zuhörer, allesamt in weißen Tuniken, folgten ihr auf Schritt und Tritt, nickten und stellten nichts, was sie erklärte, in Frage.
In manchem Blick blitzte ab und zu ungläubiges Staunen auf, doch da sie ihre Erklärungen mit ihrer Erfahrung zu stützen vermochte, schwanden Zweifel und Misstrauen rasch. Die Menschen glaubten ihr, weil sie wussten, dass sie mehr gesehen hatte als sie. Sie fühlten nur ihren eigenen Körper, Trota aber hatte schon viele, sehr viele Menschen untersucht.
Trotzdem war sie es, die immer wieder an ihren Rückschlüssen

von Ursache und Wirkung zweifelte, dem Patienten zum Wohl zweifeln musste. Nichts stieß sie mehr ab als die Vorstellung, die Menschen könnten glauben, dass sie die Hoheit über die Deutung von Krankheiten hatte, einzig und allein, weil sie sich Ärztin nennen konnte. Sie meisten, dachte Trota nicht ohne Bitternis, glauben alles, was ihnen ein Meister erzählt. Selbst wenn ich behauptete, der Monatsfluss sei bei einer Melancholikerin von dunklerer Beschaffenheit, der einer Cholerikerin dagegen heller, sie würden es so hinnehmen.
Sie wusste, sie war bislang nur einem Teil der natürlichen Erscheinungen auf den Grund gegangen. Sie hatte noch viele Fragen zu beantworten. Und sie war voller Neugierde.
Trota trat ans Bett einer jungen Frau, die unter schweren Koliken gelitten hatte, und wandte sich an ihre Zuhörer. »Bevor ihr an Rezepte oder gar Operationen denkt, fragt euch: Habe ich es mit einer gleichsam erworbenen, ansteckenden oder ererbten Krankheit zu tun?« Sie fühlte der Frau den Puls und deckte das Bett auf. Eine Wärmflasche kam zum Vorschein. Trota prüfte deren Temperatur, erkundigte sich, ob die Frau noch Schmerzen habe, und kündigte an, nachdem diese verneinte, sie morgen zu entlassen. »Sophia, zum Beispiel«, fuhr sie fort, »hat Eltern und Großeltern, die viele Speisen nicht vertragen, vor allem Hülsenfrüchte und Obst. Hätte ich sie gestern Vormittag nicht danach gefragt, sie wäre vermutlich aufgeschnitten worden. Denn die Schmerzen, die sie hatte, waren so heftig, dass ich zunächst dachte, sie leide an einem Darmbruch in der Folge eines Darmverschlusses. Ich untersuchte sie, konnte aber keine eigentliche Schwellung feststellen, auch werden die Schmerzen bei sanfter Belastung des Bauches nicht stärker. So ließ ich ihr ein heißes Bad herrichten und begann, ihren Bauch zu massieren. Die Schmerzen

wurden weniger, und Sophias Körper entledigte sich eines Windes.«

»Dann rührten die Schmerzen also nur von Blähungen?«, fragte ein Student, ein schlanker Lockenkopf mit Cäsarennase.

»So war es. Was würdet Ihr nun tun?«

»Ein warme Packung auf den Leib legen.«

»Richtig. Ich machte Sophia eine aus Gerstenmehl, Rapsblüten und etwas Saft der Böskrautwurzel. Letztere ist die sogenannte garganische Purgierdolde. Lest, was in unserem Dioskurides-Fragment darüber geschrieben steht. Heiß aufgelegt löst diese Packung die restlichen Verkrampfungen. Nach einem erneuten warmen Bad fühlte Sophia sich endlich wieder wohl.«

Sie winkte eine Pflegerin herbei und trug ihr auf, noch einmal die Wärmflasche zu füllen. Daraufhin verabschiedete sie sich von Sophia und trat an das nächste Bett, in dem die Frau des Vogts lag. Sie dämmerte vor sich hin, den Mund gramvoll verzogen. Das Essen hatte sie nicht angerührt, nur den Wein getrunken. Trota strich über die Bettdecke, doch die Frau schüttelte nur den Kopf.

»Auch das muss ein Arzt lernen: Den Willen seines Patienten, soweit er ihm damit nicht schadet, zu respektieren«, sagte Trota leise zu ihren Studenten. »So wollen auch wir es halten. Dieses Kopfschütteln sei uns das Zeichen, es für heute genug sein zu lassen.«

Sie winkte der Pflegerin zu und trat in den nüchternen und düsteren Gang hinaus, der Ärzte- und Krankenzimmer miteinander verband. Einer der Studenten eilte ihr nach, derselbe, der an Sophias Bett gefragt hatte. Das gramverzogene Antlitz der Frau, sagte er zu Trota, bewege ihn. Ob sie ihm verrate, worunter sie leide?

»Es schickt sich nicht, dies unter vier Augen zu besprechen.«
»Bitte.«
Trota schätzte Nathanael als einen der aufmerksamsten Studenten, einen, der Frauenleiden nicht weniger ernst nahm als Verletzungen oder Krankheiten der Männer. Trotzdem war er ihr nicht eigentlich sympathisch. Verstandesmäßig fand sie keine Argumente gegen ihn, ihr Gefühl aber riet ihr, sich vor ihm in Acht zu nehmen.
Vermutlich liegt es an seiner unbekümmerten Neugier, dachte sie. An seinem Anspruch, alles wissen zu wollen. Er ist stolz, weil er der Sohn eines reichen griechisch-jüdischen Tuchhändlers ist. Ich könnte mir einbilden, dass er sich nur deswegen für Frauenleiden interessiert, weil es einfach Frauen gibt. Käme einer auf die Idee, Tiere und deren Krankheiten zu studieren, er würde sich auch dafür interessieren. Aber vielleicht täusche ich mich ja doch in ihm.
Schließlich sahen nicht nur sie, auch ihre Kollegen einen aufgehenden Stern der Scuola in ihm. Zu Alphanus' großer Freude liebäugelte er damit, zu konvertieren. Besonders Costas schätzte ihn, denn Nathanael zeigte ausgeprägtes alchimistisches Interesse. Er war häufig in Costas' Laboratorium zu Gast, und, erinnerte Trota sich: Kürzlich hatte Costas Johannes gestanden, Nathanael sei ein geradezu fanatischer Experimentator.
Auch wenn es möglicherweise ein Fehler ist, ihm die Wahrheit zu sagen, dachte sie: Kürzlich hat Nathanael beredt Hippokrates verteidigt: Was immer ich bei der Behandlung eines Patienten sehe oder höre oder auch außerhalb der Behandlung im Leben der Menschen – was man niemals preisgeben darf, darüber werde ich schweigen, da ich solches als heiliges Geheimnis achte.

»Nun denn, Nathanael, höre also: Ihr saht eine geschändete Frau. Sie wurde von ihrem Mann vergewaltigt. Vor ein paar Monaten brachte sie ihr zweites Kind zur Welt, wieder eine sehr schwere Geburt. Daraufhin beschloss sie, keusch zu leben. Ihr Mann aber wollte nichts davon hören und begann, sie zu bedrängen. So kam sie zu mir, weil sie gehört hatte, ich wüsste ein Mittel, die Vagina vor dem Verkehr so zu präparieren, dass der Mann keine Freuden mehr beim Beischlaf empfindet. In der Tat, ein Puder aus Brombeeren und Natron zieht wunderbar zusammen. Doch wie lange geht das gut? Die Frau schleppte sich vor drei Tagen hierher, ich selbst werde ihren Mann zur Rede stellen. Aus Angst vor einer erneuten Schwangerschaft habe ich eine Spülung gemacht.«

»Ihr habt vorsätzlich Sperma vernichtet? Schlimmer noch, entstehendes Leben?«

Trota stutzte. Nathanaels Empörung war echt und nicht gespielt. Er riss die Augen auf und trat einen Schritt zurück. »Ihr erzählt mir nur eine Geschichte, nicht wahr?«, fragte er schließlich und nickte dazu. Ein Lächeln umspielte seinen Mund.

»Nein, Nathanael.«

»Ihr habt Euch wirklich angemaßt ...«

»Euer Ton und Eure Ausdrucksweise scheinen zu verraten, wer Ihr seid«, entgegnete Trota kühl. »Glaubt Ihr wirklich, Euch einmal Arzt nennen zu dürfen, wenn Ihr menschlichen Nöten mit der Härte der Kirchenväter begegnet? Ich glaube jetzt zu verstehen, weshalb Ihr Eurer Religion untreu werden wollt: Euch Juden liegt nämlich das Wohlergehen von Müttern und Frauen am Herzen. In dieser Hinsicht sollten wir von euch lernen. Aber das wollen und dürfen wir natürlich nicht. Ein Volk, das Christus den Tod wünschte, kommt als Zeuge für barmherziges Abwägen nicht in Betracht.«

Ohne nachzudenken, kamen ihr diese sarkastischen Worte über die Lippen. Sie war sich im Klaren darüber, in welche Gefahr sie sich brachte, doch sie konnte nicht anders, es musste gesagt werden. Nathanael bekam zu hören, was Costas mit seinen Unverschämtheiten gestern Nachmittag provoziert hatte. Wenn das Schicksal es so wollte, würde ihr eben ein Student zum Verhängnis werden.
Sie ließ Nathanael stehen und verschwand in der Düsternis des Steinganges.
»Ihr seid ketzerisch, Trota!«
Nathanael lauschte seiner Bemerkung nach und nickte. Costas hatte Recht: Diese Frau war eine Anmaßung. Sie musste fallen.

Zweiter Teil

In Phokas' Boot

Zum Glück gab es auch anderes als Spitalarbeit, Krankenbesuche oder Auseinandersetzungen mit unleidlichen Kollegen oder Studenten – zum Beispiel Mußestunden mit Matthäus und seinen beiden Freunden Gregor und Gisbert. Mal ging Trota mit ihnen in die Macchia, um Beeren und Blüten zu sammeln, ein andermal spielte sie mit ihnen am Strand Ball oder nahm sie mit in ihren großen Gemüse- und Kräutergarten oberhalb der Stadt, wo die Jungen ihr dabei zusehen durften, wie sie Puder, Salben und Tinkturen mischte.

Besonders schön war es, wenn sie zusammen mit Phokas, dem Krustentierfischer, die Küste entlangfuhren und seine Reusen einholten. Phokas war der Sohn von Ala, der Wolfsfrau. In den Bergen groß geworden, hatte er sich von Kindheit an nach der Weite des Meeres gesehnt. Sein Handwerk hatte er von dem Griechen Alexios gelernt, der bald darauf sein Schwiegervater geworden war, weil Phokas, ohne Vorbehalte gehabt zu haben, dessen nicht sehr hübsche Tochter Theano geheiratet hatte. Nun sah er sich als glücklichen Mann: Er war den Bergen entronnen, hatte ein Handwerk gelernt und noch dazu ein Weib bekommen. Trota erinnerte sich, dass er ihr einmal gestanden hatte, das unschöne Antlitz seiner Frau berühre ihn so wenig wie das Salz die Kruste eines Schalentiers. Tagsüber sei er ohnehin auf dem Meer, nachts, in der Stunde der Liebe, sei es dunkel, und an den Festtagen sei er in der Kirche. Zudem brauche er sich keine Sorgen darüber zu machen, dass ein anderer Mann seiner Theano nachstelle, wenn er fern von ihr auf dem

Meer fische. Zwei gesunde Kinder hätten sie, und er sei zufrieden. Schließlich hätte es ihn, den Sohn einer Wolfsfrau, wahrlich schlechter treffen können.

Mochte es nun an Phokas' heiterem Gleichmut liegen oder an dem Gefühl, auf dem Meer ihrem Vater näher zu sein als anderswo, Trota liebte es über alles, in das glitzernde Blau hinauszugleiten. Das Glucksen des Wassers und helle Flattern des Segels enthob sie den Ereignissen des Alltags und brachte sie zum Träumen. Ihre Seele wurde leicht, und die Schatten verblichen. Die Stunden, in denen Phokas stumm das Ruder hielt, die Kinder über der Bootswand hingen und mit den Händen im Wasser spielten, waren für sie kostbarer als teure Geschenke. Es war die Zeit, in der sie sich gestattete, an den Mann zu denken, den sie als Einzigen wirklich geliebt hatte und auf den sie im Innern ihres Herzens noch immer hoffte: Halifa, der mit Kokosnüssen, Ebenholz, Weihrauch, Kräutern und Gewürzen handelte.

»Phokas?«

»Ja, Herrin?«

»Nimmst du uns heute mit hinaus?«

»Warum nicht. Das Wetter war günstig, und die Reusen werden gut gefüllt sein. Es könnte heute aber länger dauern.«

»Zeit ist mir gleich.«

»Wie Ihr wünscht, Magistra. Steigt ein!«

Und so setzte sich Trota mit Matthäus, seinen Freunden Gregor und Gisbert in Phokas' Fischerboot.

Warmer weicher Sommerwind strich über ihr Gesicht. Trota hielt die Augen geschlossen. Leise platschten die Wellen gegen das Boot. Lichtflecken hüpften vor ihrem inneren Auge, Lichtflecken, aus denen in ihrer Erinnerung langsam die Konturen Palermos erwuchsen.

Palermo, vor zehn Jahren: Sie war mit Aischa, der Hauptfrau des Emirs, auf dem Basar, um Weihrauch zu kaufen. Weihrauch, hatte sie von Aischa gelernt, diene sowohl dem Körper als auch dem Geist. Er sei gut für die Stärkung der Verstandeskräfte, vor allem aber ein vorzügliches Mittel bei Darmerkrankungen und Gicht.
»Aber nur, wenn er von guter Qualität ist. Der aus dem Dhofar ist am besten, besser als der aus Äthiopien oder Indien, aber auch er muss kleinperlig und rein sein.«
Aischa wurde nicht fündig, trotzdem klatschte sie mitten im Basargewühl entzückt in die Hände und rief: »Allah ist mit uns. Ich werde meinen Weihrauch bekommen!«
»Warum?«
»Er hat Halifa geschickt. Ich erkannte gerade einen seiner Seeleute.«
Sie liefen zum Hafen, wo Aischa auf eine Dhau, ein arabisches Segelschiff, zuschritt. Zwei schwarze, samthäutige Sklaven schleppten Ebenholzstücke und Säcke voller Kokosnüsse von Bord, während ein Seemann mit roter Wollfilzkappe in aller Ruhe unter einem Baldachin an einem Tisch saß und schrieb.
»Allah ist groß. Ich habe dich gerufen, und du bist da.«
Ohne eine Antwort abzuwarten, schritt Aischa an Bord, wo sich der Seemann bereits erhoben hatte, um vor ihr respektvoll das Knie zu beugen.
Trota stand auf der Mole und schaute zu ihm hinauf, er aber konzentrierte sich ganz auf Aischa, die ihn sofort in ein Gespräch verwickelte. Halifa neigte mehrmals höflich das Haupt, dann aber wandte er plötzlich den Kopf und schaute sie an, sah ihr direkt in die Augen. Sein Blick war so sanft wie sprechend, sein gewinnendes Lächeln, das Aischas wegen seinen Mund umspielte, so fein wie ein durchsichtiger Schleier. Aischa ent-

ging sein Blick nicht. Sie lachte, kniff ihn in die Wangen und winkte Trota herauf.

»Trota, das ist Halifa. Er stammt aus einem Dorf bei Karthago und ist so gelehrt wie geschäftstüchtig. Loben die Byzantiner seinen Weihrauch als Duft des Himmels, sage ich, sein Weihrauch ist der Duft Allahs.«

Halifa schwieg, seine Augen aber leuchteten wie polierte Opale. Doch dann tat er wieder etwas Ungewöhnliches: Er ergriff ihre Hand, wog sie in der seinen und küsste ihren goldenen Haremsring.

Aischa wurde sofort eifersüchtig.

Halifa solle Geschäfte machen und nicht ihren Mädchen den Kopf verdrehen, schimpfte sie los. Wenn er sich in Zukunft nicht in Acht nehme, werde sie dem Emir verraten, dass ein dahergelaufener Händler es gewagt habe, einer seiner Frauen schöne Augen zu machen.

»Er wird dich spießen und in der Sonne vertrocknen lassen!«

»Nein, ihr zuliebe würdet Ihr das niemals tun«, antwortete Halifa schlicht. »Wer dürfte sich sonst rühmen, Eure Schülerin zu sein? Wer für Euren Nachruhm und Euer Andenken sorgen?«

Seine Stimme war warm, ohne dumpf zu sein. Er drehte seine Hände nach oben, als wolle er nach Art der Muslime beten, doch stattdessen strich er sich über das rasierte, edel geschnittene Gesicht. Sein Blick wandte sich für einen Augenblick nach innen, dann jedoch lächelte er sie offen an und bat sie, unter seinem Baldachin Platz zu nehmen. Er verschwand unter Deck und kam mit einem Krug Wein, einer Schale Datteln und einem Säckchen Weihrauch zurück.

»Dieser Weihrauch ist mein Gastgeschenk«, sagte er. »Und für dich, Trota, habe ich gute Worte. Beherzige sie, denn ich weiß, dass du sie lesen kannst.«

Er griff in seine Tunika und reichte ihr ein gerolltes Pergamentblatt: Der Eid des Hippokrates in griechischer und lateinischer Schrift.
Spätestens da hatte sie sich in ihn verliebt.
Wie im Rausch folgte sie seinen Reiseerzählungen.
Klopfenden Herzens nahm sie von ihm Abschied.
Aber noch weit heftiger klopfte ihr das Herz, als Aischa sie Tage später in die Karawanserei von Palermo schickte, in das Haus der Ifriqiya, wo alle Kaufleute der einst römischen Provinz Afrika zu logieren pflegten.
Sie war angemeldet, weil sie Halifa Geld bringen sollte, damit er, wenn er nach Alexandria segelte, für Aischa ein Buch kopiere: die Arzneikunde des Dioskurides.
Halifa empfing sie mit Kaffee und Gebäck. Er selbst duftete nach Weihrauch. Als sie ihm erstaunt und hilflos in die Augen sah, legte er nur seinen Finger auf die Lippen. Sanft zog er sie an sich und küsste sie.

Smaragdgrün war das Meer an der Stelle, an der Phokas seine Reusen ausgelegt hatte. Sie ankerten südlich der Stadt in einer schmalen, anthrazitfarbenen Bucht, die von scharfzackigen Klippen gesäumt war. Der Wind kräuselte das Wasser, hoch über ihnen krallten sich krumme Pinien in den Fels. Vom grünen, bergigen Hinterland war hier nichts mehr zu sehen, dafür war der Himmel von einem atemberaubend tiefen Blau.
»Ich weiß, dass hier irgendwo ein Adler seinen Horst hat«, meinte Phokas. »Wenn wir Glück haben, zeigt er sich. Das wäre ein gutes Omen.«
»Warum?«, fragte Trota und beschattete ihre Augen, um nach dem Tier Ausschau zu halten.

»Wenn sein scharfer Blick auf uns fällt, schenkt er, was uns allen fehlt: Verstand.«
»Ein Fischadler, meinst du, ist klüger als wir Menschen?«
»Ja, weil er klarer sieht«, antwortete Phokas bestimmt und suchte die Klippen ab. Dabei sang er ein Lied, und nachdem es zu Ende war, pfiff er dreimal. Matthäus, der wie seine Freunde enttäuscht war, dass der Adler sich nicht zeigte, fragte ungeduldig: »Und jetzt?«
»Wer weiß?«
»Vielleicht ist er so klug, auf deinen Fang zu warten, Phokas«, warf Trota ein, »um sich dann auf dein Boot zu stürzen und die Beute von denjenigen zu stehlen, die er für dumm hält. Was würdest du dann tun? Ihn gewähren lassen?«
»So dumm bin ich doch wohl nicht«, erwiderte Phokas.
»Na, siehst du. Wie kann dann der Adler klüger sein als du?«
»Warten wir ab, Herrin.« Phokas wandte sich seiner Arbeit zu. Heute hatte er sechs Reusen zu bergen, die trotz des kristallklaren Wassers nur schemenhaft zu erkennen waren. Die Kinder staunten, wie lang die Seile waren und wie oft Phokas nachfassen musste, um seinen Fang an die Oberfläche zu befördern. Die Ausbeute war gut. Die Kinder zählten eineinhalb Dutzend Langusten und fünf Krebse. Die drei kleinen Hechte, die halb lebendig in den Reusen zappelten, warf Phokas wieder über Bord, dann begann für die Kinder die Mutprobe: Sie sollten die Langusten aus den Reusen ziehen und in einen großen Korb werfen. Matthäus weigerte sich. Er fürchtete sich vor den langen Fühlern, doch auch Gregor und Gisbert konnten sich nur schwer überwinden, jeweils zwei Tiere zu packen. Sie kreischten ängstlich auf, als die Fühler ihre Arme streiften, und um ein Haar hätte Gisbert ein Exemplar ins Meer fallen lassen.
Schließlich war Trota an der Reihe.

»Muss das sein? Schließlich bin ich eine Frau«, wandte sie ein.
»Gerade darum. Frauen sind mutiger«, sagte Phokas. Er packte eine Languste und setzte sie auf den Boden des Bootes. Das Tier schlug mit seinen Fühlern ans Holz, streifte Trotas Tunika und schleppte sich über eine der Spanten. Phokas griff zum Messer, setzte die Spitze auf die Mitte des Panzers und stieß zu. Trota lief ein kalter Schauder über den Rücken, die Kinder rissen vor Entsetzen die Augen auf – denn erst als Phokas das Fleisch aus dem Panzer hebelte, erstarb die Bewegung der Fühler. »Probiert. Roh schmeckt es am besten.«
Um Phokas nicht zu beleidigen, kostete Trota. Den Kindern sah sie an, wie sehr sie sich beherrschten. Tapfer würgten Gregor und Gisbert ihre Brocken hinunter, Matthäus spülte mit etwas Meerwasser nach. Zur Belohnung ersparte Phokas ihnen, die Reusen weiter leer zu räumen.
»Und, wo ist jetzt der Adler?«, fragte Trota.
Phokas warf den Rest der Languste ins Wasser. Und tatsächlich, wenige Augenblicke später schwebte der Adler hoch über den Klippen. Er stieß einen Schrei aus und sank in immer enger werdenden Kreisen hinab aufs Meer.
»Jetzt sind wir ein wenig klüger«, frohlockte Gregor.
»Hat die Languste den Adler angelockt?«, wollte Matthäus wissen.
»Ja«, sagte Phokas. »So wie der Tod die Ärzte gemacht hat, so hat die Languste den Adler daran erinnert, dass er fressen will. Eines greift ins andere. Das ist der Lauf der Welt.«
»Der Lauf der Welt«, sinnierte Trota. »Doch der Adler ist nicht klüger als wir. Wir sind es, die seinen niederen Instinkt erkennen und lenken können, Phokas. Er hat zwar einen schärferen Blick, doch wir haben den schärferen Verstand. Sehen ist das eine, verstehen das andere.«

Phokas schwieg und wendete das Boot. Bald kreuzten sie weit ins offene Meer hinaus. Der Wind wehte günstig, so dass sie rasch Fahrt aufnahmen. Das Segel blähte sich, Gischt spritzte über die Bordwand. Wie Matthäus und seine Freunde ließ sich auch Trota von der Geschwindigkeit berauschen, streckte den Kopf in den Wind und genoss es, wie er den dichten Knoten ihres langen, blondes Haars zerzauste. Bald schmeckte sie nur noch Salz. Haut und Tunika fühlten sich klebrig an.

Wenn ich doch häufiger so frei sein könnte, dachte sie. Aber heute Abend ist wieder Klausur, und Costas wird längst das Messer wetzen. Sind wir erst an Land, kommt auch wieder die Angst um Matthäus' nächsten Anfall zurück. Noch ist er zu klein, um sich selbst zu beobachten. Ich muss herausfinden, welche Dinge es sind, die seinen Körper veranlassen, zu zucken und zu krampfen. Bis heute weiß das nur Gott allein.

Phokas fuhr eine Wende und steuerte das Boot in Richtung Küste zurück. Der Adler war längst mit seinen Beutestücken in seinen Horst zurückgekehrt, die Fangstelle ein von flachen Wellen gekräuselter Küstenstreifen.

Je näher sie Salerno kamen, umso belebter wurde das Meer. Zwischen je einem venezianischen und byzantinischen Handelsschiff tummelten sich amalfitanische und neapolitanische Lastensegler, aber auch einheimische Fischerboote. Die einen verließen die Hafeneinfahrt, die anderen steuerten auf sie zu. Trota fielen die vielen Ritter auf, die auf dem Umgang des vorgelagerten Wachtturms übers Meer spähten. Ihre Rüstungen blitzten in der Sonne, und mehrmals schwenkte einer der Ritter die blau-rote Fahne des Fürstentums.

In der Flottenbucht legte eine Galeere ab, Ritter nahmen am Ufer Aufstellung.

»Herzog Waimar bekommt Besuch!«, rief Trota. »Kannst du erkennen, von wem, Phokas?«
»Nordmänner!«
Phokas täuschte sich nicht. Wenig später machte auch Trota das charakteristische Schiff mit dem großen rautengemusterten Segel und den nach oben gezogenen Schiffsenden aus. Als es nahe genug heran war, standen die Ritter in der Galeere auf und streckten die Schwerter in die Höhe.
»Gibt es jetzt Krieg?«, fragte Gregor angespannt.
»Nein, eine Hochzeit.«
Kaum einer hatte bis zu diesem Tag von dem Großereignis gewusst, doch als das Normannenschiff in den Hafen einlief, wusste die Stadt Bescheid. Trota bekam noch mit, wie Herzog Waimars Herold die frohe Botschaft auf dem Kirchenvorplatz des San-Giorgio-Klosters ausrief: Die Hochzeit finde am Tag des heiligen Benedikt statt, am zehnten Juli dieses Jahres.
Sofort dachte sie an ihre harzgefüllte Schnecke. Gaitelgrima hatte demnach noch eine gute Woche Zeit, sich zu präparieren. Hoffentlich macht sie es auch wirklich genau so, wie ich es ihr geschrieben habe, überlegte sie. Übertreiben darf sie auf keinen Fall. Sonst tut es zu sehr weh. Und zwar beiden.
Doch offensichtlich machte sie sich umsonst Sorgen. Längst nämlich hatte Gaitelgrima sich eine Überraschung für sie ausgedacht – eine Überraschung, deren übermütige Inszenierung sich Trota jedoch verbeten hätte, wäre sie ihr vorher zu Ohren gekommen.

Die Kriegerin

Die Inszenierung begann damit, dass Rahel, Gaitelgrimas Zofe, am frühen Abend im Spital vorstellig wurde und wünschte, Trota zu sprechen. Sie war nicht allein gekommen, sondern in Begleitung einer geheimnisvollen Frau, die eine Burka trug, eine arabische Gesichtsmaske, und in einen bis zum Boden reichenden schwarzen Seidenkaftan gehüllt war.

»Bringt Zeit mit, edle Damen«, beschied sie Gerving, Arzt vom Dienst, und griff zur Glocke, um nach einer Helferin zu rufen. Für wohlhabende und vornehme Besucher wurde immer ein Vorrat an Erfrischungen und Gebäck bereitgehalten, und wer wünschte, erhielt eine Führung durch die Kranken- und Operationsräume.

»Zeit?«, wiederholte die Frau mit der Burka, und ihre blauen Augen begannen hochmütig zu blitzen.

»Ja, Ihr habt Euch leider Tag und Stunde ausgesucht, in der sich das Collegium in Klausur zurückzieht, um sich zu beratschlagen.«

»Das wissen wir. Trotzdem duldet der Wunsch meiner Herrin keinen Aufschub«, drängte Rahel ungehalten. »Es wird auch nicht lange dauern. Sicher ist nur: Ich muss die Magistra Trota sprechen. Und zwar jetzt.«

Das Gesicht des diensthabenden Arztes erstarrte. Denn gleichgültig, ob Rahel nun die Zofe Gaitelgrimas war und ihre seltsame Begleiterin des Herzogs neuer Bettschatz, die Klausur des Collegiums durfte nicht gestört werden, dies war oberstes Gesetz.

Gerving läutete noch einmal, diesmal energischer. Die Antwort war ein dumpfer Knall eines zerberstenden Krugs und eine heftige Schimpftirade. Gerving zuckte die Schultern. Wenige Minuten später erschien eine junge Spitalschwester mit den gewünschten Erfrischungen. Sie war hochrot im Gesicht, und ihre Sandalen, die voller Rotwein waren, hinterließen feuchte Abdrücke auf dem hellen Steinboden. Gerving nahm der

Schwester das Tablett ab und bat Rahel und ihre Begleiterin ins Empfangszimmer, wo er es sich nicht nehmen ließ, den edlen Damen aufzuwarten. Gemäß den Anschauungen aller Salernitaner Ärzte, dass Wasser als Getränk so viel als möglich zu meiden sei, reichte er den honiggesüßten Wein und forderte sie freundlich auf, sich aus den Schüsseln zu bedienen: »Kostet auch vom Buttergebäck und den getrockneten Feigen. Letztere kommen aus dem heiligen Land und sind besonders gesund.«
»Bestimmt schmecken sie genauso wie die griechischen oder kalabrischen«, erwiderte die Frau im Seidenkaftan abschätzig und nippte an ihrem Steingutbecher. Geschickt hob sie die Burka ein Stück an und schob sich eine Feige in den Mund, Rahel hielt sich lieber an die halbmondförmigen *baklawas*.
»Ich zeige Euch gerne die Krankenräume«, begann Gerving von Neuem. »Oder, weil ich mir vorstellen könnte, dass Euch dies besonders interessiert, die Frauenstation ...«
»Wir sind nicht gekommen, um Maulaffen feilzuhalten«, unterbrach ihn die Frau in der Burka ruhig, »aber gleichwohl kommt uns Euer Angebot gelegen: Würdet Ihr uns zu den Rittern Richard und Bohemund führen?«
»Gerne. Es geht ihnen so weit gut. Ihr Antlitz freilich ...«
»... ist entstellt. Das wissen wir«, ergänzte die Fremde leise.
Gerving stutzte. Warum besuchten diese seltsame Zofe und ihre noch mysteriösere Begleiterin die Ritter erst jetzt, wo sie doch um deren Schicksal wussten? Bohemund und Richard hatten an der Seite der Nordmänner im Mai tief im apulischen Süden gegen die Byzantiner gekämpft und ihnen Lecce entrissen. Dabei hatten sie keine tödlichen, doch fürchterliche Gesichtsverletzungen erlitten. Bohemund waren die Nase und der halbe Mund abgehauen worden, Richard fehlten das linke Ohr und die Hälfte der Wange.

Sie führen etwas im Schilde, argwöhnte Gerving. Vielleicht nehmen sie Trota nur als Vorwand, um in Wahrheit die beiden Ritter vor der Hochzeit zu vergiften.
Schon einmal nämlich hatte Herzog Waimar sich auf diese Weise eines Ritters entledigt. Jetzt hätte er wieder einen Grund: Derartig Gezeichnete wie Bohemund und Richard schwächten ihrer grässlichen Entstellungen wegen die Feierlaune und Kampfkraft der anderen Ritter. Ihr Äußeres stand für Leiden und Schmerz, womit sie die Totengräber für ritterliche Tugenden wie Mut und Tapferkeit waren. Ihr Los war, in Zukunft von ihren Pachteinkünften zu leben oder sich bei Muslimen oder Byzantinern als Söldner zu verdingen. Da nun Richard und Bohemund zur handverlesenen Einheit des Herzogs gehörten, wussten sie viel über dessen Mannstärke und Ausrüstung zu sagen ... möglicherweise zu viel.
Gerving wurde mit jedem Augenblick misstrauischer.
Trotzdem schickte er sich an, die Besucherinnen durchs Spital zu führen. Rahel warf ihrer Begleiterin fragende Blicke zu, diese nahm sie daraufhin kurz beiseite und flüsterte ihr etwas ins Ohr. Erschrocken schlug sich Rahel die Hand vor den Mund, unter der Burka jedoch hörte sie ein Kichern.
Gerving runzelte die Stirn. Was führten sie nur im Schilde? Er beschloss, den Rundgang so schnell wie möglich zu absolvieren und beide fest im Auge zu behalten. »Unser Spital«, erklärte er mit lauter Stimme, »erstreckt sich quer zur Klosterkirche. Die Krankenräume liegen gen Norden und umschließen, wie Ihr gleich sehen werdet, einen Kreuzgang, auf dessen Hof die wichtigsten Heilkräuter wie Salbei, Minze oder Schwarz- und Kreuzkümmel wachsen.« Er lief voraus, erreichte den Kreuzgang und blinzelte in einen Sonnenstrahl, der zwischen zwei Säulen in den Gang fiel. Wie still es ist,

wenn sie nicht tuscheln, dachte Gerving, doch da riss ihn ein Rascheln aus der Ruhe. Er drehte sich nach den Frauen um und erstarrte. Denn plötzlich sah er sich Rahel und einem Ritter in Kettenhemd, langem blondem Haar und gezogenem Schwert gegenüber, einer Ritterin, die so entschlossen auf ihn zuschritt, als wolle sie mit ihm in Zweikampf treten.
»Prinzessin Sikelgaita!«
Gerving fiel auf die Knie, seine Augen auf die nur fünfzehnjährige Herzogstochter gerichtet. Im Schummerlicht des Flures wirkte Sikelgaita wie eine überirdische Erscheinung, wie ein plötzlich vom Himmel herabgefahrener Erzengel – einer, der Gerving jedoch nicht beistand, sondern ihn demütigte, indem er ihm mit flacher Klinge das Kinn anhob und ihm die Schwertspitze auf die Gurgel setzte.
»Führe uns zu Trota, oder ich muss husten.«
Sikelgaita verstärkte den Druck. Gerving zitterte, zwang sich, nicht zu nicken, sondern nur ein Ja zu krächzen. Sein Hals blutete bereits, in seinen Augen lagen Angst und Empörung. Als er sich erhob, traf ihn Rahels Blick. Sie zuckte mit den Schultern, und er verstand: So sind sie nun mal, die Streiche der Prinzessin. Wer sich mit ihr anlegt, zieht den Kürzeren.
»Folgt mir«, sagte er nur und beugte kurz sein Haupt vor Sikelgaita. Diese lächelte triumphierend.
Die Klausur lag in der Nähe des Kreuzgangs, im Rücken des Turms der Klosterkirche. Ein halb in die Wand eingelassener Andachtsschrein zeigte Christus am Kreuz, flankiert von Kosmas und Damian, den Schutzpatronen der Heilkunde mit Harnglas und Salbenbüchse. Stirnrunzelnd legte Gerving das Ohr an die Tür und lauschte.
»Trota führt gerade das Wort«, sagte er. »Aber ich verspreche Euch, Prinzessin, Euer Benehmen wird ein Nachspiel haben.«

Er klopfte, wartete und öffnete die Tür. Im selben Augenblick brach ein solcher Sturm der Entrüstung los, dass selbst Sikelgaita überrascht zurückwich. Die zornigen Rufe aber galten nicht der Störung, sondern Trota, die am Ende des Raumes neben einem Pult stand und gerade dabei war, Nathanaels Vorwurf der vorsätzlichen Spermavernichtung »in vaginam« zu entkräften. Da sie wusste, dass Kollegen wie Costas, Petroncellus und Grimoald bezüglich Frauen nicht allzu viel Barmherzigkeit erkennen ließen, war sie auf die Idee gekommen, ein paar Kirchenväter zu zitieren – um dann schlicht daraus abzuleiten, dass sie ja nur die Welt vor einer möglichen weiteren Missgeburt, wie die Frau eine sei, bewahrt habe.

»Darum schließe ich mit einem letzten Zitat, diesmal von Johannes Chrysostomus: ›Die Weiber sind hauptsächlich dazu bestimmt, die Geilheit der Männer zu befriedigen.‹ Und ein Allerletztes sei der nette Ausspruch von Clemens Alexandrinus: ›Bei der Frau muss schon das Bewusstsein vom eigenen Wesen Scham hervorrufen.‹ Und weil Euch natürlich allen klar ist, wie ich es meine: Schon Sokrates hat sich die Maske des Unweisen und der Ironie aufgesetzt, um seine Schüler zum weisen Nachdenken zu bewegen.«

»Wenn Ihr uns mit Sokrates kommt«, giftete Costas zurück, »dann komme ich Euch mit Diogenes, Trota. Angesichts einer Frau, deren Galgen der Ast eines Olivenbaums war, sagte er: ›Mögen doch alle Bäume solche Früchte tragen.‹«

Costas wollte noch etwas sagen, doch da wurde es von einem Moment auf den anderen so still, dass der leise Vespergesang der Mönche durch die dicken Mauern hindurch zu hören war.

»Ich glaube, wir stören im richtigen Moment«, rief Sikelgaita spöttisch. »Oder habe ich mich nur verhört, Costas? Ich dachte immer, eine Frau wie Trota sei eine Zier für das Collegium. Ist sie es etwa nicht? Oder fühlst du dich nur von ihr geblendet?«

Trota verschlug es für einen Moment die Sprache. Irritiert wanderte ihr Blick zwischen Sikelgaita und Costas hin und her, und für einen Augenblick empfand sie Genugtuung, als sie sah, wie Costas unter der Demütigung Sikelgaitas rot anlief. Doch zugleich begriff sie, dass Sikelgaita ihre Bemühungen, die Würde der Frauen zu verteidigen, mit diesem Streich auch wieder zunichtegemacht hatte.

Natürlich war es Bischof Alphanus, der dank seiner Autorität als Erster die Sprache wiederfand. Barsch fuhr er Sikelgaita an: »Ich werde mich bei Eurem Vater ob dieser ungeheuerlichen Störung beschweren, Prinzessin! Steckt Euer Schwert weg! Wisst Ihr nicht, dass Ihr Euch auf geweihtem Boden befindet? Seid Ihr krank? Oder gar von Sinnen? Was ist in Euch gefahren?«

Ohne zu überlegen, eilte Trota auf Sikelgaita zu, fasste sie beim Ellenbogen und schob sie an Alphanus vorbei aus dem Raum. Mit einem lauten Knall fiel die Tür hinter ihnen ins Schloss.

»Ihr habt mir keinen Gefallen getan, Prinzessin. Selbst wenn Ihr meint, in guter Absicht gekommen zu sein. Vielleicht glaubt Ihr sogar, im rechten Moment gehandelt zu haben, doch das ist leider falsch. Verratet Ihr mir wenigstens den Grund, der Euch zu mir führt?«

Sikelgaita stemmte die Spitze ihres Schwertes auf den Boden. »Sag's ihr.«

»Meine Herrin lädt Euch zu ihrer Hochzeit ein«, antwortete Rahel und trat aus dem Schatten des Schreins. Vor lauter Anspannung knetete sie die Bänder ihres ledernen Gürtels, so dass die Perlen, die in ihn eingestickt waren, leise knirschten.

»Ich weiß Gaitels Gunst zu schätzen«, entgegnete Trota mit fester Stimme. »Aber Ihr wisst doch selbst, Prinzessin, nur Euer Herr Vater, der Herzog, oder der Bräutigam dürfen Gäste einladen. Ich darf der Einladung nicht folgen. So ehrenvoll sie für mich ist, und so gerne ich teilnehmen würde.«

Rahel wusste, was sie nun zu tun hatte. Sie griff in ihre Tunika und zog einen kostbaren Ring hervor. »Dies, Trota, ist ein Werbungsgeschenk Drogo von Hautevilles, des Bräutigams. Beide Prinzessinnen haben den Plan gefasst, dass Ihr, Trota, am Abend des Hochzeitsfestes Gaitelgrima den Ring bringt. Ihr sagt, Gaitel hätte ihn Euch nach Eurem letzten Besuch mitgegeben, um ihn beim Goldschmied enger machen zu lassen. Da er aber zum Brautschatz gehört und gezeigt werden soll, wolltet Ihr, als treue Dienerin Gaitels, den Ring rechtzeitig und persönlich wieder aushändigen.«

»Das sind ja Geschichten«, meinte Trota belustigt. »Aber schlau ist Eure Idee. Richtet Prinzessin Gaitelgrima meine Glückwünsche aus, ich werde sie nicht enttäuschen. Kann ich sonst noch etwas für sie tun?« Trota schaute Rahel bedeutungsvoll an, die aber schüttelte den Kopf. »Dann entschuldigt mich, ich muss leider zurück in die Löwenhöhle.«

»Warum?«, fragte Sikelgaita. »Liebst du es, von mediokren Männern beleidigt zu werden?«

»Das muss ich aushalten«, entgegnete Trota. »Und leider ist das noch längst nicht alles. Ich möchte, wie Ihr wisst, den Frauen helfen. Ich sehe vieles, was weder Ihr noch manche Männer je erfahren. Ich will erreichen, dass wenigstens bei schwierigen Entbindungen schmerzlindernde Mittel zum Einsatz kommen. Das bin ich der Würde unseres Geschlechts

schuldig. Denkt an unseren Herrn Jesus Christus. Schließlich offenbarte er sich zuerst einer Frau als Messias, genauso wie die ersten Zeugen seiner Auferstehung Frauen waren.«
Sikelgaita, die noch immer ihr Schwert in der Hand hielt, schaute Trota voller Bewunderung an. »Sollte dir einmal Unbill drohen, Trota Platearius, vergiss nicht, du stehst unter meinem und Gaitels Schutz. Wir sind mutig und, wie du weißt, auch listig. Du kannst immer auf uns zählen, denn wir Schwestern halten bei allem, was kommt, zusammen.«
»Danke, Prinzessin. Verratet Ihr mir, wer heute Mittag in den Hafen einlief?«
»Drogos Bruder Robert mit seinen Getreuen. Und er ist ein Mann, sage ich dir. Ein richtiger Mann.« Sikelgaitas Augen leuchteten.
Trota rang sich ein Lächeln ab. Sie wusste aus Erfahrung, wohin solche Begeisterung führen konnte. Und dann würde sie weit Schlimmeres tun müssen als bei der Frau des Vogts.

Klatschmohn und Schlange

Der Weg in ihren Garten führte durch das südliche Stadttor, hinter dem sich eine Hügellandschaft ausbreitete. Hier lagen die Gärten der besser gestellten Salernitaner und der alteingesessenen Familien, aber auch Olivenplantagen, Rebstockzeilen, Felder und Viehweiden. Matthäus an der Hand, stieg Trota gemächlich bergan. Die Macchia, die in der Ferne an den karstigen Hängen klebte, schickte immer wieder ihren würzigen Hauch über das Land, zwischendurch duftete es intensiv nach Thymian oder Oregano. Im Schattenrund einer Korkeiche setzten sie sich auf einen Steinbuckel und streichelten die Ziegen, die neugierig näher kamen. Weiter oben düngten Bauern, die dem Frauenkloster San Giorgio tributpflichtig waren, den Boden einer Ölbaumpflanzung mit Schafdung. Sie arbeiteten in einem von einer hüfthohen Bruchsteinmauer umgebenen Areal. Die einen schleppten Wasser heran, die anderen beseitigten überschüssige Triebe, lüfteten den Boden und hoben den Dung unter.

Trota grüßte sie, fragte, wie es ihnen ginge, hörte zu und zeigte Anteilnahme. Sie liebte diese Gespräche über die einfachen Dinge. Es entspannte sie, über das Wetter zu reden oder sich die Klagen anzuhören, dass wieder einmal ein Wolf ein Schaf gerissen habe oder die Olivenbäume dieses Jahr von noch mehr Fliegen und Läusen heimgesucht würden als im letzten Sommer.

»Die Hauptsache ist, ihr habt sie gut ausgeschnitten«, meinte sie. »Das Geäst muss gepflegt sein, die Bäume brauchen Luft und Licht.«

»Darauf achten wir. Jeder Vogel ist zu sehen, so tief er auch in der Krone hockt. Keine Feder krümmen ihm die Zweige, wenn er durch sie hindurchfliegt.«

»Dann ist es gut.« Trota wandte sich Matthäus zu, der sie bat, ihm über die Bruchsteinmauer zu helfen, damit er ihr einen Klatschmohn-Strauß pflücken konnte. Ein Mädchen, ein wenig jünger als er, half ihm dabei. Bald waren die Kinder zwischen dem Rot der Blumen und dem silbrigen Flirren der Olivenbaumblätter im Hain verschwunden.

»Wisst Ihr, was«, fuhr einer der Männer fort, »letzte Nacht haben sich ein paar von den Nordmännern, die gestern kamen, in des Herzogs Ölmühle breit gemacht. Sicher, das geschah mit dessen Erlaubnis, aber das wurde seinen Olivenbauern nicht gesagt, sonst hätten sie nämlich vorher ihre Amphoren sichergestellt.«

»Ja, und dann?«

»Es klang, als hätte eine Horde von Riesenigeln die Mühle besetzt. Alle wurden in ihren Schlafställen wach, lauschten in die Nacht und glaubten sonst was. Schließlich fassten sie sich ein Herz, bewaffneten sich mit Knüppeln und Fackeln und rückten auf die Mühle zu. Und was sahen sie? Die Nordmänner schlürften und gurgelten das Öl, schmatzten und spuckten. Barbarisch. Sie soffen es wie Wein und gossen es über Wunden und Narben. Dann lachten sie Herzog Waimars Leute aus. Einer zog sein Schwert, um deutlich zu machen, dass sie hier die Herren wären, dann aber gaben sie die Amphoren frei. Weil ihnen vom vielen Öl übel geworden war.«

»Wer entschädigt sie jetzt?«, fragte Trota.

Die Männer zuckten die Schultern. Trota sah ihnen an, wie froh sie waren, dass nicht ihnen dieses Kümmernis widerfahren war, denn Öl war kostbar, und es zu vergeuden, war eine schwere Sünde. Ob der Herzog seinen Ölarbeitern den Schaden ersetzte, war zweifelhaft, schließlich war es nicht sein Öl. Das lagerte seit dem letzten November längst geschützt in den Kellern des Kastells.

Als Matthäus schließlich mit einem riesigen Strauß Klatschmohn zurückkam, setzte Trota ihren Weg fort. Der sanfte Wind schmeichelte der Haut, belebte die Sinne, machte aber auch durstig. Trota pflückte ein paar Früchte des Erdbeerbaums, aber die Früchte wollten einfach nicht schmecken, so rot und appetitlich sie auch aussahen.

»Sauer und fad«, sagte sie zu Matthäus. »Sie schmecken wirklich nur eingekocht.«

»Und der Mohn?«

»In ein paar Wochen, wenn aus den Blüten Kapseln geworden sind, kommen wir wieder. Wir werden die Samen herausschüt-

teln, dann kannst du sie probieren und Scharifa bitten, sie soll sie in den Kuchenteig mischen.«
»Und wenn sie vorher geht?«
Trota seufzte und schaute Matthäus tief in die Augen: »Dann geht die Welt auch nicht unter. Viel wichtiger ist ...«
»... meine Fallsucht, ich weiß«, unterbrach sie Matthäus. »Vater sagt, es gibt keine Medizin dagegen.«
»Doch, nur haben wir sie hier nicht. In Arabien, wo Sultane und Kalifen leben und die Ärzte viel mehr wissen als wir, gibt es Medizin.«
»Dann reise dorthin. Ich komme mit.«
»Wer weiß?«
Schweigend gingen sie durch den Schatten einer Esskastanienallee. Ein Falke kreiste über ihnen, Matthäus zertrat einen Skorpion. Schließlich bogen sie auf einen Pfad, der durch einen Hain voller Zitronenbäume führte. Früchte und Blüten wetteiferten gleichermaßen um Aufmerksamkeit, der Duft war betörend. Trota und Matthäus zerrieben ein paar Blätter, bissen in eine herabgefallene Zitrone und verzogen das Gesicht, weil sie so fürchterlich sauer war. Nach einer weiteren Biegung erreichten sie ein kleines Plateau. Das Getreide, das hier auf kleinen quadratischen Feldern wuchs, begann sich bereits zu färben. Es roch nach Kompost und Mist, doch sobald der Wind ein wenig drehte und vom offenen Meer kam, lagen die Düfte von Kiefern und Pinien in der Luft, die an der Felsküste des südlich gelegenen Cilento wuchsen.
Endlich kam der alte Nussbaum in Sicht. Er markierte das Land der Familie Platearius, die jetzt nur noch aus Johannes' Familie und der seines Bruders Markus bestand. Ihre Eltern waren bereits verstorben, zum Glück aber vertrugen sich die Brüder so weit, dass sie alle Einkünfte aus dem kleinen Oli-

venhain und den beiden Feldern teilten, obwohl Johannes sich so gut wie nie um die Landwirtschaft kümmerte.
Wie manch andere Gärten verbarg sich auch der Trotas hinter einem Heckengürtel zurechtgestutzter Macchia. Dahinter breiteten sich die Kronen von Nussbäumen aus, Trota erntete aber auch Feigen, Pfirsiche, Pflaumen, Äpfel und Birnen.
Matthäus rannte los und winkte mit seinem Strauß Klatschmohn. Eine Frau winkte zurück – Gismunda, die Kräuterfrau. Sie bestellte Trotas Garten, wohnte hier und bewachte ihn zusammen mit Canio, ihrem Hirtenhund.
»Canio!«
Kaum dass Matthäus gerufen hatte, schoss Gismundas schöner, weißlockiger Wächter um die Ecke. Schon von weitem sah Trota sein kluges und lachendes Gesicht. Matthäus liebte Canio, schließlich war er mit ihm groß geworden. Es war Canio gewesen, der seine Wiege bewachte und drohend umkreiste, wenn größere, dreiste Buben heranpreschten, um den Säugling zu erschrecken. Es war Canio gewesen, der bei jedem seiner Geräusche seine Hundeschnauze über den Wiegenrand schob, um nach ihm zu sehen. Trota erinnerte sich noch gut, denn kaum konnte Matthäus laufen, da hatte er Canio am Schwanz gepackt und war mit ihm durch den Garten getappt. Rührende Bilder stiegen vor ihrem inneren Auge auf: Matthäus, der mit dem Rücken am Stamm eines Obstbaums lehnte und döste. Canio lag zu seinen Füßen und bewachte seinen Schlaf. Böse knurrte er jeden an, der ihnen zu nahe kam. Er entschied, wann die Siesta für Matthäus zu Ende war – indem er kurz bellte und Matthäus anschließend sanft die Schnauze gegen die Hüfte stieß.
Plötzlich aber blieb Canio stehen, hob den Kopf und witterte in die Luft. Dann begann er zu knurren. Er bellte, winselte und das immer lauter, je näher Matthäus kam.

»Was hast du denn?«, rief Matthäus. »Das ist doch bloß Klatschmohn.«
Canio jaulte, wollte nicht weiter, tänzelte auf der Stelle. Sein Körper zitterte vor Aufregung. Matthäus aber beachtete sein Verhalten nicht. Übermütig rannte er auf ihn zu, rief Canio zu sich und wedelte mit seinem Strauß. Trota blieb das Herz stehen. Canio nämlich fletschte plötzlich die Zähne und knurrte so furchteinflößend, wie sie es noch nie gehört hatte. Als sei er ein römischer Kampfhund, stürzte er auf Matthäus zu und setzte zum Sprung an. Trota hörte, wie Gismunda ihn anschrie, aber es war zu spät. Ohnmächtig sah sie zu, wie der Hund auf Matthäus zuflog. Matthäus riss die Arme hoch, taumelte rückwärts. Canio landete zwei Schritt vor ihm, machte einen Satz und stieß die Schnauze auf den Boden. Fast gleichzeitig sprang er zurück, fegte dann zur Seite und stürzte, die Vorderpfoten ausgestreckt, wieder vor.
Jetzt begriff Trota: eine Schlange, bestimmt eine Viper.
Canio war todesmutig, aber auch geschickt. Er bekam die Schlange am Schwanzende zu fassen, riss seinen Kopf hoch und schleuderte sie zur Seite. Hastig las Trota die nächstbesten Steine auf. Die Viper, noch benommen von Canios Angriff, glitt langsam über den Boden. Sie war armlang, hellgrau mit schwarzem Wellenband auf dem Rücken. Als sie Trotas Schatten über sich fühlte, erstarrte sie. Das war ihr Verhängnis. Trotas zweiter Stein traf und mit dem dritten zerschmetterte sie der Viper den Kopf: »Und ich will Feindschaft setzen zwischen dir und dem Weibe und zwischen deinem Samen und ihrem Samen. Derselbe soll dir den Kopf zertreten ...‹ – aber du wirst uns nimmermehr in die Ferse stechen.« Trota keuchte vor Mordlust, und Canio knurrte immer noch. Doch als er begriff, dass die Viper tot war, entspannte er sich und verzog sein

Hundegesicht zu einem wahrhaft breiten Lachen. Er genoss die Liebkosungen und guten Worte, leckte Matthäus die Hand und rollte sich voller Freude auf den Rücken.
Nach diesem Schrecken bat Trota Gismunda um ein wenig Stärkung. Sie setzten sich auf die Terrasse in den Schatten eines Nussbaumes und genossen Weißbrot mit saurer Milch, Erdbeeren und Himbeeren, während Gismunda die Geschichte von den Nordmännern in der Ölmühle erzählte. Hinter ihnen lag das langgezogene Bruchsteinhaus mit dem Kräutertrockenraum und der Apotheke. Es spendete ein wenig Windschutz, und doch wehten ab und zu würzige Düfte zu ihnen herüber. Vor ihnen am Fuß des Hügels glitzerte das weite Blau des Meeres. Bald schien es Trota, als vermische sich Gismundas melodischer Singsang mit dem Raunen der fernen Brandung. Sie hörte ihr kaum noch zu. Nach einer Weile stand sie auf, ging ins Haus und kam mit einem Teppich zurück, den sie auf der Terrasse ausrollte. Sie lehnte sich gegen den Stamm, streckte die Beine aus und lauschte mit geschlossenen Augen dem Zirpen von Grillen und Zikaden.
Matthäus und Canio dösten unter einem Apfelbaum.
Will ich zu viel?, fragte sie sich. Nein, gab sie sich die Antwort. Nur zu viel auf einmal. Es war unklug, nach der Aufregung um den Vorwurf angeblicher Spermavernichtung den ehrenwerten Medici mit dem Vorschlag zu kommen, Gebärenden bei schweren Geburten schmerzlindernde Mittel zu verabreichen. Nein, sie sind noch nicht reif dafür, sagte Trota sich, sie glauben, sie kämen dafür ins ewige Fegefeuer.
Gedankenverloren betrachtete sie den Marienkäfer, der auf ihren Ärmel geflogen war. Nach der strengen Lehre, gestützt durch Kirchenväter wie Hieronymus oder Augustinus, galten Krankheit, Schmerz und Leid als Teil der Schöpfung Gottes

und waren nicht verwerflich. Sie dienten der Läuterung der Seele oder waren der Spiegel und damit die Strafe für ein sündiges Leben. Wenn nun aber ausgerechnet ein Erzbischof zuließe, dass gebärende Frauen in ihrer Not nicht allein auf den *christus medicus* bauten, wäre dies ein Verrat am christlichen Glauben – zumindest könnte dies so ausgedeutet werden.

Zum Beispiel von Rodulfus, spann Trota den Gedanken weiter. Wenn dies dann Abt Richar aus Monte Cassino zu Ohren käme ... pro forma könnte er dem Collegium den Vorwurf machen, hier würde ketzerische Medizin betrieben. Da er mit Kaiser Heinrich, der wiederum Herzog Waimar in die Schranken weisen will, einen mächtigen Verbündeten zur Seite hat, käme Alphanus in große Schwierigkeiten. Erst recht, wenn es dem Kaiser gelingt, auf der Synode seinen Bamberger Favoriten, Bischof Suidger von Morsleben, zum Papst zu machen.

Wenn es wirklich so ist, müssen Frauen allein aus machtpolitischen Gründen leiden, dachte Trota verbittert. Costas freilich würde das bestreiten. *Ich will dir viel Mühsal schaffen, wenn du schwanger wirst. Unter Schmerzen sollst du Kinder gebären. Und dein Verlangen soll nach deinem Mann sein, und er soll dein Herr sein*: die klassischen Bibelworte aus der Genesis. Costas hatte sie ihr voller Hohn entgegengeschleudert, als sie den Vorschlag machte, den Gebärenden wenigstens bei schweren Geburten Schmerzschwämme aufs Gesicht zu legen. Auch Alphanus und Pater Raimfrid lehnten ihren Vorstoß strikt ab, selbst Gariopontus, der Apotheker, hatte den Kopf geschüttelt. Nur Johannes stimmte für sie, was ihm niemand übel nahm. Alle wussten, dass er es nur deswegen getan hatte, um ihre Ehe nicht noch mehr zu belasten.

»Was grübelt Ihr?«, fragte Gismunda. »Schaut Euch lieber an, wie gut alles gedeiht.« Mit ausladender Geste zeigte sie auf die Beete des *hortus*, des Gemüsegartens, und entschwand daraufhin in den Bereich des *herbolarius*, wo die Gewürz- und Heilkräuter wuchsen. Mit einem grünen Rautenstrauß kam sie zurück und warf ihn in Trotas Schoß. »Die Viper sei Euer Omen«, sagte sie. »Nehmt den Strauß mit in die Stadt und hängt ihn Euch über die Tür.«

»Der Volksmund sagt, der scharfe Saft der Raute helfe gegen starke Monatsblutungen, Gismunda. Ansonsten hält man ihr zugute, dass sie unkeusches Verlangen zügelt. Was unterstellst du mir?«

»Ihr dünkt Euch zwar gescheit, überblickt aber doch nur einen kleinen Teil der lebendigen Welt«, entgegnete Gismunda. »Schon die Heiden wussten, dass die Raute gegen böse Zauberei schützt. Das müsst Ihr Euch zunutze machen.«

»Willst du damit sagen, die sterbende Viper hat noch die Zeit gehabt, mir ihren bösen Blick zuzuwerfen?«

»Nicht nur die Viper.«

»Du sprichst in Rätseln, Gismunda. Warst du bei Ala? Hat sie dir etwas prophezeit?«

»Der Spott in Eurer Stimme ist nicht zu überhören«, antwortete Gismunda. »Ihr lebt wie Eure Kollegen in einer geordneten Welt. Eure Sicherheit ist die, dass die Menschen immer krank sein werden. Das macht Euch taub. Wir einfachen Menschen aber können hören – das Flüstern derjenigen, die Böses im Schilde führen, das Lästern der anderen, denen nichts genug ist, das Fluchen der zu allem Entschlossenen, das Schwören der Überzeugten.«

Gismunda war zwar alt, aber nicht auf den Kopf und schon gar nicht auf den Mund gefallen. Früher hatte sie, die Köhlertochter, Kräuter gesammelt und mehrere Jahre als Einsiedlerin in

einem lieblichen Gebirgstal des Cilento gehaust. Als weise Frau besuchte sie Städte und Dörfer, bis sie vor fünf Jahren, dem Jahr der großen Schlachten gegen die Byzantiner in Apulien, nach Salerno flüchtete. Als die Normannen Melfi belagerten und einnahmen, war sie in der Stadt. Als weise Frau musste sie die verwundeten Kämpfer Wilhelm Eisenarms pflegen. Er war der Erste der Hauteville-Brüder, mit denen Herzog Waimar ein Bündnis einging, das er sogleich festigte, indem er Wilhelm die Tochter seines Bruders zur Frau gab.
»Nun mach es nicht so spannend«, sagte Trota und erhob sich. »Was weißt du?«
»Wissen? Nichts. Aber fühlen, ahnen. Die Zeiten ändern sich. Die Schlange besiegtest nicht du, sondern Canio. Wer ist dein Wachhund, Trota? Wer schleudert deine Feinde so weit von dir, dass du sie dann zerschmettern kannst?«
»Ich werde zu Hause darüber nachdenken«, antwortete Trota. »Aber du hast klug gesprochen. Danke.«
Ein Lächeln huschte über Gismundas Gesicht. Trota war klug, aber sie vergaß über all ihrer Medizin, dass die Welt voller Zeichen und Symbole war. Nichts war zufällig. Gott hatte die Welt in sechs Tagen geschaffen und am siebenten ausgeruht. Das war der Geburtstag der Geister mit all ihren lebendigen Zeichen und Symbolen. Sie wurden geboren aus der Ruhe, der Gott sich hingegeben hatte. Die Kirche aber hatte dies verschwiegen. Weil sie die Welt, um des Herrschens willen, allein deuten wollte.

Obwohl sie kaum an den Abwehrzauber von Kräutern glaubte, hängte Trota noch am selben Abend Gismundas Rautenstrauß über die Tür. Sie erinnerte sich, dass es Homers Odysseus gewesen war, der sich mit der ihm von Hermes geschenkten Raute vor der Halbgöttin Circe schützte. Zuvor hatte die schöne sardische Zauberin bei einem Willkommensmahl dessen Gefährten in Schweine verwandelt, gegen Odysseus aber waren ihre Zauberkünste machtlos. Mit gezogenem Schwert bedrohte er Circe und erreichte, dass sie seine Freunde wieder zurückverwandelte, woraufhin sie allesamt ein Jahr lang Circes Gastfreundschaft genossen.

Trota stieg von der Leiter und betrachtete ihr Werk. Bestimmt ist dies das erste Mal, dass ein nichtchristliches Symbol das Haus eines Platearius ziert, dachte sie. Aber greifen wir Ärzte nicht wie selbstverständlich auf Rezepte und Heilmethoden aus heidnischen Zeiten zurück? Vielleicht sollten wir uns zutrauen, viel mehr auf altes magisches Wissen zurückzugreifen?

Sie schlenderte ein Stück durch die Straße. Wie christlich sind wir Salernitaner wirklich, fragte sie sich. Ihr Blick fiel auf den Hauseingang des Stadtschreibers Alexios, über dessen Tür Mandragora-Wurzeln hingen, vermutlich, um Einbrecher abzuhalten. Und bei Lukas, dem Richter? Er wurde nicht müde, seine Urteile mit Verweisen auf die Heilige Schrift zu untermauern, aber wozu standen vor seinem Haus dann diese großen Töpfe voll mit Basilikum? Nur um Fliegen abzuwehren? Oder noch ein Stück weiter, das Haus des konvertierten Holzkaufmanns Achmed: Der Hase an der Wand sollte wohl darauf hinweisen, dass er als ängstlicher Mann im Christentum seine Zuflucht fand. Aber war der Hase nicht auch das Symbol für Fruchtbarkeit? Wieder andere hatten geschnitzte Einhörner oder Elefanten über dem Türsturz, an der Mauer des Nonnenklosters von San Giorgio gar prangte ein Bild, das Frauen bei der Ernte von Flaschenkürbissen zeigte …

Trota lief zurück ins Haus, um Scharifa beim Kochen über die Schulter zu schauen. Der Ausflug zu Gismunda hatte ihren Appetit geweckt, und heute gab es etwas Besonderes: Als Hauptgericht türkischen Reis mit Kokosnüssen, dazu mehrere Sorten gedünsteten Fisch. Als Vorspeise hatte sie einen Salat aus Kräutern, gekochtem Hummerfleisch und hart gekochten Eiern zubereitet, Nachspeise waren süße Köstlichkeiten wie Pfannkuchenecken, Dattelgebäck und Hefebällchen mit Safransirup, was sie alles auf dem Markt gekauft hatte.

»Was ist nun, Scharifa? Verlässt du uns?«

»Ich werde morgen entscheiden.«

»Aber du bekämst einen Platz auf dem Schiff?«

»Ja, doch der Preis steht noch nicht fest. Ich entscheide morgen.«

Eigensinnig wie sie war, ließ sich Scharifa kein weiteres Wort mehr entlocken. Auch als Matthäus in die Küche stürmte und sie fragte, schwieg sie, Trota aber entging nicht, wie ihre Augen feucht zu schimmern begannen. Sie wollte ihr gerade noch einmal die Vorteile schildern, die eine so sichere Stadt, wie Salerno eine war, ihr boten, da hörte sie Johannes' zornige Stimme: Ob sie vergessen habe, dass die Raute von sogenannten weisen Frauen in hoher Dosierung als Abtreibungsmittel verwendet werde?

»Damit verunglimpfst du dich und mein Haus!«, rief er, kaum dass er über die Schwelle getreten war. »Willst du, dass es heißt: Schaut alle hin, Magistra Platearius bietet jetzt sogar außerhalb des Spitals an, Abtreibungen vorzunehmen?«

»Warum sogar?«

»Nun frag doch nicht so scheinheilig!«, brauste Johannes auf. »Reicht dir nicht, wie du dir im Collegium zunehmend Sympathien verscherzt? Wie konntest du so leichtsinnig sein, dich ausgerechnet Costas' Lieblings-Adlatus Nathanael anzuvertrauen?«

»Ja, das war dumm.« Trotas entwaffnendes Eingeständnis ließ Johannes verstummen. Verärgert schaute er Trota an, kniff den Mund zusammen, seufzte. Nach einer Weile jedoch begann er zu lächeln. Langsam näherte er seine Stirn der Trotas, spielte den einsichtigen, um Versöhnung bemühten Ehemann. Und Trota wich nicht zurück. Auch sie wollte keinen Streit, vor allem nicht wegen eines lächerlichen Rautenstrauches. Schließlich küsste sie Johannes auf die Wange. »Dann nehme ich den Strauß eben wieder weg«, sagte sie versöhnlich. »Als ob grüne Kräuter über der Tür ein Haus vor Unglück schützen. Lächerlich. Ich sollte lieber ein Bild des heiligen Vitus malen lassen. Schließlich ist er der Patron der Fallsüchtigen.«
»Kommt nicht in Frage«, sagte Johannes. »Die Raute bleibt dort so lange hängen, bis sie vertrocknet ist. Dann erst lassen wir ein Bild des heiligen Vitus malen ... und ich werde dafür sorgen, dass Alphanus es mit Weihwasser besprengt.«
»So soll es sein.«
Der Kompromiss versöhnte sie, so dass der Abend so ungezwungen begann wie seit Tagen nicht mehr: Während Johannes sich auf seiner Essliege ausstreckte und Matthäus ihm in allen Einzelheiten Canios Heldentat berichtete, stellten Trota und Scharifa die vier Esstischchen bereit, legten Lederdecken auf und trugen die Messingplatten mit den Speisen herbei. Nachdem sie gemeinsam das Tischgebet gesprochen hatten, schenkte Scharifa noch Wein aus, dann legte sie sich ebenfalls auf ihre Liege.
Als Teller diente eine große alte harte Brotscheibe, die Matthäus die Ehre hatte, belegen zu dürfen. Geschickt richtete er die Portionen auf der Brotscheibe an und reichte diese herum. Trota lächelte still in sich hinein. Sie war stolz auf Matthäus, der sich so bereitwillig mit seinem Schicksal abzufinden schien.

Ohne sich vor einem möglichen neuen Anfall zu ängstigen, lebte er sein Leben – was natürlich nur gelang, weil seine Eltern etwas darstellten und nicht den Weg anderer gingen, die die Fallsucht als Schande begriffen und alles taten, um sie zu vertuschen.
Wie dankbar muss ich sein, dachte sie, dass Alphanus auch Arzt ist. Wäre er nur Geistlicher, würde er jetzt versuchen, bei Matthäus irgendwelche bösen Geister auszutreiben. Oder er würde verlangen, dass wir zu einem *chirurgus* gehen: Lasst eurem Sohn Löcher in die Schädeldecke bohren, dann werden all die üblen Dämpfe, die sein Gehirn vernebeln, mit der Zeit abziehen.
Die Vorstellung war so erschreckend, dass Trota sich zwingen musste, weiterzuessen. Aber zum Glück waren die süßen Nachspeisen verlockend genug, um keine neuen düsteren Gedanken aufkommen zu lassen. Überhaupt war jetzt nicht die Zeit, sich damit zu belasten. Denn wenn sie Johannes' Blicke richtig deutete, hoffte er, das harmonische Mahl mit einer trauten Nacht abzurunden.
Du tust es für Matthäus, dachte sie. Damit er einen ausgeglichenen Vater hat.

Erneute Prüfung

Allein um bösen Zauber abzuwehren, hatte Gismunda den Rautenstrauß gepflückt. Doch besaß er vielleicht noch ganz andere Kräfte? Beeinflusste er gar Menschen und deren Willen?
Denn als Trota tags darauf gegen Mittag nach Haus kam, lief ihr Matthäus entgegen und jubelte: »Sie bleibt! Sie bleibt!

Scharifa hat es sich anderes überlegt. Sie hat gesagt, alles sei nur eine Laune gewesen.« Übermütig sprang er mit gegrätschten Beinen an seiner Mutter hoch und schlang die Arme um ihren Nacken.
»Bist du schwer!«, seufzte Trota, während Matthäus langsam an ihrer Tunika herunterglitt. »Entweder hast du gestern zu viel gegessen, oder ich bin über Nacht zu schwach geworden!« Im Stillen bedankte sie sich bei Gismunda für den magischen Strauß, schämte sich dann aber für ihren Aberglauben und erinnerte sich an die biblische Geschichte von Hagar, der Magd von Abrahams Frau Sara: Ihr war, als sie in die Wüste geflohen war, ein Engel erschienen, der ihr geboten hatte, wieder zu ihrer Herrin Sara zurückzukehren.
Hatte sich jetzt etwas Ähnliches mit Scharifa zugetragen?
Trota ging in die Küche, doch statt ihr Hausmädchen anzutreffen, musste sie den Kessel mit der Fischsuppe drei Zähne höher hängen, sonst wären nämlich die Reste vom gestrigen Abend zu Brei verkocht. Schmeckte sie wenigstens? Trota kostete, schüttelte missbilligend den Kopf. Offensichtlich schien Scharifa heute der Meinung zu sein, mit ihren gestrigen Kochkünsten genug geleistet zu haben. Die Suppe schmeckte fad, war nicht einmal richtig gesalzen.
Was fehlte? Welches Gewürz?
Trota überlegte, fand schließlich die Antwort: Safran. Und genau um diesen zu besorgen, sei Scharifa vor einer kleinen Weile zu Duodo gegangen, wie Matthäus ihr mitteilte.
»Zu Duodo? Gut, aber dann lauf ihr nach. Sie soll sich beeilen. Und du, richte Duodo einen Gruß von mir aus. Bitte ihn um einen Krug Trebbiano. Ein Becher Wein fehlt der Suppe nämlich auch.«
Matthäus stürmte los, während sie den größten Teil der Flam-

men löschte. Anschließend begab sie sich in ihr Schlafzimmer, um sich frisch zu machen und die Kleider zu wechseln. Denn Sauberkeit war für sie so wichtig wie gesundes und gutes Essen. Mindestens einmal am Tag wusch sie Hände und Gesicht, genauso wie sie sich angewöhnt hatte, nach der Spitalarbeit ihre Kleider auf dem Dachgarten für ein paar Stunden in die Sonne zu hängen.

Sie entkleidete sich, goss frisches Brunnenwasser in ihre Waschschüssel und gab Seifenkraut-Wurzel und etwas Natron hinzu. Doch kaum, dass sie sich gewaschen hatte, ergriff sie plötzlich eine seltsame Unruhe. Sie hatte das Gefühl, Matthäus nachlaufen zu müssen, weil es falsch gewesen war, ihn allein den langen Weg zum Hafen gehen zu lassen. Ohne länger zu überlegen, entschied sie sich, Matthäus entgegenzugehen.

Sie schaute noch schnell in der Küche vorbei, hängte den Suppenkessel an den höchsten Zahn und verließ das Haus.

Duodo, ein Schwarzer, betrieb seine Taverne im Hafen. Besonders die muslimischen und jüdischen Kaufleute aßen dort gerne zu Mittag, denn Duodo kochte halbwegs koscher, nicht zuletzt, weil er Schweinefleisch verabscheute. Er war einst Sklave am Hof des Kairoer Kalifen Al Mustansir gewesen, wo er Wesir Al Dschardscharai bis zu dessen Tod als Vorkoster gedient hatte. Danach erhielt er die Freiheit, woraufhin er sich nach Salerno begab, weil er erfahren hatte, dass hier die meisten Juden Italiens lebten. Weil sie, Trota, ihm die zerrissenen Ohrläppchen, das Zeichen seines Sklavenstandes, wieder zusammengenäht hatte, hatte sich eine gewisse Freundschaft entwickelt. Duodo war es auch, der sie auf die Idee gebracht hatte, ihr Wissen über Schönheitsmittel, was sie sich einst im Harem erworben hatte, aufzuschreiben – jetzt ließ sie sich für dieses Wissen von den Nonnen San Giorgios gut bezahlen …

Sie eilte durch die sich allmählich leerenden Gassen, wo man auf den Pflastersteinen, die der prallen Sonne ausgesetzt waren, Eier hätte braten können. Doch selbst im Schatten war es ohne Windzug zu heiß. Trota erfrischte sich an einem Brunnen, kühlte sich den Puls und befeuchtete ihr Gesicht. Durch die geschlossenen Fensterläden hinter ihr klang das Klappern von Wasserkannen, ein paar Schritte weiter duftete es nach Knoblauch, gebratenem Fisch, Essig und wilden Kräutern.
Ihr lief das Wasser im Mund zusammen.
Dann essen wir eben bei Duodo, entschied sie. Die Suppe gibt es heute Abend.
Endlich hatte sie die Stadt durchquert. Doch kaum, dass sie in die Straße einbog, die entlang der Strand-Festungsmauer zum Hafen führte, blieb sie unvermittelt stehen und rief: »Scharifa, ich glaube, es reicht jetzt!«
Denn gab es das? Statt nach Hause zu kommen, lehnte Scharifa im Schatten der Festungsmauer und tauschte mit dem Schwammtaucher, der ihnen die Meerschnecken verkauft hatte, Küsse. Ein Machtwort war fällig. Trota stemmte die Arme in die Hüften, um ihrem Hausmädchen die Leviten zu lesen – doch so weit kam es nicht. Scharifa schlug sich zwar erschrocken die Hand vor den Mund, aber die Art, wie sie ihren byzantinischen Schönling im nächsten Augenblick zur Seite stieß und in die gegenüberliegende Gasse lief, irritierte Trota. Und noch bevor sie eine Verwünschung ausstoßen konnte, winkte ihr auch Scharifas Bursche zu, um danach ebenfalls in die Gasse zu entschwinden.
Im selben Moment hörte sie ein Kind aufheulen und einen Mann losschimpfen. Siedend heiß durchfuhr sie der Schreck, fast hätte sie aufgeschrien. Nicht jetzt, flehte sie im Stillen, während sie in die Gasse hastete, bitte nicht jetzt und nicht vor Costas!

Doch ihr Wunsch blieb unerfüllt. Trota krampfte sich der Magen zusammen, als sie erkennen musste, dass Matthäus tatsächlich von einem Anfall heimgesucht wurde. Heulend hing er in Costas' Armen und versuchte, Scharifa zu treten. Dabei stieß er Knurrlaute aus, und sein Kopf schlug unkontrolliert von einer Seite zur anderen.

»Sieh an, unsere Samariterin«, begrüßte sie Costas ungehalten und ließ Matthäus los, dessen Beine im selben Moment einknickten. Hätte Scharifa ihn nicht aufgefangen, wäre er mit den Knien aufs Pflaster geschlagen. Glücklicherweise fand er aber genau in diesem Moment zu sich, so dass Scharifa ihn auf den Beinen halten konnte. »Einen gut erzogenen Sohn habt Ihr, das muss ich sagen. Erst ergötzt er sich an den Zärtlichkeiten anderer, dann wird er plötzlich böse, gebärdet sich wie rasend und drischt auf ehrbare Bürger ein. Man könnte meinen, sein Vater sei Nordmann und kein Salernitaner.«

»Er ist nicht böse, Costas«, entgegnete sie matt und zog ihren Sohn an sich, »er hat nur die Fallsucht.«

»Nur?«, fragte Costas verwundert. Trota sagte nichts und senkte den Kopf. Costas hatte einen einarmigen Begleiter zur Seite, einen Mann, den sie nur zu gut kannte: Ritter Berthold. Er gehörte zu Herzog Waimars Leibwache, war vor einigen Wochen angetrunken vom Pferd gestürzt und hatte sich den Unterarm zerschmettert. »Ritter Berthold«, fuhr Costas fort, »hört Ihr, wie leicht meine Kollegin es sich macht? Ihr Sohn hat nur die Fallsucht. Genauso erzählte sie mir vor ein paar Wochen nach einer Nachtwache, und ich schwöre bei Gott, dass ich nicht übertreibe, was Ritter Berthold und seinen entzündeten Armstumpf betrifft: ›Man bade ihn nur täglich in einem Salbeiauszug und salbe ihn tüchtig mit Aloe.‹ Nun, wie Ihr wisst, Trota, fruchtete Eure Rezeptur nicht. Ritter Bertholds

Stumpf begann zu eitern, wurde schwarz, und Berthold begann zu fiebern. Zum Glück votierten alle Kollegen für eine neue Operation.«
»Ich etwa nicht?«
»Sicher, Ihr auch. Aber war diese Operation nötig? Nein. Womit bewiesen wäre: Sogenannte Ärztinnen sollten das Wörtchen ›nur‹ aus ihrem medizinischen Wortschatz verbannen.«
So bitter Costas' hämische Bemerkungen klangen, in der Sache hatte er leider Recht. Wobei jedoch grundsätzlich galt: Machte sie einen Fehler, wog dieser zehnmal schwerer, als wenn ein Kollege ihn sich hätte zuschulden kommen lassen. Der Grund war immer derselbe: Sie, das Weib, bewies damit ihre selbstverschuldete Minderwertigkeit.
Trota zwang sich zur Ruhe und beschloss, die Flucht nach vorn anzutreten. Eine andere Wahl hatte sie jetzt nicht. »Ich habe mich bei Euch, Ritter Berthold, entschuldigt«, sagte sie fest und schaute auf dessen mit einem blauen Seidentuch umwickelten Armstumpf. »Wie ich mit Freude feststelle, hat Euch mein geschätzter Kollege Costas besser helfen können als ich. Gott war mit ihm.«
Ritter Berthold nickte. Ein überlegenes Lächeln spielte um seinen Mund. »Dass Gott mit ihm ist, steht außer Frage«, sagte er. »Aber Costas ist eben auch ein Mann der Wissenschaft, ein Alchimist. Im Gegensatz zu Euch. Da Ihr nur aus dem Hebammen-Stand kommt, kann Euer Horizont gar nicht über den von Aloe hinausgehen. Costas ist Euch da weit voraus. Sehr weit sogar.«
»Ich weiß Euer Vertrauen zu würdigen. Aber lassen wir es dabei bewenden, Ritter Berthold«, sagte Costas ungeduldig. »Kommt. Es ist zu heiß. Das ist nicht gut für Euch.«
Grußlos gingen die beiden Männer weiter. Trota bemerkte mit

Erstaunen, dass Costas Bertholds Beleidigung nicht aufgegriffen hatte. Er, der sonst keine Gelegenheit verstreichen ließ, sie anzugreifen, schien auf einmal davor zurückzuscheuen, sie weiter bloßzustellen.
Wenn er eine neue Rezeptur gegen Entzündungen entdeckt hat, wird er abwarten wollen, überlegte sie. Auf jeden Fall grenzt es an ein Wunder, dass Ritter Bertholds Stumpf nach der zweiten, viel schwierigeren Operation so komplikationslos verheilt ist.
Trota konnte ein Gefühl des Neides nicht unterdrücken.
So wie ein blindes Huhn eben auch einmal ein Korn findet, dachte sie verstimmt, geht es eben auch den Alchimisten. Irgendwann werden sie bei allem Unsinn, den sie in ihren Kellern anstellen, durch Zufall auf etwas Vernünftiges stoßen. Wenn sich dieses dann noch als segensreich erweist, dürfen sie sich für den Rest ihrer Tage als Helden feiern lassen. Wir anderen Ärzte dagegen müssen uns weiter an Patienten abarbeiten, die nur darauf warten, dass wir Fehler machen. Wehe aber, wir täuschen uns nur ein einziges Mal, dann ist der Spott uns sicher.
Und nicht nur das, sinnierte sie weiter. Wenn wir uns zu weit vorwagen, dann riskieren wir unseren Kopf. Vor allem Ärzte, die das Pech haben, Frauen zu sein.
»Ich bin doch nur losgelaufen, um Safran zu holen«, sagte Scharifa schüchtern.
»Um das Nützliche mit dem Angenehmen zu verbinden, nicht wahr?« Sie wandte sich dem Byzantiner zu. »Und du? Du willst Scharifa heiraten?«
»Ja.«
»Wie heißt du eigentlich?«
»Alexandros.«

»Du bist Schwammtaucher und willst mit deinen Gefährten wieder nach Sizilien fahren?«
»Sie segeln ohne mich.«
»Ich verstehe.«
Trota warf ihrem Hausmädchen einen strafenden Blick zu, der Scharifa die Augen niederschlagen ließ. Doch bevor sie etwas sagen konnte, zupfte Matthäus an ihrer Tunika: »Ich hab Hunger.«
»Wir gehen zu Duodo«, bestimmte Trota.
»Alle?«, fragte Alexandros keck.
»Nein, glaubst du etwa, du gehörst zur Familie?«

Johannes

Bislang hatte sie geglaubt, mit Niederlagen umgehen zu können, doch dass ausgerechnet Costas über sie triumphierte, vergällte ihr die nächsten Tage. Ob während des Elementarunterrichts für die Kinder oder bei den abendlichen Krankenbesuchen: ständig musste sie an Ritter Berthold und das Geheimnis seiner raschen Genesung denken. Zusätzlich legte sich Matthäus' neuerlicher Anfall wie ein drückender Schatten auf ihre Seele. Auch wenn dieser Ausbruch weniger heftig gewesen war als derjenige nach dem Unwetter am Campo Olio, konnte sie der Tatsache nicht länger ausweichen, dass Matthäus ein Leben am Abgrund würde führen müssen, wenn es ihr nicht endlich gelang, die Rezeptur des Theriak zu finden.
Doch als ob diese Sorge nicht schon schwer genug auszuhalten war, verstimmte es sie von Tag zu Tag mehr, wie bereitwillig Johannes ihre Verzagtheit hinnahm und sich ins scheinbar Unabänderliche fügte. Er hatte sich ganz und gar mit diesem, wie er sagte, »Schicksalsschlag und Zeichen Gottes« abgefunden.

Für ihn war nur noch wichtig, dass sie und Matthäus nicht an ihrer Liebe zum Höchsten zweifelten, sondern lernten, künftige Anfälle als heilige Prüfungen zu begreifen.

Eines Abends war Matthäus verspätet und erschöpft vom Spiel nach Hause gekommen. Entgegen ihrer Gewohnheit hatte Trota ihm nur Gesicht und Hände gewaschen. Er war zu müde gewesen, um noch etwas zu essen, und so war er, nachdem er gierig einen Becher Traubensaft getrunken hatte, rasch neben ihr eingeschlafen. Während sie ihrem Sohn zärtlich über Kopf und Rücken strich, beobachtete Johannes beide nachdenklich. Schließlich erhob er sich und ging eine Weile im Raum auf und ab. Trota schwieg, sie spürte, dass der friedvolle Moment gleich von scharfen Worten zerschnitten sein würde. Schon blieb Johannes vor ihr stehen.

»Dir sind die Bekenntnisse des heiligen Augustinus vertraut, Trota«, begann er. »Ich erinnere dich an das, was er in seinem zehnten Buch schrieb: ›Alle fragen Dich, was sie wissen wollen, aber nicht immer hören sie, was sie hören wollen. Der ist Dein bester Diener, der nicht das von Dir zu hören trachtet, was er sich selber wünscht, sondern das zu wollen, was er von Dir hört.‹«

Ohne zu zögern entgegnete Trota ihm: »Was angewendet hieße: Matthäus und ich sind gute Diener des Herrn, wenn wir keine Genesung mehr von ihm wünschen, sondern uns noch mehr Anfälle erbitten, weil Gott dadurch zu uns spricht.«

»Was ist daran verwerflich?« Johannes zog drohend seine Augenbrauen hoch.

»Ich werde mich hüten, mit dir darüber zu streiten. Aber Augustinus war fast fünfzig Jahre alt, als er seine Bekenntnisse schrieb. Wie du weißt, lebte er jahrelang, vorsichtig ausgedrückt, durchaus irdisch.«

Trota strich vorsichtig Sand aus Matthäus' Ohrmuschel und vermied es, Johannes anzuschauen.
»Augustinus also soll ein Heuchler sein?«
»Das hast du gesagt.«
»Ich habe nur ausgesprochen, was du denkst.« Johannes verstummte abrupt. Schon fürchtete Trota einen Wutausbruch, doch zu ihrer Überraschung blieb dieser aus. Sie suchte seinen Blick. Johannes seufzte tief und schüttelte den Kopf.
»Ich bin so ratlos wie du, Trota. Ich habe sogar noch einmal Gariopontus gefragt. Wie du weißt, setzt er all seinen Ehrgeiz daran, sein Passionarius zu vollenden. Dieses Krankheitsbuch, in dem er gleichsam enzyklopädisch alle bekannten Krankheiten erfassen will. Aber auch Gariopontus fand bis jetzt keine Rezeptur für den Theriak – weder bei Galen, Hippokrates, Aurelianus noch bei Pricianus, Oribasius und Caelius. Ich vertraue ihm und bin sicher, hätte er in den ihm vorliegenden Schriften und Auszügen Hinweise gefunden, hätte er sie mir längst für mein Antidotarium überlassen.«
»Ich weiß es ja selbst, unsere Bibliothek und selbst die in Monte Cassino kann sich nicht mit der Bagdads oder Isfahans messen.«
»Wir haben es hinzunehmen.«
»Nein.« Trota schob ein Kissen unter Matthäus' Kopf und erhob sich.
Johannes schaute sie neugierig an, lächelte. Trota kannte diesen Blick. Er drückte Belustigung aus und beruhte auf dem festen Glauben männlicher Überlegenheit. Wieder einmal sah er in ihr die »Frau Welt«, jene trügerische Doppelgestalt, die Verführung und Vergänglichkeit zugleich symbolisiert: Von vorn strahlt sie unwiderstehlichen Liebreiz aus, von hinten aber wird sie von Würmern zerfressen. Frau Welt als Bedro-

hung für alle Männer, die in ihrem Fall die Würmer als Symbol für zerstörerischen Ehrgeiz und Hader ansahen.
Längst regte sie sich nicht mehr darüber auf. Sie hatte gelernt, sich mit ihrer Arbeit abzulenken und auf diesem Feld Bestätigung zu finden, umso demütigender empfand sie es jetzt, dass Costas ihr offensichtlich mit einer Rezeptur oder Heilmethode den Rang ablief.
Trota ging auf die Dachterrasse hinaus und legte sich in die Hängematte. Sie schaukelte ein wenig hin und her und hielt schließlich Johannes ihren leeren Becher hin und ließ sich von ihm Wein nachschenken. Die laue Luft schmeichelte ihrer Haut, doch Trota entspannte sich nicht. Selbst als der sanfte Wind ihr Haar aufbauschte, verdrängte sie den Gedanken daran, wie verführerisch sie auf Johannes wirkte. Er näherte sich ihr und kniete neben ihr nieder, küsste den Stoff, der ihre Brüste bedeckte, sah zu ihr auf. Seine Augen, die eine Spur dunkler schimmerten, lockten sie mit dem Versprechen, sie glücklich machen zu wollen. Trota aber streckte ihre Beine gerade aus, so als wollte sie einen Steinblock mit den Füßen fortschieben. Und als Johannes ergeben seinen Kopf auf ihren Bauch legte, suchte sie in sich nach dem Giftstachel in ihrer Seele, der sie daran hinderte, Johannes zu begehren: Es war Ritter Bertholds gehässige Bemerkung, sie, Trota, käme ja doch nur aus dem Hebammen-Stand und ihr Horizont könne nicht über den von Aloe hinausgehen.
»Du trinkst zu viel«, tadelte Johannes sie, weil Trota ihm schon wieder den leeren Becher hinhielt.
»Ich kann sonst nicht vergessen.«
Johannes versuchte sie zu küssen, sie aber drehte den Kopf zur Seite. Er zwickte sie in die Hüfte, sie aber verzog ärgerlich den Mund. Schließlich wusste sich Johannes keinen anderen Rat

mehr, als ihr einzureden, sie leide doch nur deswegen, weil Costas Zeuge von Matthäus' Anfall geworden sei: »Dein Stolz rebelliert. Das ist alles. Denn du erkennst jetzt: Die Bäume wachsen nicht in den Himmel. Und das Weib in der Ärztin, eitel, wie es ist, mag nicht wahrhaben, dass seine Schönheit weniger zählt als die Verstandeskraft des Mannes.«
»Vielen Dank für deine Belehrung, mein ehrenwerter, edler und kluger Ehemann, aber Trost ist etwas anderes.«
Trota schlüpfte in ihre Sandalen und ließ Johannes allein. Sie beschloss, einen Abendspaziergang zu unternehmen, weil sie hoffte, mit ein wenig Bewegung ihrer Empörung Herr zu werden.

Die Drohung des Vogts

Ihre Schritte führten sie, ohne dass es ihr bewusst war, in die Richtung, aus der der Geruch des Meeres kam. Wenn sie stehen blieb, konnte sie das sanfte Klatschen der Wellen gegen die Hafenmauer hören. In Gedanken sah sie die sanft schaukelnden Fischerboote vor sich, Taue, die gegen Segelmaste schlugen, Segeltuch, das leise flatterte. Irgendwo zirpten Grillen, die, ungerührt von lauten Stimmen und hier und dort anschwellendem Gelächter, die hereinbrechende Nacht betörten. Trota eilte dahin, als könne sie der Enge ihrer eigenen Welt entfliehen. Nach einer Weile stellte sie fest, dass ihr Weg sie vor die Tür des Klosters von San Giorgio gebracht hatte. Sie wusste, dass die Nonnen sie nicht nur als Ärztin schätzten, sondern auch als Frau, die wie keine andere in Salerno mit einer Fülle Rezepturen für die Körper- und Schönheitspflege aufwarten konnte. Ohne länger nachzudenken, klopfte sie an die Pforte.

»Habt Ihr also auch eine Einladung erhalten?«, fragte Schwester Dhuoda, die hochgewachsene Pförtnerin, deren zu einem Knoten zusammengebundenes Haar ölig glänzte.
»Eine Einladung? Nein, ich bin aus freien Stücken hier. Ich dachte, ein Besuch Eures Auditoriums würde mir gut tun.«
»So kann man es auch ausdrücken. Aber bitte, tretet ein.«
Die Pförtnerin stammte wie alle Nonnen des Klosters aus den besseren Kreisen, Trota hatte sie vor ein paar Wochen auf der Infirmerie, der Krankenstation, besucht. Dhuoda litt unter starkem Juckreiz im Bereich der Vagina, ein Leiden, das Frauen zuweilen befiel, wenn sie nicht keusch lebten.
»Es geht Euch wieder gut?«
»Danke, ja. Einlauf und Salbe haben gut geholfen. Darf ich das Rezept erfahren? Für ... alle Fälle?«
»Warum nicht? Der Einlauf bestand aus einer Kampferspülung, und in der Salbe sind zusätzlich noch Eiweiß, Bleiglanz und zermahlende Lorbeer-Beeren. Aber was heißt, für alle Fälle?«
Statt zu antworten, lachte Dhuoda sie offen an. Sie führte ihren Gast ins prächtige Auditorium, in dem die Nonnen Gäste empfingen, sich unterhielten oder ihre Zeit mit Brettspielen verbrachten. Diwane und Tischchen standen neben Dreifüßen, die Schalen voller Früchte trugen. Über den ornamentreichen Steinfußboden und die blumenbemalten Wände huschte der schwarze Rauch von Fackeln und Öllampen.
Trota wunderte sich über den verschwenderischen Duft des Räucherwerks. Die Atmosphäre ist wenig klösterlich, dachte sie mit leichtem Befremden, auch wenn bekannt ist, dass in San Giorgio in einem Jahr weniger gebetet wird als in Alphanus' Dom in einer Woche. Wüsste ich nicht, dass es hier auch Klausen und eine Kapelle der dreifachen Martyrien des heili-

gen Georg gibt, ich müsste annehmen, an einem recht zweifelhaften Ort zu sein.

Sie stutzte, als sie zweier Männer gewahr wurde, die am Rand des kleinen Springbrunnens saßen, der die Mitte des Auditoriums beherrschte. Offensichtlich waren sie befreundet, denn der eine stieß den anderen mit dem Ellenbogen in die Seite, als sie sich ihnen näherte.

»Ich grüße Euch, Magistra«, sagte daraufhin der eine Mann, den sie bei näherem Hinsehen als Vogt der herzoglichen Burg erkannte. »Verrate ich meinem Freund ein Geheimnis, wenn ich behaupte, ich habe Euch bereits einmal tropfnass gesehen? Obwohl Ihr mir, ehrlich gesagt, trocken genauso gut gefallt.«

»Das beruhigt mich, Vogt«, antwortete Trota. Die schlüpfrige Anspielung entging ihr ebenso wenig wie die begehrlichen Blicke. Dass er einen Trieb wie ein Ziegenbock hat, scheint zu stimmen, dachte sie angewidert. Warum aber sitzt er dann hier, in einem Kloster? Will er seine Frau loswerden? Sie zur Nonne machen?

Trota spürte, wie die Wut in ihr aufkeimte. Schließlich war vor allem der Vogt daran schuld, dass ihr das Collegium zunehmend mit Ablehnung begegnete. Denn hätte er seine Frau nicht bedrängt und sich schließlich an ihr vergangen, wäre sie nicht genötigt gewesen, eine Spülung vorzunehmen, und Nathanael hätte sie dann auch nicht bei Costas anschwärzen können.

»Dass wir uns an solch geweihtem Ort begegnen, Vogt, werte ich als gutes Omen«, begann sie, bemüht freundlich im Ton, »denn ich habe Euch etwas unter vier Augen mitzuteilen. Es betrifft Eure Frau. Wie Ihr wisst, suchte sie mich wegen eines gewissen Leidens auf …«

Sie sprach nicht weiter, weil Dhuoda neue Gäste hereinführte. Zwei Männer, die beide zu Herzog Waimars Leibwache zählten, von denen der eine niemand anders war als Wilhelm Barbotus, der sie, als sie vor Wochen zu Gaitelgrima gerufen wurde, so anzüglich angesprochen hatte. Der Vogt winkte ihnen zu, doch seine Mannen hatten Besseres zu tun, als ihn zu begrüßen. Trota glaubte, ihren Augen nicht zu trauen. Die Küsse, die Ritter und Nonnen wechselten, waren keine Wangenküsse und auch nicht schwesterlich. Und als im selben Moment Dhuoda freudig rief, die Therme sei geöffnet, wähnte sich Trota endgültig in einem phantastischen Traum. Warum hatten Nonnen wie Ritter plötzlich Badetücher über den Schultern? Warum fasste Ritter Berthold Dhuoda um die Hüften, als sei diese ein Mädchen vom Hafen?

Trota fragte eine der Nonnen nach der Mutter Oberin und erhielt zur Antwort, diese weile in Neapel im Kloster der heiligen Fortunata von Cäsarea. Der Vogt und sein Freund Barbotus schlossen sich derweil dem Strom der anderen an, um die Therme zu besuchen. Sie galt, wusste Trota, als eine vorzügliche Badeeinrichtung, die allen Frauen offen stand, die gutes Geld für einen Besuch zahlten oder Gäste der Nonnen waren. Zwei Stunden in der Therme von San Giorgio, hatte ihr Gaitelgrima einmal geschildert, hätten die Wirkung eines Besuchs in einem Jungbrunnen – seit wann aber war es Männern erlaubt, die Therme zu besuchen, noch dazu in der Begleitung von Nonnen?

Ihr fiel der Badespruch ein, den sie gehört hatte, als sie nach Salerno gekommen war: Für unfruchtbare Frauen ist San Giorgios Therme das Beste, denn wenn dort das Bad nicht hilft, dann helfen ihnen die Gäste.

»Vogt, hört meinen Rat!«, rief sie, weil ihr auf einmal schlagartig klar wurde, welche Art von Diensten San Giorgios Nonnen zuweilen leisteten.

»Ich höre?« Der Vogt, aber auch Wilhelm Barbotus wandten

sich zu ihr um, und obwohl Trota sie im Schummerlicht des Auditoriums nur schemenhaft erkennen konnte, spürte sie, wie belustigt die beiden Männer waren.
»Eure Frau, Vogt, hat Angst vor dem, mit dem Ihr gleich stoßen werdet. Ich bitte Euch, verschont sie. Aber wie ich sehe, seid Ihr ja, dem heiligen Georg und seiner Lanze sei's gedankt, auf dem bestem Weg.«
Ihr Herz klopfte so hart, wie ihre Stimme geklungen hatte. Sie war sich bewusst, dass es besser gewesen wäre, sie hätte sich beherrscht. Doch schon im nächsten Augenblick hielt sie ihre Worte wieder für angemessen. Was sonst hätte sie angesichts dieser zu erwartenden Lächerlichkeiten denn sagen sollen? Einerseits war sie sich noch nie so dumm und naiv vorgekommen wie in diesen Minuten, andererseits trieb sie ihr Stolz dazu, sich als Ärztin zu behaupten – selbst wenn dies um den Preis geschah, sich der Redeweise der Männer bedienen zu müssen.
Trota erwartete das Schlimmste. Trotzig sah sie dem Vogt in die Augen, als dieser auf sie zuschritt. Doch statt sie zu schlagen, grinste er sie nur an, riss sie dann aber plötzlich an den Haaren zu sich und leckte ihr den Hals.
»Passt auf, Trota Platearius«, flüsterte er heiser, »wenn ich Euch allein in die Finger kriege, wird abgerechnet. Aber auf meine Weise. Und so wahr ich der Vogt bin: Ich werde ihn Euch reinstecken, bis Ihr glaubt, auf einer Lanze zu reiten.«

Leprosenschau

Es war spät geworden. Als die Tür der Klosterpforte hinter Trota zuschlug, blieb sie nach einigen Schritten stehen. Das gold-orangenfarbene Glühen der untergehenden Sonne warf ein verzauberndes Lichternetz auf das ruhige Meer und die warme Luft war getränkt mit den Aromen der Pflanzen. Trota atmete mehrmals tief ein und aus, um das unbehagliche Gefühl von Angst und Abscheu, das dieser Besuch im Kloster bei ihr hinterlassen hatte, zu vertreiben. Die Nonnen dienten also den Trieben selbst jener, von denen sie, Trota, Besseres erwartet hätte. Und trotzdem, war es nicht von Vorteil, etwas zu wissen, Abgründe erkannt zu haben, als ahnungslos durch die Welt zu taumeln? Sollte der Vogt seine Drohung ernst gemeint haben, wäre sie vorbereitet. Sie würde sich schon zu wehren wissen.

Nach einer Weile glaubte sie, wieder festen Boden unter den Füßen zu spüren. Sie nahm sich vor, alles zu tun, um das Geheimnis um die Genesung von Ritter Berthold zu lüften. Ich werde mich in die Höhle des Löwen wagen und Costas beweisen, dass er nur für begrenzte Zeit Goliath ist. Denn in Gefahr und Not bringt dir allein laues Handeln den Tod.

Entschlossen bereitete sie sich auf die Leprosenschau vor, die zwei Tage später anstand. Sie nahm sich vor, sie so kaltblütig wie möglich zu absolvieren, denn an diesem Tag war Costas der Prüfmeister, sie hingegen nur die Beisitzerin. Alphanus hatte es so bestimmt, in voller Absicht, wie er sagte, denn es sei an der Zeit, dass sie und Costas sich miteinander versöhnten – was in Alphanus' Augen natürlich nur dadurch gelingen konnte, dass sie, Trota, sich unterordnete. Die Regularien der Leprosenschau nämlich schrieben vor, dass allein der Prüfmeister auf rein oder unrein entschied. Nur in zweifelhaften Fällen sollte auch das Urteil des Beisitzers herangezogen werden.

Als ob Costas sich jemals etwas von mir sagen lassen würde, dachte Trota voller Spott. Aber wenn ich ihm die Hand reiche, muss auch er die seine ausstrecken. Den Mund werde ich mir nicht von ihm verbieten lassen.

Sie betrachtete sich im Spiegel ihres Arbeitszimmers, prüfte das Rot ihrer Lippen und legte sich ein Lorbeerblatt unter die Zunge, um ihren Atem frisch zu halten.
Wen willst du denn küssen?, fragte sie sich selbstironisch.
Dich, gab sie sich im Stillen die Antwort. Komm endlich und hole mich. Sonst müssen wir es umgekehrt machen.

Durch eine Hintertür trat Trota vom Flur des Collegiums in den schmucklosen, von Essig- und Räucherwerkschwaden bedampften Lazarustrakt, wo die Siechenschau stattfand. Zunächst legte sie die seidene Decke auf das Pult, danach die Untersuchungsinstrumente: Nadeln, Nasenkolben, Spatel, Uringläser. Die Decke war eine byzantinische Goldstickerei, die drei Männer an einem reich gedeckten Tisch zeigte, Simon den Aussätzigen, Christus und den wiederauferweckten Lazarus. Darunter standen in griechischen Buchstaben die berühmten Worte aus der Offenbarung: »Ich bin das A und O, der Anfang und das Ende.«
Anschließend öffnete sie die niedrige Außentür und ließ ihren Blick über die Menge schweifen, die sich draußen eingefunden hatte. Wie viele Menschen mochten es diesmal sein? Die Aussatz-Verdächtigen warteten in gleißender Sonne im Siechenhof, der weiträumig von der Stadtwache umstellt war. Hinein durfte jeder, hinaus nur, wer dem Offizier von der Wache einen neuen Schaubrief vorzeigen konnte. Wer keinen bekam, wurde in die Lazaruskapelle eskortiert, wo er mit den anderen auf die symbolische Totenmesse wartete, mit der sein Ausschluss aus der Gemeinschaft der Gesunden zelebriert wurde. Er erhielt ein dunkles Gewand, Hut und Bettelsack und die berüchtigte Klapper. Anschließend wurde er vor die Stadt geführt und ermahnt, sich von Brunnen und Quellen fernzu-

halten und auf Märkten keine Speisen zu berühren. Selbst die Kirchen der Gesunden zu betreten war ihnen untersagt.
Wie üblich zählte Trota Männer und Frauen jeden Alters und Standes. Die Menschen lagerten auf dem kleinen Rasenstück vor dem Untersuchungsraum, hockten im mageren Schatten der Hofmauer oder teilten sich ein paar Sonnensegel. Die einen trugen Lumpen, andere waren in Seide gekleidet. Zwei Dutzend von ihnen, schätzte sie, würden wohl untersucht werden, der Rest waren Angehörige und Schaulustige.
Jede Siechenschau war ein Spektakel. Wer Verwandte dabeihatte, schwatzte und scherzte drauflos, als ginge ihn alles nichts an, aber es gab auch Verzweifelte, die beteten oder stumm vor sich hinweinten. Trota entdeckte einen Juden mit Schläfenlocken, der sich neben einem Wasserpfeife rauchenden Muslim mit Turban wiegte, eine Hure im durchsichtigen Chiton ging von Mann zu Mann, zwei zahnlose Greisinnen mit weißen Kopftüchern küssten Ikonen und sangen.
»Ist es gewiss, dass wir uns nicht anstecken?«, fragte der Schreiber hinter ihr hüstelnd, ein unreifes bartloses Jüngelchen, das allerdings den Vorzug genoss, sich Alphanus' Neffe nennen zu dürfen.
»Gewiss ist nur, Ludolf, dass wir alle sterben müssen«, antwortete Trota gleichmütig. »Wer reinlich ist, erkrankt aber in aller Regel nicht am Aussatz. Trotzdem habe ich schon so manches erlebt. Zum Beispiel letztes Jahr einen wohlhabenden Tuchhändler, der für alle Mitverdächtigten ein Festmahl veranstaltete, nach der Untersuchung vor den Offizier trat, sich dessen Dolch erbat und ihn sich vor aller Augen ins Herz stieß. Oder im letzten Winter einen verkrüppelten Söldner: Er verhökerte seinen Schaubrief auf dem Schwarzmarkt und kaufte sich mit dem Erlös ins Siechenhaus ein. Er war es leid, zu hungern

und zu frieren. Lieber lebte er unter Kranken. Denn wer es ins städtische Siechenhaus schafft, wird regelmäßig verköstigt und bekommt eine feste Schlafstatt.«

»Trotzdem warten hier etliche Menschen von Stand«, bohrte Ludolf nach und zog sich seinen mit Minzöl getränkten Schal vor den Mund.

»Ja, weil sie denunziert wurden oder sich auf den Druck von Familie, Freunden oder Nachbarn selbst der Obrigkeit stellten. Geistlichen, die bei Verdacht auf Aussatz nicht anzeigen, droht bekanntlich die Exkommunikation.«

Costas trat ein, nickte dem Schreiber zu und griff zur Glocke. An der Seite einer Stadtwache trat der erste zu Untersuchende vor das Pult: ein gutgekleideter, gepflegter Mann, Bootsbauer von Beruf. Er sei denunziert worden, sagte er, von Aussatz könne bei ihm nicht die Rede sein. »Mein Konkurrent und ich bauen dieselben Boote. Ich aber mache sie billiger, während mein Konkurrent der Ältere ist und sein Sohn ein Tunichtgut.«

Trota sah auf Anhieb, dass dieser Mann gesund war. Trotzdem musste er die Nadelprobe über sich ergehen lassen. Der Mann stöhnte vor Schmerz, als Costas seinen Daumen auf ein Nagelbrett mit vier feinen Stiften drückte und sich daraufhin das Gewebe besah: Es blutete kräftig, nirgendwo waren Anzeichen von Muskelschwund zu erkennen.

»Mundus, rein«, lautete Costas' Urteil. »Sagt demjenigen, der Euch denunziert hat, er solle sich hüten.«

»Ich schlag ihm den Schädel ein«, sagte der Mann finster und holte sich beim Schreiber seinen Schaubrief ab.

Der nächste Mann war ebenfalls denunziert worden, ebenso die beiden Huren. Dann aber humpelte eine kraushaarige, gebeugte Gestalt vors Pult, deren einer Fuß mit einem Lappen

umwickelt war. Der Mann war ein byzantinischer Seemann, von seinen Gefährten hier in Salerno verstoßen, weil ihm der kleine Zeh fehlte. Costas rümpfte die Nase, als der Mann den Lappen abwickelte. Der süßlich-faulige Geruch war unverkennbar, und neben dem kleinen Zeh waren auch schon die benachbarten Zehen voller Geschwüre.
»Immundus et leprosus. Unrein und leprakrank.«
Der Mann zuckte nur mit den Schulter und ließ sich widerstandslos in die Kapelle führen.
So ging es weiter. Neben der Nadelprobe, die Sensibilitätsstörungen an Fingern und Zehen aufdecke, erklärte Trota dem Schreiber Ludolf, gebe es noch weitere Untersuchungsverfahren – sie kam jedoch nicht dazu, sie ihm zu erläutern, weil eine Frau auf sie zueilte und sich ihr zu Füßen warf: »Habt Erbarmen! Ich habe keinen Aussatz, nur schlechte Haut.«
Trota seufzte. Sie hatte die Frau, die sie nach ihrem Besuch bei Alphanus getroffen hatte, schon so gut wie vergessen. Warum musste sie sich ausgerechnet heute vorstellen, wo sie doch nur Beisitzerin war. Wenn sie jetzt noch den Fehler beging, so zu tun, als hätten sie bereits miteinander gesprochen, waren ihre Hoffnungen von vornherein zum Scheitern verurteilt. In der Tat sah sie höchst unrein aus: Ihr Gesicht war von mehreren elfenbeinfarbenen Flecken entstellt, gelb geschuppt und von einem purpurfarbenen Ring umgeben, fanden sie sich sogar auf ihren Armen.
»Wenn du rein bist, bekommst du einen Schaubrief, wenn nicht, wirst du dich in dein Schicksal fügen müssen«, meinte Costas überraschend mild. »Mir scheint aber, du kennst Trota?«
»Nein«, sagte die Frau geistesgegenwärtig. »Ich wollte mich heute vorstellen, weil eine Frau vielleicht mehr Erbarmen zeigt.«

»Das würde sie hoffentlich nicht tun. Doch du hältst uns auf. Zeige mir deine Hand.«
Die Nadelprobe lief zu Gunsten der Frau ab, aber die Nasenprobe, wobei die Nase mittels eines Kolbens gespreizt wurde, hob den ersten guten Eindruck wieder auf. »Deine Male im Gesicht sind auffällig, und im Inneren deiner Nase sehe ich ein Geschwür. Das ist ein sehr deutliches Zeichen.«
»Aber meine Stimme ...«
Die Frau begann zu singen und sah Trota mit angstgeweiteten Augen an.
»Zwei negative Befunde gegen einen positiven«, bemerkte Trota halblaut zu Ludolf dem Schreiber.
Costas tat, als habe er sie überhört, aber Trota sah ihm an, dass er sich zu ärgern begann. Nichtsdestotrotz wusste sie, dass Costas zu den Ärzten gehörte, die sich geschworen hatten, einen Fall so lange zu untersuchen, bis sie nach bestem Gewissen ein Urteil fällen konnten.
»Ich werde jetzt kräftig an deinem Haar reißen«, sagte er. Die Frau schrie auf, Costas aber beruhigte sie und sagte, jetzt gebe es schon drei negative Befunde, denn sie habe zwar trockenes Haar, aber es sei füllig und sitze fest in der Kopfhaut. »Fieberst du bei Unwohlsein?«
Die Frau schaute zu Trota, doch die verzog keine Miene.
»Nein«, bekannte sie nach längerem Zögern. »Ich habe selten Fieber.«
Trota schaute zu Boden. Costas hatte einen zweiten positiven Befund. Die Frau schrie auf und verwünschte ihre Antwort, was ein weiterer Fehler war, denn ein betrügerisches und zorniges Wesen zählten nach traditioneller Überlieferung ebenfalls zu den positiven Zeichen.
»Dann verlange ich noch eine Urinprobe.«

Trota stand auf und brachte der Frau das kolbenförmige Harnglas, in das sie sich reichlich entleerte. Costas hielt es ans Licht und nickte. Trota ahnte, warum. Trotzdem überraschte es sie, dass Costas ihr das Harnglas hinhielt und bat, eine Einschätzung vorzunehmen. Trota konnte nicht anders, als die Wahrheit zu sagen: Der Urin der Frau war weißlich und klar und roch süßlich.

»Wir haben vier positive Befunde gegen drei negative«, klärte Costas die Frau auf. »Leider heißt das ...«

Da riss die Frau ihre Kleider hoch und kratzte sich über ihre entblößte Brust, die dieselben Flecken aufwies wie ihr Gesicht.

»Kein Aussätziger hat solche Flecken«, stieß sie verzweifelt hervor.

»In der Tat«, entfuhr es Trota. »Du meinst, alles käme von deiner Schwangerschaft? Der süße helle Urin spräche dafür ...«

Costas' Miene wurde hart. Trota hielt seinem Blick stand, versuchte es mit gespielter Unbekümmertheit: Sie zuckte die Schultern, hielt das Uringlas wieder ins Licht und schnupperte mehrmals daran. »Vom frauenheilkundlichen Befund ist es auch der Urin einer Schwangern«, befand sie.

»Wollt Ihr damit die anderen Ergebnisse ungeschehen machen?«

»Selbstverständlich nicht.«

Da ging die Tür hinter ihnen auf.

»Wir haben einen Gast«, rief Alphanus und zeigte auf einen kahlköpfigen Mann in Mönchskutte. »Costas, ich habe die Freude, Euch Magister Rodulfus Bernward aus Bamberg, einen Berater unseres zukünftigen Kaisers, vorzustellen. Er ist Infirmarius und Vorsteher der Bamberger Leprosorien. Als er hörte, dass Siechenschau ist, weckte dies seine Neugierde.«

»Ich grüße Euch, Collega! Seid uns willkommen.«
Costas rang sich ein Lächeln ab und deutete eine Verbeugung an. Er war mehr verärgert als verunsichert, obwohl Rodulfus große Präsenz ausstrahlte und ihn und Alphanus zudem um Hauptteslänge überragte.
»Ihr kommt wie gerufen, Rodulfus«, bemerkte Trota beiläufig und blitzte ihren ehemaligen Lehrer an. »Mein geschätzter Kollege hat eine das Gewissen belastende Entscheidung zu fällen: Jene Frau nämlich behauptet, nicht unrein, sondern rein zu sein. Den in der Tat negativen Befunden stehen aber auch zweifelsfrei positive gegenüber.«
Sie war sich im Klaren, dass sie Costas' Irritation schamlos ausnutzte. Was sie gesagt hatte, war geschickt und dreist dazu. Costas nämlich war jetzt genötigt, Rodulfus um seine Meinung zu bitten. Alles andere wäre unhöflich gewesen und einer Beleidigung gleichgekommen. Aber blieb ihr eine Wahl? Inzwischen war sie überzeugt, dass diese Frau nicht unter Aussatz, sondern nur an einer seltsamen Hautkrankheit litt. Schließlich war sie schwanger. Männer machten sich einfach keinen Begriff davon, was dies bei einer Frau bewirkte. Sie konnten nicht nachfühlen, wie empfindlich der Körper einer Schwangeren reagieren konnte, wenn sie verstoßen wird. So beruhten Fehlgeburten, wie sie ihren Studenten nicht müde wurde zu erklären, zuweilen auf Katastrophen der Seele, andererseits kam es zu Empfängnisproblemen, wenn Mann und Frau in Apathie zueinander standen – zum Beispiel in Fällen, in denen Ehen ausschließlich aus politischen oder wirtschaftlichen Gründen gestiftet wurden.
»Mir scheint«, bemerkte Rodulfus sanft und lächelte Alphanus an, »wir beide wurden gerade von Gott gesandt. Offenbar möchte er ein Zeichen setzen.«

»Das würde erklären, warum mein Kollege mit einem endgültigen Urteil zögert«, bemerkte Alphanus weise.

»Demnach müsstet Ihr, Rodulfus, über Erfahrung verfügen, die hier vonnöten ist«, bemerkte Costas höflich. »Lassen wir also Gott durch Euch sprechen.«

Rodulfus nickte geschmeichelt und lächelte. Er fühlte der Frau den Puls, ließ sie die Zunge herausstrecken und fragte, ob sie die Flecken auch auf der Brust habe.

Als Costas bejahte, war Rodulfus zufrieden. Er erinnere sich an einen ähnlichen Fall in Bamberg, sagte er, ebenfalls eine Frau. »Barmherzigkeit und Vernunft geboten, kein abschließendes Urteil zu fällen. Einen Schaubrief stellte ich aus, aber nur ein halbes Jahr gültig. Als die Frau wieder erschien, waren ihre Flecken sichtlich weniger. Nach einem Jahr waren sie verschwunden. Sie war rein.«

»So sei es auch in diesem Fall«, entschied Alphanus. »Und nun wollen wir euch nicht länger aufhalten. Bitte Kollegen, tut eure Arbeit.«

Trota sah Costas an, dass dieser nicht minder überrascht war als sie. Eigentlich hätte sie sich über diesen weisen Kompromiss freuen können, trotzdem war ihr die Art, wie Rodulfus ihn herbeigeführt hatte, nicht geheuer. Dies ist nicht mehr jener Rodulfus Bernward, den ich in Bamberg kennen lernte, dachte sie enttäuscht. Zwar trägt er die einfache Kutte eines Mönchs, aber darunter verbirgt sich ein geschmeidiger Weltmann. Ein tiefes Unbehagen überfiel sie, als sie an ihren Auftrag dachte: Würde sie es tatsächlich fertig bringen, sich zu verstellen? Was verlangte Alphanus da eigentlich von ihr? Sollte sie Ehebruch begehen, in der Hoffnung, Rodulfus verrate ihr für ein paar vergnügliche Stunden, wie er den Erzbischof von Salerno anzuschwärzen gedenke?

Auch Costas schien nicht minder nachdenklich. Trota las in seinen Augen: Dieser Mann ist gefährlich, mit allen Wassern gewaschen. Einen Moment lang sahen sie sich an, nickten sich dann wissend zu und setzten die Untersuchungen fort.
»Das Pflaster Salernos wird wohl wieder ein Stück glatter werden, nicht wahr?«, fragte ihn Trota wenig später, als sie den Lazarus-Trakt wieder durch die Hintertür verließen.
»Die Hauptsache, Ihr rutscht nicht aus, Trota.«
»Dann sollten wir unsere Animositäten vielleicht besser begraben?«
»An mir liegt es nicht.«
»Ihr reicht mir die Hand zur Versöhnung? Wenn ja, erbitte ich mir Unterweisung, Costas. Ich möchte von Euch lernen, wie Ihr Ritter Berthold behandelt habt.«
Gefühle und Gedanken überschlugen sich, und obwohl ihr die Worte leicht von den Lippen gingen, klopfte ihr das Herz bis zum Hals. Alles liegt jetzt an ihm, dachte sie. Er braucht nur zu nicken, nicht einmal zu antworten. Wenn ich Glück habe, ist er eitel genug, mir seine Entdeckung zuerst zu verraten.
»Alphanus ist so weise wie feinsinnig«, meinte Costas nachdenklich. »Also sollten wir ihn nicht enttäuschen. Besucht mich in meinem Laboratorium. Ich werde meine Entdeckung mit Euch teilen.«

Dritter Teil

Auf dem Weg in die Therme

Es ist zumindest ein Teilsieg, dachte sie tags darauf. Den Kampf habe ich zwar erst gewonnen, wenn ich das Rezept des Theriak in den Händen halte, trotzdem sollte ich fürs Erste zufrieden sein. Allein schon deswegen, weil das ständige Streiten zu kräftezehrend ist. Der Schönheit zumindest sind Sorgen und Verdruss hinderlich.
Wieder war sie mit ihren Gedanken abgeschweift. Trota legte die Feder beiseite und ließ vor dem Stehpult den Kopf kreisen, denn ihre Schultern schmerzten. Statt Siesta zu halten, hatte sie an ihrem Traktat über die Schönheit gearbeitet, um endlich den Teil über die Epilation abzuschließen. Doch zufrieden war sie damit nicht. Er ist zu lang geraten, dachte sie, die Ausführungen über die Zahn- und Lippenpflege sind dagegen zu kurz. Und selbst wenn ich jetzt noch verschiedene Weisen, das Haar zu färben, beschreibe, liest sich alles wie Stückwerk.
Sie runzelte die Stirn, überflog noch einmal ihre Worte.
Jetzt ist nicht die Zeit dafür, dachte sie. Ich sollte einmal wieder etwas für mein Wohlbefinden tun.
Sie schaute in den Spiegel, verrieb ein paar Tropfen Olivenöl auf Wangen und Stirn und genoss ein paar Spritzer Rosenwasser. Waren die Stirnfältchen noch zu sehen? Sie waren eindeutig flacher geworden. Sie sollte sich noch weniger ärgern oder doch sauberstes *primuruggiu* – Jungfernöl – verwenden ...
Aber wie sah es mit den Oberschenkeln aus? Und am Bauch? Sie entkleidete sich, begutachtete sich kritisch, trank dabei mehrere Glas Wasser mit Granatapfelsirup und beschloss,

gleich nach der Siesta die Therme der Salernitaner Kaufmannschaft zu besuchen, die heute für die Frauen geöffnet war.
Rodulfus wird sich nachher bei der Visite hoffentlich nicht einbilden, ich dufte für ihn, dachte sie belustigt. Sollte er fragen, werde ich ihn necken, dass ich es für Costas tue – weil er mir ein Geheimnis verraten möchte.
Nackt legte sie sich zu Bett und lauschte dem Lied, das Scharifa in der Küche sang. Schließlich begann die Welt um sie herum zu zerfließen, nach einer Weile träumte sie, sie würde auf Gaitelgrimas Hochzeit mit Costas tanzen. Nein, nicht Costas ... ein anderer Mann ... aber es war nicht Halifa, sondern ein Normanne ... aber seine Augen waren rot ... rot vor Blut. Plötzlich schreckte sie hoch.
Was für ein dummer Traum, dachte sie. Tue endlich etwas für dich.

Sie packte ein frisches Unterhemd und einen neuen Chiton in die Tasche und machte sich auf den Weg. Die Therme der Kaufmannschaft lag am alten römischen Aquädukt, also im Zentrum Salernos, das dieser Tage schon vor Ende der Siesta voller Menschen war. Die bevorstehende Hochzeit Gaitelgrimas mit dem Normannen Drogo von Hauteville lockte viel fahrendes Volk und fliegende Händler in die Stadt, aber auch fremde Ritter und Knappen. Trota ertappte so manchen Gaffer, der sie höchst eindeutig musterte, vor allem die Normannen warfen ihr immer wieder verstohlene Blicke zu. Einige sahen mit ihren plattgedrückten Nasen, den flachsblonden Haarsträhnen, die zu Zöpfen geflochten waren, einschüchternd wild aus, aber Herzog Waimar ließ eigene Leute durch die Stadt patrouillieren, so dass es bislang zu keinen Übergriffen gekommen war.

Ein angetrunkener Normanne wankte unter dem Gelächter seiner Kameraden auf sie zu und verbeugte sich. Er roch fürchterlich, und Trota wich zurück. Er aber richtete sich auf, grunzte etwas, was sie nicht verstand, und torkelte plötzlich seitwärts, einem Geräusch entgegen, das vom Torbogen des Böttcherhauses her kam. Dort nämlich erschien der Böttchergehilfe mit einem frischen Fass aus Steineiche. Vor aller Augen steckte er Stroh hinein, entzündete es, um es nach altem Brauch zu räuchern. Doch kaum entwichen dem Fass Rauchfähnchen und würziger Holzduft, da trat der Normanne hinzu und entleerte sich. Trota musste, wie die Normannen und andere Zuschauer, lachen, der Gehilfe des Böttchers aber fluchte und wusste seine Wut nicht anders zu beherrschen, als dass er das nun verdorbene Fass so fest anstarrte, als wollte er es beschwören, von selbst aus wieder rein zu werden.

Die Normannen aber zogen laut palavernd weiter. Trota sah ihnen nach. Sie wussten zu kämpfen, zu erobern, waren sich ihrer Stärke bewusst, doch gute Sitten hatten sie nicht.

Während der Böttchergehilfe fluchend das nasse Stroh aus dem Fass riss und frisches hineinsteckte, um es zu entzünden, entfernte sich Trota, um im Schatten einer alten Pinie in Ruhe nachdenken zu können. Wem würde ich in der Not mehr trauen, fragte sie sich, diesen blauäugigen Totschlägern oder den hakennasigen Byzantinern, die Vater ermordet haben?

Händler mit Handkarren oder Kiepen zogen vorbei. Die einen brachten frisch geschlagenes Eichen- und Akazienholz, Krüge voller Weizen oder Honig zum Hafen, andere schleppten von dort her neu angekommene Ware wie Tuchballen aus Flandern, Alaun und islamische Keramik aus Ägypten, Mastix aus Chios und Mönchspfeffer aus Kreta. Einen kurzen Moment hielt Trota inne und versuchte sich vorzustellen, ob sie nicht doch vielleicht die Nonnen im Kloster dazu überreden sollte, größere Mengen vom Samen des Mönchspfeffers zu verwenden, um ihren Geschlechtstrieb zu dämpfen, doch sie würden sie wahrscheinlich nur auslachen – verdienten sie doch wohl nicht übel an den Trieben anderer ...

Jenseits der Mauer, die die Stadt umgab, entdeckte Trota einen Hirten, der seine Schafe in das dichte Gewächs der Zistrosen trieb. Vor gar nicht langer Zeit, erinnerte sie sich, war ein Feuer über die Hänge mehrerer Hügel hinweggefegt. Die Folge war, dass die Samen sich noch besser verbreitet hatten. Die Tiere würden das wertvolle Harz von den gewellten Blättern der Zistrose mit ihrem Fell aufnehmen. Ihre Wolle würde getränkt sein mit dem überaus wohlriechenden Gummistoff *ladanum* ... einem Rauschmittel. Trota winkte einem Mädchen zu, das gerade frisches Wasser aus einem der zahlreichen Brunnen geschöpft hatte. Dankbar trank sie und überließ sich dann wieder ihren Gedanken.

Ohne Zweifel war Salerno eine reiche, dank Handel und Normannen-Schutz wohlhabende und wohlgelittene Stadt. Doch ob sie, Trota, immer hier bleiben würde? Zu vieles war geschehen, und zu gewichtige Aufgaben hatte sie zu erfüllen: ihren Ruf zu verteidigen und ihr Kind zu retten. Doch was war ihr Schicksal?

Vieles konnte sie selbst beeinflussen, das große Geschehen um sie herum aber nicht: Allzu eifrig erhoben eifersüchtige Eroberer ihre Schwerter, von denen nur eines gewiss war: Bei ihren Kämpfen um die Vorherrschaft in Apulien und seit wenigen Jahren auch Kalabrien schenkten sich Byzantiner und Normannen nichts an Grausamkeit. Für das Fürstentum Salerno jedoch, überlegte Trota, war die Hochzeit Gaitels ein Gewinn. Die Verbindung eines Normannen mit einer Langobardin war ein bedeutender und kluger politischer Schachzug Herzog Waimars.

Zwar interessierte sie sich nur wenig für Politik und die Machtspiele der lombardischen und normannischen Grafen, aber in dieser Stimmung, hier unter der alten Pinie, sich ein paar Gedanken zu machen, bevor sie auf Gaitels Hochzeit erschien, war sicher nicht verkehrt.

Sie trank den Krug leer, verteilte ein paar Almosen und sah einem Gaukler zu, der mit Dolchen jonglierte. Er tat dies so geschickt, dass man glaubte, er wedele mit bloßen Händen einem blitzenden Feuerkranz unter der hellen Sonne zu. Auf ihren Wink hin brachte ihr ein Junge in einem Bastkörbchen eine Hand voll süßer Lupinen. Der Gaukler fing seine Dolche mit einem lauten Aufschrei mit seinen Händen auf, sprang in einem großen Schritt vorwärts und verbeugte sich. Trota nickte ihm anerkennend zu. Auch Herzog Waimar ist ein Gaukler, dachte sie. Statt mit Dolchen jongliert er mit Personen und Grafschaften, wobei er – wie der Gaukler – hofft, nicht daneben zu greifen, was in seinem Fall bedeuten würde, einen Lehenspflichtigen zu verlieren.

Schon vor sechs Jahren, sinnierte sie, belehnte er den Normannen Rainulf Drengot mit der Grafschaft Aversa und Gaeta, später sogar noch mit Ländereien am Gargano und jetzt setzt er auf seinen zukünftigen Schwiegersohn Drogo von Hauteville. Schließlich ist es kein Geheimnis, dass Waimar in den Grafschaften Aversa die Zügel nicht mehr in der Hand hält. Er braucht Drogo, weil er erkannt hat, dass er seine Macht in Zukunft nur mit Hilfe der Normannen erhalten konnte. Kein Wunder, dass Gaitelgrima da als wahre Jungfrauen-Festung erscheinen möchte. Denn je unschuldiger sie wirkt, umso mehr schmeichelt dies dem Hauteville.

In einem vorüberziehenden Karren schnatterten lautstark Gänse. Eine ältere Frau mit Klumpfuß humpelte vorwärts, während sie auf einen kleinen Jungen einredete, der vor ihr herhüpfte und dabei mit einem abgebrochenen Schwertstiel um sich stieß. Trota erinnerte sich, dass Rudolph Capellus, den Waimar nach Rainulf Drengots Tod im letzten Jahr in Aversa als Lehnsherr eingesetzt hatte, gestürzt worden war. Damals hatte es eine Verschwörung gegeben: Anhänger des einstigen Fürsten Pandulfs von Capua, des Erzrivalen Waimars, hatten sich mit Rainulf Drengots Neffen und byzantinischen Söldnern zusammengetan und die Macht in der Grafschaft an sich gerissen. Waimar hatte fortan in Aversa keine Befehlsgewalt mehr, allein Drogo von Hauteville und dessen kampferprobte Mannen konnten ihm die Grafschaft wieder untertan machen.

Trota sah auf. Fremde Ritter strömten durch die Straßen, diesmal keine Normannen, sondern Mannen des Markgrafen Bonifaz von Canossa und Turin. Der Graf über Modena, Reggio, Mantua, Brescia und Ferrara galt als Italiens mächtigster Fürst. Wenn Waimar das Kunststück gelingt, überlegte sie, sich auch ihn zum Verbündeten zu machen, wird es Kaiser Heinrich auf der Synode kaum gelingen, ein Bündnis gegen ihn zu schmieden. Waimar hätte dann echte Handlungsfreiheit. Was andererseits aber auch bedeuten könnte, dass die Normannen um die Hautevilles zusehends stärker würden. Niemand würde ihnen ihre Eroberungen mehr streitig machen können, und auf der Festung würden sie sich in kurzer Zeit gegenseitig auf die Füße treten. Wenn Waimars Brüder eintreffen, wird der Hof dort oben einer Zeltstadt gleichen.

Sie versuchte, sich die Enge vorzustellen, die im Rittersaal herrschte, und schüttelte sich innerlich bei dem Bild, wie und wo all diese grobschlächtigen Männer sich wuschen und ihre Notdurft verrichten.

Sie hatte lange genug gesessen. Nun erhob sie sich, um endlich ihrem Genuss entgegenzustreben: zwei Stunden in der Therme. Diese war von außen betrachtet ein schlichter, schmuckloser Tuffsteinbau nach Art eines römischen Atriumhauses. Trota ließ sich von der Badefrau helfen, sich bis aufs Hemd auszuziehen, und begab sich anschließend geradewegs ins Dampfbad. Zum Glück herrschte dort noch kein Gedränge. Trota grüßte die wenigen Anwesenden mit der gebührenden Zurückhaltung und legte sich auf den warmen Stein. Sie genoss die Ruhe, das stärker werdende Bewusstsein für ihren Körper. Erst als sich auf ihrem Hemd Schweißflecken zeigten, erhob sie sich und tauchte ein paar Mal im Warmwasserbecken unter. Dann griff sie zur Glocke. Eine weitere Badefrau schlurfte herbei, half ihr, das nasse Hemd auszuziehen, und hüllte sie in ein dickes Leinentuch.

»Wollt Ihr auch ins Kaltwasserbecken?«

»Ja, aber nicht gleich.«

»Läutet bitte, wenn Ihr für die Hautpflege bereit seid.«

»Natürlich.«

Trota ließ sich Zeit. Es war wunderbar, an nichts anderes zu denken als an den eigenen Körper und sein Wohlergehen. Körperpflege ist Seelenpflege, dachte Trota, während sie sich daran machte, durch den säulengestützten schattigen Rundumgang des Atriums zu wandeln, in dessen Mitte das Kaltbad lag. Zwei kleine Mädchen plantschten darin herum, ihre Mütter saßen mit weißen Gesichtsmasken am Beckenrand, Kopf und Körper in dicke Tücher gehüllt.

Nachdem sie eine gute Weile umhergelaufen war, wurde ihr die Bewegung zu anstrengend. Sie legte sich auf eine der umstehenden Liegen und schloss die Augen. Doch ihre Hoffnung, gedankenlos vor sich hindösen zu können, wurde enttäuscht. So sehr sie sich auch bemühte, nicht an den bevorstehenden Besuch in Costas' Laboratorium zu denken, es gelang ihr nicht. Eigentlich war er längst überfällig, sagte sie sich, und vielleicht hätte ich mich von Anfang an besser mit ihm verstanden, wenn ich Interesse für seine Experimente gezeigt hätte.

Sie erhob sich und trat ans Kaltwasserbecken. Mütter und Kinder waren gegangen, für ein paar Minuten herrschte Ruhe. Kurz entschlossen wickelte sie sich aus ihren Tüchern, streckte den Fuß ins Wasser, um die Temperatur zu prüfen, und sprang nackt ins sonnenbeschienene Becken. Leider war das Wasser um vieles kälter, als sie es erwartet hatte. Prustend tauchte sie wieder auf, ruderte wild mit den Armen und beeilte sich, die Leiter zu erreichen. Heftig atmend zog sie sich hoch und wickelte sich zitternd wieder in ihre Tücher.

Nie wieder, dachte sie. Auch wenn es noch so gesund ist.

Ein helles Lachen weckte ihr Aufmerksamkeit: Rahel, Gaitelgrimas Zofe, stand mit einem Katzenjungen an der Brust unter der Überdachung, in der anderen Hand hielt sie einen verzierten Messingkelch. Wie bei den Müttern von vorhin war ihr Gesicht von einer weißen Crememaske bedeckt, die nur Augen und Mund erkennen ließ.

»Wollt Ihr auch einen Becher?«, rief sie Trota zu.

»Wein?«

»Himbeerscherbet mit Ambra.«

»Wenn Ihr wirklich so freigebig sein wollt, dann mit dem größten Vergnügen.«

Rahel klingelte nach der Badefrau und setzte das Kätzchen auf den Boden. Als die Badefrau kam, drückte sie dieser ihren leeren Kelch in die Hand und befahl, auch für Trota einen Becher

Scherbet vorzubereiten. Die Kosten trage sie, was bedeute, es solle nicht am Eis gespart werden.
»Schönsein für die Hochzeit?«, fragte Trota.
»Sind wir dazu nicht verpflichtet?«, gab Rahel zurück.
»Ich würde sagen, es ziemt sich für uns«, entgegnete Trota selbstbewusst. »Wir sind zwar das schwache, dafür aber schöne Geschlecht. Gemäß den uns an Kraft überlegenen Männern, die sich in Waffen- und Folterkünsten üben und hervortun, widmen wir uns dem unblutigen Geschäft von Körperpflege und Schönheit.«
»Die zuweilen recht schmerzhaft ist«, ergänzte Rahel mit einem Seufzen. »Mir steht noch etwas bevor.«
»Mir auch.«
»Dann teilen wir uns eine Kammer?«
»Gerne. Ich möchte mich aber noch einmal kurz im Dampfbad aufwärmen. Danach wird mir Euer Scherbet umso köstlicher munden.«

Ihre Liegen waren mit Fellen gepolstert, die mit einem großen Laken gedeckt wurden. Rahel war zwischenzeitlich ihre Gesichtsmaske abgenommen worden, jetzt warteten beide Frauen darauf, dass die Enthaarungspaste antrocknete. Nicht ohne Stolz bemerkte Trota, dass die Bademeisterin ihre Vorschläge aufgegriffen hatte. Hatten die Badefrauen sich bislang damit begnügt, die Paste allein aus Mandelmilch, Ätzkalk, Auripigment und dem Saft von den Blättern der Spritzgurke herzustellen, bewies jetzt schon allein ihr Geruch, dass sie ihre sogenannte sarazenische Rezeptur übernommen hatten.
»Ich glaube, ich habe es schon wieder vergessen«, sagte Rahel. »Was ist neu in der Paste?«
»Galbanumharz und Olivenöl«, antwortete Trota und ließ sich

den Rest des Scherbets munden. »Beides entspannt die Muskulatur. Die Wirkstoffe können deshalb gut einziehen, weil der Ätzkalk die Haut erwärmt.«
»Das ist alles?«
»Nein, vertraut ruhig Eurer Nase. Zusätzlich sind noch Mastix, Weihrauch, Zimt, Muskatnuss und Nelke in der Paste. Das macht den süßen lieblichen Geruch aus, glättet die Haut, macht sie zart und geschmeidig.«
»Sikel und Gaitel würden uns jetzt beneiden.«
»Das glaube ich gerne. Aber, kommt, es ist Zeit, wir müssen wieder schwitzen.«
Gemeinsam gingen sie zurück ins Dampfbad, wo es jetzt eng geworden war. Trota stand lieber, als sich noch in eine Lücke zu quetschen, Rahel dagegen setzte sich unbekümmert zwischen zwei dickliche Frauen, deren langes Haar ihnen schwer und wirr auf die halb entblößte Brust hing. Waren die meisten Frauen noch am Schwitzen, unterzogen sich andere dem zweiten Gang der Enthaarungsprozedur. Die betroffenen Frauen lächelten sich zu und schnupperten den Düften der Paste nach, die das Dampfbad parfümierten. Nach einer Weile erhoben sie sich und verzogen sich wie Rahel und Trota in ihre Kammern, wo die Badefrauen sie aus ihren Tüchern wickelten und ihnen mit der flachen Hand sanft über Arme und Beine strichen: Haare und Härchen rieselten herab.
»Jetzt kommt die Pein«, stöhnte Rahel und begann, sich mit einem zusammengerollten Handtuch unter den Achseln und im Schambereich abzurubbeln.
»Bloß nicht zu kräftig reiben«, ermahnte Trota sie. »Immerhin enthäuten wir uns gerade halbwegs selbst. Die Paste reißt Haare und die oberste Hautschicht nämlich mit ab.«
»Wir sind rot wie Krebse.«

»Ja, dafür aber samtweich. Wären wir Kleopatra, dürften wir uns jetzt in einem Bad aus Esels- oder Buttermilch die Haut kühlen.«
Anschließend tauchten sie nackt in den dafür vorgesehenen Bottichen mit Warmwasser unter und wuschen sich die Reste der Paste von der Haut.
Erschöpft und in frische Tücher gewickelt, legten sie sich wieder auf ihre Liegen und ruhten eine Weile.
»Und an allem ist nur König Salomo schuld«, seufzte Trota.
»Wie das?«
»Nun, in einer Legende heißt es, dass man ihm erzählte, die Königin von Saba, die ihn besuchen werde, sei zwar wunderschön, habe aber leider behaarte Beine. König Salomo wollte das nur schwer glauben und kam auf die Idee, vor dem Empfangssaal einen Wassergraben zu bauen, über den er einen Steg aus Glas legte. Die Königin ließ sich täuschen und lupfte ihr Gewand, weil sie glaubte, es sei Sitte, vor einer Audienz beim König durch Wasser schreiten zu müssen. Und tatsächlich, ihre Beine waren behaart. Was Salomo dazu brachte, sich eine Enthaarungspaste auszudenken, weil er vorhatte, die Königin zu heiraten.«
»Und hat die Königin sich ihm in enthaartem Zustand gezeigt?«
»Ich gehe davon aus.«
»Ob er dann wohl auch das Lager mit ihr geteilt hat?«
»Würdet Ihr einem König Salomo die Kemenate verbieten?«
Die Frauen lachten und sanken auf ihre Liegen zurück. Nach einer Weile kamen ihre Badefrauen wieder, in der Hand je einen Eimer mit warmem Kleiesud. Rahel und Trota stöhnten erleichtert auf, als ihnen die gallertartige Masse auf die Haut gestrichen wurde. Doch auch dies war noch immer nicht die

letzte Anwendung, denn nach einem erneuten Bad und einer ausreichenden Hauttrocknungszeit stand die Henna-Eiweiß-behandlung an: Von Kopf bis Fuß wurden sie mit dieser kühlenden und besänftigenden Paste eingesalbt, die alle Hautrötungen verschwinden ließ.

»Es ist vollbracht«, seufzte Rahel, als die Badefrau sie mit warmem Wasser berieselte.

»Ja, und jetzt am besten ins Bett.«

»Allein?«, neckte Rahel sie.

»Was hätte ich denn von einem verschwitzten Ritter?«

»Wenn er vor dem Kampf gebadet hat ...«

»Ah, Ihr meint den einfühlsamen Helden, der uns anbetet und beschützt, kurz vorher den Feind niedergestreckt hat, uns dann dampfend vor Erregung auf die Arme nimmt, vor dem Kamin auf ein Löwenfell bettet und verwöhnt ... er duftet nach Moos und Leder, sein Atem ist weich und betört durch Kardamon und Lorbeer, seine sauberen festen Hände ...«

»Hört auf. Ihr weckt Bilder voller Sünde!«, rief Rahel theatralisch. »Wie soll ich da heute Nacht zur Ruhe kommen? Seufzend soll ich mich wieder selbst umarmen?«

»Wieder?«

Rahel gluckste leise und begann eindeutig zu seufzen. Doch dann wurde sie ernst und gab preis, dass sie beginne, sich Sorgen um Sikelgaita zu machen. Sie erzählte, dass der aus Frankreich eingetroffene Bruder Drogos, Robert, Sikelgaita völlig den Kopf verdreht habe. Denn so ritterlich und fraulich Sikel auch sei, im Herzen sei sie noch ein Kind. Was heiße, sie könne noch lange nicht abschätzen, wie sich Ehrlichkeit und Schmeichelei voneinander unterschieden.

Trota nickte.

»Ich war dabei, wie er Gaitel und Sikel die schrecklichen Fehden in seiner Heimat schilderte«, fuhr Rahel fort. »Robert standen die Tränen in den Augen. Freimütig gab er preis, nur ein Flüchtling zu sein, der sein weiteres Gedeihen ganz und gar in die Hände seines Bruders Drogo lege. Sikelgaita schmachtete ihn an wie Maria Magdalena den Heiland am Kreuz.«

»Wie klug sie doch ist. ›Wenn ich weinen soll, so zeige du mir erst dein Auge tränenvoll.‹ So dichtete einst der römische Dichter Horaz. Er sagt damit: Wenn du Gefühle bei deinen Zuhörern wecken willst, musst du erst einmal selbst bewegt erscheinen. Mir scheint, die Hautevilles sind nicht nur wackere Kämpfer, sondern auch noch geschickte Schmeichler.«

»Das sehe ich nicht anders. Gefährlich ist nur, wie Robert ihre Begeisterung für die Kriegskunst ausnutzt. Er entblödet sich nicht, mit ihr im Rittersaal zu plänkeln, wobei er zwar nie verliert – aber nur deswegen, wie er sagt, weil er ein Mann und ihr an Kraft überlegen sei, nicht aber an Geschicklichkeit. Sikel nimmt dies für bare Münze. Letzte Nacht lag sie schluchzend auf ihrem Lager. Sie hatte ihren Vater gebeten, sie mit Robert zu verheiraten. Ihr könnt Euch natürlich vorstellen, wie Waimar sie abgefertigt hat, denn in seinen Augen ist Robert nichts als ein Habenichts.«

»Was richtig ist«, stimmte Trota zu und schloss die Augen. Entspannt lag sie in ihr Laken eingewickelt, ihre Füße wurden von einer Wolldecke geschützt.

»Sicher, aber Ihr kennt Sikel. Wenn sie sich einmal etwas in den Kopf gesetzt hat … Sie war gestern mit auf der Jagd … galoppierte ohne Furcht davon. Ihr könnt es Euch bestimmt gut vorstellen, wie verlockend sie auf Robert wirkte. Natürlich jagte er ihr nach. Suchte sie. Und an ihren glänzenden Augen am Abend war abzulesen, dass er sie auch gefunden hat.«

»Er? Oder sie beide sich?«
Obwohl sie auf Rahel einging, verspürte Trota immer weniger Lust, sich zu unterhalten. Am liebsten hätte sie jetzt allein vor sich hingedöst, vielleicht auch ein bisschen geschlafen.
»Wohl Letzteres«, fuhr Rahel besorgt fort und beugte sich zu Trota vor. »Wisst Ihr, was sie antwortete, als Gaitel und ich sie zur Rede stellten? Ich habe Trota, behauptete sie trotzig. Wenn mir etwas geschieht, wird sie es schon richten.«
Trota zuckte zusammen. Die wohlige Entspannung, die der Hofklatsch gebracht hatte, fiel von ihr ab, und sie bereute, Rahels Gesellschaft geteilt zu haben. Da möchte ich einmal ganz für mich sein, dachte sie verstimmt, und bekomme durch die Blume erzählt, ich solle mich für eine mögliche Abtreibung bereithalten. Muss denn immer mehr kommen? Erst Matthäus, dann Rodulfus, Nathanael, Ritter Berhold ... und jetzt noch ein Normanne und eine mannstolle Prinzessin!
Empört richtete sie sich auf und wollte ihrem Unmut Luft machen, doch dann sank sie erschöpft wieder zurück. Schweig lieber, dachte sie. Es braucht ja gar nicht so weit zu kommen. Erst einmal findet Gaitels Hochzeit statt. Und dann werden wir beide im geeigneten Moment Sikel beiseite nehmen und ihr gehörig den Kopf waschen.
Doch ihre Ruhe war dahin. Ohne ihr Zutun begannen sich ihre Gedanken zu verdichten, bis sie schließlich eine Frage loswerden musste.
»Rahel?«
»Ja?«
»Sagt mir nur eins: Ist dieser Robert denn auch hinter Sikel her?«
»Ich fürchte, ja.«

Magister Rodulfus aus Bamberg

Wie sie erwartet hatte, gab sich Magister Rodulfus bescheiden. Er wolle dazulernen, schmeichelte er ihr vor den Studenten, darum werde er sich bei den Krankenbesuchen so unauffällig wie möglich im Hintergrund halten.
»Tut einfach so, als wäre ich nicht vorhanden.«
Rodulfus schüttelte den Kopf, womit er Trota und ihre Studenten zum Lachen brachte. Schließlich war er allein aufgrund seiner Größe eine viel zu auffallende Erscheinung. Selbst in einigen Schritten Abstand wirkte er übermächtig, so dass Trota das Gefühl nicht loswurde, ständig beschattet zu werden. Sie bemühte sich, so gelassen wie möglich zu bleiben, und doch klopfte ihr das Herz schneller als sonst, als sie auf ihrer Station nach den Kranken schaute.
Ich benehme mich wie ein kleines Mädchen, dachte sie ärgerlich. Wenn ich mich nicht zusammenreiße, kommt es noch so weit, dass ich irgendwann mitten im Satz abbreche und ihn frage: Habe ich nicht Recht?
Sie konzentrierte sich auf theoretisches Wissen, um ihre Belesenheit unter Beweis zu stellen. Sie referierte Hippokrates' Säftelehre, ordnete sie den vier Temperamenten zu und kam schließlich auf die Leistung Galens zu sprechen. In einem wesentlichen Punkt, dozierte sie, weiche er von Hippokrates ab. Während dieser auf die heilenden Kräfte der Natur vertraue, hielten es Galen und mit ihm alle anderen Ärzte des Collegiums auch für ihre Aufgabe, die Anzeichen der Krankheit dadurch zu bekämpfen, dass man die Ursachen dafür aus dem Körper entferne: »Darum ist Salerno ein Hort der Chirurgie. Aber, frage ich euch, was ist die Grundlage der Chirurgie?«

»Die Anatomie«, kam die Antwort aus der Schar ihrer Studenten.
»Richtig.«
Trota warf Rodulfus einen aufmerksamen Blick zu, hoffte, an seiner Miene abzulesen, ob sie ihn würde provozieren können. Rodulfus nämlich, so weit erinnerte sie sich, war ein Gegner von Sektionen. Wenn die Griechen, hatte er sie einst in Bamberg ermahnt, die Berührung eines Toten verabscheuten und ein Naturforscher wie Plinius es für ein Verbrechen hielt, die Eingeweide eines Verstorbenen nur anzusehen, dürfen wir Christen, die wir an die leibhaftige Auferstehung glauben, erst recht nicht den toten Körper schänden.
Und in der Tat entging ihr nicht, dass Rodulfus die Stirn runzelte.
Plötzlich kam ihr eine Idee. Ich werde dich hier vor aller Augen prüfen, frohlockte sie. Dann erfahren wir schnell, wie weit du dem Collegium und damit auch Alphanus gefährlich wirst.
»Der heilige Augustinus«, begann sie von Neuem, »war bekanntlich ein Gegner der Anatomie ...«
»Was verständlich ist«, warf Nathanael ein. »Seine Ansicht, dass die göttlichen Maßverhältnisse des Menschen nicht mittels eines Skalpells erfahren werden können, ist nachvollziehbar. Und vergessen wir nicht: Auch Galenus hat seine Studien ausschließlich am tierischen Körper vorgenommen.«
»Durchaus«, stimmte ihm ein Kommilitone spöttisch zu. »Aber Ragenfrid, unser Chirurgus, hätte kaum solch hervorragende Kenntnisse des menschlichen Knochenbaus, wenn er sich nicht hin und wieder im Morgengrauen vor die Stadt ins Lazarushaus schliche, um dort einem verendeten Aussätzigen die Gliedmaßen zu öffnen.«
»Verzeiht, dass ich mich einmische, Kollegin«, bemerkte Ro-

dulfus ungehalten, »ich dachte, ich wohne einer Visite bei? Eure Studenten aber benehmen sich wie in einem Hörsaal.«
»Das liegt an Eurer ehrwürdigen Präsenz«, erwiderte Trota lächelnd und freute sich, wie leicht es ihr gelungen war, Rodulfus aus der Reserve zu locken. »Selbst mich überkommt der Drang, heute mehr zu dozieren als es, wie Ihr völlig zu Recht bemängelt, Ort und Zeit nahe legen.«
Rodulfus nickte bedächtig und versuchte sich an einem Lächeln. Von einem Augenblick auf den anderen hatte er sich wieder in der Gewalt und gab den bescheidenen, wenn auch neugierigen Infirmarius.
Für jemanden, der gekommen ist, um im Collegium Beweise für eine gottlose Medizin zu sammeln, benimmt er sich reichlich ungeschickt, dachte Trota skeptisch. Bildet Alphanus sich möglicherweise nur ein, Rodulfus solle Belastungsmaterial sammeln? Vielleicht ist seine Überlegung, Kaiser Heinrich wolle ihn von seinem Bischofsstuhl verjagen, nur das Ergebnis überhitzter Einbildungskraft? Oder ist sich Rodulfus seiner Sache bereits so sicher, dass er sich gar nicht mehr zu verstellen braucht?
Für den heutigen Tag schien es ihr unmöglich, die richtige Antwort zu finden. Aber vielleicht, beschwichtigte sie sich, ist dies jetzt sowieso nebensächlich. Selbst wenn Rodulfus ohne alle Absicht seine Stimme erhoben hat, so hat er doch mit seiner Rüge Autorität bewiesen. Selbst wenn ich wollte, könnte ich jetzt kaum länger so tun, als wäre er nicht anwesend.
Trota betrat, gefolgt von den anderen, das nächste Zimmer. Dieses lag dank zugezogener Fenster im Halbdunkel. Sie schob die Vorhänge beiseite, so dass das goldene Abendlicht, das Häuser und Gassen überflutete, nun das Bett einer jungen, vogelköpfigen Frau in den Mittelpunkt rückte. Diese ruhte be-

quem in aufgetürmten Kissen und schälte sich einen Pfirsich. Misstrauisch glitt ihr Blick über Rodulfus und die Studenten, mit unverkennbarer Erwartung aber blieb er an Trota hängen.

»Justina«, begann Trota und wies auf ihren hochschwangeren Leib, »ist erst heute Vormittag auf die Station gekommen. Sie wolle nur zur Beobachtung hier sein, gab sie an. Denn obgleich sie ab und zu Nässe spüre, glaube sie nicht, in den nächsten Stunden in die Wehen zu kommen.«

»Und das glaube ich immer noch«, fügte Justina, die Frau des Stadtschreibers Alexios, selbstbewusst hinzu.

Trota lächelte ihr aufmunternd zu. Doch aufgrund ihrer Untersuchung wusste sie, was auf Justina zukam. Ihr stand eine schwierige Steißgeburt bevor oder gar etwas viel Schlimmeres: Ihr Kind lag nämlich quer.

»Justina«, hob Trota wieder an, »Ihr spracht davon, Euch Vorwürfe machen zu müssen, weil Euer Kind sich in den letzten Monaten seltsam bewegt habe. Ihr gingt sogar so weit, Euch vorzuhalten, Euer Leib habe Eurer Frucht geschadet. Ich versuchte, Euch diese Selbstzweifel auszureden, aber so richtig glauben wolltet Ihr mir nicht. Aber wenn ich Euch nun einen Arzt vorstellte, der die Meinung vertritt, nicht nur die Frau sei für Empfängnisprobleme verantwortlich zu machen, sondern auch der Mann – würdet Ihr Euch dann besser fühlen?« Justina riss die Augen auf, musterte Rodulfus neugierig und nickte. »Gut«, fuhr Trota, an ihre Studenten gewandt, fort, »Magister Rodulfus erlaubte mir einst, einer medizinischen Diskussion im Gästehaus des Bamberger St.-Stephan-Klosters beizuwohnen. Seine Worte sind mir unvergesslich. Warum? Weil er ausführte, dass die Gebärmutter zwar das Gefäß des männlichen Samens ist und das Wachsen des Fötus gewährleistet, aber in den Fällen, in denen dies nicht geschieht, der

Arzt nicht, wie immer behauptet wird, ausschließlich die Gebärmutter und damit die Frau verantwortlich machen darf.« Mit einer würdevollen Geste zeigte sie auf Rodulfus, trat zur Seite und bat ihn: »Würdet Ihr noch einmal wiederholen, was Ihr damals lehrtet?«

»Aber gern«, antwortete Rodulfus liebenswürdig. Ergeben neigte er vor ihr sein Haupt, legte die Hände zusammen und schaute mit frommem Augenaufschlag nach oben. »Bei einigen Geburten, wie wir wissen, liegt das Kind widernatürlich im Leib, so wie zurzeit in diesem Fall.« Sanft strich er, ohne sich vom Widerwillen, der sich auf Justinas Gesicht zeigte, abschrecken zu lassen, über deren hohen Leib. »Dennoch aber kann das Kind gesund, und ohne Schäden bei der Mutter zu verursachen, zur Welt kommen. Wenn aber die Gebärmutter nur die passive Hülle ist, die den Samen reifen lässt, müssen wir in Betracht ziehen, dass Same und Fötus gleichsam von sich aus beschließen, in welcher Richtung sie wachsen. Anders gesagt: Gott spricht dem Samen offensichtlich ein gewisses Maß an Entscheidungsfreiheit zu. Und da er zulässt, dass es bockige Tiere gibt, muss es in der Konsequenz auch bockigen Samen geben, Samen, der sich gleichsam ›ungehorsam gegen die Ordnung‹ gebärdet. Warum, folgerte ich, soll es dann nicht auch Samen geben, der zu schwach ist? Samen, der sich nicht in der Gebärmutter hält? Der ihr Angebot, ihrem Bauplan gemäß in ihr zu reifen, gleichsam verwirft?«

»Jetzt seid Ihr es, der wie in einem Hörsaal doziert«, sagte Nathanael selbstbewusst. »Womit ich mir erlaube, Euch diese Frage zu stellen: Muss in dieser Konsequenz der Arzt einer Gebärenden dann aber nicht auch mit schmerzlindernden Mitteln zur Seite stehen? Schließlich kann die Frau ja nichts für den Ungehorsam, der sich in ihrem Inneren vollzieht?«

»Danke, Nathanael«, sagte Trota, »Ihr sprecht mir aus dem Herzen. Aber ich glaube, wir überspannen den Bogen, eine solch gewichtige Frage an einem Krankenbett klären zu wollen. Dafür haben wir nun wirklich unser Auditorium.«
»Bitte macht eine Ausnahme«, mischte sich Justina noch einmal ein. »Klärt diese Frage doch jetzt. Damit ich all denjenigen in die Augen schauen kann, die mir sagen: Frau, leide!«
Sofort wurde es still. Justina suchte den Blick Rodulfus', der ihr jedoch nicht den Gefallen tat, ihr mit Hochmut oder gar Ablehnung zu begegnen. Eine schwere Geburt, führte er aus, sei immer eine Strafe, so wie eine leichte Geburt ein Beweis der Gnade sei. Es komme der Frau zu, die Strafe anzunehmen, dies aber auch nur bis zu einem gewissen Grad. »Schließlich hat unser Heiland stellvertretend für alle Christen sein Kreuzesleid auf sich genommen. Zeichnet sich daher eine wirkliche Bedrohung für Frau und Kind ab, sollten meiner Auffassung nach Schmerzen gelindert werden.«
Die Studenten applaudierten, selbst Justina schien zufrieden. Allein Trota blieb skeptisch. Rodulfus war nur geringfügig über das Dogma der unter Schmerzen gebärdenden Frau hinausgegangen. Nach wie vor blieb unklar, welche Befugnisse dem Arzt zustanden: Durfte er allein entscheiden, wann seiner Meinung nach eine »wirkliche Bedrohung« vorlag? Oder hatte er sich bei einer der kirchlichen Autoritäten rückzuversichern? Einmal ganz abgesehen von der Tatsache, dass eine Frau in den Wehen bis zu diesem Zeitpunkt schon ein Martyrium hinter sich hatte.
»Ich werde Eure Auffassung im nächsten Colloquium zu Diskussion stellen, Rodulfus«, sagte sie ausweichend und beantwortete damit die unausgesprochenen Fragen ihrer Studenten. Rodulfus nickte nur und lächelte.

Als sie die Visite für beendet erklärte, hatte sie das schale Gefühl, bei ihren Studenten ein gutes Stück ihrer Autorität eingebüßt zu haben. Zu allem Überfluss ertappte sie Rodulfus und Nathanael dabei, wie sie beim Verlassen der Station miteinander tuschelten. Trota kam sich ausgeschlossen, geradezu verhöhnt vor. Und auf einmal spürte sie jene ihr nur allzu bekannten Blicke im Rücken – Blicke, die so geringschätzig wie begehrlich waren, bar jeglichen Respekts für ihre Arbeit.

Kaum dass sie die Tür ihres Arbeitszimmers hinter sich geschlossen hatte, klopfte es. Sie schloss die Augen, atmete tief aus und ein. Ich werde so umgänglich sein, als hätte ich ein halbes Dutzend Becher Wein getrunken, sagte sie sich. Ich werde alles vermeiden, was auf Eifersucht meinerseits hinweisen könnte.

Sie zog rasch die Vorhänge ihres Fensters beiseite und begab sich vor ihr Schreibpult. Eine Windböe riss ein paar Pergamentblätter zu Boden. Noch während sie sich nach ihnen bückte, bat sie den Besucher herein. Um ihre innere Anspannung zu verbergen, tat sie, als habe sie gerade dem Fach ihres Pultes höchst erkenntnisreiche Papiere entnommen.

»Störe ich dich?«

Trota fuhr erschrocken herum. »Wie bitte?«

Bestürzt schaute sie auf – wobei ihr eines der Blätter aus den Fingern glitt und zu Boden segelte. Auf alles war sie gefasst, nur nicht auf diesen vertraulichen Ton. Zuvorkommend hob Rodulfus das Pergamentblatt auf und reichte es ihr. Ruhig schaute er sie an, wirkte leutselig wie ein Vater, der im Begriff ist, seiner Tochter milde und weise Ratschläge zu erteilen. Trota fühlte sich von seiner souveränen, selbstsicheren Ausstrahlung wie gebannt. Angestrengt bemühte sie sich, den kindischen Wunsch zu unterdrücken, von ihm väterlich umarmt und über den Kopf gestrichelt zu werden.

»Störe ich dich?«, wiederholte Rodulfus seine Frage und forschte in ihren Augen.

»Nein«, sagte sie schnell und verwünschte sich im selben Moment, weil sie spürte, wie ihr das Blut zu Kopf schoss. Fieberhaft suchte sie nach einer Antwort, nach einem passenden Thema. »Mir kam nur gerade eine« – sie zögerte, doch da fiel ihr das Rosenholz-Figürchen auf, das Matthäus für sie geschnitzt hatte und das neben Griffel und Tinte lag – »eine dir bestimmt bekannte Rezeptur gegen den Schlagfluss in den Sinn.«

»Aus dem Lorscher Arzneibuch?«

»Ja. Trügt mich mein Gedächtnis, oder ist es richtig, dass dieselbe Rezeptur auch gegen Fallsucht helfen soll?«

»Du hast Recht, Trota. Soll ich es dir aufschreiben? Ich weiß, warum du fragst.«

»Nicht nötig«, sagte sie schnell. »Myrrhe, Weihrauch, Salbei, Armenisches Gummi und Riesenfenchel. Alles zu gleichen Teilen, zermörsern und in Wein auflösen.«

Sie schwieg, Rodulfus ebenso. Beide maßen sie sich mit Blicken, was Trota zunehmend töricht vorkam. Wir tun geradewegs so, als hätten wir mehr als ein Schüler-Lehrer-Verhältnis gehabt, dachte sie. Oder hofft er jetzt auf das, was er sich damals versagt hat? Möchte er jetzt die Gunst der Frau, weil es ihm in Bamberg unwürdig schien, die Schwärmerei eines Mädchens auszunutzen? Fast schien es ihr so, doch plötzlich wurde ihr auch bewusst, wie viel sie diesem Mann verdankte. Die Zeit blieb für einen Augenblick stehen, als sie an den Tag zurückdachte, an dem ihre Mutter Tassia mit ihr und Argyros bei Bischof Eberhard vorstellig wurde und bat, sie und ihn zur Domschule schicken zu dürfen.

Da war der Audienzsaal des Bischofs mit dem großen Kamin, den Wandteppichen und dem Tisch, auf dem Krüge und Menschenknochen, wahrscheinlich Reliquien, lagen. Ihre Mutter hatte eine Audienz erwirkt. Im Namen ihres einst nach Bamberg geflohenen Bruders Melus, dem Freund Kaiser Heinrichs, bat sie um Beistand. Sie machte den Bischof auf Onkel Melus' kostbaren Sternenmantel aufmerksam, den der Kaiser dem Domstift nach dessen Tod geschenkt hatte, und erinnerte ihn daran, dass Kaiser Heinrich höchstselbst es gewesen war, der ihr nach der Ermordung ihres Ehemannes Dattus und ihrer Flucht aus Bari einen Ritter zum Mann gegeben hatte: Damit Argyros, Melus' Sohn, ein neues Heim und eine neue Familie fände. Sie war damals elf Jahre alt, ihr Vetter Argyros, der nach dem Tod seines Vaters in der Obhut von Kaiserin Kunigunde aufwuchs, zwei Jahre älter.

Bischof Eberhard war gnädig gestimmt und ließ alle Argumente ihrer Mutter gelten – allerdings nur, was Argyros betraf.

»Eure Tochter dagegen, Tassia, kommt in die Jahre, wo ihr ein Mann besser tut als Bücher. Es ist unsinnig, sie mit Gelehrsamkeit zu mästen. Davon abgesehen würde sie den Frieden der Schüler stören. Schließlich ist sie wirklich nicht das, was das Auge beleidigt.«

Enttäuscht wollte sich ihre Mutter bereits verabschieden, da ergriff Rodulfus das Wort. Er war zufällig zugegen, um sich nach dem Wohlergehen Bischof Eberhards zu erkundigen, weil dieser bis vor kurzem unter einer Durchfallerkrankung gelitten hatte: »Steckt sie in eine räudige Kutte und schneidet ihr das Haar ab. Wenn sie den Mund hält, wird sie nicht weiter auffallen.«

»Wem nützt dieses Theater?«, entgegnete der Bischof.

»Der Wissenschaft«, sagte Rodulfus leichthin. »Argyros und Trota sind verwandt, beide in ähnlichem Alter. Prüfen wir, wieweit der weibliche Verstand dem männlichen unterlegen ist.«

»Ich sehe schon, Rodulfus, Ihr seid in den Gedanken verliebt, ein Menstruum bilden zu wollen. Sei's drum. Welch Glück für sie, dass sich Bücher und Tinte nicht wehren können.«

So wie Rodulfus geraten hatte, wurde auch verfahren. Mit bürstenkurzem Haar saß sie in der hintersten Bankreihe in einer alten Kutte, schwieg und hörte nur zu. Zu Hause rekapitulierte sie aus dem Gedächtnis und anhand von Argyros' Aufzeichnungen den Lehrstoff, und als Rodulfus sie nach zwei Jahren besuchte und prüfte, bestand sie vor ihm so glänzend, dass er sie von da an unter seine Fittiche nahm.

Bald stellte sich heraus, dass sie sich hauptsächlich für medizinische Fragen interessierte – das Erbteil ihrer Mutter. Auch sie war eine ehrgeizige Frau gewesen, hatte Lesen und Schreiben gelernt und in Bari als Schreiberin für die Kaufleute gearbeitet. In Bamberg jedoch benötigte man diese Dienste nicht. So lebte ihre Mutter in den Tag hinein und wurde melancholisch. Sie verzehrte sich nach der Heimat, vereinsamte und starb im kalten Bamberg.

Und sie? Was hatte sie getan? Sie fand Trost in Büchern und besänftigte sich mit Wissen. Irgendwann kam der Zeitpunkt, wo Rodulfus sie ins Leprosorium mitnahm, wo er, um die Säfte zu verfrischen, viermal im Jahr zur Ader ließ. Sie lernte, Verbände anzulegen, zu schröpfen und zu schneiden. Zu Hause züchtete sie Kräuter, mischte auf Rodulfus' Anweisung Tees und rührte Salben zusammen. Dann kam der Tag, an dem sie mit ihm zur Babenberg-Burg schritt, um ihm bei einer Amputation zur Seite zu stehen. Ihrer Unerschrockenheit wegen durfte sie hinterher an der gräflichen Tafel speisen. Dies war der Beginn ihrer kurzen Freundschaft zu Oda, die so unrühmlich mit ihrer Flucht aus Bamberg endete.

Sie ließ zu, dass Rodulfus sie an sich zog, doch als er ihr über den Kopf streicheln wollte, fuhr sie zurück. Ihr Lächeln erstarrte, mehr noch, sie erschrak, als sie des Gesichts ihres einstigen Lehrers gewahr wurde. Es war plötzlich weich und verschwommen, und Rodulfus' Augen schimmerten seltsam. Sein Lächeln dagegen wirkte dumm und einfältig, mit einem Mal war nichts mehr von der Ausstrahlung vorhanden, die ihn gerade noch bei der Visite oder gar bei der Leprosenschau umgeben hatte.
Befremdet trat sie zurück. Eine innere Stimme sagte ihr, dass dieser Mann für Alphanus keine Gefahr darstellte. Er war nicht beauftragt, das Collegium auszuhorchen und Verfehlungen zu sammeln.
Einen Augenblick lang bezweifelte sie sogar, ob Rodulfus noch zum engen Beraterkreis um den zukünftigen Kaiser zählte. Vielleicht reist er noch nicht einmal mehr nach Sutri, dachte sie. Aber warum ist er dann gekommen?
Wegen dir, gab sie sich – zögernd – die Antwort.
Als sie ihn geradeheraus fragte, nickte er: »Ja, ich bin auch wegen dir gekommen, Trota. Denn ich habe noch etwas, was dir gehört.«
»Was soll das sein?«
»Besuche mich im Gästetrakt.«
»Warum?«
Rodulfus antwortete nicht, sondern trat ans Fenster. Stumm und, wie es Trota schien, blicklos ruhten seine Augen auf der vom Abendlicht überfluteten *piazetta*. Er tat, als lausche er nach innen, doch plötzlich begann er leise zu lachen. Dann, von

einem Augenblick auf den anderen, begann sein großer Körper zu zucken und sein Lachen verwandelte sich in ein Schluchzen: »Weißt du, was du mir warst?«, fragte er. »Wie ich gelitten habe, als ich erfuhr, dass du auf einem Schandkarren von der Burg zum Stadtpranger gefahren werden solltest?«
»Ich war zwar auf dem Schandkarren, aber es war ein Fehler, mich in der Abenddämmerung auf den Weg zu schicken. Ein noch größerer Fehler war es, mir nur zwei Wachen beizugeben. Argyros hatte leichtes Spiel. Er musste nicht einmal töten. Trotzdem wurden wir für vogelfrei erklärt.«
Rodulfus fuhr herum: »Aber was war mit mir? Bin ich dir jemals zu nahe gekommen?«
»Nein, das ehrt dich und hebt dich in meinen Augen vor den meisten Menschen heraus. Trotzdem verstehe ich dich nicht. Wozu fragst du? Was bewegt dich jetzt?«
»Du!« Mit zwei schnellen Schritten hatte er sie erreicht. Bevor sie zurückweichen konnte, hatte er sie schon an sich gerissen. Seine Augen funkelten, seine Lippen bebten, sein Atem ging stoßweise. Er vergrub sein Gesicht in ihrem Haar, versuchte, sie zu küssen. Seine Hände waren wie Klauen, gruben sich in ihre Hüften, rissen an ihrer Tunika. »Zwanzig Jahre habe ich darauf gewartet«, zischte er, »jetzt will ich das, was mir zusteht.«
»Nichts steht dir zu!«
Es gelang ihr, ihn von sich zu stoßen. Ein Blick in seine Augen genügte ihr: Rodulfus' Verstand hatte sich umwölkt. Er war nicht mehr Herr seiner selbst. Er war ein seelisch zerrissener Mensch geworden.
»Aber Euer Geschenk!«, rief er ihr verzweifelt nach, während sie durch das Spital nach draußen eilte. »Eure ganze Liebe hing daran ...«
Sie hörte nicht mehr hin.

Als sie zu Hause durch die Tür trat, stürzten Johannes und Matthäus auf sie zu. Beide hatten Tränen in den Augen.
»Sie ist weg!«, schrie Matthäus verzweifelt. »Scharifa ist einfach gegangen!«
Sie hob Matthäus hoch, drückte ihn an sich. Johannes umarmte sie, begann zu zittern. Es sei alles seine Schuld, stammelte er, er sei zu streng gewesen, habe ihr nicht genug gezeigt, dass er sie doch eigentlich liebe.
In seinen Augen las sie die Sprache des Schmerzes und der Liebe. Ihr wurde schlagartig bewusst, dass so wie Rodulfus auch Johannes ein Mädchen geliebt hatte, das plötzlich von einer Stunde auf die andere seinem Leben entschwunden war. Die Parallelen waren offensichtlich, der Blick in beider Seelen klar: Wie vor zwanzig Jahren der Infirmarius und Mönch Rodulfus, so hatte der Magister und Familienvater Johannes seine Liebe zu einem heranwachsenden Mädchen verborgen. Beide hatten sie sich hinter ihrer Rolle als Erzieher versteckt, wohl wissend, dass alles andere von der Welt als verwerflich betrachtet werden würde.
Trota zog ihr Taschentuch und tupfte ihrem Mann die Tränen aus den Augenwinkeln. Wider Willen musste sie lächeln. Noch nie war ihr Johannes so zerbrechlich vorgekommen. Die Falten in seinem Gesicht waren tiefer, seine Schultern schienen herabzuhängen wie nasse Blätter.
Er tat ihr leid. Der Schmerz in seinem Blick, diese traurige Leere, in die er starrte – kein Heilmittel würde ihm jetzt helfen, selbst ihre Liebe nicht.
Sie putzte dem schluchzenden Matthäus Gesicht und Nase und grübelte darüber nach, was es sein mochte, das Johannes mit Rodulfus außerdem verband. Erst nach einer Weile fiel es ihr ein: Beide waren alte Männer.

Doch sagte man alten Männern nicht Weisheit zu?
Trota hatte da auf einmal ihre Zweifel.

Die Warnung der Wolfsfrau

Wenige Tage später, auf dem Weg in Costas' Laboratorium, lenkte sie der Betrieb in den Straßen von den Ereignissen des gestrigen Tages ab. Trota drängelte durch Scharen von Menschen, zwängte sich an Kübeln mit Tünche vorbei, stieg über Stapel frisch gezimmerter Fahnenstangen, wich Unrathaufen aus. Salerno putzte sich heraus, denn Gaitelgrimas Hochzeit stand unmittelbar bevor.

Herzog Waimar hatte sogar eine große Zahl Landarbeiter angeheuert, die seit Tagen, zusammen mit den städtischen Sklaven, die Straße zum Dom ausbesserten. Ihre nackten Rücken glänzten vor Schweiß, sie waren glatt oder behaart, zernarbt, zum Teil blutig gestriemt, wie von frischen Peitschenhieben gezeichnet. Die Aufseher feuerten sie unablässig an, noch schneller die Erde auszuheben, die zu kleinen Quadern gehauenen Steine so ebenmäßig wie möglich zu legen und festzuklopfen. Dazu befahlen sie ihnen, laut zu singen, so als sollte ihnen für alle Zeit nichts als der fröhliche Anlass für ihre Quälerei im Gedächtnis bleiben.

In der Stadt war es laut geworden: Ständig kamen Händler mit Karren voller Steine, Hölzer, Fässer, Körbe und Amphoren. Dazu neugierige Reisende, so dass ein jeder, der hinzukam, lauter als gewöhnlich sprechen musste, um sich im Getöse von Schreien, Gesang, Pferdewiehern, Klopfen und Hämmern verständlich zu machen. Dazu die alles übertönenden Rufe der Händler – und die Pfiffe aufgeregter Jünglinge, die angesichts

der herbeiströmenden Huren ihrer Gier kaum noch Herr zu werden schienen.
»Komm her!«
»Geh weiter!«
Trota drehte sich um. Doch Lachen und Pfiffe galten nicht ihr, sondern einer Dirne, die in bis zur Hüfte geschlitzter Tunika durch die Straßen schlenderte.
»Zur Seite!«
Trota drängte sich in eine Türnische und hielt sich die Nase zu, weil ein Eselskarren voller Abortkübel durch die enge Straße rumpelte. Unbekümmert schritt eine alte Frau mit zwei Körben voller Steinpilzen hinter ihr her und blickte sich mürrisch nach ihrem heulenden grauen Begleiter um: einen zahmen Wolf, der sich etliche Schritte hinter ihr aufs Pflaster gesetzt hatte.
»Ala!«, sprach Trota sie an. »Was traust du dich bei so viel Trubel in die Stadt?«
Bevor Ala antworten konnte, grüßte sie Ina, die aus einer Seitenstraße um die Ecke bog. Trota fiel das Leuchten ihrer Augen, ihre selbstbewusste Haltung auf. »Endlich schwanger?«, fragte sie die Frau des Goldschmieds ohne Umschweife.
»Ich glaube schon«, rief Ina fröhlich.
»Na also.«
Ina schaute ihr ins Gesicht und begann zu kichern. Sie hatte ein großes Wabenstück wilden Honigs gekauft, das in eine Strohmatte eingehüllt war und jetzt von Bienen und Wespen belagert wurde: »Jung muss er sein«, säuselte sie. »Einfach nur jung.«
Sie warf den Kopf in den Nacken, lachte und tänzelte davon.
»Als ob es am Rüssel liegt«, murmelte Ala und schaute Ina nach.

»Ganz entbehrlich ist er nicht.«
»Ihr müsst es wissen.«
Ala setzte ihre Körbe ab und legte ihre Hände trichterförmig um ihren Mund. Das Geheul, das erklang, war täuschend echt und verfehlte seine Wirkung nicht. Ihr Wolf erhob sich und legte, als er bei ihr war, zutraulich seine Schnauze in ihre Hand.
»Es liegt an den Abortkübeln«, sagte Ala. »Ein Wolf nimmt den Gestank, den sie ausströmen, als Hinterlassenschaft eines artfremden Wesens wahr. Mehr noch, seinem Verstand nach muss dieses Wesen sehr mächtig und stark sein. Also fürchtet er sich. Aber jetzt ist alles wieder gut.« Sie kraulte ihm Nacken und Ohren, wobei er seine Augen vor Wohlbehagen sanft schloss. Schließlich versetzte sie ihm einen leichten Klaps auf seine Flanke und hob die Körbe auf. Erst jetzt sah Trota, dass sie nicht nur mit Steinpilzen, sondern auch mit Trüffeln gefüllt waren.
»Deine Ernte wird dir gutes Geld einbringen, Ala.«
»Ja, Nikolaos, mein Händler, wird mich gerecht bezahlen. Das weiß ich.«
»Und wenn nicht, würde der Wolf ihm die Zähne zeigen, nicht wahr?«
Ala lächelte. »Ja, Luno spürt jedes meiner Gefühle, er würde mich mit seinem Leben verteidigen, das ist wahr. Doch bei Nikolaos ist er ruhig, weil wir uns vertrauen. Heute aber ist unter den Pilzen ein besonderer Schatz, Trota. Im Norden spricht man von ihnen als Regenbogenschüsselchen, die einst von einem Regenbogen herabgetropft sind. Sie sind groß wie eine Münze, aber aus purem Gold. Ich habe sie einst auf einem Acker gefunden, jetzt mache ich sie zu Geld. Der Zeitpunkt ist gut.«

»Warum?«
»Besuch mich endlich. Die Zeit ist nah. Eure Zeit.«
»Wie Gismunda sprichst auch du in Rätseln.«
»Ich lasse Euch nicht im Stich.«
Ala schnalzte, Luno, der Wolf, erhob sich. Gemeinsam setzten sie ihren Weg fort.
Trota sah ihr lange nach. Auf einmal erklang von irgendwoher Geschrei. Gleich darauf klirrte Metall auf Metall.
Sie können es nicht lassen, dachte Trota voller Widerwillen. Sie schlagen und hauen sich, als gäbe es nichts Wichtigeres auf der Welt. Und wenn sie es nicht tun, saufen sie oder treiben Schindluder mit uns Frauen. Als seien wir ihre Becher, die sie unaufhörlich füllen müssten.
Dann schlugen Schwerter auf Schilde.
Auf eine kurze Stille folgte wildes Grölen.
Trota hastete weiter, bog in eine Seitenstraße ein, umging den Lärm. Dabei dachte sie an Scharifa, sah ihre Schrift aus Kohle an der Wand. »Matthäus, mein Liebster, ich habe dich belogen. Verzeih mir. Aber ich konnte nicht richtig von euch Abschied nehmen. Sonst wäre ich immer noch da.«
Wir werden uns wiedersehen, hörte Trota plötzlich eine innere Stimme. Wir werden uns wiedersehen.

Costas' Entdeckung

Der Himmel über ihr zog sich zu, der Wind frischte auf. Ein scharfer Salzgeschmack lag in der Luft, dann drehte der Wind, und es roch nach brennendem Holz.
Sie trat durch einen Torbogen, passierte eine Viehtränke und erreichte den Campo Olio, an dem nicht nur der Brotbäcker

des heiligen Matthäus' und Josefs wohnte, sondern auch Costas seinen Alchimistenkeller hatte. Unter dem Olivenbaum dösten ein halbes Dutzend Ziegen. Das Stück Stamm, an dem Matthäus gelehnt hatte, als er seinen ersten schweren Anfall bekommen hatte, war mit magischen Kreidezeichen versehen. Der Wind fuhr durch die Zweige des mächtigen Olivenbaumes, seine silbrigen Blätter wisperten. Eine einzelne Taube flog in sein lichtes Astwerk, ließ sich nieder und begann, ihr Gefieder zu putzen. Irgendwo schlug ein Fensterladen zu. Plötzlich tauchte hinter einer der Ziegen unter dem Olivenbaum Costas' Kopf auf, das Gesicht maskenhaft und hohlwangig. Er hatte eine Schüssel in der Hand, als beabsichtige er, eine der Ziegen zu melken. »Der Bäcker hat mich um die Zeichen gebeten. Ich hielt ihm vor, dumm und abergläubisch zu sein, aber mein Schimpfen perlte an ihm ab. Monoton leierte er immer wieder den gleichen Satz herunter: Es ist besser so.«

»Es sei ihm verziehen«, sagte Trota. »Andererseits wäre ich glücklich, Eure hebräischen Schriftzeichen hätten die Macht, den Dämon der Fallsucht zu bannen. Mir bleibt nur, auf den Theriak zu hoffen.«

»Mit den Heiligen Drei Königen kam er nach Jerusalem. Galen, sagt man, soll die Rezeptur später entschlüsselt haben, einige wenige muslimische und jüdische Ärzte sollen noch heute um sie wissen.«

»Wir besitzen einfach zu wenige Schriften. Jedes Mal wenn ich in unseren Fragmenten von Dioskurides, Plinius und auch Galen blättere, wird mir bewusst, wie umfangreich deren Bücher sein müssen. Ich bin überzeugt, dass wir etliches über den Theriak wüssten, besäßen wir eine vollständige Ausgabe von Dioskurides' Matria Medica.«

»Was nicht ist, kann noch werden«, bemerkte Costas schlicht.

»Das hoffe ich.«

Sie reichte Costas das Beuteltäschchen, das sie um die Hand geschlungen hielt.

»Mastix? Danke.« Costas schüttete sich ein paar der gelblichen und etwa erbsengroßen Harzklumpen in die hohle Hand, wählte einen aus, roch daran und steckte ihn sich in den Mund.

Trota nickte. »Die Frauen im Harem halten sich Mund und Zähne damit frisch. Leider vertrage ich es nicht. Einem Alchimisten aber, nehme ich an, dürfte es Freude machen, seine Eigenschaften näher zu erkunden.«

»Spart Euch Euer Süßholz. Ich stehe zu meinem Wort, auch ohne Euer Gastgeschenk.«

»Natürlich.«

Costas' stechende Augen hefteten sich auf sie. Trota hielt seinem Blick stand, versuchte sich an einem Lächeln. Costas aber machte keinerlei Miene, ihr entgegenzukommen. Stattdessen erging er sich in einer ausladenden Geste und zeigte auf die Treppe, die in sein Laboratorium führte.

Trota zögerte nicht. Er bleibt eine Brennnessel, dachte sie. Längst ist er zu alt, sich zu ändern, sein Stolz verbietet es. Es wäre schon ein Erfolg, wenn es uns gelänge, nicht in der nächsten Stunde wieder, wie alle die Jahre zuvor, uns unversöhnlich gegenüberzustehen.

Sie trat in einen kryptaähnlichen Raum, dessen schwarze, mit Sternen übersäte, niedrige Gewölbedecke von vier Säulen gestützt wurde. Zwei Lichtschächte, in denen der Wind säuselte, sorgten für etwas Helligkeit, die an der gegenüberliegenden Wand mit dem Kamin verblichene Malereien erkennen ließ: einen Garten, in dessen Zentrum ein Baum mit einer Schlange stand.

»Nehmt Euch in Acht, Costas!«, scherzte Trota. »Die Schlange auf dem Baum – ich spüre, sie möchte mir etwas zuflüstern ...«
»Dann haltet Euch besser die Ohren zu. Freilich würdet Ihr sie nicht mehr verstehen, denn sie ist mit Weihwasser gebannt.«
Trota seufzte. Costas schien nicht gewillt zu sein, ihrer Begegnung die Kälte zu nehmen. Es hatte den Anschein, dass er an einer wirklichen Versöhnung gar nicht interessiert war. Demgemäß war die Atmosphäre in dieser alten Krypta: Schummrig und feucht, es roch nach Mist und Schwefel, und in dem Geviert vor einem der Lichtschächte grunzten und quiekten die Sauen wie Dämonen aus der Hölle.
»Bücher ersetzen nicht das eigene Experiment«, sagte Costas. Verächtlich schlug er auf die Bücher, die sich auf einem Regal, das an einer der Säulen hing, häuften. In anderen Regalen stapelten sich Mörser, Wannen und Töpfe aller Größen. An Haken hingen Kräuterbüschel, am Boden standen Amphoren mit Ölen, Wein und Essig. Schüsseln voller Harze standen neben Tiegeln, die voller Fette waren: von Schweinen, Rindern, Hühnern, aber auch von Hasen oder Echsentieren.
»Ein Alchimist muss mit Feuer und Glut arbeiten, mit Flaschen, Schalen, Schüsseln, Rohren.«
»Und Schweinen?«
»Spottet nur.«
Trota runzelte die Stirn, konnte sich beim besten Willen nicht vorstellen, warum Costas in seinem Laboratorium ein halbes Dutzend Schweine hielt, dazu noch Tiere, die unruhig waren, als wüssten sie um ihre bevorstehende Schlachtung. Vielleicht ist das Wetter schuld, dachte sie. Oder einfach nur der Gestank.
Sie trat an einen der Lichtschächte und schaute nach oben. In

die Gerüche von Mist und faulen Eiern mischten sich jetzt die wohligen Düfte von feuchter Erde und Regen.

»Ein Gewitter wird es wohl nicht geben.«

»So wird es sein«, antwortete Costas gelangweilt. Trota schaute zu, wie er die Glut im Kamin schürte, ein paar Kohlen aufwarf und das große Dreibein zurechtrückte. Ärgerlich fuhr er sie an: »Hier gibt es nichts zu entdecken, Trota. Wenn Ihr von mir lernen wollt, dann studiert die Schweine.«

Er wuchtete einen kolbenförmigen Kupferkessel auf das Dreibein und füllte ihn mit Wein. Derweil studierte Trota die Schweine. Obwohl sie gut genährt waren, sahen sie erbärmlich aus: Ihre Rücken waren mit unterschiedlich schweren und verheilten Wunden übersät, vornehmlich Schnitt- und Brandwunden. Jede Verletzung war mit verschiedenen Buchstaben versehen. Bald hatte sie herausgefunden, dass die Zuordnungen nach dem Zustand der Wundheilung erfolgt waren. Costas hatte offensichtlich mit verschiedenen Tinkturen gearbeitet, um den Grad ihrer Wirksamkeit zu testen.

Und diejenige, folgerte Trota, die die beste Wundheilung gewährleistet, ist auch jene, die Ritter Berthold geholfen hat. Deshalb soll ich die Schweine studieren.

Costas trat neben sie. »Nun?«

»Die einen Wunden wurden mit kochendem Öl behandelt, andere wahrscheinlich mit einer Alaunrezeptur. Eine Kräuterrezeptur vermute ich bei den Wunden, die mit *h* gekennzeichnet sind, wohl eine Abkürzung für herbaria. Mit welcher Tinktur aber habt Ihr die übrigen Verletzungen behandelt? Sie sind allesamt nicht entzündet und deutlich besser verheilt.«

»Eurem Auge entgeht nichts.«

»Freut Euch. Ich bestätige damit schließlich Euren Erfolg.«

Costas nickte. Erleichtert stellte Trota fest, wie die Ablehnung aus seinen Blicken schwand und sogar ein Lächeln um seinen Mund spielte. Die Haut des Schweins, erklärte er ihr, habe große Ähnlichkeit mit der des Menschen. Mehr noch, er glaube beobachtet zu haben, dass Schweine sich zuweilen gebärdeten, als hätten sie Gefühle. Er vermute sogar, dass Schweine wirklich Angst empfänden, genauso aber auch Freude, wie er aus ihrem schrillen Quieken und zufriedenem Grunzen schließe.

»Und sie lernen sogar! Ich brauche mich ihnen nur mit einem Messer oder dem Brandeisen zu nähern, schon werden sie toll. Selbst Geräusche und Gerüche genügen.«

»Ihr meint, Schweine sind genauso aufmerksam wie Hunde?«

»Möglich. Aber was Ritter Berthold rettete, war der Wein.«

»Wein?«

»Ja, aber kein gewöhnlicher Wein.«

Costas trat an eines seiner Regale, öffnete einen Kasten und entnahm ihm eine Glasflasche. Er schüttete sich etwas von einer durchsichtigen Flüssigkeit in die hohle Hand, benetzte die Finger der anderen Hand damit und schleuderte die Tropfen in die Glut. Stichflammen schossen empor, verpufften. Die Schweine quiekten aufgeregt, Trota aber fiel sofort der angenehme, wenn auch scharfe Geruch der Flüssigkeit auf. Costas probierte sogar von ihr, bevor er ihr den Rest auf den Handrücken tropfen ließ.

»Sie kühlt«, stellte Trota verwundert fest.

»Ja, während sie verdunstet. Schneller als jede andere Flüssigkeit. Und sie entflammt leichter als Reisig in einem Feuer.«

»Wie habt Ihr sie gewonnen? Und wie nennt Ihr sie?«

»Brennwein oder Branntwein – gewonnen aus verdampftem gutem Trebbiano.« Costas stellte die Flasche zurück in den Kasten. Er trat an den Kupferkessel, den er in der Zwischenzeit mit einem Deckel verschlossen hatte, aus dessen Mitte ein

langes Rohr in eine hohe Wanne mündete. Um das Rohr wand sich ein anderes Rohr, dessen eines Ende mit einem Trichteraufsatz versehen war, während das andere in den Abflussgraben reichte. »Die Wanne über dem Trichter« – er zeigte nach oben – »ist voller Wasser. Wenn ich den Stopfen ziehe, fließt das Wasser durch die Kupferschlange. Es kühlt die Dämpfe des Weins, die sich an der Wand des geraden Rohres bilden und schließlich in die Wanne tropfen.«
»Wenn Meerwasser kondensiert, kann man es trinken«, bemerkte Trota. »Man braucht nur Wolle über einen Kochkessel hängen ...«
»So ist es. Das war die Idee. Fünf- bis siebenmal habe ich die Rückstände des Weines verdampfen lassen. Mein Branntwein brennt in Wunden, kühlt die Haut um sie herum und vernichtet alle Miasmen, die zu Entzündungen führen.«
»Ein Wunder ...«
»Aber nur zum Teil«, fuhr eine schneidende Stimme dazwischen. »Das Wunder wurde mit harter Arbeit ertrotzt. Gott lässt sich seine Geheimnisse nicht gerne entreißen.«
Trota fuhr herum. Im Türrahmen stand Nathanael. Obwohl seine Augen im Schatten seiner regennassen Kapuze lagen, bemerkte sie, wie schmal sie in diesem Augenblick waren. Sein stechender Blick wechselte zwischen ihr und Costas hin und her, dann warf er die Kapuze nach hinten, nickte ihr aus Höflichkeit zu und trat an den Kamin. Costas tat einen Schritt auf ihn zu, schwieg aber und sah stattdessen mit verschränkten Armen zu, wie Nathanael in den glühenden Kohlen zu stochern begann. Trota schien es, als habe Costas auf einmal alle Spannkraft verloren, so als hätte er mit Nathanaels Nähe plötzlich jegliches Interesse an Experimenten welcher Art auch immer verloren.

Niemand sprach ein Wort. Trota beobachtete beide Männer, von denen sie spürte, dass sie in Gedanken einander näher zu sein schienen als körperlich. Langsam bildete sich um Nathanaels Sandalen ein nasser Rand auf dem Steinboden. Sie sah zum Fenster. Der Regen war stärker geworden, und innerhalb weniger Minuten übertönte sein Rauschen das Knistern im Kamin. Nathanael packte den Feuerhaken mit fester Hand und stieß ihn tief in die Glut. Funken stoben auf, manche von ihnen fielen bis dicht vor seine Füße. Er drehte sich um.
»Euch ist große Ehre zuteil geworden, wie mir scheint, Trota. Ihr kennt nun das Geheimnis«, brach er die Stille.
»Sie soll teilhaben an den Erkenntnissen jener, die dank ihrer gottgegebenen Überlegenheit Mut haben, Neues zu entdecken«, erwiderte Costas mit müder Stimme. »Meine Entdeckung wird der Heilkunst neue Wege aufzeigen. Du, mein Freund, hole bitte frisches Wasser. Die Weinmenge ist heute groß.« Die beiden Männer wechselten einen bedeutsamen Blick. Costas lächelte schließlich und tätschelte Nathanaels Wange. »Du wirst der Einzige sein, der das Geheimnis der Herstellung beherrschen wird.«
Nathanaels Blick glitt zu Trota. Stolz, Eitelkeit, Hochmut – sie las in seinen Augen wie in einem Buch und begriff, dass sie von dem, was gleich geschehen würde, ausgeschlossen bleiben würde. Sie sah ihm nach, als er mit zwei großen Eimern das Laboratorium verließ, um sie am Brunnen zu füllen.
Da begann Costas zu husten, sackte in die Knie, und sein Gesicht wurde weiß vor Schmerz. Sie fasste ihn bei den Schultern, doch Costas schüttelte sie ab: »Rührt mich nicht an, Weib!« Er stöhnte auf, krümmte sich. Tiefe Schatten bildeten sich unter seinen Augen, doch schon eine kleine Weile später hatte er sich wieder so weit in der Gewalt, dass er sprechen

konnte: »Wir werden uns nicht allzu lange mehr bekämpfen, Trota. Mein Leib ist voller Knoten und Geschwüre. Und die, das ahnt Ihr, sind stärker als mein Branntwein.«
»Deswegen seid Ihr so mager geworden, Costas. Ich gestehe, ich glaubte, Euer Hass oder Ehrgeiz seien es, die Euch auffräßen.«
Costas schüttelte den Kopf. Ächzend erhob er sich, stützte sich an eine der Säulen und schleppte sich zu dem Regal mit dem Holzkasten. Wieder entnahm er ihr die Branntweinflasche, zog den Korken und füllte gut die Hälfte in eine andere Glasflasche um, für die er lange nach einem passenden Korken suchte.
»Was meine Eingeweide zerfrisst … Nathanael wird es erforschen. Zunächst aber müssen wir die Methoden verbessern, die sichtbar und greifbar für uns sind. Daher überlasse ich Euch eine Probe. Branntwein löst etliche Harze gut, zu einem Teil auch Mastix.«
Trota reagierte sofort: »Ihr meint, ich soll bei meinen Patienten prüfen, was bei Ritter Berthold schon erfolgreich war?« Costas schaute sie unverwandt an und nickte. »Ihr stellt Euch vor, bei Dammrissen Euren Branntwein einzusetzen? Oder Körperteile vor Operationen großflächig damit von Miasmen zu reinigen, damit sie nicht in die Wunden eindringen?«
»Ja, Ihr fragt wie eine von den fünf törichten Jungfrauen.«
»Wieso erteilt Ihr mir die Ehre?«
»Damit Ihr Euch ständig daran erinnert, Trota Platearius, dass dieses Elixier der Kraft des männlichen Verstandes zuzuschreiben ist. Damit Ihr wieder lernt, Demut vor jenem Geschlecht zu haben, dem Ihr Eure Stellung hier verdankt.«
Schweigend nahm Trota die Flasche entgegen.
»Danke, gehabt Euch wohl.«
Sie schlug die Augen nieder, schluckte ihre Enttäuschung hin-

unter. Soll ihn seine Verbitterung dahinraffen, dachte sie, als der Wein im Kessel zu brodeln begann. Er ist eben nicht nur krank am Körper, sondern auch an der Seele.
Wortlos schritt sie zur Tür. Mit hochrotem Kopf und schwappenden Wassereimern kam Nathanael die Treppe herunter, grußlos drängte sie sich auch an ihm vorbei.
Beide glauben sie, mich demütigen zu können, dachte sie grimmig, als sie wieder im Freien war. Indem Costas mich in sein Geheimnis einweiht, nutzt er mich als Träger seines zukünftigen Ruhms, währenddessen Nathanael argwöhnisch darüber wachen wird, dass ich die Ruhmestat seines Herren auch gebührend belobige. Doch was bedeutet das für mich? Meine mühsam erworbene Kompetenz wird schwinden, womit ich gezwungen werde, noch mehr leisten zu müssen, um mich als *magistra medicinae* behaupten zu können.
Sie lächelte gequält. Wieder einmal war es Costas gelungen, sie unter Druck zu setzen.
Die Kollegen, überlegte sie, werden ihm huldigen, selbst wenn sie gelb vor Neid werden. Ihre Angst, ich könnte mir die Freiheit nehmen, auf seiner Entdeckung aufzubauen, wird sie zusammenschweißen. Damit ist es jetzt wieder schwerer für mich geworden. Wehe, ich mache einen Fehler, dann fallen alle über mich her – oder lassen mich einfach im Stich.

Eine schwierige Geburt

Ohne zu klopfen, trat Alphanus in ihr Zimmer, wo Trota gerade Instrumente der Frauenheilkunde wie das Speculum und die Geburtszange polierte. Sie hatte sie mit abgekochtem Regenwasser gewaschen, getreu ihrer Überzeugung, dass himm-

lisches und vom Feuer geläutertes Wasser reiner sei als Brunnenwasser.
»Habt Ihr schon von Costas' Entdeckung gehört?«
»Ihr meint seinen Branntwein?«
»Ja.«
»Und? Was sagt Ihr dazu?«
»Es wird unsere Erfolge in der Wundbehandlung verbessern. Costas hat sich wahrhaft um die Medizin verdient gemacht.«
»Ihr klingt eifersüchtig, Trota.«
Es beginnt schon, dachte sie. Und wie wenig Stunden sind erst vergangen!
Bemüht, sich nichts anmerken zu lassen, hielt sie eine Geburtszange ins Licht, begutachtete sie von allen Seiten und legte sie dann auf die Seidendecke mit dem Kreuz Christi. Genauso verfuhr sie mit den Speculum, trat dann einen Schritt zurück und erging sich in einer Geste, die besagte: Jetzt tut Euer Werk. Alphanus nickte, murmelte ein kurzes Gebet und schlug dann das Kreuz. Damit waren die Instrumente gesegnet und bereit für den nächsten Einsatz.
»Der Branntwein rettete Ritter Berthold vermutlich das Leben«, sinnierte sie. »Er ist der erste Begünstigte von Costas' Entdeckung. Wenn ich nun argumentierte, dass wir gleichsam einem Zufall medizinischen Fortschritt verdanken, müssten wir dann nicht eigentlich auch bei Geburten schmerzlindernde Mittel zulassen, wo wir längst wissen, dass Schmerzlinderung auch den Heilungsprozess befördert?«
Sie war sich bewusst, dass ihren Worten kaum ein logischer Zusammenhang zugrunde lag. Doch eine innere Stimme sagte ihr, dass jetzt eine günstige Gelegenheit war, Alphanus auf diesen Punkt anzusprechen. »Ich wage ja nur, für Gebärende das zu fordern, was jeder Ritter, jeder Mann, jede Nicht-Schwan-

gere bei Operationen in Anspruch nehmen darf: ein Mittel gegen Schmerzen.«

»Einmal davon abgesehen, dass ich keinen Zusammenhang zwischen Wundheilung und Gebären herstellen kann: Eine Geburt ist keine Operation. Zudem wisst Ihr nicht, ob es dem Neugeborenen schadet, wenn seine Mutter Bilsenkraut oder Tollkirsche zu sich nimmt. Schließlich ist es mit ihr verbunden.«

»Wenigstens argumentiert Ihr jetzt als Arzt«, sagte Trota anerkennend. »In der Tat hat Euer Einwand auch etwas für sich. Aber ohne einen Versuch ...«

»Nein.« Alphanus klang, wie Trota fand, in diesem Moment nicht minder hochmütig als Costas. Ohne sie eines Blickes zu würdigen, trat er ans Fenster und wischte mit dem Zeigefinger über den Rahmen, ganz so, als inspiziere er, wie reinlich es in Trotas Zimmer sei. »Und nun etwas anderes, Trota, betreffend Magister Rodulfus Bernward: Ist er gefährlich?«

»Er gibt sich bescheiden wie ein Student, ob bei Gariopontus oder unseren Chirurgen. Er sitzt da, hört zu, nickt, lächelt. Kürzlich versuchte er ...«

»Was?«

»Nichts.«

»Ihr habt Geheimnisse?«

»Nein, er sagte nur, ich solle ihn besuchen. Er habe ein Geschenk für mich. Das ist die Wahrheit.«

»Ein Geschenk!« Alphanus lachte. »Wenn Ihr mich fragt, ist es eine Einladung zur Unzucht. Als ob er Euch nicht längst dieses Geschenk hätte machen können. Nehmt Euch in Acht.«

»Ich glaube, wir täuschen uns alle in ihm«, widersprach Trota, wobei ihr ein Schauer über den Rücken lief, schließlich hatte Alphanus mit seiner Vermutung ins Schwarze getroffen. Sie

kam nicht dazu, weiterzusprechen, denn die Tür wurde aufgerissen. Abella, ihre rundliche flinke Hebamme, streckte den Kopf ins Zimmer, rief, sie brauche Hilfe, und war schon wieder verschwunden.
Trota atmete tief durch. Sie ahnte, was anstand. Du musst jetzt einen klaren Kopf behalten, dachte sie. Ob Alphanus, Costas, Rodulfus – du darfst jetzt weder an den einen noch an den anderen denken. Sie wandte sich zum Gehen, doch da trat Alphanus ihr mit götzengleicher Ruhe in den Weg. Als verdächtige er sie, sie würde gegen sein Verbot verstoßen, wiederholte er leise das kirchliche Dogma, nach dem die Frau die Frucht ihres Leibes unter Schmerzen zur Welt bringen müsse.
»Genauso geschieht es gerade«, antwortete Trota trocken. »Aber, Kollege Alphanus, jetzt werdet Ihr dabei sein. Besinnt Euch auf den Erzbischof in Euch. Betet, so wie Ihr es für meinen Sohn getan habt. Und weil Gott uns und der Welt ein neues Leben schenken will, werdet Ihr diesmal bestimmt erhört.«

Schon etliche Schritte vor dem Entbindungszimmer duftete es nach Veilchenöl, mit dem Abella Justina den Leib massierte. Von eher zarter körperlicher Konstitution, war ihr Leib übergroß und sah aus, als wolle ihr querliegendes Kind ihn mit seinen Füßen aufstemmen. Die Haut spannte so stark, dass es schien, sie würde sie jeden Moment reißen, und tatsächlich waren bereits einige der blauen Äderchen geplatzt.
Alphanus legte Justina sein Bischofskreuz auf die Stirn, während Abella weiter beruhigend auf sie einredete. Doch Justinas wachsweißes Gesicht zeigte keinerlei Regung. Nur ihr Stöhnen zeigte, dass sie am Ende ihrer Kraft schien.
»Das Bad brachte keine Linderung?«, fragte Trota. Stumm bewegte Justina die Lippen und schüttelte, während Trota im Zu-

ber plätscherte, unwillig den Kopf. Im Wasser schwammen Rosenblätter, es war warm und klar, die Fruchtblase musste also bereits vorher geplatzt sein. Abella warf Trota einen besorgten Blick zu, den sie nachdenklich erwiderte. »Justinas Kind liegt quer«, erklärte sie Alphanus. »Seine Beine sind in etwa dort, wo der Nabel sitzt. Da die Wehen eingesetzt haben und die Kräfte auf das gesamte Becken drücken, sind die Schmerzen erheblich größer als bei Frauen, bei denen das Kind richtig liegt.«

»Bestimmt, aber was tut Ihr jetzt?«, fragte Alphanus ungerührt und setzte sich am Kopfende Justinas auf einen Stuhl.

»Das Kind drehen.«

Sie schickte Abella, um das Spekulum zu holen. Eine andere Schwester, Rebecca, die am Anfang ihrer Hebammenausbildung stand, wies sie an, einen Leinsamen- und Kichererbsensud vorzubereiten. In der Zwischenzeit wurde das Stöhnen Justinas heftiger. Kalter Schweiß trat ihr auf die Stirn, ihre geschlossenen Lider zuckten.

Alphanus wandte den Blick ab, nahm sein Kreuz zwischen die Hände und begann zu beten.

Ein Schrei riss ihn aus seiner Konzentration: Justina bäumte sich mit schreckgeweiteten Augen auf, weil Trota ihr ein Spekulum einführte. Alphanus schnellte von seinem Stuhl und wollte etwas sagen, doch der Blick, den Trota ihm zuwarf, ließ ihn sich wieder setzen und schweigen.

»Versucht, Euch zu entspannen, Justina«, sagte Trota. »Das Instrument, das Ihr spürt, weitet Euch, damit ich mich Eurem Kind nähern kann.« Justina stöhnte, begann zu hecheln, schließlich zu wimmern. Tränen spritzten ihr aus den Augen, während sie das Gefühl hatte, jeden Augenblick zu zerreißen. Nichts half gegen die Spannungsschmerzen. So schlüpfrig der

Sud auch war und so klein Trota ihre Hand machte: Justina war einer Ohnmacht nahe, als Trota es endlich gelang, das Kind zu drehen.

Alphanus war alle Farbe aus dem Gesicht gewichen. Starr blickte er über Justina hinweg, die Lippen fest aufeinander gepresst.

»Es ginge auch sanfter«, sagte Trota und gab sich große Mühe, mild und nicht anklagend zu klingen.

Alphanus schüttelte den Kopf. Stumm sah er zu, wie Rebecca und Abella sich um Justina bemühten. Die beiden Hebammen beräucherten ihr den Schoß mit würzigen Harzen und bliesen ihr von Zeit zu Zeit feinmehligen Pfefferstaub in die Nase, um sie zum Niesen zu reizen. Wenn es so weit war und Justina niesen wollte, hielten sie ihr schnell die Nase zu: Eine Maßnahme, um den Druck der Wehen zu erhöhen, doch diese wurden nur langsam stärker. Erst nach zwei Stunden erfühlte Trota, dass der Muttermund genügend geweitet war. Die Presswehen beförderte sie mit einem Gebräu aus pulverisierten Hoden, Anis und Fenchel. Als sie ihre volle Kraft erreichten, waren sie so schmerzhaft, dass Justina Trota anflehte, ihr einen Dolch ins Herz zu stoßen.

»Tut endlich was!«, zischte Alphanus wütend und sprang vom Stuhl. »Das ist keine normale Geburt!«

»Eine Steißgeburt«, sagte Trota tonlos. »Es wird eine ganz normale Steißgeburt. Das Kind hat die Beine nach oben geschlagen, liegt da wie ein gefaltetes Stück Pergament.«

Sie vergaß, dass Alphanus der Erzbischof war, packte ihn bei der Hand und zog ihn wie einen ungehorsamen Jungen vor Justina, damit er nicht mehr nur hörte, sondern auch sah. Verzeiht mir, Justina, dachte sie im Stillen, verzeiht mir, dass ich einem Mann erlaube, Euch in Eurer schwersten Stunde zu be-

gaffen. Trotzdem war ihr leicht ums Herz, denn dies war jetzt der entscheidende Moment: Alphanus war dem Anblick, der sich ihm bot, kaum gewachsen. Er schlug die Hände vors Gesicht, als er begriff, was die Steißgeburt bei Justina anrichtete: eine Raptur des Dammes, Ströme von Blut und nicht enden wollende Schmerzen.
»Abella?«
»Ja?«
Trota sprach nicht weiter, dafür blitzten ihre Augen. Sie schaute auf den Arzneischrank, in dem sie Schlafschwämme, andere Medikamente und Wein vorrätig hielt. Doch just in diesem Moment bäumte sich Justina mit einem gurgelnden Schrei auf: Der Steiß des Kindes kam zum Vorschein. Abella packte beherzt zu und zog es aus dem Mutterleib – Justinas Qualen waren endlich zu Ende.
Alphanus wankte, musste von Trota gestützt werden. Kaum hatte er noch die Stimme, das schreiende Kind zu segnen. Seine Augen waren verschleiert, sein Gesicht wirkte bleich und ausgezehrt.
»Und doch«, murmelte er, »es muss eine Ausnahme bleiben. Nur in dringenden Fällen ... und ich möchte jedesmal vorher gefragt werden.«
»Heute ist ja noch nichts geschehen«, antwortete Trota und legte das Neugeborene der Mutter an die Brust. »Und was die Zukunft betrifft: Wir werden schweigen. Ihr habt mein Wort.«
Alphanus sah sie lange nachdenklich an, schließlich nickte er. »Ihr wisst, ich achte Euch, Trota. Aber gebt Ruh und kehrt zum Glauben zurück. Achtet das Gebet, seid demütig. Sonst führen Euch Eure ketzerischen Gedanken und Reden ins Unglück. Glaubt nicht, ich hätte die Macht, mich vor Euch zu stellen.«
Als er das Entbindungszimmer verließ, hatte Abella bereits die

Nachgeburt herausgeholt und den Schlafschwamm bereitgelegt: ein mit Bilsenkraut- und Schierlingsauszügen getränkter und an der Sonne getrockneter Badeschwamm. Trota ließ ihn im Wasser aufquellen, drückte ihn leicht aus und legte ihn Justina über Nase und Mund. Die betäubenden Stoffe gelangten über Nasen- und Rachenschleimhäute ins Blut, kleinere Mengen liefen Justina durch die leicht geöffneten Lippen in den Mund.

»Und wenn sie nicht wieder aufwacht?«, fragte Rebecca unsicher.

Sie hatte gehört, wie schwierig es war, die betäubenden Säfte und Dünste zu dosieren. Lag der Schwamm nicht lange genug, wirkte er nur unzureichend, nahm der Patient dagegen zu viel auf, drohte Bewusstlosigkeit. Wer erst nach Stunden wieder zu sich kam, litt später häufig unter Lähmungen, wenn nicht sogar nachhaltiger Trübung des Verstandes.

»Dafür haben wir Weckschwämme«, wurde Rebecca von Abella aufgeklärt. »Sie sind kleine Baumwollzapfen für die Nasenlöcher, getränkt mit einer Mischung aus zerstoßenen Fenchelsamen, Essig und Olivenöl. Wird Justinas Puls zu schwach, werden wir sie rechtzeitig damit aufwecken.«

»Und der Dammriss?«

»Der wird vernäht«, klärte Trota sie auf. »Schau, ich nehme diesen Seidenfaden und vernähe den Riss mit vier Stichen. Damit sich nichts entzündet, werde ich die Vagina anschließend mit einem Leinenzapfen und einer pechhaltigen Lösung verschließen. Die Nahtwunde wird mit einer Pudermischung aus Beinwell, Zimt und Frauendistel-Wurzel behandelt. Nach einer guten Woche ist in der Regel alles verheilt.«

»Ihr habt mir vorhin doch von Costas sogenanntem Branntwein erzählt«, mischte sich Abella ein. »Sollten wir ihn nicht gleich anwenden? Wo er doch bei Ritter Berthold so segensreich gewirkt hat?«

»Ach, du auch?«, brauste Trota auf. »Fällst du mir auch in den Rücken? Ist Costas jetzt der fünfte Evangelist? Behandeln wir jetzt nur noch mit Branntwein?« Sie konnte sich einfach nicht mehr beherrschen, giftete weiter, während Abella längst beleidigt aus dem Entbindungszimmer gestürzt war. »Bald saufen wir ihn, weil er gut gegen alles ist. Die Branntwein-Magister des Collegium Hippocraticum. Geht mir doch alle aus den Augen!«

Sie konnte die Tränen nicht länger zurückhalten.

Costas hatte gewonnen.

Es war so ungerecht.

Die Brüder Hauteville

Erzbischof Alphanus hatte seinen Segen über Drogo von Hauteville und Prinzessin Gaitelgrima gesprochen. Feierlich verkündete die Domglocke dem Volk von Salerno die vollzogene Trauung. Nun konnte gefeiert werden. Wer anschließend nicht auf den Plätzen tanzte, speiste und sich betrank, war krank, eigenbrötlerisch oder dazu abkommandiert, auf Wehrtürmen, Straßen oder den beiden Galeeren, die vor dem Hafen ankerten, Wachdienst zu leisten.

»Mit fünf Tagen Festlichkeiten kommt Herzog Waimar bestimmt nicht aus«, stellte Johannes fest, als er Trota bei Einbruch der Dämmerung aufs Pferd in den Damensattel half.

»Wir jedenfalls sind gerüstet«, meinte sie und streckte die Beine aus, nachdem sie Halt gefunden hatte. »Unsere Vorräte an Medikamenten gegen Völlerei und Trunkenheit werden bestimmt ausreichen. Außerdem sind Gerving und Abella darauf vorbereitet, ab morgen früh Burschen und Knappen bedienen zu können.«

»Jaja.« Stolz, aber auch ein wenig verlegen, schaute Johannes zu seiner Frau auf, die darauf wartete, dass er die Zügel ergriff, um endlich zur Festung aufzubrechen. »Weißt du eigentlich, wie schön du bist? Du wirst Gaitelgrima und alle anderen Frauen ausstechen. Die Ritter werden vor dir auf die Knie sinken. Sei vorsichtig. Ohne Schutz bist du Freiwild.«

»Keine Angst.«

»Sorgt Euch nicht. Ich werde Euch immer im Auge behalten, Magistra«, unterbrach Lucio, Gaitelgrimas und Sikelgaitas Botenjunge, treuherzig. »Ich bin schnell mit der Faust und habe einen Schlag, dass ...« Er brach ab, aber die Vorfreude, mit ihr an der Seite als treuer Diener seiner Herrinnen durch den großen Saal zu schreiten, stand ihm ins Gesicht geschrieben.

Johannes tätschelte ihm die Wange, Trota lächelte.

Endlich ging es los. Johannes hatte eigens für diesen Tag einen Rappen gemietet, denn wenn Trota Gaitelgrimas Einladung Folge leisten wollte, sollte sie einen würdigen Auftritt haben – wozu auch ein festlicher Aufputz gehörte: So trug sie eine luftige, in der Taille gegürtete, safranfarbene Tunika, deren Schleier genauso wie ihre Riemensandalen mit blassroten Korallenperlen besetzt war. Vorzüglich nahm sich dazu ihr kupferblond gefärbtes und zu lockeren Zöpfen geflochtenes Haar aus. Es duftete nach Moschus und Nelken, ein Duft, der sich auch in ihrer beräucherten Tunika wiederfand und selbst ihrer kleinen Arzttasche entströmte, die sie auf keinen Fall missen mochte.

Trota indes war nur wenig zum Feiern aufgelegt. Statt ihre Schönheit und den Weg zur Festung zu genießen, kam sie ins

Grübeln. Mittlerweile hatte sie das Gefühl, von einem Strudel erfasst worden zu sein, aus dem es kein Entrinnen gab. Auch wenn sie bislang nicht darin ertrank, kostete es sie immer größere Anstrengungen, den Kopf über Wasser zu halten. Wie pfundschwere Kletten hingen die Ereignisse der letzten Wochen an ihr, und nun schien es ihr, als sei es ihr Schicksal, sie nie mehr von sich reißen zu können. Beklemmung ergriff sie, als sie an Matthäus' Anfall dachte, den er gestern Morgen während des Unterrichts erlitten hatte. Während sie ihm und den anderen Schülern zu erklären versucht hatte, warum Scharifa sie alle so überstürzt im Stich gelassen hatte, krampfte er sich plötzlich zusammen, verdrehte die Augen und begann, um sich zu schlagen. Ohne Gregors und Gisberts beherzten Zugriff wäre es ihr nicht gelungen, den Tobenden so weit festzuhalten, dass er sich nicht verletzte. Matthäus hatte sich eingenässt und hinterher aus Scham über seinen Anfall bitterlich geweint. Zum ersten Mal hatte sie ihn nicht mehr beruhigen können, so viel sie ihn auch streichelte, ihm zuredete und in der Hängematte schaukelte. Matthäus schluchzte, drückte sich seinen Strohlöwen ans Herz und wagte nicht mehr, ihr ins Gesicht zu sehen. In ihrer Not hatte sie sich nicht mehr anders zu helfen gewusst, als ihre Nachbarin zu bitten, Gregor und Gisbert zu holen. Matthäus' beste Freunde waren auch sofort gekommen und hatten unermüdlich versichert, er bleibe ihr Freund, selbst wenn seine Anfälle so schwer würden, dass er Steinplatten zertrümmere.

Sie bekam diese Bilder kaum aus dem Kopf, während Johannes und Lucio sie auf ihrem Rappen durch die Straßen geleiteten. Die Luft war lau, wie geschaffen für nächtliches Feiern: Es duftete nach gegrilltem Fleisch, Gewürzen, frischem Fladenbrot, an der nächsten Kreuzung nach Weihrauch, auf den größeren Plätzen nach Wein.

»Schau dir diese Säufer an!«
Johannes zeigte auf eine im Kreis tanzende Horde Männer, die eingehakt und trinkend um einen von drei Fackeln beleuchteten Fasskarren tanzten. Trommler und Sackpfeifenspieler heizten ihnen derart ein, dass der Wein aus den Bechern schwappte. Längst gab es kleine Pfützen, die die Luft mit sauren Dünsten schwängerten.
»Waimar ist eben ein großzügiger Brautvater!«, rief Lucio begeistert. »Diese Hochzeit werden seine Salernitaner so schnell nicht vergessen.« Er klatschte im Rhythmus auf seine Schenkel und eilte mit gezücktem Messer zur Feuerstelle. »Macht Platz für Gaitels Burschen!«, rief er. »Gebt ihm zu essen, damit er Kraft hat, die Hochzeitsnacht mit anzuhören!« Gelächter brandete auf. Trota sah vom Rücken ihres Rappen aus zu, wie Lucio einen Becher Wein hinunterstürzte und hastig ein Stück Spanferkel verschlang.
»Mach die Leute bloß nicht auf mich aufmerksam«, tadelte Trota, als Lucio wieder bei ihr war. »Sie sind schon viel zu betrunken.«
»Niemand würde es wagen, Euch zu nahe zu treten«, rief Lucio selbstbewusst. »Schließlich trage ich die Farben des Herzogs. Sein Wappen auf meinem Mantel ist Euer Schild.«
»Du hast ja das Zeug zum Dichter«, bemerkte Johannes.
»Warum nicht? Ich werde Lyra spielen lernen und dann von Hof zu Hof ziehen, um den Schönen von der Liebe vorzusingen«, antwortete Lucio und schaute zu Trota hoch.
»Das ziemt sich für einen Ritter mit Manieren«, sagte Johannes gutmütig. »Aber du bist noch ein Knappe. Übrigens kann ich mir nicht vorstellen, dass du viel Zeit für Waffenübungen verwendest, da du doch der Lieblingslaufbursche für die Prinzessinnen bist.«

»Und wenn schon!«, sagte Lucio leichthin. »Mein Vater hat sich beim Juden Geld geliehen und den Vogt dafür bezahlt, mir den letzten Schliff zu geben.«
»Den Vogt?«, entfuhr es Trota bestürzt. »Gab es keinen anderen Ritter?«
»Der Herzog hat es so verfügt.«
»Ich verstehe. Du sollst ein Auge auf den Vogt werfen, nicht wahr?«
»Ja, aber bitte schweigt.«
»Ich versprech es dir.«
Trota atmete auf, als sie das Tor passierten und der Trubel der Stadt verklang. Jetzt war es eine Lust, sich von dem Rappen durch die Nacht tragen zu lassen. Der laue Wind, der vom Meer her wehte, kühlte die Haut und entlockte der Macchia würzige Aromen: Die Düfte von Lavendel und Ginster wechselten mit dem der Zistrose ab, zuweilen brachten kleinere Böen Pinien und Kiefern zum Rauschen, die sich vereinzelt oder in kleinen Gruppen den Hang hochzogen. Doch bald wehte Trota der stechende Geruch von Pechfackeln in die Nase, die die Straße zur Festung säumten. Einer riesigen Lichterkette gleich zeichneten sie den sanften Schwung der Straße nach und zogen Myriaden von Faltern an. Mäuse und anderes Kleingetier huschten über das mit weißem Sand bestreute Pflaster. Einmal ertönte dicht neben ihnen ein Kauz, ein andermal schlich ein Fuchs über die Straße.
Trota legte den Kopf in den Nacken und betrachtete den Himmel. Der Mond stand über dem Meer, über den blauschwarzen Hügeln des Picentini blitzten die Sterne. Trota suchte den Großen Wagen und die Cassiopeia, die die einzigen Sternbilder waren, die sie kannte.

»Johannes, neben dem Großen Wagen stehen im Westen ein paar helle Sterne: Zu welchem Bild gehören sie?«
»Wahrscheinlich zu dem des Löwen.«
»Und was bedeutet es?«
»Es stellt den Nemeischen Löwen dar, dessen Fell von keinem Schwert verwundet werden konnte. Herakles aber streckte das Untier mit einer Keule nieder und erwürgte es mit bloßen Händen. Anschließend zog er ihm das Fell ab und nähte sich einen Mantel daraus.«
»Gibt es solche Löwen wirklich?«, fragte Lucio ehrfürchtig.
»Nein, das sind Legenden«, antwortete Trota.
»Schade.«
»Tja, dir wird nichts anderes übrig bleiben, als dich zu stählen, Lucio.«
Sie erreichten die Ringmauer, die ebenfalls mit Fackeln erleuchtet war. Trota streckte sich, bereitete sich innerlich darauf vor, womöglich herrisch auftreten zu müssen. Schließlich waren um diese Zeit keine offiziellen Gäste mehr zu erwarten, und für die Hurenwagen war es noch zu früh.
Zwei Wachen kamen auf sie zu. Lucio winkte ihnen, doch dies bedeutete noch lange nicht, dass sie das Festungstor passieren durften. Unbeeindruckt von Trotas Schönheit machte der Wachhabende Lucio klar, dass sie nicht gemeldet sei und es ihn den Kopf kosten könne, sie ohne Erlaubnis des Vogts ins Innere der Festung zu lassen.
Trota gab es einen Stich ins Herz, als der Name des Vogts fiel – jetzt hatte sie keine andere Wahl mehr, sie musste Gaitelgrimas und Sikelgaitas Ringgeschichte zum Besten geben: »Wenn Ihr Euch um Euren Kopf sorgt, Ritter, schickt lieber nach Rahel«, befahl sie kalt und hielt den Ring in den Schein der Fackel. »Dieser Ring ist Teil von Gaitelgrimas Brautschatz und

wurde mir persönlich anvertraut. Wollt Ihr ernstlich, dass sie das Geschenk eines Hautevilles nicht erhält? Glaubt Ihr, ich, Trota Platearius, Magistra medicinae des Collegium Hippocraticum und Leibärztin der Töchter des Herzogs, bin für eine Hochzeitsgesellschaft eine Gefahr?«

»Recht hat sie!« Ein hochgewachsener Mann mit blondem gescheiteltem Haar, klaren Gesichtszügen und markantem Kinn trat auf sie zu. Er trug ein langes weißes Gewand mit einem auffälligen edelsteinbesetzten Gürtel und darüber einen hellblauen ärmellosen Kapuzenmantel. »Lasst sie. Es geht auf meine Kappe.«

»Ich bin unserem Vogt verpflichtet«, entgegnete der Wachhabende barsch.

»Und ich meinem Bruder, dem Bräutigam, und sie der Braut.« Der Blonde im Kapuzenmantel reckte sich stolz.

»Ihr seid Robert von Hauteville?« Trotas Herz schlug schneller. Er sah nicht nur gut aus, sondern verstand es, schnell und selbstbewusst zu handeln.

»Zu Diensten, Magistra.« Er deutete eine knappe Verbeugung an. Trota streckte die Arme nach Johannes und Lucio aus, die sofort auf sie zueilten, doch der Normanne stieß sie rücksichtslos zur Seite und knurrte, sie sollten zusehen, ihm aus den Augen zu kommen.

»Er ist mein Mann!«, entsetzte sich Trota.

»Oh verzeiht!« Robert von Hauteville verbeugte sich geschmeidig, fasste ihre Hand und führte sie, ohne die Wachen eines Blickes zu würdigen, durchs Tor. Sprachlos blickte Johannes ihnen nach. Lucio knabberte auf seiner Unterlippe und begann leise zu fluchen.

»Stähl dich«, neckte Johannes ihn nach einer Weile. »Nimm sie ihm wieder ab. Du hast Zugang zur Braut. Er nicht.«

»Worauf Ihr Euch verlassen könnt.« Er stürmte los. Kurz vor dem Bogentor, das auf den Hof des Kastells führte, war er wieder an Trotas Seite.
»Hab ich nicht gesagt, du sollst verschwinden?«, herrschte ihn Robert von Hauteville an.
»Und wenn schon«, sagte Trota verärgert. »Lucio wird mich durch den Rittersaal führen. Das habe ich ihm versprochen. Nichtsdestotrotz schulde ich Euch Dank und Respekt.«
Der Hauteville fasste ihren Arm, zog sie an sich. Seine Augen funkelten, er rang sichtlich um Beherrschung. Doch plötzlich entspannte er sich, und ein Lächeln umspielte seinen Mund. Zu Trotas Verblüffung beugte er das Knie vor ihr und küsste den Saum ihrer Tunika: »Wie könnte ich eine Leibärztin verärgern?« Seine Stimme klang honigsüß. »Wie könnte ich es wagen, einer Schönheit wie Euch etwas abzuschlagen?«
»Ihr wollt damit sagen, Ihr bietet mir für heute Euren Schutz an?«
»Heute und für alle Zeit, Magistra.«
»Ich nehme Euch beim Wort.«
Die Augen des Hautevilles wurden schmal und stechend, doch schon im nächsten Moment schaute er wieder leutselig drein. Trota sah ihm nach, wie er an einen der Tische trat, da fühlte sie Lucios Hand. Sie war kalt und feucht, und Lucio zitterte vor Anspannung, schließlich war das Wortgeplänkel nicht unbeobachtet geblieben. Neugierige und lüsterne Blicke, Pfiffe, Scherze flogen auf sie zu, schließlich reichten die Tische der niederen Chargen bis an das fahnengeschmückte Bogentor. An ihnen tafelten Bedienstete, Knappen, Pagen und der große Haufen der Fahrenden, die zwischen Rittersaal und Burghof hin und her eilten. Aus den Augenwinkeln sah Trota einen Gaukler, der auf Händen lief

und Robert und seinen Mannen die Bratenplatte auf den Füßen präsentierte.
Nicht nur Robert, auch andere Ritter wandelten umher. Einige hatten volle Becher, andere halb abgenagte Geflügelkeulen in den Händen. Hunde und Katzen streunten herum, es wurde gesungen, gegrölt, gewürfelt. Wer nicht gewillt war, es bis zur Latrine zu schaffen, schlug sein Wasser an der Mauer des Kastells ab.
»Habt Ihr Angst, Magistra?«, fragte Lucio, als sie die Freitreppe zum *palas*, dem Wohntrakt, hochschritten.
»Angst? Wo ich doch jetzt unter eines Normannen Schutz stehe?«, spottete Trota. »Nein, aber ich will dir nichts vormachen, Lucio. Ich bin aufgeregt. Halte mich nur gut fest.«

Als sie in den mit Blumen bestreuten lärmigen Festsaal traten, verschlug es ihr fast den Atem: Die Ausdünstungen von Speisen, Duftwässern und -ölen, Weinen, Kerzenruß, Lederwichse, Schweiß, Metall und Blumen machten die Luft stickig wie in einem Backofen. Für einen Moment hatte sie das Gefühl, diesen schwitzenden Brodem mit den Händen wegwischen zu müssen, doch sie besann sich und setzte stattdessen ihr schönstes Lächeln auf. Hoch erhobenen Hauptes, den Blick geradeaus gerichtet, schritt sie durch den Saal. Waimars und Drogos Gäste saßen an langen Reihen linnenbedeckter und mit Leuchtern, Feder- und Blumensträußen geschmückter Tische, die Unmengen an Platten, Schüsseln, Körben, Salzfässchen und Becher trugen. Ein Heer von Bediensteten eilte durch die Reihen und schaffte immer neue Schmausereien herbei. Ob Tunkentöpfe, Würste, mehrstöckige Gestelle mit Fischen aller Art, Käsegebirge, Krebsgalgen, Obstpyramiden, Platten voller Wildbret und Geflügel – Truchsess Selim, der die Küche leite-

te, bewies, wie sehr die Gaumenfreuden Herzog Waimar am Herzen lagen. Und wo überragend getafelt wurde, da durfte der Wein nicht fehlen. Kannenweise schleppten Schenk Martins Burschen die Rot- und Weißweine durch die Reihen, denn Wasser war allein für diejenigen bestimmt, die sich die Hände waschen wollten.
Trota sah ausschließlich zufriedene Gesichter. Noch waren die Gäste vorwiegend mit den Tafelfreuden beschäftigt und ihre Sinne vom Wein noch nicht getrübt.
Lautes Gelächter neben ihr ließ sie zusammenzucken: Jemand hatte eine riesige Blätterteigpasten-Burg geöffnet und nun stob laut kreischend ein Schwarm Zaunkönige heraus. Vor Schreck umkrampfte Trota Lucios Hand, doch der tat, als habe er nichts bemerkt. Sicher führte er sie durch das Blumenmeer und würdigte die voller Angst an Fahnen und Wandteppichen vorbeiflatternden Vögel keines Blickes. Ihr panisches Flügelschlagen zerschnitt den Goldglanz im Raum, den die golddurchwirkten Teppiche, zahlreichen Prunkschilder und -schwerter ausstrahlten.
Langsam kamen sie der Ehrentafel näher, an der Herzog Waimar und seine Frau Gemma mit ihrem immer noch unverheirateten Sohn Gisulf und den Töchtern Sikelgaita und Gaitelgrima speisten. Alphanus als geistliches Oberhaupt saß selbstverständlich mit an der Tafel, an seiner Seite der Bräutigam Drogo von Hauteville und, neben diesem, so vermutete Trota, Markgraf Bonifaz von Canossa und Turin, den Waimar als Verbündeten gewinnen wollte. Sie alle speisten von goldenen Tellern und tranken aus goldenen Bechern.
Ihr Herz klopfte immer heftiger, Schweiß brach ihr aus. Auf einmal ergriff sie ein Widerwillen gegen diese Art von Gelagen, und sie wünschte sich, zu Hause bei Matthäus zu sein und

ihm aus der Heiligen Schrift vorzulesen. Wenn ich doch bloß schon alles hinter mir hätte, dachte sie, doch Lucio führte sie, ihre Hand in Hüfthöhe haltend, quälend langsam den Gang entlang. Er grüßte nach beiden Seiten, platzte schier vor Stolz. Trota fühlte die neugierigen Blicke beinahe körperlich. Gäste begannen zu tuscheln, Ritter begannen zu grinsen und genießerisch zu brummen. Ihr Name fiel, einmal hörte sie sogar das Wort Fallsucht.
»Trota!« Sikelgaita war es, die sie aus ihrer Unsicherheit erlöste.
»Ist sie nicht schön?«, rief Lucio begeistert. »Habe ich sie nicht wunderbar geführt?«
Sikelgaita verdrehte die Augen, Gaitelgrima und Drogo lachten. Trota dagegen löste sich aus Lucios Hand und beugte vor Herzog Waimar das Knie, der ihr mürrisch befahl, sich zu erheben. Mit hochrotem Kopf begann sie die Umstände ihres Erscheinens zu erklären, doch Waimars Geduld war kurz, er winkte ab. Drogo hingegen fühlte sich geschmeichelt. Er steckte Gaitel den Ring an den Finger, reichte Trota seinen Kelch, den sie für ihren Treuedienst in einem Zug leeren dürfe.
»Aber mach schnell. Ich habe Durst.«
Trota dankte. Zwar war der Kelch nur noch halb voll, dafür aber groß wie ein Humpen. Auge in Auge mit dem Bräutigam schluckte sie den Wein hinunter und musste sich beherrschen, nicht aufzustoßen.
»Seht euch unsere Magistra an!«, rief der Herzog. »Sie hat einen Zug wie ein Ritter nach der Schlacht. Bin ich nicht zu beneiden um meine Frauen?«
Er schaute seiner Frau Gemma tief in die Augen, ergriff ihre Hand und küsste sie, daraufhin wandte er sich Gaitelgrima zu, hob seinen Kelch und dichtete, nach einem kurzen Seitenblick auf Trota,

einen Trinkspruch: »So lang dir, Tochter, schmecken Wein und Liebe, so lang seien Ärzte dir so lästig wie die Fliege.«
Das Eis war gebrochen.
Trota entspannte sich, doch sofort brachte Schenk Martin ihr einen neuen gefüllten Becher. Zusammen mit allen Gästen musste sie jetzt auf das Wohl der Braut trinken, denn Drogo fand Gefallen daran, Waimars Trinkspruch von der Festgesellschaft wiederholen zu lassen. Er winkte den Spielleuten und herzoglichen Trompetenbläsern, damit sie einen Tusch spielten. Gaitelgrima nickte Trota verschwörerisch zu, während alle sich im Saal erhoben und Becher und Kelche hochhielten.
Er wurde still, Drogo schaute in die Runde.
Trota entging nicht, wie sein Blick an seinem Bruder Robert und Wilhelm Barbotus hängen blieb, die beide einträchtig nebeneinander standen und herausfordernd das Kinn reckten:
»Wohlan!«, rief Drogo. »So lang dir, Gaitel, schmecken Wein und Liebe, so lang seien Ärzte dir so lästig wie die Fliege.«
Das Gelächter war ohrenbetäubend. Drogo zog Gaitel an sich und küsste sie, während um sie herum der Wein in Strömen durch die Kehlen floss. Trota nippte nur, Sikelgaita dagegen tat es Robert und dem Franzosen Barbotus nach, die ihre Kelche erst von den Lippen nahmen, nachdem sie sie bis auf den letzten Tropfen geleert hatten.
Außer Wilhelm Barbotus, den sie zusammen mit dem Vogt zuletzt bei den Nonnen von San Giorgio getroffen hatte, entdeckte sie noch Costas und Rodulfus in der Menge. Beiden war ihr Auftritt natürlich nicht entgangen, und sie schlenderte langsam in ihre Richtung.
»Einen Zug hast du, Trota!«, sagte Drogo. »Man könnte glauben, du hättest einen besonderen Schwamm im Bauch. Aber

sag, hältst du es auch so mit dem Essen? Lass dich prüfen! Wähle! Was wünschst du?«

»Ich lasse mich gerne von Truchsess Selim überraschen, Graf«, antwortete sie.

»Ich mag Überraschungen auch. Aber anderer Art. Und von Selim ... nein, von dem möchte ich nun wirklich nicht überrascht werden.« Er brachte sich mit dieser anzüglichen Bemerkung selbst zum Lachen und musterte Trota unverhohlen. Gaitelgrima indes winkte dem Truchsess und trug ihm auf, für Trota einen Überraschungsteller zusammenzustellen. Selim lächelte geschmeichelt und versprach, der werten Magistra einen Schmaus zu präsentieren, den sie ihr Lebtag nicht vergessen werde. »Du könntest mit uns nach Melfi kommen«, fuhr Drogo fort. »Als Gaitels Vertraute. Rahel nämlich wird hier bleiben. Ich würde dich außerdem zum Leibarzt machen, und du würdest meine Männer nach der Schlacht versorgen.«

»Warum nicht, Trota!«, rief Gaitel begeistert. »Du könntest an der Seite von Bischof Musandus in Venosa ein neues Spital gründen, schließlich ist Melfi nur eine Stunde entfernt. Drogo macht dich zur Äbtissin, du bekämst alle Macht und könntest deine Pläne verwirklichen. Dann bräuchtest du dich nie mehr vor Anfeindungen aus dem Collegium zu fürchten.«

»Und mein Mann? Mein Kind?«, warf Trota ein.

»Lass sie mitgehen«, sagte Drogo.

»Wie könnt ihr nur so etwas von Trota verlangen. Ich bin entschieden dagegen. Trota muss hierbleiben!«, rief Sikelgaita empört.

»Prinzessin, Ihr habt Recht«, mischte sich Costas ins Gespräch. »Selbst wenn Trota mich jetzt der Schmeichelei bezichtigen wird: Wie könnte sie hier ihre Patienten verlassen? Wie könnten wir, das Collegium, ohne sie leben? Wie fade und unrühmlich für die Stadt wäre es ohne sie?«

»Ich verstehe, Costas. Du meinst, es würde langweilig, weil ihr Magistri die Magistra dann nicht mehr beleidigen könntet?«

»Beleidigen?« Costas lehnte sich empört zurück. »Nein, Prinzessin. Wir disputieren. Das Wort ist die Waffe der Gelehrten ... und natürlich die der Frauen. Der Disput ist eine Disziplin. Die andere Aufgabe wäre es ...«

»... mit verschiedenen Flüssigkeiten zu experimentieren und daraus höchst sonderbare Wund-Elixiere zu gewinnen«, sagte Trota sibyllinisch. »Das allein bürgt für höchste Ehren, nicht wahr?«

Sie musste zur Seite treten, weil ein Tisch für sie aufgestellt und gedeckt wurde. Faltstühle wurden herbeigetragen, ein Kerzenleuchter gebracht. Trota hatte Zeit, Drogo mit seinem Bruder Robert zu vergleichen: Beide waren sie groß und blond, doch Drogo fehlte das markante Kinn, das Roberts Gesicht prägte. Darüber hinaus wirkte der zehn Jahre jüngere Robert geistig wendiger. Drogo dagegen hatte einen tumberen Einschlag. Nichtsdestotrotz wirkte er ebenso unberechenbar, wie es Robert zu sein schien.

Drogo schlägt zu, ohne zu überlegen, dachte sie. Robert dagegen ist der Charakter, der erst überlegt, dann aber zuschlägt und alles, was sich ihm in den Weg stellt, niedermacht. Ich verstehe Gaitel und Sikel nicht. Wie können sie nur für diese Männer etwas empfinden? Glauben sie etwa, sie könnten sie beeinflussen, milde stimmen, gar erziehen?

Trota nahm Platz. Selim stellte ihr Teller mit feinsten Bruststücken von Wildbret und Geflügel vor sie hin, ein Bursche brachte Schälchen mit verschiedensten Würztunken, ein anderer Brot und Früchte, wieder ein anderer ein Gebirge verschiedener Käse. Ratlos blickte Trota um sich und bat, sie nicht mit dieser Fülle an Köstlichkeiten allein zu lassen.

»Ihr fürchtet Euch davor, den Weg in die Stadt zurückzukugeln?«, scherzte Robert. »Mein Bruder oder der Herzog werden Euch eine Sänfte zur Verfügung zu stellen, da bin ich mir sicher.«

»Weniger Umstände machte es, wenn Ihr mich auf meinen schmucken Rappen heben würdet«, gab sie zurück und begann, sich die Köstlichkeiten munden zu lassen. »Mein Mann wird zur Matutin wieder vor der Festung sein.«

»Trota, welche Pfade schlägst du auf einmal ein?«, fragte Sikelgaita mit gespielter Entrüstung. »Dein Mann könnte auf falsche Gedanken kommen, wenn Robert es ... richtig anstellt.«

»Wenn ich nicht wüsste, dass er sein Herz längst verschenkt hat ...«

»Und an wen?«

Trota hörte die Hoffnung in Sikelgaitas Stimme, bemerkte den weichen, verträumten Ausdruck ihrer Augen. »Habt Ihr keine Augen, Prinzessin?« Sie biss sich auf die Zunge, doch es war bereits zu spät. Ihr blieb nichts anderes übrig, als Robert zuzuschauen, wie er Sikelgaita einen flammenden Blick zuwarf, woraufhin diese artig und ergeben den Kopf senkte und schmerzlich lächelte.

Sikelgaita errötete, doch gleichzeitig strahlte sie vor Glück.

Dem Hauteville jedoch war dies nicht genug. Als er wieder aufschaute, war sein Blick stählern, seine Miene hart und entschlossen: »Ihr habt leicht reden, Magistra«, sagte er vorwurfsvoll, »wahre Gefühle gelten hier wenig. Es geht immer um anderes. Sicher ist nur eines: Prinzessin Sikelgaita und ich sind füreinander bestimmt.«

Trota durchschaute seine Antwort. Es ging Drogos Bruder einzig darum, diesen herauszufordern und dessen Aufmerksamkeit auf sich zu ziehen. Und sie täuschte sich nicht. Drogo fuhr herum, und selbst Waimar unterbrach sein Gespräch, das er mit Alphanus, seinem Sohn und dem Markgrafen führte. Nicht nur sie bemerkte den Unmut in des Herzogs Blick. Allen war bewusst, wie sehr Robert mit seinem Bekenntnis zu Sikelgaita die Geduld Waimars auf die Probe stellte. Denn Robert führte sich auf, als wäre er, nicht der Markgraf oder sein Bruder, einer der Mächtigen bei dieser Hochzeit. In Wahrheit besaß er nichts außer ein paar Mannen und seinem Schiff. Er war Gast seines Bruders, ihm ausgeliefert und von ihm abhängig.

Wenn Drogo könnte, wie er wollte, dachte Trota, würde er ihm jetzt seinen Rest Wein ins Gesicht schütten. Wären sie draußen und bewaffnet, würden sie aufeinander losgehen.

Die Tür sprang auf, und Diener trugen auf einem riesigen Brett eine mannshohe, wagenradgroße Torte herein. Ihr Anblick löste die plötzliche Anspannung, denn alle Augen richteten sich auf sie, versprach sie doch Überraschung und Gaudium. Kurz darauf bohrte sich unter Trommelwirbel eine Zipfelmütze durch die Torte, dann kam ein Schwert zum Vorschein, und gleichzeitig erscholl wüstes Gemecker. Zum Vorschein kam ein Zwerg, der allen die Zunge herausstreckte, einen unflätigen Witz zum Besten gab und dann den Gaukler verspottete, der sich mit weit in den Nacken gelegtem Kopf durch die Reihen bewegte und ein Schwert auf seiner Nase balancierte.

Die Festgesellschaft lachte grölend. Der Witz des Zwergs wurde aufgegriffen, und der Spielmann machte ein Lied daraus.

»Ihr lacht nicht?«, fragte Costas.

»Ich habe leider schlechte Erinnerungen an ein ähnliches Spektakel«, gab Trota zurück.

Zwerge und Verwachsene erinnerten sie an Lala, den Zwergnarren des Emirs von Palermo. Dieser hatte sich aus Angst vor dessen Windhunden in den Harem geflüchtet, war den Eunuchen zwischen den Beinen hindurchgeschlüpft und sollte dafür gespießt werden. Aischa war es gelungen, den Henker zu bestechen, so dass dieser barmherzigerweise Lala in der entscheidenden Sekunde vor dem Spießen das Genick brach.

Trotas Blick wanderte zu Gaitelgrima, die eine Dattel nach der anderen aß, während ihre Mutter auf sie einsprach. Immer wieder nickte diese, vertieft in das, was sie hörte. Als Gemma zufällig Trotas Blick begegnete, hob Trota ihren Kelch, um ihr zuzutrinken. Gemma lächelte zerstreut zurück, dankte mit einem Kopfnicken und sprach weiter auf Gaitelgrima ein. Für einen kurzen Augenblick war der Strom der grausigen Erinnerungen unterbrochen. Doch bevor Trota überlegen konnte, wie sie sich sonst noch ablenken könnte, fiel ein großer Schatten auf den Tisch, an dem sie saß.

Es war Drogo. Ohne Umschweife setzte er sich ihr gegenüber: »Robert maßt sich an, von mir als einem Bruder zu sprechen, dabei ist er nur mein Halbbruder. Ebenbürtig, das sei gesagt, war mir nur mein Bruder Wilhelm. Alle, die ihn kannten, nannten ihn seit der Belagerung von Syrakus den ›Eisenarm‹. Selbst die besten von uns zollten ihm Bewunderung. Wir sagten: ›Wen sein Schwert traf, den ereilte der Tod.‹«

Trota spürte seine unterdrückte Wut und schwieg. Dies hier war der Kampf zwischen Männern. Es war besser, vorsichtig zu sein.

»Ist das bei uns anders?«, brauste Robert auf. »Hast du es nötig, dein Licht unter den Scheffel zu stellen?«

»Graf Drogo darf es«, warf Rodulfus ein.

»Vielleicht, Bruder Rodulfus. Ich jedoch erlaube es nicht,

dass er mir weniger Mut und Kampfkraft unterstellt. Es ist gegen meine Ehre. Glaubt Ihr denn, ich spüre nicht, wie unwillkommen ich bin? Aber ob es meinem Bruder nun passt oder nicht, Faust und Arm von mir wissen, wie sie sich Gehör verschaffen.«
»Womit Ihr sagen wollt, Ihr werdet Euch anwerben lassen?«, fragte Trota ruhig.
»Mein Bruder hat die Wahl. Er besitzt genug Burgen, die einen fähigen Führer brauchen. Sonst ...«
»... läufst du zu Pandulf von Capua über, oder?«, fragte Drogo gespielt gleichmütig.
»Wenn ich das vorhätte, würde ich deinen Schwiegervater verraten ...«
»Falsch. Ihr wärt längst einen Kopf kürzer, Robert«, mischte sich Wilhelm Barbotus in das Gespräch. Er legte Robert die Hand auf die Schulter, um ihn zu beruhigen. Dabei schaute er Trota an, die seinem stechenden Blick aber auswich, indem sie eine Lerchenbrust in eine der Würzsaucen tunkte. »Wir sind alle Anhänger Waimars«, fuhr Barbotus fort.
»Das will ich hoffen«, sagte Drogo lauernd.
Einen Augenblick herrschte gespannte Stille. Trota tat, als könne sie nichts und niemand bei ihrem Mahl stören, doch am liebsten wäre sie aufgesprungen und hätte sich Sikelgaita und Gaitelgrima angeschlossen, die Gemma, Lucio und Rahel nach draußen folgten, weil Waimars Ausrufer ein Tierbändiger-Spektakel ankündigte. Ein Bär und Affe würden tanzen, rechnen und der Affe anschließend mit einem Schwert einen Hund attackieren.
»Wollen wir uns nicht lieber zum Lachen bringen lassen?«, brach Rodulfus das Schweigen.
Trota und Costas stimmten ihm sofort zu, auch die anderen

waren einverstanden. Gemeinsam schlossen sie sich dem Strom der Schaulustigen an, während Waimar sich mit Alphanus, seinem Sohn und dem Markgrafen in sein Arbeitszimmer zurückzog. Trota entging nicht, wie er seinem Schwiegersohn einen Blick zuwarf, den sie kaum anders zu deuten wusste als: Bring deinen Halbruder zum Schweigen, sonst verliere ich die Geduld.

Das Geständnis der Kriegerin

Als Trota durch die Tür des Rittersaals in den Vorraum trat, zupfte Rahel sie am Ärmel und flüsterte ihr ins Ohr, sie solle warten, bis alle im Freien seien, und dann schnell die Wendeltreppe emporsteigen. Verschwörerisch legte sie den Finger auf den Mund und mischte sich unter die Gäste. Trota seufzte. Sie ahnte, wer sie etwas Wichtiges fragen wollte. Und genauso kam es. Sikelgaita erwartete sie am Ende der Treppe mit einem Öllicht in der Hand. Sie zeigte auf eine schulterhohe Tür, die quietschend aufschwang, als sie den Riegel zur Seite schob.
»Hier sind wir ungestört.«
»Mit Sicherheit. Was bedrückt Euch, Prinzessin?«
»Mein Verlangen, Trota. Du hast ja Augen im Kopf. Robert ist mein Ritter. Ich will ihn. Und er mich auch.«
»Ihr … wollt bis zum Letzen gehen?«
»Ja.«
»Ich verstehe. Ihr wünscht ein Verhütungsmittel. Es gibt viele Wege, Prinzessin, eine Schwangerschaft zu verhindern. Sicher ist keine. Und die sicherste kommt für Euch nicht in Frage, da ich davon ausgehe, dass Ihr Euch Robert als Jungfrau schenken wollt. Das ist das eine, das andere betrifft nichts Geringe-

res als meine Wenigkeit. Wenn ich Euch helfe und dies wird bekannt, ist mein Leben verwirkt.«

»Das weiß ich. Aber ich kann dich beruhigen: Vor dir steht keine Jungfrau mehr.« Bestürzt wich Trota zurück. Rahel hat also mit all ihren Befürchtungen Recht gehabt, dachte sie. Und was sie sich in Erinnerung des Jagdausflugs kaum vorzustellen gewagt hatte, ist nun Wirklichkeit geworden. Trota presste die Lippen aufeinander, erinnerte sich daran, was Sikelgaita Rahel gesagt hatte: Wenn mir etwas geschieht, wird sie es schon richten. Hoffentlich ist es noch nicht so weit, dachte sie. Aber wenn ...

»Verachtest du mich jetzt?«, fragte Sikel kindlich. »Komme ich dafür ins Fegefeuer?«

»Menschlich gesehen seid Ihr im Recht, Prinzessin. Politisch habt Ihr, wie Ihr selbst einschätzen könnt, falsch gehandelt. Aber solche Fragen sind jetzt nicht wichtig. Darf ich wissen, wann Ihr Eure letzte Regelblutung hattet?«

»Ich ... es ist so, ich habe gestern und heute am Vormittag Blutungen gehabt. Aber sie waren schwächer als die anderen. Was heißt das jetzt?«

»Ich weiß es nicht, anders gesagt, aus Erfahrung kann ich sagen, dass alles möglich ist. Wir müssen abwarten. Ein guter Schutz ist, wenn Ihr Euch ein Zäpfchen aus Wolle einführt, das mit Granatapfelsirup und Alaun getränkt ist. Wenn es zu sehr brennt, benetzt Euch zusätzlich mit Olivenöl.«

Sie lauschten den feurigen Rhythmen der Musik, standen sich lange schweigend gegenüber. Trota hätte Sikelgaita am liebsten ausgeschimpft, doch plötzlich konnte sie nicht anders: Sie breitete die Arme aus und zog die Prinzessin an sich. Sikelgaita schluchzte auf, begann zu beben. Sie liebe ihn, stammelte sie ein ums andere Mal, werde nie einen anderen Mann mehr lieben. Trota streichelte ihr den Rücken, hielt sie fest.

»Weißt du, Drogo weigert sich, bei Vater auch nur ein gutes Wort für Robert einzulegen. Vor Gaitel spielt er den Geläuterten, der in Venosa jetzt sogar eine Kathedrale errichten lässt. Ich aber weiß es besser. Er will Herzog werden. Seinen Bruder Humfred, sagt Robert, hat er mit Lavello belehnt, damit dieser ihm den Rücken freihält und in seiner Abwesenheit auf seinen Burgen und in seinen Städten nach dem Rechten sieht.«
»Ja, die Politik«, seufzte Trota. »Die Männer vergießen deswegen Blut, und wir sind manchmal so dumm, sie dafür zu lieben.«
»Robert ist anders.« Sikelgaita riss sich los und schaute Trota trotzig an. Die legte den Finger auf den Mund, denn sie hörte, wie jemand die Treppe heraufschlich. Auf halber Höhe erklang unterdrücktes Kichern und Glucksen, kurz darauf eindeutiges Klatschen und Stöhnen.
»Das ist der Vogt«, flüsterte Sikelgaita.
»Und die Dame?«
Sikgelgaita zuckte die Schultern.
Trota überlegte, ob sie der Prinzessin von ihrem Erlebnis im Kloster San Giorgio erzählen sollte, davon, wie der Vogt ihr gedroht hatte. Doch da erscholl die Stimme von Wilhelm Barbotus, der rief, er müsse ihn sprechen, er habe Nachrichten. Er schien genau zu wissen, welcherart Tätigkeit sein Gefährte gerade nachging, aber es kümmerte ihn nicht. Trota und Sikel mussten an sich halten, nicht laut loszulachen, denn mit der gleichen Inbrunst, wie der Vogt aufstöhnend fluchte, seufzte enttäuscht dessen Dame.
Plötzlich war es still.
Trota und die Prinzessin lauschten noch eine Weile, schließlich trauten sich aus ihrem Versteck und schritten die Wendeltreppe hinunter. Anfeuernde Rufe, wildes Kläffen und das aufgeregte

Kreischen eines Berberaffen drangen in den Vorraum. Doch noch bevor sie die letzte Stufe erreichten, blieben sie wie angewurzelt stehen. Der Vogt und Barbotus standen mit umgürtetem Schwert im Schein einer Fackel neben einer Säule und lasen einen Brief. Obwohl Barbotus den Brief sofort zusammenfaltete und wegsteckte, wurde Trota für einen kurzen Augenblick das Gelb des Siegels gewahr, das sie sofort an dasjenige von Rodulfus' Brief erinnerte.

»Was treibt Ihr Euch herum wie ein Spion?«, brauste der Vogt auf. Wütend trat er aus dem Licht, während seine Hand sich auf den Griff seines Schwerts legte. »Ich hätte nicht übel Lust ...«

»Die hast du doch gehabt, Vogt«, sagte Sikelgaita trocken und trat aus Trotas Schatten.

»Ihr, Prinzessin? Verzeiht. Ich wusste ja nicht ...«

»Mache ich dir einen Vorwurf, Vogt? Entschuldige dich gefälligst bei der Magistra.«

»Eher lecke ich Euch die Füße.« Der Vogt warf Trota einen vernichtenden Blick zu und schritt ins Freie. Wilhelm Barbotus dagegen deutete eine Verbeugung an, doch auch er verließ den Vorraum ohne ein weiteres Wort. Sikelgaita sah ihnen nach, runzelte die Stirn. Sie überlegte, ob sie ihren Vater von diesem verdächtigen Gebaren unterrichten sollte, doch dann entschied sie, lieber ihre Kemenate aufzusuchen.

Lust

Lange blieb Trota nicht allein auf der Freitreppe. Obwohl fast alle auf den Berberaffen blickten, der so unbeholfen wie wild mit seinem Schwert auf einen Hund einschlug, gab es ein paar

Ritter, die sich lieber an der schönen Frau ergötzten, die da scheinbar gedankenverloren im lauen Abendwind stand. Jeder wusste jetzt, wer sie war, und die Tatsache, dass sie auf Anweisung des Bräutigams vom Truchsess selbst bedient wurde, bewies, welchen Stellenwert sie am Hof haben musste.
Doch statt eines Ritters wagte sich Rodulfus die Stufen zu ihr hoch.
»›Siehe, meine Freundin, du bist schön! Siehe, schön bist du!‹« Mit diesem Vers aus dem Hohelied Salomos stellte er sich vor sie hin und schaute sie ruhig an. Stumm erwiderte sie seinen Blick, suchte nach Worten. Ihr war nur wenig nach einem Gespräch zumute, viel lieber wäre sie allein geblieben. Denn erst jetzt wurde ihr die volle Tragweite des schwerwiegenden Geheimnisses von Prinzessin Sikelgaita bewusst, das sie miteinander verband. Waimars Tochter hatte sich ihr mit ihrem Geständnis quasi ausgeliefert – was ein Vertrauensbeweis sondergleichen war, gleichzeitig aber auch bedeutete, dass sie von nun an Gefahr lief, den Herzog leider nur allzu bald hintergehen zu müssen. Denn, da war Trota sich ziemlich sicher: Sikelgaita war schwanger. Die schwachen Blutungen, von denen sie gesprochen hatte, waren für junge Frauen am Anfang einer Schwangerschaft nicht allzu ungewöhnlich.
Sie verschränkte die Arme und sah Rodulfus ernst an. »Was würdest du tun, wenn du einen dir befreundeten Ritter nur dann vor dem Tod retten könntest, wenn du dein eigenes Leben aufs Spiel setzt?«
»Der Ritter müsste nicht einmal mit mir befreundet sein, Trota. Es ist unsere Pflicht, alles zu tun, was unseren Patienten nützt. Natürlich sollte das Maß vernünftiger Angemessenheit gewahrt bleiben.«
»Womit die Antwort wieder offen ist.«

Rodulfus trat näher, lächelte. Er sog ihren Duft ein, streckte die Hand aus, streichelte ihre Wange. Schmerz lag in seinen Augen, aber Trota las auch die Entschlossenheit, die in ihnen stand.
»Warum besuchst du mich nicht?«, flüsterte Rodulfus anklagend. »Ich habe ein Geschenk für dich.«
»Warum besuchst du uns nicht?«, gab sie zurück und lehnte sich gegen die Wand.
»Zum einen, weil ich dich vor deinem Mann nicht küssen kann. Zum anderen, weil ich dir nicht die Kleider vom Leib reißen kann. Und zum dritten: Weil ich mich dann nicht am Tau deines Schoßes berauschen kann, bevor ich dich liebe, um danach zu sterben.«
Trota musste lachen. Sie zog den Kopf ihres Lehrer zu sich herunter und küsste ihn auf die Stirn. »Du schillernder, kluger, verliebter Narr. Ich besuche dich. Versprochen. Aber jetzt gib Ruh.«
Ein zwielichtiger Normanne, eine liebestolle Prinzessin, ein mordlüsterner Vogt und nun ein liebeskranker Magister. Dies ist die Ausbeute nur eines einzigen Abends, dachte sie. Ich glaube, ich sollte mich besser zurückziehen.
Oder doch lieber tanzen?
Sie ließ Rodulfus allein, schwebte die Treppe hinab, fand Lucio und reichte ihm die Hand. Er war der Erste, der sie nach dem Affen-Hunde-Kampfspektakel zum Tanz führen durfte. Die Nacht wurde lang, Trota berauschte sich an den Klängen der Musik. Selten zuvor hatte sie ihren Körper als so glühend und wohlig gestrafft empfunden. Sie genoss die Komplimente, die zugeworfenen, unverhohlen begehrlichen Blicke. Sie war ganz bei sich und während des Tanzes von allen Sorgen befreit.

Erst zur Matutin führte Lucio sie wieder vor das Burgtor. Dort wartete bereits Johannes.

»Du siehst blühend aus«, meinte er mit einem Blick, der ihr klar machte, wie sehr er darunter gelitten haben musste, sie allein unter kraftstrotzenden, machtverwöhnten Männern zu wissen.

Sie lachte, küsste ihn auf den Mund. Er zog sie mit überraschend festem Griff an sich. »Liebe mich, gleich jetzt, Trota, oder ich werde noch heute im Wahn enden.« Er presste seine heißen, trocknen Lippen auf ihren Mund, ließ sie die Ungeduld seiner Zunge spüren.

»Hier?« Atemlos löste sich Trota von ihm und schaute über seine Schulter zu dem vierrädrigen Wagen, in dem ein Dutzend Huren darauf warteten, Knappen und Knechte bedienen zu dürfen.

»Gäbe es einen angemesseneren Ort für meine Lust?«

Durch ihre Kleider hindurch spürte sie die Hitze seines geschwollenen Gliedes.

»Lass uns gehen, Johannes, oder willst du dich beflecken?«

»Ich mich? Oh, du fühlst es, natürlich. Es ... es sollte anders sein, nicht wahr, meine Geliebte? Es gebührt dem Mann, die Frau zu ...«

Trota küsste ihn kurz, aber stürmisch. »Sei still, Johannes, sei still.«

So schnell sie konnten, liefen sie nach Hause.

Kopfschmerzen

*T*rotz Müdigkeit und wackliger Knie machte sich Trota bereits am nächsten Abend wieder auf den Weg ins Spital. Wenn du schlafen willst, hättest du als Prinzessin zur Welt kommen müssen, dachte sie trotzig, als sie ans erste Krankenbett trat und eine Patientin nach deren Befinden befragte. Zum Glück bekam sie keine Klagen zu hören, allerdings wurde sie auf bessere Schmerzmittel angesprochen. Ita, Pater Raimfrids Schwester, hatte sich vor ein paar Tagen beim Haarkämmen versehentlich die Bürste ins Auge geschlagen. Nass bis aufs Hemd und kalkweiß im Gesicht, kam Ita an der Seite ihres Bruders und ihres Mannes Ulfred ins Spital. Ihre Qualen waren so groß gewesen, dass ihr nur mit hohen Dosen von Bilsenkraut- und Schierlingsauszügen geholfen werden konnte. Doch so genau sie, Trota, und auch ihre Kollegen das Auge untersuchten, bis auf einen mehr zu erahnenden als wirklich sichtbaren dunklen Punkt im Augapfel hatten sie keine weitere Verletzung feststellen können. Heilen konnte offensichtlich nur die Zeit, ruhiges Liegen und ein Verband, der beide Augen geschlossen hielt. Und in der Tat, im Verlauf der nächsten Tage schien die Augenverletzung offensichtlich zu verheilen, dafür aber litt Ita nun unter heftigen Kopfschmerzen.

»Ihr leidet unter Entzugserscheinungen«, klärte Trota sie auf. »Euer Körper muss sich erst wieder daran gewöhnen, auch ohne Schmerzmittel auszukommen.«

»Aha, aber was ist denn nun wirklich geschehen?«, fragte Ita gereizt. Sie verzog ihr Gesicht und presste die Finger gegen ihre Schläfen. »Warum sind mir noch immer beide Augen verbunden? Eine Augenklappe reicht doch? Zumal es nicht einmal eine Wunde gibt?«

»Um zu verhindern, dass der Augapfel Eures verletzten Auges sich den Bewegungen des gesunden Auges anschließt. Wenn dem von Natur aus nicht so wäre, würden wir schielen. Und was Eure Wunde betrifft: Sie mag für uns unsichtbar sein, aber auch der Mensch ist noch unsichtbar klein, wenn eine Frau in

den ersten Tagen ihrer Schwangerschaft ist. Wunderbar ist Gottes Schöpfung. Er schuf nicht nur den Makrokosmos von Sonne, Mond und Sternen, sondern auch den Mikrokosmos.«
»Ich will nur, dass mir nicht der Kopf platzt!« Itas Gesicht verzerrte sich vor Schmerz. Sie rutschte in die Kissen und keuchte. »Gebt mir endlich etwas, bitte!«
»Das werde ich. Zumal auch ich Kopfschmerzen habe. Rebecca, bereite einen kräftigen Weidenrindenaufguss zu.« Trota zog die Vorhänge zu, aber auch das jetzt weitgehend ausgesperrte Licht ließ ihre Kopfschmerzen nicht besser werden.
Du bist nur müde, sagte sie sich. Einfach nur müde.
Es fehlte nicht viel, und sie hätte sich in eines der leeren Betten gelegt, die frisch bezogen waren und mit aufgeschüttelten Kissen auf neue Patientinnen warteten. Doch sie riss sich zusammen.
Der Weidenrindenaufguss wird helfen, sagte sie sich. Sie lehnte sich in eine Wandnische und schloss die Augen. Ist es nur für mich so anstrengend?, fragte sie sich. Weil ich eine Frau bin? Costas hat nur halb so viele Patienten ... überhaupt die Magistri. Alle sprechen sie sich ab, jeder ist für den anderen da. Johannes vertritt Gariopontus und umgekehrt und die Chirurgen teilen sich, seit ich hier arbeite, die Krankenbesuche auf ihren Stationen. Alphanus dagegen wird immer mehr zum Kirchenfürsten, und Pater Raimfrid ... nun, es ist keine Anmaßung, wenn man sagt: Er war einmal Arzt.
Rebecca brachte ihr einen Becher Weidenrindenaufguss. Sie habe ihn mit Honig gesüßt, sagte sie, und sich erlaubt, ein paar Tropfen von ihrem persönlichen Steinwasser hinzuzufügen. Trota nickte. Sie wusste von Abella, ihrer Hebamme, dass Rebecca häufiger unter Kopfschmerzen litt und nicht müde wurde, die Kraft des Lapislazuli zu preisen. Er helfe gegen Frau-

enleiden, Kopfschmerzen und Melancholie. Wer dies nicht glaube, sei selber schuld.

»Ihr werdet staunen, Magistra«, sagte Rebecca mit erhobenem Zeigefinger.

Trota lächelte nur. Langsam und mit kleinen Schlucken trank sie den Aufguss und fragte sich, ob der Theriak, wenn sie denn das Rezept fände, wohl auch als Schmerzmittel taugte.

Was aber mache ich, begann sie zu grübeln, wenn sich die Heilkraft des Theriak als Aberglaube entpuppt? Vielleicht wirkt er nur deswegen, weil man ihm seit tausend Jahren Wunderkräfte zuschreibt? Nachher ist er nur genauso gut oder so schlecht wie Rebeccas Lapislazuli. Der Glaube kann Berge versetzen, heißt es. Was ist, wenn Ibn Sina nur ein besserer Scharlatan ist? Was wissen wir schon von und über ihn? In Wahrheit doch nur, dass er im legendären Buchara an der Seidenstraße geboren wurde und in Isfahan starb. Er gilt als größter Arzt der Muslime, der seinen Aufstieg einem unter Koliken leidenden Emir verdankte. Das Wissen, dass er mit Theriak seine Fallsucht behandelte, verdanken wir allein der Randbemerkung Abt Theobalds von Monte Cassino zu einer Geschichte aus den *gesta salernitanum*.

Mehr aber wissen wir nicht.

Trota betrachtete die hellen Lichtflecken auf dem Boden, die im sanften Auf und Ab der sich bauschenden Vorhänge mal größer, mal kleiner wurden. Sie erinnerte sich an eine Szene zweier streitsüchtiger Ärzte, eine Begebenheit, die die salernitanische Medizin – ausnahmsweise einmal – in schlechtem Licht zeigte.

Vor rund einhundert Jahren zerstritten sich am Hof König Ludwigs von Frankreich zwei Ärzte: Der eine war Salernitaner, der andere ein heilkundiger englischer Bischof. Vorausgegangen war ein Disput über die Heilkunst, in welchem der Salernitaner sich mit seinen Argumenten nicht gegen den Bischof durchsetzen konnte. Voller Wut mischte daraufhin der Salernitaner einen Gifttrunk zusammen, mit dem er den Bischof an den Rand des Todes brachte. Dieser aber besaß Theriak, nahm etwas davon ein und genas. Um sich zu rächen, vergiftete er aber nun seinerseits den Salernitaner, der solche Qualen litt, dass er den Bischof um Verzeihung bat und bettelte, ihn wieder gesund zu machen. Der Bischof tat dies auch, aber er verabreichte dem Salernitaner absichtlich nicht genug Theriak: Nur so viel, Bruder, dass du weiterleben kannst, aber doch auch so wenig, dass du immer an mich denken wirst. Das Gift sammelte sich bei dem Salernitaner im rechten Fuß, der daraufhin abstarb und amputiert werden musste.

Trota massierte sich die Schläfen und stellte erleichtert fest, dass ihre Kopfschmerzen nachließen.

»Rebecca?«

»Ja?«

»Es wirkt.«

»Hab ich doch gesagt.«

»Ja, selig sind ... die an Weidenrindensud und Lapislazuli glauben.« Dabei dachte sie an den Theriak und das Geheimnis seiner Bestandteile. Sie würde es irgendwann lüften müssen, um Matthäus und ihrer selbst willen.

Ihr war nun ein wenig wohler zumute, und so ging sie ins Nachbarzimmer zu Justina, die die schwere Entbindung gut überstanden hatte. Bis auf den Wundschmerz, der Folge des Dammrisses, habe sie keine Beschwerden, sagte sie, setzte sich zum Beweis auf und legte ihren Säugling in die neben ihrem Bett stehende Wiege.

Trota bat Justina, sich wieder hinzulegen, und rief Rebecca:

»Du warst ja bei der Geburt dabei, nun hörst du es selbst: Justina geht es gut.« Sie schärfte ihr ein, die Wunde nach jedem Gang auf den Locus zu inspizieren und etwaige Unreinheiten unverzüglich abzutupfen. Rebecca nickte, doch Trota sah ihr an, dass sie eine Erklärung verlangte, warum sie auf ihrer Pudermischung bestand und nicht mit dem Branntwein arbeiten wollte.
»Weil wir Frauen dort am empfindlichsten sind, Rebecca, deswegen. Ich bezweifle in keiner Weise, die Wunde mit dem Branntwein ebenso gut behandeln zu können: aber nomen est omen. Matthäus, mein Sohn, ist tapfer und kann vieles aushalten. Aber als ich ihm damit eine frische Schürfwunde betupfte, da hättest du hören sollen, wie er zeterte. Es war unmöglich, ihn zu beruhigen. Branntwein ist nichts für zarte Stellen, verstehst du?«
Trota wunderte sich, warum ihre Stimme zunehmend an Schärfe gewonnen hatte. Selbst Rebecca senkte eingeschüchtert den Kopf, behauptete, etwas gelernt zu haben. Sie tat Trota leid. Rebecca konnte ja nicht ahnen, warum für sie dieses medizinische Mittel dank Costas mit einem Missklang behaftet war. Sanft lenkte sie ein.
»Ich habe auch etwas gelernt: Und zwar, dass ich nicht aus der Haut fahren darf, wenn das Wörtchen Branntwein fällt.«

Vierter Teil

Das Geschenk des Lehrers

Zwei Tage später machte sie sich auf den Weg zu Rodulfus. Sie war wenig davon angetan, sich im stickigen Gästetrakt des Klosters seine Liebesschwüre anhören zu müssen. Doch obwohl sie sich immer wieder ermahnte, vorsichtig zu sein, war sie sich gewiss, ihm nicht mehr die Achtung entgegenbringen zu können, die ihm gebührte und zustand.

Hätte er sich doch bloß das letzte Mal mehr beherrscht, zürnte sie. Jetzt weiß ich nicht mehr, was ich von ihm halten und wie ich ihm begegnen soll. Ob es seine Absicht war, mich so zu verwirren? Vielleicht hat er in Wahrheit ganz andere Pläne. Nicht, wie Alphanus befürchtet, um ihn zu stürzen, sondern einen Aufstand anzuzetteln, um Waimar vom Thron zu stoßen.

Sie zog an der Glockenschnur der Klosterpforte. Leo, der Pförtner, schlurfte heran und öffnete. »Wieder ein Besuch als Kind Christi?«

»Nein, führt mich bitte zu Magister Rodulfus. Er erwartet mich.«

Sie wollte gerade eintreten, da hörte sie Alas Stimme: »Trota, wo bleibst du? Deine Zeit ist nah. Wir müssen uns vorbereiten.«

Der Wolf an ihrer Seite blickte sie aus wachsamen Augen an, so als wollte er ihr bedeuten, den Worten seiner Herrin zu folgen, ihr zu gehorchen. Trota legte ihre Hand auf Alas Arm. »Ala, ich verspreche dir, in sieben Tagen ...«

»Genauso wird es kommen.« Ala zerbiss einen Kern und kaute

nervös. »Ihr dürft nicht länger warten, Trota Platearius. Und wenn Ihr nicht aufpasst ... Eure Zeit ... Ihr könnt sie so wenig aufhalten wie den Lauf der Gestirne.«

»Was meint dieses Weib?«, entsetzte sich Bruder Leo. »Welche Zeit meint sie? Steht Ihr etwa davor, unrein zu werden?«

»Ihr seid so unverfroren wie lang, Bruder Leo«, entrüstete sich Trota. »An was denkt Ihr eigentlich den lieben langen Tag? Daran, dass dieses Kloster im Schlund der Hölle versinkt, wenn ein ach so unreines Weib auf eure so sauber gefegten Platten tritt?«

Leo verzog böse den Mund, aber er schwieg. Ala hob noch einmal mahnend ihren Zeigefinger und schlurfte dann davon. Trota sah ihr kurz nach und tatsächlich – sie drehte sich noch einmal um. Hatte sie sie jemals so eindringlich angesehen?

»Wollt Ihr nun oder nicht?« Leo riss sie aus ihren Gedanken.

»Natürlich, geht voraus.«

Nachdenklich folgte sie ihm, der nun hoch erhobenen Hauptes den Weg zum Gästetrakt einschlug. Dessen geräumige Klausen neben dem Kapitelsaal wurden auch von Pilgern bewohnt, die sich von Salerno aus ins Heilige Land einschiffen wollten. Aus den Fenstern erklangen Lieder, lateinische Gebete und laute Gespräche in verschiedenen Sprachen.

Vor Rodulfus' Tür blieb Leo stehen, beherzt kam ihm Trota zuvor und klopfte. Indigniert zog er sich zurück.

»Herein mit dir!«, rief Rodulfus heiter.

»Dein Ton, Rodulfus ... Bin ich deine Tochter, der du die Leviten lesen willst?«

»Dich übers Knie zu legen stelle ich mir verlockend vor.«

Er breitete die Arme aus, ließ sie dann aber seufzend sinken, weil Trota, ohne ein Wort zu sagen, an sein Schreibpult trat, auf dem ein Foliant aus der Klosterbibliothek lag. Das Buch

war angekettet, der Text, wie Trota schnell feststellte, weltlichen Inhalts.
Belustigt musterte er sie. »Du überlegst, wovon es handelt, nicht wahr?«
»Kläre mich auf, Rodulfus.«
»Willst du es wirklich wissen?« Seine Augen blitzten, und Trota erkannte, wie sehr er sie begehrte, doch zugleich schien er gleichermaßen belustigt wie verunsichert.
»Du warst mein Lehrer, Rodulfus. Hast du vergessen, wie wissbegierig deine Schülerin ist?«
Er lehnte sich zurück. »Nun gut, Trota, da ich weiß, wie sehr der Mensch unter unerfüllter Begierde leidet, will ich dir helfen.« Trota hielt seinem Blick stand.
»Also, es ist Beowulf. Im weitesten Sinne handelt es sich um eine Odyssee. Aber der Held kommt nicht aus Ithaka, sondern er ist ein echter Nordmann.«
Sie las ein wenig und schlug eine Seite um. »Das passende Buch zur gegenwärtigen Politik?«
»So ist es.«
Rodulfus' Blick wurde ernst, doch er bemühte sich, weiter zu lächeln. Trota studierte sein Gesicht, er ließ sie gewähren. Nach einer Weile schlug er die Augen nieder, und sein Lächeln erlosch. Und damit auch all sein Charisma. Plötzlich hatte sie das Gefühl, einem Menschen gegenüberzustehen, dessen Seele nur noch aus Asche bestand. Einem Menschen, der von weltlichen Verlockungen geläutert war. Geläutert, doch keinesfalls gelassener, sondern vielmehr unberechenbar. Trota wurde das Gefühl nicht los, dass sie bei ihm auf alles gefasst sein musste. Ihn nicht mehr ernst zu nehmen hieße zu verdrängen, dass Grund bestand, ihn zu fürchten.
Rodulfus, das war sicher, hatte nichts mehr zu verlieren.

Ohne sich etwas von ihren Gedanken anmerken zu lassen, fragte sie schlicht: »Wie stellst du dir die Zukunft vor? Kehrst du nach der Synode zurück nach Bamberg?«

»Das ist unwichtig«, antwortete er und beugte sich vor. »Weißt du noch, wie du das Lorscher Arzneibuch auswendig lerntest?«

»Wie sollte ich das vergessen, Rodulfus.« Die Erinnerungen waren schön und schmerzlich zugleich. »Ich war so ehrgeizig. Da ich es ja nicht aus der Bibliothek mit nach Hause nehmen konnte, lernte ich es Abschnitt für Abschnitt auswendig. Zu Hause schrieb ich die Passagen aus dem Gedächtnis ins Reine.«

»Bis Bischof Eberhard ...«

»... dieser Unmensch, zwei Bewaffnete schickte, die meine Abschrift mitnahmen.«

»Er hat dich entlohnt ...«

»Was nützte mir Geld? Ich wollte die Pflanzenlisten und die Rezepturen!«

»Du warst vom Guten geradezu besessen, Trota. Die Medizin war etwas Heiliges für dich.«

»Ja, sie ist es heute noch. Aber Eberhard, dieser Teufel im Bischofsgewand, argumentierte, das Arzneibuch sei, da ein Geschenk Kaiser Heinrichs an die Dombibliothek, Eigentum der Kirche. Das Buch an sich und sein Inhalt seien eins, das eine dürfe nicht vom anderen getrennt werden. Er befahl mir, sowohl außerhalb des Kirchengeländes als auch außerhalb der Zeiten, in denen ich nicht als barmherzige Schwester arbeite, allen Inhalt wieder zu vergessen.«

»Vergib ihm.«

»Was nützt es mir?«

Sie schwieg. Rodulfus hatte sich erhoben und stand nun dicht vor ihr. Seine Augen blitzten, lachten. Ohne den Blick von ihr

zu wenden, trat er an sein Schreibpult und bückte sich. Aus dem Dunkel des Faches zog er ein in hellbraunes Leder gebundenes Buch und hielt es ihr hin.
»Dein Geschenk.«
Ungläubig schaute sie ihn an, nahm das Buch und begann darin zu blättern. Sie erkannte ihre Schrift, las Sätze, die ihr mit einem Mal wieder so vertraut waren, als hätte sie sie gerade erst gehört und aufgeschrieben. Es gab keinen Zweifel: Dies waren all die Blätter, die sie vor über eineinhalb Jahrzehnten beschrieben hatte. Rodulfus hatte sie binden lassen. Nichts fehlte, im Gegenteil, die Teile, die sie damals nicht hatte aufschreiben können, waren hinzugesetzt – womit sie jetzt eine komplette Abschrift des Lorscher Arzneibuchs ihr eigen nennen konnte.
Welch ein Schatz!
Und ein gewichtiger Baustein des Wissens. Denn das Lorscher Arzneibuch enthielt Auszüge aus zahlreichen Schriften griechischer und römischer Autoren, dazu über fünfhundert schon seit Jahrhunderten gebräuchliche Rezepturen.
»Danke.« Sie legte das Buch aufs Pult, umarmte Rodulfus und küsste ihn auf die Wange. Er wollte sie noch länger an sich gedrückt halten, doch sie entwand sich ihm und drohte ihm schelmisch mit dem Finger. »Solche Art von Lohn kannst du im Kloster San Giorgio bekommen. Aber ich fürchte, nicht von mir.«
»Dann darf ich also noch hoffen?«
»Lass uns an den Strand gehen«, schlug sie vor.
»Mir soll es recht sein.«

Auch wenn die Hochzeitsfeierlichkeiten noch immer anhielten, kamen Trota die Menschen in der Stadt träge und ver-

wundbar vor. Die Werkstätten waren geschlossen, der Unrat häufte sich, überall lagen Betrunkene herum. Allerorten roch es nach Erbrochenem, und aus den Häusern klang das Stöhnen derjenigen, die sich den Magen verdorben hatten.
Sie sahen einen aufgeschlitzten Hund, an eine Haustür gar war eine Katze genagelt.
»Wenn jetzt Piraten die Stadt angriffen, hätten sie leichtes Spiel«, meinte sie angewidert. »Selbst die Ritter sind viel zu verkatert und zu schwach, um das Schwert richtig zu führen.«
»Das stimmt«, pflichtete ihr Rodulfus nachdenklich bei. »Wenn Drogos Normannen schlau wären ...«
»Sie sind gottlob betrunken.«
»Und das wahrscheinlich derart heftig, dass sie nicht mehr wissen, wo Norden und Süden sind.«
Sie traten durch das Tor der Strandfestungsmauer, die die Stadt gegen das offene Meer hin schützte. Herzog Waimar, erklärte Trota, hatte sie ausbauen lassen, weil er ständig damit rechnete, angegriffen zu werden.
»Vor allem traut er den Brüdern seiner Frau Gemma nicht. Am allerwenigsten aber den Amalfitanern.«
»Er ist seit sieben Jahren Lehnsherr dieser Stadt, nicht wahr?«
»Ja.«
Sie schlenderten am Strand entlang und genossen den leichten Wellenschlag. Der Wind kühlte die Haut, die Sonne, die schon tief stand, löschte mit ihrem goldenen Glanz alle anderen Farben aus. »Amalfi aber ist jetzt nicht mehr die einzige Stadt, die mit dem Orient Handel treibt. Früher rühmten arabische Reisende sie als reichste und glanzvollste Stadt des langobardischen Reiches. Doch mittlerweile hat unser Salerno Amalfi überflügelt. Die Kaufleute dort haben ein Hinterland, das sie nicht hinreichend mit Waren versorgen können, und der Hafen

ist für den Umschlag schwerer Güter zu klein. Jetzt fahren von hier aus die Schiffe nach Spanien, Tunis oder Tripolis. Die Kaufleute haben längst hier ihre Niederlassungen, bei Rittern und anderen Adeligen jedoch wächst der Neid.«
»Und damit der Hass auf Herzog Waimar.«
»So ist es.«
Sie ließen die Stadt hinter sich und setzten sich schließlich auf ein angeschwemmtes, verblichenes Stück Treibholz. Ab und zu wehten die Rufe der Fischer heran, die um diese Zeit ihre Netze auswarfen.
»Man kann sie um ihr einfaches Leben beneiden«, sagte Rodulfus mit gedämpfter Stimme. »Wie oft kommt es vor, dass wir uns von Gott und Glück verlassen wähnen und keine Antworten mehr auf die Fragen finden, die uns durch den Kopf gehen. Ein Fischer dagegen fragt immer nur: Ist mein Netz voll oder leer?«
»Das ist mir zu überheblich, kluger Mann. Auch ein Fischer wird sich manchmal in einem Tretrad wähnen, das er zunehmend schwerer in Schwung zu halten vermag – weil die Lasten, die es heben soll, ständig größer werden.«
Sie warf einen Stein ins Meer, strich sich ihr Haar aus dem Gesicht und zupfte sich Chiton und Tunika zurecht. Rodulfus erhob sich, stellte sich vor sie und reichte ihr die Hand. Mit einem Ruck zog er sie hoch und dicht an sich. Ehe sie sich versah, spürte sie seine Lippen auf den ihren. Für einen Augenblick war sie wie gelähmt, dann erwiderte sie den Kuss.
Es ist schön, dachte sie – doch gleichzeitig schämte sie sich.
Alles ist falsch, schoss es ihr durch den Kopf, während Rodulfus sie immer fester an sich presste.
Nein, es ist nicht der Kuss, er ist es.
Aber ich bin schuld.

Sie stieß ihn von sich, rang um Fassung. Eine Möwe schrie, der Wellenschlag wurde stärker. Bestürzt schaute sie Rodulfus an, dessen Körper zu zittern schien. Sehnsucht und Hoffnung stritten in seinem Gesicht, zudem schien er selbst kaum glauben zu können, was gerade geschehen war.
Es ist ihm nicht ernst, dachte sie. In Wahrheit ist alles ganz anders. Aber was weiß er schon davon. Was weiß er von mir, von meiner Seele und ihrer Sehnsucht.
»Es war ein Versehen, Rodulfus«, sagte sie. »Mehr nicht.«
»Du täuschst dich«, entgegnete er rau. »Leugne es nicht. Du bist so unglücklich wie ich. Du bist nicht erfüllt. Dein Leben ist wie meines – nur Pflicht. Wir aber haben uns noch zur rechten Zeit gefunden. Komm!«
Er streckte den Arm aus, um sie wieder an sich zu ziehen. Doch sie sprang zurück.
»Nein! Es ist vorbei.«
»Es ist nie vorbei!«
Trota schüttelte den Kopf und rannte los.
Sie schaute sich nicht mehr um. Plötzlich ekelte sie sich vor sich selbst und wünschte sich nichts sehnlicher, als allein zu sein. Sie rannte, bis sie keine Luft mehr bekam, doch schon stolperte sie weiter, überlegte sogar, sich ins Meer zu stürzen und auf den goldroten Feuerball zuzuschwimmen, der über die schäumenden Wogen wachte.
Schließlich hielt sie inne und schaute sich um. Rodulfus war nicht mehr zu sehen, die Stadt kaum noch zu spüren. Sie zog die Sandalen aus, raffte ihre Kleider und watete bis zu den Knien ins Wasser. Lange stand sie so da, grub ihre Zehen in den Sand und lauschte auf das Brechen der Wellen. Plötzlich hörte sie Stimmen. Sie gehörten den Krebs- und Langustenfischern, die in der Nähe ihre Reusen mit Ködern füllten. Hat-

ten sie zunächst geschwiegen, fielen sie jetzt in einen monotonen Wechselgesang: Zaubersprüche, von denen sie sich einen guten Fang erhofften.

Trota lauschte und beobachtete sie, doch die Männer taten, als sähen sie sie nicht. Ganz ihren heiseren Stimmen hingegeben, wiegten sie sich sanft hin und her.

Langsam, fast zaghaft, wandte sich Trota vom Meer ab und schlenderte zurück.

Es ist spät, dachte sie. Für heute viel zu spät.

Dennoch blieb sie ein paarmal stehen, um das überwältigende Farbenspiel zu genießen. Mit einem Mal schien das Meer zu glühen und sämtliche Boote und Galeeren verkohlt zu haben: Schattenrissen gleich schaukelten sie auf dem glutroten Wasserteppich, und nur wenn sie genau hinschaute, erkannte sie auch die die Netze auswerfenden Fischer.

Die Wellen selbst warfen Schatten.

Trota versank in diesen Anblick, bis die Angst sie wieder einholte, Rodulfus könne am Strandtor auf sie warten. So beschloss sie, bis zur Hafeneinmündung zu laufen. Erst dort passierte sie das Tor.

Längst war es auf der anderen Seite der Festungsmauer dunkel, doch für die Billighuren, die hier auf Freier warteten, war es noch zu früh. Trotzdem beschleunigte Trota ihre Schritte. Es war unschicklich für eine Frau wie sie, hier um diese Zeit ohne Begleitung zu sein. Mittags war es etwas anderes, abends aber verirrte sich keine ehrbare Frau mehr in die Hafenbucht.

Doch auch wenn ihr hier bis auf ein Quartett angetrunkener Söldner niemand begegnete, Angst hatte sie nicht. Die Augen stur auf die von Fackeln und Laternen erhellten Tavernen gerichtet, blieb sie schließlich in Sichtweite von Duodos Taverne stehen, um der Musik zu lauschen. Sackpfeife, Fidel und

Trommel spielten eine Tanzweise, die sie schon einmal gehört hatte.
Sie drückte sich in den Schatten der Festungsmauer, Zeit und Raum verloren sich.
Irgendwann wehrte sie sich nicht mehr dagegen, die Augen zu schließen und die Hüften im Rhythmus der Musik zu wiegen. Erinnerungen wurden wach, und mit ihnen kamen Gesichter und Stimmen zurück, die so schrecklich wie anrührend waren und sie einst mit Todesangst, aber auch Jubel erfüllt hatten.

Nach ihrer Flucht aus Bamberg und der Trennung von Argyros hatte sie zusammen mit einer genuesischen Familie und drei Pilgern in Genua ein Handelsschiff bestiegen, das auf der Höhe von Korsika das Los ereilte, den Türken in die Hände zu fallen. Da die Ladung – Eschenholz, Bernstein, Harz, Bärenfelle – nicht wertvoll genug war, machten die Freibeuter sie kurzerhand zu Sklaven. Männer und Frauen wurden getrennt, gemeinsam segelte man entlang der italienischen Küste nach Süden. Doch auf der Höhe von Cosenza nahm das eine der beiden Freibeuter-Schiffe einen anderen Kurs. Es segelte westwärts nach Palermo, während das Schiff mit ihr und Tusa Kurs auf die Meerenge von Messina nahm. Die sich überschlagenden Stimmen von Tusa und deren Mutter, die sich vor Verzweiflung und Sehnsucht nach ihren Söhnen ins Meer stürzte, würde sie nie vergessen. Tusas Mutter ertrank vor den Augen ihrer Kinder im gleißenden Wellenspiegel der Abendsonne – es war das zweite Mal, dass sie miterleben musste, wie roh und unbarmherzig die Welt war und wie wenig Gehör Gott den Gebeten seiner Kinder schenkte.
Tusa. Mädchen aus Genua, schön und still, eine gebrochene

Rose, die nur äußerlich nicht welkte. Sie war so alt wie sie und ihr ähnlich gewesen. Die älteren Frauen im Harem sagten: Ihr seid wie zwei Oliven, die aus einer Zwillingsblüte wuchsen, doch zu unterschiedlicher Zeit reiften. Ihr habt die gleiche Figur und das gleiche lange glatte Haar. Mit euren kleinen, geraden Nasen und den vollen blassen Lippen seid ihr in Form und Fleisch gleich. Die eine aber ist noch hellgrün und unreif, die andere bereits von dunkler Fülle.

Dann kam der Tag, an dem Emir Achmed al-Akhal beschloss, Tusa den offiziellen Rang einer Nebenfrau zuzuerkennen.

Tusa fügte sich stumm, und so begannen die Hochzeitsvorbereitungen. Ihr Körper wurde rasiert, Brust und Scham mit Henna bemalt, das Haar gesalbt und der Leib mit einer Mischung aus pulverisiertem Sandelholz, Safran, gestoßenem Moschus und Rosenöl parfümiert. Die Hochzeitsgewänder in allen Farben des Regenbogens kamen in ein Räucherbad aus Aloe und Ambra, dann durfte Tusa ihre Aussteuer anlegen: Goldketten, edelsteinverzierte Armreifen und Haarspangen. Schön wie eine Prinzessin wurde sie vor den Richter geführt und von ihm dem Emir angetraut. Nach drei Tagen Hochzeitsfeierlichkeiten führte der Obereunuche sie ins Gemach des Emirs. Nach einer Woche kehrte Tusa in den Harem zurück, wo sie bald feststellte, dass sie schwanger war – was ihr zum Verhängnis wurde, weil Chole, der ranghöchsten Nebenfrau des Emirs, gleiche Segnung nicht beschieden war. Unter dem Vorwand, sie zur Schwangerschaft beglückwünschen zu wollen, erhielt Tusa von Chole Besuch, deren Geschenk ein kostbares Salböl und mit Blattgold verziertes Dattelkonfekt war. Dazu servierte Choles Eunuch mit Rosenwasser parfümiertes Scherbet, dessen Eis mit Türkisstaub gefärbt war.

Als Tusa am nächsten Morgen erwachte, lag sie in ihrem Blut.

Sie wurde bald schwächer, die Blutungen aber immer stärker. Das Blut kam aus dem Anus, womit alle ärztliche Kunst Aischas, der Hauptfrau des Emirs, vergebens war. Tusa entschlief leise wimmernd in ihren Armen. Selbstverständlich fiel aller Verdacht auf Chole – nur konnte ihr niemand etwas nachweisen. Sie offen zu verdächtigen, war gegen Etikette und Hierarchie, nur Aischa hätte dies wagen dürfen. Doch sie schwieg und wartete – so lange, bis der Emir verkündete, sie, Trota, zur neuen Nebenfrau zu machen. Schließlich sei sie Tusa ähnlich wie keine andere.
»Damit dir ähnliches Unheil erspart bleibt, werde ich unseren Herrn bitten, Choles Eunuchen zu foltern«, bemerkte Aischa tags darauf im Hamam. »Er wird gestehen, dass im Eis des Scherbets Diamantensplitter eingefroren waren.«
Genauso war es. Der Eunuch wurde enthauptet und Chole zur Küchensklavin degradiert. Trota aber verkündete im Harem, sie könne, wolle und werde nicht als Ersatz für Tusa herhalten. Sie bat Aischa, dem Emir auszurichten: Trota, deine Sklavin, will lieber sterben, als deine Nebenfrau zu werden.
Wütend und gedemütigt ging Emir Achmed al-Akhal auf das Angebot ein. Die Hinrichtung sollte im Hof des Palastes stattfinden. In einer dichten Wolke aus Rosenparfüm und ganz in Weiß, wie eine Jungfrau aus dem Paradies, wurde sie vom Obereunuchen zum Henker geführt. Sie war kahl geschoren und ihr Gesicht mit einer schwarzen Atlasmaske verhüllt, deren goldene Ketten der einzige Schmuck ihres Hauptes waren.
Sie kniete nieder, und der Henker trat hinter sie. Er nahm Maß, holte langsam mit dem schweren breiten Richtschwert aus. Sein Leben wäre verwirkt gewesen, hätte er mehr als einen Streich führen müssen.
Da hob der Emir die Hand.

»Was, Sklavin, könnte ich dir jetzt als letzten Wunsch gewähren, außer dem, dich am Leben zu lassen?«
»Mein Herr, für Euch ist es nur eine Kleinigkeit, mir aber ein Herzenswunsch: Gebt mir die Zeit, Allahs Worte lesen und verstehen zu können.«
Die Antwort hatte sich Aischa ausgedacht, die vom Obereunuchen erfahren hatte, dass der Emir gnadenhalber diese Frage stellen würde. Beeindruckt von ihrer Antwort, verschob er ihre Hinrichtung. Und in der Tat: Sie lernte arabisch lesen und schreiben und den Koran rezitieren. Mehr noch, weil nach den Gesetzen des Islam Männer Frauen nicht behandeln durften, wurde sie Aischas Lehrling und von ihr zur Hebamme ausgebildet. Wann immer Aischa zu einer Geburt oder einer kranken Frau gerufen wurde, durfte sie ihr zur Hand gehen und ließ sie ihrerseits an dem Erfahrungsschatz teilhaben, den sie im Bamberger Leprosenhaus gesammelt hatte.
Drei Jahre währte diese schöne Zeit, drei Jahre, in denen sie erlebte, dass die Muslime Christen mehr respektierten als umgekehrt, sie ihnen gegen Zahlung eines jährlichen Tributs sogar Religionsfreiheit gewährten. Byzantinische und weströmische Mönche durften den Wissenschaften nachgehen, selbst höhere Ämter wurden ihnen nicht verwehrt. Zudem war die sizilianische Landwirtschaft wesentlich fortgeschrittener als die auf dem Festland. Unterirdische Bewässerungsanlagen und Terrassenbau sorgten für einen Überfluss an Gemüse. Baumwolle und Papyrus wurden kultiviert, und das Zuckerrohr-Geschäft mit den Byzantinern mehrte den Wohlstand von Jahr zu Jahr.
Leider aber waren die Emire Siziliens untereinander zerstritten. Wer in Palermo das Sagen hatte, herrschte noch lange nicht über das Landesinnere mit der uneinnehmbaren Festung

Enna, Syrakus und Messina an der Ostküste oder Trapani im Westen. Einig waren sie sich nur, im Namen Allahs gegen Byzantiner, Langobarden und Normannen zu kämpfen, die versuchten, Sizilien für die Christenheit zurückzuerobern.
Wie aber konnten die Spannungen am besten abgebaut werden? Indem man Sklavinnen austauschte, seine Kinder untereinander verheiratete und sich gegenseitig zu den Hochzeiten besuchte. Eine gebildete und medizinisch ausgebildete Sklavin wie sie, Trota, war somit ein großer Schatz. Da ihr zudem der Ruf vorauseilte, schön zu sein, bat der Emir von Syrakus den Emir von Palermo schließlich um ihre Hand. Trotz ihres niederen Ranges wollte er sie zu seiner Hauptfrau machen, bot großzügige Geschenke und reichte die Hand zur Waffenbrüderschaft.
Der Emir von Palermo willigte ein – nicht zuletzt, um sich für ihre einstige Widerborstigkeit zu rächen.
»Diesmal kannst du nicht Nein sagen. Aber wenn doch: Wähle, wie du sterben möchtest – durch das Schwert oder durch meine Kunst.«

Trota bildete sich ein, Aischas Stimme zu hören, dabei hatten nur die Musikanten in Duodos Taverne aufgehört zu spielen. Enttäuscht setzte sie ihren Weg fort. Zu gerne hätte sie weitergeträumt, zum Beispiel von den süßen Bildern ihrer Rettung und der Freude, als sie ihren Vetter Argyros wieder in die Arme schließen konnte.
Warum nur war er zum Verräter geworden?
Warum war er zu den Byzantinern übergelaufen, die seinen Vater und den ihren vertrieben oder ermordet hatten?
Warum, Argyros?
Inzwischen war es dunkel geworden. Lampen und Pechpfan-

nen in Türen und Fenstern erleuchteten die sandige Straße. Dort, wo Wegfackeln aufloderten, spiegelte sich ihr Schein im glucksenden Wasser hinter der Mole. Trota wich einem singenden Fischer aus, der eine Karre mit Netzen vor sich herschob, sie selbst trat nach einer Katze, die ihr um die Beine strich. Gegenüber Duodos Taverne, an der Mole, lungerten Seeleute mit bloßem Oberkörper. Sie schauten zu, wie ein einäugiger Messerschleifer ihre Dolche wetzte und die Schärfe der Klinge von Zeit zu Zeit mit dem Daumen prüfte.

Da setzte die Musik wieder ein. Wie aus dem Nichts kreuzten zwei freudig kreischende Huren Trotas Weg. Ihren halb durchsichtigen Chiton weit übers Knie hochgerafft, verschwanden sie in Duodos Taverne. Deren Tür stand offen, so dass Trota sehen konnte, wie sie es der Bauchtänzerin gleich zu machen versuchten, die sich verführerisch im Rhythmus von Fidel und Schellentrommel wiegte und drehte.

Auf einmal erschien Duodo in der Tür.

Er erkannte sie sofort, winkte.

»Was treibt denn Euch um diese Zeit hierher? Hat Euer Hausmädchen alles versalzen? Oder anbrennen lassen? Fehlt es wieder an Safran?«

»Du meinst Scharifa?«

»Ja, sie sieht aus ... man stellt sie sich gerne vor ...« Duodo lachte so breit, dass seine schönen weißen Zähne zu sehen waren.

»Mach dich nur lustig. Sie ist auf und davon. Einfach gegangen.«

»Natürlich. Weil sie etwas erleben will, Magistra. Fühlen. Erfahren. Und zwar einen Mann.« Als wolle er ausmalen, was einer heißblütigen Sechzehnjährigen so alles durch den Kopf ginge, drehte er sich um, winkte ein Mädchen herbei und stellte sich, obszöne Bewegungen andeutend, hinter sie. »Ich sag Euch was«, fuhr er fort, »lange wird sie nicht weg sein. Bevor ein Jahr um ist, steht sie wieder vor Eurer Tür – mit einem schönen spitzen Bauch.«

»Duodo, du bist abscheulich«, entrüstete Trota sich.

Doch der lachte nur – und strahlte. Er hatte seine Hände um die Hüften des Mädchens gelegt und begann, sich sanft mit ihr im Rhythmus der Musik zu bewegen.

Trota stieß einen Seufzer aus. Auf einmal hatte sie selbst Lust zu tanzen.

Und zwar so wie er und sie, dachte sie. Ich würde mich an ihn drücken, meinen Kopf an seine Brust legen. Seine Hände würden über meinen Leib wandern, mich noch enger an sich drücken … Er würde mir ins Ohr flüstern, meinen Hals küssen …

Sie riss sich zusammen, musterte stattdessen kritisch Duodos Tänzerin. Sicher ist sie bereits weit über zwanzig. Sie hat ihre Lippen übermalt, damit sie mehr Fülle bekommen, stellte sie fest. Ob Duodo es sieht? Oder ist er zu verliebt? Mir sind sie auf jeden Fall zu stark geschminkt. Und die Reispuderschicht, mit der sie ihr schlankes Gesicht mattiert, ist ziemlich ungleichmäßig. Das Beste an ihr ist das lockige goldrote Haar. Bestimmt hat sie Duodo damit eingefangen.

»Kommt und trinkt was!«, rief Duodo. »Ich habe etwas zu feiern.«

»Danke, lieber nicht. Aber was macht dich so glücklich?«

»Sie hier! Wir werden heiraten. Wirst du unsere Kinder untersuchen?«

»Nur, wenn du sie taufen lässt …«, scherzte Trota.

Duodo und sie lachten gleichzeitig. Sie kannten sich schon länger als tolerante Menschen und hatten gelernt, dass es auf

Herz und Verstand ankam und nicht darauf, welcher Religion man angehörte. So wie Duodo jetzt unter Christen lebte, hatte sie einst unter Muslimen gelebt. Im Übrigen war Salerno eine weltoffene Stadt. Im Collegium zum Beispiel durften Ärzte aller Religionen praktizieren – ein ungeschriebenes Gesetz, abgeleitet aus der Tradition, nach der das *Collegium Hippocraticum* vor langer Zeit von je einem Juden, Katholiken, Byzantiner und Muslim gegründet worden war.

Ein plötzlicher Aufschrei und lautes Rufen weckten Duodos und Trotas Aufmerksamkeit. Ein Mann rannte aus einer dunklen Gasse ins Licht und hielt sich die Hand. Sie schien zu bluten, denn die Tunika des Mannes war am Ärmel verschmiert.

»Helft uns!«, rief der Mann. »Mein Freund und ich wurden überfallen.« Duodo verzog argwöhnisch das Gesicht, Trota aber ließ sich von dem Mann mitziehen, der ihr aufgeregt erzählte, sein Freund und er hätten Spielschulden begleichen wollen, aber mit einem Mal sei es um eine viel höhere Summe gegangen. »Wir wollten verhandeln, da zog dieses amalfitanische Schwein sein Messer und schnitt meinem Freund das Ohr ab.«

Trota hörte gar nicht mehr richtig zu, denn ein paar Schritte vor ihr lag ein Mann auf dem Pflaster und presste sich die Hand an den Kopf. Er stöhnte heftig und rollte vor Schmerzen hin und her.

»Lass sehen«, sagte Trota. »Vielleicht kann ich dir helfen. Ich bin Ärztin des Collegiums.«

»Danke, Gott sei mit dir«, hörte sie den Mann hinter sich sagen, doch als sie seinem auf dem Boden liegenden Freund vorsichtig die Hand wegzog, schaute sie nicht auf eine grässliche Wunde, sondern auf ein völlig unversehrtes, mehr oder weniger wohlgeformtes Ohr. Verwirrt hob sie den Kopf – und be-

griff im selben Augenblick, dass sie dumm genug gewesen war, auf ein abgekartetes Spiel hereinzufallen.
»Du willst bloß Geld, ja?«
Was folgte, passierte binnen eines Augenblicks. Sie sah, dass der Mann die Faust ballte und den Arm hob, da spürte sie schon einen dumpfen Schlag auf dem Schädel. Grelles Licht explodierte vor ihren Augen. Sie nahm noch wahr, wie sich ihr Kopf dem Pflaster näherte, doch bevor er aufschlug, war bereits alles um sie herum schwarz und gefühllos.

Trota im Arm, saß Duodo an die Wand gelehnt auf einem Diwan. Sein Gesicht war noch vom Kampf gezeichnet, auch sein Atem hatte sich noch nicht beruhigt: »Niemand vergreift sich ungestraft an ihr«, stieß er hervor und blitzte Ranit, sein Mädchen, an. »So wie niemand meinem Dolch entkommen kann.«
»Die Kerle haben es nicht anders verdient«, pflichtete ihm Ranit bei.
»Noch leben sie«, sagte Duodo. »Aber nicht mehr lange. Morgen wird man ihre Leichen irgendwo in den Straßen finden.«
»Gift?«
»Ich werde sie töten – mit dem Gift auf meiner Klinge.« Duodo grinste und fühlte mit den Fingern der Rechten an Trotas Hals den Puls. Seine Linke wanderte unter Hemd und Chiton und begann, ihren Busen zu streicheln.
»Geiler Bock!«, brauste Ranit auf. »Lass das! Sie ist nicht deine Geliebte!«
»Schon, aber sie ist Ärztin.«
Unwillig schüttelte Ranit den Kopf. Sie nagte an ihrer Unterlippe und begann leise zu fluchen, als Duodo schließlich sogar begann, Trota die Brustwarzen zu zwirbeln. Der aber ließ sich nicht beirren: »Stell dich nicht so an«, sagte er belustigt. »Mach

sie jetzt bis zum Knie frei. Dann drücke ihre Füße so weit nach innen, bis du Widerstand fühlst. Atme einmal ein und wieder aus, dann bewege die Füße zurück. Das machst du sooft, bis sie wieder zu sich kommt.«
»Woher weißt du das alles?«
»Einer, der am Kairoer Hof Vorkoster war, sammelt Erfahrungen«, antwortete Duodo schlicht. Ein letztes Mal untersuchte er Trotas Kopf, aber bis auf eine Beule fand er keine weiteren Verletzungen.
Leises Seufzen ließ beide aufmerken.
»Siehst du«, sagte Duodo zufrieden. »Ich hab's im Händchen.«
Behutsam bettete er Trotas Kopf auf zwei Kissen und tätschelte ihr die Wangen. »Aufwachen. Wacht auf, Magistra. Es ist alles gut.«
Trota blinzelte. Als sie aber die Augen ganz öffnete, stöhnte sie gequält auf, und ihr Körper verspannte sich.
»Ich ...«
»Nicht sprechen«, sagte Duodo streng. »Ihr müsst starke Kopfschmerzen haben.«
Trota deutete ein Nicken an, ihr Atem beruhigte sich. Langsam drehte sie den Kopf. Ihr Blick blieb an der qualmenden Lampe hängen.
»Deswegen«, sagte sie träge, »mein Kopf ...«
»Nein, es liegt nicht am Qualm. Es war die Faust«, sagte Duodo. »Aber ich kann Euch helfen.«
Er wies Ranit an, ihm aus einer der beiden großen Truhen, die den Diwan einrahmten, das Ledersäckchen zu reichen, das sie in der Zedernholzschachtel mit dem Löffel fände.
»Beeil dich«, hauchte Trota mit zusammengekniffenen Augen und begann plötzlich zu keuchen. »Mein Kopf ... er platzt gleich.«

Ranit füllte einen Becher mit frischem Wasser, Duodo aber schüttelte den Kopf und verschwand in die Küche. Mit einer brennenden Kerze und einem Schälchen voller Olivenöl kam er zurück und sagte: »Habt keine Angst. Meine Medizin besteht aus sauberen Zutaten. Sie ist in eine Paste eingeschmolzen, die sich am besten in warmem Olivenöl auflöst.« Er hielt Trota den Ledersack unter die Nase. Es roch scharf, doch sie kannte den Duft nicht. »Was ist das?«
»Ein Geschenk Abu Elnums«, antwortete er. »So nennen wir es.«
Gleißender Kopfschmerz raubte ihr den Atem und nahm ihr die Kraft, zu fragen, wer dieser sei. Erschöpft schloss sie die Augen. Was Duodo tat, hörte sie nicht, außer dass er eine Kerze anzündete, woraufhin es ein wenig bitter zu riechen begann. Nach einer Weile bat er Ranit leise, sie solle einen Becher mit Wein füllen. Das Plätschern des Weines aus der Amphore in das Gefäß aus Glas verstärkte noch Trotas Kopfschmerz, und sie kniff ihre Lippen zusammen. Da fühlte sie, wie Duodo sich zu ihr setzte und ihr über die Stirn strich. »Öffnet die Augen, Trota. Seht mich an und trinkt. Es wird Euch helfen, auch wenn es Euch nicht schmecken wird. Es ist zwar Zimt in der Medizin, sie ist aber trotzdem scharf und bitter.«
Sie schluckte, sank zurück in die Kissen. Ihr Atem wurde ruhiger. Erleichtert nahm sie wahr, wie sich ihre Stirn entspannte. Sie seufzte und lächelte, denn die Schmerzen zogen fort, als seien es Steine, die ein warmer reißender Fluss davonschwemmte. Gleichzeitig schien es ihr, als verlöre sie an Gewicht. Wenn es so weitergeht, dachte sie erfreut, werde ich gleich über dem Boden schweben. Wie wunderbar! Leicht zu sein wie ein Geist, zu fliegen und das alles ohne Schmerzen …

Plötzlich aber wurde sie stutzig. Denn ihr fiel ein, welche Gewächse derartige Rauscherlebnisse auslösten: Bilsenkraut und Tollkirsche. Bei beiden aber lag die berauschende und schmerzlindernde Dosis nahe bei der tödlichen.
Panik ergriff sie.
Ich werde ersticken, dachte sie, doch plötzlich spürte sie ein nie gekanntes Wohlgefühl, das mit einem immer stärkeren Glücksempfinden einherging. Sie wollte etwas sagen, doch auf einmal konnte sie weder sprechen noch denken.
»Ich sehe, es wirkt«, hörte sie Duodo wie aus weiter Ferne. »Ihr werdet träumen, und Abu Elnum, der Vater des Schlafes, wird Euch gesund machen.«
Trota lächelte. Traumwelten spannen sie ein, in denen die Worte Abu Elnum wie süße Versprechungen klangen. Sie bauschten und blähten sich, trugen sie einem fliegenden Teppich gleich übers Meer und warfen sie in die Arme eines Mannes. Augenblicklich wünschte sie, ihn zu küssen, und auf einmal spürte sie, wie sie vor Begehren zu schmelzen schien. Aber bevor sie sich hingeben konnte, wurde es dunkel um sie, und sie glitt in eine traumlose Schwärze, die ihren Kopf wie einen heilenden Verband umschloss.

Der Aufstand

*I*rgendetwas war anders. Sie spürte, sie war in Gefahr, die Geräusche, die ihren Geist beschäftigten – waren es nicht sich kreuzende Schwerter? Schwerter, die auf Schilde schlugen?
Du musst aufwachen, rief die innere Stimme.
Das Bersten einer Amphore riss sie aus ihren Träumen. Benommen schreckte sie auf und versuchte, sich das Geschrei,

das durch die offene Tür hereindrang, zu erklären. Sie setzte sich auf, befühlte ihren Kopf, rieb sich die Augen.

Wo war Duodo? Wo sein Mädchen? Was hat er mir gegeben? Und wer ist Abu Elnum?

Ihr Mund brannte, ihre Lippen fühlten sich spröde an. Die Kopfschmerzen sind weg, dachte sie erleichtert, dafür ist aber alles um mich herum seltsam unwirklich. Es ist, als ob sich die Welt aus Trugbildern zusammensetzt.

Doch mit einem Mal erinnerte sie sich an alles, was passiert war.

Um Himmels willen, dachte sie erschrocken. Ich habe die Nacht bei Duodo verbracht! Matthäus und Johannes müssen sich schreckliche Sorgen machen. Außerdem wäre heute doch wieder Unterricht.

Sie erhob sich vom Diwan, machte ein paar Schritte auf die offene Tür zu und blieb wie angewurzelt im Türrahmen stehen. Auf dem Platz vor Duodos Schenke wurde gekämpft! Vier Ritter in Kampfmontur verteidigten sich gegen eine Schar von Tavernenbesitzern, Fischern und Handwerkern, von denen einige verzweifelt versuchten, Schwertstreichen mit Ruderblättern zu begegnen. Andere attackierten die Angreifer mit Backblechen und Knüppeln und schlugen mit Netzen nach ihnen, um sie zu Fall zu bringen. Sie feuerten sich gegenseitig an, obwohl schon etliche schwer verletzt am Boden lagen und sich von Frauen und Kindern die Wunden verbinden ließen.

Ein Aufstand, schoss es Trota durch den Kopf. Sie wollen den Hafen einnehmen. Waimar soll gestürzt werden.

Die Furcht, die sie ergriff, brachte sie rasch auf die Beine. Doch sich durch die Schar der Kämpfenden zu drängen, war viel zu gefährlich. Ihr blieb nichts anderes übrig, als dem Gemetzel zuzuschauen. Erbarmungslos kreisten die Schwerter, und vier Ritter konnten fast zwei Dutzend Männer vor sich hertreiben.

Da endlich ließen sich zwei Turmwachen blicken. Sie kamen vom Strandtor, Duodo lief voraus. Erleichterung erfasste Trota, doch das Herz blieb ihr stehen, als sie schweren Hufschlag hörte. Zwei Reiter preschten mit gezogenem Schwert von der anderen Seite heran, galoppierten direkt auf die Kämpfenden zu. Die Ritter machten ihnen Platz, die Verteidiger dagegen stoben panisch auseinander.

Trota schrie entsetzt auf, als die Reiter ein paar der Verteidiger einfach von ihren Streitrössern zerstampfen ließen, bevor sie ihre Tiere auf Duodo und die Turmwachen hetzten.

Duodo, der ein Krummschwert schwang, stellte sich ihnen kühn in den Weg, sprang im letzten Moment zur Seite und stieß sein Schwert in die Flanke des Tieres. Laut wiehernd brach es zusammen, wobei sein Reiter aus dem Sattel rutschte und bäuchlings, mit dem Schild voran, auf dem Pflaster aufschlug.

»Du Hurensohn!«, brüllte Duodo. »Stirb!«

Er rannte auf den Gestürzten zu, der nur schwerfällig wieder auf die Beine kam, und nutzte dessen Verwirrung. Er holte aus, wobei die Klinge seines Krummschwertes den Reiter auf der Höhe des Mundes traf – und dies mit einer solchen Wucht, dass es ihn den Kopf kostete. Trota wurde übel – offensichtlich verstand Duodo mehr vom Kämpfen, als sie ihm zugetraut hatte.

Zum Glück galoppierte der andere Reiter an der Strandmauer entlang, so dass Duodo und die beiden Wachen jetzt gegen vier Ritter standen. Doch da kamen drei weitere Ritter aus den Gassen auf den Kampfplatz gestürmt.

»Nordmänner!«, schrien die Menschen entsetzt. »Lauft um euer Leben!«
Trota bekam Angst. Über der Stadt bauschten sich Rauchwolken, Menschen rannten auf Duodos Taverne zu, die Verwundeten stöhnten, schrien, bettelten um ihr Leben. Ungeschützt focht Duodo an der Seite der beiden Turmwächter, von denen einer einen der Angreifer zu Fall brachte und ihm die Schwertspitze in die Gurgel stieß.
Die Nordmänner wüteten furchtbar und richteten ein Blutbad an.
»Flieht!«
Trota begriff, dass Duodos Stimme ihr galt. Ohne von seinem Gegner abzulassen, winkte er mit dem freien Arm in ihre Richtung.
Ich muss durch die Gasse, überlegte sie panisch, auch wenn davor gekämpft wird. Aber eine Frau werden sie nicht angreifen. Erst müssen sie die Männer niedermetzeln.
Schrei, befahl sie sich, nein, schrei nicht.
In ohnmächtiger Verzweiflung rannte sie los, geradewegs auf Duodo und die Torwächter zu, die sich mit dem Mut der Verzweiflung auf die Nordmänner warfen. Trota nutzte die Bresche. Als sie den Eingang der Gasse erreicht hatte, hörte sie, wie Duodo Allah ist groß! rief. Sie wandte sich um, doch von den Turmwächtern war keiner mehr zu sehen. Allein Duodo kämpfte noch, was aussah, als würde er tanzen. Sein bloßer Oberkörper glänzte vor Schweiß, und er wirbelte um seine Gegner, als wolle er sie schwindeln machen.
Trota war wie gebannt. Duodo war dem Tod geweiht. Er wusste es, aber einem Nordmann spaltete er noch das Knie, bevor er von zwei anderen gegen eine Leiche getrieben wurde, über die er stolperte.

»Nein!«

Trota schossen Tränen in die Augen, als sie gewahr wurde, wie beide Nordmänner ausholten und Duodo danach nicht mehr zu sehen war.

Sie riss sich los, ließ das Grauen des Gemetzels hinter sich. Doch auch in der Stadt wurde gekämpft. In der Nähe des alten römischen Aquäduktes kämpften Nordmänner gegen Nordmänner, Langobarden gegen Langobarden, Langobarden gegen Nordmänner. Einige trugen eine rote Binde mit Kreuz auf dem rechten Arm: das Wappen Capuas. Ihr Schreien und Fluchen und das helle Krachen, wenn die Schilde einem Schwerthieb standhielten, war ohrenbetäubend. Es roch nach Schweiß und Wein, nach Blut und Exkrementen.

Trota hastete weiter in Richtung Collegium, die Straßen wirkten wie ausgestorben. Sie haben sich in ihre Häuser geflüchtet, dachte sie und schaute zur Festung hoch, doch nichts deutete darauf hin, dass dort gekämpft wurde. Als sie aber um eine Hausecke bog, wurde sie von einer Gruppe schreiender Stadtbewohner fast über den Haufen gerannt. Die Menschen wurden von einem blutverschmierten und dreckverkrusteten langobardischen Ritter verfolgt, doch der rannte, als er sie eingeholt hatte, achtlos zwischen ihnen hindurch und warf sich in das Kampfgetümmel, das vor der Therme der Kaufmannschaft tobte.

Trota stutzte. Sie kannte den Ritter, seine Augen, die einen Moment zu lange auf ihr geruht hatten ... noch verräterischer aber waren die Entstellungen um den Mund, der halb fehlte.

Bohemund!, schoss es ihr durch den Kopf. Er hatte bis vor gar nicht so langer Zeit noch im Spital gelegen, wo er von Costas gepflegt worden war. Wie sein nicht minder entstellter Kampfgefährte Richard hatten sie mit ihr im Spital darauf gewettet, Herzog Waimar nicht mehr dienen zu dürfen.

Wo Bohemund ist, wird Richard nicht fern sein, dachte Trota und eilte weiter.

Und sie täuschte sich nicht.

Richard sprang mit blutverschmiertem Schwert über ein abgestochenes Schwein. Wie Bohemund trug er eine rote Binde mit einem Kreuz um den Arm.

Also ist es wahr, dachte Trota entsetzt. Gaitels Hochzeit wird von einigen unzufriedenen Langobarden genutzt, um sich an der Seite von Capua-Anhängern gegen Waimar zu erheben. Und abtrünnige Nordmänner helfen ihnen dabei. Bestimmt steckt dieser Wilhelm Barbotus hinter dem Aufstand. Die Art, wie er seine Treue gegenüber Herzog Waimar betonte, war zu offensichtlich. In Wahrheit ist er ein Verräter, genauso wie der Vogt. Aber alle haben sie die Unterstützung des Kaisers. Deshalb auch ist Rodulfus nach Salerno gekommen. Er sollte allen Verrätern die frohe Botschaft verkünden. Der Besuch der Synode war nur ein Vorwand.

Deutlich stand ihr vor Augen, wie wütend der Vogt gewesen war, als sie und Sikel ihn und Barbotus im Vorraum des Rittersaals überrascht hatten, als sie sich in eine Türöffnung drückte. Sie hoffte, Richard würde sie im Kampfrausch einfach übersehen, doch sie war eine viel zu auffällige Erscheinung. Richard hatte sie längst bemerkt.

Er steckte sein Schwert ein, schaute sich um und baute sich vor ihr auf. Statt auf eine volle Wange und ein Ohr sah Trota nur eine hohle Fläche mit verkrusteten Hautwülsten. Schorfstellen und rosige Hautflecken bildeten einen bizarren Teppich.

»Ich grüße Euch, Magistra«, stieß Richard heiser hervor und nahm seinen Helm ab. »Bin ich nicht schön?« Er hielt ihr seine Wange hin, streckte beide Arme aus und zwängte Trota damit noch dichter gegen die Tür. »Küsst sie.«

»Nein, Ritter. Aber glaubt mir, es tut mir aufrichtig leid, was Euch widerfuhr. Ich empfehle Euch eine Maske ...«
»Und ich Euch meinen Schwanz.«
Er packte Trota und presste sie mit einem Arm an sich. Seine freie Hand riss ihr Tunika und Chiton hoch und fuhr ihr über das Gesäß von hinten zwischen die Beine. Brutal zwängte er ihr die Handkante in den Schritt und versuchte, mit den Fingern in sie einzudringen.
Trota war wie gelähmt. Sie konnte nicht einmal schreien, aber das hätte auch nichts genützt, denn niemand würde ihr helfen. Immer fester presste Richard sie an sich und versuchte jetzt, ihren Hals zu küssen.
Sein Kettenhemd, dachte Trota. Es wird nicht dazu kommen ... wie soll er denn ...
Richard aber wusste genau, was er zu tun hatte. Es war nicht das erste Mal, dass er sich im Kettenhemd an einer Frau verging. Er rammte Trota das Knie in den Leib und packte sie am Hals, während sie, mit dem Rücken an die Tür gepresst, zusammensackte. Wie eine Gebärende hockte sie auf einmal mit entblößtem Schoß vor ihm und bekam kaum noch Luft, weil Richard sich mit seinem ganzen Körpergewicht auf ihrem Hals abstützte.
Tränen traten ihr in die Augen. Nie zuvor war sie in einer ähnlich aussichtslosen Lage gewesen.
Lass ihn, versuchte sie sich Mut zuzusprechen. Mit ein bisschen Glück wirst du nichts mehr spüren, weil er sich schon vorher ergießt. Wenn Männer zu sehr erregt sind ...
Ihre Gedanken überschlugen sich. Sie klammerte sich an ihr Wissen, an Vernunft und Erfahrung, während Richard sein Kettenhemd raffte und an sich herumfummelte. Sie spürte die Hitze seines aufgerichteten Gliedes an der Innenseite ihrer

Schenkel. Richard brauchte es jetzt nur noch ein wenig nach unten zu drücken ...

All ihre Hoffnung schwand. Trota schwitzte, doch im nächsten Augenblick wurde ihr kalt. Ihr Herz raste, in ihren Ohren begann es zu rauschen. Sie sah Sterne, schmeckte Blut, roch Metall.

Ein Schatten, dem ein Luftzug folgte, fiel über sie, und auf einmal konnte sie wieder frei atmen. Sie riss die Augen auf und sah Richard plötzlich auf dem Rücken liegen, über ihm ein Ritter, der mit der Schwertspitze auf dessen Unterleib zielte.

»Frauen sind keine Ritter, mein Freund«, hörte sie eine ihr bekannte Stimme. »Und sie steht zudem unter meinem Schutz. Kühl deine Geilheit im Kampf.«

»Robert!«

Trota konnte kaum sprechen, hustete, rang nach Luft. Sie zitterte, und ihre Hände waren kalt und taub. Erst als sie gewahr wurde, dass Robert von Hauteville auf ihren entblößten Schoß schaute, bedeckte sie sich. Das Blut schoss ihr zu Kopf, und die Scham über ihr Unglück packte sie von einem Augenblick auf den anderen mit überwältigender Wucht. Sie stemmte sich hoch, wünschte sich nichts sehnlicher, als dass endlich die Tür hinter ihr aufging und sie jemand in die schützende Dunkelheit führte.

Doch die Tür blieb zu. Nicht das leiseste Geräusch war hinter ihn zu hören.

»Ich danke Euch ...« Doch als ihr Blick an der Armbinde Robert von Hautevilles hängen blieb, verschlug es ihr wieder die Sprache.

»Keine Angst. Abzeichen können manchmal trügen.« Seine Worte galten ihr und klagen unmissverständlich. Nichtsdestotrotz ließ Robert zu, dass Richard wieder auf die Füße kam und sich seinen Helm aufsetzte.

»Du verrätst uns?«, brauste Richard auf. »Du? Der du dich uns angebiedert hast?«
»Hätte das nicht Euer Misstrauen wecken müssen?«
Robert hob sein Schild, Richard stürzte sich auf ihn. Schwert schlug gegen Schwert. Nach wenigen Paraden erkannte Trota, dass sich zwei ebenbürtige Ritter gegenüberstanden. Mörderische Verachtung zeichnete ihre Mienen, die Augen sprühten vor Hass. Trota sah, wie die Wut über den Verrat Richard antrieb, trotzdem hatte sie nicht die Kraft zu fliehen. Das Grauen steckte ihr noch zu tief in den Knochen.
Nach einer Weile geriet Robert in die Defensive. Er hatte zusehends Mühe, die wuchtigen Hiebe seines Gegners zu parieren. Trotas Herzschlag beschleunigte sich. Sie wünschte nichts so sehr, als dass Robert mit einer Finte den Kampf zu ihren Gunsten beenden würde, doch da duckte sich Richard plötzlich, schoss nach vorn und stieß zu. Hätte Robert kein Kettenhemd getragen, der Kampf wäre entschieden gewesen. So aber kam er nur ins Straucheln. Sein Mund war schmerzverzerrt, mit zwei Ausfallschritten nach hinten versuchte er, Zeit zu gewinnen und sich neu zu orientieren.
Trota klapperte vor Anspannung mit den Zähnen.
Sie schickte ein Stoßgebet zum Himmel, faltete die Hände.
Und schrie auf, als Richards Schwert mit solcher Wucht auf Roberts Schild krachte, dass dieser in die Knie ging. Doch als habe dieser erst jetzt den Ernst seiner Lage begriffen, schnellte er wieder vor und begann eine Attacke mit schnellen und kurzen Vorwärtsschritten. Doch dadurch vernachlässigte er seine Deckung. Richard kam zum Stoß und verwundete Robert schwer kurz oberhalb des Knies. Trota hörte ihn aufstöhnen, seine Bewegungen erlahmten.
Hilf ihm!

Mit dem Mut der Verzweiflung stürzte sie vor und warf sich mit aller Kraft in Richards Rücken – womit dieser als Letztes gerechnet hatte. Das Schild seitlich am Arm, die Brust vorgereckt, stürzte er geradewegs in Roberts Schwert. Es knirschte und gurgelte, und sofort schoss Richard ein Blutschwall aus dem Mund. Als er auf dem Pflaster aufschlug, war er bereits tot.

»Wir scheinen beide immer zur rechten Zeit für den anderen da zu sein, Magistra«, keuchte Robert. »Ich bin nicht zu stolz, anzuerkennen, dass ich Euch mein Leben verdanke.«

»Und ich Euch meine Würde«, antwortete Trota.

Robert versuchte, einen Schritt zu gehen, aber die Wunde war zu groß. Er stöhnte laut auf und sackte in die Knie. Trota schlug sich hilflos die Hand vor den Mund. Beide waren sie jetzt in höchster Gefahr. Sollte Bohemund zurückkommen oder sie anderen aufständischen Kämpfern begegnen, war ihr Leben verwirkt.

»Nehmt mir den Waffenrock ab«, bat Robert.

»Aber er ist viel zu kostbar, um ihn zurückzulassen.«

»Ein paar Häuser weiter ist ein Hinterhof mit einer Latrine. Werft alles dort hinein. Helm, Schwert, Schild, Panzer. Lasst mich hier liegen. Ich stelle mich so lange tot.« Trota nickte. Robert hatte Recht. Aber sie musste schnell sein. Mit zittrigen Fingern löste sie den Lederriemen, mit dem der Helm am Kinn gehalten wurde, dann band sie den Schwertgürtel ab, woraufhin Robert sich der Länge nach auf den Rücken legte und die Arme über den Kopf streckte. Trota konnte ihm das Kettenhemd vom Leib zerren, was anstrengend genug war, denn es wog bestimmt vierzig Pfund. Nachdem sie Robert auch Handschuhe und Armschutz abgenommen hatte, legte dieser sich auf die Seite und zog die Beine an.

Trota eilte los und warf alle verräterischen Ritterinsignien in die Latrine. Als sie zurückeilte, blieb ihr das Herz stehen vor Schreck, denn Bohemund war zurückgekommen. Er kniete am Kopfende seines toten Freundes und Mitkämpfers. Entrückt schaute er gen Himmel, betete mit zusammengelegten Händen. Seine Wangen waren tränennass.
Trota überlegte fieberhaft. Robert lag reglos da, doch aus seiner Wunde sickerte Blut. Tote aber bluteten nicht. Was war, wenn Bohemund die List durchschaute? Es war anzunehmen, dass er Robert kannte. Denn Trota ließ sich nichts vormachen, bestimmt gehörte auch Robert zu den Aufständischen. Aber wie man den Nordmännern nachsagte, wechselten sie die Bündnisse mit der gleichen Selbstverständlichkeit, mit der sie das Schwert in die Hand nahmen.
Müsste sie ihn nicht eigentlich seinem Schicksal überlassen?
Nein, niemals, begehrte eine innere Stimme in ihr auf. Ich bin Ärztin. Und wie darf ein Arzt Hilfe verweigern, wenn schon Christus sagte: Liebet eure Feinde.
»Ist er denn tot?«, rief sie Bohemund mit verstellter Stimme an.
»Ihr? Was tut Ihr hier? Habe ich Euch nicht schon vorhin gesehen?«
»Weil ich doch zu Costas will«, antwortete sie schrill. »Sein Elixier, Ihr habt doch auch von seinem neuen Elixier gehört ...«
»Was geht das mich an?«, brüllte Bohemund. »Ich will Rache. Rache für Richard.«
»Mir begegnete ein Nordmann mit silbergrauem Bart«, flüsterte Trota jetzt und rollte mit den Augen. »Ein Hüne, einer von Graf Drogos Männern, sein Schwert war bereits blutig, er wollte mich ... haben. Er drückte mich hier gegen die Tür. Da kam Richard ... ich riss mich los ...«
Trota streckte sich die drei Finger der rechten Hand in den

Mund und biss zu. Mit weit aufgerissenen Augen sagte sie immer wieder: Er wollte mich haben, haben ...
Die List gelang.
Bohemund erhob sich, schlug sich mit der Faust gegen die Brust und schwor, Drogo zu töten. Dann stellte er sich dicht vor Trota und starrte sie eine Weile lang an.
»Wer bin ich?«, flüsterte er schließlich.
»Bohemund?«, wisperte Trota.
Bohemund fasste sie am Kinn, zog sie noch näher zu sich heran und forschte in ihren Augen.
»Ich werde Drogo töten, Magistra. Und Herzog Waimar.«
»Ja.«
Er ließ sie stehen und machte sich auf den Weg. Trota bezwang den Wunsch, sich über Robert zu beugen, und starrte Bohemund nach. Sie erwartete, dass er sich noch einmal nach ihr umdrehte. Und genau das tat Bohemund auch. Er winkte, Trota aber stand wie zur Salzsäule erstarrt – während Robert kehlig und heiser lachte und sich erst wieder beruhigte, als sie ihm mit einer Schnur den Schenkel abband und mit einem Fetzen ihres Unterkleides seinen durchgebluteten Beinling umwickelte.

Die Rettung eines Hautevilles

Costas Alchimistenkeller am Campo Olio war in der Tat näher als das Spital des Collegiums, weshalb Trota entschied, sich dorthin mit Robert durchzuschlagen. Bei jedem Brunnen machte sie Halt und spritzte Robert Wasser ins Gesicht, denn der Blutverlust war so groß, dass Robert drohte ohnmächtig zu werden. Er selbst hatte anfangs noch versucht, sich mit Singen wach zu halten, doch bald blieb davon nur noch ein Murmeln und Keuchen übrig. Willenlos überließ sich Robert von Hauteville Trota, die selbst kaum begriff, was sie tat und was um sie her geschah: Ritter kämpften gegeneinander, zuweilen einzelne Bürger, sogar Frauen.

Aus offenen Häusern klang das Weinen von Kindern, während ihre Eltern einzelne Ritter abfingen und sie auszufragen versuchten. Offensichtlich hatten Herzog Waimar und Graf Drogo genügend Männer unter Waffen, die nicht berauscht waren und sich den Aufständischen entgegenstellten. Von überallher erklangen Schreie und Rufe, an Kreuzungen häuften sich die Toten, und in den Rinnsteinen trocknete das Blut. Der Himmel war bedeckt, Trota hörte das Meer rauschen – aber sie roch nichts außer Schweiß, Eisen und Blut.

»Der Aufstand ist gescheitert«, rief sie Robert ins Ohr. »Aber Graf Drogos Männer beginnen zu plündern.«

»Plündern ...« Robert verzog das Gesicht, doch ob er lächeln oder seine Verachtung ausdrücken wollte, konnte Trota nicht erkennen.

Einen Augenblick dachte sie an Matthäus und Johannes, doch die Angst, die sie überkam, war zu groß. Die Vorstellung, Drogos Mannen zogen von Haus zu Haus und nahmen sich, was ihnen vor Augen kam, war zu schrecklich. Doch sie durfte jetzt nicht schwach werden. Sie hatte eine Aufgabe zu erfüllen: Sie musste ein Leben retten. So konzentrierte sie sich darauf, den Campo Olio zu erreichen, und überlegte, wie sie Costas dazu bringen konnte, Roberts Wunden mit seinem Branntwein auszuwaschen.

Doch plötzlich, angesichts eines Mädchens, das mit einer Taube vor der Brust durch die Straße rannte, musste sie an Gismunda, ihre Kräuterfrau, denken. Hatte sie nicht vor dem bö-

sen Blick der Viper gewarnt? Ihr Raute gegeben? Und Ala – sie hatte davon gesprochen, dass die Zeit nahe sei und sie sich vorbereiten müsse. »Ihr könnt den Lauf der Zeit genauso wenig aufhalten wie den Lauf der Gestirne.«
Trota lief es kalt den Rücken herab, als sie sich an Alas Worte erinnerte, und mit einem Mal hatte sie das Gefühl, dass von nun an nichts mehr so sein würde wie zuvor.
Endlich hatte sie den Campo Olio erreicht. Unter dem Ölbaum grasten die Ziegen, der Wind brachte die Blätter zum Rascheln, und statt nach Gewalt roch es hier nach Öl und frischem Brot.
»Schaffen wir es noch die Treppe hinunter?«
Robert antwortete nicht mehr.
Trota setzte ihn ab, nahm zwei Stufen auf einmal und trommelte mit den Fäusten gegen die Tür: »Costas, macht auf! Helft mir! Schnell!«
Sie hörte Costas husten, was sie daran erinnerte, wie krank er war. Zum Glück musste sie nicht lange warten. Der Riegel wurde zurückgeschoben, mit tief in den Höhlen liegenden Augen stand Costas vor ihr. »Sagt bloß, Ihr seid in Gefahr.«
»Ich nicht, aber Robert von Hauteville.«
»Und da kommt Ihr zu mir?« Er runzelte die Stirn, musterte sie misstrauisch und kaute auf einem Mastixkügelchen Trota aber nahm nur den Geruch des Branntweins wahr, der Costas' Tunika entströmte. Sie sah, dass er allein war, dafür quiekten die Schweine umso lauter. Trota erzählte rasch, was ihr widerfahren war, vertraute darauf, dass sie und Costas jetzt als Kollegen zusammenstehen würden, um einem Verwundeten zu helfen. Sie täuschte sich nicht. Costas ging mit ihr nach oben, trotzdem wurde sie das Gefühl nicht los, dass ihm das Schicksal des Hautevilles völlig gleichgültig war. Ohne ein Wort des Bedauerns legte er sich Roberts Arm um den Nacken und führte den

halb Bewusstlosen in die Krypta seines Laboratoriums, wo er ihn auf eine Pritsche legte. »Wer übernimmt die Verantwortung?«, fragte er laut, weil die Schweine wie toll grunzten und sich gegen die Bande des Kobens warfen, als wollten sie ausbrechen.

»Ich vertraue auf Euren Branntwein, Costas. Wenn Ihr wünscht, übernehme ich nach dem Auswaschen der Wunde das Verbinden. Aber was ist mit Euren Tieren? Sie klingen, als wollten sie alles um sich herum totbeißen.«

»Ich weiß es nicht«, sagte Costas. »Sie haben sich bereits die Schwänze abgebissen. Dabei habe ich sie eine Woche lang nicht mehr behelligt.«

»Es liegt bestimmt an den Ausdünstungen des Branntweins.«

»Möglich. Aber seid Ihr hier, um mit mir über Schweinehaltung zu streiten oder einen Ritter zu retten, Magistra?«

»Könnt Ihr nicht einmal vergessen, dass ich eine Frau bin, Costas? Ihr seid krank am Körper, aber Eure Seele muss noch schwärzer sein als die Geschwüre, die Euch peinigen.«

Costas lachte heiser auf, aber dann besann er sich auf die ärztlichen Tugenden und reichte Trota ein Messer, mit dem sie Roberts Beinling aufschnitt. Richards Schwertspitze hatte sich tief ins Fleisch gebohrt, aber Trota vermutete, dass sie nur Muskelgewebe zerschnitten hatte. Sonst hätte er nicht mehr laufen können, dachte sie. Also ist sein Knie unversehrt. Und wie durch ein Wunder sind auch die Sehnen nicht durchtrennt. Jetzt kommt alles darauf an, die Blutung zu stillen. Trotz des Abbindens ist sie noch immer nicht ganz zum Stillstand gekommen.

»Versteht Ihr mich, Robert?«, fragte sie. Roberts Augenlider flatterten, er stöhnte leise. »Gut. Mein Kollege Costas wird jetzt Eure Wunden auswaschen. Es wird schmerzen, aber das ist allemal besser, als später am Brand zu sterben.«

Costas brachte vier Lederriemen, mit denen er Roberts Gliedmaße an die Pritsche fesselte. Trota hockte sich ans Kopfende und betupfte Roberts Stirn mit einem feuchten Schwamm.
»Ich werde Euch jetzt um die Wunde herum den Dreck fortwaschen, Ritter«, kündigte Costas verächtlich an. »Ihr werdet dies noch als angenehm kühl empfinden, aber wartet, bis ich Euch die Wunde aufziehe und meinen Branntwein hineingieße.«
»Ihr widert mich an, Costas.«
»Warum? Dieser Hauteville ist ein Ritter, der sich um Tod und Teufel nicht schert. Er wird mit seinen Getreuen die Stadt verlassen, von seinem Bruder etwas Geld erhalten und dann die Lande unsicher machen. Wie eitel und dumm sind wir, einem künftigen Schlächter zu helfen?«
»›Die Rache ist mein, ich will vergelten, spricht der Herr.‹«
»Trota Platearius führt Gottes Wort an?«, höhnte Costas. »Ausgerechnet Ihr?«
»Tut Eure Arbeit«, erwiderte Trota eisig.
»Mit Vergnügen.« Costas warf Trota das blut- und schmutzstarrende Tuch zu und erhob sich. Er trat an eines seiner Regale und kam mit einem chirurgischen Besteckkasten wieder, dem er zwei Wundhaken und einen Beißring entnahm.
»Steckt ihm den in den Mund«, befahl er grob. »Wir wollen doch nicht, dass ein Hauteville sich seine Lügenzunge zerbeißt, oder?«
Trota sagte nichts, tat aber, wie Costas ihr geraten hatte. Zu ihrer Erleichterung ging Costas danach aber behutsam vor. Der Arzt in ihm siegte über den verbitterten Zyniker, der sie hatte glauben machen wollen, dass es ihm Freude bereiten würde, Robert zu foltern.
»Die Fesseln sind stramm«, sagte sie. »Er kann nicht wegrutschen. Soll ich Euch helfen, die Wunde zu spreizen?«

»Warum nicht, zwei Menschen bringen mehr Schmerzen zustande als einer.«
»Hört doch endlich auf!«
Sie bettete Roberts Kopf auf ihre Tunika und nahm Costas' Platz ein. Dieser reichte ihr die Wundhaken, die er zuvor mit Branntwein benetzte. Kaum hatte sie damit die Wunde berührt, spannte sich Robert an. Doch dies war erst der Anfang, er musste noch viel mehr aushalten. Trota öffnete mit dem einen Haken die Wunde und spreizte sie mit dem anderen, damit Costas mit dem Branntwein die Wunde auch wirklich sauber auswaschen konnte. Robert stöhnte kehlig, ballte die Fäuste, dass die Knöchel weiß hervortraten. Er warf den Kopf hin und her, sein Körper bebte, zuckte.
Aber er fiel nicht in Ohnmacht.
Auch nicht, als Costas feinen Alaunstaub in die Wunde blies, um damit die Blutung zu stillen. Doch Costas war ein zu guter Arzt, um nicht zu wissen, dass der Kampf gegen die Blutung damit noch nicht gewonnen war. Denn sobald Trota die Oberschenkelabbindung lockerte, würde der Druck wieder ansteigen und die Wunde wieder zu bluten beginnen. Andererseits durfte das Bein nicht zu lange abgebunden bleiben ...
»Am besten wird es sein, Ihr verbindet ihn jetzt«, sagte Costas.
»Kein Vernähen?«
»Besser nicht. Eiter und Flüssigkeiten müssen heraus. Sonst droht Entzündung und Brand.«
»Das sehe ich ein. Hoffen wir also auf den Verband. Habt Ihr Salbei?«
»Statt Branntwein und Alaun? Wie töricht seid Ihr? Kräuter sind nicht stärker. Zur Nachbehandlung mögen sie taugen. Jetzt nicht.«

Trota biss sich auf die Zunge, wich Costas spöttischem Blick aus. Die Schmerzen hatten Robert vor einer Ohnmacht bewahrt, doch er war kalkweiß im Gesicht. Füße und Hände waren eiskalt, er brauchte dringend eine Decke. Aber erst verband sie die Wunde. Costas tränkte auch die Leinenstreifen mit Branntwein, was die Luft hier unten im Keller immer schwerer werden ließ. Trota hatte inzwischen das Gefühl, dass ihre Bewegungen langsamer wurden und auch ihre übrigen Sinne abstumpften. So schienen die Schweine nicht mehr so laut wie vorher zu toben, zudem bildete sie sich ein, nicht mehr so scharf wie vorher zu sehen.

Als sie sich erhob, schwankte sie. Ihre Kopfschmerzen kehrten zurück, und als Nathanael plötzlich im Raum stand, glaubte sie, einer Halluzination zu erliegen.

»Tötet ihn«, sagte er kalt. »Er ist es nicht wert.«

»Wer?«, fragte sie begriffsstutzig.

»Robert von Hauteville. Wir haben seinen Knappen foltern lassen, wobei herauskam: Er gehört wie Wilhelm Barbotus zu den Verschwörern. Mit dem Unterschied, dass dieser sich längst nach Aversa abgesetzt und die Seinen im Stich gelassen hat. Tötet den Hauteville.«

»Wer sagt das?«, wollte Trota wissen.

»Waimar wird alle Überlebenden des Aufstandes hinrichten lassen.«

»Aber nicht Drogos Bruder.«

»Halbbruder.«

Sie stellte sich schützend vor die Pritsche, obgleich sie sich ohne ihre Tunika vorkam, als sei sie nackt. Nathanael trat einen Schritt auf sie zu und schaute ihr provozierend lange auf den Busen. Trota hätte am liebsten die Arme vor der Brust gekreuzt, doch damit hätte sie sich nur noch mehr gedemütigt.

»Ihr seid die längste Zeit Mitglied des Collegiums gewesen, Trota Platearius, wenn Waimar erfährt, dass Ihr einen Verräter versorgt.«

»Das haben wir gemeinsam getan, Nathanael«, kam Costas ihr zu Hilfe. »Auch wenn ich dir zustimme, dass es besser wäre, wenn dieser Mensch hier sein Leben ausgehaucht hätte, aber Ärzte töten nicht. Und wenn, dann nur aus Versehen oder Unwissenheit.«

Er hob eine große bauchige Glasflasche aus ihrem Holzständer und hielt sie Trota hin. Trota nahm sie ihm ab, wagte aber nicht, sich von der Pritsche zu entfernen und an den Tisch zu treten, auf dem Costas eine Anzahl größerer und kleinerer leerer Flaschen gestellt hatte. Er wollte Branntwein abfüllen, suchte nur noch nach einem passenden Trichter.

»Er wird eh sterben«, meinte Nathanael zufrieden. »Er ist grauweiß im Gesicht, sein Atem ist schwach, bestimmt sind seine Glieder kalt wie Eis. Ich brauche nur zu warten.«

»Ich werde Hilfe holen, Nathanael.«

»Nein. Ich verbiete es Euch.«

»Ihr, ein Student, wollt mir, einer Magistra, etwas verbieten?«

Nathanael zuckte zusammen und sah sich hilfesuchend nach Costas um. Doch weil der sich lieber um Trichter und Flaschen kümmerte, wusste Nathanael nicht weiter. Trota war sich sicher, dass er kein Messer zückte, um Robert die Kehle durchzuschneiden. Dazu ist er zu feige, dachte sie. Er gehört zu denen, die nur befehlen, sich aber nie selbst die Hände schmutzig machen. Doch dass er in der Schola für Waimar spioniert, ist schon schlimm genug. Ob Alphanus davon weiß?

»Costas, Ihr bürgt mir mit Eurer Ehre als Arzt, dass Robert von Hauteville nichts geschieht.« Sie musste gegen die mit aller Kraft tobenden Schweine anschreien. Die Branntweindämpfe

machten die Tiere rasend. Zunehmend stank es jetzt auch nach Kot und Gülle. Trota wusste, sie durfte keine Zeit mehr verlieren. Robert musste ins Freie, brauchte warme Decken und Ruhe. »Habt Ihr verstanden, Collega?«, rief sie noch einmal.
»Ihr bürgt mir ...«
»Nein, er tut, wie ich und der Herzog es wollen.«
Nathanael packte Trota bei den Schultern und schob sie zu Costas an den Tisch. Weil sie die Flasche hielt, konnte sie sich nicht wehren, aber da war auch schon Costas bei ihr.
»Vorsicht, du gehst mir zu sorglos mit unserer Arbeit um, Nathanael.«
»Könnt Ihr eigentlich noch an was anderes denken als an Euren Branntwein, Costas?«, rief Trota aufgebracht. »Wollt Ihr mir nicht helfen? Was muss ich mir noch alles bieten lassen?«
Costas schaute sie nur kurz an und zuckte die Schultern. Nathanael schob Trota durch den Raum, respektlos, höhnisch, sich seiner körperlichen Überlegenheit bewusst und diese voll ausspielend. Widerstand war zwecklos. Hinter ihren Schläfen pulsierte es, Lärm und Gestank machten ihr schwer zu schaffen.
Trotzdem gab sie sich nicht geschlagen. Wenn es nicht anders ging, dann eben auf diese Weise. Unvermittelt holte sie aus und verabreichte Nathanael eine Ohrfeige, riss sich los und rannte zum Schweinekoben.
»Das dürft Ihr nicht.«
Doch Trota war jetzt alles einerlei. Sie legte den Balken um, riss die Tür auf und sprang zur Seite. Es war, als ob die Hölle zu lachen begann. Die vor Angst wahnsinnig gewordenen Tiere stürzten aus dem Koben ins Freie, tobten in ihrer Panik gegen Tische und Regale und verwüsteten binnen weniger Augenbli-

cke das Laboratorium: Regale stürzten um, Amphoren zerbarsten, Kupfergeschirr kullerte über den Steinboden. Trota eilte zurück an die Pritsche. Sie sah zwei Schweine auf den Tisch mit den Branntweinflaschen zurennen, hörte Glas splittern. Costas fluchte, dann schrie er vor Schmerz. Eines der Tiere hatte ihm die Schnauze in den Unterleib gerammt, drehte sich dann einmal um sich selbst, stieß an den Tisch und warf ihn um. Costas versuchte noch, die große Branntweinflasche ins schützende Holzgestell zu stellen, doch es war zu spät. Sie entglitt seinen Händen und zerbarst – und schon im nächsten Augenblick stand alles in Flammen.

Trota war nicht minder erschrocken als Nathanael, doch sie fasste sich schneller. Jetzt zählte jede Minute. »Macht endlich die Tür auf!«, schrie sie. »Die Schweine sind tobsüchtig. Lasst sie raus!«

Nathanael öffnete die Tür, sie stellte sich schützend neben die Pritsche. Robert war wach und rang nach Luft. Die Flammen züngelten an den Regalen, schon bildete sich Rauch und trübte die Sicht. Es wurde zusehends heißer, die niedrige Krypta verwandelte sich in einen Backofen.

Da endlich kamen die Nachbarn. Einige trugen Robert auf der Pritsche nach oben, während andere mit Tüchern auf die Flammen einschlugen. Wieder andere holten Wasser; eimerweise klatschte es auf den Boden und gegen die Wände, wurde sogar durch die Lichtschächte geschüttet. Costas bestieg die Leiter und zog den Stopfen aus der Wasserwanne über dem Kupferkessel. Die Flammen wurden schwächer, ihre Farben kühler, schließlich glichen sie nur noch blau züngelnden Fahnen. Die beiden in Brand geratenen Regale waren schnell gelöscht – der Spuk war vorüber, zurück blieben Scherben, Chaos, Gestank und ohrenbetäubendes Gelächter.

Unerfüllte Liebe

Das Strafgericht Herzog Waimars blieb aus. Zum einen, weil er die Hochzeit seiner Tochter Gaitelgrima mit Drogo von Hauteville nicht mit noch mehr Blut besudeln wollte, zum anderen, weil Drogos Nordmänner schon in den Straßenkämpfen kurzen Prozess mit den Aufständischen gemacht hatten. Nur wer sich wie Wilhelm Barbotus und andere Ritter nach Aversa retten konnte, überlebte.

Trota indes bekam Hausarrest, wobei sich der Herzog milde zeigte, was ihren Einsatz für Drogos Halbbruder Robert betraf.

»Gaitel hat ihn beredet und ihm in den düstersten Farben ausgemalt, was es für eine Frau bedeutet, gegen ihren Willen genommen zu werden«, erzählte Rahel, die Trota drei Tage nach der Niederschlagung des Aufstandes überraschend gegen Mittag besuchte. »Dass Robert sich für Euch schlug, rettete ihm vermutlich das Leben.«

»Nicht, dass er Drogos Halbbruder ist?«

»Nein, oder besser gesagt: Er traut sich nicht, es sich mit Sikel zu verderben. Er will wenigstens Ruhe in der Familie.«

Sie lachten und griffen nach dem Scherbet, den Trota Rahel zur Ehre zubereitet hatte. Phokas, der Fischer, der mittags die Fische und Meeresfrüchte brachte und in der Laune war, gleich eine Suppe aus ihnen zu kochen, hatte das Eis dafür aus dem Haus der Salernitaner Kaufmannschaft geholt. Wer sich nichts gönnt, hatte Trota ihn belehrt, dem gönnt auch das Leben nichts – denn wer weiß, wie lange es mir überhaupt noch beschieden sein wird, in Salerno zu leben?

Sie hatte keine Angst, aber sie wurde das Gefühl nicht los, dass ihre Tage als Magistra gezählt waren. Die Worte Alas und Gis-

mundas ließen sie nachts nicht mehr los, tagsüber lenkte sie sich damit ab, dass sie mit Matthäus rechnen lernte oder an ihrem Traktat über die Schönheit schrieb.
Eines Nachmittags hatte sie sich mit Rahel und Matthäus nach der Siesta auf die Dachterrasse unter das große Sonnensegel begeben, um den auffrischenden Wind zu genießen. Die Sonne verblasste hinter einer milchigen Wolkenwand, die sich vom Festland über das Meer ausbreitete. Schwalben und Mauersegler jagten durch die Straßen, die Fliegen wurden allmählich zur Plage. Trota aber genoss diese vorgewittrige Atmosphäre, wie sie es überhaupt liebte, wenn die Natur sich mit neuen Stimmungen bemerkbar machte.
Der Wind trug den Duft der Macchia heran, kurz darauf einen heißen Hauch würzigen Harzes. Sie erhob sich von ihrer Liege und schlich mit einer Dattel zwischen den Fingern an Matthäus' Hängematte, hielt die Frucht vor seinen Mund, stupste sie leicht gegen seine Lippen und lachte entzückt auf, als er zubiss.
»Wie geht es Robert denn?«, fragte sie, ohne sich umzudrehen.
»Wie es Robert geht?« Rahel schaute träge zu, wie Trota Matthäus liebevoll über die Wange streichelte.
»Nun, Robert ist auf dem besten Weg. Er liegt in einem Zelt, schläft und trinkt und versucht, ein paar von Drogos Leuten auf seine Seite zu ziehen.«
»Woher wisst Ihr das?«
Trota schaute Rahel zweifelnd an, nahm dann eine Dattel zwischen die Zähne und beugte sich so dicht über Matthäus, dass dieser in das andere Ende beißen konnte.
Rahel wedelte eine Fliege von ihrem Scherbet und gönnte sich einen großen Schluck, bevor sie antwortete: »Woher ich es

weiß? Ich habe einfach Gaitel gefragt. Drogo scheint ihr zu vertrauen. Er ist jede Nacht bei ihr, also muss er ausgehungert sein. Und hinterher ist er in der Laune zu erzählen.«
»Und Sikel?«
»Waimar hat ihr jeglichen Besuch verboten. Sie ist reizbar, unausstehlich. Heute Morgen hat sie mich aus der Kemenate geworfen, nur weil ich ihr sagte, dass ich Euch heute besuchen würde.«
»Das verstehe ich nicht.«
»Kein Angst, sie ist nicht böse auf Euch. Aber eifersüchtig.«
»Weil Robert sich für mich geschlagen hat?«
»Ja, zudem nagt es an ihr, dass sie einen Verräter liebt. Und weil sie sich jetzt nicht mit ihm aussprechen kann, läuft sie mit gesträubtem Fell herum.«
Eine Windböe wirbelte Staub in Matthäus' Augen. Er blinzelte, ließ sich unter Verrenkungen aus der Hängematte gleiten und blieb wie tot rücklings am Boden liegen.
»Matthäus?«
»Mama, ich habe so ein seltsames Gefühl. Es kribbelt. Mir wird ... so taub.«
Matthäus riss die Augen auf, machte ein Hohlkreuz, verspannte sich. Trota hob ihn hoch und drückte ihn unter Tränen an sich. Rahel schaute betreten zur Seite, probierte sich dann aber an einem Lächeln, als sie gewahr wurde, dass Trota übers ganze Gesicht strahlte.
»Es ist das erste Mal, dass er vorher etwas gespürt hat«, flüsterte sie. »Und dieser Anfall ist schon so gut wie vorbei. Er entspannt sich bereits. Und ist trocken geblieben.«
Sie küsste Matthäus auf Stirn und Augen und trat an die Umrandung der Dachterrasse. Die Wolkenwand hatte sich bis zum Horizont vorgeschoben, jetzt wurde auch die Temperatur er-

träglich. Rahel trat neben sie, legte den Arm um Trotas Schulter und zog sie an sich. Eine ganze Weile standen sie so schweigend nebeneinander und schauten über die Dächer der Stadt in die Weite.
»Runter«, maulte Matthäus.
»Gerne, mein Schatz.«
Matthäus gähnte, streckte sich und baute sich voller Stolz vor seiner Mutter auf. »Jetzt brauche ich nur noch diesen seltsamen Theriak, dann kann ich ganz normal leben. Und werde ein zweiter Avicenna.«
Er drehte sich um und ging gemessenen Schrittes zur Treppe. Er begann zu pfeifen, schließlich zu singen, und wenig später sahen Trota und Rahel, wie er durch die Straßen rannte.
»Ich habe noch nie so viel Zeit für ihn gehabt wie in den letzten Tagen«, sagte Trota. »Wir schmusen, schmausen und träumen. Herzog Waimar hätte mir mit dem Hausarrest keinen größeren Gefallen tun können.«
Rahel seufzte. »Ich möchte Euch noch etwas beichten«, begann sie zaghaft. »Von Frau zu Frau. Sicher wundert Ihr Euch, warum ich nicht mit Gaitel nach Melfi gehe. Es gibt aber einen Grund dafür: Sie ist für mich jetzt nicht mehr rein. Und das heißt, ich kann sie nicht mehr lieben.«
Trota fasste Rahel am Arm und führte sie zurück zu ihrer Liege. Sie ahnte, was Rahel ihr jetzt offenbaren wollte, aber überrascht war sie nicht. Als Johannes sie einmal gefragt hatte, warum Rahel noch nicht geheiratet habe, war sie ins Grübeln gekommen. Und als sie sich zusammen in der Therme der Kaufmannschaft der Schönheitspflege widmeten, war ihr einmal mehr aufgefallen, wie bewusst übertrieben Rahel von Männern sprach. Vordergründig tat sie, als sei sie an ihnen interessiert, aber ihre Scherze und zur Schau gestellte Sehnsucht

nach einem echten Ritter besaßen stets etwas Übertriebenes und Künstliches.

In Wahrheit war sie nicht an Männern interessiert.

Rahel liebte anders – und zwar so, wie einst die große Dichterin Sappho auf der Insel Lesbos.

»Rahel, ich habe schon seit längerem eine Ahnung gehabt«, sagte sie. »Und ich kann mir vorstellen, dass Gaitels Hochzeit Euch schwer getroffen hat.«

»Nicht nur Gaitels Hochzeit, Trota. Auch dass Sikel sich mit Robert abgegeben hat, hat mich tief verletzt. Ich liebte beide. Jetzt ist mir, als habe das Schicksal mir alles genommen. Wie soll ich weiterleben? Bei dem Gedanken, dass Sikel sich an Phantasien mit Robert von Hauteville verschenkt, schnürt es mir die Kehle zu.«

»Ihr könnt nur hoffen, fürchte ich. Auf eine neue Liebe. Gibt es denn am Hof ...«

»Nein, ich kann nur jemanden lieben, der von Stand ist. Zum Beispiel eine Frau, wie Ihr eine seid.«

»Ich bin nicht von Stand.«

»Tut nicht so. Euch adelt Euer Ruf und Eure Schönheit.«

Rahel griff sich in den Nacken, bündelte ihr dichtes brünettes Haar und legte es über ihre rechte Schulter nach vorn. Neugierig, aber auch ein wenig ängstlich schaute sie Trota an. Dann schlug sie die Augen nieder. Trota fühlte sich in die Pflicht genommen. Ich muss ihr etwas Liebes sagen, dachte sie. Zwar sind wir beide gleich alt, aber Rahel braucht jetzt Rat und die Zuwendung einer guten Freundin.

Sie stand auf und ging neben Rahels Liege in die Hocke. Dann fasste sie nach ihrer Hand, lächelte sie an und sagte: »Erst einmal ist Euer Geheimnis bei mir gut aufgehoben, und dass Ihr mich für wert erachtet, von Euch geliebt zu werden, erfüllt

mich mit Stolz. Ihr dürft jetzt aber nicht zerbrechen, weil die Menschen, die Ihr liebt, einer anderen Bestimmung folgen. Sucht neue Bekanntschaften. Denn allein seid Ihr nicht. Ich weiß von einer Patientin, einer der Nonnen von San Giorgio, dass sie Gedichte schreibt. Zum Beispiel dieses: ›Göttin der Liebe! Nur dir opfere ich Blume und Sehnsucht. Komm, erscheine und lösche den Tau mit deinem Wort, fülle uns die goldenen Schalen, mische den Nektar mit diesem Versprechen und lass uns das Fest der Liebe feiern, du Göttin.‹«
Rahel schloss die Augen, seufzte: »Das hättet Ihr nicht sagen dürfen«, flüsterte sie. »Denn jetzt weiß ich, wen ich liebe. Euch. Ihr habt mein Herz, Trota. Schützt es.«
Sie öffnete die Augen, lächelte wieder. Trota hielt ihrem drängenden Blick stand und ließ sich küssen – auf Stirn und Mund. Wie kühl ihre Lippen sind, dachte sie, und wie fest. Sie wissen von etwas, das kein Mann bieten kann, aber ich empfinde nichts. Es ist nur eine Berührung.
So sanft, wie sie konnte, schob sie Rahel zurück. Diese schlug die Augen nieder und wischte sich eine Träne weg. Eine Windböe blähte das Sonnensegel, kraftlos fiel es wieder in sich zusammen. Von irgendwoher klang das Geschrei einer Frau, denn Waimars Schergen durchsuchten jedes Haus. Aber zum Glück ließen sie sich bestechen.

Verurteilungen

*W*enige Tage später traf ein Brief von Alphanus bei ihr ein, in dem er sie aufforderte, an der Klausursitzung des Collegiums teilzunehmen. Es sei ihre Pflicht, plausible Gründe dafür anzugeben, einem vermeintlichen Verräter Herzog Waimars gehol-

fen zu haben. Überdies sei sie für die Verwüstung des Laboratoriums von Costas verantwortlich zu machen. Man erwarte sie in der Klausur.
Trota begab sich pünktlich auf den Weg.
Sie wusste, was sie erwartete.
Gefasst öffnete sie die Tür des Spitals und schritt den langen Gang entlang. Sollte sie einen Blick in ihr Arbeitszimmer werfen? Sie entschied sich dagegen, denn sie wollte das Gefühl, von allem Abschied nehmen zu müssen, nicht noch verstärken. Ihr Hals war wie zugeschnürt, und sie fühlte ihr Herz, das so zaghaft wie nie zuvor in der Brust schlug. Wie schön das Licht einfällt, dachte sie, als sie auf der Höhe des Kreuzganges anlangte. Und wie köstlich die Kräuter duften. Die Stimmung ist friedlich – und doch hat kein anderer Ort in der Stadt so viel Leid gesehen. Wenn die Mauern erzählen könnten ... aber sie schweigen zum Glück, weil wir Menschen alles andere nicht ertragen würden.
Ihr Blick fiel auf den in die Wand eingelassenen Andachtsschrein, der Christus und die beiden Schutzpatrone der Heilkunst, Kosmas und Damian, zeigte. Sie blieb stehen, legte die Hände zusammen und versuchte zu beten. Doch plötzlich war ihr Herz so übervoll, dass ihr Tränen in die Augen traten.
»Gott richtet über Euch«, hörte sie Alphanus sagen, der in gemessenem Abstand hinter ihr hergegangen war. »Wir Menschen können uns irren. Vergesst das nicht. Daraus bezieht Eure Kraft.«
»Richtet? Warum wird über mich gerichtet?«
»Weil Costas Euch angeklagt hat, wie Ihr wisst.«
Trota sah ihm stumm ins Gesicht, nickte.
»Zudem habt Ihr wissentlich ...«
»Ich weiß. Seid wenigstens Ihr mir gewogen?«

Alphanus schaute sich um. Er zwinkerte ihr zu, weil andere Kollegen um die Ecke bogen. Man begrüßte sich freundlich, wobei Trota nicht feststellen konnte, ob Pater Raimfrid oder Gariopontus sie im Stillen bereits verurteilt hatten oder nicht.

Alphanus eröffnete die Sitzung mit einer selbst gedichteten Hymne. An der Art, wie Petroncellus ins Amen einstimmte, hörte Trota, wie wenig er geneigt war, Alphanus' dichterische Anstrengungen zu würdigen, auch Johannes, ihr Mann, machte ein gequältes Gesicht.
Bevor Alphanus auf den einzigen Tagesordnungspunkt zu sprechen kam, wartete er mit einer Überraschung auf: Er werde den Dom neu bauen lassen, sagte er, die Gebeine des heiligen Matthäus bedürften einer würdigeren Heimstatt. Zudem beabsichtige er, nach Byzanz zu reisen.
»Ich erwähne dies bewusst zu Anfang dieser Sitzung. Warum, darüber dürft ihr nachdenken.«
»Ihr wollt unsere Gedanken auf etwas anderes lenken, um Trota zu beschützen. Ich sehe, Ihr seid voreingenommen, Magister Alphanus«, begehrte Costas auf.
»Ihr nicht, Costas?«, gab dieser spöttisch zurück und wendete sich seinen Papieren zu. Ruhig und sachlich verlas er die Anklage und führte die Schäden auf, die Costas' Laboratorium erlitten hatte. Dann kam er schnell zur entscheidenden Frage: War Trotas Handeln gerechtfertigt? War der Einsatz der Mittel gemäß?
Bevor die Disputation begann, durfte Trota sprechen. Sie berief sich ausschließlich auf das Ethos des Arztes, der einem Kranken oder Verwundeten ungeachtet seines Standes und seiner Verfehlungen behandeln müsse.
»Genauso habe ich gehandelt«, bemerkte Costas.

»Ja, aber im entscheidenden Moment verweigertet Ihr Robert von Hauteville die Hilfe«, ließ sich Johannes vernehmen. »Als nämlich Nathanael ...«
Er sprach nicht weiter, denn draußen waren entschlossene Schritte und laute Stimmen zu hören. Der Befehl, die Tür zu öffnen, erklang, gleich darauf platzte Gerving mit einer Heftigkeit ins Klausurzimmer, als sei er von hinten gestoßen worden.
»Der Herzog!«, stieß er hervor. »Herzog Waimar ist hier.«
Tatsächlich erschien dieser im Türrahmen, hinter sich zwei unbehelmte Ritter. Er ging geradewegs auf Alphanus zu und neigte vor ihm das Haupt.
»Erzbischof, ich weiß ... aber manchmal erfordern die Umstände, dass die weltliche Macht sich der geistlichen auch ohne Einladung an die Seite begibt. Verzeiht mein Erscheinen. Und auch das meines Schwiegersohns, dessen Halbbruders und unseres werten Magisters Rodulfus.«
Er winkte, woraufhin auch Graf Drogo, Robert von Hauteville und Rodulfus den Raum betraten.
Um Roberts Handgelenke waren Tücher mit dem Wappen Salernos geschlungen, womit er symbolisch als Gefangener galt. Er stützte sich auf eine Krücke, sein Gesicht aber wirkte entspannt, zumindest schien er keine Schmerzen zu haben. Trota schlug das Herz bis zum Hals. Sie hoffte auf ein Zeichen des Dankes, aber Robert schaute teilnahmslos ins Collegium, sichtlich darum bemüht, dass sich ihre Blicke nicht kreuzten.
Wahrscheinlich ist es besser so für mich, dachte sie. Alle würden sonst falsche Schlüsse ziehen und ich gälte noch als besonders schlaue Verräterin. Und Costas würde bestimmt wieder das Bild vom verlogenen Weib und der bösen Schlange bemühen.

Sie suchte Johannes' Hand, der sie tröstend drückte, ihr aber auch prüfend in die Augen schaute. Dann lächelte er: »Unsinn«, murmelte er. »Wie konnte ich.«

»Ich habe entschieden, Erzbischof«, hob Herzog Waimar seine Stimme, »dass Magistra Trota Plateárius Salerno verlässt. Sie wird, nicht zuletzt auf Bitten meines Schwiegersohnes und meiner Tochter, in Venosa als Äbtissin investiert und dort ein Spital aufbauen. Erspart Euch also umständliche Disputationen. Ich habe längst abgewogen. Als Ärztin handelte sie richtig, als Frau verständlich, als Magistra, der ich auch in Dingen der Politik Vertrauen entgegenbrachte, falsch. Aber das ist nicht alles. Ich verkünde hiermit das Ende des Aufstandes und verzeihe Robert von Hauteville. Graf, Ihr habt jetzt das Wort.«

Robert sank auf die Knie und streckte Waimar die Hände entgegen. Doch nicht der Herzog, sondern Drogo entknotete die Tücher und befreite Robert damit aus der Gefangenschaft. Dann hieß er seinen Halbbruder sich erheben und befahl ihm, folgende Worte nachzusprechen: »Ich, Robert von Hauteville, sechster Sohn des Tankred von Hauteville, Halbbruder Wilhelms, Drogos, Humfreds und Gaufredus von Hauteville, schwöre bei Gott, dass ich fürderhin weder Salerno, Capua, Amalfi oder Sorrent ohne Einladung betrete. Im Gegenzug erhalte ich die Burg Scribla samt zugehöriger Besitzungen im Krater-Tal bei Bisignano. Das Collegium der Schola medica von Salerno ist Zeuge, dass ich dieser Abmachung zustimme.«

Nachdem Robert die Sätze nachgesprochen hatte, wurde er von Drogo umarmt, Waimar und Rodulfus applaudierten, schließlich ließ sich auch Alphanus dazu herab, auf diese Weise seine Zustimmung zu zeigen. Ein drängender Blick Waimars ließ ihn sogar einen Segen nachschicken, doch dann erging Alphanus sich in einer Geste, die nicht anders zu deuten war, als dass er den ungebetenen Besuch hinauszuscheuchen gedachte.

»Nur eine kurze Frage noch, Herzog«, platzte Johannes mutig heraus. »Wer soll Trota Platearius, meine Frau, ersetzen? Einmal ganz davon abgesehen, dass sie vom Rang ihres Wissens unersetzlich ist?«

»Habe ich da etwas vergessen? In der Tat, Magister Rodulfus wird fürs Erste den Platz Eurer Frau einnehmen. Im Übrigen steht es Euch selbstverständlich frei, ihr nach Venosa zu folgen.«

»Das ist zu viel der Anmaßung, Herzog«, zischte Alphanus wütend. »Das dürft Ihr nicht. Schola und Spital unterstehen dem Benediktinerorden und damit der klösterlichen Gewalt Monte Cassinos. Allein Abt Richar entscheidet in letzter Instanz, wer hier Magister wird.«

»Ihr trefft es genau, Erzbischof«, sagte Waimar voller Spott. »Papst Benedikt verhalf Euch zu Eurem Amt, Abt Richars Vorgänger machte Euch zum Magister. Für Euch also bleibt alles beim Alten. Abt Richar freilich hat mir nahe gelegt, für Magister Rodulfus zu plädieren. Er war Trotas Lehrer. Das spricht doch nur für ihn, oder? Zumal ein Freund des Kaisers der Schola Geld bringen wird. Ich finde, es ist ein glänzender Tag. Wir alle haben gewonnen. Die eine wird Äbtissin, der andere bekommt seine Freiheit und eine Burg, wieder ein anderer wird neuer Magister an unserer Schola, die Schola hat Geld zu erwarten, und meine Wenigkeit darf zumindest auf ein Versprechen hoffen!«

Trota wollte sich erheben, doch Johannes zog sie zurück. Für einen zweiten Versuch fehlte ihr die Kraft, zudem sah sie ein, dass es zwecklos gewesen wäre, sich aufzulehnen.

Es ist kein Alptraum, sagte sie sich. Es ist die Wirklichkeit. Dein Leben, es wird weitergehen, aber anders, als du gehofft hast. Die Karawane zieht weiter, wohl versorgt lässt sie dich zurück. Dafür bist du jetzt der einsamste Mensch.
Sie dachte an Matthäus, wie sie ihn während seines Anfalls in den Armen hielt, und bildete sich ein, wieder eine Dattel im Mund zu haben. Dann plötzlich hatte sie das Bedürfnis, sich die entscheidenden Ereignisse der letzten Tage wieder ins Gedächtnis zu rufen.
Alles begann mit dem Besuch bei Rodulfus, wo ich meine Abschrift des Lorscher Arzneibuches wieder in die Hände bekam, dachte sie. Hätte ich ihn nicht besucht, wäre ich nicht an den Strand gegangen.
Es war meine Schuld.
Plötzlich stockte ihr das Herz.
Der Kuss, dachte sie. Warum fiel mir nichts Besseres ein, als vor einem Kuss zu flüchten? Damit machte ich ihn mir zum Feind. Bis dahin war er unschlüssig, danach sann er auf Rache.
Sie sah sich wieder am Strand, hörte den Gesang der Fischer, erinnerte sich an das Tanzstück aus Duodos Taverne, bildete sich ein, neben ihr balle jemand die Faust, um sie niederzuschlagen.
Und dann ... Sie stand auf und schaute verwirrt um sich. Alphanus sah sie an, Gariopontus, Petroncellus ... alle. Sie wollte sich rechtfertigen, denn war nicht alles sonnenklar? Das Gesetz der Kausalität ... Sie war doch nur das Opfer einer langen Kette von Ereignissen.
Im Stillen fragte sie sich: Muss ich nicht dankbar sein, dass Duodo mich pflegte? War ich nicht bewusstlos? Und als ich nach dem Gemetzel am Hafen durch die Straßen floh ... Warum bin ich schuld, dass Richard sich an mir vergehen wollte?

Warum hatte Gott mir Robert von Hauteville geschickt? Musste ich ihm als Ärztin nicht helfen? Und war der Branntwein für seine Verletzung nicht das Beste, was wir bieten können? Versteht ihr das nicht? Dass die Schweine genauso ein Glied in der Kette sind wie das Arzneibuch, meine Abschrift? »Sitze, sitze, Biene. Das gebot dir die heilige Maria. Urlaub habe du nicht; zum Holze flieg du nicht; weder sollst du mir entrinnen, noch mir entkommen. Sitz ganz still, wirke Gottes Willen.«
Ohne sich dessen bewusst zu sein, flüsterte sie den alten Lorscher Bienensegen, den sie in ihrer Bamberger Zeit so gerne gesungen hatte, wenn sich eine Biene ins Haus verirrt hatte. Dann wurde ihr schwarz vor Augen.
Fliege, fliege, Biene ... zu Ala, zu Ala.

Eheleben

Trota war zusammengebrochen. Bewusstlos brachte man sie nach Hause, wo sie nur langsam wieder zu sich fand.
Doch nichts schien ihr nun mehr wichtig zu sein. Sie spürte nur den Schock, diesen brennenden Schmerz über die plötzliche Wendung ihres Schicksals. Um ihn zu lindern, lief sie von Raum zu Raum, doch die Bewegung wühlte nur noch stärker die Erinnerung an Gesichter und Stimmen auf. Schließlich entschloss sie sich, ein paar Bilsenkrautsamen mit Wein zu mischen und in kleinen Schlucken zu trinken. Vorsichtshalber legte sie sich aufs Bett. Die Wirkung setzte bald ein: Der Wein benebelte ihre Gedanken, ihre Glieder entspannten sich. Und die Worte, die sie im Collegium gesagt hatte, verloren ihren Zusammenhang.
Johannes kam, um, wie er vorgab, nach ihr zu schauen. Doch

er legte sich, ohne ihr Gelegenheit zu sprechen zu geben, einfach neben sie und begann zu reden. Er könne ihre Worte nicht vergessen, behauptete er. Und Trota merkte trotz der betäubenden Wirkung ihres Trosttrunkes schnell, wie sehr er sich an ihnen festgebissen hatte. Statt nämlich den feigen Überfall zu verdammen und sie, Trota, zu bedauern, beharrte er darauf, sie allein trage die Verantwortung für das, was geschehen war. »Eine ehrbare Frau, die abends allein mit einem fremden Mann an den Strand geht, muss sich ins Unglück stürzen. Ob er nun dein Lehrer war oder nicht. Sein Geschenk war Verführung, der du erlegen bist. Und somit ist alles, was folgte, die gottgewollte gerechte Strafe.«
»Meinst du das wirklich ernst?« Sie rollte sich auf die Seite und schaute ihm direkt ins Gesicht.
Johannes stützte sich im Bett auf und sah nachdenklich auf sie herab. »Mein Verstand sagt, dass ich Unsinn rede. Mein Herz aber will sich ihm nicht anschließen.«
»Umgekehrt wäre es schöner«, gab sie zur Antwort und rollte sich wieder auf den Rücken. Beinah gleichmütig schloss sie die Augen. Sie spürte, wie das Bilsenkraut langsam ihre Stimmung hob und ihre Sinnlichkeit weckte. Warum, dachte sie gelangweilt, redet er so dumm und altmeisterlich daher? Was interessiert mich seine Antwort?
Ihr war heiß geworden, und sie streifte das Laken, das ihren pulsierenden Körper bedeckte, beiseite. »Du bist also von deiner Frau enttäuscht«, murmelte sie träge, doch seine Gegenwehr interessierte sie schon nicht mehr. Sie sehnte sich nur nach dem Druck seiner festen Hände auf ihrem nackten Körper. Sie merkte, wie ihr schwer gewordener Atem seine Neugier weckte. Er rutschte ein Stückchen näher.
»Ein wenig schon. Doch vielleicht ist es der Äbtissin Trota

möglich, mir zu beweisen, dass sie außerhalb der Kirchenmauern noch eine richtige Frau bleiben wird?«
Trota setzte sich auf, zog ihr Unterkleid über den Kopf und genoss Johannes' Leuchten in den Augen. »Mein Gott«, flüsterte er mit belegter Stimme, »seid Ihr schön, Äbtissin. Ihr müsstest verrückt sein, Euch einsperren zu lassen. Nie, niemals wird Euer Körper damit einverstanden sein.«
Sie küsste ihn, während er ihre Brüste umfasste. Ihr Bewusstsein nahm kaum mehr wahr, dass seine sonst so ruhigen Hände zitterten. Wie so oft glitten sie an ihren Hüften herab, während sie seinen Mund mit ihrer Zunge liebkoste. »Zeige du mir erst, dass du ein Mann bist. Komm, liebe mich. Liebe mich, Johannes.«

Ein Eingriff und seine Folgen

Sie wagte nicht, Matthäus die Wahrheit zu sagen, als sie mit ihm tags darauf um die Mittagszeit aufbrach, um Ala zu besuchen. Der wiederaufgeflammte Schmerz machte sie stumm, doch sie hielt es nicht eine Minute aus, Matthäus allein zu lassen. Der jedoch begleitete sie nur widerwillig. Vor allem verstand er nicht, warum sie, die sonst immer auf Einhaltung der Siesta sah, ihn ausgerechnet in der prallen Sonne die Hänge hinaufscheuchte. Er konnte sich nicht erinnern, den vertrauten Weg zu den Gärten jemals so schnell gegangen zu sein.
Die Sonne brannte vom Himmel, die Luft stand still. Der Wind, der sonst immer für Kühlung sorgte, war eingeschlafen. Die Farben des Frühlings waren verblasst. Jetzt, Mitte Juli, begann überall das Gras zu welken, und die Luft roch nach Staub, Harz und Fels.

»Beeil dich!«, rief Trota ihrem Sohn zu. »Gismunda macht uns wieder kühle Dickmilch. Mit allen Früchten, die du dir wünschst. Und denk an Canio. Was glaubst du, wie er sich freuen wird.«
»Ich denke, wir gehen zu Ala?«
»Ja, hinterher.«
»Ach so.«
Mürrisch trat Matthäus gegen einen angenagten Pinienzapfen. Sein Haar klebte am Kopf, und die herabrinnenden Schweißtropfen hinterließen glänzende Streifen auf seiner sonnengebräunten, staubigen Stirn.
»Du bist ein Schwitzer wie dein Großvater«, meinte Trota liebevoll.
»Und du, Mama, eine Sklaventreiberin.«
»Komm.«
Trota nahm Matthäus an die Hand und stampfte mit ihm über die Wiese zu einer Piniengruppe. Die vier Bäume bildeten die Eckpunkte eines Kreuzes, nichts als eine Laune der Natur, aber die Salernitaner hatten den Flecken »Schatten vom Heiligen Kreuz« getauft und Ikonenbilder von Christus an die Äste gehängt. Von hier hatte man einen schönen Blick auf Stadt und Meer, und wenn Wind wehte, gab es keinen Platz in der Umgebung, an dem es geheimnisvoller rauschte.
»Da grast ja ein Pferd.«
»Und was für ein schönes. Offensichtlich ist es noch jemandem zu heiß geworden.«
Das Pferd, ein Schimmel, trug edles, goldschwarzes Zaumzeug und unter dem nicht minder kostbaren Sattel lugte die blau-rote Decke des Fürstentums hervor. Trota schloss aus den kräftigen Ausdünstungen, dass Ross und Reiter noch nicht allzu lange hier weilten. Vielleicht bekommt Matthäus ja einen

Schluck Wasser, dachte Trota, denn als sie näher kam, sah sie am Sattelknauf das Fell eines Wasserschlauchs.

Kaum hatten sie die Piniengruppe erreicht, trat eine Frau in einem knielangen Waffenrock aus hellem Leder mit geschultertem Bogen aus dem Schatten. Ihr blondes Haar war in kunstvollen Flechten um ihren Kopf geschlungen, geschützt von einer perlenbestickten, unter dem Kinn gebundenen Seidenhaube.

»Prinzessin Sikelgaita?«

»Ja, ich bin's, Trota.«

»Ihr seid allein?«

»Ist man das nicht, wenn einen der Schmerz zu überwältigen droht?«

»Robert?«

»Ja, er ist heute Morgen in der Dämmerung aufgebrochen, mit vier seiner Getreuen und drei von Drogos Mannen, die er ihm sozusagen geschenkt hat.«

»Ihr habt kein Wort mehr mit ihm sprechen können, nicht wahr?«

Sikelgaita nickte. Tränen standen in ihren Augen.

»Vater hat den Vogt beauftragt, mich auf Schritt und Tritt zu überwachen. Wie ich ihn hasse.«

»Den Vogt?«

»Ja.«

Trota spürte, dass Sikelgaita noch viel mehr auf dem Herzen hatte. Aber die Prinzessin wollte nicht reden, weil Matthäus sie störte. Sie schaute von Trota zu Matthäus, lächelte gezwungen und schaute demonstrativ in die Ferne. Türkisblau breitete sich das Meer aus, zog den Blick bis zum milchigen Horizont. Es duftete nach Harz, und bis auf das gelegentliche Schnauben des Schimmels war nur das Summen der Bienen und das Zirpen der Grillen zu hören.

»Matthäus, wenn du der Prinzessin einen Blumenstrauß pflückst, überrascht sie dich mit einem Geschenk«, sagte Trota.
»Was für einen denn?«
Matthäus war misstrauisch. Er lehnte am Stamm einer Pinie und schaute sehnsüchtig zum Wasserschlauch.
»Meine Überraschung ist ein echtes Prinzessinnengeschenk, kleiner Mann«, nahm Sikelgaita den Faden auf und ging zu ihrem Schimmel. »Hast du Durst?«
»Und wie.«
»Dann nimm ihn mit.«
Sie warf Matthäus den Wasserschlauch vor die Füße und wartete, bis er getrunken hatte.
»Ich bekomme wirklich ein Geschenk?«
»Ja, wenn dein Strauß schön groß ist.«
Matthäus hängte sich den Schlauch über die Schulter und lief los. Als Sikelgaita sicher war, dass er sie nicht mehr hören konnte, zog sie Trota an eine Stelle, wo ein Pinienast den Boden berührte und dadurch ein wenig Sichtschutz bot. Sie hockte sich auf den Boden, riss einen Zweig ab und begann, die Nadeln auszurupfen.
»Ihr wolltet zu mir, nicht wahr?«, begann Trota zu sprechen.
»Ja, ich habe bereits deine Kräuterfrau besucht und mich umgesehen. Eigentlich habe ich nicht erwartet, dich hier zu treffen, aber ich werte es als gutes Omen.«
»Omen – wofür?«
»Für eine Abtreibung. Ich bin von Robert schwanger.«
»Ich machte mir schon auf Gaitels Hochzeit Gedanken darüber«, erwiderte Trota. »Anders gesagt, ich ahnte, dass es bereits geschehen war. Ich wollte mir nur selbst Hoffnung lassen. Denn natürlich, das darf ich wohl zugeben, habe ich Angst.«

»Wovor?« Sikelgaita riss mehrere Piniennadeln aus dem Zweig und zerrieb sie fahrig. »Wie alle weisen Frauen kennst du doch bestimmte Kräuter und Tränke. Sag mir, wie wächst ein Kind während der Schwangerschaft in uns Frauen? Am Anfang muss es doch winzig sein, oder?«
»Um einen Teil Eurer Frage zu beantworten, Prinzessin: Unsere Kinder gleichen im ersten Monat senfkorngroßen Klumpen. Im zweiten Monat bildet sich das Blut mit so etwas wie einem Körper. Im dritten wachsen Haare und Nägel, und im vierten Monat beginnt es schon, sich zu bewegen. Deshalb wird den Müttern in dieser Zeit auch so schnell übel. Im fünften Monat erhält das Kind Ähnlichkeit mit Vater oder Mutter, im sechsten und siebten Monat dann wachsen Sehnen, Knochen, Nerven. Im achten und neunten setzt es Fleisch und Fett an und Arme und Beine wachsen sich so aus, wie es Gott gewollt hat, als er uns Menschen schuf. Dann werden wir geboren, gelangen aus der Dunkelheit ans Licht. Wenn Gott lächelt, dann bei der Geburt seiner Kinder. Denn sie erinnern ihn daran, wie er am ersten Tag seiner Schöpfung Licht von Finsternis geschieden hat.«
Sikelgaita begann zu schluchzen. Sie warf den Pinienzweig fort, zog die Beine an und verbarg den Kopf zwischen ihren Armen. Sie rollte sich auf die Seite, weinte und bot ein Bild völliger Hilflosigkeit und Verzweiflung. Als Trota sie umarmen wollte, wehrte sie ab, zog sich nur noch enger zusammen und sagte schließlich so leise, dass Trota es kaum verstehen konnte: »Ich will nicht verdammt werden. Weder von der Kirche noch von Gott. Aber ich will auch nicht geschlagen und in ein muffiges Kloster gesteckt werden.« Sie blieb still auf der Seite liegen. Trota lauschte auf ihren Atem, der sich langsam beruhigte, beugte sich dann erneut über sie und streichelte ihr

die Wange. Nach einer Weile fragte Sikelgaita dann, wovor sie, Trota, sich fürchte.

»Vor dem Eingriff, Prinzessin. Denn unsere Früchte lassen sich, haben sie einmal Wohnung in uns genommen, schwer vertreiben. Sicher gibt es Kräuter, wie zum Beispiel Arnika, Salbei, Rosmarin oder Angelikawurzel. Aber die Mengen, die Ihr nehmen müsstet, wären sehr groß. Ihr würdet Euch letztlich selbst vergiften müssen. Wie sollte dies unbemerkt bleiben? Eure Mutter würde Euch schnell auf die Schliche kommen.«

»Ja, und nun?« Sikelgaita starrte Trota mit weit aufgerissenen ängstlichen Augen an. Doch nur für einen kurzen Moment, dann stemmte sie sich hoch, zog ihren Dolch und setzte sich ihn an den Hals. »Du wirst Äbtissin, Robert hat sich für dich geschlagen, und es gehen Gerüchte um, dass die angesehensten Frauen der Stadt eine Bittschrift verfassen, damit du bleibst. Was bin ich, eine Prinzessin, gegen dich? Ein todeswürdiges Nichts. Es ist besser, ich bringe mich um.«

»Ihr scheint zu gleichen Teilen an Eifersucht zu leiden, Prinzessin. Wäre Euch ein Mann lieber, der mich im Stich gelassen hat? Ein Feigling? Ihr seid schwanger von ihm. Wäre ich geschändet und verletzt, wer würde Euch helfen?«

»Dann hilfst du?«

»Habe ich Nein gesagt?«

Sikelgaita schob den Dolch zurück in sein Futteral und fiel Trota um den Hals. Vor Erleichterung weinte sie ein wenig, fasste sich jedoch schnell.

»Wo?«

»In meiner Apotheca steht ein großer Tisch. Er hat die richtige Höhe.«

»Gut.« Sikelgaita erhob sich und reichte Trota die Hand. Trota

aber blickte zu Boden. Was vor ihr lag, ein *abortus arteficialis criminalis*, eine ärztlich veranlasste verbrecherische Fehlgeburt, verletzte den hippokratischen Eid.
Wer aus dem Collegium einer solchen Schandtat überführt wird, der, so klangen Trota die Statuten der Schola in den Ohren, verfällt für zehn Jahre der Exkommunikation, verwirkt seinen Rang und alle Ämter – und wird aus der Stadt verbannt.
Gerade eben hatte sie sich der Gefahr ausgesetzt, ein zweites Mal aus Salerno vertrieben zu werden.

Stolz saß Matthäus, einen riesigen Feldblumenstrauß vor sich, auf Sikelgaitas Schimmel. Er freute sich darauf, bald Sikelgaitas Dolch in den Händen zu halten, den sie ihm als Geschenk versprochen hatte.
Trota blieb in Gedanken versunken hinter ihnen zurück.
Damals, im Jahre 1021, als Vater Bari verließ, um am Garigliano gegen die Byzantiner zu kämpfen, hatte er mir auch einen Dolch versprochen. Er war sich sicher gewesen, die Schlacht mit den Seinen zu gewinnen. Und er glaubte fest daran, mir das versprochene Geschenk mitbringen zu können: einen Dolch, der mit dem Blut des Feindes getauft sein würde. Nur so, hörte sie ihn sprechen, wird er dir ein Leben lang Glück bringen.
Ist es gut oder schlecht, überlegte sie, dass ich nie einen solchen Dolch in die Finger bekommen habe? Ist es ein gutes oder ein schlechtes Zeichen, wenn Matthäus einen geschenkt bekommt? Hätte ich nicht nein sagen müssen? Er ist doch noch so jung. Was soll er mit einem Dolch?
Sie passierten den Nussbaum. Sikelgaita zügelte ihr Pferd, Matthäus sprang ab und reichte ihr mit einer tiefen Verbeugung den Blumenstrauß.

Lächelnd hielt sie ihm den Griff ihres Dolches entgegen. Beglückt zog Matthäus ihn aus der Scheide und prüfte die scharfe Klinge, indem er voller Ernst eine Nuss nach der anderen von den unteren Zweigen abschlug.
Sikelgaita nickte Trota aufmunternd zu und trieb ihr Pferd ein Stückchen weiter. Trota aber erwartete, dass jeden Augenblick Canio den Hang heruntergerannt kam. Doch kein Bellen war zu hören, und auch von Gismunda war weit und breit nichts zu sehen. Vielleicht ist sie zu Ala gegangen, das wäre gut, denn dann sind wir ungestört, dachte Trota. Raschen Schrittes holte sie Sikelgaita ein, die außer Hörweite von Matthäus auf sie wartete.
»Es ist so still hier«, meinte Sikelgaita voller Anspannung.
»Nicht stiller als unter den Pinien.«
»Nein, das ist es nicht. Ich fühle etwas anderes.«
»Ihr glaubt, wir würden beobachtet?«
»Ich weiß es nicht.«
Über ihnen kreiste ein Falke am blauen Himmel. Einige Atemzüge lang verfolgten sie seine Bahn. Noch stand die Sonne hoch, aber die Luft war in Bewegung. Der Bach in der Nähe gluckste und verhieß Kühlung und Linderung.
Sikelgaita räusperte sich. »Wie lange brauchst du?«
»Wenn ich alles vorbereitet habe und die Instrumente griffbereit daliegen, geht es schnell.«
»Muss ich denn Angst haben?«, fragte Sikelgaita und schaute Trota offen an.
Schau sie fest an, weiche ihrem Blick nicht aus, ermahnte diese sich. Sage nichts, bleibe ruhig.
Doch sie merkte, dass Sikelgaita erkannte, wie schwer es ihr fiel zu lächeln. Also wandte sie sich zur Seite und ging in Gedanken wieder und wieder den Eingriff durch, den sie in Salerno noch nie vorgenommen hatte.

In Wahrheit, gestand sie sich, hast du in deiner Haremszeit nur assistiert. Trota lächelte, als die Erinnerungen sie fortrissen und ihr wieder einmal die zierliche und energische Hauptfrau des Emirs von Palermo vor Augen trat.

Aischa hatte die entscheidenden Eingriffe vorgenommen. Sie war stets prächtiger Stimmung, wenn Emir Achmed al-Akhal ihr befahl, wieder eines seiner Kinder abzutreiben. Geschenke versprach er ihr, kostbaren Schmuck, wenn sie ihm, ihrem Mann und Emir von Palermo, die Sorge abnahm, die Kinder seines Fleisches könnten zu zahlreich werden. Denn weniger Kinder bedeuteten später weniger Streit um die Macht.

Sie war ihr gegenüber immer ehrlich gewesen, hatte zugegeben, ihren Sohn Ali als unumschränkten Nachfolger ausgewählt zu haben. Und doch war alles anders gekommen: Des Emirs Bruder, Abu Hafs, war auf die Idee gekommen, Ziriden und einheimische Byzantiner in einem Aufstand zusammenzuschweißen, um Abdallah, den Sohn des Kairoer Kalifen, in Sizilien zur Macht zu verhelfen.

»Wähle, wie du sterben möchtest: durch das Schwert oder durch meine Kunst.«

Dies waren die letzten Worte, die Aischa zu ihr gesprochen hatte. Sie hatte sich in ihre Gemächer zurückgezogen, während sie für die Hochzeit mit dem Emir von Syrakus schön gemacht wurde. Als Braut, Geschenk, Gefangene und Sklavin schickte Emir Achmed al-Akhal sie nach Syrakus. Der Emir dort aber hatte keine Zeit zu heiraten, weil er damit beschäftigt war, Truppen gegen Abdallah, den Sohn des Kalifen, auszuheben.

Abdallah aber nutzte die Abwesenheit des Syrakuser Emirs und setzte sich in der Stadt fest.

Eine letzte Galgenfrist für sie?
Nein, denn Nordmänner und Byzantiner unter ihrem Feldherrn Maniakes eroberten in einer blutigen Schlacht die Stadt. Abdallah, der sich bei einem Ausfall retten wollte, wurde dabei von Wilhelm von Hauteville gestellt. Er warf Abdallah aus dem Sattel und tötete ihn. Für diese Heldentat erhielt er seinen Beinamen: Eisenarm.
Sie wurde befreit und von ihrem Vetter Argyros nach Salerno begleitet.

Ich hatte Glück, dachte Trota. Was wäre aus mir geworden, wenn Abdallah und nicht Maniakes die Schlacht gewonnen hätte? Was geschieht, wenn das Glück ausbleibt? Was, wenn ich Sikel verletze? Wenn sich bei dem Eingriff etwas entzündet? Wird Waimar wird mich dann blenden und mir vom Vogt den Kopf abschlagen lassen?
Was wird dann aus Matthäus?
»Woran denkst du?« Sikelgaita riss sie aus ihren Grübeleien. Trota fuhr erschrocken herum.
»Ich ... ich stelle gerade die Mixtur zusammen«, log sie. »Und überlege, welchen Knochen ich nehme.«

Während die beiden Wundhaken ähnelnden Specula auskochten, führte Trota ihren Sohn und Sikelgaitas Schimmel an den Bach.
»Du tränkst ihn und wartest hier so lange, bis ich dich wieder abhole. Hast du verstanden? Wenn es dir langweilig wird, schnitze dir einen Speer.«
»Du machst was mit der Prinzessin, Mama, oder?«
»Psst, sie hat sich wund geritten. Verstehst du? Das darfst du niemandem verraten. Es ist ein Geheimnis.«

Matthäus legte den Finger auf den Mund. Seine Augen leuchteten. Trota sah ihm an, wie stolz er war, dieses Geheimnis zu wahren. Sie drückte seinen Kopf an ihren Bauch, streichelte ihm übers Haar und schaute blicklos vor sich hin.
Der Schimmel hob den Kopf, schnaubte. In weiter Ferne erklang Hundegebell, dann war es wieder still.
»War das Canio?«, fragte Matthäus.
»Warte lieber hier, wenn er es war, wird es nicht mehr lange dauern.« Sie ging zurück ins Haus und räumte den Tisch leer.
Stumm und verloren stand Sikelgaita im Raum. Sie war bleich, schien blutleer und zitterte vor Anspannung und Furcht.
»Jetzt muss ich nur noch die Hohlknochen finden. Im Nebenraum findet Ihr ein paar Decken. Dann ist es nicht so kalt.«
Sikelgaita antwortete nicht, sie stand da wie gelähmt. Trota durchsuchte ihre Regale und hatte bald einen mit Lumpen umhüllten Gegenstand in der Hand. Sie wickelte ihn aus, und ein ellenlanger Ebenholzkasten kam zum Vorschein.
»Da sind sie drin. Ich habe sie hier versteckt, weil Johannes sie als Teufelswerkzeuge verbrennen wollte. Seltsamerweise sind es die einzigen medizinischen Gegenstände, die ich aus Palermo beziehungsweise Messina mit nach Salerno nehmen konnte.«
Sie öffnete den Kasten und entnahm ihm ein Seidenfutteral. Zum Vorschein kamen neben ein paar Strohhalmen drei gebogene polierte Knochen, die an einem Ende konisch ausliefen. Sie waren hohl, der Durchmesser betrug ungefähr die Hälfte einer Erbse. »Die Knochen haben die richtige Biegung, um damit bis zum Mund der Gebärmutter vorzudringen«, erklärte sie und legte sie ins kochende Wasser zu den Specula. »Sie werden in Salbeiöl getunkt, vorn mit Nelkenöl gefüllt und ein-

geführt. Dann schiebe ich den Strohhalm durch den Hohlraum. Er ist vorn mit Gold verstärkt.«
»Erzähl es mir nicht«, flüsterte Sikelgaita. »Es ist ... so entsetzlich.«
»Das ist es.« Trota drückte Sikelgaita ein paar Bilsenkrautsamen in die Hand und verschwand in den Nebenraum, um die Decken zu holen. »Wir beide haben uns entschlossen zu töten«, rief sie. »Damit sind wir jetzt nicht besser als die Männer. Bitte zerkaut die Bilsenkrautsamen und legt Euren Waffenrock ab.«
»Ja, wenn ich Robert ehelichen dürfte, bräuchten wir es nicht tun. Also trägt mein Vater die Schuld.«
Sikelgaita entledigte sich des Waffenrocks und zog ihre Tunika aus. Aschfahl im Gesicht und mit Gänsehaut an Armen und Beinen schaute sie zu, wie Trota den Tisch polsterte. Ihre Blicke glitten an der rohen Bruchsteinmauer entlang, wanderten über die Regale mit den Tiegeln und Amphoren, den Schüsseln, Flaschen, Mörsern, Pistillen. Der Wasserkessel baumelte über einer kleinen Herdstelle. Es roch nach Holz und Rauch, bis Trota Thymian und Weihrauch in die Glut warf und Rauch in Richtung des Tisches wedelte.
Sikelgaita schloss die Augen und lauschte auf das Summen einer Hummel, die vor den Regalen hin und her flog. Als sie die Augen wieder öffnete, überfiel sie ein wohltuender Schwindel. Sie sah, wie Trota auch den Strohhalm ins kochende Wasser tunkte und neben Specula und ölglänzende Knochen legte. Außerdem nahm sie noch wahr, dass Trota einen Beistelltisch herantrug, zwei Schüsseln mit Flüssigkeiten darauf stellte und frische Lappen holte.
»Legt Euch jetzt hin und spreizt die Beine. Das Bilsenkraut wirkt, nicht wahr?«
»Ja.«

Trota setzte sich vor sie und schob Sikelgaita Chiton und Hemd bis zu den Brüsten hoch.

Beginnen wir also, dachte sie und tunkte den Lappen in den terpentinhaltigen Wein. Allah, erinnerte sie sich an Aischas Worte, haucht dem Menschen erst nach einhundertzwanzig Tagen die Seele ein: Vorher ist er nur ein Klumpen Fleisch.

Nur ein Klumpen Fleisch? Die Lippen fest aufeinander gepresst, wusch Trota Sikelgaitas Scham. Ihr Kopf leerte sich, ihre Hände begannen, nach ihrem eigenen Gedächtnis zu arbeiten. Sie spreizte die Vulva und führte den Knochen ein – es war, als fände er wie von selbst sein Ziel. Sikelgaita zuckte zusammen, hielt die Luft an.

»Es ist alles gut.« Trota ging in die Hocke, holte Luft und blies einmal kurz in den Knochen, damit sich das Nelkenöl vor der Gebärmutter verteilte und sie vorübergehend empfindungslos machte. »Ihr werdet kaum etwas spüren.«

Zumindest jetzt nicht, dachte sie. Hinterher ... aber sie wird es aushalten. Sie muss. Wie alle Frauen, bei denen die Männer bestimmen, ob sie empfangen dürfen oder nicht.

Sie griff sich den Strohhalm und tunkte ihn mit der vergoldeten Seite in das Schälchen mit der konzentrierten Salzlösung.

Gott, bitte verzeih mir!

Sie sog den Strohhalm voll und schob ihn mit dem Mund durch den Knochen.

Jetzt.

Sie stieß zu, Sikelgaita bäumte sich auf, schrie. Doch da hatte Trota ihr auch schon die Salzlösung in die Gebärmutter eingespritzt. Sie würde alles Leben verätzen und auflösen – so, als ob man eine Schnecke mit Salz bestreute.

»Es ist vorbei.«

Vorsichtig zog sie den Knochen zurück, dann das Speculum. Beim Anblick des herausströmenden Blutes schlug ihr das Herz bis zum Hals, und auf einmal hatte sie das Gefühl, von innen heraus taub zu werden. Mit kalten Fingern wusch sie noch einmal Sikelgaitas blutende Vulva, drückte ihr eine lange, dicke Binde zwischen die Beine, schob ihr ein großes Dreieckstuch unter die Hüften, windelte sie wie einen Säugling.
Plötzlich hörte sie Hufschlag. Canio bellte, vom Bach her hörte sie Matthäus rufen.
Trota stieß die Tür auf, kippte das blutige Wasser weg, leerte die Schüsseln aus. Der Hufschlag kam näher, Canio bellte wie toll, knurrte. Trota sah zwei Reiter den Hang hinaufgaloppieren.
Der Vogt!
»Prinzessin, kommt zu Euch! Schnell, sonst sind wir verloren.«
Benommen richtete sich Sikelgaita auf, fiel aber sofort wieder zurück. Trota zupfte ihr die Kleider zurecht, richtete sie ein zweites Mal auf. Sikelgaita begann zu stöhnen, krümmte sich.
»Was hast du getan?«, flüsterte sie gequält.
»Sorgt Euch nicht, Eure Schmerzen vergehen. Bald.«
Kaum stand die Prinzessin wieder auf den Füßen, jaulte Canio auf – dann war er nicht mehr zu hören. Matthäus' Stimme überschlug sich, er schrie und schrie, doch da wurde die Tür aufgestoßen, und der Vogt stürzte herein.
»Prinzessin! Wir haben Euch gesucht!«
Statt etwas zu antworten, sackte Sikelgaita in die Knie. Trota wollte ihr aufhelfen, doch der Vogt stieß sie fluchend beiseite und trug die Prinzessin ins Freie. Vorsichtig bettete er sie ins Gras, dann stürmte er zurück und riss Trota nach draußen.

»Was immer Ihr gemacht habt, Ihr werdet es büßen!«

»Sie ist zu viel geritten«, hörte Trota sich sagen. »Bekam Blutungen ...«

»Gnade Euch Gott!«

Der Vogt schlug so heftig zu, dass Trota Sterne vor den Augen sah. Sie schmeckte Blut, fühlte, wie es ihr den Mund füllte und von den Lippen tropfte. Der nächste Schlag traf sie auf die andere Wange, wieder sah sie Sterne, schmeckte noch mehr Blut.

Es ist aus, dachte sie in plötzlicher Panik. Er wird dich töten.

Doch der Vogt hatte anderes mit ihr vor. Er schleifte sie über die Terrasse durchs Gras zu einem Pferd und befahl dem wartenden Ritter, sie auf der Festung ins Loch zu stecken und ihr die Eisen anzulegen.

»Mit Vergnügen.«

Hart legte sich der Arm des Ritters um ihre Brust. Trota versuchte, sich umzuschauen, doch von Matthäus war nichts zu sehen.

Sie hörte ihn nur schluchzen.

Erst als sie den Hang zur Hälfte hinter sich gelassen hatten, sah sie ihn. Vor sich einen großen Strauß Blumen, lag er vor Canio, in dessen Leib zwei Pfeile steckten. Sie wollte ihm etwas zurufen, aber mehr als ein gurgelnder Laut kam ihr nicht über die Lippen. Sie spuckte aus, probierte es von Neuem.

Da hob Matthäus den Kopf. Rief nach ihr.

Sie hob den Arm, doch er wurde ihr sofort brutal nach unten gerissen.

Matthäus rannte los – doch da gab der Reiter seinem Pferd die Sporen.

»Mama!«

»Matthäus!«

Es war nur ein Flüstern. Der Wind bauschte ihr das Haar, und in ihren Ohren begann es zu dröhnen. Trota spürte den Kloß in ihrem Hals. Er wuchs. Schnell. Sie schnappte nach Luft.
»Mama!«
Die Rufe wurden leiser.
Dann dröhnten nur noch die Hufe.

Fünfter Teil

Die Gefangene des Vogts

Sie sah die Hand vor Augen nicht, musste sich allein auf ihre Ohren verlassen. Aber was nützte es? Sollte sie auf Knien durch diese Finsternis rutschen, nur um irgendwann mit dem Kopf gegen ein Stück Fels zu stoßen oder versehentlich den Latrineneimer umzuwerfen? Nein, lieber blieb sie zusammengekauert auf der muffigen Strohschütte liegen. Sie war das einzig Weiche in diesem Verlies, wenn sie einmal von den Mäusen absah, die um sie herum über den rohen Felsboden huschten.

Wie viele Stunden habe ich geschlafen?, fragte sie sich. Ist es noch Nacht oder bereits Tag? Wann endlich geht die Klappe über mir auf?

Und wenn sie nie mehr aufgeht?

Trota atmete ein paar Mal tief durch, um die aufsteigende Panik niederzuringen. Halte dich nur ans Jetzt, ermahnte sie sich. Und das bedeutet für dich: Es gibt schlimmere Verliese als dieses. Zum Beispiel überall dort, wo es kalt und wirklich feucht ist.

Trotzdem quälte sie der Durst.

Sie betastete ihr verschwollenes Gesicht, fuhr mit dem Finger über ihre geplatzten Lippen. Sie brannten, waren spröde und rissig, bluteten aber nicht mehr. Auch die Leibschmerzen waren verschwunden.

Nicht so heftig atmen, sagte sie sich. Dann wird der Durst nur noch schlimmer.

Sie tastete über den Boden, ob sie nicht ein Steinchen finden

würde, an dem sie lutschen konnte. Doch der Felsboden um sie herum war blank, wie gefegt.
Sie seufzte, streckte vorsichtig ihre Beine aus und lauschte. Doch die Ruhe war trügerisch. Ohne sich dagegen wehren zu können, klangen ihr Matthäus' verzweifelte Rufe in den Ohren. Sie wurden lauter und lauter und sie vermeinte zu sehen, wie er durch das Gras dem Pferd nachlief, bis er erschöpft stehen blieb, das verweinte Gesicht leer.
Herr, gib ihm Kraft und Zuversicht, betete sie unter Tränen, doch dann sank sie mutlos auf die Seite und drückte die Fäuste gegen die Schläfen.
Kaum dass sie sich ein wenig beruhigt hatte, kam der Durst zurück.
Trota setzte sich wieder auf und starrte mit aller Kraft in die Finsternis. Nur einen kleinen Schimmer Licht, dachte sie, das würde reichen. Wenn es hier unten einen Latrineneimer gibt, gibt es bestimmt auch einen Eimer mit Wasser.
Sie lauschte, hielt den Atem an.
Dieses Geräusch ...
Ihr Herz schlug schneller, denn auf einmal hörte sie es deutlich, jenes kurze, helle und unverwechselbare Picken. Irgendwo in der Finsternis hatte sich ein Wassertropfen gelöst – der nicht auf dem Fels zersprungen war, sondern eine Pfütze füllte.
Es muss sauberes Wasser sein, dachte sie. Es kommt aus dem Fels.
Sie konzentrierte sich und kroch los. Langsam, auf allen vieren, näherte sie sich dem Geräusch, hielt immer wieder inne, um zu lauschen und sich zu orientieren. Jetzt, wo sie wusste, dass sie nicht mehr verdursten konnte, brannte ihr der Mund umso heftiger, und die Sehnsucht, endlich Wasser

schmecken zu dürfen, verdrängte alle anderen Gedanken und Gefühle.

Sie konnte es sogar schon riechen. Die Pfütze musste ganz nah sein, der Fels unter ihr war bereits feucht.

Trota streckte eine Hand aus, kroch weiter vorwärts – und begann zu schreien. Der Schreck war so groß, dass sie um sich schlug und sich die Hand am Fels aufriss. Mit dem Knie spürte sie den Körper, gegen den sie gestoßen war, ein steifes Etwas, kalt und leblos.

Ich habe ihn im Gesicht berührt, dachte sie voller Grauen.

Doch wo war die Pfütze?

Sie riss sich zusammen und kroch dicht am Körper des Toten vorwärts. Als sie die Hand wieder ausstreckte, berührte sie nasses Gestein.

Vorsichtig lehnte sie ihre Wange an den Fels und streckte die Zunge aus. Das Wasser war kühl und schmeckte nach Eisen, aber es war sauber. Ein Tropfen fiel ihr ins Ohr, dann noch einer und noch einer. Sie rannen ihr über die Schulter, liefen in den Ärmel ihrer Tunika, und als sie mit der Hand nach unten tastete, fand sie endlich die ersehnte Pfütze.

Wenn er in der Totenstarre ist, dachte sie, muss er vor etwa zwei Tagen gestorben sein. Oder zu dem Zeitpunkt, als sie dich hier heruntergelassen haben. Es muss einer von den Aufständischen sein. Sie haben ihn gefoltert und dann ins Loch gesteckt. Ob er der Einzige ist?

Bin ich hier die einzige noch Lebende in einer Versammlung von Leichen?

Der Gedanke war so grauenvoll, dass sie erstarrte. Fassungslos kniete sie mit geschlossenen Augen auf dem Fels und nahm es hin, dass ihre Tunika sich voll Wasser sog.

Die Stunden verrannen.

Oder waren es nur Minuten?
Endlich hörte sie Schritte. Als sie nach oben schaute, gewahrte sie den Lichtschein, der zwischen den Bohlen ins Verlies fiel. Der Tote wurde zum Schemen, auf seinem unversehrten, kindlichen Gesicht schien ein Lächeln zu liegen.
»Ist er tot?«
Der Frage schloss sich ein herzhaftes Gähnen an, erst dann räumte der Turmwächter die restlichen Bohlen beiseite.
»Ja. Wer ist es?«
»Der Knappe des Hautevilles.«
»Aber Robert von Hauteville wurde doch begnadigt?«
»Da war der Kerl hier aber schon eingelocht. Was kümmert es Euch?«
»Habt Ihr kein Herz? Er war doch noch kein Mann.«
»Eben, deshalb musste er auch zweimal gefoltert werden.«
Erleichtert vernahm Trota, wie der Wächter das Gestell mit der Winde zum Loch schob. Bald senkte sich der Korb hinab. Sie wollte schon einsteigen, doch der Wächter pfiff sie ärgerlich zurück.
»Die Leiche zuerst.«
»Das heißt, ich darf danach auch hoch?«
»So wollen es die Prinzessinnen.«
Trota fiel ein Stein vom Herzen.
Gott sei Dank wird sich jetzt endlich alles klären, dachte sie erleichtert. Der Herzog wird den Vogt ausdrücklich verwarnen, und dann kann ich in ein paar Stunden wieder Matthäus in die Arme schließen.
Die Hoffnung beflügelte sie und verlieh ihr die nötige Kraft, den starren Leichnam in den Korb zu verfrachten. Ungeduldig sah sie zu, wie er mit seiner schrecklichen Last allmählich an Höhe gewann. Die Winde ächzte und quietschte, und es dauer-

te eine ganze Weile, bis der Boden des Korbs auf gleicher Höhe mit dem Boden der Turmstube war.
Sie musste sich gedulden.
Erst wurde die Leiche fortgeschafft, dann wurde der Korb erneut herabgelassen, und sie stieg ein.
»Woran ist Robert von Hautevilles Knappe gestorben?«, rief sie, als die Hälfte der Höhe geschafft war. Misstrauisch schaute sie in die Tiefe. Wenn der Torwächter jetzt die Kurbel loslässt oder die Seile reißen, dachte sie, schlage ich aus drei Körperlängen Höhe auf den blanken Fels auf. Ich würde wahrscheinlich überleben – aber unter welchen Qualen!
»Woran der Knappe des Hautevilles starb?«, wiederholte der Torwächter, nachdem sie mit dem Korb aus der Verliesöffnung auftauchte. Er zog ihn sicher zur Seite, so dass sie aussteigen konnte. »Nun – er konnte wohl nicht weiterleben. Fragt doch den Vogt.«
Trota ahnte die Antwort. Denn gehörte nicht auch er zu den Verschwörern? Hatten Sikel und sie ihn nicht auf Gaitels Hochzeit einträchtig mit Wilhelm Barbotus zusammenstehen sehen? Über einen verräterisch gelb gesiegelten Brief gebeugt?
Obwohl sie froh war, dem Verlies entkommen zu sein, überfiel sie ein Schaudern. Wenn der Vogt wirklich in den Aufstand verstrickt ist, dachte sie entsetzt, dann musste er Roberts Knappen nach der Folter umbringen. Jetzt wird es sein Ziel sein, mich unschädlich zu machen. Und er wird auch nicht davor zurückschrecken, Sikel bei einem ihrer Reitausflüge etwas anzutun. Es ist so einfach: Er braucht nur einen Unfall planen … eine Viper reicht … oder ein Bär, den er ihr geradewegs zutreibt.
Die begehrlichen Blicke des Torwächters lenkten sie ab. Trota

wunderte sich, aber dann begriff sie, dass die Schläge sie lange nicht so entstellt hatten, wie sie vermutete. Aber das war jetzt alles nicht wichtig. Am Licht sah sie, dass es früh am Morgen war, demnach war sie einen Abend und eine Nacht im Verlies gewesen.
»Ihr kommt jetzt mit zum Vogt.«
»Zum Vogt?«
»Er hat es mir gestern befohlen. Schließlich hat er, wie Ihr wisst, das Heft in der Hand, wenn Herzog Waimar fort ist. Er und Drogo von Hauteville sind seit zwei Tagen auf der Jagd. Sie werden morgen zurückerwartet.«
»Und die Prinzessinnen?«
»Prinzessin Gaitelgrima schläft. Und über Prinzessin Sikelgaita wachen ihre Mutter Gemma und Leibarzt Costas. Gemma hat noch gestern am späten Abend nach ihm schicken lassen. Denn Prinzessin Sikelgaita leidet unter heftigen Unterleibsschmerzen. Ihr sollt damit etwas zu tun haben, sagt der Vogt.«
Trota brachte keinen Ton mehr heraus. Costas ... niemals hatte ein Name plötzlich so viel Angst bei ihr ausgelöst. Wie ein Mühlrad legte er sich auf ihr Gemüt, wog schwer und schwerer und schien sie in den Boden zu drücken.
Costas und der Vogt!
Alles war anders gekommen, als sie in der Dunkelheit des Verlieses gedacht hatte. Ihr brach der Schweiß aus, doch gleich darauf begann sie zu frösteln. Sie ballte die Fäuste, legte den Kopf in den Nacken. Sich vorzustellen, was passierte, wenn Costas Sikelgaita eingehender untersuchte ... nein, das durfte nicht sein.
Es durfte einfach nicht sein.

Mord

Mit versteinerter Miene folgte sie dem Torwächter über den Hof und schritt hinter ihm die Stufen zum *palas* hoch, wo der Vogt einen eigenen Trakt bewohnte. Der Tag versprach genauso heiß zu werden wie der gestrige, aber bereits jetzt war die Luft schwerer als an den Tagen zuvor. Es roch nach Latrine und Pferdeschweiß, kein Windhauch war zu spüren.
Trota drehte sich auf der Treppe um, schaute aufs Meer. Es lag still da, wie gemalt: eine satte blaue Fläche, auf der Fischerboote und zwei Galeeren festgewachsen zu sein schienen. Das Grün der Berge dagegen wirkte stumpf. Pinien und Zypressen, die in vereinzelten Gruppen die Hänge bewuchsen, schienen all ihre seelenvolle Schönheit verloren zu haben. Kein Vogel war am Himmel zu sehen, lebendig waren nur die Fliegen, die brummend um sie herumschwirrten.
Im *palas* war es so still, dass Trota ihr Blut in den Ohren rauschen hörte. Doch der Vogt war wach. Sofort nachdem der Torwächter an dessen Tür geklopft hatte, öffnete er. Er war frisch rasiert und trug einen fein gewebten langen Morgenmantel.
»Ihr seht angestrengt aus, Magistra«, sagte er gespielt mitleidig. Er entließ den Torwächter, schloss die Tür und gebot Trota, ihm zu folgen. »Fehlte es Euch an etwas?« Der fensterlose Raum, in den er Trota führte, wurde nur von einer Schießscharte erhellt und bestand aus nichts anderem als rohem Stein.
»War es Eure erste Nacht in einem Verlies?«
Trota ging nicht auf seine Frage ein. »Wie geht es Prinzessin Sikelgaita? Ich muss es wissen.«
»Das kann ich mir denken. Nun, sie litt noch bis weit nach Mitternacht unter Schmerzen.« Der Vogt kam mit sauberer

Kleidung über dem Arm und einer Waschschüssel wieder.
»Macht Euch frisch.«
»Was treibt Euch zu dieser Freundlichkeit?«, fragte Trota misstrauisch. »Ich glaube, mich entsinnen zu können, Euch schon einmal anders erlebt zu haben. War es nicht im Kloster San Giorgio? Und habe ich nur geträumt, dass Ihr mich gestern behandelt habt, als sei ich Robert von Hautevilles Knappe? Weshalb musste er sterben?«
Sie sah ein hochmütiges Lächeln, dem ein gespielt fassungsloses Kopfschütteln folgte. Es erinnerte sie an das Gebaren stummer Eunuchen, wenn Haremsfrauen unerfüllbare Wünsche einklagten oder die Eunuchen zum Spaß fragten, ob der Emir nicht einmal Lust habe, seine Frauen mit einem anderen Mann zu tauschen. Tatsächlich blieb ihr der Vogt diesmal die Antwort schuldig. Seine Augen aber waren sprechend genug: Warte, schienen sie zu sagen, gleich hilft dir niemand mehr.
Er verließ den Raum und schloss die Tür hinter sich. Trota lauschte, ob er sich auch wirklich entfernte, dann entkleidete sie sich und wusch sich ausgiebig. Als sie fertig war, bekam sie Hunger, und als sie die frischen Kleider auf der Haut spürte, keimte in ihr die vage Hoffnung auf, dass doch alles ein gutes Ende nehmen müsse.
Schließlich bin ich die designierte Äbtissin von Venosa, dachte sie in einem ihr selbst fremd anmutenden Anflug von Stolz. Er wird es berücksichtigen müssen, sonst bekommt er es nicht nur mit Waimar, sondern auch mit Drogo zu tun.
Sie betrat einen hellen Raum mit hängendem Kronleuchter und zwei Fenstersitzen. Verblasste Wandmalereien zeigten Helfer in einem Weinberg. Der mit einem großen Kerzenleuchter geschmückte Tisch war gedeckt. Es gab Brot, frische Fei-

gen und eine Schüssel Mus mit Rosinen. Außerdem stand eine Karaffe mit Würzwein bereit.

»Stärkt Euch«, sagte der Vogt, der am Fenster saß.

»Wofür?«

»Wir haben zu reden.«

Trota setzte sich, löffelte Mus und aß Brot. Den Wein rührte sie nicht an. »Ihr hegt einen Verdacht gegen mich, der mir nicht behagt«, begann der Vogt nach einer Weile zu sprechen. »Ihr und Prinzessin Sikelgaita saht mich mit Wilhelm Barbotus einen Brief lesen. Eine Tatsache, die mich wegen des Aufstands schwer belastet.«

»Ich verstehe.« Trota nahm eine Feige und zerschnitt sie. »Der Fehler des Knappen war, Euch nicht schon bei der Folter als Mitverschwörer bezichtigt zu haben. Wahrscheinlich für das Versprechen, ihn nur zweimal aufzuziehen.«

»All diesen falschen Schlüssen«, fuhr der Vogt unbeeindruckt fort, »möchte ich entgegenwirken. Ich schlage Euch daher einen Handel vor: Ihr vergesst, was Ihr durch Zufall gesehen habt …«

»… und wohl auch zuvor gehört …«

»… was Ihr gehört und gesehen habt, und ich setze mich beim Herzog dafür ein, dass er Eurer Geschichte von Prinzessin Sikelgaitas zu heftigem Ritt Glauben schenkt und in Euch die gute Ärztin sieht, Magistra. Nun weiß ich längst, dass Ihr Anspielungen liebt und klug genug seid, sie auch zu entschlüsseln. Der Prinzessin Ritt auf einem anderen Hengst blieb mir nämlich nicht verborgen. Also suchte sie vermutlich ganz bestimmte Hilfe bei Euch, die Ihr entgegen Eures hippokratischen Eides auch geleistet habt. Wie ich Euch kenne, ward Ihr sicher auch gewissenhaft. Ob Eure Hilfe dagegen auch schonend genug war, wird sich bald herausstellen.«

Trota lehnte sich zurück und versuchte, unbeeindruckt zu wirken. Doch die prüfenden und zugleich spöttischen Blicke des Vogts brachten sie aus der Fassung. Sie spürte, wie sie rot wurde und gleichzeitig Angst und Wut in ihr aufkeimten. In ihrer Ohnmacht wurde es ihr eng in der Brust, und sie rang um Atem. Schließlich musste sie aufstehen und trat an eine der Fensternischen.

Sie hörte, wie der Vogt sich einen Becher Wein einschenkte und ein Stück Brot abbrach, lauschte auf sein leises Schlürfen und die Kaugeräusche.

Leugnen nützt nichts, sagte sie sich und schaute blicklos ins Weite. Wie schnell zuweilen das eine das andere nach sich zieht! Schneller, als ich dachte, holt mich die Strafe für mein verbrecherisches Tun ein. Der Vogt hat Sikel und mich in der Hand. Wir könnten ihn zwar als Mitverschwörer des Aufstandes verdächtigen, und unter der Folter würde sich dies vermutlich auch bewahrheiten, aber was ist damit gewonnen? Nichts. Sikelgaitas Fehltritt würde offenbart. Waimar wird sie von Costas zwangsuntersuchen lassen, und mir droht dann Schlimmeres als nur Verbannung und Exkommunikation.

Sikel und ich würden also nur verlieren, dachte sie. Was aber wäre, wenn Drogo intervenierte? Müsste er nicht daran interessiert sein, dass der Ruf seiner Äbtissin unbefleckt bleibt?

Trota versuchte, diesen Fragen Leben einzuhauchen. Aber so lange sie auch wartete und in sich hineinlauschte – ihre Fragen ließen weder Gedanken, geschweige denn Antworten in ihr wachsen. Der Vogt beobachtete sie ruhig, stippte Brot in den Becher und tunkte seine Finger in die bereitgestellte Wasserschüssel. Er schwieg, als wollte er ihr Zeit lassen, ihre ausweglose Lage in aller Klarheit zu erkennen. Doch dann räusperte

er sich und kam darauf zu sprechen, was noch geschehen würde, sollten Prinzessin Sikelgaita und sie ihr Wissen nicht für sich behalten.
»Ob Ihr Euren Mann liebt, Magistra, ist mir gleichgültig. Aber Ihr liebt Euer Kind. Falls Ihr und die Prinzessin ...«
»Haltet Euren Mund, Vogt.« Sie fuhr herum und wunderte sich selbst, wie laut sie geworden war. Krachend rutschte der Faltstuhl nach hinten. Auch der Vogt verlor nun die Beherrschung. Ungestüm kam er um den Tisch herum, riss Trota an sich und zwängte ihr sein Knie in den Schritt.
»Ich kann mich gut erinnern, was ich in San Giorgio sagte«, zischte er und versuchte, sie auf seinen Schenkel zu zerren.
Plötzlich brachen Wut und Verzweiflung aus ihr hervor, die ihr die Kraft gaben, sich zu wehren. Sie schlug dem überraschten Vogt mit der Faust gegen Schläfe und Hals. Sie rangen miteinander, und er schleuderte sie mit dem Rücken gegen die Tischkante. Der stechende Schmerz raubte ihr für einen kurzen Moment den Atem. Becher, Teller, Schüsseln polterten zu Boden.
»Ich werde Euch brechen«, keuchte der Vogt hasserfüllt, fuhr Trota mit einer Hand an die Gurgel und drängte seinen Unterleib gegen den ihren.
Sie schlug wie wild um sich, doch als es ihm gelang, ihrer Hände habhaft zu werden, war sie ihm wehrlos ausgeliefert.
Da hörte sie ein Quietschen.
Die Tür ging auf, und Athena, die Frau des Vogts, stand im Türrahmen.
»Lass sie los!«, schrie sie, nahm den Kerzenleuchter vom Tisch und bedrohte damit ihren Mann.
Der Vogt gab Trota frei, lachte grob und gab dem Tisch einen mächtigen Stoß. Athena sprang behände zurück, bevor dieser

ihre Hüfte treffen konnte. Nun stand der Tisch wie eine Schutzmauer zwischen ihr und ihrem Mann – eine Mauer, die provozierte. Sie belauern einander wie verfeindete Rüden, dachte Trota entsetzt. Wie lange noch ...?
»Schlag zu«, forderte der Vogt Athena spöttisch auf. »Erst du – aber dann bin ich an der Reihe.«
Er lachte schallend und hielt ihr erst die eine, dann die andere Wange hin.
Athena hob langsam den Kerzenleuchter in die Höhe. Er war länger als eine Elle, und die Kante der Kerzenschale war beinahe so scharf wie die Klinge eines Schwertes.
Wie gebannt studierte Trota Athenas Gesicht. Ihre Augen loderten vor Hass, ihr Gesicht aber war grau und wie aus Stein. Sie war fest entschlossen und fürchtete keine Wunde. In nichts glich sie jener Frau, bei der sie im Spital eine Spülung vorgenommen hatte. Nein, diese Frau wollte nur eines: sich endlich rächen.
Sie ist bei klarem Verstand und wird ihn töten wollen, dachte Trota erstaunt und bildete sich plötzlich ein, Athenas Konzentration genauso spüren zu können wie die anmaßende Selbstsicherheit des Vogts. Er tänzelt nur, dachte sie. Sie aber lauert auf den einen, den richtigen Augenblick.
Dieser kam schneller, als Trota erwartet hatte. Als spielte er nur, ließ der Vogt sich ein paar Mal um den Tisch scheuchen, doch unverhofft drehte er sich abrupt um, um seiner Frau in den Arm zu fallen.
Seine Hand jedoch schnellte ins Leere.
Der Kerzenleuchter nicht.
Mit der Wucht eines Schwerthiebs traf er den Vogt zwischen Augen und Nasenbein, zerschnitt Haut und Sehnen, zertrümmerte den Knochen.

Röchelnd brach er zusammen. Er schlug mit dem Kiefer auf die Tischplatte und erbrach einen Blutschwall. Ein grässliches Gurgeln entrang sich seiner Kehle – dann war es still.

Die Flucht

In der Dunkelheit des Stollens waren nur ihr Atem und das Scharren ihrer Sohlen auf rutschigem Gestein zu hören. Athena ging voran. Obwohl Trota sich mit den Händen beidseitig am Fels entlangtastete, stieß sie häufiger als ihr lieb war mit Kopf oder Schulter gegen verborgene Vorsprünge. Blindlings stolperte sie hinter der Frau des Vogts her, unfähig, einen klaren Gedanken zu fassen. Wäre nicht der Schmerz, hätte sie geglaubt zu träumen. So aber blieb ihr nur das dumpfe Erstaunen darüber, dass Athena sie durch einen geheimen Gang zu retten versuchte – einen Gang, der unterhalb des *palas* durch das Festungsgelände an die meerabgewandte Seite und in die Freiheit führen sollte.

»Als ich Euch hörte«, rief ihr Athena über die Schulter zu, »wusste ich, dass endlich die Stunde gekommen war. Schon seit Wochen stand mein Plan fest. Genauer gesagt, seit dem Tag, an dem mir einfiel, dass außer der herzoglichen Familie, Rahel und ihm nur ich von diesem Gang wusste.«

»Er hat es Euch verraten?«

»Vor langer Zeit, damals, als ich ihm noch eine gute Frau war. Erst später begann er, mich ständig zu bedrängen, aber auch zu betrügen.«

Trota gab sich mit der Antwort zufrieden. Das Atmen fiel ihr schwer, die Luft war stickig und feucht. Längst klebte ihr das Unterkleid auf der Haut, und auch der Chiton war schon durch-

geschwitzt. Die mausgraue grobe Wollkutte, die Athena ihr gegeben hatte, war viel zu warm und scheuerte ihr am Hals, aber nur in dieser Verkleidung würde ihr die Flucht gelingen. Flucht?
Trota schob den Gedanken so lange von sich, bis sie das Ende des Gangs erreicht hatten – ein schmaler Ausstieg, gerade so breit, dass ein Mensch hindurchpasste. Haselnusssträucher schützten den Ausgang, weder Weg noch Pfad führten den steilen Hang hinab in die Tiefe. Die Sonne brannte von einem diffus blauen Himmel herab. Kein Hauch bewegte die Luft.
»Und jetzt?«
»Ihr wartet hier, bis die Dämmerung einbricht, dann steigt Ihr ab. Wartet am Fuß des Berges, dort, wo die drei Nussbäume stehen.«
»Was? Verstehe ich Euch richtig?«
»Ja, Ihr wartet dort. So lange, bis Euch jemand mit allem ausstattet, was Ihr für Eure Flucht braucht. Ich kümmere mich darum.«
»Flucht?«
Wieder hatte Athena dieses Wort ausgesprochen, das ihr den Hals zuschnürte. Lief ihr knapp gerettetes Leben darauf hinaus? Gab es keinen anderen Ausweg? Keine Rückkehr? Fassungslos schaute sie Athena an, dann glitt ihr Blick auf ihre Füße, ganz so, als könnten diese ihr eine Antwort geben.
Athena lachte. »Die tragen Euch schon, Magistra. Sie sind gesund und kräftig.«
»Ich soll wirklich fliehen? Meinen Mann und mein Kind ohne Abschied verlassen?« Niemals werde ich das tun!, schrie es in ihr. Athena, sag etwas! Sag, dass alles nur ein Scherz ist. Sage mir, dass ich jetzt nach Hause oder in die Schola gehen soll. Sage mir: Trota, packt Eure Sachen und macht Euch Gedan-

ken, welche Statuten Ihr als Äbtissin für das neue Spital in Venosa festlegen werdet.

Ihr Herz klopfte wild. Nein, dachte sie erschüttert, all das wird Athena nicht sagen. Das, was geschehen ist, ist unabänderbar. Ich habe zwar den Tod des Vogts nicht auf dem Gewissen, aber ich bin darin verstrickt. In ein paar Stunden wird man seine Leiche im Bett finden, mich hingegen nicht. Wird da nicht sowohl der Dümmste als auch der Klügste schlussfolgern, dass ich bei diesem Mord zumindest mitgeholfen habe?

Meine Lage ist ausweglos. Mir bleibt nur die Flucht. Zumal ich befürchten muss, dass Costas Sikelgaitas Geheimnis entdeckt und den wahren Grund ihrer Blutungen erkennt. »Was werdet Ihr jetzt tun, Athena?«

»Oh, ich kehre mit einem Korb voller Geschenke auf die Festung zurück. Und werde natürlich sehr bestürzt sein.«

»Dann war ich also nur ein Stein in Eurem Spiel?«

»Sagen wir es so: Ihr wart zur rechten Zeit am rechten Ort. Es hätte jeden anderen treffen können. Wie ich schon sagte – mein Plan stand seit Wochen fest.«

»Ich verstehe. Es ist Eure Art, sich dankbar zu erweisen. Habe ich Euch so schlecht beraten? Wärt Ihr lieber schwanger geworden? Von ihm?«

»Magistra, es ist alles nur Zufall. Ich bin Euch von Herzen dankbar für Eure Fürsorge im Spital. Darum helfe ich Euch jetzt. Die nächsten beiden Tage habt Ihr nichts zu befürchten. Herzog Waimar ist mit Graf Drogo auf der Jagd. Alle Hundezwinger sind verwaist. Also noch einmal: Ihr steigt in der Dämmerung ab und wartet unter den drei Nussbäumen.«

Athena umarmte Trota, küsste sie und machte sich an den Abstieg. Erde geriet ins Rutschen, Steine lösten sich. Trota sah ihr nach, bis sie hinter Haselnussbüschen, Oleander und stache-

ligen Kermeseichen verschwunden war. Das Rascheln wurde leiser und leiser, dann war es still. Über ihr schrie ein Habicht, im trocknen Gras raschelte eine Drossel.
Bienen und Fliegen summten. Etwas, das lauter brummte, setzte sich plötzlich auf ihre Wange und biss zu. Es schmerzte und juckte zugleich: eine Bremse. Trota schlug nach ihr und benetzte die Stelle mit ihrem Speichel.
Ich habe alles verloren, dachte sie, alles – die Menschen, die ich liebe, selbst die Mittel und Werkzeuge meiner Kunst.
Noch einmal betupfte sie ihre Wange mit Speichel, dann zog sie sich in den Schatten des Stollens zurück. Ausdruckslos starrte sie vor sich hin, und ihre Augen füllten sich mit Tränen.

Später, als sie mit den kühlen Wassertropfen, die aus dem Fels rannen, den Stich so weit behandelt hatte, dass er nicht weiter anschwoll und nur noch dumpf pochte, stieg sie ab. Längst war sie hungrig und durstig, doch nirgends fand sich ein essbares Kraut, eine Wasserquelle, eine Wurzel. Vielleicht lag es daran, dass nun Erinnerungen über sie herfielen, als wollten sie ihre innere Leere füllen.
Schon einmal war sie auf der Flucht gewesen. Damals mit Argyros, ihrem Vetter, aus Bamberg. In Genua hatten sie sich getrennt. Sie bestieg das Handelsschiff und geriet in Piratenhände, er wollte sich bei irgendeinem oberitalienischen Fürsten oder Grafen als Söldner verdingen.
Was wohl aus ihm geworden ist?, fragte sie sich und nahm es hin, dass ihre Neugierde so rasch verflog wie das Licht jenseits der Baumwipfel. Viel schmerzhafter war die Tatsache, dass sie diese Flucht allein bestehen musste.
Sie lehnte sich an einen Baumstamm. Es war schwül, der Mond glänzte hinter einer dünnen milchigen Wolkenschicht.

Sie hielt die Augen offen und lauschte, aber die Stunden verrannen. Niemand kam. Ihr juckten die Beine, auch war ihre Wange in der Wärme der Nacht weiter angeschwollen. Hier unten, am Fuß des Berges, war die Luft schwer. Der Durst wurde fast unerträglich. Nuss- und Kastanienbäume, Eichen und sogar Buchen verbreiteten eine eigene, unheimliche Atmosphäre. Überall knisterte und knackte es, ab und zu ächzten die Bäume.
Fledermäuse schossen an ihr vorbei, im Wipfel eines der Nussbäume rief ein Kauz. Trota schloss die Augen, ließ sich treiben, betete, nie wieder aufzuwachen.
Abu Elnum, der Vater des Schlafes, wird dich gesund machen.
Wer hatte dies gesagt?
Duodo. Aber Duodo war tot.
Doch wer war *Abu Elnum*?
Trota spürte, wie der Schmerz sie übermannte. Sie wollte weinen, aber da umfing sie bereits der Schlaf.

Ihre Bewegungen waren so geschmeidig, wie ihre Augen scharf waren. Mit schlafwandlerischer Sicherheit schritt Ala durch die Dunkelheit, denn zum Sehen reichten ihr das Mondlicht und der fahle Widerschein von Blättern und Blüten. Ab und an blieb sie stehen, um auf den Hauch der Nacht zu lauschen oder den Fledermäusen nachzuschauen, die sie auf ihrem Weg umkreisten und zu begleiten schienen. Nach einer Weile setzte sie ihren Weg fort, schaute nach rechts oder links, schnalzte mit der Zunge und schüttelte schließlich missbilligend den Kopf.
»Deine Augen sehen mich«, murmelte sie vor sich hin, »ich aber nicht die deinen. Wie oft habe ich dir schon gesagt, du sollst Rücksicht nehmen.« Unwillig seufzte sie auf und schlug

ein paarmal mit ihrem Wanderstab gegen einen Felsbrocken. Sofort erklang der unverwechselbare klagende Heullaut eines Wolfes. Ala lächelte, klemmte ihren Wanderstab unter die Achsel und legte die Hände um den Mund. Zweimal antwortete sie Luno, ihrem zahmen Wolf, und nach einer Weile sah sie irgendwo in der Schwärze des Unterholzes das Glimmen seiner gelben Augen. »Nun komm«, sagte sie halblaut, »es ist nicht mehr weit. Aber bis zum Morgengrauen müssen wir es bis zu den Ruinen von Faiano geschafft haben.«

Sie griff in die Schürzentasche ihrer Kutte, brach sich ein Stück Brot ab und biss hinein. Ein Bröckchen hielt sie zurück und warf es zu Füßen eines am Wegrain stehenden mächtigen Nussbaums. Sie strich mehrmals über seinen Stamm. »Lasst sie noch ein wenig schlafen, ihr Geister des Waldes. Wacht über sie, bis Luno und ich sie gefunden haben.«

Ala sog tief die Nachtluft ein und zerrte den Riemen ihrer Kraxe fest. Sie wog schwer, war beladen mit Brot und Dörrfisch, Käse, Schinkenspeck, Salz, Kräutern, Kessel, Schüsseln, Feuersteinen, Messern, Löffeln und anderen Dingen, die man brauchte, um längere Zeit in der Wildnis zu überleben. Ala hatte aber auch Tücher, je zwei Decken und Tuniken mit dabei und als besonderen Schatz eine Ledertasche mit allerlei medizinischen Instrumenten, Ölen und verschiedenen Pulvern.

Und sollte das alles nicht reichen, dachte sie, haben wir immer noch das Geld: heiliges Geld, eingetauscht gegen das Gold der Regenbogenschüsselchen.

Sie griff in die Innenschürze und streichelte den Ledersack mit den Münzen, der ihr prall gegen den Bauch drückte. Sie kicherte bei dem Gedanken, dass ihre Zeit der Sehnsucht nach einem Mann vorüber war, Trota aber, so sinnlich wie sie war, noch einige Jahre Freude an der Liebe haben würde. Denn das

Orakel log nicht. Und doch würde sie Trota nichts davon erzählen.

Vor ihr zweigte ein Pfad ab, und Ala verlangsamte nun ihren Schritt. Sie konnte erkennen, dass er ein Stück weit parallel zu dem ihren herlief, dann aber abbog.

»Luno!« Ihre Stimme klang scharf. Wieder legte sie die Hände an den Mund und imitierte dreimal den Wolfslaut. Nach einer Weile flatterte ein Vogel im Gebüsch auf, und irgendwo im Unterholz hetzte ein Tier davon. Wie aus dem Nichts glommen auf einmal Lunos Augen in der Finsternis auf und bewegten sich dann langsam auf Ala zu. »Warst du schon bei ihr?«, fragte sie und streckte die Hände aus. Luno drückte seine Schnauze dagegen, zog sich zurück und knurrte leise. »Du willst lieber jagen?«, redete Ala weiter. »Ja, du darfst und sollst es auch. Aber vorher, Luno, musst du mir sagen, welchen Pfad ich nehmen muss. Den rechten oder den linken? Welchen? Such sie!« Sie stieß die beiden letzten Worte mit der Schärfe eines unerbittlichen Befehls aus und trat zwei Schritte auf Luno zu. Dieser sprang zur Seite und knurrte böse, doch sofort darauf jaulte er auf und trottete den Pfad entlang, der rechterhand lag.

Ala schmeichelte ihm mit honigsüßen Worten und begann vor sich hinzusummen. Luno schaute sich nach ihr um, senkte den Kopf und verschwand geräuschlos in der Dunkelheit.

Trota konnte sich nicht recht erklären, warum sie so plötzlich aus dem Schlaf geschreckt war. Lag es an ihrem Traum? Sie hatte Matthäus an der Hand gehabt und schaute mit ihm auf ein Tuch voller Schwämme und Muscheln herab. Seltsamerweise schien sie dabei auf Canios Rücken zu sitzen, was dazu führte, dass sie sich Vorwürfe machte, nicht Matthäus vor sich sitzen zu haben. Doch als sie ihn zu sich hochziehen wollte, begann

Canio plötzlich zu wachsen. Sie bekam Matthäus' Hand nicht mehr zu fassen und geriet in Panik. Spring doch zu ihm hinunter, tönte es in ihrem Kopf. Spring! Im gleichen Augenblick begann sie zu fallen. Und noch während sie fiel, wusste sie, wo sie aufwachen würde: unter einem Nussbaum, irgendwo am Fuß des Arechi-Festungsberges.

Kaum dass sie die Augen aufschlug, packte sie lähmende Verzweiflung. Binnen eines Atemzugs war sie sich wieder ihrer Lage bewusst, und im nächsten Moment begann ihr Herz vor Angst zu rasen.

Mit einem erstickten Schrei fuhr sie in die Höhe und erstarrte, als sie des gelben Augenpaars gewahr wurde und gleich darauf das unverwechselbare Heulen hörte.

Er wird mir an die Gurgel springen und zubeißen. Ich werde nicht lange leiden.

»Such!«

Als Luno aufheulte, sackte Trota vor Erleichterung auf die Knie. »Ala! Ala, du? Woher …? Es ist ein Wunder. Ich hatte keine Hoffnung mehr.«

»Ich sagte doch, dass ich Euch nicht im Stich lasse«, erwiderte diese, als sie auf Sichtweite herangekommen war. »Ihr braucht Eure Hoffnung nicht zu verlieren. Ich habe verschiedene Orakel befragt.«

»Du sagtest, die Zeit sei nah: Wie wusstest du …?«

»Ihr seid schon wieder ganz die Magistra, Trota. Wollt alles ganz genau wissen. Aber jetzt trinkt erst etwas. Und esst. Luno wird uns dann nach Faiano führen. In die Ruinen. Dort nehmen wir ein Bad im Brunnen der sieben Münder. Und morgen Abend machen wir uns wieder auf den Weg.«

Ala nahm die Kraxe von den Schultern und band den Wasserschlauch ab. Trota dankte, gleichzeitig ergriff sie ein unsag-

bares Glücksgefühl. Alle Ängste fielen von ihr ab, und stattdessen breitete sich in ihr das süße Gefühl von Sicherheit und Geborgenheit aus. Zärtlich rief sie nach Luno, doch Ala lachte sie nur aus. »Er wird Euch schützen, aber sich niemals mit Euch abgeben. Er ist ein Wolf, kein Hund. Seht ihm nie direkt in die Augen. Das darf nur ich.«
»Ich werde meinen Hochmut zu zügeln wissen. Warum aber tust du das alles für mich?«
»Weil auch meine Zeit gekommen ist. Aber das wirst du erst dann verstehen, Trota, wenn es so weit ist.«

Als die Sonne aufging, hatten sie Faiano erreicht, einen lichten Weiler inmitten eines ausgedehnten Buchenwaldes, in dem nur Köhler und ein paar Ziegenhirten lebten. Es roch nach schwelendem Holz und Ziegenkäse, aber niemand war zu sehen oder zu hören. Trota bekam dennoch Herzklopfen und bildete sich in der Stille ein, hinter einem Stamm lauere einer von Herzog Waimars Männern und würde ihnen gleich mit gezogenem Schwert in den Weg treten.
»Lass deine Ängste hinter dir«, mahnte Ala. »Wir sind eine Tagesreise von Salerno entfernt. Sollten sie schon nach dir suchen, werden sie am Hafen beginnen.«
»Du hast Recht«, sagte Trota. »Ich muss mich eben erst an alles gewöhnen.«
Sie verließen den Weiler und schlugen einen Pfad ein, der auf die umliegenden Berge zuführte. Nach einer Weile tauchten aus dem Dickicht von Eichen, Kastanien, Buchen und Stechpalmen mächtige, pflanzenüberwucherte Ruinenmauern auf. Der helle Travertinstein schimmerte freundlich in der Sonne, düster wirkten allein die bogenförmigen Aussparungen, in denen Tauben und Schwalben nisteten. Es seien Reste einer rö-

mischen Therme, bemerkte Ala schlicht und verschwand hinter Luno im Schatten einer der Bögen.
Trota folgte ihr. Die Mauer, hinter der sich ein tiefer liegendes, ebenes Areal auftat, besaß die Stärke von zwei Armlängen. Man erreichte die Ebene über einen graswachsenen Schuttberg, an dessen Fuß zerbrochene Mahlsteine lagen. Ein vage auszumachender Trampelpfad wand sich zwischen Myrten- und Ginstersträucher hindurch auf die gegenüberliegende sonnige Seite des Hofes. Trota genoss die Geborgenheit dieser verwunschenen Wildnis, fühlte sich beschützt und sicher.
Ala rief, sie kämen gleich zu ihrem Tagesziel, einem versteckt gelegenen Tempelvorbau. »Niemand wird uns hier vermuten. Die Menschen fürchten die heidnischen Seelen einstiger Todkranker, denen das Wasser nicht mehr half und die es deswegen verfluchten. Sie sagen, die Therme stecke voller Geister, und das ist auch so. Aber uns tun sie nichts.«
»Warum?«
»Weil wir ihnen mit dem Wasser aus dem Brunnen der sieben Münder huldigen werden. Schau, hier ist der alte Opferstein.« Ala wies auf eine schalenartige Aushöhlung vor einem rußgeschwärzten Stück Wand. Trota nickte und biss sich auf die Zunge, um eine spöttische Bemerkung zu unterdrücken. Ala schaute sie aufmerksam an. »Du zweifelst? Ich weiß. Zum Glück aber bestehst du nicht nur aus Verstand. Wenn wir das Wasser versprengt haben, wirst du spüren, wie wohl du dich fühlst.« Sie stellte die Kraxe neben den Altar und suchte nach einer Schüssel.
»Und wo ist der Brunnen?«
Ala antwortete nicht, sondern ging an der Mauer entlang, bis sie an eine Bresche kamen. Sie stiegen über Bruchsteine hinweg, durchquerten einen Kastanienwald und trafen schließlich auf

einen Weg, der an einem felsigen Wasserloch endete. Trota fiel sofort der frische Geruch auf, der diesen von Efeu umwachsenen Brunnen umgab. Als sie sich hinabbeugte und das Wasser kostete, schmeckte es nicht nur angenehm mild und schwach salzig, sondern es prickelte auch ein wenig auf der Zunge: »Nicht so stark wie bei gärendem Wein«, stellte sie fest, »aber es ist das erste Mal in meinem Leben, dass ich ein solch lebendiges Wasser trinke. Es schmeckt gesund, geradezu medizinisch. Kein Wunder, dass die Römer hier eine Therme errichteten. Wie es ihre Art war, hatten sie bestimmt ausgeklügelte Zuleitungen.«
»Sicher, Magistra«, bemerkte Ala ungeduldig und begann, sich ihrer Kleider zu entledigen. »Geben wir uns also den Geistern zu erkennen.«
Ala übergoss sich und Trota mit dem köstlichen Nass, bis Trota sich entschloss, sich mitten in den Brunnen zu knien. Ihre Lebensfreude kehrte zurück, und schließlich fühlte sie sich so wohl, dass sie bekundete, noch niemals zuvor in ihrem Leben ein solch köstliches Bad genommen zu haben. Ala hingegen dachte ans Praktische und erinnerte sie daran, Schweiß und Angst aus den Kleidern zu spülen. Trota war alles recht. Sie konnte sich kaum von dem Brunnen lösen, der, wie Ala ihr erzählte, deswegen Brunnen der sieben Münder heiße, weil sich das Wasser aus sieben verschiedenen Quellen speise.
»Es schmeckt jeden Monat anders. Und somit wirkt es gegen zwölf Krankheiten.«
»Und welche?«
»Das wissen nur die Geister.«

Nachdem Ala Trota das Haar abgeschnitten hatte, dösten sie den Tag über im Schatten eines Nussbaums. Am späten Nachmittag sammelten sie Walderdbeeren und Himbeeren, die sie

zu Brot, Speck und Käse aßen. Nach dem Sonnenuntergang besprengten sie den Opferstein mit Wasser und machten sich auf den Weg.
»Nun?«, fragte Ala, als die Dämmerung einsetzte. »Wie fühlst du dich jetzt?«
»Ich spüre, die Geister sind mir gewogen. Ich glaube, ich darf mich wirklich der Hoffnung hingeben, weiterleben zu können.«
Ala nickte. Sie rief Luno und sah ihn eindringlich an. Luno schmiegte, wie schon so oft zuvor, die Schnauze in ihre Hand, blinzelte und begann leise zu röcheln. Bedächtig setzten sie ihren Weg fort. Der Mond ging auf, Taubenpaare gurrten. Bald aber wurde es so still, dass Trota nur noch ihre Schritte hörte, die sie weiter fort von Salerno trugen – hinein in Alas Heimat, die Wildnis des Cilento und die Alburner Berge.

Ein Dreivierteljahr später war es nicht Abend, sondern Morgen, als sie sich in der heiligen Grotte des Erzengels Michael von Bruder Marco verabschiedeten.
Der sehnige Mönch, der sich mit drei anderen Brüdern in die Einsamkeit des karstigen Berglandes zurückgezogen hatte, um zu beten und zu meditieren, aber noch mehr, um zu arbeiten, hatte ihnen im Ziegenstall seiner an den Berghang gezimmerten Klause ein Lager zugewiesen. Sechs Wochen waren Ala und Trota bis dahin unterwegs gewesen, hatten sich von den Vorräten in der Kraxe, von Pilzen, Früchten, Kräutern und Knollen ernährt. Dann aber war es zu kalt geworden und sie brauchten den Schutz der Menschen. Ohne zu fragen hatte Bruder Marco ihnen Hacke und Axt in die Hand gedrückt, womit er symbolisch den Preis für ihr Bleiben festsetzte: arbeitet, dann dürft ihr bei uns schlafen und essen.
Für Trota waren die darauffolgenden Wochen und Monate wie

im Flug vergangen. Den Kupfertönungen des Herbstes hatten sich bald die fahlen Farben des Winters angeschlossen, doch jetzt neigte sich die Zeit des Schweigens und In-sich-Gehens dem Ende zu. Die Stunden langen Schlafens und auch Frierens waren gezählt. Der Frühling zog ins Land, und die Sonne wärmte wieder. Die Erde begann zu atmen, die Natur zu duften. Vögel bauten Nester, frisches Grün eroberte Bäume und Sträucher.
Und wenn auch die Gipfel der Berge noch schneebedeckt waren, der Kalkstein in den Tälern hatte die Kälte des Eises schon verloren.
Bruder Marco legte Hammer und Meißel aus der Hand und klopfte sich Staub und Splitter von der Kutte. Seine braunen Augen leuchteten, denn er kam mit seiner Arbeit in der Grotte gut voran. Vor ein paar Jahren war hier einem Schweinehirten zur Osterzeit der Erzengel Michael erschienen und hatte mit seinem Flammenschwert die Umrisse einer Madonna in den Fels geschlagen. Seitdem diente die Grotte als Wallfahrtsziel, und die Anzahl der Gläubigen wurde von Jahr zu Jahr größer. Bruder Marco hatte sich daraufhin vorgenommen, unter dem Umrissbild der Heiligen Mutter einen Altar aus dem Gestein zu schlagen.
»Ihr wollt noch vor dem Osterfest zurück zu den Menschen?«
»Ja«, sagte Trota schlicht.
»Es ist keine Sünde, nicht töricht zu sein. Geht mit Gott.«
Trota und Ala beugten das Haupt, Bruder Marco schlug das Kreuz und murmelte einen Segen. Als er sich wieder seiner Arbeit zuwenden wollte, zupfte Ala ihn am Ärmel. Sie streckte ihm eine silberne Münze entgegen und sagte: »Kauft neue Gerätschaften dafür. Das Schwert des Erzengels war ein himmlisches Werkzeug und immer scharf. Eure Meißel und Häm-

mer, Äxte, Hacken und Schaufeln aber sind Menschenwerk. Und das nutzt sich ab.«
Sie drehte sich um, fasste Trota am Arm und verließ mit ihr die Höhle. Bruder Marco aber sank in die Knie und sang voller Inbrunst das Loblied der Heiligen Mutter Gottes.

Frohgemut schlugen sie den Weg gen Osten ein, um an den Tanagro-Fluss zu kommen. Trota fühlte sich frei und gekräftigt, die körperliche Arbeit der vergangenen Monate hatte sie gestählt. Schon während der ersten Wochen ihrer Flucht hatte sie aufgehört darüber nachzugrübeln, ob Costas bei Prinzessin Sikelgaita nun Spuren einer Abtreibung feststellen würde oder nicht. Und als sie die Grotte des Erzengels Michael betreten hatte, war merkwürdigerweise auch die Angst von ihr abgefallen, Costas würde sie deswegen beim Herzog anzeigen und damit verraten.
Jetzt lebte sie nur für den Augenblick und genoss es, wieder unterwegs sein zu dürfen. Außer Brot, getrockneten Weißfischen, ein paar Zwiebeln und einem halben Dutzend schrumpeliger Äpfel hatten sie keine weitere Wegzehrung, also würden sie sich bald irgendwo versorgen müssen, mit Alas Geld, das sie für das Gold der Regenbogenschüsselchen bekommen hatte.
»Woher wissen Luno und du eigentlich, wo wir jetzt hingehen wollen?«, fragte Trota, nachdem sie am späten Nachmittag den Ausgang einer Schlucht erreichten, in der Ruinen standen. Ein Bergbach rauschte von den Hängen mitten durch die Ruinen, deren Mauern an einer Stelle noch so gut erhalten waren, dass das Wasser sich dahinter aufstaute, um dann in einem Wasserfall in die Tiefe zu stürzen.
Ala setzte die Kraxe in den Windschatten der Ruinenmauer ab.

»Du weißt, der Cilento ist meine Heimat.« Sie zog einen Stängel des Riesenfenchels heraus, dessen glühendes Mark ihr zum Feuermachen diente. »Luno und ich kennen uns hier aus. Wir folgen alten Wegen, von denen wir vor allem eines wissen: Sie führen weg von Salerno. Sind wir aber am Tanagro und du möchtest weiter in den Süden, musst du wissen, dass bald das Sarazenenland beginnt.«
»Aber ins Landesinnere hin, gen Osten und Norden, nisten die Normannen. Das Herrschaftsgebiet Graf Drogos. Durchqueren wir es unentdeckt, erreichen wir irgendwann byzantinisches Land.«
»Du willst zurück nach Bari? In deine Heimat?«
»Warum nicht? Gäbe ich mich dort dem Katapan zu erkennen, wird er mich nicht fortschicken. Vielleicht nimmt er mich sogar mit nach Byzanz? Dort habe ich die Möglichkeit, Erzbischof Alphanus zu begegnen. Ich könnte ihn fragen ...«
»Dir ist anderes vorherbestimmt«, entgegnete Ala knapp. »Und mir auch.«
»Willst du mir nicht endlich sagen, was?«
»Wenn Luno Beute gemacht hat, werde ich noch einmal das Orakel befragen.«
»Du weichst mir immer aus, Ala.«
Die nickte nur, suchte altes Laub und kleine Zweige zusammen und türmte sie um den kleinen Glutkegel, den sie aus dem Stängel des Riesenfenchels geklopft hatte. Sachte blies sie in den kleinen Haufen, bis er zu rauchen begann und Flammen aufzüngelten. Trota schürte das Feuer mit dünnen Zweigen, Ala suchte nach dickeren. Bald prasselte ein gemütliches Feuer, und sie konnten sich eine Fischsuppe kochen, zu der sie Brot und Bärlauch aßen.
Nach einer kalten Nacht am Feuer brachen sie mit klammen

Gliedern früh am nächsten Morgen auf und traten gegen Mittag an die Ufer des Tanagros. Ein Fischer setzte sie über, und nach einer weiteren kalten Nacht erreichten sie ein weitläufiges Areal mit zahlreichen antiken Ruinen. Sie legten Zeugnis von einer einstmals bedeutenden römischen Stadt ab, einer Stadt mit Aquädukt, Tempeln, Forum, Therme und Amphitheater. Doch Trota entgingen auch die kleinen zerstörten Steinhäuser, verkohlten Holzbalken und grasüberwachsenen Schutthaufen nicht, die das alte römische Straßenpflaster säumten. Überreste einer christlichen Stadt, von deren dreischiffiger Kirche nur noch die Grundmauern stehen geblieben waren.

»Es gibt hier in der Gegend um Grumento noch ein paar Alte, die vor über einem halben Jahrhundert als Kinder den großen Sarazeneneinfall erlebt haben«, klärte Ala sie auf. »Sie flohen in die Berge, während ihre Eltern versklavt oder umgebracht wurden. Als sie sich wieder hierher trauten, schlug ihnen der Verwesungsgestank aufgespießter Köpfe entgegen.«

»Weshalb sind wir hier angelangt, Ala?«

»Der Ort liegt zwischen den Meeren, zwischen Ost und West. Hier das Orakel zu befragen wäre günstig.«

»Und die Geister der Toten?«

»Es wurde viel für sie gebetet. Ihre Seelen sind längst im Paradies. Das ist etwas anderes als bei denen aus der Therme von Faiano.«

Trota lächelte still in sich hinein. Ala war ebenso gläubig, wie sie abergläubisch war. Bevor sie nicht gebetet hatte, brach sie kein Stück Brot, genauso aber huldigte sie auch den Geistern der Natur. Nach jeder Mahlzeit verneigte sie sich in die vier Himmelsrichtungen und richtete auf einem ihr genehm erscheinenden Fleck ein kleines Mahl für sie an. Dabei verlangte sie stets, ungestört zu sein. Nur Luno duldete sie an ihrer Seite, weil ein Wolf, wie sie Trota gegenüber nicht müde wurde zu behaupten, das feinfühligste Lebewesen sei, das Gott neben dem Menschen geschaffen habe – mit dem Vorteil, dass dem Wolf, verglichen mit dem Menschen, alle Wesenszüge der Verschlagenheit fremd sind.

Trota fröstelte, schürte das Feuer, das Ala in der Apsis der Kirche entfacht hatte. Der Wind, der über die Hochfläche von Grumento zog, war kalt. In den Gipfellagen der Maddalena-Berge, die in ihrem Rücken lagen, hatte es wieder geschneit. Auch wenn der Frühling in der Luft lag, so kroch er doch nur langsam ins bergige Hinterland, das zwischen den Meeren lag.

Wie lange werden wir noch wandern?, fragte sich Trota. Wann ist es genug? Wann kommt das Zeichen, das mir sagt: Kehre zurück? Sehnsucht nach dem Meer ergriff sie, als sie ein paar Steine zusammensuchte und Holz nachlegte. Als das Feuer groß genug war, holte sie Wasser und machte sich wieder daran, Fischsuppe zu kochen. Wenn wir doch nur Salz hätten, dachte sie und schnitt den Dörrfisch und die Zwiebel in Streifen. Auf Dauer sind getrocknete Pilze kein Ersatz. Ebenso wenig wie Rosmarin. Sie schaute zu Ala, lächelte sehnsüchtig. Ala kraulte Lunos Bauchfell, sie selbst hätte einen Zeh geopfert, wenn sie jetzt Matthäus hätte kosen können. Johannes wird längst eine neue Haushälterin gefunden haben, beruhigte sie sich, und natürlich wird sich auch Tante Maria um Matthäus kümmern.

Vielleicht geschieht ja alles nur deswegen, damit ich das Rezept des Theriak finde. Denn, wie sagt Prediger Salomo: Ein jegliches hat seine Zeit und alles Vorhaben unter dem Himmel hat seine Stunde.

Tränen traten ihr in die Augen. Sie senkte den Kopf, rührte die

Suppe um, schmeckte sie ab. Sie muss noch heißer werden, entschied sie. Wenigstens heiß, denn fad ist sie allemal.
Luno indes gähnte. Er war zu träge, um nur den Kopf zu heben – und Trota wusste auch, warum. Luno hatte Beute gemacht und reichlich gefressen. An Hals und Bauch klebten ihm Blutspritzer, und sein Atem stank nach Fleisch.
Trota dachte sich ihren Teil.
Ala und sie hatten am Vormittag Schafe gesehen und einmal deutlich das Bellen der *maremmani* gehört, der großen weißen Hirtenhunde. In dem Moment, als sie gedacht hatte, jetzt ist es passiert, hatte Ala zu murmeln begonnen. Als sie wieder still war, wirkte sie verdrossen – und mit jedem Schritt wurde ihre Stimmung schlechter. Als sie Grumento erreicht hatten, hielt sie es nicht mehr aus und fauchte: »Himmel, er ist ein Wolf! Was ist verwerflich daran, wenn er Schafe reißt! Wir Menschen schlachten zu Ostern ja auch Lämmer!«
Trota wandte sich wieder der nun fertigen Suppe zu. Für eine Weile löffelten beide Frauen andächtig aus dem Kessel, wischten ihn, nachdem sie ihn geleert hatten, mit Brot aus und teilten einen Apfel unter sich auf.
Bald darauf ging die Sonne unter, und es wurde kälter. Trota nahm sich zusammen. Erst nach einem kurzen Bad im nahen Bach schmiegte sie sich in ihre Decke und schloss die Augen. Fast augenblicklich schlief sie ein, spürte und sah nicht mehr, wie Luno sich ihr zu Füßen legte und mit gespitzten Ohren in die Dunkelheit lauschte.

Am nächsten Morgen riss sie sein Aufheulen aus dem Schlaf. Er stand vor den Trümmern der Kirche, den Kopf in den Wind erstreckt und zitterte vor Anspannung. Hundegebell näherte sich in einer Geschwindigkeit, die nur den einen Schluss zu-

ließ: Die *maremmani* der Schäfer hatten sie, beziehungsweise Lunos Fährte, gefunden. Klug wie die Hirtenhunde waren, hatten sie gewittert, dass sie es mit nur einem Wolf zu tun hatten – und den wollten sie jetzt jagen und zur Strecke bringen.
»Bring dich in Sicherheit, Luno!«, rief Ala. »Lauf! Du bist klüger als sie.« Energisch wies sie mit dem Arm ins Weite, doch Luno heulte nur noch heftiger. Ala versuchte, ihn fortzuschieben, und rannte schließlich selbst los, doch da Trota bei den Ruinen noch ihre Kraxe packen musste und darum erst etliche Minuten später zu ihnen aufschließen konnte, blieb er immer wieder stehen.
Schon hörten sie die aufgeregten Rufe der Hirten. Ala zeterte und ohrfeigte Luno, aber der heulte nur und war nicht zu bewegen, endlich die Flucht zu ergreifen.
»Dann ist sein Schicksal doch ein anderes«, flüsterte Ala und schaute traurig auf die mächtigen weißen Hunde, die auf ihren Wolf zuhetzten.
Luno jaulte und heulte, schon schäumte sein Maul. Trota wurde von einem Schaudern erfasst und bereitete sich darauf vor, Zeuge eines grauenhaften Hundekampfes zu werden.
»Flieh doch endlich!«, rief sie ihm zu.
Und als habe Luno auf ihren Zuruf gewartet, schoss er los – direkt auf einen seiner Verfolger zu. Wie ein Pfeil flog er über das Gelände, auf dem jetzt auch die Hirten zu sehen waren.
Trota war wie gelähmt, während Luno noch schneller zu werden schien – und da geschah das Unglaubliche: Der Hirte hatte zu schreien begonnen und schwang seinen Hirtenstab. Trota stockte der Atem, denn plötzlich sah es so aus, als ob Luno es gar nicht auf den Hund abgesehen hatte, sondern auf den Hirten.
Sie irrte sich nicht.

Der Hirte pfiff, rief angsterfüllt nach seinem Hund. Dieser verlangsamte sofort seinen Lauf und schaute sich nach seinem Herrn um, der voller Entsetzen schrie. Trota traute ihren Augen nicht: Luno sprang einfach über den Hirten hinweg und verschwand im Gebüsch. Der Hirtenhund aber rannte winselnd zu seinem Herren und kläffte glücklich, als er bemerkte, dass diesem nichts geschehen war.

»So ist der Wolf«, sagte Ala mit Tränen in den Augen. »Siehst du, wie klug er ist? Er hat genau gewusst, dass ein Hirtenhund vor der Bekämpfung des Feindes darauf achtet, zuallererst seinen Herrn oder die Herde zu beschützen. Diesen Zwiespalt der Hundenatur hat er ausgenutzt.«

»So sieht es aus«, stimmte Trota ihr zu. »Jetzt hoffe ich nur, dass die Hunde in uns keine Wölfinnen sehen ...«

»Niemals.«

Ala winkte, einer der Hirten winkte zurück. Und es war genauso, wie sie es erklärt hatte. Die Hunde gaben die Verfolgung auf und warteten auf neue Anweisungen ihrer Herren. Zwar schauten sie knurrend in die Richtung, in die Luno geflohen war, aber nach ein paar Befehlen der Hirten machten sie sich davon, um zur Schafherde zurückzukehren.

»Wer seid ihr?«

Der Hirte sprach sie auf Griechisch an. Trota schätzte ihn auf unter zwanzig Jahre, doch er hatte die gedrungene Statur eines Kämpfers. Sein Gesicht war gerötet, und sein Atem ging stoßweise. »Zwei Wanderinnen auf dem Weg nach Byzanz«, sagte sie schlicht.

»Wem gehört der Wolf?«

»Mir«, antwortete Ala und musterte ihn eindringlich.

Der Hirte grinste verächtlich und schwieg. Ein wesentlich älterer Hirte gesellte sich zu ihm. Sie sprachen miteinander in

einem Dialekt, den weder Trota noch Ala verstanden. Die Augen des älteren Hirten blitzten vergnügt, und er lachte zufrieden. Trotzdem aber zog er ein Messer und hielt es Ala vor den Bauch.
»Fünf Schafe«, sagte der jüngere Hirte. »Bezahlt sie. Wer nach Byzanz will, hat Geld.«
»Du bist klüger, als euresgleichen es gewöhnlich sind«, sagte Trota zögernd.
Schweigend legte der Hirte seinen Stab ab, streifte den rechten Ärmel seines Hemdes hoch und entblößte seinen mächtigen Bizeps, auf den ein Halbmond mit Stern und Schlangenhaar tätowiert war: das Zeichen der Göttin Hekate, die das alte Byzanz der Legende nach vor herannahenden mazedonischen Truppen König Philipps gewarnt haben soll. Halbmond mit Stern waren, wie Trota wusste, auch jetzt noch die Symbole der Stadt Byzanz. Wer dieses Schutzzeichen trug, musste im Dienst der Stadt stehen – war der Hirte demnach ein entlaufener Mann der Stadtwache?
Trota war nicht neugierig. Antworten gab es viele, und alle waren sie müßig. Hatte sie nicht selbst oft genug erfahren müssen, wie rasch vermeintlich selbst gewählte Lebenswege von den viel stärkeren Schicksalskräften durchkreuzt wurden?
Die Augen des Hirten begannen zu blitzen und nahmen einen verschlagenen Ausdruck an, als er zuschaute, wie Ala in die Innentasche ihrer Tunika griff. Er sagte etwas zu dem anderen Mann, woraufhin dieser sein Messer senkte – was er besser nicht getan hätte, denn jetzt zeigte der junge Byzantiner sein wahres Gesicht. Er trat einen Schritt zur Seite und packte zu. In einer einzigen fließenden Bewegung entwand er dem Älteren das Messer und stieß es ihm genau auf der Höhe des Herzens in die Brust.

Trota war wie erstarrt.

Nicht aber Ala.

Mit voller Kraft sprang sie dem Hirten in die Seite und brachte ihn ins Straucheln. Gleichzeitig schrie sie Trota an, es ihr gleichzutun – und weil diese sofort reagierte, geschah das Wunder: Der Hirte verlor das Gleichgewicht und kam zu Fall. Er stürzte auf den Rücken, woraufhin Trota und Ala sich auf ihn warfen. Sie rangen miteinander, bis Ala einen Steinbrocken entdeckte, nach ihm griff und ihn dem Hirten auf die Stirn schlug.

»Ist er tot?«, keuchte sie.

Trota befühlte seinen Puls am Hals. »Nein, seine Stirn ist nicht zertrümmert.«

»Wird er verbluten?«

»Nein.«

»Kann er uns noch gefährlich werden?«

»Heute und die nächsten Tage nicht. In einer Woche vielleicht – möglicherweise aber kommt er nie wieder zu sich.«

»Dann lass uns fliehen.«

»Ich bin Ärztin, Ala!«

»Und er ein Mörder! Was glaubst du, warum er nicht mehr in byzantinischen Diensten steht?« Ala erhob sich, richtete ihre Tunika und nahm die Kraxe auf den Rücken. »Du büßt schon genug«, herrschte sie Trota an. »Die Seele dieses Mannes ist schwarz. Er ist ein Teufel in Menschengestalt. Soll er in der Hölle schmoren. Komm jetzt.«

Trota erhob sich zögernd.

Ala hat ja Recht, dachte sie. Aber was weiß sie vom Ethos, dem wir Ärzte uns verpflichtet haben?

Doch als sie das Bellen der Hirtenhunde hörte, packte sie die Angst. Entsetzt blickte sie zu Ala auf. Diese reichte ihr die

Hand, zog sie auf die Beine – und dann begannen sie so schnell zu laufen, wie es nur irgend ging.

Nun hatten sie doch die Richtung nach Süden eingeschlagen und gelangten in tiefer gelegene Regionen. Die dichten grünen Laubwälder wurden lichter, mischten sich mit gelbem Ginster und anderen weiß und blassrosa blühenden Sträuchern. Endlich waren die Temperaturen lebensfreundlich. Macchia und Olivenbäume bildeten Inseln zwischen grünen Kornfeldern und blühenden Obstbäumen, und an einzelnen Felsvorsprüngen in der Ferne türmten sich bereits wieder die ihr so vertrauten mannshohen Kakteenstauden. Trota empfand die Wärme des Küstengebirges wie eine Liebkosung und bildete sich ein, das nahe Meer des Golfes von Policastro riechen zu können.

Obwohl sie nicht abergläubisch war, hielt sie wie Ala die Katastrophe mit den Hirten für ein schlechtes Omen. Von Byzanz wollte sie jetzt nichts mehr wissen, selbst als sie im Städtchen Lauria erfuhr, dass weiter südlich Nordmänner, Sarazenen und Byzantiner vermehrt aneinander gerieten.

»Vor allem die Nordmänner sind trunken vor Kampfeslust«, erzählte der Wirt, dessen Taverne an der alten *via popilia* lag, der Römerstraße, die von Rom über Cosenza bis an die kalabrische Stiefelspitze führte. »Sie haben einen neuen Anführer, der angeblich ein echter Hauteville sein soll. Die Griechen nennen ihn Guiscardus, den Schlaukopf, weil er es mit nur wenigen Getreuen geschafft hat, den Katapan von Bisignano zu überwältigen. Aber das reicht diesem Robertus Guiscardus nicht. Er will und wird weiterkämpfen. Denn das Krater-Tal, wo seine Stammburg ist, verwandelt sich im Sommer in ein Höllental. Heiß und feucht und voller giftiger Mücken.«

Der Wirt lachte und schlug mit der flachen Hand auf den Tisch, als würde er eine Mücke erschlagen. Er war so geschwätzig wie gut gelaunt, denn alle Tische seiner Taverne waren besetzt. Maultiertreiber würfelten mit Handwerkern, Seeleute mit Olivenbauern. Alle warfen sie den beiden Mädchen, die mit hüfthoch geschlitzten Tuniken bedienten, gierige Blicke zu. Doch wehe denen, deren Hände sich selbständig machten. Die Mädchen schlugen sofort zu und riefen einen Namen, woraufhin die Tür aufging und ein Hüne von Mann mit einem gewaltigen Knüppel aus dem Nebenzimmer trat.

»Guiscardus heißt er jetzt also«, wiederholte Trota nachdenklich und nippte an ihrem Becher Wein. Mit einem Mal hatte sie das Gefühl, dass es kein Zufall war, den Weg gen Süden genommen zu haben.

»Ja – und wie er den Katapan gefangen nahm, ging so«, fuhr der Wirt fort. »Dieser Guiscardus traf sich mit ihm nach einem Angriff auf Bisignano zu Verhandlungen, befahl seinen Männern aber, sich zurückzuziehen. Als der Katapan sah, dass ihm Guiscardus allein entgegenritt, wollte er es ihm gleichtun. Dabei lehnte er sich aus dem Sattel, um Guiscardus angemessen zu begrüßen. Doch wisst ihr, was der tat? Er richtete sich im Sattel auf, sprang dem Katapan an den Hals und riss ihn zu Boden. Noch bevor die Byzantiner ihm zu Hilfe kommen konnten, hatte dieser Guiscard Katapan Peter schon zu seinen Leuten geschleift. Sie bekamen ihn zwar wieder, aber nur für ein hohes Lösegeld. Jetzt laufen ihm alle Männer zu, die hoffen, an seiner Seite Beute zu machen: entflohene Sklaven, abtrünnige Byzantiner und natürlich all jene Nordmänner, die letztes Jahr bei den Kämpfen um Lecce den Byzantinern weichen mussten. Lecce und Ostuni sind nun wieder byzantinisch, das Schlachten kann weitergehen.«

Trota hörte kaum noch zu, da ihre eigenen Gedanken sie fortrissen. Vielleicht hat mich Gott dazu ausersehen, Roberts Werkzeug zu sein, dachte sie. Vielleicht hat er mich bewusst die letzten Monate nicht mehr an ihn denken lassen, weil er nicht wollte, dass ich mich seinem Plan widersetze!
Auf einmal schien es ihr, als erwache sie just hier in dieser Taverne an der *via popilia* aus einem monatelang andauernden Traum. Plötzlich stand ihr Robert von Hauteville wieder deutlich vor Augen: seine hochgewachsene Gestalt mit dem markanten Kinn – aber auch der verwundete Robert, dem sie den Waffenrock auszog und der Tage später bleich und demütig vor seinem Halbbruder Drogo kniete.
Ich habe es nicht vergessen, doch ich wollte nicht darüber nachdenken, gestand sie sich ein. Jetzt aber werde ich dazu gezwungen. Drogo hat Robert im Krater-Tal eine Burg vermacht, weil er davon ausging, dass sie weit genug von Melfi und Venosa entfernt ist. Er weiß um die Natur der Hautevilles, schließlich ist er ja selbst einer: rauben, Beute machen, Lösegeld erpressen und alle anderen aus dem Weg räumen – darin sind die Hautevilles die Meister aller Meister. Drogo hofft bestimmt, dass Robert bei seinen Fehden, gegen wen auch immer, irgendwann den Tod findet. Dessen eroberte Ländereien freilich möchte er sich dann selbst unter den Nagel reißen, denn so vergrößert er stetig seine Macht. Irgendwann wird er dann vor den Toren Salernos stehen und sagen: Waimar, geliebter Schwiegervater, ich bin zu der Überzeugung gekommen, die Pflichten eines Herzogs besser ausfüllen zu können als dein Sohn Gisulf.
Ein Kaufmann mit sonnenverbranntem Gesicht und Adlernase kam zu ihnen an den Tisch, rieb sich über Stirn und Wangen und schickte den Wirt Wein holen. Er machte ein besorgtes

Gesicht und seufzte. Trota spürte, dass ihm einiges auf dem Herzen lag und er am liebsten geredet hätte. Ein paar Mal schaute er sie an, war nahe daran, etwas zu sagen, doch dann blickte er wieder an ihr vorbei zur Tür.
»Mit meinem struppigen Haar, der groben, schmutzigen Tunika und den zerfetzten Stiefeln sehe ich wohl aus wie eine von den Fahrenden, wie?«, fragte Trota schließlich belustigt.
»In der Tat.«
»Ich versichere Euch, ich gehöre nicht dazu«, fuhr sie fort.
»Woher kommt Ihr?«
»Aus Reggio«, kam die schnelle Antwort. »Wir wollen nach Salerno, Neapel, Rom, dann weiter in unsere Heimat. Pisa. Jetzt machen wir hier Halt. Die Zelte schlagen wir aber vor der Stadt auf.«
Der Händler presste die Lippen aufeinander und verzog voller Gram den Mund.
»Warum nehmt Ihr den Landweg?«
»Weil es den verfluchten Sarazenen mal wieder gefallen hat, gegen die Byzantiner zu ziehen«, polterte er los. »Wir kamen glücklich aus Alexandria, haben in Tunis noch Halfa-Gras und Kamelwolle geladen und waren guter Dinge. In Reggio machten wir erste Geschäfte und luden Frischwasser und Öl, da hieß es plötzlich, die Syrakuser Sarazenen kommen! Der Katapan beschlagnahmte kurzerhand alle Schiffe im Hafen, nahm die Soldaten an Bord und segelte los. Es kam zur Schlacht. Für die Syrakuser reichte es nur zum Pyrrhussieg, und so zogen sie sich zurück. Und wisst Ihr, welche Schiffe untergingen? Meines und das meines Geschäftspartners. Dem Katapan war es gleichgültig, er zuckte nur mit den Schultern. Wenigstens entschädigte er uns mit Eseln und Maultieren.«
»Es ging nicht nur Euch so, oder?«

»Nein, aber wer hatte wieder Glück? Ein Muslim! Ein Händler aus Karthago. Er konnte nach Rom weitersegeln, wir dagegen sind die Dummen. Manchmal könnte man glauben, wir Christen haben die falsche Religion.«

Der Wirt trat heran und stellte ihm je einen Krug Wasser und Wein mit Brot und Oliven auf den Tisch. Der Kaufmann dankte ihm mit einem kurzen Kopfnicken und sah ihm nach, wie er die beiden Mädchen mit den hüfthoch geschlitzten Tuniken am Ellenbogen packte und die Treppe hinaufschob.

Als Trota den Namen Karthago hörte, begann ihr Herz, schneller zu schlagen. Das Bild eines Mannes schälte sich aus ihren Erinnerungen, gleichzeitig nahm eine süße Unruhe von ihr Besitz.

»Könnt Ihr Euch an den Namen des Händlers erinnern?«

»Er nannte sich Halifa. Er handelt mit Weihrauch und Gewürzen, aber auch mit Kokosnüssen, Eben- und Zedernholz. Sagt nicht, Ihr würdet ihn kennen.«

»Nein, kennen tue ich ihn nicht. Aber ich liebe ihn.« Sie lächelte. Ungläubig starrte der Pisaner Kaufmann sie an, woraufhin ihr das Blut zu Kopf schoss. Abrupt stand sie auf, schwankte, musste sich wieder setzen.

Ich hab den Verstand verloren, dachte sie bestürzt. Er muss denken, ich bin eine entlaufene Nonne, die zu viel gebetet und gefastet hat. Wenn ich davon nachher Ala erzähle, wird sie denken, ich habe mir einen Scherz erlaubt. Schließlich habe ich ihr noch nie von Halifa erzählt.

Der Pisaner wischte mit der flachen Hand über den Tisch. »Lächerlich. Eine Christin liebt einen Muslim? Was für ein schlechter Scherz. Das sagt Ihr nur, um mich zu ärgern, oder?«

»Natürlich«, beeilte sie sich zu sagen, doch ihr Gesicht wurde nur noch röter.

Der Kaufmann aß ein paar Oliven und spülte mit einem Becher

Wein nach. Missmutig starrte er vor sich hin, schloss einmal kurz die Augen und schaute wieder zur Tür.
»Ihr erwartet noch jemanden?«
»Meinen Geschäftspartner. Er will sich umhören, ob es hier einen Heilkundigen gibt. Mein Vater, der noch einmal übers Meer wollte, litt schon bei der Abfahrt aus Pisa an einem Unterschenkelgeschwür, einem offenen Bein. Er hoffte, die Reise würde alles richten, aber es wurde zusehends schlimmer. Und stur wie er ist, weigerte er sich, muslimische Ärzte an sich heranzulassen. Jetzt hat er Fieber, und die Wunde fault. Wenn nicht bald etwas geschieht, kann ich den Priester holen.«
»Ich helfe Euch.« Trota erhob sich, weil in diesem Moment Ala die Taverne betrat.
Sie kam in einer Duftwolke von frischem Brot, Rauchspeck und Knoblaucholiven. Saftige grüne Sträuße von Bärlauchblättern, Kerbel, Petersilie und Sauerampfer ragten aus der Kraxe, dazu Zwiebel- und Knoblauchzöpfe. »Lass uns gehen!«, rief sie. »Luno hat gerufen.«

Um das halbe Dutzend Zelte vor der Stadt drängten sich Esel und Maultiere jeglicher Größe. Sie waren angepflockt, wurden gefüttert oder gestriegelt, andere liefen frei herum. Es roch nach Mist und Tierschweiß, und die Luft war erfüllt vom Klingeln der Glöckchen, die den Tieren um den Hals gebunden waren.
Vor einem der Zelte lungerten finster dreinblickende Söldner, die die Waren bewachten. Carlo Battista, so hieß der Pisaner Kaufmann, war überglücklich, dass endlich jemand seinem Vater helfen konnte. Sein Misstrauen, ob sie wirklich die berühmte Trota von Salerno sei, löste sich sogleich auf, als sie ihm ihre Medizintasche zeigte. Auf ihre Bitte hin schwor er ihr

bei allen Heiligen, niemandem etwas von ihr zu erzählen. Auch sagte er ihr ihren Lohn zu: Johannes einen Brief von ihr zu überbringen, aber vorzugeben, diesen bereits in Tunis in Empfang genommen zu haben.
»Ich muss zu dieser Notlüge greifen«, erklärte sie, »andernfalls muss ich befürchten, dass sich mein Sohn aus lauter Freude verplappert, und dann ist nicht auszuschließen, dass der Herzog einen Trupp Soldaten in Marsch setzt.«
Carlo Battista war alles recht, er stellte keine weiteren Fragen. Er führte sie zu einem achteckigen Zelt, das den Stickereien nach aus dem Orient stammen musste. Auf einem Lager aus Decken und Fellen lag ein bärtiger Mann, neben dem ein Diener hockte, der ihm mit einem Tuch die Stirn abtupfte.
Das offene Bein Felice Battistas stank durch den essiggetränkten Verband hindurch. Trota gab dem delirierenden Felice ein paar Bilsenkrautsamen und säuberte den Unterschenkel mit heißem Wasser. Die Wunde war handtellergroß und hatte sich an einer Stelle bereits bis auf den Knochen durchgefressen.
»Ich muss das faulende Fleisch herausschneiden«, sagte Trota. »Hole noch drei Männer dazu, die deinen Vater festhalten können.«
Carlo tat, wie ihm geheißen. Zwei von ihnen drückten Felice Battistas Arme nach unten, der Dritte stemmte sich auf das gesunde Bein. Carlo selbst umklammerte den Fuß seines Vaters. Trota schnitt brandiges und krustiges Gewebe weg, betupfte die Wundränder mit Alaunlösung, um die Blutungen zu stillen, und träufelte anschließend Kamillen-Wein über die Wunde.
»Und jetzt?«, fragte Carlo mit besorgtem Blick auf seinen halb ohnmächtig gewordenen Vater.
»Jetzt braucht es Zeit und eine gute Salbe. Vertraut Ihr mir

wirklich? Denn was Ihr mir jetzt besorgen müsst, klingt nach abergläubischer Dreckmedizin.«

»Was braucht Ihr denn?«

»Viel schimmeligen Hartkäse, frischen Schafdung und Honig.«

Carlo biss sich auf die Lippen. Seine Blicke wanderten zwischen Trota und dem Gesicht seines Vaters hin und her, schließlich schüttelte er resigniert den Kopf und verließ das Zelt. Nach nicht allzu langer Zeit kam er mit je einer Schüssel Schafdung und Honig wieder, über der Schulter hing ihm ein Quersack voller Käsebrocken.

Trota ließ sich eine neue Schüssel und ein scharfes Messer bringen und schabte vorsichtig den Schimmel von den Käserinden. Je mehr Schimmel sie zusammenbekäme, desto besser werde die Salbe, klärte sie Carlo auf. Wichtig sei vor allem, dass der Schimmel nicht mit Käse verunreinigt würde. Dann rührte sie mit einem frisch geschnitzten Holz die gleiche Menge Schafdung in den Schimmel und gab zum Schluss noch ein paar Tropfen Honig hinzu.

»Habt keine Angst. Die Salbe ist erprobt. Sie entstammt der Rezeptsammlung des deutschen Klosters Lorsch. Zwanzig Tage lang angewendet, heilt sie selbst Wunden, bei denen – wie hier – bereits der Knochen zu sehen ist.«

»Amen.«

Carlo verdrehte die Augen, als Trota die stinkende braunschwarze Dungsalbe auf die Wunde strich und zu erläutern versuchte, dass bei diesem Rezept Schimmliges, Süßes und Pflanzenverdautes auf geheimnisvolle Art zusammenwirkten. Sie verband die Wunde mit frischen Leinenstreifen und erklärte Carlo, wie er in der Zwischenzeit aus Zimt, Lorbeerblättern und Zitronenrinde einen fiebersenkenden Tee zubereiten könne.

Drei Tage später hatte Felice Battista das Fieber überwunden, und auch die Schmerzen seiner Wunde ließen nach.
Carlo Battista war überglücklich.
»Verratet mir nur eins«, fragte er Trota zum Abschied. »Liebt ihr diesen Halifa wirklich? Ihr? Eine weise, von Gott auserwählte Christin einen Muselmann mit falscher Religion?«
»Überbringt meinem Mann den Brief«, wich sie ihm aus. »Erzählt ihm, was Ihr wollt. Aber vergesst nicht, ihm auch von jener Trota von Salerno zu berichten, die hiermit schwört: Matthäus, mein Sohn, ich komme zurück. Und zwar mit dem Rezept des Theriak.«

Das Orakel der Wolfsfrau

Sie kamen auf der *via popilia* zügig voran. Sie hatten sich einer Gruppe Pilger angeschlossen, die das Osterfest in der Wallfahrtskirche Santa Maria in Castrovillari feiern wollten. Hinter ihnen reisten zwei jüdische Stoffhändler in einem Planwagen, die stets denselben Abstand zu ihnen wahrten, aber immer grüßend die Hand hoben, wenn Trota ihnen zuwinkte.
»Beten sie denn nie?«, wollte Ala wissen.
»Anscheinend nicht. Sie sind sogar am Sabbat unterwegs. Und wenn mich meine Nase nicht im Stich lässt, braten sie sich sogar Speck.«
»Das stimmt. Vielleicht sind es gar keine Juden?«
»Sie tragen aber Peo, also Schläfenlocken, und Tallit, ihren viereckigen Gebetsmantel.«
»Vielleicht ist alles Täuschung? Jetzt, wo wir ständig damit rechnen müssen, auf Sarazenen zu stoßen, reisen sie als Juden nämlich viel gefahrloser.«

»Mag sein.«

Hinter Rotonda stießen sie dann tatsächlich auf einen Trupp sarazenischer Soldaten, die sie mehr oder weniger freundlich zwangen, Wegzoll zu zahlen. Weil Trota sich auf Arabisch verständigen konnte, erkaufte sie sich damit die Warnung, dass die Nordmänner die Gegend unsicher machten. »Wir haben zuverlässige Kunde, dass sie sich sammeln, um unsere Bergfestung Saracena zu belagern«, verriet ihnen der Offizier, der eine prächtig aufgezäumte Fuchsstute mit hellem Schwanz und heller Mähne ritt. Er trug einen tiefblauen Turban und einen ebenso gefärbten weiten Mantel über seinem Kettenhemd, sein spitzer Helm hing am Sattelknauf.

»Ihr wollt Euren Glaubensbrüdern zur Seite stehen?«, fragte Ala.

»Der Prophet sagt: Wahrlich, Allah liebt diejenigen, die in einer Schlachtlinie für seinen Pfad kämpfen, als wären sie ein fest gefügter Bau. Er sagt: Glaubt an Allah und seinen Propheten und streitet für den Pfad Allahs mit eurem Vermögen und eurer Person.«

Seine Augen glänzten, und er schaute in die Ferne. Mit einem »Allah ist groß!« hieb er seiner Stute die Hacken in die Flanke und galoppierte davon. Seine Kämpfer, sechs an der Zahl, wiederholten den Ausruf und beeilten sich, zu ihm aufzuschließen.

»Unser Konvent bot einst all den Menschen Zuflucht, die an der Golfküste von Policastro vor den Sarazenen geflohen waren«, sagte Gero, der Pilgerführer, ein Mönch aus dem Küstenstädtchen Maratea, zu Trota. »Jetzt vertrauen ihre Kinder und Kindeskinder darauf, dass Gottes Segen uns vor den Nordmännern beschützt. Aber ich bin nicht einfältig. Wenn nämlich Gott immer Schutz böte, gäbe es hier weder Normannen noch Sarazenen.«

Trota versuchte, Bruder Gero zu beruhigen. Da sie davon ausginge, auf Normannen zu treffen, die unter der Führung Robert von Hautevilles stünden, bräuchten sie sich keine Sorgen zu machen. »Dieser Guiscardus ist mir etwas schuldig, Bruder. Ich kenne ihn. Er ist rau, aber nicht wortbrüchig.«
»Was hat er Euch denn versprochen?«
»Dass ich für alle Zeit unter seinem Schutz stehe.«
Er schaute sie skeptisch an. »Ihr vielleicht, aber nicht wir anderen.«
Ala, die das Gespräch mitgehört hatte, nickte zustimmend. Sie wartete, bis Gero sich wieder zu seinen »Schäfchen« gesellt hatte, und fragte Trota, ob sie eingedenk dieser Umstände immer noch gewillt sei, bis nach Reggio zu wandern.
Trota lächelte und bejahte.
Seit Lauria fühlte sie eine Zuversicht in sich, die stärker war als all ihre Ängste und Gefühle der Ungewissheit. Es gab jetzt Augenblicke, in denen sie alles vergaß, was ihr bisheriges Leben ausgemacht hatte. Sie fühlte lautere Freude in sich, die sie die Anstrengungen der Fußmärsche nicht mehr spüren ließ. Carlo Battistas Auskunft, Halifa sei nach Rom gesegelt, wollte dort seine Waren verkaufen und auf der Rückreise wieder in Reggio anlegen, beflügelte sie so sehr, dass sie mögliche Gefahren nicht mehr schreckten. Mehrmals am Tag verfing sie sich in Traumbildern, in denen sie sich vorzustellen versuchte, wie ihre Begegnung aussehen könnte. Sie war sich im Klaren, dass sie sich dabei zuweilen in schwärmerischen Bildern verlor, die viel eher zu denen einer verliebten Jungfrau passten als zu ihr, einer verheirateten Mutter.
»Du glaubst, dass jetzt alles einen Sinn habe, nicht wahr?«, fragte Ala. »Du glaubst, alles sei nur so gekommen, damit du deinen geliebten Halifa wieder in die Arme schließen kannst, oder?«

»Ja, zudem ist da noch die Aussicht, mit ihm übers Meer zu segeln, um das Geheimnis des Theriak zu lüften.«
Ala seufzte. Seit Lauria war ihre Stimmung merklich gesunken. Eine Trota unbekannte Verzagtheit hatte die alte, sehnige Frau ergriffen, die nur wich, wenn sie abends Luno das Fell kraulte. Sie würden auf dieser Welt nicht mehr getrennt werden, flüsterte sie ihm ins Ohr, und einmal standen ihr dabei Tränen in den Augen.
»Warum hast du eigentlich das Orakel nicht noch einmal befragt?«, fuhr Trota fort. »Eine Tagesreise hinter Grumento riss Luno eine Wildkatze, die er dir vor die Füße legte. War das kein Zeichen für dich, endlich wieder aus den Eingeweiden zu lesen?«
»Es war nicht mehr nötig. Freilich war ich mir nicht ganz sicher. Doch als du mir in Lauria von deinem Halifa erzähltest, wusste ich, dass alles unumkehrbar ist.«
»Was, Ala, ist alles unumkehrbar?« Trota trat ihr in den Weg und fasste sie bei den Schultern. »Warum sagst du mir nicht endlich, was du weißt und warum du all dies auf dich nimmst? Nur meinetwegen?«
»Du bist die eine Seite der Münze, Trota. Die andere ist das, was mir das Orakel gesagt hat.«
»Was hat es dir gesagt, Ala?«
Ala schaute sie prüfend an, blickte dann lange in den Himmel. Als Trota wieder in ihre Augen sah, waren diese so voller Trauer, dass sie erschrak.
»Das Orakel flüsterte mir zu, als ich in den Eingeweiden eines Hasen las: Beschreite die verschlungenen Wege deiner Heimat. Es sprach mit der Stimme meines Mannes Belisar. Da sah ich dich und mich diese Wege gehen. Dann träumte ich, dass du dich von einem Mann auf einem Schiff lieben lässt.«

»Und du, Ala? Wo bleibst du?«
»Ich sah mich nicht. Ich sah auch Luno nicht.«
»Warum solltest du die Wege deiner Heimat beschreiten, Ala? Warum? Sprich doch endlich.«
»Ich bin ein Kind des Cilento, Trota, so wie mein Mann Belisar ein Kind des Pollino-Gebirges war, was in unserem Rücken liegt. Die Frucht unserer Liebe ist Phokas, der Fischer. Dessen Frau ist Theano. Ihre beiden Kinder heißen Stephanos und Eufemia. Eufemia aber ist schwanger von Stephanos. Zur Strafe, dass ich diesen Frevel nicht verhinderte, hat mich mein Mann Belisar auf diese Wanderung geschickt. Jetzt weiß ich, dass es für mich eine Wallfahrt ist. Mir bleibt nur die Hoffnung, die Heilige Jungfrau von Castrovillari gibt mir ein Zeichen des Friedens. Ich werde so lange beten, bis ich Gewissheit habe – bis ich weiß: Belisar hat mir vergeben.«
Ala lächelte matt. Ihre Augen waren groß und glänzend, voller Hoffnung und Schmerz. Sie seufzte wie ein kleines Kind, und die zahllosen Fältchen ihres zerfurchten Gesichts waren tief und dunkel. Trota hatte Mühe, sich ihre Erschütterung nicht anmerken zu lassen – zumal, als Ala sich wieder straffte und ihr mit liebevoller mütterlicher Geste über die Wange streichelte, als wollte sie sagen: Kindchen, damit brauchst du dich nicht zu belasten. Aber bräuchte Ala nicht viel eher Trost?, dachte Trota. Wie kann ich ihr entgelten, was sie bislang für mich getan hat? Denn die Ala, die vor dir steht, ist in Wahrheit eine gebrochene Frau. Sie hat den Tod ihres Mannes nicht verwunden und leidet jetzt unter Schuldgefühlen. Ich kann nur beten, dass sie auf dieser Wallfahrt den Frieden findet, den sie sich wünscht.
Trota nahm Ala an die Hand und zog sie mit sich wie eine kleine Schwester. Luno heulte in der Ferne, ein böses Omen, wie

Bruder Gero sagte, und tatsächlich durften sie das sarazenische Morano nicht betreten und wurden fortgejagt. Sie nächtigten außerhalb, brachen früh auf und zogen weiter.
Endlich kam der Burgturm Castrovillaris in Sicht, ein schlichter Rundbau, der sich auf dem Gipfel des Berges innerhalb eines befestigten Mauergürtels erhob. Die rote Flagge mit dem byzantinischen Doppeladler zeigte an, wer hier und in den angrenzenden Fluren das Sagen hatte. Trota legte die Hand über die Augen, besah sich die eckige Wabenflut der Behausungen, die, aus der Ferne betrachtet, am Berghang zu kleben schienen. Doch der Eindruck änderte sich, je näher Ala und sie kamen. Und als sie beide mit den anderen Pilgern über die Piazza schritten, entpuppte sich Castrovillari als heimeliges Städtchen mit Läden und Werkstätten, in denen Stellmacher genauso arbeiteten wie Schmiede und Glaser.
Die Wallfahrtskirche Santa Maria lag außerhalb der Stadt, erhöht auf einem kleinen Hügel. Trota und Ala reihten sich in die Schlange ein, die sich vor den beiden byzantinischen Wachen gebildet hatte. Diese untersuchten alle Pilger auf mitgeführte Waffen. Kraxen wurde durchstöbert, Tuniken mussten abgelegt werden. Die Angst, Frauen schmuggelten darunter Schwerter, war groß. Denn die Besatzung Castrovillaris zählte, wie Trota erfahren hatte, gerade einmal zwei Dutzend Mann.
Endlich durften sie auf den Kirchenvorplatz.
Zelte und rauchende Feuerstellen kündeten von noch anderen Pilgern. Die Stimmung war ausgelassen, es wurde gesungen und laut gebetet. Wer Hunger hatte, konnte sich sein Essen bei den Pilgern, ohne scheele Blicke zu ernten, zusammenbetteln. Aber auch wer ohne Proviant gekommen war, brauchte sich um Speis und Trank keine Sorgen machen. Händler aus dem

Bergland verkauften ungeachtet der Fastenzeit Käse, Ziegenmilch, getrocknetes Wildfleisch, allerlei Würste, wilden Honig und Kuchen, ein Hirte trieb drei Lämmer vor sich her, die er lautstark anpries und auf Wunsch sogar schlachtete. Andere hatten Kraxen voller Brot, wieder andere verkauften Tücher, Decken, Tuniken, Holzgeschirr oder heiße Graupensuppe. Der unbestrittene Händlerkönig des Hügels aber war der vollbärtige Weinhändler aus Cosenza. Er war mit zwei Karren voller Amphoren gekommen und machte trotz seines finsteren Blicks gute Geschäfte. Mittels eines Stopfen-Trichters füllte er seinen Wein in Lederschläuche und Krüge, zuvor aber musste erst jeder Käufer zahlen. Der Mann biss in jede Münze, die ihm in die Hand gedrückt wurde, lächelte nie, bedankte sich nicht.

Das Gemetzel des Robert Guiscardus

Nachdem Ala und Trota den Pater von Santa Maria begrüßt hatten, trennten sich ihre Wege. Ala begann mit ein paar anderen Pilgern in der Kirche zu beten, während Trota zurück in die Stadt ging und durch die belebten Gassen schlenderte. Überall wurde gekehrt und geputzt. Seile, an die Palmblätter genäht waren, spannten sich von Haus zu Haus, Hunde wurden gebürstet, Kinder in Holzzubern gewaschen. Die Stadt bereitete sich auf die Gründonnerstag-Prozession vor, bei welcher unter Gesang und Weihrauchschwenken ein goldener Hostienkelch durch die Gassen getragen wurde. Es roch nach Räucherwerk und frischem Brot. Lämmer in kleinen Holzverschlägen riefen nach ihren Müttern.
Gründonnerstag war aber auch der Tag, an dem Büßer, symbolisch durch das Abendmahl, wieder in die Gemeinde aufge-

nommen wurden. Besonders den Soldaten war dieser Tag wichtig, durften sie doch darauf hoffen, Gottes Vergebung zu erlangen und von all dem Zorn und Hass, den sie auf sich geladen hatten, losgesprochen zu werden. Trota schaute zu, wie in der kleinen byzantinischen Basilika der Diakon das reichbestickte violette Altartuch auflegte, das goldene Kreuz aufstellte, frische Kerzen in die Leuchter steckte und die Räucherpfannen mit Weihrauch füllte.
Anschließend schleppte er aus einem Nebenraum ein dreiflügeliges Altarbild heran. Als er es aufschlug, zeigte es in der Mitte den Pantokrator mit dem aufgeschlagenen Buch der Bücher, links die Taufe, rechts die Auferstehung im Kreis mehrerer Engel.
Trota bekreuzigte sich, bewunderte den strahlenden Goldglanz des Ikonenhintergrundes. Erste Messbesucher fanden sich ein, darunter auch byzantinische Wachen, die freilich ohne Waffen eintraten. Aus der Ferne drang dumpfer Trommelschlag an ihr Ohr, dem kurz darauf aufgeregter Stimmenlärm folgte. Als Trota sich umdrehte, wurde ein mit einem violetten Tuch verhängter Sarg hereingetragen, gefolgt von einem halben Dutzend luftig gekleideter Männer, von denen die Hälfte normannische Söldner waren. Einer von ihnen redete auf den Priester ein und drückte ihm ein Goldstück in die Hand, woraufhin seiner Bitte willfahren wurde. Seine Männer durften den Sarg in einer der beiden Seitenkapellen absetzen und der Messe beiwohnen. Die misstrauischen Blicke der Byzantiner waren ihnen sicher. Sie hoben sogar den Sargdeckel ab, wandten sich aber sogleich mit angewiderten Blicken ab.
Trota trat auf einen der Söldner zu, dessen ölglänzendes Lockenhaar und das klassisch griechische Profil ihn eindeutig

als Nicht-Normannen auswiesen. »Warum kommt ihr hierher?«

»Wir haben gestern bei einem Angriff auf Saracena einen unserer Männer verloren. Es war unser Ziel, diese Teufel bis Ostern zu verjagen, aber sie verstehen leider zu kämpfen.«

»Wer führt euch an?«

»Der Guiscardus.«

»Wo hält er sich jetzt auf?«

»Möglicherweise in Brahalla.«

»Wie? Das ist doch eine sarazenische Festung?«

»Sie war es bis vor zwei Tagen.« Der Mann grinste, musterte sie mit flinken Augen. »Aber wer seid Ihr?«

»Eures Guiscardus Lebensretterin.«

»Das soll ich glauben?«

»Führt mich zu ihm. Er wird sich erkenntlich zeigen.«

Der Byzantiner nickte und leckte sich dabei über die Lippen.

Die Messe begann. Die Glocken läuteten, Weihrauch wurde geschwenkt, der Priester stimmte das Kyrie an. Trota überließ sich dem Strom der Worte, betete und lauschte und genoss die weihevolle Stimmung. Als nach dem Gloria die Glocken verstummten, die erst wieder zum Osterfest läuten würden, herrschte für einen Augenblick tiefe Stille.

Da krachte mit einem lauten Knall der Sargdeckel in der Seitenkapelle auf den Stein. Fassungslos starrte der Priester ins schummrige Dunkel, Trota reckte den Hals – und schrie wie alle anderen in der Kirche entsetzt auf, als ein weiß geschminkter Mann im Totenhemd aus dem Sarg sprang und mit einem Schwert in der Hand ins Kirchenschiff stürmte.

Für Sekunden waren alle wie erstarrt. Es war zu ungeheuerlich, jeder glaubte zu träumen. Doch die Wahrheit war umso grausamer, denn während der vermeintlich Tote mit unmäßiger

Wucht drauflosschlug, stürmten die sechs luftig gekleideten Söldner zu dem Sarg und bewaffneten sich mit den darin versteckten Schwertern.

Ein Alptraum begann, der alles überstieg, was Trota sich je hätte vorstellen können.

Sie sah, wie der Priester einem der Söldner in den Arm fallen wollte, doch er hatte noch gar nicht zugegriffen, da sauste schon das Schwert herab. Der tonsierte Schädel wurde tief gespalten, ein Schwall von Blut und Hirnmasse lief aus der Wunde.

Trota hatte das Gefühl, vor Grauen zu Eis zu erstarren.

Da endlich begriffen die Menschen, was geschah, und ihr Stöhnen und Ächzen verwandelte sich in Schreien und Kreischen. Jeder stieß jeden an und drängelte unter rüdem Schubsen zum Ausgang, um so schnell wie möglich ins Freie zu gelangen. Derweil verrichteten die Söldner ihr furchtbares Werk. Ein Mann nach dem anderen wurde niedergemetzelt, und das Dutzend unbewaffneter byzantinischer Turmwächter ereilte das gleiche Schicksal. Der Geruch süßlichen, warmen Bluts mischte sich in den Weihrauchduft, umgestürzte Kerzen sengten Stoff an. Trota hatte Mühe, sich aufrecht zu halten, sonst wäre sie von der schubsenden und stoßenden Menge zu Boden gerissen worden. Eine alte Frau fiel wimmernd zu Boden und versuchte ihren Kopf zu schützen, doch die Menschen trampelten in ihrer Panik über sie hinweg, bis sie sich nicht mehr rührte.

Als Trota zum Altar schaute, sah sie, wie der Diakon den Flügelaltar zusammenklappte, sich dann aber entschied, mit dem goldenen Kreuz zu kämpfen. Er war von kräftiger Gestalt und schwang das Kreuz mit solcher Wucht, dass tatsächlich niemand in seinen Verteidigungskreis gelangte. Einer der Nord-

männer aber, der sein Schwert gerade aus einem Körper zog, beschloss, den Kampf aufzunehmen – doch er hatte seine Waffe kaum erhoben, da schlug sie ihm der Diakon mit dem Kreuz aus der Hand. Das Schwert flog in hohem Bogen durch das Kirchenschiff, krachte an einen Pfeiler und fiel klirrend zu Boden – direkt vor Trotas Füße.
Sie ergriff die blutige Waffe, schaute sich um, wem sie es in die Hand drücken konnte, doch im selben Augenblick schüttelte sie ein Hustenanfall. Feuer war ausgebrochen, das Altartuch brannte, und die Qualmwolke war geradewegs auf sie zu getrieben.
Ich muss zu Ala!
Der Gedanke löste sie endlich aus ihrer Starre, gerade noch rechtzeitig, um sich zur Seite zu werfen, denn der Normanne, dem der Diakon das Schwert aus der Hand geschlagen hatte, reckte sich mit dem Klappaltar in den Händen vor ihr auf und schleuderte ihn unter Aufbietung all seiner Kraft auf sie. Sie spürte den Luftzug, hörte es krachen und das Holz splittern, dann war schon der Normanne über ihr, packte sie am Arm und riss ihr das Schwert aus der Hand.
»Sie nicht!«, hörte sie eine Stimme rufen.
Sie gehörte dem Byzantiner mit dem klassischen griechischen Profil. Er riss Frauen Ketten und Schmuck ab, durchsuchte Männer, die in ihrem Blut lagen, und winkte dem Kämpfer. Dieser hielt inne und suchte erstaunt den Blick seines Mitstreiters. »Wieso?«
Trota rappelte sich vom Boden auf.
»Hau ab!«, rief ihr der Byzantiner aufgebracht zu.
Sie sprang hinter einen Pfeiler und sah wie gebannt zu, wie der Mann aus dem Sarg sich duckte und den Verteidigungskreis des inzwischen langsamer gewordenen Diakons unter-

lief. Diesem gelang es noch, mit dem Kreuz einen Schwerthieb zu parieren, doch unter der Wucht des Schlages ging er zu Boden. Das Kreuz fiel ihm aus der Hand. Verzweifelt riss er den Arm hoch, doch schon wurde ihm dieser am Ellbogen abgehauen. Einen Atemzug später bildete Trota sich ein, mit anhören zu müssen, wie eine Schwertklinge eine Gurgel durchbohrte.

Bis auf das Stöhnen der Sterbenden und Verwundeten war es plötzlich ruhig in der Basilika. Auch draußen verebbte der Kampflärm und machte Jubelgeschrei Platz. Trota hörte die kehligen Rufe der Nordmänner, die durch die Gassen Castrovillaris zogen und zu plündern begannen.
Als sei sie schwer berauscht, stakste sie über die menschlichen Leiber auf die Tür der Basilika zu. Eiskalte Schauer des Grauens flossen über ihren Rücken, ihr Herz raste, ihre Ohren waren taub. Sie war unfähig, zu denken und zu helfen. Kalter Schweiß stand ihr auf der Stirn, und sie klapperte mit den Zähnen. Ihre Tunika war zerrissen und blutig und das Haar klebte ihr am Kopf.
Zitternd öffnete sie die Tür. Draußen empfing sie laue Frühlingsluft und der Schein der Feuer vom Hügel der Wallfahrtskirche Santa Maria. Auch dort hatten die Söldner gewütet. Trota hörte Wehklagen, erblickte Schemen, die in der Dämmerung den Hügel herabtaumelten und auf halber Strecke zusammensackten. Immer noch gefühllos, hielt sie auf die Wallfahrtskirche zu, während es in ihrem Rücken immer heller wurde. Gefräßig breiteten sich die Flammen in der Basilika aus, loderten im Dachstuhl gen Himmel.
Plötzlich zuckte sie zusammen. Ein Gedanke hatte sich ihrer bemächtigt. Er tat so weh, dass sie in die Knie sackte.

Robert von Hauteville – ich habe ihn gerettet. Ihn, einen Schlächter.
Es ist gekommen, wie Costas es vorhergesagt hatte.
Alles, was hier geschah, ist deine Schuld.
Sie glaubte, sterben zu müssen. Ein Würgereiz ergriff sie, sie bäumte sich auf und erbrach sich, kroch vorwärts. Steine bohrten sich in ihre Knie, Disteln stachen in ihre Hände. Ihr Leib begann zu zucken, Tränen flossen ihr aus den Augen.
»In die Hölle sollst du ... in die Hölle ...«
Auf allen vieren erklomm sie den Hügel, schlug mit ihrem Kopf auf den Boden und begann schließlich, mit den Fäusten gegen ihre Brust zu trommeln.
»Da haben wir sie ja.« Es war dieselbe Stimme wie in der Basilika. Sie wurde gepackt und hochgerissen. »Ihr wolltet doch unserem Guiscardus gegenübertreten? Dazu habt Ihr jetzt Gelegenheit.«
Der Byzantiner stieß sie vor sich her den Hügel hinauf, wo ein großes Feuer brannte.
Was ist mit Ala?, hämmerte es in ihrem Kopf.
Die Angst um Ala ließ sie wieder zur Besinnung kommen. Sie beschleunigte ihre Schritte, begann plötzlich zu rennen. Der Byzantiner lachte, rief ihr nach, sie würde es wohl gar nicht mehr abwarten können ...
Trota stürmte an der Feuerstelle vorbei in die Kirche.
»Ala! Ala! Wo bist du?«
»Trota?«
Die brüchige, seltsam lallende Stimme schien aus der Tiefe des Gotteshauses zu kriechen. Trota krampfte sich das Herz zusammen, sie bereitete sich auf grauenerregende Bilder vor. Doch das Innere von Santa Maria war bis auf ein paar umgestürzte Kerzenständer und den zertrampelten Altartisch kaum

zerstört. Zwei einsame Kerzen brannten ruhig vor sich hin. Als Trotas Augen sich an die Dunkelheit gewöhnt hatten, entdeckte sie Ala auf dem Teppich vor dem Altar. Sie lag mit ausgestreckten Beinen auf der Seite, den Kopf auf die Brust gedrückt.

»Ala!«

Trota kniete sich neben sie, bettete Alas Kopf auf ihren Oberschenkel. Alas Gesicht sah aus wie verrutscht, und aus ihrem halb offenen Mund rann ein dünner Speichelfaden. Trota zog ein Taschentuch hervor und tupfte ihn weg, doch schon nach kurzer Zeit bildete er sich neu. Ala sah sie mit sprechenden Augen an, doch ihr Gesicht blieb ohne allen Ausdruck.

»Ota?«

»Ich bin da. Erkennst du mich nicht?«

Trota sprach so liebevoll, wie es ihr möglich war. In Wahrheit zerriss es ihr fast das Herz. Sie begriff, dass Ala keinen Willen mehr über ihren Körper hatte: Der Schlag hatte sie getroffen. Trota wusste die Symptome zuzuordnen, genauso wie sie erkannte, dass Ala nicht mehr lange zu leben hatte.

Vorsichtig erhob sie sich, griff Ala unter die Achseln und schleifte sie aus der Kirche ins Freie.

Luno heulte. Er war in der Nähe.

»Da ist sie, Herr!«, rief eine Stimme.

Trota beachtete sie nicht, schaute weder auf noch zur Seite. Ihr Ziel war eine der Feuerstellen, um die sich Pilger betend und wimmernd geschart hatten.

»Was fehlt ihr, Magistra?«, fragte eine andere, ihr wesentlich vertrautere Stimme.

Magistra ... den Ehrentitel aus diesem Mund zu vernehmen, war wie eine Verhöhnung. Trota spürte, wie sie sich verkrampfte. Um Alas Willen rang sie den Wunsch nieder, sich umzudre-

hen und auf den Schatten zu spucken, den Robert von Hauteville warf. Ihr Herz hämmerte wild vor Wut und Hass, während ihr Costas' Worte durch den Kopf gingen: Dieser Hauteville ist ein Ritter, der sich um Tod und Teufel nicht schert. Wie eitel und dumm sind wir, einem künftigen Schlächter zu helfen?
Ich werde dir all meine Verachtung ins Gesicht schreien, dachte sie und presste die Lippen aufeinander. Aber jetzt schweige ich, denn Ala hat nicht mehr viel Zeit.
Sie streichelte ihrer Retterin und Gefährtin über den Kopf und tupfte ihr wieder den Mundwinkel sauber. Ala atmete zusehends flacher, ihre Augenlider begannen zu flattern. Die Pilger rückten zusammen, stumm und doch neugierig. Trota las die Frage in ihren Blicken: Waren sie es? Die Söldner? Sie schlug die Augen nieder, schüttelte andeutungsweise den Kopf.
»Ich lass Euch so lange allein, Magistra«, sagte die Stimme. »Gebt Bescheid, wenn Ihr etwas benötigt.«
Trota hielt den Atem an, lauschte auf die sich entfernenden Schritte. Die Blicke, die sie jetzt von den Pilgern auffing, waren irritiert, ungläubig, misstrauisch. Doch niemand wagte zu fragen. Schließlich reichte ihr jemand einen Becher Wein. Trota hielt ihn Ala an die Lippen, füllte ihren Mund mit einem winzigen Schluck. Ala antwortete mit den Augen: Sie wurden ein wenig größer und verloren etwas von ihrer Starrheit.
Die Zeit verstrich, und Ala verlor zusehends die Kraft, Atem zu schöpfen. Unablässig strich Trota ihr übers Haar und lächelte sie an. Sie weinte. Ihre Tränen tropften auf Alas Wange und rannen von dort ins Gras.
»Du willst mich wirklich verlassen?«
Trota wusste nicht, ob sie gesprochen oder die Frage nur in Gedanken gestellt hatte. Doch es war gleich – denn Ala hatte sie verstanden. Ihre Augen weiteten sich, gleichzeitig schien

ein feines Beben ihren Körper erfasst zu haben. Sie seufzte, und plötzlich bewegten sich sogar ihre Lippen. Trota zog sie ein Stück zu sich hoch und neigte, so weit es ihr möglich war, den Kopf.
Ala begann zu röcheln – und stieß mit ihrem letzten Atemhauch das Bruchstück des Wortes aus, nachdem sie sich all die letzten Monate ihres Lebens gesehnt hatte: »Vergeben.«
Trota schloss ihr die Augen. Die Pilger bekreuzigten sich. Eine Männerstimme sprach das Vaterunser. Trota sackte in sich zusammen und begann sich, Alas Kopf im Schoß, sanft zu wiegen.
Irgendwann sank sie einfach zur Seite und schlief ein.
Wenig später kam ein Mann mit einem Fell und einer Decke. Er deckte Trota zu, setzte sich ans Feuer und begann, darin herumzustochern. Als er sich umdrehte, eilten zwei Söldner herbei und fragten nach seinen Wünschen.
»Bringt Holz, Wein und Brot.«
»Ihr wollt die Nacht draußen verbringen?«
»Wer sonst bewacht ihren Schlaf?«

Robert von Hauteville ließ das Osterfest in Santa Maria feiern, als wäre nichts vorgefallen. Am Nachmittag hielt er auf der Piazza eine Ansprache. Nichts werde sich ändern, aber er sei stolz, seinem Ziel wieder ein Stück näher gerückt zu sein: Kalabrien von der Fremdherrschaft der Sarazenen und Byzantiner zu befreien. Dass seine Männer blindwütig gemordet, geplündert und gebrandschatzt hatten – darüber verlor er kein Wort.
Trota und er hatten nur einen kurzen Wortwechsel. Am Karfreitag-Morgen, als sie neben dem Feuer aufwachte, sagte sie, ohne Robert anzublicken: »Ich habe ihr Euren Bastard weggemacht.«

»Damit habt Ihr mir und Sikel einen Gefallen getan«, erwiderte er kalt. »Der Tag aber wird kommen, da werde ich Sikelgaita für immer an meiner Seite wissen. Wir werden neue Kinder bekommen. Bis dahin biete ich Euch meine Gesellschaft an. Aber wenn Ihr sie fliehen wollt: Bis Cosenza gebe ich Euch Schutz.«
»Ihr seid ein Todesengel, Robert.«
»Für meine Idee muss ich dies in Kauf nehmen. So ist die Politik. Bevor das Kunstwerk einer Herrschaft steht, muss daran gearbeitet werden. Denkt an den Römer Gaius Octavius Thurinus. Seine spätere pax Augusta hat er sich erkämpft.«
»Ihr seid größenwahnsinnig.«
»Und Ihr ein kleinmütiger, wenn auch hübscher Holzkopf. Ich hoffe, Ihr lasst Euch das Haar wieder wachsen. Es steht Euch besser.«
»Lasst mir meinen Schmerz und meinen Frieden.«
»Wüsste ich es nicht besser, würde ich behaupten: Sie ist verliebt.«
Er ließ sie allein am Feuer zurück. Einer seiner Männer brachte ihr Alas Kraxe mit frischen Vorräten. Tags darauf, am Karsamstag, half Trota dabei, die Gruben für die Toten auszuheben. Als sie Alas Grab zuschaufelte, erlitt sie einen Schwächeanfall und brach weinend zusammen.
Am Ostermontag machte sie sich auf den Weg. Alas wegen drehte sie sich noch einmal um und winkte. Auf dem Festungsturm Castrovillaris wehte die rot-weiße Fahne der Normannen, an der Basilika wurde bereits wieder gearbeitet.

Unbehelligt kam sie zwei Wochen später in Reggio an. Sie mietete sich bei den Nonnen ein und schlenderte jeden Tag zum Hafen. Dort setzte sie sich wie in ihrer Kindheit in Bari auf die Mole und schaute übers Meer. Wenn ihr Lunos schauerliche Rufe in den Ohren klangen, lenkte sie sich davon ab, indem sie sich auf die Stimmen der Fischer konzentrierte. Erst allmählich wurde sein Geheul weniger, bis es schließlich ganz aufhörte.

Den Männern, denen sie auffiel – und es waren zahlreiche –, wich sie aus, indem sie tat, als sei sie taub und stumm. Um sie zu täuschen, legte sie die Hand auf ihr Herz und wies mit dem Arm gen Meer. Anzüglichkeiten überhörte sie, gestenreichen Aufforderungen, mit ihnen zu gehen, brachte sie eisige Starrheit entgegen. Schließlich ließen die Männer sie in Ruhe. Sie verstanden: Der, auf den sie wartete, war ein anderer als ihresgleichen. Würde sonst eine Frau diese Nachstellungen auf sich nehmen und tagelang, zuweilen von früh bis in die Nacht, im Hafen warten?

Es kam der Tag, an dem man nur noch über sie lächelte. Wetten wurden abgeschlossen: Wie lang würde sie es aushalten? Wie mochte derjenige aussehen, auf den sie wartete? War er reich? Oder ein Kämpfer? Beides?

Aus dem Bogen, den die Sonne über dem Horizont beschritt, errechnete Trota die Stunden des Tages. Sie hielt der Macht des Lichts stand, selbst wenn ihre Augen brannten. Mit einem Schleier über dem Kopf trotzte sie der Sonne und blinzelte in die Weite, um jede ferne Bewegung auf dem glitzernden Meeresspiegel zu verfolgen.

Nach drei Wochen erspähte sie an einem späten Nachmittag wieder einmal Segel in der Ferne. Wie gewöhnlich legte sie die Hand über die Augen. Doch warum ihr Herz auf einmal schneller schlug, konnte sie sich nicht erklären, genauso wenig, warum sie sich plötzlich erhob und unruhig die Mole entlangging. Ein frischer Wind wehte ihr das Haar ins Gesicht, kühlte die

Haut. Sie kniete nieder, tauchte ihre Hände ins Wasser und fuhr sich über Haar und Schläfen.

Die Schiffe näherten sich. Zwei Pisaner Handelsschiffe und eine Dhau.

Ich weiß jetzt, dass du es bist, rief sie ihm in Gedanken zu.

Halifa!

Endlich!

Sie lief wieder an ihren Platz zurück und sah zu, wie die Seeleute die Segel refften und längsseitig anzulegen begannen. Die kleiner werdenden Segelflächen gaben die Sicht frei auf Ruder, Besatzung und Steuermann.

Und auf einen Mann, der ein Tau in den Händen hielt und zur Mole blickte: Halifa.

Ihre Blicke trafen sich.

Trotas Herz schlug so wild, dass sie glaubte, es würde sogar das Klatschen der Ruderblätter übertönen. Ein Schwindel erfasste sie, aber sie lächelte – wie Halifa. Er hob das Tauende, passte den richtigen Moment ab, als die Dhau längsseitig anlegte, und warf es ihr zu. Sie fing es auf.

Halifa beeilte sich, von Bord zu springen.

»Hatte ich nicht versprochen, dich eines Tages zu entführen? Nun bist du mir entgegengewandert, Trota. Wie ich mich freue! Die Zeit ist gekommen, endlich. Und du bist noch schöner geworden.«

Trota las in seinen Augen Bewunderung und wie sehr er sich nach ihr sehnte. »Der Weg war weit genug, Halifa«, antwortete sie lächelnd. »Erst hier sollte ich die Ruhe finden, dich herbeizuschauen.«

»Ja. Jetzt haben wir genug gewartet.«

Er trat einen Schritt auf sie zu und nahm sie fest in seine Arme.

Seine Umarmung zu spüren und den Duft seiner Haut zu riechen war fast zu viel des Glücks. Für Augenblicke glaubte sie, einem Traum zu erliegen, dann wieder hatte sie Mühe, die Tränen zurückzuhalten. Halifa aber hielt sie fest und ruhig. Er leuchtete von innen heraus, und seine Kraft hüllte sie ein wie ein schützendes Zelt. Nur widerstrebend gaben sie einander frei – für diesen einen Moment, in dem ihre Augen einander beschworen, dass sie niemals den Schmerz auf sich nehmen würden, sich voneinander zu trennen.

»Wie viel Geduld brauchen wir?«, fragte er leise. »Ich möchte noch Wasser, Brot und Früchte mit an Bord nehmen, um danach nach Tunis, in meine Heimat, zu fahren. Kommst du mit?«

Trota zögerte nicht. Sie griff nach seiner Hand, drückte sie: »Ja, Halifa, ich werde mit dir fahren – hast du mir nicht schon dein Kostbarstes anvertraut? Deine Dhau?« Sie sah an ihm vorbei auf seine Männer, die mit verschränkten Armen darauf warteten, dass sie oder er das Tauende um einen der Molenringe schlangen.

Lächelnd hielt sie ihm das Tau entgegen.

»Das Kostbarste, Trota«, flüsterte Halifa, »schenkte ich dir bereits, als wir uns das erste Mal begegneten: mein Herz.« Er nahm ihr das Tau aus der Hand und vertäute sein Schiff. Sie aber wandte sich errötend ab, um die tiefe Liebe, die sie empfand, vor den Blicken der anderen zu verbergen.

Schon am nächsten Morgen traten sie die Fahrt nach Ifriqiya, der alten römischen Provinz Afrika, an.

Sechster Teil

Auf Halifas Spuren

Um Mitternacht flaute der Ostwind ab. Die Wolken, die kurz nach Sonnenuntergang noch gen Westen getrieben waren, stauten sich jetzt vor einem rasch verblassenden Mond, dessen Sichel bereits alle Schärfe verloren hatte.
Trota sah es nicht, denn sie lag in eine Decke gewickelt auf dem Deck von Halifas Dhau und schlief. Viel zu lange hatte sie seinem Drängen widerstanden, sich zur Ruhe zu begeben, zu kostbar waren ihr die Stunden des Wiedersehens gewesen, zu viel hatte sie Halifa zu erzählen gehabt. Erst jetzt, wo sie die Ägadischen Inseln westlich von Sizilien passiert hatten und das letzte Viertel der Reise angebrochen war, hatte sie ihrer Müdigkeit nachgegeben, weil sie endlich begriffen hatte, dass ihre und Halifas Zeit, statt bereits wieder zu Ende zu sein, wirklich erst begann.
»Und doch bin ich immer noch aufgeregt wie ein Kind«, hatte sie gemurmelt, bevor sie nach seinem Kuss die Augen nicht mehr aufschlug, sich ausstreckte und mit einem süßen Seufzer einschlief.
Halifa hatte sich im Schneidersitz neben sie gesetzt und war ebenfalls eingenickt. Jetzt, kurz vor Morgengrauen, weckte ihn der Ruf seines Steuermanns. Er rieb sich die Augen, gähnte. Noch einmal rief ihn sein Steuermann und zeigte gen Süden. Halifa nickte und trat an die Reling. Jetzt sah er es auch: das Feuer des Leuchtturms von Tunis. Damit war das Reiseziel so gut wie erreicht. Nach zwei Jahren würde er seinen Fuß wieder auf heimatlichen Boden setzen – und das mit der Frau, die er liebte und verehrte.

»Allah ist groß«, murmelte er, wartete noch eine Weile und verrichtete schließlich sein Morgengebet.
Doch der schwache Wind stellte seine Geduld und die seiner Männer auf die Probe. Der Golf von Tunis glich einer Scheibe glänzenden Obsidians, wie man ihn auf der Insel Lipari fand: tiefschwarz, mit winzigen Lichtpunkten, unbeweglich. Mehrere Säcke dieses vulkanischen Gesteins hatte Halifa an Bord, weil er wusste, dass farbige Händler, tief aus dem Süden Afrikas, ihn gerne gegen Elfenbein oder Zebrafelle tauschten.
Es ist, überlegte er, als verhöhne das Leuchtfeuer meine Sehnsucht. Ist diese Flaute ein warnendes Zeichen oder nur Zufall? Eine Laune der Natur? Gar das Zeichen, von ihr, von Trota, zu lassen?
Halifa rang das aufkeimende schlechte Gewissen nieder. Dass sie sich liebten, war keine Sünde. Aber wie sie diese Liebe lebten, schon. Glaubten sie wirklich, sie könnten sich ewig den Gesetzen der Welt entziehen?
Sie ist verheiratet und hat einen Sohn.
Halifa lauschte in sich hinein, ob er Eifersucht empfand. Aber da war nichts.
Nur Liebe.
Aufmerksam beobachtete er den bedeckten Himmel, so als müsse er nach dem Wind suchen und könne ihn dann herbeischwören. Und als habe dies geholfen, hob der Wind auf einmal seinen müden Kopf an und blies ein wenig stärker.
Das Großsegel der Dhau begann zu ächzen.
Die Männer zogen die Taue an, und der Steuermann richtete das Ruder neu aus.
Und Halifa betete, Allah möge ihnen allen gnädig sein.

Kurz vor der Küste entdeckte einer seiner Männer etwas Längliches, das sanft im Meer schaukelte. Halifa wies seine Männer an, beizudrehen. Im Licht der Morgendämmerung erkannte er, dass es sich um eine Säule handelte, die mit feinem Schnitzwerk verziert war.
War eine Dhau gesunken? Gab es Schiffbrüchige?
Er starrte angestrengt übers Wasser, aber niemand rief, niemand winkte. Er überlegte, wem die Säule gehören könnte, vielleicht jemandem aus Tunis, der sie für eine Moschee oder als Stütze eines Vordaches oder Innenhofes benötigte.
Ein Lächeln legte sich auf sein Gesicht, denn er verstand, dass die Flaute ein Zeichen war. Erleichtert wies er seine Männer an, ein Tau um die Säule zu schlingen, um sie im Kielwasser mitzuschleppen.

Bald darauf ging die Sonne auf. Trota erwachte, und Halifa beugte sich über sie und küsste sie. Er half ihr auf, um ihr die nahe Küste zu erklären: »Siehst du dort? Das sind Teile der Ruinen von Karthago. Wie ich dir erzählte, sind mir die Trümmer des phönizischen Karthagos wie eine Heimat.« Trota reckte sich und spähte zur Landseite, wo Steintrümmer und Säulen aus dem morgendlichen Dunst auftauchten. »Tunis liegt westlich davon«, fuhr er fort. »Es ist kaum weniger alt als Karthago und wurde ebenso von Berbern gegründet. Es kam aber erst zu Wohlstand, nachdem es vor über dreihundert Jahren endgültig von den Arabern zerstört wurde. Jetzt ist Tunis eine reiche Stadt. Ich verdanke ihr viel.«
Trota nahm Halifas zierliche Hände in die ihren und fragte mit einem schelmischen Lächeln: »Verdankst du ihr denn nicht vielleicht auch die Liebe?«
»Da muss ich überlegen …« Halifa ging auf ihren Ton ein,

doch schon war Trota wieder ernst: »Du weißt, warum wir hier sind, nicht wahr? Vergiss es nicht.«
»Keine Angst. Ich werde dir dabei helfen.«
Halifa lächelte und küsste Trotas Fingerspitzen.
»Dann hat alles seinen Sinn«, seufzte sie und lehnte sich an ihn.
»Nichts geschieht ohne Sinn. Allah würde es nicht zulassen. Du musst ihm dankbar sein für das, was dir an Schlechtem, aber auch Gutem widerfährt.«
»Ich danke ihm und seinem Propheten Christus«, ergänzte sie und schaute Halifa eindringlich an. »Denn wie heißt es in der Sura von den Ungläubigen? ›Euch eure Religion und mir meine Religion.‹«
Halifa schwieg. Bedeutungsvoll versanken ihre Blicke ineinander, und sie spürten, wie groß und wie mächtig ihre Liebe war. Genauso aber begriffen sie, dass sie ein besonderes Schicksal miteinander verband – ein Schicksal, das von höherer Gewalt gelenkt wurde, ein Schicksal, das ihnen Aufmerksamkeit, Wachheit und Fürsorge abverlangte. »Ich habe eine Aufgabe zu erfüllen, Halifa«, flüsterte Trota. »Doch selbst wenn es Matthäus nicht gäbe, stünde ich jetzt hier. Und das ist wunderbar und gibt mir Kraft und Zuversicht.«
»Das hoffe ich.« Er musterte sie ebenso liebevoll wie eindringlich. »Wir Muslime könnten euch Christen viel lehren. Nicht nur in Dingen der Medizin.«
»Bestimmt.« Sie wurde ungeduldig. »Mich interessiert natürlich vor allem die Heilkunst. Es heißt, die abbasidischen Kalifen hätten eine große Anzahl medizinischer Schriften der griechischen Antike ins Arabische übersetzen lassen. Habt ihr in Tunis Abschriften davon?«
»Ich weiß es nicht, Trota.« Er strich ihr zärtlich über die Wan-

ge. »Wenn du willst, gehe ich für dich gleich morgen in die Universitätsräume der Ölbaummoschee und suche die Schriften heraus, wenn du so sehr danach dürstest.«
»Ich wäre dir dankbar. Ich muss die Zusammensetzung des Theriak herausfinden, koste es, was es wolle. Der Weg nach Damaskus oder Bagdad ist weit – warum sollten wir nicht schon hier mit der Suche beginnen?«
»Wir sollten nichts überstürzen, Trota. Ich habe bereits mit dem Theriak gehandelt, doch wie ich dir schon zu erklären versuchte: Wie alle, die ich kenne, weiß ich nicht, woraus er besteht und wie und wo er hergestellt wird. Gedulde dich. Wir werden reisen und alles herausfinden. Aber wenn wir in Tunis sind, werde ich erst die Moschee aufsuchen, um Geist und Herz zu reinigen. So viel Ruhe muss sein.«
»Ich brauche keine Ruhe.«
Halifa zog sie an sich. »Du willst alles mit deinem Willen bewältigen, nicht wahr? Was für eine seltsame Frau du doch bist, Trota.« Er küsste sie auf die Stirn. »Meine Eltern werden über dich staunen. Genieße ihre Gastfreundschaft. Vor uns liegen noch viele Strapazen.«
»Wenn ich willkommen bin ...«
»Du bist es. Schließlich bist du die Frau, die ich liebe, dazu klug und eine Magistra medica. Meine Eltern schätzen alle Menschen, die Geist haben. Und dass du eine Frau bist ... sie werden dazulernen.«
»Du meinst, sie folgen deinen Wünschen und Hoffnungen?«
»Ich verließ sie bei guter Gesundheit und klarem Verstand.« Er schaute zum Strand, wo mehrere Fischer damit beschäftigt waren, ihre Boote über die Wellen ins Meer zu ziehen. Einige Boote hatten Segel, die meisten aber waren kleine Barken, in denen Trota sogar Kinder entdeckte.

»Himmel! Wollt ihr euch um euren Lohn bringen?«, rief Halifa seinen Männer zu, weil auch sie viel mehr mit Schauen als mit den Segeln beschäftigt waren. »Beeilt euch. Lasst das Segel nicht flattern! Dort, wo die Olivenbäume bis ans Meer wachsen – seht ihr? Dort, wo die Reihe mit den hohen Palmen steht: Dorthin will ich. Nun macht schon!«

»Du willst wirklich zuerst zu deinen Eltern, Halifa?«

Er drehte sich zu ihr um. »Ja, wenn es Allah dem Allmächtigen gefallen hat, mich wohlbehalten hier ankommen zu lassen, ist es meine Pflicht, denen meine Aufwartung zu zeigen, die mich zeugten.«

Der Wind frischte für eine Weile auf, und es ging schneller voran.

Schließlich warfen sie den Anker aus. Drei ältere Fischerboote lagen auf dem Strand. Eines hatte einen zerbrochenen Mast, zwischen den anderen beiden hockten vier alte Männer und flickten Segel und Netze. Ein paar Jungen halfen ihnen dabei. Halifa und Trota sprangen ins flache Wasser und wateten an Land. Neugierig hielten Alte wie Junge in ihrer Arbeit inne, erwiderten höflich Halifas Gruß. Dieser ging auf einen der Alten zu, verbeugte sich vor ihm und gab sich zu erkennen. Stumm umarmte ihn der Alte und lobte Allah, ging dann auf Trota zu und reichte ihr die Hand. »Seid willkommen.«

»Ich danke Euch.«

»Halifa, sie spricht unsere Sprache?«

»Das kann sie auch … ja.«

Der Alte strich sich mit beiden Händen verwundert den Bart und verbeugte sich dann mühsam, denn sein Rücken war krumm. »Die Zeiten sind schwer geworden. Viele von uns leiden. Begleite Halifa nach Hause, Tochter.«

»Mehr hast du mir nicht zu sagen, Kaleb?«, fragte Halifa.

»Allah sei mit dir, mein Sohn. Du bist wahrhaftig ein Mann geworden. Allah wird dir helfen, dein Schicksal zu tragen.«
Betroffen blickte Halifa zu Boden, dann reckte er sich und fragte: »Wenn du es sagst, muss es stimmen. Aber wer kann mir helfen, jene Säule dort, die im Wasser schwimmt, ins Dorf zu bringen?«
»Frag Mustafa. Den mit den großen Ohren. Dein Bruder hat ihn heute früh zum Pflügen in den Olivenhain hinausgeschickt.«
»Gut, sag mir nur noch eines, Kaleb: Trieben hier in letzter Zeit noch andere Säulen mit Schnitzwerk auf dem Meer?«
Kaleb und die anderen Alten nickten und erzählten wortreich, dass vor kurzem ein Schiff mit einer Ladung Zedernholzsäulen bei einem Sturm gesunken sei. Die meisten der Säulen seien im Laufe der letzten Tage an Land gespült worden, und einfache Leute hätten sie nach Tunis gebracht. Sie alle wussten, dass Ibrahim, der ehrbare *warraq*, begonnen habe, ein neues Wohnhaus zu bauen.
»Du kennst ihn bestimmt, Halifa. Er ist ein Mann von Wohlstand und tiefem Glauben und soll doch auch einen besonderen Sinn für Schönheit haben. Nur ein solcher Mann kommt auf die Idee, solch wertvolle Säulen in Auftrag zu geben.«
Halifa wurde ungeduldig. »Es passt zu ihm. Schließlich versteht er etwas von Kunst, schöpft Papier, kopiert, bindet Bücher und handelt mit ihnen. Allah ließ mich die letzte Säule finden, also werde ich sie ihm zurückbringen.«
»Du musst ihm raten, sie zwei Jahre langsam zu trocknen«, unterbrach einer der Alten. »Im Halbschatten, nie in praller Sonne. Ich bin sicher, er wird es zu schätzen wissen, dass du sie ihm zurückgebracht hast. Er ist ein guter Mann.«
»Sie wird ihn an uns erinnern.« Halifa wandte sich Trota zu

und legte seinen Arm um ihre Schulter. Die Alten lächelten verschmitzt, und einer von ihnen meinte, dass Ibrahim für alle Arten von Schönheit viel übrig habe.
»Seine Manneskraft ist noch so stark und fest wie seine Säulen«, fügte er hinzu, aber diese viel sagenden Worte galten eindeutig nicht Ibrahim, sondern waren für Halifa bestimmt.
Trota errötete. Sie wusste nicht, was sie sagen und tun sollte. Halifa ließ sie einfach stehen und lief den Strand hinauf, an den Palmen vorbei, hinter denen sich, so weit sie schauen konnte, ein Wald knorriger Olivenbäume erstreckte. Im Licht der Morgensonne schimmerten sie rosa, und wenn der Wind ihre zitternden Blätter bewegte, blitzte ihre silbrige Unterseite auf.
Zu ihrer Erleichterung behelligten sie die Männer nicht weiter mit Fragen, sondern setzten ihre Arbeiten fort. Trota hockte sich ein Stück weit von ihnen entfernt in den Schatten eines der Fischerboote und sah von dort aus Halifas Männern zu, die mit den Jungen zu plaudern begannen. Diese flickten eifrig an den Netzen, schauten aber immer wieder zu Trota hin, bis einer der Alten ihnen einen scharfen Verweis erteilte.
Schmale Wellenkämme kräuselten das Meer, und die Wogen liefen mit leisem Rauschen auf dem Strand aus.
Trota schloss die Augen. Sie wollte ganz bei sich, bei ihren Gefühlen sein.
Ich habe diese eine Aufgabe zu erfüllen, dachte sie. Sie ist das Wichtigste. Dass ich noch lebe, heißt allein: sorge für Matthäus. Sein Wohl muss mir über alles gehen.
Und Halifa?
Sie lauschte dem Plätschern der Wellen, dem Plaudern der Fischer. Die Schatten wurden kleiner, die Sonne stieg höher und höher. Ihr Licht legte sich wie feine Seide über sie, kühlte ihre

seelischen Wunden, wärmte ihr Herz. Doch schaute sie zu lange aufs Meer, schlichen sich Gedanken an zu Hause ein. Was Johannes wohl jetzt tat? Vielleicht weckte er gerade Matthäus? Oder war er bereits in der Schola? Wer lehrte Matthäus und seine Freunde weiter lesen und schreiben? Wer setzte ihren Unterricht fort?
Und wer tröstete Matthäus, wenn er wieder einen Anfall gehabt hatte?
Trota spürte, wie ihr Herz sich zusammenkrampfte.
Eines Tages wird Matthäus verstehen, warum ich habe flüchten müssen, versuchte sie sich zu beruhigen. Er wird begreifen, dass ich ihn seinetwegen habe warten lassen müssen. Aber all das ist nicht so wichtig, denn er weiß eines: Seine Mutter liebt ihn und achtet seinen Vater, den sie auf ihre Weise – mit dem Verstand – liebt.
Ihre Gedanken schweiften zu Halifa ab. Er war der Mann, nach dem sie dreifach verlangte: Sie liebte ihn körperlich, seelisch, geistig. Sie liebte ihn mit dem Herzen und dem Verstand, sie begehrte ihn. Und Halifa, dessen war sie sich gewiss, liebte sie auf dieselbe Weise.
»Johannes«, flüsterte sie, »von dir kann ich getrennt sein wie von einem normalen Verwandten. Ich würde nicht leiden, wärst du nicht da. Halifa aber fehlt mir schon nach wenigen Atemzügen. Ich vermisse die Nähe seines Körpers und seinen Duft. Ich vermisse seine Stimme, seine Art, mich anzusehen, wie er mit mir spricht. Warum, Johannes, ist das so? Wirst du mir jemals verzeihen können?«
Die Erinnerung an ihn zerrte an ihr und verstärkte ihr Schuldbewusstsein. Sie ließ Sand von einer Hand in die andere rieseln, atmete tief durch und konzentrierte sich auf das Geplauder der Alten und die Geräusche des Meeres.

Wie sehr sehnte sie sich danach, frei und ungebunden sein zu können.
Oder wenigstens für ein paar Monate zu vergessen.
Um Matthäus' willen darf ich keine Schuldgefühle haben, dachte sie schließlich. Ich bin seine Mutter. Aber auch eine Mutter muss einmal in ihrem Leben eine Zeit erleben, in der sie als Frau glücklich ist. Oder ist dies zu anmaßend? Liebe und Freiheit – darf man das erleben und für sich in Anspruch nehmen?
Ungeduldig drehte sie sich um. Doch Halifa war noch nicht wieder zurück.
So schaute sie weiter aufs Meer hinaus, während sie spürte, wie die Sehnsucht nach ihm in ihr wuchs. Mit jedem Atemzug wurde sie stärker. Halifa zu vermissen wog schwerer, als sich allein zu wissen. Denn er war ein Teil ihres Selbst, die andere Hälfte ihrer Seele.
Sie konnte nichts dagegen tun, dass ihr die Tränen in die Augen stiegen. Ein süßes Brennen in ihrem Inneren füllte ihren Kopf mit sehnsüchtigen Worten der Liebe.
Endlich hatte ihr Warten ein Ende.
Halifa kam mit Mustafa, einem hoch aufgeschossenen Mann mit in der Tat großen Ohren. Dieser führte einen abgemagerten Ochsen neben sich, der bereits ins Joch geschirrt war. Bereitwillig ließ er sich ins flache Wasser führen, wo Mustafa und Halifas Männer ihm die Zedernsäule ans Geschirr banden.
Trota lief ihnen entgegen, schlang ihre Arme um Halifas Hals und küsste ihn. »Ich weiß, es ist nicht schicklich. Aber ich hoffe, eine Ungläubige darf das.«
»Hier ist man nicht so streng«, murmelte er und zog sie an sich. »Aber in der Medina müssen wir vorsichtig sein. Wenn

uns dort der Marktaufseher so sehen würde, bekämen wir beide Stockschläge.«

Der Ochse zog schwer an der durchweichten Säule, doch Mustafa gelang es spielend, das Tier mit wenigen Hieben einer Gerte und noch mehr aufmunternden Rufen anzuspornen.
Der Weg führte an den ufernahen Olivenbäumen vorbei zu einer Reihe Dattelpalmen, an die sich ein großer Olivenhain anschloss. Zwischen den Bäumen weideten Schafe und Ziegen. Hier und da sah Trota Männer in zerrissenen knöchellangen Hemden, die ausschießende Äste heraussägten, frische Triebe abhieben oder mit kurzstieligen Hacken den Boden um die Bäume auflockerten.
Je näher sie dem Dorf kamen, desto lichter wurde der Hain, bis schließlich Gärten mit Zitronen-, Mandel- und Pfirsichbäumen in Sicht kamen, hinter denen kleine Getreidefelder lagen. Zwei Hunde liefen ihnen über ein Hirsefeld entgegen, woraufhin ihnen jemand wilde Flüche nachschickte.
»Weizen und Hirse sehen kümmerlich aus«, befand Trota. »So als ob ihnen der Boden zu wenig Wasser gibt.«
»Das ist wohl wahr«, rief Mustafa und schlug mit der Gerte nach den Hunden, die sofort das Weite suchten. »Die alten Bewässerungsgräben zerfallen, und niemand hat die Kraft, sie auszubessern.«
»Die Menschen haben doch wohl genug zu essen, um arbeiten zu können, oder?«
Mustafa schüttelte den Kopf. »Es ist schon schlimm genug, dass der Emir das Land auspresst. Doch in den letzten Jahren hatten wir Missernten. Viele unserer Tiere wurden krank und starben. Jetzt fehlt uns das Fleisch. Das, was wir haben, müssen wir verkaufen, um leben zu können. Selbst die Preise für

Wolle sind gefallen, wir verstehen das nicht. Und dann die Sache mit den Kindern! Mir starben gleich drei nach der Geburt. Mein Weib strengte sich noch einmal an, gebar noch einmal drei. Bloß, es wurden alles nur Töchter. Bis jetzt habe ich keinen einzigen Sohn. Welch ein Unglück für mein Haus! Ich tue, was ich kann, doch wer soll, wenn ich nicht mehr kann, den Ochsen führen und die Felder bestellen? Aber so wie uns geht es vielen.«

Zwischen den Olivenbäumen erschien ein Mann, älter als Halifa, doch von ähnlich stattlicher Gestalt. Er prüfte die grünen, unreifen Früchte im Verborgenen des dichten Blattwerks.

»Muhammad!«, rief Halifa laut.

Der Mann sah auf, runzelte die Stirn, stemmte die Fäuste in die Hüften. Dann rief er laut: »Allah sei gepriesen. Halifa!«

Die Männer eilten einander entgegen, umarmten und küßten sich. »Du siehst wohl aus, Bruder! Welch ein Glück! Komm nach Hause. Vater wird überglücklich sein, dich zu sehen.«

Sie blieben stehen.

»Und was ist mit Mutter?«

Muhammad zog Halifa an seine Brust. »Du brauchst dich deiner Tränen nicht zu schämen. Sie starb vor einem Jahr. Eines Tages schmeckte ihr nichts mehr, nur Brot und Dattelmus. Bald darauf erbrach sie das Essen, bekam Fieber und starb. Kannst du es dir vorstellen? Sie war bei deiner Abreise feist, gesund und munter wie ein Fohlen. Du erinnerst dich, nicht wahr? Es war wie ein böser Zauber. Kein Kraut half, kein Trank.«

Halifa löste sich von seinem Bruder, schlug die Hände vors Gesicht und weinte. Zum Erstaunen Muhammads nahm Trota ihn in den Arm und strich ihm mehrmals sanft über den Rücken. Halifa ließ es geschehen, doch schließlich schob er Trota

sanft von sich und sagte: »Verzeih mir Bruder. Ich vergaß, dir Trota vorzustellen. Sie ist die Frau meines Herzens und der Quell meiner Seele. Sie hätte Mutter gewiss helfen können.«
»Dann ist sie eine Hakima, wie sie in Spanien sagen?«, fragte Muhammad ungläubig.
»Eine Magistra medicina, Bruder. Die Magistra schlechthin. Du hast die Ehre, Trota von Salerno ins Angesicht sehen zu dürfen.«
»So seid Ihr mehr wert als tausend Kamele?!« Muhammad lachte respektlos. »Klärt mich auf, Magistra: Was sagt Ihr zur Krankheit, die unserer Mutter das Leben raubte?«
»So einfach ist die Diagnose, wie die Griechen die Durchforschung und Unterscheidung der Krankheiten nennen, nicht«, entgegnete Trota selbstbewusst. »Bei dem, was Ihr von Eurer Mutter berichtet habt, kann ich nicht mit Gewissheit sagen, woran sie gestorben ist. Ich hätte sie sehen, befühlen, genauer untersuchen müssen. Vielleicht litt sie an einem Geschwür ihres Magens, vielleicht war es eine Entzündung des Darms. In beiden Fällen wäre ich mit meiner Kunst schnell an meine Grenzen gestoßen.«
Muhammad nickte. Aber Trota spürte, dass er ihr nicht gewogen war. »Unsere Mutter war immer munterer Laune«, fuhr er fort. »Warum sie krank wurde, weiß Allah allein. Aber unsere Nachbarinnen ließen uns nicht im Stich. Sie kochten für uns, der Reihe nach. Sie halfen wirklich, gaben sich alle Mühe, Vaters Gaumen zu verwöhnen und seinen Schmerz zu lindern. So und nicht anders müssen Frauen sein.«
Trota dachte sich ihren Teil und schwieg. Wie so oft in den Familien war Muhammad das Gegenteil seines Bruders. Halifa sah ihn vorwurfsvoll an. »Du sprachst von den Nachbarinnen, Bruder. Und deine Frau? Half sie nicht?«

»Du weißt doch: Die Erste hinterließ mir fünf Kinder, dann nahm Allah sie zu sich ...«
»Und die Zweite?«
»Nun, sie ... sie lief mir davon.«
»Sie tat was?!«
»Ja, sie warf mir vor, meine Prügel schmeckten ihr nicht mehr, und rannte in die Wüste. Leider verdiente sie meine harte Hand. Sie mochte nicht arbeiten, das Haus war unrein, das Essen eintönig, und vor allem wollte sie nicht gebären.«
Halifa griff nach Trotas Hand und drückte sie kurz. Seine Augen blitzten ihr eine Warnung zu, Trota aber konnte sich trotzdem nur mit größter Mühe beherrschen. Größte Abneigung gegen Muhammad hatte sie ergriffen. »Ihr wisst wohl, dass eine Frau, die nicht schwanger wird, oft nur ein bisschen mehr Zuwendung von ihrem Mann fordert«, bemerkte sie mit fester Stimme.
»Zuwendung?«, brauste Muhammad auf. »Wenn Mann und Frau sich zusammenlegen, ist das Zuwendung genug!«
»Nein, Bruder«, beschwichtigte Halifa, »und das weißt du auch. Sag, hast du wieder geheiratet?«
»Natürlich. Ein Mann ohne Frau ist ein Baum ohne Früchte.«
»Dann seid Ihr ja jetzt bestimmt endlich wieder Vater, Muhammad«, stellte Trota nachsichtig fest.
Statt stolz zu antworten, errötete dieser. »Allah ist größer. Ich nehme mein Schicksal an, so wie es ist. Wenn der nächste Sommer anbricht und noch immer kein Sohn geboren ist, werde ich auch sie verstoßen. Kein Weib wird einen Olivenbauern verschmähen. Wenn auch alle arm werden, bleibt derjenige, der Oliven sein Eigen nennt, reich. Das wissen alle.«
»Er kann es sich aussuchen«, mischte sich Mustafa ins Ge-

spräch. »Wie du, Halifa. Ihr könnt zwischen all jenen Frauen wählen, die süß wie Honig und saftig wie die Feigen sind.«
»Schmeckst du einen süßen Mund, wisse, dass er zumeist lügt«, widersprach Muhammad halsstarrig.
Trota hätte ihn am liebsten ausgelacht. Wie wenig diese Männer doch wussten. Und wie viel Köstliches sie entbehrten.

Bis auf das Gackern einiger Hühner war es ruhig im Dorf. Vor einem Haus mit Ölmühle blieben sie stehen. Erschöpft senkte der Ochse seinen fliegenumsummten Kopf, schüttelte sich und brüllte plötzlich.
»Ich danke dir, Mustafa«, sagte Halifa. »Wenn du morgen Zeit hast, die Säule auf einem Fuhrwerk zu Ibrahim nach Tunis zu bringen, würde ich mich glücklich schätzen.«
»Ich komme wieder, wann immer du willst, Halifa.«
Er umarmte ihn, löste die Säule vom Geschirr und rollte sie mit Halifas und Muhammads Hilfe an die Nordseite des Mauerwerks. Nachdem er gegangen war, breitete Halifa die Arme aus. »Ich bin zu Hause, Trota. Komm.«
Muhammad legte ihm seine Hand auf die Schulter. »Du willst, dass ich dich allein lasse?«
»Um offen zu sein: Es wäre mir lieber, Bruder.«
»Gut« – er nahm seine Hand zurück – »aber bilde dir nicht ein, ich würde Ibrahims Säule bewachen. Sollen sie die Hühner vollscheißen.« Er lachte rau und machte sich auf den Weg zurück in den Olivenhain.
In der Ölmühle war es angenehm kühl. Das steinerne Mahlwerk, zwischen dem die Oliven zu späterer Zeit zerquetscht wurden, ruhte. Doch ein Öllämpchen in einer der Wandnischen leuchtete, als wollte es mit seinem mageren Schein daran erinnern, wie geschäftig es im Spätherbst hier zugehen würde.

Jetzt aber war alles still. Der Boden war sauber gefegt, die Wände frei von Spinnennetzen. Kleine und große Kiepen waren säuberlich in Regalen gestapelt, im tiefer gelegenen Gelass nebenan lagerten Tonkruken aller Größen mit dem Öl der letzten Ernte.
»Vater?«
Hinter einem Vorhang erschien ein alter, hagerer Mann mit wachen, dunklen Augen.
»Halifa! Licht meiner Augen und meiner alten Tage.«
Weinend nahm er Halifa in die Arme und umarmte auch Trota, ohne sie nur ein einziges Wort zu fragen.
Halifa schob den Vorhang beiseite, streckte den Kopf vor und lächelte. »Nichts hat sich geändert. Du versuchst zu lesen, seitdem ich es dich lehrte. Nur, niemand soll es wissen. Kommst du voran?«
Der Alte seufzte. »Es ist schwerer, als ein Kamel zum Tanzen zu bewegen. Doch jedes Wort, das mir mein kläglicher Verstand zum Leben erweckt, erhellt meinen Geist. Hast du deinen Bruder schon begrüßt?«
»Ja, wir trafen ihn auf dem Weg hierher.«
»Er macht mir Sorgen.«
»Das glaube ich dir, Vater.«
»Er behandelt seine Frauen schlecht.«
»Ich weiß. Er selbst hat es uns erzählt.«
»So? Hat dir wirklich alles erzählt?«
»Das kann ich nicht wissen. Immerhin gab er zu, dass er die eine schlug und sie ihm deswegen fortlief.«
»Das weiß hier jeder im Dorf. Muhammad redet sich mit dem Koran heraus. Dabei hat er nicht die Geduld, sich Allahs Willen zu beugen. Er gibt für alles den Frauen die Schuld. Seine erste Frau starb, weil er sie totschlug, als er feststellte, dass

ihre fünf Kinder nicht die seinen waren. Seine jetzige Frau aber wird auch nicht schwanger. Er schlägt sie, bis das Holz bricht. Sie wird ihn bald verlassen.«

Trota hielt es nicht mehr aus. Sie musste etwas sagen. »Und als deine Mutter, Halifa, das alles durchschaute, nahm sie es sich so zu Herzen, dass sie krank wurde und schließlich starb.«

Erstaunt wandte Halifas Vater sich ihr zu. »Wer auch immer Ihr seid: Ihr seid klug, aber Euer Mund gleicht trotzdem nur einem löchrigen Eimer. Die Wahrheit ist, Halifa, dass Muhammad deiner Mutter die Schuld gab, ihm die falschen Mädchen zugeführt zu haben. Er warf ihr vor, sie habe ihn damit strafen wollen, weil er dich, da warst du wenige Tage alt, im Meer zu ertränken versuchte.«

Trotas Empörung wuchs. »Wollt Ihr damit sagen, Eure Frau fürchtete sich davor, von ihrem eigenen Sohn geschlagen zu werden?«

»Ihr denkt zu schlecht von uns, schöne Frau.«

»Nein, Vater, sonst würde ich Trota nicht ehren und lieben. Aber du musst wissen, sie ist eine Frau der Wissenschaft. Und als solche benutzt sie auch ihren Kopf.«

Die Augen des Alten funkelten böse. »Wehe jedem lästernden Verleumder, sagt unser Prophet, Trota. Das gilt für Männer der Wissenschaft, aber erst recht für Frauen, die glauben, dem Manne seine Überlegenheit streitig machen zu können.«

Sie schwieg höflich, hielt aber seinem herausfordernden Blick stand.

»Trota wollte dich und unsere Familie nicht beleidigen, Vater. Aber ich sage dir auch: Sie ist mir gleich, wie Mann und Frau gleich sind und niemand dem anderen überlegen ist.«

»Du warst zu lange fort, mein Sohn. Ich höre aus deinen Worten, dass du die Sitten deiner Väter und deines Stammes nicht

mehr achtest.« Unruhig wanderten seine Blicke zwischen Halifa und Trota hin und her, doch zu Trotas Erleichterung verloren sie dabei zunehmend an Schärfe. »Ihr liebt euch also. Nun, warum auch nicht. Es geht vorüber. Dann wird sich jeder von euch wieder seiner Wurzeln erinnern.«
»Unsinn!«, rief Halifa aufgewühlt. »Was wisst ihr hier von Liebe? Ich stelle mir Mutter vor, wie sie unter Muhammads Vorwürfen litt. Bis dann der Tag kam, an dem seine letzte Frau ihr ihre Wunden zeigte. Der Schmerz, solch einen Sohn zu haben, hat sie innerlich zerschnitten. Aber du – warum hast du Muhammad nicht gemaßregelt? Du schütztest ihn, weil er der Älteste, weil er der Erbe ist. Ich hoffe nur, dass du nicht seinen Aberglauben teilst, dass die Schuld stets bei den Frauen liegt, wenn sie nicht schwanger werden. Warum halfst du Muhammad nicht, der Wahrheit ins Gesicht zu sehen? Er hat einen unfruchtbaren Samen!«
Halifas Vater wich das Blut aus dem Gesicht. Entsetzt taumelte er zurück. »Wer ist diese Frau, Sohn?«, flüsterte er heiser. »Was hat sie aus dir gemacht?«

Dem Gesetz der Gastfreundschaft war Genüge getan. Doch nachdem Halifa mit Trota, Bruder und Vater und ein paar Nachbarn zusammengesessen und gespeist hatte, gab er kund, die Nacht wieder auf dem Schiff zu verbringen. Trota war erleichtert, denn so wohl gelaunt sich alle um die vielen köstlichen Platten geschart hatten – die Atmosphäre war allein bestimmt durch Höflichkeit und zuvorkommende Gesten.
Sie spürte jedoch mit jedem Blick, wie wenig sie bei Halifas Familie und deren Freunden erwünscht war. Die Blicke der Frauen waren sogar ausgesprochen feindselig, was Trota ihnen

aber nicht verübelte. Sie wusste, dass Halifa als möglicher Schwiegersohn für ihre Töchter gehandelt wurde, und vor diesem Hintergrund konnte sie gar nicht anders als für einen Eindringling gehalten zu werden.

»Ich nehme dich ihnen weg«, sagte sie, als sie im Schatten der ufernahen Olivenbäume auf den Strand zugingen. Nicht weit von ihnen entfernt dümpelte die Dhau ruhig im Mondlicht. »Du bist schließlich der begehrteste Mann im Umkreis eines Tagesrittes.«

»Nur eines Tagesrittes?« Er blieb stehen. Ohne zu antworten schmiegte sie sich an ihn. Leise und zärtlich begannen sie sich zu lieben. Erst nach Mitternacht schlichen sie an Bord.

Als Mustafa am Vormittag anfragte, ob er den Ochsen wieder anschirren sollte, beschied ihm Halifa, genauso solle er es halten. »Aber ich habe es mir anders überlegt. Es soll auch nicht zu deinem Schaden sein. Bringe die Säule wieder an den Strand und sorge mit meinen Männern dafür, dass sie bei der Fahrt nach Tunis nicht verloren geht.«

»Wie du wünschst, Halifa. Aber warum? Ich könnte einen Karren auftreiben.«

»Sicher, nur jetzt übers Land zu gehen, beschwert zu sehr mein Gemüt. Ich fühle, das Wasser ist mir gewogener.«

»Das liegt an ihr, die du als deine Frau erwählt hast. Jetzt willst du sogar schon zahlen für Freundschaftsdienste. In welchen Welten bist du gewesen?«

Im Hafen von Tunis herrschte seit den frühen Morgenstunden reges Treiben. Gerüchte kursierten, dass in den letzten Wochen arabische Beduinen Kairouan angegriffen hätten. Fischer wie Händler, Lastenschiffer und Tagelöhner standen in kleinen

Gruppen beieinander und debattierten die Lage, als Halifas Dhau anlegte.

Noch vom Schiff herab rief er ein paar Männern zu, ein Fuhrwerk für ihn aufzutreiben – denn, Allah habe es so gewollt, er habe die letzte der Zedernholzsäulen für Ibrahim, den *warraq*, bergen können.

»Für welchen Lohn?«, fragte einer von ihnen und rieb sich die Hände.

»Lohn?«, gab Halifa in gespieltem Unglauben zurück. »Aus welcher Welt kommst du denn, Bruder? Reichen dir Ibrahims Dank und eine Schale Tee nicht?«

Der Angesprochene lachte genauso wie die anderen Männer, trotzdem schnippte Halifa ihm ein Geldstück zu. Der Mann biss hinein, pfiff und schürzte sein Gewand, um ins Wasser zu waten. Begleitet von neugierigen Blicken, allerlei nützlichen und unnützen Ratschlägen und ebenso vielen Ausrufen schirrten die Tagelöhner die Säule ab und zerrten sie über eine Bretterrampe auf die Mole.

Als sie endlich auf ein Fuhrwerk verladen war, lief einer voraus, um dem *warraq* die frohe Botschaft zu melden. Halifa ließ derweil noch ein Säckchen Mastix aufladen, gab einem seiner Männer den Befehl, die Fuhre zu begleiten, und machte sich mit Trota und ein paar anderen Tagelöhnern auf den Weg durch die *medina* zur ehrwürdigen Ölbaummoschee, um dort zu beten.

Trota wartete draußen am Tor zum Innenhof. Sie setzte sich in den Schatten der hohen Mauer, gähnte ausgiebig und hing ihren Gedanken nach. Als Halifa zurückkehrte, war sie eingeschlafen.

»Haben Euch Eure Gedanken, edle Frau, nachts nicht mehr schlafen lassen?«, weckte er sie, und seine Augen blitzten.

Die Tagelöhner wisperten und grinsten, einer gar seufzte gespielt auf und schaute Trota provozierend lange auf die Brust.
»Meine Gedanken, mein Gebieter, ließen mich fürwahr die letzte Nacht über Euch nachdenken. Ich überlegte, welchen Zaubertrank ich brauen müsste, um Euch daran zu hindern, dass Ihr nicht vor mir einschlaft.«
Das Gelächter war so ohrenbetäubend, dass ein elegant gekleideter Byzantiner, der sie aus dem Halbschatten eines Vordaches beobachtet haben mochte, sich indigniert umdrehte. Trota nahm ihn nur undeutlich war, doch sein abruptes Abwenden spornte sie an, sich umso würdevoller zu erheben. Respektvoll machte man ihr Platz. Das Wort *hakima* machte die Runde, und Trota las in den Augen der Männer, wie sie mit sich kämpften, sie anzusprechen und sie um Hilfe zu bitten. Doch bevor einer der Männer sich ein Herz fassen konnte, verabschiedete sich Halifa von ihnen und erging sich in einer hochfahrenden Geste, die nichts anderes besagte als: Lasst sie in Ruhe.
»Sieh es mir nach, Trota, diese Moschee ist die Stätte meiner Jugend. Hier lernte ich lesen und schreiben. Ich musste einfach noch einmal herkommen, um zu beten. Aber nun komm, wir werden zu Ibrahim, unserem *warraq*, gehen.«

Bei Ibrahim, dem warraq

Raschen Schrittes strebten sie durch ein Gewirr schmaler Gassen, die sich hinter der Ölbaummoschee erstreckten. Neugierige Blicke verfolgten sie, Kinder liefen ihnen nach, Handwerker, die draußen ihrer Arbeit nachgingen, hielten im Singen inne. Trota fürchtete sich nicht, aber die vielen verschleierten

Frauen machten ihr bewusst, dass hier in Tunis, anders als damals in Palermo, wirklich der Koran das Leben bestimmte.
Aber ob Christ oder Muslim, dachte sie, die Krankheiten sind dieselben. Aussatz gibt es hier genauso wie in Salerno, und die Bettler halten mit denselben Demutsgesten die Hand auf.
Und auch hier streiten sich Mann und Frau.
Eine Frau zum Beispiel scheuchte ihren Mann mit einem Besen aus dem Haus und warf die Tür hinter ihm zu. Der Mann hob die Arme in die Höhe, schwankte, dann trottete er mit gesenktem Kopf in Richtung Hafen. Erstaunt sah Trota ihm nach.
»Er scheint betrunken zu sein.«
»Er ist es. Wie du weißt, mache ich hin und wieder auch Geschäfte mit Wein. Denn mit allem, was verboten ist, kann man das meiste Geld verdienen.«
»Hast du keine Angst vor der Aufsicht?«
»Ich verkaufe ja genau an sie. Die *muhtasibs*, die Marktaufseher, verkaufen ihn dann ihrerseits an ausgewählte Schankwirte.«
Sie kamen in die Gasse der Schreiber und Stoffmaler, wo die Häuser größer und höher wurden und vom Ansehen und Wohlstand ihrer Bewohner kündeten. Am auffälligsten war in der Tat das Haus Ibrahims, des Kalligraphen – nicht zuletzt deswegen, weil es eine Baustelle war. Trümmer des Altbaus türmten sich in mehreren Schuttbergen in der Gasse, die dadurch so eng geworden war, dass sie nur noch die Breite eines Trampelpfades hatte.
Doch der neue Bau überragte die angrenzenden Häuser bereits um ein ganzes Stockwerk. Noch fehlten die *maschrabiyas*, die kunstvoll geschnitzten Schutzgitter und Fensterverkleidungen. Auch waren die Fassaden noch nicht getüncht.
Halifa nahm Trota an der Hand und zog sie durch eine un-

scheinbare Tür in einen Hof mit einem sechseckigen Brunnen. Über ihnen wurde gesägt und gehämmert, es roch nach Holz und frisch angerührtem Kalk. Die Blätter der beiden Schatten spendenden Ölbäume waren stumpf vom Baustaub, Blumenbeete und Rosenrabatten zertrampelt. Halifa trank Wasser, Trota bewunderte die in vielfarbigen Keramikmosaiken schillernde Brunnenschale.

»Die Schreiber arbeiten trotzdem«, meinte Halifa. »Bestimmt haben sie sich Wachs in die Ohren geschmiert. Komm, Frauen verirren sich zwar selten hierher, aber je schriftkundiger die Menschen sind, umso geringer sind ihre Vorurteile.«

»Das ist bei uns zuweilen anders.«

»Islam heißt Hingabe an Gott. Und Allah ist eben größer als unser aller Menschen Weisheit.«

Sie traten in die Werkstatt. Die Schreiber saßen auf Teppichen im Schneidersitz vor jeweils einem niedrigen Pult, auf dem sich Bücher und anderes Papier stapelte. Tief über ihre Arbeit gebeugt, schrieben Ibrahims Schreiber Koranverse oder Verträge ab. Bedächtig tunkten sie die *qalan*, ihre gespitzte Schilfrohrfeder, ins steinerne Tintenfass, woraufhin ihre Hand nach einem einzigen Blick auf die Vorlage und ohne zu stocken über das Papier glitt.

Neugierig trat Trota näher, war versucht zu fragen, ob jemand ein medizinisches Traktat kopierte, aber Halifa, der ahnte, was sie bewegte, schaute sie ernst an und legte den Finger auf den Mund. Trota, die viel besser arabisch sprach, als dass sie die Sprache lesen konnte, erkannte dennoch bald, dass Ibrahims Schreiber vorwiegend den Koran kopierten.

Leise traten sie durch eine schwenkbare *maschrabiya* in den Nachbarraum, in dem zwei Buchbinder arbeiteten. Sie waren gerade damit beschäftigt, fertig zugeschnittene und gefalzte

Deckel aus Holz oder Papyrusmaché mit hauchdünnen Goldornamenten und leuchtenden Lackgravuren zu verzieren.
»Sie müssen ebensolch ruhige Hände haben wie ein Chirurg«, meinte Trota anerkennend.
»Das ist wohl wahr, noble Dame, wenn Euch die Anrede aus dem fernen Frankenreich zusagt.« Ibrahim, der *warraq*, verbeugte sich höflich. »Die Kunst besteht im richtigen Atmen. Doch es sind Herz, Gefühl und Glaube, die uns die Hand führen.« Mit einem Lächeln ließ er sich von Halifa umarmen, der ihm Trota mit wenigen Worten vorstellte. Ibrahim machte große Augen und strich sich mehrfach über seinen weichen weißen Bart. Er war alt, wenn auch nicht gebeugt, Trota aber erkannte auf den ersten Blick, dass Ibrahims hellblaue Augen entzündet waren. »Ihr schaut mir in die Augen, Dame Trota, und seht darin, was Allah ihnen abverlangt. Aber es ist gut so. Die Schmerzen sind mir Auszeichnung, und ich habe jetzt genug Zeit, mich zurückzuziehen und auf die Wirkung von Augentropfen zu hoffen.«
»Die Medizin steht bei uns erst in den Anfängen. Ihr habt bessere Ärzte und bessere Arzneien. Das ist der Grund, warum ich überhaupt hier bin.«
»Erzählt uns mehr, Dame Trota. Gleich wollen wir Tee trinken. Ich würde mich freuen, wenn Ihr meine Gäste sein wolltet. Ihr würdet mir einen Gefallen tun, schließlich brauche ich ein wenig Muße, mir eine Belohnung für Halifa auszudenken. Allah hat ihn als Finder ausgezeichnet, und ich möchte ihm danken. Er hat mich reich beschenkt, und sein Gastgeschenk, das Säckchen Mastix, beglückt meine Frauen und Kinder.«

Ibrahim streichelte die inzwischen abgeladene Säule, als sei sie ein verlorenes Kind, das glücklich heimgekehrt war. Noch

einmal umarmte er Halifa, dann führte er ihn und Trota ins Obergeschoss, wo eine luftig verschleierte Frau ein Tablett mit Backwerk hereintrug.
»Wie geht es ihr?«, fragte er sie.
Die Frau zeigte stumm auf Mund und Gesäß und lief schnell hinaus. Trota fing einen Seitenblick Ibrahims auf, doch der *warraq* schwieg. Sein Gesicht aber wirkte mit einem Mal eingefallen.
Einer aus der Familie ist krank, mutmaßte Trota. Jetzt kämpft der Hausherr mit sich, ob er mich um Hilfe bitten soll und darf. Wenn es seine Tochter ist, muss sie schon älter sein. Ein männlicher Arzt dürfte sie gar nicht mehr untersuchen.
Halifa und sie ließen sich auf kissengepolsterten Diwanen nieder und sahen zu, wie Ibrahim die Teegläser füllte. Als Erstes überreichte er Trota das Glas, nickte ihr freundlich zu und hieß sie offiziell in seinem Haus willkommen.
»Woraus stellt Ihr eigentlich die Tinte her?«, brach Trota schließlich das Schweigen.
»Wir nehmen den Ruß der Öllampen, vermischen ihn mit Gummiwasser, Eisensalz und Gallussäure.«
»Und welche Schriften kopieren Eure Schreiber am häufigsten?«
Ibrahim blickte zur Decke und rezitierte: »»Die Verheißung Gottes ist Wahrheit. Er ist der Allgewaltige, der Allweise. Er schuf die Himmel ohne Stützen, die ihr sehen könntet, setzte auf die Erde Berge, damit sie nicht mit euch wanke, und zerstreute auf dieser Tiere allerlei. Und wir senden vom Himmel Wasser hernieder, wodurch wir sprießen lassen von allen edlen Arten. Dies ist die Schöpfung Gottes.«« Er hielt kurz inne, besann sich und fuhr fort: »»Und wenn alle Bäume auf Erden Schreibrohre wären, das Meer sie mit Tinte versorgte, und sie-

ben Meere dazu, die Worte Gottes würden nie erschöpft sein. Wahrlich, Gott ist allgewaltig und allweise.‹«
»Womit Ihr meine Frage beantwortet habt. Die Suren des Korans werden am eifrigsten abgeschrieben. Bei uns in Salerno, vor allem aber im Kloster Monte Cassino, wird am häufigsten die Bibel kopiert.«
»Der Glaube steht höher als die Schrift«, bemerkte Ibrahim. »Die Offenbarungen des Korans existierten schon seit ewiger Zeit im Himmel. So wie die Liebe zwischen den Menschen von ebendaher kommt.« Lächelnd schaute er erst Halifa, dann Trota an. Diese errötete, Halifa nickte. Beide verstanden sie, was Ibrahim damit sagen wollte. Nämlich dass er wohl wusste, dass sie weder verheiratet noch gleichen Glaubens waren.
Trota fasste sich ein Herz. »Was meint Ihr, Ibrahim, der Frieden und die Liebe – sind dies nicht das Wichtigste auf Erden? Stehen sie nicht sogar höher als alle Religion?«
»Allah, Dame Trota, ist größer. Versteht Ihr? Er steht über unseren Begriffen.«
Trota nickte, schwieg aber höflich.
Halifa indes räusperte sich und schnitt ein anderes Thema an. »Ich habe gehört, Kairouan soll von den Banu Hillal angegriffen worden sein?«
»Ja, ich habe es erst vor kurzem erfahren.«
»Und was bedeutete dies jetzt?«
»Ich muss etwas ausholen, damit Ihr versteht, Dame Trota. Bestimmt ist Euch die Herrscherfamilie der Fatimiden ein Begriff. Sie haben sich vor knapp achtzig Jahren Kairo zur Hauptstadt erkoren, und ihre Macht immer weiter gefestigt. Trotzdem ist Kalif Abu Tammim Al Mustansir jetzt in tiefem Zorn entflammt. Er möchte rückgängig machen, was vor einem Menschenalter seine Vorfahren veranlassten: Sie vertrauten

einem ihrer Getreuen, Bologgin ibn Zíri, einem Berber aus unserem Stamm der Sanhadschas, die Regierung über unsere Provinz Ifriqiya, die alte römische Provinz Afrika, an. Trotzdem haben sich die Fatimiden-Herrscher ständig in die Politik der Provinz eingemischt, und mittlerweile sind die Wogen des Zorns auf beiden Seiten nicht mehr zu glätten. Vor rund zwanzig Jahren, gleich nachdem Kalif Abu Tammim Al Mustansir die Herrschaft antrat, unterstützte er zum Beispiel einen Aufstand der uns Sanhadschas feindlich gesonnenen Zanata-Berber, der sich bis an Tunis' Grenzen ausbreitete. Die Folge war, dass alles Land östlich von uns und Kairouan abfiel. Trotzdem entwickelten wir uns. Unabhängigkeit und Wohlstand nahmen zu, Landwirtschaft und Handel blühten auf.«
»Außerhalb der Stadt, in Dörfern und bei den Nomaden aber gibt es vermehrt Hunger und Krankheiten«, wandte Halifa ein. »Mir wurde berichtet, dass schon etliche Menschen dahingerafft worden sind. Meint Ihr nicht, Ibrahim, dass der Hof in Kairo zu viel Tribut fordert? Die Menschen leiden unter den Abgaben.«
Ibrahim nickte: »Ihr habt Recht. Um offen zu sein: Die Last von einer Million Golddinar, die wir jährlich zahlen müssen, drückt unsere Provinz nieder. Keiner hat mehr Geld, Bauern und Händler bekommen oft nur noch Allahs Lohn. Doch es kommt noch Schlimmeres auf uns alle zu. Seit sich vor zwei Jahren unser Emir al-Muízz ibn Bâdis al-Ziri von der Herrscherfamilie lossagte, um sich dem Abbasiden-Kalifat von Bagdad zu unterstellen, tobt Kalif Abu Tammim Al Mustansir vor Zorn. Er will Rache. Ich fürchte, er wird uns seine Höllenhunde, die Banu-Hillal-Nomaden, auf den Hals hetzen. Die Zeiten werden noch schwerer. Von Freunden hörte ich, dass die Banu Hillal bereits einen Schweif der Verwüstung hinter sich

herziehen. Sie brennen Felder und Dörfer nieder, plündern, brandschatzen. Ihr Ziel ist es, Kairouan endgültig zu Fall zu bringen.«

»Es liegt vier Tagesreisen südöstlich von hier, nicht wahr?«, fragte Trota besorgt.

»Ja, aber die Banu Hillal sind des Schwimmens unkundig«, meinte Halifa launig. »Wenn sie das Wort Schiff hören, denken sie an Wüstenschiffe und meinen damit ihre Kamele. Keine Angst, Dame Trota.«

Auch Ibrahim lachte über Halifas Spott.

»Ich habe gehört, der Grund für die Abkehr unseres Emirs al-Muízz ibn Bâdis al-Ziri läge darin, dass er auf die sunnitische Rechts- und Glaubensauffassung setzt?«

»So ist es.« Ibrahim reichte Trota die Platte mit den Hefebällchen in Safransirup. »Die fatimidische Herrscherdynastie lebt, wie Ihr wissen müsst, Dame Trota, seit ihrer Gründung im schiitischen Glauben. Damit ist sie seit jeher gegen das sunnitische Abbasidenkalifat eingestellt.«

»Dann kämpfen also Muslime gegen Muslime, genauso wie bei uns in Italien Christen gegen Christen, in unserem Fall Byzantiner gegen Katholiken, Ostrom gegen Westrom, der Patriarch gegen den Papst. Jetzt verstehe ich, warum der Lehnsherr in Kairo seinem untreu gewordenen Vasallen in Tunis den Krieg erklärt.«

»Ihr seid wirklich klug, Dame Trota«, bemerkte Ibrahim lächelnd. »Dass Ihr Halifa erobert habt ...«

»Es war eher umgekehrt ...«, warf dieser dazwischen und drehte sein Teeglas um, zum Zeichen, dass er Ibrahims Gastfreundschaft nicht länger in Anspruch zu nehmen gedachte.

»Geduld, Halifa.« Ibrahim wandte sich Trota zu, um ihr den uralten Zwist zwischen sunnitischem und schiitischem Glau-

ben auseinander zu setzen. »Die Anhänger der Sunniten vertrauen darauf, dass Allah sich dem Mann offenbart, der die größten Fähigkeiten besitzt. Ihn wählen sie zu ihrem Anführer. Die Schiiten dagegen sind der Auffassung, nur ein rechtmäßiger Nachfolger des Propheten und damit Nachfolger von dessen Schwiegersohn Ali könne das Oberhaupt sein. Ihre Imame gelten als unfehlbar, sie sprechen ihnen sogar Sündenlosigkeit zu.«
»Ihr klingt nicht wie ein Schiit, Ibrahim ...«
»In der Tat, Dame Trota. Meine Wenigkeit und Halifa sind nämlich Charidschiten ...«
Befreiendes Gelächter erfüllte den Raum. Doch als die luftig verschleierte Frau, die vorhin das Backwerk hereingetragen hatte, den Kopf zur Tür hereinstreckte, schaute Ibrahim wieder besorgt auf. Er winkte sie heran und stellte ihr Halifa und Trota vor. Fadila, erklärte er, sei seine dritte Frau. Mit ihr habe er noch im hohen Alter ein Kind gezeugt, das er hüte wie seinen Augapfel. »Unsere Tochter Subaia jedoch kränkelt seit Anbeginn ihrer Geburt. Seit sie vom Kind zur Frau wurde, geht es ihr immer schlechter. Es scheint, Allah hat beschlossen, meine kleine Löwin zu sich zu nehmen.«
»Darf ich Euch meine Hilfe anbieten, Ibrahim?«
»Helft, Dame Trota. Verderben könnt Ihr Subaia nicht mehr. Ach, ihre Tage sind gezählt.«

Trota folgte Fadila in den hinteren Teil des Hauses, wo Subaia eine eigene kleine Kammer bewohnte. Die Luft roch nach Weihrauch und Rosmarin, doch die Dünste der Krankheit ließen sich nicht mehr wegräuchern. Subaia lag bleich und ausgezehrt auf einem Diwan, bedeckt mit nur einem weißen Laken. »Sie hat gespuckt und Durchfall gehabt«, flüsterte Fadila.

»Aber darunter leidet sie, seitdem ich sie nicht mehr stille. Und das ist jetzt zwölf Jahre her.«
»Fadila, Ihr habt blondes Haar. Woher kommt Ihr?«
»Meine Mutter kam aus einem Land des ewigen Eises. Sie wurde an eine hiesige Kaufmannsfamilie verkauft. Nachdem sie mich zur Welt brachte, starb sie an einer Durchfallerkrankung. Mich zog man groß und ließ mir viel Liebe angedeihen.«
Trota nickte. Sie zog das Laken zurück und tastete Subaias aufblühenden, aber sichtlich gezeichneten Körper ab. Subaia musste die Zunge herausstrecken und würgte, weil ihre Mutter ihr gut zuredete, mühsam ein paar Löffel Karottenbrei herunter, der mit frischen Kräutern gewürzt war.
Nur wenig später krümmte sie sich zusammen. Sie verlangte nach dem Nachtstuhl und ließ sich ohne alle Scham darauf nieder, um sich zu erleichtern. Trota stützte sie, überlegte. Sie erinnerte sich an einen ähnlichen Fall aus ihrer Zeit in Palermo. Eine Sklavin, ebenfalls aus dem Norden, litt immer dann unter Durchfällen, wenn sie Hülsenfrüchte vorgesetzt bekam.
»Subaia, wenn Ihr Fenchelgemüse gegessen habt, habt Ihr dann auch derartige Durchfallschübe?«
»Ja.« Sie erhob sich stöhnend und wankte zurück zu ihrem Diwan. Fadila schaute sie hilflos an.
Trota reichte dem Mädchen eine Tasse kalten Tees, wartete ab, bis sie diese ganz ausgetrunken hatte. »Wenn Ihr Fisch oder Fleisch zu Euch nehmt, geht es euch dann schlechter oder besser?«
»Besser.«
»Und Brot?«
»Das vertrage ich.«
»Jetzt lasst mich raten – nach einem kurzen Blick auf Euren

Auswurf entdeckte ich darin noch Reste von Gemüse und unverdaute Fetzen von Kräutern. Aber wenn Ihr Käse und Eier verspeist, Couscous aus dem Topf kratzt oder Euch am Ende des Ramadan Mengen an süßem Backwerk einverleibt – dann könntet Ihr Euch wieder vorstellen, zu heiraten und Kinder zu bekommen, nicht wahr? Weil es Euch dann nämlich besser geht?«

»Ja.«

»Gut, dann tut das, was die Griechen diaita nennen: Achtet auf Eure Lebensweise und das, was Ihr verzehrt. Denn in Euch fließt das Blut eines fremden Volkes. Dieses kennt aber all die raffiniert gewürzten Gerichte nicht, die hier die Speisen prägen. Vermeidet alle Kräuter, alles Scharfe und möglichst auch Gemüse. Seid Ihr darin konsequent, werdet Ihr Euch bald erholen.«

»Allah sei gepriesen«, entfuhr es Fadila. »Es ist so einfach. Warum bin ich nicht selbst darauf gekommen?«

»Weil es eine große Kunst ist, die Fragen richtig zu stellen.«

Fadila umarmte Trota und zog sie in einen großen Raum, dessen Wände mit Teppichen geschmückt waren. Auf den Diwanen lagen Stickereien, in der Ecke stand eine große Wasserpfeife. Fadila schlug den Deckel einer großen Truhe auf und nahm einen grünen, goldbestickten Seidenschal heraus, den sie Trota um die Schultern legte. »Er wurde in Mekka gefertigt. Tragt ihn, wenn Ihr unterwegs seid. Dann wird Euch nichts passieren.«

Trota dankte ihr.

Und sie war stolz. Ihr erster Einsatz als Ärztin unter Muslimen war erfolgreich gewesen.

Dann steht alles unter einem guten Stern, dachte sie. Matthäus, mein Sohn, du wirst nicht vergeblich auf mich warten.

Als Halifa Ibrahim beim abendlichen Mahl erzählte, er habe, unter anderem Trotas wegen, vor, nach Damaskus zu reisen, um dort das Nuri-Hospital zu besuchen, runzelte Ibrahim nachdenklich die Stirn. Es sei eine weite Reise, erklärte er, allerdings werde dort eine große Sammlung arabischer Schriften der Heilkunst aufbewahrt. »Wünscht Ihr Bestimmtes zu wissen, Dame Trota?«
»Ja, ich hoffe, dort an die Rezeptur des Theriak zu gelangen.«
Sie erzählte von Matthäus und davon, dass der berühmte Abu Ali ibn Sina seine Fallsuchtsanfälle mit dem Theriak gezähmt habe.
Ibrahim nickte. »Damaskus nennen wir auch die Duftende. Sie ist der Diamant der Wüste, die Mutter aller Städte. Wisst Ihr, dass der Prophet, als er die wunderbaren Obstgärten und Bewässerungskanäle erblickte, voller Staunen war, weil er glaubte, vor dem himmlischen Paradies noch ein irdisches zu betreten?«

Sie tafelten zusammen, Fadila hatte auf die Schnelle ein kleines Mahl zusammengestellt: Es gab Thunfisch in Teigtaschen, Bohnenbällchen mit Sesamsamen, Lamm-Couscous, dazu Kichererbsen und Muskatkürbis, gewürzt mit Safran, Pfeffer, Thymian, Knoblauch, Koriander und Kreuzkümmel. Zum Abschluss aß man süßes Dattelgebäck, zwei farbige Sklavinnen boten Wein und Tee an.
»Ihr trinkt Wein?«, fragte Trota erstaunt.
»Ich nicht. Als gläubiger Mann halte ich mich an das Verbot. Als der Prophet noch lebte, wurden Trinker mit vierzig Peitschenhieben bestraft. Weil es, wie ein Kalif später erklärte, zu obszönen und lästerlichen Reden über die weibliche Keuschheit führe.«

»Abu Ali ibn Sina wird nachgesagt, er habe manchen Patienten der Gesundheit wegen ein- bis zweimal im Monat zu einem tüchtigen Rausch geraten«, bemerkte Halifa.
Überrascht setzte Ibrahim sein Teeglas ab. »Warum?«
»Nun, der Genuss von Wein befördert die Ausscheidungen, löst Überflüssiges auf. In jedem Fall schmeichelt er der Seele.«
»Dann seid Ihr in den Kreisen der Fatimiden gut aufgehoben.« Ibrahim lächelte milde. »Sie lieben den Luxus und statten ihre Beamten nicht nur mit pompösen Kostümen aus Seide und Brokat aus, sondern erlauben den Genuss von Wein, als sei er heiliges Wasser. Ihre Schenken sind Tag und Nacht geöffnet, nur am Vorabend des Fastenmonats müssen sie schließen. Man muss schon ein wahrer Schriftkünstler sein wie ich, der im Geist der Worte das Höchste sieht und nicht im Rausch.«
Trota war es gleichgültig. Sie jedenfalls war Ibrahim für seine Gastfreundschaft dankbar. Ihre Zuversicht, dass alles, was geschah, von einer tieferen Bedeutung erfüllt war, nahm zu.

Ibrahim zeigte seinen Dank auf praktische Art. Er werde Abbas, den Gesandten des Kalifen, der gerade am Hof weile, aufsuchen und ihn bitten, einen Schutzbrief auszustellen. »Er wird mir meine Bitte nicht ausschlagen, denn ich erfüllte seinen Befehl, den Koran zu kopieren, doppelt. Als Abdurrahim, der beste Schüler, den ich je hatte, davon erfuhr, flehte er mich an, eine zweite Kopie erstellen zu dürfen – aus Freude an der Arbeit und aus tiefem Dank für die Gnade seines Talentes. So konnte ich Abbas kürzlich zwei Ausgaben des Korans überreichen. Die eine bezahlte er mir wie vereinbart, die andere, ließ er mich wissen, würde er mir entgelten, sollte ich einst mit einem Wunsch an ihn herantreten.«

Die Wartezeit für die Ausstellung des Schutzbriefes überbrückten sie, indem sie durch die *medina* schlenderten.
Trota verlor im Gassenlabyrinth schnell die Orientierung. Hätte Halifa sie nicht zuweilen einfach an die Hand genommen und mit sich gezogen, sie hätte irgendwann begonnen, sich im Kreis zu drehen, weil sie nicht mehr zu sagen gewusst hätte, welche Richtung sie einschlagen wollte.
Zu märchenhaft und unwirklich erschien ihr die *medina*. Trota wollte alles gleichzeitig erfassen: Handwerker, Wasserträger, Teeverkäufer, Schlangenbeschwörer, Bettler, Murmeln spielende Kinder, die wiegenden Schritte junger verschleierter Frauen, das Schimpfen alter Weiber, die betenden Gläubigen, wenn der Muezzin rief. Vor einer Barbierwerkstatt schließlich blieb sie stehen: Der *haddscham* warb mit einer Kette, an der Zähne mit unversehrten Wurzeln hingen. An verschiedenen Schnüren hingen Messer, Zangen, Schröpfköpfe, Glüheisen, Nadeln und Scheren.
Gerade hatte ein beleibter und heftig schwitzender Mann auf dem unbequemen Stuhl des Barbiers Platz genommen. Der Barbier redete ununterbrochen beschwörend auf seinen Kunden ein, um ihm die Angst zu nehmen. Als er ihrer und Halifas gewahr wurde, lächelte er voller Begeisterung über die interessierten Zuschauer. In melodiösem Singsang rezitierte er einen Koranvers, fuchtelte dabei dem Mann mit wendigen Fingern vor den Augen herum und hieß ihn seinen Mund öffnen.
Behende fischte er sich eine seiner Zangen von der Schnur und begann, sie im Mund seines Kunden behutsam nach unten zu drücken. Sein Patient stöhnte erst leise, dann immer lauter, stampfte schließlich mit dem Fuß auf. Der Barbier ließ seinen Patienten eine dunkle Pille schlucken und verfiel daraufhin wieder in seinen Singsang, bis er erneut die Zange ansetzte

und unter gleichmäßig kräftigem Ziehen den schwarzen Schneidezahnstummel seines Patienten zog.
Triumphierend hielt er ihn in die Höhe und wies seinen Patienten an, den Mund mit einem Becher Wein auszuspülen. Gegen die Blutung tunkte er einen Streifen Leintuch in eine Alaunlösung und drückte ihn kurz auf die Zahnlücke.
»Sind die Menschen hier alle so hart im Nehmen?«, fragte Trota.
»Mit Theriak im Bauch möglicherweise schon. Auch einfache *haddschams* verfügen zuweilen über ihn. Gehen wir weiter?«
»Nein, frage ihn bitte, wo er den Theriak kauft.«
Doch der Barbier schüttelte den Kopf und sagte, dass er ihn geschenkt bekommen habe.
»Er lügt«, empörte sich Trota. »Natürlich weiß er es. Er will nur für sein Wissen bezahlt werden.«
Halifa zog sie weiter. »Du erregst zu viel Aufmerksamkeit, Trota, wenn du so unbeherrscht auftrittst.«
»Ich will eben das Geheimnis lüften!«
»Geduld. Glaubst du, Theriak ist gleich Theriak? Hier steht er meist nur für eine Zaubermedizin, die alles Mögliche enthalten kann. Wir sind noch viel zu weit im Westen.«
Er schaute sich schnell um, zog sie an sich und küsste sie kurz. »Endlich«, flüsterte sie. »Jetzt weiß ich, warum ich so ungeduldig bin.«

In der medina von Tunis

*N*ach einer Weile kamen sie zu einem *attar*, einem Gewürzhändler und Spezialisten für Duftwässer. Die Körbe und hölzernen Behälter vor seinem Laden waren voller Gewürze, Blüten, Kräuter und Gewürzmischungen. Als sie eintraten, muss-

ten sie sich unter Leinen von getrockneten Tierköpfen, Schlangen, Schildkrötenpanzern und Schwämmen hindurchducken. An einer Wand hingen Felle, bizarre Stachelfische, Echsen, kleine Krokodile, Federschmuck.
Trota entdeckte aber auch gedörrte Hoden und Herzen, mumifizierte Lebern, Hirne und Gallenblasen. In hüfthohen Körben häuften sich Jasmin- und Rosenblüten, Betel-, Muskat- und Walnüsse, Orangenschalen, Datteln, Ingwer, Nelken, Kurkuma, Tamarinde, Chilischoten, Schwarzer Kümmel, getrocknete Hennablätter und Zitronen.
Die Düfte waren überwältigend, und Trota fühlte sich allmählich schwindlig, als Halifa ihr eine Hand voll Gewürze nach der anderen unter die Nase hielt.
»Hast du Kampfer vorrätig, Djalil?«, fragte er den jungen Händler, während Trota ein Stückchen Tamarinde zwischen den Fingerspitzen zerrieb.
Djalil schüttelte bekümmert den Kopf. »Du triffst sofort ins Ziel, Halifa, Freund. Ein Genuese kaufte mir letzte Woche meinen gesamten Vorrat ab. Seitdem warte ich auf neue Lieferung.«
»Und Amber?«
»Er ist zurzeit zu teuer. Das Geschäft lohnt nicht.«
»Warum? Fragt dich niemand danach?«
»Die Eunuchen des Emirs schon. Aber sie wollen anschreiben lassen. Und das ist mir zu gefährlich.«
»Ich verstehe. Die Tributzahlungen für Kairo.«
»So sind die Zeiten.«
»Darum bleibe ich auch nicht mehr lange. Sag, wie steht es mit Weihrauch?«
»Bringst du mir welchen mit?«
»Gut. Brauchst du vielleicht ein wenig Mastix? Ich habe gute

Ware. Helle kleine Harztränen. Die Frauen im Harem des Emirs wären begeistert.«
»Wenn du mir einen gerechten Preis machst ...«
Die Männer begannen zu handeln. Als Preis und Menge festgelegt waren, schickte Halifa einen Boten zum Hafen, dem er als Erkennungszeichen einen seiner Ringe mitgab.
»Darf ich Euch fragen, Djalil, ob Ihr auch mit dem echten Theriak aufwarten könntet?«, wandte sich Trota an ihn.
»Um ehrlich zu sein: Nicht mit dem echten. Ich könnte ihn wohl besorgen, doch er käme teuer, denn ich müsste den Diener des Leibarztes des Emirs bestechen ...«
»Da hörst du es«, trumpfte Halifa auf. »Djalil sagt die Wahrheit. Händler wie er und ich kennen Gewürze, Pflanzen, Tiere und manche medizinischen Kostbarkeiten, wie zum Beispiel den Theriak. Aber mehr als ihn auf Schleichwegen zu besorgen – mehr vermögen wir nicht. Fasse dich also in Geduld. Wir reisen, sobald wir den Schutz- und Empfehlungsbrief in der Hand haben. Ich kaufe Amber, Kampfer, Weihrauch ein, und eines Tages wirst du die Rezeptur entschlüsseln. Wenn nicht in Kairo, dann in Jerusalem, Damaskus oder Bagdad.«

Schließlich kam die Stunde, in der Trota keinen Gefallen mehr an den Handwerkerstätten fand – ob es nun Silberschmiede, Teppichknüpfer, Schwertschmiede, Drechsler oder Glasbläser waren. Überreizt schritt sie hinter Halifa her, der noch weiteren Mastix verkaufte und einem *muhtasib*, einem der Marktaufseher, in einer Teestube seinen Wein anbot.
Trota lernte dabei, was es bedeutete, sich in orientalischer Geduld zu üben. Denn die Einleitungsworte aller Verhandlungen ähnelten sich: Die Männer bezeichneten einander als Brüder, fragten nach Bekannten, Verwandten, dem Ort ihrer Herkunft,

dem Namen des Ziels. Halifa beteuerte ihnen gegenüber, sein Preis sei ohne Gewinn für ihn selbst, seine Ware quasi ein Geschenk. Hielten die anderen seinen Preis aber immer noch für zu hoch, klagten sie laut rufend: »Bruder, hast du keine Furcht vor Gott?«, woraufhin Halifa ein wenig nachgab, wobei er murmelte, Allah selbst würde ihn für den vorgeblich entgangenen Gewinn entschädigen.

Gegen Abend fand jeder für sich Halt im Glauben: Trota in einem christlichen Gotteshaus, Halifa in der Ölbaummoschee. Nachdem Trota wieder zu innerer Ruhe gekommen war, stellte sie die stumme Frage: Warum, o Herr, kann ich nicht mit dem Menschen, den ich liebe, gemeinsam zu dir beten? Jetzt, in dieser Stunde? Steht die Liebe zu dir auch über allem, so ist doch die Liebe zwischen Mann und Frau dein kostbarstes Geschenk. Denn ohne sie ist alles nichtig.
Mache also unsere Liebe zu etwas Besonderem und lass uns nie aneinander zweifeln.
Trota spürte einen Stich und ihr Herz schneller schlagen. Hatte Gott sie erhört? Gab er ihr gerade zu verstehen, dass sie richtig empfand und er ihre Liebe zu Halifa erhöhen würde – selbst um den Preis einer späteren Trennung?
Als der Schmerz abgeklungen war, war ihr leicht ums Herz. Gestärkt stand sie auf, obwohl sie jetzt nicht mehr hätte sagen können, ob es ihre eigenen Gedanken oder die Stimme Gottes gewesen war, die sie bewegt hatten.
Heiter trat sie wieder ins Sonnenlicht hinaus, direkt in Halifas ausgebreitete Arme.

Ibrahim gab ihnen die Namen mehrerer Männer seines Faches, die in den Städten entlang der Mittelmeerküste arbeiteten. »Es

gibt sehr wenige, die lesen und schreiben können«, wiederholte er stolz, »also ist die Welt auf uns, die den Geist der Worte verstehen, angewiesen. Da es aber nur wenige Herausragende gibt, die ihr Handwerk verstehen, kennen wir einander. Und sei es auch oft nur über das geschriebene Wort.«
Halifa bat Ibrahim, ihm zu sagen, was er ihm von seiner Reise mitbringen könnte.
Nach einigem Zögern antwortete der alte Mann: »Angesichts der Vergänglichkeit der Welt ist es für einen Mann wie mich töricht, Wünsche zu äußern.«
»Ihr habt uns geholfen, also helfen wir Euch«, drängte Trota.
»Nun, so will ich ein paar Wünsche äußern, Allah verzeih mir meine Schwäche. In Damaskus würdet Ihr auf Kaufleute stoßen, die mit Waren entlang der Seidenstraße handeln. Schon lange wünschte ich mir einen seidenen Gebetsteppich aus Isfahan. Man versteht es dort auf einzigartige Weise, Blumenmuster zu knüpfen. Und da ich nun schon beim Wünschen bin: Um ein wenig Poesie und Schriftproben aus Schiras gäbe ich viel. Ihr müsst wissen, dort arbeiten die gewissenhaftesten Kalligraphen des Islam. Ein Freund von mir beherrscht die persische Sprache, er wird gerne bereit sein, mir ein paar ausgewählte Worte ihrer Dichtkunst vorzulesen und zu übersetzen.«
»Wir werden Eure Wünsche mit uns tragen und alles tun, um sie zu erfüllen«, sagte Halifa.
»Allah sei mit Euch!«
Er wandte sich Trota zu, strich sich wieder über seinen Bart und sagte: »Es ist nicht verkehrt, wenn ich darum bete, dass auch Euer Gott Euch beistehen möge, Dame Trota.«

Die Nacht war lau, und Halifas entladene Dhau schien auf dem leichten Wellenschlag zu tanzen.

»Halifa?«
»Ja, mein Augenstern?«
»Wäre es nicht besser, wir würden uns andere Kleider kaufen?«
»Warum?«
»Du bist Moslem, ich trage das christliche Kreuz. Ich fürchte, wir könnten unseres Äußeren wegen in Schwierigkeiten kommen.«
»Du hast Recht. Wir werden uns in Tripolis neu einkleiden. Es wird, wie du sicher schon gesehen hast, kaum einen Unterschied zwischen uns geben: Jeder von uns bekommt einen sirwal, die lange Pluderhose, und den qamis, das knielange Hemd. Darüber wickelt jeder von uns seine Tücher: du nach Art der Frauen, ich nach Art der Männer. Und schönen Schmuck suchst du dir aus, so wie ich mir neue Schnüre, Kordeln und eine Schärpe zulegen muss.«
Ihre Blicke verschmolzen voller Zärtlichkeit ineinander. Trota schlang ihre Arme um seinen Nacken, küsste seinen Hals, sein Ohrläppchen: »Ich liebe dich, Halifa, mehr als ich sagen kann.«
»Dann darf ich auf dein Schweigen heute Nacht hoffen?«
»Ja. Ja!«

Ausgestattet mit Ibrahims Schutzbrief, ließ Halifa seine Dhau schon zu früher Stunde reisefertig machen. Seine Männer rollten Fässer mit Wasser an Bord, lagerten Brot, Öl, Mehl, Linsen, Gewürze ein, desgleichen Dörrfleisch, Dörrfisch, Feigen- und Dattelsäcke, die im Bauch der Dhau gleichzeitig als Ballast dienten. Derweil kam Halifa mit einem genuesischen Kaufmann ins Gespräch, der bis nach Tripolis reisen wollte. Sie entschieden sich, gemeinsam zu fahren, schließlich bestand immer die Gefahr, von Piraten überfallen zu werden.

Der Genuese lud sie ein, sich auf seinem Schiff umzusehen. Neben Tuchen, Fellen aus Nowgorod und Bernstein von der Ostseeküste hatte er kostbares Salzburger Salz geladen, was er in Tripolis mit gutem Gewinn zu verkaufen hoffte. Tripolis, klärte Halifa Trota auf, sei für jeden Händler ein bedeutender Handelsplatz, weil von dort wichtige Straßen ins Landesinnere führten, bis zu den alten Königreichen Kanem und Bornu an den Ufern des Tschadsees. In Tripolis, erzählte der Genuese, wollte er seine Waren gegen Gold, Soda, Elfenbein, Weihrauch und Alaun eintauschen. »Mit meinem feinen weißen Salzburger Salz müsste mir dies gelingen. Trotz des hohen Einkaufspreises vor Ort, in Tripolis wird man es mir mit Gold aufwiegen.«

Im Gegensatz zu den arabischen Dhaus hielten Nägel und nicht Kokosfasern das Holz des genuesischen Schiffes zusammen. Doch obwohl ihm die seetüchtigen Genuesen mehrfach bestätigten, dass Nägel sicherer als Pflanzenfasern waren, fürchtete Halifa, ein Magnetberg unter See könne die Nägel aus dem Holz ziehen und das Schiff in die Tiefe reißen.

Ihm erschien seine Dhau sicherer. Und als sie lossegelten, rätselte er viele Stunden darüber, wie Genuesen, Venezianer und Pisaner auf Schiffe vertrauen konnten, die mit Nägeln zusammengehalten wurden, die schon rosteten, sobald sie nur der Luft ausgesetzt waren.

Der Überfall der Banu Hillal

Die Nacht über Tripolis glich einem tiefblauen Seidentuch mit tausend glitzernden Goldsternen. Sie hatten einen Händler besucht, den Halifa gut kannte, und mit ihm zu Abend geges-

sen. Dieser riet ihnen am nächsten Tag zu einem Besuch des Hauses der Gelehrsamkeit.
»Halifa, das sollten wir tun!«, rief Trota begeistert. »Lass uns schon dort nach der Rezeptur des Theriak suchen!«
»Theriak? Was kümmert Euch die Rezeptur?«, fragte der Händler erstaunt. »Sicher, er gilt vielen als Wundermittel. Kauft ihn doch einfach in Alexandria oder Kairo. Ich weiß, er besteht aus etlichen Ingredienzien, aber ist es unsere Aufgabe, zu wissen, welche es sind und wie sie gemischt werden?«
»In Salerno nützt mir ein Säckchen wenig, weil ich leider viel davon brauche. Überhaupt: Wer hat so viel Geld? Zumal bin ich zu sehr Ärztin und viel zu neugierig, um nur anzuwenden, was andere herstellen.«
Halifa stimmte ihr mit einem Nicken zu. »Ihr wolltet uns vom Haus der Gelehrsamkeit erzählen«, knüpfte er an den Ratschlag des Händlers an. »Was ist, verglichen mit dem in Tunis, Besonderes an ihm? Verfügt es über medizinische Schriften?«
»Bestimmt. Seit Jahren schon werden hier Schriften gesammelt. Die Anzahl der hier gelagerten Bände soll mittlerweile nicht mehr zählbar sein. Dutzende von Kopisten sind damit beschäftigt, Bücher aus dem ganzen Reich abzuschreiben. Jetzt haben alle Gelehrten Angst, diese Schätze könnten von einem Feuer zerstört werden. Zu viele Stämme wollen unser Ifriqiya beherrschen ...«
»Fatimiden, Almoraviden, Almohaden, Ziriden, Hafsiden ...«, warf Trota ein.
»Richtig. Alle bekämpfen sich untereinander, dennoch sind sie stolz, den arabischen Geist gegen die Dummheit der Ungläubigen zu behaupten. Denn was, frage ich Euch, würde geschehen, wenn diese eines Tages – Allah behüte uns davor –

hier anlandeten? Sie würden Feuer legen und in jeder größeren Stadt unsere Häuser der Gelehrsamkeit zerstören.«
»Die Banu Hillal nicht auch?«
»Beschwört mir bloß nicht den Teufel.«

Nachdenklich gingen Trota und Halifa nach dem Besuch noch ein wenig spazieren. Die Luft war kühler geworden, der Wind blies von Norden. Ob sie Lust hätte, mit ihm ein Stück weit in die Wüste zu gehen?, fragte Halifa, woraufhin Trota ihn wortlos auf den Mund küsste. Sie hatte genug von der Enge der Stadt, ihren dicken Wehrmauern und Wachtürmen. Besonders bedrohlich empfand sie die neben dem *suq* auf einem Hügel angelegte Zitadelle.
Noch bevor sie das Stadttor erreichten, hielt Halifa plötzlich inne. Er hob den Finger und lauschte konzentriert, hielt die Nase in den Wind. Trotas Blicke schweiften über die von einem harten weißen Mond gespenstisch beleuchtete Zitadelle, hinter deren Brustwehr die Schatten der Wachen hin und her huschten.
»Was hat das zu bedeuten?«
»Hoffentlich nichts Böses.«
Trota fasste nach Halifas Hand. Der Nordwind ließ das Wasser gegen die Mole klatschen. Fahnen flatterten im Wind, Fensterläden knarrten, in der Nähe ertönte der feine Klang einer Oud, der arabischen Laute.
»Wenn ich mich nicht täusche, liegt der Geruch von Pech in der Luft«, stellte Halifa beunruhigt fest. »Irgendwo muss ein Feuer sein.« Er schaute sich um, doch schon im selben Augenblick erschien eine der Wachen auf der Zinne. Er setzte ein gebogenes Horn an und stieß mehrfach dasselbe Signal aus. Gleich darauf erklang Trommelgerassel. Eilig wurde das Stadt-

tor geschlossen, und die Torwachen besetzten die Wehr der Stadtmauer.

»Allah steh uns bei! Die Dörfer brennen!«, schrie jemand außer sich.

»Die Banu Hillal greifen an!«

Jetzt hörte auch Trota, wie Pferde herangaloppierten. Das Sirren einzelner abgeschossener Pfeile lag in der Luft, gleichzeitig gellten erste Schreie auf.

Und auf einmal bebte der Boden.

Für wenige Augenblicke beruhigte sich plötzlich die Unruhe. Vereinzelt wieherten Pferde, dann krachten schwere Schläge gegen das Stadttor.

»Im Namen Allahs und unseres Führers Abu Zeid al-Hillali! Öffnet das Tor! Weigert ihr euch, werden wir die Stadt zerstören und niederbrennen. Wir werden die Wasserräder zertrümmern, die Brunnen verderben und eure Frauen und Kinder versklaven. Euer Blut aber wird die Wüste sättigen, bis es armdick auf dem Sand vertrocknet.«

»Halifa, wer ist das?«

»Ein Führer und Kämpfer. So berühmt wie gefürchtet. Er führt die Banu Hillal an und hat viele Schlachten siegreich geschlagen! Komm, schnell.« Er riss Trota mit sich, tauchte in das Gewirr der Gassen ein, in denen die Menschen laut wehklagten.

»Öffnen sie denn das Tor?« Trota keuchte, die trockene Luft dörrte ihren Hals aus.

»Das ist gleichgültig. Wir müssen zum Hafen. Schnell!«

Trota sah, wie erste Brandpfeile über die Stadtmauer flogen. Die Menschen stürzten schreiend aus ihren Häusern, riefen sich gegenseitig zu, was ihnen drohte, wenn sie nicht alle fliehen würden: »Er wird uns alle aufschlitzen! Er ist ein Teufel.«

In den Gassen wogte die Panik. Die einen liefen zum Hafen, andere rannten mit gezogenem Schwert zur Stadtmauer, um den Wachen im Kampf beizustehen.
Am Hafen herrschte größtes Gedränge und Durcheinander. Schiffsmannschaften vertrieben mit gezogenem Säbel all diejenigen, die sich auf eines der Schiffe zu retten versuchten. Händler brüllten Kommandorufe, Ruder klatschten ins Wasser, Segel flatterten. Zum Glück war der Wind schwächer geworden, drückte nicht mehr mit derselben Kraft wie noch am frühen Abend die Schiffe an die Mole.
Mit weit ausladenden Schlägen bahnte sich Halifa durch die Reihen der Verzweifelten seinen Weg und rief nach seinen Männern. Die waren bereits an Bord und wehrten sich mit Ruderblättern gegen den Ansturm der Flüchtlinge.
Ein dickbäuchiger Mann warf sich Halifa vor die Füße und streckte ihm einen offenen Sack mit Silbermünzen entgegen. »Ich bin Dawud. Habt Erbarmen. Das ist alles, was ich hab.«
Trota wurde gegen Halifa gestoßen, strauchelte. Sie versuchte, sich an Dawuds Schulter abzustützen, doch dabei verlor der dicke Mann das Gleichgewicht und kippte rücklings auf die Mole. Weil Dawud sich abzustützen versuchte, fielen alle Münzen aus dem Sack, einzelne plumpsten ins Wasser, und um die anderen entbrannte ein heftiges Gerangel.
»Bei Allah, jetzt muss ich dir helfen!« Halifa rief seinen Männern zu, Dawud an Bord zu lassen, was auch andere nutzten und hinter ihm mit auf die Dhau drängten.
»Es werden zu viele!«, schrie der Steuermann. Er reichte Trota die Hand und half ihr dabei, über die hohe Bugwand zu steigen, während Halifa sein Messer zog, um die immer größere Anzahl von Flüchtigen abzuwehren.

»Taue los! An die Ruder!« Halifa drückte mit Leibeskräften gegen den Bug. Die Dhau bewegte sich eine Handbreit weg von der Mole, die Ruder klatschten ins Wasser. »Allah steh uns bei!«

Mit einem gewaltigen Sprung rettete er sich an Bord. Trota bekreuzigte sich, schaute angstvoll zur Zitadelle hinauf. Feuersäulen stiegen auf, Teile der Stadt hüllten sich bereits in Rauchwolken.

Grässliches Geschrei brandete heran, Pferdehufe donnerten, im Schein der Flammen blitzten Schwerter und Schilde. Die Kampfrufe der Krieger mischten sich in das Heulen und Schreien von Frauen und Kindern. In der Luft sirrten Brandpfeile. Eine Schar Krieger galoppierte auf die Mole und stampfte alles nieder, was ihnen in den Weg kam. Sie trugen Lanzen mit Pferdeschweifen, mit denen sie scheinbar wahllos und unter markerschütterndem Schreien um sich stießen.

»Die Stadt hat Verräter in ihren Reihen gehabt! Sie haben das Tor geöffnet. Sollen sie tausendmal tausend Jahre in der Hölle schmoren!«

Halifa half beim Rudern, während Bogenschützen heranstürmten und Brandpfeile auf sie schossen. Für die Banu Hillal waren sie längst außer Reichweite, doch für ihre Pfeile waren sie noch nicht weit genug von der Mole entfernt.

Mehrere Brandpfeile regneten herab, doch das Pech an ihren Spitzen war zu dünn, um den Planken gefährlich zu werden. Die Flüchtlinge ersticken sie mit nassen Tüchern, dann hatten sich die Bogenschützen bereits ein anderes Schiff als Ziel für ihre Angriffe erwählt. Doch plötzlich lag ein dumpfes Brausen in der Luft, und gleich darauf schlug eine brennende Kugel auf die Planken.

»Sie haben Katapulte!«
»Trota, gieße alle Wassereimer aus. Flute das Deck!«
»Schneller. Rudert. Rudert!«
Der Feuerkloß klebte auf den Planken, fraß sich ins Holz. Es stank nach Pech, Wasser verdampfte. Neue Pechkugeln flogen lodernden Kometen gleich durch die Luft, doch sie platschten allesamt dicht vor der Dhau ins Wasser.
Doch eine in Kameldunk getauchte Pechkugel war gefährlich genug. Sie zerfiel langsam auf den Planken, was die Flüchtlinge entsetzt nach Backbord ausweichen ließ.
Die Dhau bekam Schlagseite.
Trotas Gedanken überschlugen sich. Jetzt musste sie handeln, denn Halifa und seine Männer brauchten alle Kraft, um gegen die Dünung anzurudern. Sie rief den Menschen zu, sich wieder zu verteilen, und suchte fieberhaft nach einem Gegenstand, mit dem sie die lodernde Pechbeule so schnell wie möglich über Bord werfen könnte. Schon begann das Holz zu verkohlen. Rauch zog über das Deck, die Flammen züngelten bereits gefährlich nah am Mast.
Da kam ihr die rettende Idee. Sie entdeckte unter den Flüchtlingen einen Pilger, entriss ihm seinen Pilgerstab und spießte damit die Teile der Feuerkugel auf. Sie verdampften im Meerwasser – die Gefahr war gebannt.
Trota glaubte, das wütende Heulen der Krieger zu vernehmen, denn was sich auf der Mole abspielte, war grauenhaft: Frauen sprangen mit wehenden Tuniken und an die Brust gedrückten Kleinkindern ins Wasser und ertranken, während ihre Männer von den Kriegern in den weißen *dschellabiyas* und farbigen Schärpen einer nach dem anderen abgeschlachtet wurden.
»Segel setzen!«
Halifas Befehl klang allen wie eine Erlösung.

Als die Dhau Fahrt aufnahm, blieben von Tripolis bald nur noch orangerote Schemen zurück. An Deck aber priesen die Flüchtlinge Allah für ihre Rettung oder weinten um die, die sie in der Hölle hatten zurücklassen müssen.

Dawud, der arabische Krämer, pries seinen Sturz auf der Mole als besonderes Zeichen Allahs. »Ich war geizig, und er hat mir in nur einem Augenblick gezeigt, wie verwerflich mein Geschacher war. Von nun an werde ich barmherzig sein.«
»Erzählt mir lieber etwas von Abu Zeid al-Hillali«, warf Trota ein. »Warum ist er so grausam? Warum überhaupt gleichen Anführer so häufig wilden Bestien?«
Sie erinnerte sich an Robert von Hauteville, an den Überfall seiner Söldner auf Castrovillari, die Metzeleien in der Basilika. Jetzt war sie schon wieder Zeuge geworden, wie unschuldige Menschen grausam umgebracht wurden.
Hörte das denn niemals auf?
Sie warf Dawud einen missbilligenden Blick zu und war nicht bereit, sich länger irgendwelche Lippenbekenntnisse anzuhören. Am liebsten hätte sie sich zurückgezogen und sich wie die anderen Flüchtlinge auch an die Bordwand gelehnt und vor sich hingedöst.
»Abu mag ein Teufel sein, aber wenn er es ist, dann deswegen, weil er seinen Kriegern keine Disziplin abverlangen kann. Es gibt Stimmen, die sagen, seine Klugheit sei größer als seine Grausamkeit. Er kämpft mit Billigung des Kalifen, der sie unter dem Vorwand schickt, ihm würden Tributzahlungen vorenthalten. Es gibt sogar einige Wundergeschichten um ihn. Eine Legende erzählt, dass er als schwarzer Säugling weißer Eltern geboren wurde, woraufhin sein kriegerischer Vater seine Mutter und ihn verstoßen haben soll. Eines Tages nun traf Abu

Zeid al-Hillali in einer Schlacht auf einen Mann, den er mit leichter Hand hatte töten wollen. Dieser Mann aber war sein Vater, den Abu allerdings nicht erkannte. Doch das Schicksal trat zwischen sie: Beiden gefroren in dem Moment die Arme zu Eis, als sie daran gingen, die Klingen zu kreuzen. Von da an beschäftigte sich Abu mit seinen Vorfahren und ihrer Geschichte und kehrte zu seinem Stamm zurück. Leider waren dessen Krieger so wild, dass sie alles, was die Römer an Kultur hinterlassen hatten, zerstörten: Bewässerungsanlagen, Zisternen, Brücken, Bäder, Kanäle. Sie drängten die Berber zurück und zwangen ihnen ihren schiitischen Glauben auf.« Dawud machte ein bekümmertes Gesicht und breitete die Hände aus. »Alles ist gleich geblieben, die Geschichte schreibt sich immer auf dieselbe Weise fort. Wisst Ihr, meine Eltern waren einfache ziridische Bauern. Sie lebten auf dem Hochplateau, wo sie Halfagras anbauten, woraus Matten und Sandalen geknüpft werden. Ihre Felder gaben ihnen Hirse und Bohnen, ihre Ziegen und Schafe Milch und Wolle. Dann wurde, als ich ein kleiner Junge war, unser Dorf überfallen. Man brachte beinahe alle um, obwohl sie nichts von den Machtkämpfen verstanden. Innerhalb weniger Augenblicke verlor ich meinen ältesten Bruder, zwei meiner Schwestern und meinen Vater. Er wollte nur ein frommes, einfaches, ruhiges Leben führen. Und jetzt? Jetzt stehe ich wieder vor dem Nichts. Mir bleibt nur die Weite des Meeres und das Wissen: Allah ist größer. Zweimal rettet er mir das Leben, jetzt darf ich nicht mehr hadern, wenn ich an den Bettelstab komme.«

Die Banu Hillal schienen nicht nur Tripolis angegriffen zu haben. Trota entdeckte entlang der Küste Ifriqiyas kleinere Brände und bildete sich zuweilen ein, das Geschrei der Krieger

dringe übers Meer bis zu ihr. Die Dhau aber nahm weiter Fahrt auf, und der Wind wurde wieder wärmer. Halifa überprüfte die Vorräte, vor allem die an Wasser, und befahl, es streng zu rationieren. Es durfte nicht gekocht werden, zu essen gäbe es nur noch trockenes Brot.
»Ist es so schlimm?«
»Noch nicht, Trota. Aber wir sind zu viele. Würden wir trinken, wie wir Durst haben, hätten wir schon morgen Abend keinen Tropfen mehr.«
»Gott wird uns günstigen Wind schicken, Halifa.«
»Allah oder Christus?«
»Beide.«
Sie küssten sich, dann löste Halifa den Steuermann ab. Trota bekam Kissen und Decke, fiel aber erst Stunden nach Mitternacht in einen unruhigen Schlaf. Gegen Morgen wurde sie mit den anderen von einem Gischtschauer geweckt, der über die Dhau wehte.
Halifa lachte. Er stand am Ruder und war guter Dinge. Der Wind habe sich gedreht, rief er, komme jetzt nicht mehr aus Nord, sondern aus Westen.
»Das ist großartig!«, rief Trota. »Dann sind wir doch bald in Alexandria.«
»Es sieht aber so aus, als ob der Wind weiter auf Süd dreht. Er wird bald schwächer werden. Und das heißt, wir werden immer weiter aufs Meer getrieben. Über das Becken der Großen Syrte hinaus.«
»Und was bedeutet das jetzt?«
»Du musst dich noch länger gedulden.«
»Wohin also geht die Reise?«
»Wenn der Wind beständig bleibt, müsste in gut zwei Tagen die Westküste Kretas in Sicht kommen.«

Abu Elnum

Die zwei Tage vergingen schnell, bald klebte jedem die Zunge am Gaumen. Doch nach und nach wich der Strom des heißen Schirokkos, der sie in den letzten Stunden zunehmend gepeinigt hatte, einem leichten Ost- und dann wieder Nordwind. Trotzdem stieg die Temperatur nach Sonnenaufgang stark an. Doch schon wenige Stunden später kam Land in Sicht, berührten die Lefka Ori, die Weißen Berge aus dem Südwesten Kretas, den Horizont. Um zur nördlich gelegenen Hafenstadt Rethymnon zu gelangen, die Halifa ausgewählt hatte, galt es jetzt, die Westküste Kretas zu umfahren.
»Die Kreter nennen diese Nordwinde die Etesien. Jetzt müssen wir gegen den Wind kreuzen.«
Schnell und geschickt strafften Halifas Männer nach jedem Wendemanöver das große trapezförmige Segel und führten es hart an den Wind. Die Taue waren gespannt, der Mast ächzte. Gischt spritzte und überzog alles mit einer weißen Salzkruste. Trota brannten die Augen, ihr Haar war verfilzt. Niemand sprach mehr als nötig, denn jedes Wort verschlimmerte den Durst.

Die Sonne stand bereits hoch, als sie in den Hafen von Rethymnon einliefen. Gerade wurde ein venezianisches Handelsschiff entladen und, Trota stockte der Atem, dies gleich neben einem großen normannischen Drachenboot. Von den Nordmännern jedoch war bis auf zwei rothaarige Hünen weit und breit nichts zu sehen. Dafür wirkten die Männer, die Karren voller Tuchballen und Dutzende von Bretterkisten über die Mole rollten und trugen, umso geschäftiger.
»Die Venezianer haben hier ein Lager für Glas und flandrische

Tuche«, erzählte Halifa. »Sie verkaufen an die Byzantiner und sparen sich damit die Route durchs Ägäische Meer, die wegen der Piraten, die dort überall auf den Inseln ihre Schlupflöcher haben, nur mit Geleitschutz befahrbar ist.«
»Deshalb wohl das Normannenboot?«
»Alles ist möglich.«

Die säulengeschmückte Brunnenwand mit den drei wasserspeienden Löwenköpfen wurde nicht nur von den Flüchtlingen belagert. Auch etliche Bewohner der von zahlreichen Gassen durchzogenen Stadt holten hier ihr Wasser. Mitleidig nahmen sie einzelne Flüchtlinge mit in ihr Haus, wo sie sich ausruhen sollten. Niemand störte sich daran, dass sie Muslime waren, und bald liefen Kinder von Haus zu Haus, um für die Tripolitaner zu sammeln.
»Die Menschen hier sind gastfreundlich, aber auch schlau«, bemerkte Halifa. »Lieber sammeln sie Geld, um sie wieder loszuwerden, als sich hier Fremde in den Pelz zu setzen. Vor allem wollen sie nicht, dass die Flüchtlinge dahinter kommen, wie gut man hier leben kann.«
»Einige haben durchaus Geld retten können«, bemerkte Trota.
»Ja, und deshalb sind sie jetzt in die Tavernen und frönen Bacchus' Gaben. Allah ist hier weit fort. Aber er wird ein Auge zudrücken.«
Trota half mit, die Wasserfässer aufs Schiff zu rollen, wusste dann aber nicht mehr, was sie tun sollte. Sie setzte sich unter den Decksaufbau und wartete.
Ich muss Geduld haben, dachte sie. Auch die Ärztin muss ich vergessen. Obwohl mich die Frauen hier bestimmt nicht fortschicken, würde ich an ihre Türen klopfen.
Ihr knurrte der Bauch, und sie fühlte sich schmutzig. Sehn-

süchtig dachte sie an die Therme der Salernoer Kaufmannschaft. Schließlich verließ sie die Dhau und fragte nach einem Badehaus. Doch da kam Halifa aus einer der Tavernen, winkte sie zu sich und sagte, sie würden gleich in die Berge fahren.
Er schärfte seinen Männern ein, sich nicht zu sehr zu betrinken, und drückte ihnen Geld in die Hand. Die nächsten Tage habe der Steuermann das Sagen, rief er, wer sich ihm widersetze, würde nach seiner Rückkehr höchstpersönlich von ihm ausgepeitscht.
»Das meinst du doch nicht im Ernst!« entrüstete Trota sich.
»Du kennst bislang nur meine guten Seiten …«
»Andere möchte ich nie erleben.«
Er fasste ihre Hände, lächelte. Trota fiel der sonderbare Glanz seiner Augen auf. Sie wirkten entrückt, schienen durch sie hindurchzusehen: »Manchmal muss man ein Geheimnis haben«, meinte er sibyllinisch. »Aber ich werde es dir irgendwann lüften.«
»Du bist wie Ala!«
»Vielleicht, aber hast du ihr nicht viel zu verdanken?«
Ein junger Mann mit hohem Karrenwagen und Maulesel bog um die Ecke. Halifa pfiff, der junge Mann hob den Arm.
»Ich bin Nikolaos«, stellte er sich vor. »Mein Vater sagt, Ihr wünscht einen Wegkundigen?«
»Ja, fahr uns in die Berge. Du weißt schon, wohin … Aigistos, ja?«
Er flüsterte Nikolaos etwas ins Ohr und drückte ihm verschmitzt zwinkernd eine Münze in die Hand.
»Aigistos«, wiederholte Nikolaos gedehnt. »Natürlich, wohin sonst.« Er warf Trota einen undeutbaren Blick zu und half ihr beim Einsteigen. Sein Gefährt war ein Heukarren, dessen Wände aus entrindeten und kunstvoll ineinander gesteckten

Stöcken bestanden. Trota kam sich in dem Karren wie eine Gefangene vor, aber da Halifa brav neben ihr herging, fand sie sich mit diesem Zustand ab.
»Lass mich hier raus!«, rief sie schließlich, als der Markt in Sicht kam. »Wenn du mich schon in die Bergeinsamkeit entführst, will ich dort wenigstens gut essen.«
Sie kletterte heraus und lief zu dem nächsten Stand, wo sie frische Feigen und Datteln kaufte.
»Lass mich aussuchen, Halifa«, bat Trota. Sie griff zwei glutrote Granatäpfel, wog sie in den Händen. Ihr Blick glitt über Säcke mit Walnüssen und Pistazienkernen. Als sie die Lupinen entdeckte, ließ sie sich eine Kelle in die Schürzentasche ihrer Tunika füllen.
Wie lange hatte sie keine Lupinen mehr genossen! Sie steckte sich einige von den gelben Früchten in den Mund und kaufte bei einem Korbflechter einen Korb aus Halfagras.
Sie schlenderte weiter zum Fischstand, wo Brassen und Meeräschen, farbenprächtige Riffische, Doraden, Barsche, Thun- und Tintenfische auslagen.
Sie drehte sich zu Halifa um. »Sind wir sehr hungrig?«
Dieser nickte, woraufhin Trota Thunfischscheiben kaufte, dazu einige Meeräschen und Doraden. Einige Schritte weiter konnte sie frisch gerupften Tauben nicht widerstehen.
Neugierig folgte sie den Rufen eines Händlers, der für Schwämme, Seepferdchen und Kaurischnecken aus dem Süden Afrikas warb. Sie trat näher und nahm ein größeres Exemplar in die Hand. Gedankenverloren strich sie über die glatte, braun gesprenkelte Oberfläche. Wie lange ist es jetzt her, dass ich derartige Meerschnecken kaufte, dachte sie. Damals war Scharifa noch bei uns in Salerno, und ich brauchte ein unverdächtiges Gefäß für Gaitelgrimas Jungfernharz.

»Ich habe noch mehr«, sagte der Händler und zog einen flachen Korb hervor. »Sucht Euch aus, was Ihr wollt. Sind sie nicht schön?«
»Sehr schön«, antworteten ihm lachend zwei Mädchen. Sie beugten sich über die Muscheln und nahmen eine nach der anderen in die Hand.
Hinter ihr erklang die Stimme eines jungen Mannes. »Wenn ihr sie küsst, werdet ihr immer so schön bleiben, wie ihr jetzt seid!« Er hob einen tropfenden Korb voller Schwämme über Trotas Kopf. Sie schüttelte sich und drehte sich zu dem Korb voller Seepferdchen um. Dabei hörte sie eines der Mädchen sagen: »Ihr? Alexandros, ich dachte, ich sei dir die Schönste?«
»Die Schönste und die Unzuverlässigste. Warum bist du heute früh nicht gekommen?«
»Vielleicht weil ich müde war von gestern Nacht?«
Trota wandte sich ab. Wie leicht es sich doch reden ließ, solange man verliebt war, dachte sie.

Froh, nicht nur endlich der Dhau, sondern auch dem lauten Gedränge in den engen Gassen entkommen zu sein, genoss Trota die Fahrt auf dem Karren. Zu dieser Stunde schien es, als stießen die Gipfel der Lefka-Ori- und Ida-Gebirge tatsächlich tief in den Himmel.
In gemächlichem Schritt führte Nikolaos sie von der Halbinsel fort, auf der die Stadt lag. Zunächst ging es ein Stück weit an einem ausgedehnten Sandstrand entlang, und Trota staunte über den dicht mit Mastixsträuchern bewachsenen Küstenstreifen. Dann schlug der Karren die Richtung ins Landesinnere ein. Sie trafen auf eine schmale Passstraße, die den Norden und Süden der Insel verband. Aus der belebten Hafenstadt

folgte ihnen niemand. Nach einer Weile kam ihnen nur ein älterer Junge mit einem Karren voller Palmenzweige entgegen. Obenauf hockte ein magerer alter Mann mit stolzem Gesichtsausdruck. Schon von Ferne riefen Nikolaos und der Junge einander Grußworte zu, sie scherzten und machten Anstalten zu plaudern, doch der Alte herrschte sie an, noch bevor sie einander auf gleicher Höhe begegneten. Nikolaos zuckte nur mit den Schultern, der andere warf ihm einen vielsagenden Blick zu. Dann nahm wieder jeder seinen Weg auf.
Glücklicherweise blieb dies die einzige Unterbrechung. Ruhe stellte sich wieder ein, Ruhe und der Frieden der Natur.
Auf dem Weg bergaufwärts breiteten sich dichte Eichenwälder und Olivenhaine aus. Hier und da fanden sich Gruppen kräftiger Dattelpalmen. Das, was Trota aber am meisten an ihre Heimat erinnerte, waren die dunklen Zypressen, die sie, erhobenen Zeigefingern gleich, an ihre eigentliche Berufung zu mahnen schienen.
Der Maulesel bog nun von der Passstraße auf einen holperigen Pfad ab, der entlang immergrüner Steineichen zu einer Hochfläche mit weitem Blick aufs Meer zuführte. Sie stiegen vom Karren und folgten ihm. Landeinwärts erhob sich eine steile Felswand. An ihr lehnte ein Haus, rund wie eine Halbkugel und eingerahmt von Olivenbäumen mit knorrigen Stämmen und zerzaustem Geäst. Im Hintergrund hörte Trota, wie Halifa mit Nikolaos sprach, doch sie drehte sich nicht um.
Schließlich war es still.
Sie hielt den Atem an. Niemand, weder Mensch noch Tier, war zu sehen, und der Wind fuhr rauschend durch die Wipfel der Olivenbäume, deren Blätter silbrig schimmerten und leise wisperten. Der Blick übers Meer war grenzenlos.
Sie waren allein.

Halifa trat hinter Trota und legte seine Arme um sie. Lange Zeit blieben sie so stehen und schauten in die Ferne.
»Es gibt keinen Aigistos, nicht wahr?«, flüsterte sie.
Halifa nickte, wobei er sein Kinn zärtlich über ihren Kopf rieb. »Es gab ihn, Trota. Er lebte hier als Eremit und lehrte mich vieles über die Pflanzen hier auf dieser Insel. Vor einem Jahr schenkte er mir dieses Haus, und kurz darauf starb er im neunzigsten Lebensjahr. Es ist schön hier, nicht? Lass uns diese Stunden genießen. Später aber möchte ich dir etwas zeigen.«
Trota wandte ihren Blick vom Meer ab und drehte sich zu ihm um. »Später?«
Er küsste sie auf den Mund. Eine Schlange glitt leise raschelnd durch trockenes Gestrüpp. Trota sah ihr nach. »Ich liebe dich, Halifa, doch ich habe Angst, dich zu verlieren.«
Erstaunt sah er sie an. »Du überraschst mich – du bist abergläubisch.«
»Die Schlange ...«
»Du sprichst ihr zu viel Macht zu.« Er lachte. »Meinst du, sie könnte uns aus dem Paradies vertreiben? Glaubst du wirklich, unsere Liebe ist so leicht zu zerbrechen?« Ernst nahm er ihren Kopf zwischen seine Hände. »Niemals, Trota, hörst du. Niemals wird unsere Liebe enden. Selbst dann nicht, wenn das Schicksal uns trennen sollte. Vergiss nicht, was ich dir sage: Unsere Liebe leben wir hier auf der Erde, so wie unsere Füße auf diesem Fels stehen. Aber sie ist verewigt im Geiste, so wie der Himmel über uns ist.«
Trota schlang ihre Arme um seine Schultern. »Ich fühle so wie du.«
»Komm.« Er öffnete die Tür des kleinen Hauses und schlug die Fensterläden zurück. Der kahle Boden war sauber gefegt.

In der rechten Ecke, dem Osten zugewandt, befand sich ein einfaches Lager aus Olivenholz, in der linken Ecke, unter einem der Fenster, stand ein niedriger Tisch, vor dem ein Sack aus rau gegerbtem Leder lag.
»Hier kniete Aigistos täglich und bereitete die Kräuter zu, die er fand«, erklärte Halifa, während Trotas Blick über die breiten Regale an der Wand glitt, auf denen Tonkrüge jeglicher Größe aufgereiht waren.
»Aber seine Tinkturen und Salben sind nicht mehr erhalten, nicht wahr?«
»In den Gefäßen nicht, aber in der Erinnerung so mancher Frau. Aigistos konnte weder lesen noch schreiben, doch er wusste viel. Und wer nicht nur glauben, sondern auch verstehen wollte, dem teilte er sein Wissen mit. Komm, wir sollten gehen und Wasser holen.«
Durch eine Tür in der Rückwand des Hauses gelangte man zu einer kleinen Höhle im Fels. In ihrer dunklen Kühle verbargen sich mehrere große und kleine Amphoren, von denen Trota vermutete, dass sie Wein und Olivenöl enthielten. Sie stellten ihre Vorräte dazu und schlossen wegen der Hitze schnell wieder die Tür. Draußen schlug Halifa den Pfad bergauf zwischen den Olivenbäumen ein.
Langsam folgte ihm Trota. Mit jedem Schritt genoss sie die friedvolle Ruhe und die Düfte der von der Sonne umschmeichelten Pflanzen. Obwohl sie von der Reise hungrig und erschöpft war, ließ sie nicht eine Einzige aus, um sie zu betrachten. Der Abstand zu Halifa wurde immer größer. Hier stand ein Erdbeerbaum, den sie von zu Hause kannte. An anderen Stellen entdeckte sie Knabenkraut, Mönchspfeffer, Königskerzen. Als Trota in die Tiefe einer breiten Felsspalte schaute, fiel ihr eine mit zartem Flaum bedeckte, mannshohe Pflanze auf, für

die es einen besonders geübten Kletterer bedurft hätte, um sie zu rauben.
Sie rief nach Halifa und zeigte in die Tiefe.
»Was für eine aufmerksame Heilerin du doch bist!« Er lachte. »Kaum bist du auf fremdem Boden, findest du sogleich das beste aller Wunderkräuter! Es ist das Diktam. Die Menschen hier schwören darauf, dass es das wertvollste Kraut der Welt sei. Aufgüsse von ihm lassen auch schwere Verletzungen schnell verheilen. Sie sagen ihm nach, dass wilde Ziegen, die von einem Giftpfeil getroffen werden, es von allein aufsuchen, fressen und vom Gift geheilt werden. Soll ich es dir holen?«
»Willst du etwa abstürzen?«, entsetzte sich Trota, denn ihr schwindelte bei dem Blick in die Tiefe.
»Ich würde versuchen, das Diktam mit herabzureißen. Wenn du mich dann findest, kannst du seine Wirkung gleich an mir ausprobieren.«
»Willst du prüfen, ob meine Liebe zu dir geringer ist als die zu den Pflanzen, Halifa? Ich fürchte, du irrst. So weit geht meine Neugier nicht.«
»Das höre ich gern. Doch nun beeil dich. Du willst dich sicher noch waschen, oder?«
»Natürlich, ich wasche mich, und du kochst die Fische!«
»Wenn es dich glücklich macht, brate ich sie im Feuer. Kochen ist Frauensache, aber sonst tue ich alles, was du willst.«
»Natürlich«, seufzte Trota und wandte sich wieder der Umgebung zu, die sie mehr interessierte als Küchenarbeit. Denn es gab noch andere Pflanzen, die ihr unbekannt waren: wie zum Beispiel eine zarte Blume mit herzförmigen Blättern, einen Aronstab, der ungewöhnlich wohl duftete, und Salbei mit Früchten, die wie Galläpfel aussahen.
Wieder rief sie nach Halifa. Und er erzählte ihr, dass es sich bei

der zarten Blume mit herzförmigen Blättern um das Kretische Veilchen handelte. Die Einheimischen würden es auch »Schweinebrot« nennen, da die Schweine die scheibenförmigen Wurzelknollen wie Trüffeln genössen.
Trota überlegte. »Ich habe sie noch nie gesehen, aber ich glaube, bei Dioskurides etwas über die Knolle gelesen zu haben. Willst du es wissen?«
»Mache mich klüger.«
»Sie sorgt dafür, dass Schwangere ihre Leibesfrucht verlieren. Er rät sogar davon ab, auch nur einen Fuß über die Pflanze zu heben.« Sie bückte sich und betrachtete das Veilchen aus der Nähe. »Es sieht so harmlos aus«, bemerkte sie.
»Im April blüht es so weiß wie der Schnee auf den kretischen Bergen.« Halifa hockte sich zu ihr. »Riechst du den Aronstab? Duftet er nicht gut? Es ist eine besondere Art und wächst nur auf dieser Insel. Ich habe ihn noch nie woanders gesehen. Die meisten Aronstabarten stinken, wie du weißt, weil sie Fliegen und Insekten anziehen, die in seinem Kelch sterben. Die Kreter nennen diese übel riechenden Arten Drachen- oder Schlangenwurz. Wer sich die Hände mit ihren Blättern einreibt, den beißt keine Schlange, sagt man hier. Und wenn sie blühen, stinken sie wie Aas.«
»Wenn ich es recht erinnere, lösen sie Krämpfe, lindern Augen- und Magenleiden und ...«
Er legte seine Hand auf ihren Arm. »Ich weiß, sie fördern das Verlangen ...«
Trota lachte. »Vielleicht. Dieser Aronstab aber duftet wirklich betörend gut. Bei uns wächst auch ein Aronstab mit Knollen, die in Hungerzeiten gegessen werden.«
»Du siehst, auf dieser Insel ist vieles anders als anderswo.«
»Was hat es denn mit dem Salbei und seinen Galläpfeln auf

sich, Halifa? Der Salbei heilt als Tee bei Hals- und Zahnfleischentzündungen, Erkältung und Katarrhen, aber wozu dienen seine Äpfel?«

»Sie enthalten Saft, der gut schmeckt und Wanderern wie uns den Durst löscht.« Er biss in einen der faustgroßen Äpfel hinein und ließ auch Trota kosten.

»Er schmeckt gut«, bemerkte sie.

»Sehr gut«, erwiderte er leise und küsste sie lange und innig. Dann setzten sie ihren Weg fort.

Hinter einer Biegung hörten sie das sanfte Rauschen eines kleinen Wasserfalls. Über einen ausgehöhlten Olivenast, der fest im Fels verankert war, floss das Wasser zu einem steinernen Becken, und hier und da rieselte es die Wände herab. Unter dem tiefsten Ast einer einsamen Zypresse hingen drei Wassereimer. Während Halifa Wasser schöpfte, zog Trota sich in der Nähe des Wasserfalls aus, säuberte ihre Kleider und wusch sich selbst. Die Kühle des Wasser entspannte sie, und so legte sie sich nackt in die Sonne, das nasse Haar um ihren Kopf ausgebreitet. Im undeutlichen Schimmer von Licht und Wassertropfen, die in ihren Wimpern hingen, sah sie, wie Halifa die Wassereimer neben das Becken stellte und sie fasziniert betrachtete. Er schwieg und bückte sich nach einer Weile nach zwei Eimern und trug sie fort. Als er zurückkehrte, um den dritten Eimer zu holen, setzte sie sich auf und schüttelte ihr beinahe getrocknetes Haar.

»Ich hätte eine Dienerin mitnehmen sollen.«

»Wir schaffen es auch allein, Trota. Das Feuer brennt bereits. Und die Fische habe ich auch schon ausgenommen.«

Mit gespieltem Entsetzen schaute sie zu ihm auf. »Du wirst mich doch nicht mit Händen, die nach Fisch stinken, berühren wollen?!«

Er trat auf sie zu. »Und wenn du sie mir auf den Rücken bindest und ich dich nur küsse?«
Sie erhob sich und nahm ihm den Eimer ab. »Jetzt bleibst du hier und tust, was wir Frauen in Salerno Körperpflege nennen. Vielleicht findest du eine Hand voll Orchideenblüten, um dich mir genehmer zu machen.« Sie küsste ihn auf den Mund und ergriff ihre halb getrockneten Kleider. Die Sandalen in der einen, den Eimer in der anderen Hand, setzte sie vorsichtig ihre Füße auf den heißen Fels. »Wasche dich ja gründlich!«, rief sie ihm über die Schulter zu.
»Trota!«
»Ja?«
»Du siehst auch von hinten so schön aus, dass man denken könnte, du wolltest die Götter des Olymp verführen.«
»Mir reicht ein Mann wie du, Halifa«, erwiderte sie leise und lächelte in sich hinein, als sie sah, wie sein Körper auf ihre Worte reagierte. Mit erhöhter Eile fuhr er mit seiner Reinigung fort, während sie, so schnell es möglich war, auf dem Pfad weiterhastete.

Halifa weckte sie bei Sonnenaufgang. Er hatte seine Tunika bereits übergeworfen und hielt eine Eisenklinge in seiner Hand. Erstaunt rieb sie ihre Augen. Doch bevor sie etwas sagen konnte, fiel ihr Blick auf eine Zeichnung an der Wand, die zuvor von einem dicken Krug verborgen war, der nun auf dem Boden stand: Zu erkennen war der Torso einer Frau mit geschlossenen Augen. Sie hob ihre Handflächen in Schulterhöhe – eine Kapsel auf der einen, ein Ährenbündel auf der anderen. Das Besondere aber war das selige, wie entrückt wirkende Lächeln ihres Gesichts.
Trota erhob sich unverzüglich und schob Halifas Hand mit der Eisenklinge ungeduldig beiseite. »Wer ist das?«

»Eine Göttin, vielleicht. Aigistos erzählte mir nur, dass eines Tages ein Mann von weither hierher kam, um in Frieden sterben zu können. Er nannte sich Nuh, doch er erzählte nicht, woher er kam. Er verriet Aigistos nur, dass er aus seiner Heimat hatte fliehen müssen, weil er die Frau seines Bruders geliebt hatte. Er floh, um an einem fernen Ort seine unerfüllte Liebe zu betrauern und auf die Stunde zu warten, in der er sich in die Hände Abu Elnums, dem Vater des Schlafes, würde begeben können.«
»Abu Elnum? Der Vater des Schlafes?« Trota war jetzt hellwach. »Schon einmal habe ich diesen Namen gehört – und zwar in Salerno. Von Duodo. Abu Elnum wird dich gesund machen, sagte er. Halifa, was weißt du? Wer ist Abu Elnum?«
»Gedulde dich.«
»Nur noch ein wenig, Halifa. Jetzt sage mir, was willst du mit der Klinge?«
»Ich möchte mein Versprechen einlösen, das ich dir gestern gab. Ich möchte dir etwas zeigen, etwas, von dem Aigistos mir erzählte. Es passt zum Bild der Göttin genauso wie zum Vater des Schlafes.«
»Also zum Tod?«
»Nein, schau dir doch den Gesichtsausdruck der Frau an. Sie lächelt, und sie lebt. Und das Ährenbündel in ihrer Hand deutet auf Fruchtbarkeit hin.«
Trota trat näher an das Bild heran und betrachtete es aufmerksam. »Das Ährenbündel besteht aus Weizenähren, ja. Aber die Kapsel in der anderen Hand – sie hat Ähnlichkeit mit einem Granatapfel, könnte aber auch eine Kapsel des roten Mohns sein.«
»Warte ab. Sicher ist nur: Aus dieser Kapsel kommt der Schlaf, kommt die Linderung von Schmerzen, aber auch der Tod. Ai-

gistos wusste davon, denn diese Pflanze gedeiht schon seit uralten Zeiten auf Kreta. In der Zeit, als der Fremde bei ihm war, warfen sie oft deren Samen auf glühende Steine. Dabei entwich Rauch, der sie heiter machte.«
»Wie heißt diese Pflanze?«
»Sie heißt Mohn.«
»Mohn? Papaver rhoeas? Klatschmohn?« Trota schaute ungläubig.
»Nein, dieser hat keine roten Blütenblätter, sondern rosafarbene. Und das Besondere an ihm ist sein Saft.«
Trota verschränkte die Arme und starrte die Zeichnung an.
»Ich habe sie weder bei uns in Italien oder Sizilien gesehen, noch von ihr gehört. Wenn es diese Pflanze schon seit langer Zeit gibt und ihre Wirkung so bedeutend ist, hätten die Alten, wie Galen und Hippokrates, sicher über sie geschrieben.«
»Ich vermute, das haben sie auch. Aber du selbst hast ja beredt geklagt, wie wenig Schriften ihr in euren Bibliotheken besitzt. Italien wurde von Vandalen und Hunnen verwüstet, von der alten römischen und griechischen Kultur sind euch nur noch deren Ruinen bekannt: Rom und Athen sind das beste Beispiel.«
»Wie wahr.«
»Eben. Und so geriet in Vergessenheit, was selbst hier nur wenige wissen: Dass der Saft aus dieser Mohnart mit Myrrhe, Rosmarin und Honig gemischt nicht nur gegen Husten wirkt, sondern beruhigt.«
»Jener Nuh, also dieser Fremde ...«, sagte Trota nachdenklich, »sein Name klingt, als käme er von weither ... aus dem Osten. Aus den Tiefen des byzantinischen Reiches. Demnach ist diese Mohnart dort bekannt. Wie lange blieb dieser Nuh bei Aigistos?«

»Ein gutes Jahr. Eines Tages stürzte er berauscht genau in jene Felsspalte, wo du gestern das Diktam entdeckt hattest, und starb. Aigistos machte sich schwere Vorwürfe und suchte ein Kloster auf. Die Mönche dort versuchten ihn zu trösten, unter anderem damit, dass sie ihm erzählten, euer Gott habe die griechische Göttin Demeter zu den Menschen geschickt, um sie auf Mohn und Weizen aufmerksam zu machen. Beide seien sie Symbole für die Fruchtbarkeit der Felder. Sie sagten ihm, der Weizen stehe für die unentbehrliche Nahrung, für Fülle und Wohlstand, die Mohnkapsel dagegen für die Sehnsucht des Menschen nach Linderung von Schmerzen, nach Vergessen und Entrückung.«
»Dann ist es der Saft dieses Mohns, den Duodo als Abu Elnum, den Vater des Schlafes, bezeichnete?«
»Warte ab. Gewiss ist nur, dass er gegen den Schmerz hilft. Eure Kultur weiß nicht mehr viel darüber ...«
Trota überlegte. »Unseren Kirchenvätern war vielleicht eine solche Pflanze besonders verdächtig, denn sie predigten, was Schmerzen und Leid betrifft, sei es das Gebot eines guten Christenmenschen, alles zu ertragen. Das wahre Reich sei schließlich nicht auf dieser Welt zu finden, sondern im Himmel. Gott straft mit Krankheit und Leid.«
»Glaubst du das wirklich?«
»Natürlich nicht. Eine Ärztin, die sich dem Wohl der Frauen verschrieben hat, wird diesen Gedanken immer ablehnen. Auch wenn mir mein Glaube sagt, dass Gott in jedem Leben Freud und Leid verteilt, sagt mir mein Verstand, dass nicht jedes Leid Strafe oder eine Prüfung ist.«
»Du klingst ketzerisch, Trota.«
Halifas Stimme klang spöttisch, sein Gesicht aber blieb ernst. Er musterte Trota eindringlich und schien noch etwas sagen zu

wollen, doch dann blickte er zu Boden. Als er wieder aufsah, schillerte es in seinen Augen. Er wandte sich ab und schaute in die Ferne. Trota schlang ihre Arme um seinen Nacken, zog seinen Kopf zu sich herab. »Wie kann einer, der zu Allah betet, sagen, ich klänge ketzerisch?«
»Weil du mir es damit immer leichter machst. Aber jetzt komm. Ich werde dir ein Mohnfeld zeigen.«

In der friedvollen Ruhe des Morgens erklangen Kirchenglocken. Ein dunstiger Schleier verbarg den fernen Horizont, und das Blau des Meeres war von einem goldkupfernen Strahlenfächer überzogen. Vögel sangen, und aus einem Olivenbaum stieg ein Schwarm Tauben auf. Es roch nach Harz und dem Salz des Meeres. Auf Blättern und Blüten schimmerten noch Tautropfen.
»Wir haben lange geredet, jetzt müssen wir uns beeilen«, sagte Halifa und beschritt den Pfad Richtung Eichenwald. Sie liefen über Sonnenflecken und genossen die frische, würzige Luft. In der Mitte des Waldes trafen sie auf eine Abzweigung Richtung Küste. Nicht weit unterhalb von Aigistos' Haus kamen sie auf ein kleines Feld mit langstieligen Pflanzen. Hier und da sah man große rosa Blüten mit schwarzviolettem Grund, doch die meisten Pflanzen trugen breite Köpfe mit flachen, gerieften Kronen, die im Wind schwerfällig schwankten. In der Nähe arbeiteten Frauen und Kinder im Feld. Doch was sie genau taten, konnte Trota nicht erkennen. Sie schnupperte an der Pflanze. »Sie riecht scharf.«
»Ja, und das hat seinen Grund. Es ist wie eine Warnung. Nun schau.« Er zog seine Eisenklinge aus der Tasche, beugte sich über eine halbreife Kapsel und ritzte sie an. Milchiger Saft quoll heraus, gerann zu dicken Tränen.

»Sie sammeln ihn in Krügen. Diese Masse kneten sie dann zu kleinen Laiben. Wenn der Saft trocknet, wird er zäh, glänzt fettig, wird fast schwarz. Dann schmeckt er bitter und scharf. Viele essen ihn roh wie Käse. Andere erhitzen, lagern, gären ihn monatelang. Man kann übrigens auch die Mohnblätter essen, sie schmecken recht gut. Doch das Wertvollste sind die Samen. Sie schmecken etwa so wie Nüsse. Eine Kapsel enthält Tausende von Samen, und sie sind so nahrhaft, dass die Frauen sie täglich als Gewürz verwenden. Sie backen Kuchen mit ihnen, streuen sie auf Brot, das sie vorher mit Ei bestrichen haben, so dass die Samen hängen bleiben, oder mischen sie mit Honig zum Naschen. Sogar Öl kann man aus ihnen gewinnen.«
»Hast du schon mit ihnen gehandelt?«
»Aber ja, natürlich. Doch was man aus dem Saft des Mohns macht, erfuhr ich erst durch Aigistos.«
»Du sagtest, er lindert Schmerzen … berauscht die Sinne … ob er« – Trota hielt angespannt inne – »… etwas mit dem Theriak zu tun hat, das wir suchen?«
»Ich bin kein Kräuterkundiger, ich weiß es nicht. Es könnte aber sein …«
»Würden nur die Kriege nicht immer wieder alles Wissen der Gelehrten zerstören. Stell dir vor, die Universität von Alexandria würde noch bestehen, dann hätten wir uns dieses Abenteuer ersparen können. Wenn schon die Schriften verloren gegangen sind, so müssen wir diejenigen Menschen finden, die die alten Rezepturen noch kennen.«
Hinter ihnen hörten sie die Frauen singen. Ein Junge riss übermütig ein paar Kapseln ab, warf mit ihnen nach einem Altersgenossen. Dieser rannte zum Waldrand und erwiderte den Angriff mit harten Pinienzapfen. Die Frauen schimpften, und es

war, als ob in diesem Moment die friedvolle Stille des Morgens zerriss.

»Ich vermisse meinen Sohn«, entfuhr es Trota, und sie wandte sich ab, um ihre Tränen vor Halifa zu verbergen. Sie ging, doch er hielt sie zurück.

»Du bist Ärztin, du bist allen Menschen, die leiden, verpflichtet. Nicht nur deiner Familie.«

»Du verlangst, dass ich sie geringer schätze?«

Er legte seine Hand auf ihre Schulter. »Nein, aber ich denke, du hast ein neues Ziel – so wie ich. Ich möchte mehr erreichen, als immer nur mit diesem hier« – er fuhr verächtlich über die schaukelnden Mohnkapseln – »von Ort zu Ort zu reisen, zu feilschen, zu kaufen und zu verkaufen. Ich bin es leid, ein Krämer unter Krämern zu sein. Wir sind zu höheren Aufgaben geboren, Trota. Was wäre die Welt ohne Wissen? Du siehst es doch selbst, in allen Himmelsrichtungen leben Kundige, doch das, was sie wissen, bleibt wie auf einem unfruchtbaren Feld. Es vermischt sich nicht mit dem, was andere herausgefunden haben.«

»Dann solltest du mit Wissen handeln und nicht mit Gewürzen, Harzen und Kräutern.«

»Du verspottest mich.« Er nahm seine Hand von ihrer Schulter.

»Nein, wie käme ich dazu.«

»Du wirst dich wundern, ich habe schon daran gedacht.«

»Und was willst du tun?«

Er schaute über ihre Schulter hinweg aufs Meer, das von einem Netz aus silbrigen Lichtfunken bedeckt wurde. »Zunächst sollten wir Abschied von unserer Vergangenheit nehmen.« Er drehte sich um und ging zurück zum Wald.

»Nein«, flüsterte Trota vor sich hin, »nein, das werde ich nicht

tun, Halifa.« Ihre Hände strichen durch das Mohnfeld. Sie zupfte ein zartes rosa Blütenblatt ab, blies es zu einem kleinen Beutel auf und zerschlug ihn auf ihrem Handrücken, wobei es wie *papaver* klang, dem Namen des Mohns. Sie nahm noch ein Blatt und noch eines und tat dasselbe, bis ihr Handrücken gerötet war.
Frauen und Kinder ritzten langsam und sorgfältig Mohnkapsel für Mohnkapsel an. Am anderen Ende des Feldes blieb eine Ziege stehen und graste. Kurz darauf schoss ein Hund mit schwarzweißem Fell herbei und jagte sie zurück. Trota dachte an Ala, sah die bernsteinfarbenen, klugen Augen ihres Wolfes vor sich und konnte den aufsteigenden Tränen der Sehnsucht nach ihrer Heimat keinen Widerstand leisten. Sie bückte sich nach den Kapseln, damit niemand sehen konnte, wie ihr die Tränen über die Wangen liefen. So gut es ging, rupfte sie mehrere Kapseln von den Stängeln. Es gelang ihr sogar, eine ganze Pflanze samt Wurzelwerk aus der Erde zu reißen, dann floh sie, bevor jemand bemerken konnte, dass sie zur Diebin geworden war.
Vor dem Haus steckte Halifa dürres Gezweig in die aufglimmende Glut eines kleinen Feuers. Die nackten Tauben lagen, auf Spieße gesteckt, auf einem Holzbrett. Trota trat hinzu. Erst jetzt fiel ihr auf, dass die Mohnpflanze ihre zarten Blätter verloren hatte. Auch wenn ihr plötzlich die nackte Kapsel auf dem haarigen Stiel hässlich vorkam, sagte sie trotzig: »Wenn dies hier vielleicht auch ein Teil der Zukunft sein wird, so werde ich dennoch meine Vergangenheit nicht hinter mir lassen.«
Halifa schwieg, blies die Glut sachte an.
»Hörst du mich?«
Er richtete sich auf.
»Ich habe die Tauben ausgenommen und geölt. Würdest du sie

bitte würzen? Salbei und Rosmarin findest du an der Südseite des Hauses, Salz und Pfeffer im Haus.« Sie sahen sich ernst an.
»Ich möchte, solange es geht, alles mit dir teilen. Alles, auch die Arbeit. Ein Leben lang.«
»Aber du bist dir nicht sicher?« Ihre Lippen wurden trocken, und sie fühlte, dass dies der Moment war, vor dem sie immer Angst gehabt hatte. Der Moment, in dem offenkundig wurde, dass seine und ihre Liebe eines Tages an ihren unterschiedlichen Lebenszielen zerbrechen könnte.
»Ich glaube daran, solange du bei mir bist«, erwiderte er ruhig. Sie schaute auf die Mohnkapseln in ihren Händen, die ihr nun so öde und dürr erschienen wie Totenschädel.
Stumm ging sie an ihm vorbei ins Haus, wickelte die Kapseln und die Pflanze in ein Tuch, suchte nach dem Krug mit Salz und trat wieder ins Freie.
Halifa kniete neben der Feuerstelle und zerschnitt Kräuter auf einem flachen Stein.
»Du hast sie schon geholt?«
»Ich möchte, dass du nicht an meiner Liebe zweifelst.«
»Ich kann dir nicht meine Vergangenheit opfern, Halifa.«
Er schwieg, stopfte die klein gehackten Kräuter in die in Öl glänzenden Taubenleiber. Als sie über dem Feuer brieten, sagte er: »Ich möchte, dass wir frei sind für das Leben, das vor uns liegt. Dass wir Zielen nachgehen, die höher sind als das, was wir jetzt tun. Wir müssen einen freien Geist haben ...«
Sie starrte ihn an. »Ausgerechnet du zweifelst an meinem freien Geist? Du? Ein Mann, von dem ich dachte, er sei anders als jene, mit denen ich im Hospital zu kämpfen hatte? Denen ich beweisen musste, welches Leid ihre sogenannte Liebe bei uns Frauen anrichten kann? Und gerade weil es so ist, sind wir bereit, uns auch für andere Aufgaben einzusetzen. Doch nie-

mals werden wir unsere Kinder preisgeben, hörst du – niemals!«

Er drehte die Spieße über den Flammen. Öltropfen fielen zischend ins Feuer. »Du willst, dass ich dir helfe. Beruhige dich bitte.«

Sie setzte sich ihm gegenüber. Eine Weile sahen sie zu, wie das helle Fleisch langsam braun wurde und zu duften begann.

»Gib mir von dem Saft des Mohnes, der Leid lindert.«

»Du willst es selbst ausprobieren?«

Nachdenklich erhob er sich von der Feuerstelle und kehrte mit einer Mohnkapsel zurück. Er ritzte sie an und hielt sie Trota vor die Nase. »Der Saft riecht nicht angenehm. Er warnt dich, ihm voreilig zu vertrauen.«

Gleichzeitig griffen sie nach ihm, kosteten einen Tropfen und schauten sich an. Er schmeckte bitter, und am liebsten hätte Trota ihn ausgespuckt. Halifa holte eine Amphore Wein, und während die Tauben weiter über dem Feuer brutzelten, tranken sie, genossen noch eine Fingerspitze von dem Mohnsaft und merkten erst langsam, dann immer deutlicher, wie alle Beschwernis von ihnen abfiel. Sie fühlten sich leicht und beschwingt. Sie aßen die Tauben und scherzten, küssten sich und tranken Wein.

Trota zog sich aus und entkleidete Halifa. Sie kniete sich auf seine Beine und küsste ihn mit einer Glut, die sie selbst überrascht hätte, wäre sie nicht berauscht gewesen. Sie liebten einander mit einer solchen Ausdauer und Leidenschaft, als zwänge ihre Seele sie, ihre Körper zu einem einzigen Wesen zu verschmelzen.

Kurz bevor sie sich gesättigt voneinander lösten, blitzte ihre Erinnerung an Duodo wieder auf. Ja, sie war sich sicher, dass sie damals ein ähnliches Gefühl gehabt hatte. Ein Ge-

fühl der langsam einsetzenden seligen Entrückung, der Loslösung von Schmerz und seelischer Qual. Es war wunderbar gewesen.
Sie schlang ihre Arme um Halifas Schultern, schloss die Augen. Duodo hatte ihr also den Saft des Mohnes gegeben. Den Saft des Mohnes ... den Trost Abu Elnums.
Sie schlief ein.

Auf dem Weg zurück nach Rethymnon kaufte Halifa entgegen seiner Absage an den Krämergeist bei ausgesuchten Bauern größere Mengen an Kräutern und Harzen ein: Mohnsamen, Mastix, Knollen vom Kretischen Veilchen und vom Knabenkraut und sogar eine kleine Menge vom Wundermittel Diktam, das ihm so kostbar war, dass er die pulverisierten Blätter in den hohlen Blütenschäften des Riesenfenchels versteckte.
Unterwegs trafen sie auf einen Sammler, der ihm mehrere Körbe getrockneter Beeren aus den Kronen der Kermeseichen anbot. Er erzählte, dass er seit Wochen vergeblich auf seinen Händler aus Aleppo gewartet habe. Ob Halifa, der ihm als Kräuterhändler genannt worden sei, ihm diese Ware auch abnehmen würde? Dass sie besonders wertvoll wäre, sei ihm ja bekannt, denn die Beeren auf den Blättern der Kermeseichen ergäben das edle Karmesinrot für Wolle, Seide und Teppiche.
»Macht einen Preis, Halifa, wir werden uns schon einigen. Auf dem Festland werdet Ihr genug zahlungskräftige Käufer finden. Davon bin ich überzeugt.«
»Gut, kommt mit an mein Schiff.«
Neugierig musterte Trota die getrockneten Beeren und fragte, auf welche Weise sie auf die Blätter kämen.
»Es ist ganz einfach: Fliegendes Getier macht sich auf den Bäumen breit und fällt nach einiger Zeit tot herab. Das, was sie

mitbringen, sind die Samen von Beeren. Nur sie bleiben auf den Blättern zurück.«

Trota schaute sich die hellen Kügelchen genauer an und brach sie auseinander. Nachdenklich sagte sie: »Ich vermute, dass es anders ist. Es sieht eher so aus, als ob männliche wie weibliche Insekten über Eure Bäume herfallen. Die Männchen aber befruchten nur die Weibchen und sterben. Sie sind es, die dann herabfallen. Die Weibchen aber legen die Eier und schützten sie mit ihrem Körper, bis sie selbst verenden.«

»Du hältst die Mutterschaft in Ehren«, meinte Halifa nicht ohne Sarkasmus, als sie, gefolgt von einer Schar Bauern, hinunter zum Hafen gingen.

»Und du sprichst von Idealen und handelst doch wieder wie ein Krämer.«

Entrüstet blieb er stehen, so dass der Maulesel mit dem Karren hinter ihnen unwillig zu schnauben begann.

»Ich brauche Geld, Trota, das ist die Wahrheit. Sehr viel Geld.«

»Wofür, Halifa?«

»Für meine Ideale.« Er ließ sie stehen und lief voraus, als gelte es, Verfolgern zu entfliehen, die ihn an seinem Ziel hätten hindern können.

Das Wiedersehen

Bis sie den belebten Hafen Rethymnons erreichten, sprachen sie kein einziges Wort mehr miteinander. Auf der kleinen Landzunge drängten sich Menschen unterschiedlicher Herkunft, die einen in kostbare Seidenstoffe, die anderen in einfache flachsleinene Gewänder gekleidet. Doch ob Mann oder

Frau: alle trugen Farben und Muster, verschiedenartigste Schnallen, Kordeln, Knöpfe und goldenen Schmuck, um den Trota manche Frau beneidete. Zwischen ihnen drängten sich Händler, Fischer und Seeleute mit ihren Körben und Säcken. Wie bei ihrer Ankunft waren auch heute Stände mit Fischen, Obst und Gemüse aufgestellt, vor denen Frauen tratschten und feilschten.

Plötzlich hörte Trota jemanden ihren Namen rufen.

Sie blieb stehen, sah sich um. Sie traute ihren Augen kaum, als ihr Scharifa entgegenkam – ihre Scharifa, ihr Mädchen, mit dem sie sich in Salerno noch vor einem Jahr am Stand der Schwammtaucher Meerschnecken angeschaut hatte.

Atemlos bahnte diese sich ihren Weg durch das Gedränge und sank Trota vor die Füße. »Trota, welch ein Glück, dich wiederzusehen.«

»Scharifa, steh auf, weine nicht.« Sie zog Scharifa hoch und umarmte sie. Doch plötzlich flossen auch ihr Tränen übers Gesicht. Die Monate, die zwischen Scharifas überstürzter Abreise und ihrem Wiedersehen lagen, schienen mit einem Mal verflogen zu sein, geradewegs so, als habe sich nichts ereignet. Die Zeit stand für wenige Augenblicke still, ließ Gefühle wie Vertrautheit und Sorglosigkeit, Sicherheit und Harmonie aufkommen.

Trota spürte, wie sehr sie sich danach sehnte, wieder ihr altes Leben führen zu können. Als sie und Scharifa sich in den Armen lagen, war ihr Salerno wieder so nah, dass sie einmal mehr begriff, wie sehr ihr die alte Heimat fehlte. Ihre Heimat mit Schola und Spital, der Kreis der Kollegen, Salernos Badeeinrichtungen, ihr Garten vor der Stadt, die vielen Bekannten.

Und natürlich Matthäus.

Aber auch Johannes?

»Ich wollte heute eigentlich noch Anker lüften, Trota«, drängte

Halifa. »Für Plauderstunden, fürchte ich, bleibt nicht viel Zeit.«
»Kümmere du dich um deine Geschäfte, Halifa, und mir gib die Zeit, die du brauchst, den Bauch deiner Dhau zu stopfen.«
»Wie du meinst.«
Halifa winkte den Bauern, und die kleine Karawane zog gemächlich an ihnen vorbei zum Hafen.
Trota nahm Scharifas Gesicht zwischen ihre Hände und musterte sie. »Bist du glücklich geworden?«
Scharifa weinte noch heftiger. »Ach, ich habe mich in einen Schwammtaucher verliebt, der sich als Schmetterling entpuppt hat. Er flattert von Blüte zu Blüte, statt bei mir zu bleiben. Wenn ich versuche, ihn zu halten, singt er mir schöne Komplimente vor und fliegt doch wieder davon. Ich wollte, ich wäre ihm nie begegnet.«
Trota fiel der schöne Schwammtaucher ein, der bei ihrer Ankunft vor drei Tagen mit einem Mädchen getändelt hatte. »Wie heißt er denn?«
»Alexandros.«
Trota nickte, schwieg. »Willst du nicht lieber wieder mit uns kommen, Scharifa? Haben wir uns nicht immer gut verstanden?«
»Ich weiß, es wäre das Beste für mich«, flüsterte sie und küsste Trotas Hand. »Aber ich ...«
»Ja?«
»Mir vorzustellen, ich ginge einfach so, ohne ein letztes Wort mit ihm zu wechseln ... nein, es zerreißt mir das Herz.«
»So sehr liebst du ihn, obwohl er dir untreu ist?«
»Ja, selbst wenn er mir das Herz bricht!«
Trota zog Scharifa, die wieder zu weinen begonnen hatte, an sich und streichelte ihr sanft über den Rücken.

Früher hätte ich Scharifa bestimmt nicht verstanden, dachte sie und lächelte vor sich hin. Ich hätte sie für dumm und stur gehalten. Aber jetzt? Erlebe ich nicht gerade selbst, wie sehr die Liebe zwei Menschen aneinander bindet? Ich würde mit Halifa bis ans Ende der Welt segeln, und Scharifa hofft, dass Alexandros sein flatterhaftes Wesen einsieht und ihr treu bleibt. So unterschiedlich unsere Gründe auch sind: Wir lieben und haben Angst, aus diesem süßesten aller Träume aufzuwachen.
»Scharifa, ich muss dir sagen, dass ich unterwegs bin, um für Matthäus die Rezeptur des Theriak zu entschlüsseln. Er ist das einzige Mittel, mit dem er seine Fallsuchtsanfälle lindern kann. Aber noch etwas: Ich habe Salerno nicht ganz freiwillig verlassen. Wahrscheinlich verdächtigt man mich dort zurzeit sogar des Mordes.«
»Das glaube ich nicht!«
»Dir jetzt alles zu erzählen, dafür fehlt die Zeit, Scharifa. Aber vielleicht kannst du mir helfen, viel mehr helfen, als du es jemals zuvor getan hast.«
»Wie soll das möglich sein?« Sie errötete vor Aufregung.
»Überlege es dir gut, ob du wirklich zulassen willst, dass dieser Schmetterling dir dein Herz bricht. Lass dir Zeit, doch achte auf dich. Vielleicht gefällt dir eines Tages der Gedanke, wieder nach Italien zurückzukehren. Nach Salerno oder Pisa. Ich bin sicher, Johannes wird dich mit Freuden aufnehmen. Er war bestürzt, als du gingst.«
Scharifa legte ihre Hand auf den Mund und schlug die Augen nieder. Trota aber fuhr ungerührt fort: »Solltest du nach Pisa wollen, frage dich zum Haus der Kaufleute Carlo und Felice Battista durch. Sie werden dich willkommen heißen, wenn du ihnen einen Gruß von mir ausrichtest. Frage sie einfach, ob

meine Schafsdungsalbe geholfen hat, dann kannst du bei ihnen bleiben.«
Trota griff ins Innere ihrer Tunika, zog Alas Geldsäckchen hervor und entnahm ihr eine Goldmünze.
»Das kann ich nicht annehmen, Trota.«
»Du wirst es müssen. Denn irgendwann ist der Zucker der Liebe so sehr mit Salz vermischt, dass er nicht mehr taugt. Aber noch etwas: Solltest du nach Pisa fahren, finde mit Hilfe der Kaufleute Battista heraus, wie es Prinzessin Sikelgaita geht und ob Herzog Waimar und Graf Drogo von Hauteville mir wohlgesinnt sind. Kannst du das behalten?«
Scharifa nickte und wiederholte alle Namen und Fragen. Ihre Tränen waren versiegt, dafür leuchtete ihr Gesicht bei der Aussicht, ihrem unglücklichen Liebesleben nicht gänzlich hoffnungslos ausgeliefert zu sein.
Schritte kamen näher. Menschen stießen gegen sie. Trota schaute auf, Halifa stand vor ihr. Irgendwo schimpfte eine Frau, Männer lachten, Hunde bellten. Vom Hafen her erklang lautes Wehklagen.
»Es ist Zeit, mein Herz«, sagte er rau. »Der Wind ist günstig.«
»Ich weiß. Scharifa, leb wohl! Vergiss nicht, was ich dir gesagt habe! Salerno oder die Kaufleute Battista in Pisa …«
»Pisa«, wiederholte Scharifa noch einmal gehorsam, »die Kaufleute Battista, Prinzessin Sikelgaita, der Herzog und Graf Drogo.«
Eine letzte kurze Umarmung schloss sich an, dann gingen sie auseinander – Trota zum Hafen, Scharifa in eine Gasse. Fast gleichzeitig drehten sie sich um, winkten einander zu.
Und wieder hatten sie beide Tränen in den Augen.
»Welch Überraschung! Du hast ja Pläne? Willst du sie mir nicht auch verraten?«

»Wenn du dein Geheimnis lüftest und mir deine Ideale verrätst? Aber ich kann dir versichern: Pläne habe ich nicht. Aber ich erkenne immer mehr, dass ich Salerno, meine Arbeit und meine Familie nicht vergessen kann. Ich bin keine Schlange, die ihre alte Haut einfach abstreift. Oder hast du das geglaubt?«
Halifa antwortete mit einem Händedruck. Als sie ihn von der Seite her ansah, leuchteten seine Augen, und ein versonnenes Lächeln umspielte seine Lippen.
Er wirkt tatsächlich nicht wie ein Kaufmann, sondern eher wie ein Philosoph, dachte Trota. Ich glaube, das ist sein Geheimnis, deswegen sprach er von Idealen. Aber welche sind es? Was hat er vor?

Eine kurze Zeit lang blieb sie noch in Gedanken versunken an der Mole stehen. Das Wiedersehen mit Scharifa hatte sie aufgewühlt. Es kam ihr vor, als griffe die Vergangenheit mit Macht in ihr Leben ein.
Als sollte ich ein Zeichen bekommen, dachte sie, dass ich in gar nicht so langer Zeit wieder an die Vergangenheit anknüpfen werde, an mein altes Leben als Heilerin, Magistra und Mutter. Aber wo hat in diesem Leben Halifa seinen Platz? Ohne ihn ist alles sinnlos.
Nur mit ihm kann ich mir Zukunft vorstellen.
Mit ihm und Matthäus.
Oder irre ich mich? Träume ich? Hat mich Abu Elnum schon an die Schwelle des Abgrunds geführt?
Unbeteiligt sah Trota dem Treiben auf Halifas Schiff zu. Vorräte wurden gebunkert, ein letztes Mal die Wassertonnen inspiziert. Einer der Seeleute schrubbte das Deck, ein anderer kletterte auf den Mast und prüfte den Wind.

Nein, ich will ihn nicht verlieren, dachte sie. Aber was geschieht, wenn Gott oder Allah jedem von uns wirklich einander entgegenstehende Ziele gesetzt hat?
Sie hielt den Atem an, weil ihr ein Stich durchs Herz fuhr. Sie schloss die Augen, konzentrierte sich darauf, wie die Luft durch ihre Nase und langsam durch ihren Leib floss. Noch langsamer ließ sie sie entweichen.
Atme. Lebe und denke nicht zu viel, ermahnte sie sich.
Halifa stand an Bord seiner Dhau, musterte sie, lächelte. Er nickte ihr zu, und sie entspannte sich.
Reisende baten darum, mitgenommen zu werden. Unter ihnen fiel ihr ein junger Byzantiner auf, den Halifa zögernd, beinahe schon widerwillig begrüßte. Dennoch lud er ihn höflich ein, es sich auf seinem Schiff bequem zu machen.
Trota musterte ihn verstohlen und unwillig. Viel lieber hätte sie noch länger an Scharifa gedacht, doch dieser Byzantiner lenkte sie auf geheimnisvolle Weise ab. Sie bildete sich ein, ihn in Tunis in der Nähe der Ölbaummoschee gesehen zu haben. Er hatte eine hohe Stirn unter dichten Locken, was ihm einen gewissen Reiz verlieh. Während Halifa Anweisungen an Deck gab, fragte sie sich, ob das Wesen dieses gut aussehenden Byzantiners eher von Heiterkeit oder berechnendem Verstand beherrscht wurde. Doch je öfter sie seinen Blick auffing, desto mehr glaubte sie, dass er ein Mann war, der nur von einer unruhigen Leidenschaft getrieben wurde, die er mit geübter Selbstbeherrschung zu zähmen wusste.
Das Wehklagen wurde lauter. Mehrere Männer schrien aufgeregt durcheinander. Sie kamen näher. In ihrer Mitte trugen sie auf einer Hanfmatte einen blutüberströmten Mann herbei. Einer von ihnen eilte aufgeregt gestikulierend auf Trota zu. »Wohin fahrt Ihr? An die Küste? Nehmt diesen Mann hier mit, er

will sich nicht von uns helfen lassen. Er ist Muslim, will unbedingt zurück ans Festland.«
Trota besah sich den Verletzten. Einige Rippen und sein rechter Unterschenkel waren gebrochen, oberhalb des Knies klaffte eine stark blutende Fleischwunde. Die Haut an Brust, Schultern und Kinn war aufgerissen, sein Gesicht war bleich und von Schweiß bedeckt. »Was ist mit ihm geschehen?«, fragte sie und tastete nach seinem Puls.
»Sein Begleiter sagt, er habe oberhalb der Felsen starke Schmerzen in der Brust bekommen und sei dann abgestürzt.«
»Schmerzen am Herz?« Der schwache Puls zeugte von geringer Lebenskraft. »Bringt ihn an Bord«, befahl sie. »Ich bin Ärztin und werde mich um ihn kümmern. Vielleicht schaffen wir es ...«
Der Verletzte schlug mühsam seine Augen auf und öffnete seine Lippen. Sie legte ihr Ohr an seinen Mund.
»Nein«, hauchte er auf Arabisch und noch einmal: »Nein.«
»Ohne Hilfe werdet Ihr noch hier im Hafen sterben. Wollt Ihr das?«
Der Mann starrte sie an. Natürlich wollte er nicht von einer Frau berührt, gar untersucht werden. Abwehrend spreizte er seine Finger, doch Trota kümmerte sich nicht darum.
»Bringt ihn an Bord!«, wiederholte sie und bat Halifas Männer, im Schatten des Decksaufbaus ein Krankenlager herzurichten.
In der Zwischenzeit hatte alles und jeder seinen Platz gefunden: Reisende ebenso wie Säcke, Amphoren und Körbe mit Gewürzen und Pflanzen. Gegen Mittag frischte der Wind von Norden auf, und Halifa gab Zeichen, die Taue zu lösen. Während das Schiff aus dem Hafen lief und Fahrt nach Sidon aufnahm, untersuchte Trota den Verletzten. Sie zurrte einen Streifen Tuch um seinen Oberschenkel, woraufhin die Blutung zu-

rückging. Der Mann hielt die Augen geschlossen, begann aber heftig zu stöhnen, als sie sich daran machte, die Wunde auszuwaschen und Dreck und Steinsplitter zu entfernen.

Ich werde ihm Wein und Mohnsaft einflößen, dachte sie, denn ihre Vorräte an Bilsenkraut waren längst zur Neige gegangen. Ala und sie hatten sich damit den harten Winter in den Alburner Bergen verkürzt, sie aber hatte in Reggio vergessen, ihre Vorräte wieder aufzufüllen.

Kurz entschlossen rief sie nach Halifa, der aufgeregt mit dem jungen Byzantiner diskutierte. Sie musste mehrmals nach ihm rufen, und als er endlich zu ihr kam, sah sie ihm seine Verstimmung an. »Was hast du?«

»Ein übliches Ärgernis zwischen Konkurrenten, nichts weiter.« »Er ist Kräuterhändler so wie du?«

»Ja, man könnte aber ebenso glauben, er sei ein eifersüchtiger Halunke und Ränkeschmied.«

»So ein gutaussehender Mann? Wie heißt er überhaupt?«

»Niketa ist sein Name. Aber sieh dich vor, Trota!« Er hob halb spielerisch, halb ernst seinen Zeigefinger. »Ich bin es, der dir deine Wünsche erfüllt, gleich, welche es sind.«

»Gut, dann bringe mir schnell Wein und Mohnsaft.«

Halifa beugte sich über den Verletzten und murmelte: »Gib ihm nicht zu viel, ich fürchte, er hält sonst die Fahrt nicht durch.«

Kurz nachdem Trota dem Verletzten den mit Wein vermischten Mohnsaft eingeträufelt hatte, fiel dieser in Schlaf. Dann ließ sie ein kleines Feuer herrichten, bat Halifa um etwas Diktam und kochte es mit eigenen Kräutern aus ihrem Vorrat auf. Anschließend zerstampfte sie zwei Drittel der Masse und legte sie in einem Verband auf die Wunde. Den Rest ließ sie ein wenig länger im heißen Wasser ziehen. Dabei bemerkte sie, dass Ni-

keta sie beobachtete. Doch sie kümmerte sich nicht darum, sondern fuhr in ihrer Arbeit fort.
Ab und zu prüfte sie dem Verwundeten den Puls, der schwach und unregelmäßig blieb. Halifa ging wieder zu Niketa zurück, um das unterbrochene Gespräch fortzusetzen. Deutlich war ihm anzumerken, wie sehr es ihn aufregte. Schließlich brach er es ab, indem er entsprechende Gesten machte und eine entschlossene Miene aufsetzte. Er ließ Niketa stehen und suchte seinen Steuermann auf.
Der Verletzte schlief.
Trota setzte sich neben ihn, um seinen Schlaf zu bewachen. Sie war zufrieden mit sich und genoss das Gefühl, endlich wieder als Ärztin gefragt zu sein. Trotzdem hätte sie zu gerne gewusst, was es mit dem Streit zwischen Halifa und Niketa auf sich hatte.
Langsam verstrich die Zeit.
Trota dachte an Sikelgaita und fragte sich seit langer Zeit wieder einmal, ob die Prinzessin ihren Eingriff ohne Beschwerden überstanden hatte. Und wie mochte es Costas gehen? Ob er überhaupt noch lebte? Und ihr Geheimnis wahrte?
Würde sie wirklich jemals nach Salerno zurückkehren können?

Die Sonne wanderte weiter, und trotz des Windes wurde es heiß. Einige der Reisenden dösten, andere würfelten oder plauderten träge miteinander. Jasir, ein kleiner dicklicher Araber in einem bunt bestickten Überwurf, verwickelte Halifa in ein Gespräch über Kamele, die er erst vor kurzem von seinem verunglückten Bruder übernommen habe. »Ein Hengst ist dabei, so tückisch und eifersüchtig, wie ich es noch nie zuvor erlebt habe. Er betrachtet alle Stuten als seinen Besitz, selbst die der alten Herde – und tritt und beißt die beiden alten Hengste, wo

immer er ihrer ansichtig wird. Man sollte ihn kastrieren, weil seine Angriffslust so viel Unruhe bringt. Selbst wenn ich komme und mich allzu lange den Stuten zuwende, rennt er herbei und schnappt nach mir. Einmal schlug ich ihn mit der Peitsche, und seitdem röchelt er gereizt, wenn er mich auch nur sieht.«
»Warum verkauft Ihr ihn nicht?«
Er lachte. »Nun, sein wichtigstes Teil ist zwar winzig wie bei allen Hengsten, doch sein Körper ist stark und gesund. Er soll starke, gesunde Nachkommen zeugen.«
Jasir und Halifa ließen sich am Bug auf Matten nieder und schauten zu, wie einer der Seeleute ein Netz aus dem Meer zog und ausleerte. Die Ausbeute bestand in ein paar Doraden und Meeräschen, die noch an Ort und Stelle ausgenommen wurden. Zufrieden mit dem Fang steckte er die Fische auf Spieße und übergab sie dem Koch, der gerade Fladenbrote aufschnitt und sie mit einer Paste aus Knoblauch, Minze, zerstampften Oliven und gestockter Milch füllte.
Das Gespräch zwischen Halifa und Jasir, dem Kamelbesitzer, plätscherte heiter dahin. Gerne hätte Trota sich zu ihnen gesellt, zumal Jasir offensichtlich interessante Neuigkeiten zu erzählen wusste. Trota schnappte auf, dass er ebenfalls nach Damaskus weiterreisen wolle, hörte, wie er schließlich begann, begeistert von den Schönheiten der Stadt zu schwärmen. Schon setzte sie sich auf, um besser lauschen zu können, da trat Niketa auf sie zu. »Verzeiht, ich habe noch nicht gesagt, dass ich Euch vor einiger Zeit in Tunis vor der Ölbaummoschee warten sah. Damals fragte ich mich, welchen Grund eine Frau wohl haben könnte, an so einem Ort in der Hitze auszuharren. Halifa also war es, nicht wahr?«
»Woher kennt Ihr ihn, und warum fragt Ihr?«
»Ihr habt unseren kleinen Streit bemerkt, nicht wahr? Nun, ich

will Euch die Wahrheit erzählen: Halifa und ich sind uns schon einmal begegnet. Vor zwei Jahren in einem suq in Izmir. Wir kamen ins Gespräch, wie es so ist unter Händlern. Ich kam aus Trapezunt und hatte Ambra, Moschus und Pelze aus dem Norden mitgebracht. Wir redeten und redeten, und irgendwann bedrängte er mich, ihm einen Teil meiner Ware zu verkaufen. Ich zögerte lange, denn ich hatte einem Kaufmann in Tunis eine bestimmte Menge versprochen. Doch Halifa wusste mich zu überlisten: Er bot mir einen so guten Preis, dass ich nicht nein sagen konnte, und gab mir dafür Weihrauch aus Ägypten in angemessener Menge.«

»So hattet Ihr also ein gutes Geschäft.«

Er fuhr mit dem Zeigefinger über seine Oberlippe. »Ihr seid Christin, so wie ich. Deshalb vertraue ich Euch die Wahrheit an: Er verkaufte Ambra und Moschus an einen guten Freund, der auch in Tunis lebt. Dieser kannte meinen Auftraggeber. Nun beklagte er sich bei ihm über die schlechte Qualität der Ware. Die Mittelchen, die aus dem Ambra gewonnen wurden, hätten seiner Zeugungskraft nicht geholfen. Wie ich später erfuhr, hörte Halifa bei einem seiner nächsten Besuche von der Klage und gab preis, die Ware von mir gekauft zu haben. Er hat meinen Ruf ruiniert, versteht Ihr?«

»Nicht er hat Euren Ruf ruiniert, sondern das habt Ihr selbst getan.«

»Wie kommt Ihr darauf?« Aufsteigende Wut rötete seine Wangen.

»Ihr glaubt an Ambra und Moschus, als seien es Wundermittel. Es ist reiner Aberglaube, zu meinen, sie könnten dem Manne ... sagen wir, helfen.« Sie ärgerte sich, hier und jetzt über ein so heikles Thema sprechen zu müssen. »Ich bin überzeugt davon, dass Ihr Halifa zu Unrecht beschuldigt.«

Verblüfft hielt er inne. »Ich verstehe, dieser Muslim verehrt Euch, was ich sehr gut verstehen kann. Ihr seid sehr schön und er ...«
»Was redet Ihr da nur? Was geht es Euch an?«, unterbrach Trota gereizt.
»Mit Verlaub: Ich sehe, er hat sein Schiff gut beladen und fährt gen Osten. Ich bin sicher, er wird Euch erlauben, Euch mit den schönsten Seiden- und Brokatstoffen einzukleiden. Der Muslim liebt die Schönheit der Frauen – vor allem, wenn er weiß, dass er sie bezahlen kann. Die Entschlossenheit, die ich in Eurem Blick sehe, ist die Entschlossenheit einer Frau, die weiß, was sie an ihrem Begleiter hat. Ich beneide ihn.«
»Es fehlt Euch gehörig an christlicher Demut, Niketa.«
Er lächelte listig. »Verzeiht, dass ich so offen zu Euch bin. Wenn Ihr wollt, verrate ich Euch zum Ausgleich ein Geheimnis. Bei dem Überfall auf Tripolis verlor ich all meine Ware: Elfenbein, Glas und Flachs. Das Einzige, was mir blieb, ist dieses Schwert.« Er zog die Waffe aus der Scheide. »Seht Ihr?« Er hielt sie so, dass sie hineinschauen konnte. »Sie ist doppelwandig. Die Waffe steckt in der einen, meine einzige Reserve in der anderen Kammer: Jadeplättchen in Wolle verpackt. So, jetzt könnt Ihr mich bei Eurem Muslim verraten, wenn Ihr wollt.« Er schenkte Halifa, der sie für einen kurzen Moment beobachtet hatte, ein Lächeln, das der Schärfe seines Blickes widersprach.
»Ihr solltet mich besser allein lassen. Gegen Eifersucht ist nun wahrlich kein Gewürz auf Erden zu haben.«
Der Verletzte röchelte und schlug kurz seine Augen auf.
»Lasst mich bitte mit ihm allein.« Trota hob seinen Kopf an und flößte ihm vorsichtig den Sud des Diktams ein. Dankbar schluckte der Mann, denn er war durstig. Ohne ihrer Aufforde-

rung nachzukommen, blieb Niketa sitzen und setzte das Gespräch fort.
»Ihr seid also Ärztin. Christin und Ärztin. Kommt Ihr etwa aus Salerno? Soviel ich gehört habe, ist die Schule dort eine der wenigen, in der Frauen studieren können.«
»Mein Name ist Trota«, murmelte sie und wischte dem Verletzten Tropfen von Mund und Kinn. »Stört den Verletzten jetzt bitte nicht.«
»Er wird kaum etwas spüren. Denn habt Ihr ihm nicht Wein und Mohnsaft gegeben?«
Sie schaute auf. »Ihr kennt Euch aus?«
»Natürlich, dieser Saft ist bitter für die Zunge, doch süß für die Seele. Es gehört ein feiner Sinn dazu, seinen Wert zu schätzen. Wer ihn nicht hat, ist ein Barbar.«
Trota hörte ihm kaum zu, denn der Verletzte keuchte plötzlich und lenkte sie ab. Niketa rückte aber noch näher. »Sagt mir, Trota, sagt mir schnell, welches Mittel das wirksamste ist, um stark zu sein.«
»Stark wie ein Stier?« Sie lachte. Dann wurde sie ernst, als sie sah, wie sehr sie seinen Stolz verletzt hatte. »Als Ärztin empfehle ich Euch Gilgenwurzel und Pastinak, um die Kraft des Samens zu stärken. Diese Mittel sind erprobt. Alles andere ist Zauberglaube. Als Frau aber will ich Euch etwas anderes raten, Niketa: Liebt mit dem Herzen, dann tut auch Euer Körper, was Ihr von ihm verlangt.«
Wütend stand er auf.
»Was seid Ihr nur für eine Frau! Ihr versteht nichts von der Leidenschaft. Ihr lebt nach Eurem Verstand. Redet also nicht vom Herzen – und passt auf, dass dieser da nicht unter Euren Händen an zersprungenem Herzen krepiert!« Er wandte sich ab.

Die Etesien genannten Nordwinde trieben das Schiff zügig auf die Arabische Halbinsel zu. Als abzusehen war, dass der Verletzte weiterhin ruhig schlafen würde, beschloss Trota, eine Pause einzulegen. Sie verließ ihn, um zur Erfrischung saftige Äpfel zu essen, die als Proviant mit an Bord genommen worden waren. Sie schöpfte einen Eimer Wasser aus dem Meer, wusch ihr Gesicht und ihre klebrigen Arme. Dann trat sie an Halifa heran, der prüfend an den knarrenden Masten hochschaute.

»Hätten wir früher ablegen sollen? Gibt es Sturm?«

»Um das Ziel zu erreichen, ist es nie zu spät«, entgegnete er, ohne sie anzusehen.

»Bist du eifersüchtig wegen dieses Byzantiners?«

»Es ist wohl eher umgekehrt« – er schaute ihr direkt ins Gesicht – »er ist Christ und würde mir am liebsten den Kopf abschlagen. Für ihn bin ich der Barbar, der sich an einer Christin versündigt.«

»Jetzt denkst du zu schlecht, Halifa.«

»Ich habe nur Phantasie. Leider weiß ich, dass viel zu wenig Menschen unter Allahs Sonne ohne religiöse Vorurteile leben können.«

Sie legte ihre Hand auf seinen Arm. »Wie Recht du hast. Dafür liebe ich dich.«

Er zog sie an sich.

Byzantinische Leidenschaften

Im Laufe der nächsten Stunden wuchs der Wind bis zur Sturmstärke. Je näher sie der Küste kamen, desto aufgewühlter wurde die See. Halifas Dhau stob durch turmhohe Gischtfontänen,

die Masten knarrten bedenklich. Doch sie hatten Glück. Der Sturm ließ wieder nach.
Weniger Glück hatten sie mit Niketa.
Am frühen Abend des zweiten Tages, als sie endlich das Hafenfeuer von Sidon erblickten, bekam er plötzlich einen Wutausbruch. Sein Schwert sei verschwunden, ohne Schwert aber sei ein Mann ohne Würde. Kühn beschuldigte er Trota und Halifa des Diebstahls, denn diejenige, der er seine Waffe genau gezeigt hätte, sei Trota gewesen.
Trota war entsetzt. »Ihr seid wahnsinnig, mich zu verdächtigen. Euch geht es doch wohl nur darum, Halifa zu schaden. Rächen wollt Ihr Euch für etwas, wofür niemand die Schuld trägt.«
»Ihr hasst mich nur, weil ich Muslim bin und bessere Handelsgeschäfte tätige als Ihr«, ergriff Halifa das Wort. »Seid ehrlich und gebt es zu! Außerdem gefällt Euch nicht, dass ich eine Christin liebe. Doch was geht es Euch an?«
»Gebt mir mein Schwert zurück, erst dann glaube ich, dass diese Christin noch nicht von Eurer Gier verdorben ist.«
»Ihr seid wahrhaftig von Sinnen«, entrüstete sich Trota. Seemänner wie Passagiere redeten aufgebracht durcheinander, niemand glaubte Niketas Anschuldigungen. Wie konnte er nur einen ehrbaren Kräuterhändler und eine Ärztin des Diebstahls bezichtigen! Es war unfassbar, doch Niketas leidenschaftliche Wut flößte einigen Furcht ein. Man suchte die Dhau auf das Gründlichste nach dem Schwert ab, doch es blieb unauffindbar.
Halifa beschloss, solange sie noch auf seinem Schiff waren, diesen unerquicklichen Streit zu schlichten. Denn nur hier war er Richter und zugleich Befehlsherr. Mit verschränkten Armen trat er vor Niketa: »Mir scheint, ich habe Euch immer unter-

schätzt. Ich verstehe, wenn Ihr Euren Glauben ernst nehmt. Über allen Vorstellungen aber sollte die Toleranz walten, meint Ihr nicht? Fehlt sie, führt es zum Krieg ... zwischen den Einzelnen und den Völkern.«
Niketa reckte sein Kinn vor. »Ich traue niemandem mehr, der zu einem anderen als dem christlichen Gott betet.«
»Und deshalb sucht Ihr Vorwände, um mir zu schaden? Ihr schreckt noch nicht einmal davor zurück, meine Gefährtin gegen mich einzusetzen. Schämt Ihr Euch nicht?«
»Arabische Teufel schämen sich auch nicht.«
»Wie meint Ihr das?« Halifa packte Niketa bei den Schultern und schüttelte ihn. Doch Niketa stieß ihn zurück. »Ihr Muslime seid Schwätzer. Damals habt Ihr mir den Kopf verdreht, um mir meine Ware abzuschwatzen und hinterrücks meinen Ruf zu ruinieren. Ihr seid nichts als gierig, gierig auf Frauen und Reichtum und immer auf Euren Vorteil bedacht. Und nun sagt mir: Wo ist mein Schwert?«
»Hört zu: Jetzt, da wir Eure hässlichen Beweggründe kennen, werdet Ihr wohl nicht mehr die Dreistigkeit besitzen, mich oder meine Gefährtin, Trota von Salerno, zu verdächtigen. Wenn dies aber doch der Fall bleiben sollte, werde ich in Sidon auf der Hafenmeisterei vorstellig.«
Die Sonne verschwand, und der Wind frischte wieder auf. Bald hob das Licht eines vollen Mondes die hellen Fassaden der Häuser Sidons vom Dunkel des Vorgebirges hervor. Unter kräftigen Böen rauschte die Dhau auf den Hafen zu, der hinter einer vorgelagerten Insel verborgen war. Die Seeleute bargen die Segel und lenkten die Dhau, so gut es ging, an den ankernden Schiffen auf einen Platz zu, in der es endlich Schutz vor dem Wind fand.
Als Erster sprang Halifa von Bord und fragte nach dem Haus

des Hafenmeisters. Er berichtete ihm, was sich auf seinem Schiff ereignet hatte. Als dieser hörte, dass der Kläger ein Byzantiner sei, wiegelte er ab. Das sei allein seine Angelegenheit, gab er ihm unwirsch zu verstehen. Er und seine Männer hätten wichtigere Aufgaben zu erfüllen. Insgeheim stimmte Halifa ihm zu, und so fragte er neugierig, von welchen wichtigen Aufgaben sie denn sprächen.

»In den letzten Tagen griffen türkische Seldschukenbanden mehrere Dörfer im Hinterland an«, erzählte er aufgebracht. »Wir sind auf der Hut, denn wir trauen ihnen zu, selbst die Küstenstädte überfallen zu wollen. Sie sind gewissenlose, blutrünstige Barbaren, Abtrünnige ihres Führers Tughrul Beg.«

Ruhig fragte Halifa, ob seine Männer ihm helfen würden, einen Schwerverletzten in ein Spital zu bringen. Der Hafenmeister nickte und gab ihm zwei Männer mit. Zurück auf seinem Schiff allerdings warfen sie Niketa verächtliche Blicke zu, was diesen ungewöhnlich still werden ließ. Daraufhin wandte er sich an Halifa und sagte: »Ich werde jetzt gehen. Morgen früh erwarte ich Euch im Haus des hiesigen Kadis.«

Halifa dachte an seinen Schutzbrief, den er von Ibrahim in Tunis bekommen hatte, und nickte. »Gut. Morgen früh.«

Durcheinander redend verließen die Mitreisenden die Dhau. Die beiden Wachen und zwei von Halifas Seeleuten hoben die Hanfmatte mit dem Schwerverletzten an und trugen ihn von Bord. Am liebsten hätte Trota ihn zum Spital begleitet, doch es war Nacht, und sie sehnte sich danach, endlich mit Halifa allein zu sein. Hier, tröstete sie sich, würden andere – Männer – sich um ihn kümmern. Nachdenklich blickten sie den Fortziehenden nach.

»Abtrünnige türkische Seldschuken-Banden bringen Unruhe ins Land«, sagte Halifa. »Wir werden auf unserem Weg nach Damaskus vorsichtig sein müssen. Vielleicht ist es besser, wir schließen uns der Reisegruppe an, von der mir Jasir, der Kamelhändler, erzählte. Sie brechen in vier Tagen nach Damaskus auf.«
»Ja, das ist eine gute Idee. Ist es nicht seltsam? In Tunis flohen wir vor den Beduinen Banu Hillals, die Al Mustansir gegen Westen jagt. Hier helfen uns schiitische Fatimidenwächter. Ich frage mich allerdings, ob sie auch einen schwer verletzten Christenmenschen in ein Spital getragen hätten? Wer weiß? Doch diese vielen Kriege sind so sinnlos. Ziriden gegen Fatimiden, Fatimiden gegen Abbasiden, Schiiten gegen Sunniten, Muslime gegen Christen – was Jesus wohl gesagt hätte, wenn er sähe, wie viele Feuer die Worte seiner Liebe hier, in seinem Land, verbrennen?«
»Weißt du, dass von diesem Hafen aus Paulus zu seiner letzten Reise nach Rom aufbrach?« Überrascht sah sie zu ihm auf. »Kein Glaube ist gerecht, der Menschen bluten lässt«, fuhr Halifa fort. »Ob Könige oder Stammesführer, sie lieben ihren Gott nur, damit er ihnen Macht im irdischen Leben gibt.«
Eine Weile schwiegen sie und schauten auf die alte Stadt vor ihnen.
»Was glaubst du, wer ist dieser Niketa wirklich? Ein Verrückter? Ein Mann mit der Seele eines gebrochenen Kindes? Ein eifersüchtiger Fanatiker?« Sie lehnte ihren Kopf an seine Schulter.
»Wie war er zuerst zu dir? Fiel dir etwas an ihm auf?«
»Sein Blick, er wirkte besessen von Gier ...«
»Ihm fehlt eine Frau ...«

»Das ist es nicht. Ihm fehlt ein Stoff, der seinen Wahn besänftigt. Diese Aufregung, all das, was er sagte, war doch vollkommen übertrieben. Hat er nicht sogar gelogen?«

»Ich habe ihm damals einen Teil seiner Ware abgekauft, ja, das stimmt. Doch er hatte genug, um teilen zu können. Er lügt, wenn er behauptet, ich hätte ihn überreden müssen. Er zögerte, weil er von mir einen höheren Preis herauspressen wollte. Es stimmt also nicht, was er dir erzählte.«

»Ich dachte es mir.«

»Er muss mich vom ersten Augenblick an gehasst haben, doch er hat seine Gefühle gut getarnt. Ich habe es nicht gemerkt.«

»So etwas kommt vor, so wie es Liebe auf den ersten Blick gibt, gibt es auch Hass auf den ersten Blick.«

»Damals wirkte er allerdings auf mich ruhiger, gefasster. Obgleich …« Halifa dachte nach. »Wenn ich mich recht erinnere, erzählte er mir, dass arabische Räuber den Vorort von Byzanz überfielen, in dem seine Familie lebte. Sie schlugen seinen Vater nieder, und er musste als kleiner Junge miterleben, wie vor den Augen seines sterbenden Vaters seine beiden Schwestern geschändet wurden. Ich maß dem damals keine Wichtigkeit bei, denn so ein Schicksal teilen viele Menschen in diesen Zeiten. Seitdem scheint er Muslime zu hassen, mich als Konkurrenten im Besonderen.«

»Vielleicht ist es gerade deine freie, selbstbewusste Ausstrahlung, die ihn reizt.«

»Und wenn schon: Irgendetwas stimmt mit ihm nicht.«

»Er war übererregt … So, als hielte er die Spannung nicht aus, von der er innerlich zerrissen wird.«

»Ich habe einmal erlebt, wie ein Außersichgeratener mit dem Mohnsaft behandelt wurde. Er beruhigte sich schnell, wurde friedlich und erträglich.«

»Dann hätte ich also diesen wahnsinnigen Byzantiner auch behandeln sollen ...« Sie überlegte. »Wenn der Mohnsaft gegen Aufruhr, ja, Außersichsein hilft, dann wird er sicher auch Matthäus' Fallsucht mäßigen können.«
»Bestimmt.«
»Das heißt, Mohnsaft ist mit Sicherheit ein Bestandteil des Theriak.«
»Wie klug du bist.«
»Bist du klug genug, um mir zu sagen, wo dieses Schwert ist?«
»Er wird es versteckt oder über Bord geworfen haben.«
»Es ist seltsam.«
»Lass uns schlafen gehen. Vielleicht geben uns unsere Träume die Antwort.«

Doch der Schlaf half ihnen nicht. Ebenso wenig wie ihre Geduld, mit der sie lange vor dem Haus des Kadis auf Niketa warteten. Er blieb verschwunden.

In Sidon

*D*ank Ibrahims Empfehlungsschreiben fanden sie freundliche Aufnahme im Haus des Kalligraphen Hischam. Es lag auf halber Höhe am Rande der Stadt inmitten eines Hains voller Zitronen- und Orangenbäume. Hischam freute sich sehr über Ibrahims Gruß und nahm Trota und Halifa mit einer Herzlichkeit auf, als seien sie schon seit langem Freunde. Er bewirtete sie mit Köstlichkeiten, lud Verwandte und Freunde ein und richtete ihnen zu Ehren schon zwei Tage nach ihrer Ankunft ein großes Fest aus.

Halifa erzählte von Niketa und dessen Vorwürfen, woraufhin Hischam die Fingerspitzen aneinander legte, an die Decke schaute und nach einer Weile sagte: »Vielleicht ist er längst kein Händler mehr, sondern reist im Dienst eines Mächtigen?«
»Ihr haltet ihn für einen Kundschafter?«, fragte Trota.
»Können wir es ausschließen? Ein Mann, den Rachegefühle beherrschen, ist zu allem fähig. Er kann einen Menschen vernichten, sogar um den Preis des eigenen Lebens willen.«
»So viel Hass gesteht Ihr diesem Byzantiner zu, Hischam?«
»Durchaus, Halifa. Denn dieser Niketa, sage ich Euch, ist Euch nicht deswegen nicht gewogen, weil Ihr der bessere Händler seid.« Er lächelte und warf Trota einen bedeutsamen Blick zu. »Er hasst euch beide, weil ihr verstanden habt, euer Leben zu krönen: mit Liebe zu krönen. Und zwar einer Liebe, die Allah euch geschenkt hat. Indem ihr von ihr kosten dürft und durftet, seid ihr reich für euer ganzes weiteres Leben. Auch, wenn Allah euch wieder trennen sollte.«
Trota und Halifa schauten bewegt zu Boden, beide kämpften mit den Tränen. Hischam aber lachte sie aus. Sie sollten fröhlich sein, rief er. Die Stunden genießen.
Er klatschte in die Hände und ließ die Musiker eintreten: Einen Oud-Spieler, einen Trommler und den Meister der einseitigen Rababa. »Du meine Nacht, du mein Auge«, begann das Layali, das Liebeslied, »du Stern meiner Gedanken, du Mond meiner Worte. Lass halten dich wie das Buch der Dichter, blättern in den Seiten, die meine Finger erinnern an deinen Schleier.«

Halb berauscht schlichen sie aus Hischams Haus in den Garten. Der Himmel war ihr Zelt, eine weiche Grasmulde ihr Lager. Der Gesang der Zikaden begleitete ihr Flüstern, der Glanz der Sterne legte sich auf ihre Körper.

Voller süßer Empfindungen nahmen sie am Morgen Abschied von Hischam. Er gab ihnen einen Brief an Ibrahim mit und beschenkte sie mit einem dreiarmigen silbernen Leuchter.
»Möge sein Licht euch Weisheit schenken. Aber wie die Flammen der Kerzen Spielball des Windes sind und das Licht ständig in Gefahr steht, von der Dunkelheit gefangen genommen zu werden: Seid vorsichtig. Die Welt ist immer in Aufruhr.«
Hischams Warnung in den Ohren, gingen sie zum Hafen, wo Halifas Dhau vor Anker lag, ein Stück weit entfernt standen die Wachen der Hafenmeisterei beieinander. Halifas Leute hatten bis zum Mittag Ausgang, besuchten Freunde und Verwandte oder erholten sich in den Armen irgendeiner Schönen, von denen es in Sidon und jeder anderen orientalischen Stadt genauso viele gab wie in den Städten der Christen.
»Und jetzt geht es nach Damaskus?«, fragte Trota. »Der Mutter aller Städte?«
»Wenn Allah es will«, antwortete Halifa. »Wir packen unser Nötigstes zusammen. Dann werde ich den Hafenmeister bitten, mir Lastenträger zu besorgen, damit wir meine Waren mitnehmen können. Vielleicht ist bis dahin mein Steuermann zurück, er muss schließlich wissen, dass wir den Landweg nehmen wollen. Er aber soll hier auf unsere Rückkehr warten.«
Seine Aufmerksamkeit galt einer kleinen Dhau neben seinem Schiff, auf der gerade die Segel gesetzt wurden. Der Steuermann, ein Mann mit buschigen Augenbrauen und schwarzem, den Kopf bis zum Mund verhüllendem *schesch*, stand noch auf der Mole und hielt in der einen Hand das Tauende, während er mit der anderen die Augen beschattete.

Halifa wünschte gute Fahrt, doch der Mann beachtete ihn nicht.
»Er ist aus der Wüste«, sagte Halifa. »Ein Tuareg. Ihr *schesch* bedeckt den Mund, weil er ihnen als unrein gilt.«
Trota folgte Halifa an Bord und schaute ans Ende der Mole, wo eine Hand voll Fischer Netze flickten, während andere frisch gefangene Fische in flache Körbe verteilten, die von ihren Frauen auf dem Kopf zum Markt getragen wurden.
Das Deck war geschrubbt, die verkohle Planke ausgebessert, die Segel gerafft und festgebunden. Alles war in Ordnung. Um nach ihren Sachen zu sehen, stiegen sie unter dem Dach des Aufbaus die Deckstreppe hinab, und Halifa schloss eine der Kisten auf, um Hischams Leuchter darin zu verstauen.
Trota sah nach ihrer Arzttasche.
Ich brauche frische Kamillenblüten und *miswaks*, Zahnhölzchen aus dem faserigen aromatischen Holz des Arakbaums.
Sie schaute zu Halifa, sah irritiert den Schatten hinter ihm – doch den Schlag, der ihm versetzt wurde, sah sie nicht mehr, genauso wenig, wie sie fühlte, dass sie auf dem Schiffsboden aufschlug.

Siebter Teil

Auf der falschen Dhau

Mit starken Kopfschmerzen wachten sie auf, bewegen aber konnten sie sich nicht. Es dauerte eine Weile, bis ihnen klar wurde, dass sie mit verbundenen Händen und Füßen in Teppiche gerollt an Deck einer fremden Dhau lagen.
Als Trota versuchte, ihren Kopf ein wenig zu drehen, merkte sie, dass ihr Haar am Teppich festklebte. Mühsam schielte sie zu Halifa hinüber, dessen eingetrocknetes Blut über Stirn und Schläfe ihr ein ungefähres Bild vermittelte, wie auch sie aussehen musste. Die Sonne stand bereits tief über dem Horizont. Demnach mussten sie lange so bewusstlos dagelegen haben.
»Halifa?«
Er gab keine Antwort, aber es beruhigte Trota, als ihr gewahr wurde, dass sich seine Brust hob und senkte. Sie blinzelte, versuchte sich zu erinnern. Da war die kleine Dhau neben der Halifas und der Tuareg mit dem schwarzen *schesch*. Sie und Halifa waren unter Deck gegangen, sie wollte ihm gerade sagen, sie sollten noch *miswaks* kaufen.
Trota spürte, wie die Schmerzen zunahmen.
Nicht denken, ermahnte sie sich. Dein Verstand arbeitet wenigstens noch. Sie lag eine Weile ruhig da, bevor sie wieder den Kopf zu drehen versuchte. Sie erkannte den Tuareg mit den buschigen Augenbrauen und dem *schesch*. Er hockte nicht weit von ihnen entfernt an der Bordwand und beobachtete sie.
»Halifa? Hörst du mich?«
Er stöhnte leise, seine Augenlider flatterten.
»Mir ist so übel …«

»Bewege dich nicht. Sprich nicht. Alles wird heilen.«
Die Antwort war ein weiteres Stöhnen, doch Trota sah auch, wie Halifas Lippen sich zu einem schwachen Lächeln verzogen.
Der dunkle Umriss eines hoch gewachsenen, schlanken Mannes trat vor die Sonne. »Ah, ihr seid aufgewacht. Gut.« Niketa.
»Warum tut Ihr das?«, flüsterte Trota.
Hochmütig zog Niketa sein Schwert und schwang es ein paar Mal durch die Luft. »Ich habe Jasir, dem dicken Kamelhändler, mit dem ihr nach Damaskus reisen wolltet, erzählt, ihr hättet euch entschieden, die gelehrten jüdischen Rabbis in Jerusalem aufzusuchen. Irgendwann werdet ihr mir dankbar sein, dass ich euren Plänen vorgriff, auch wenn euch jetzt der Kopf schmerzt. Die Seldschuken-Banden tun sich zusammen, und es geht das Gerücht, sie würden jetzt sogar Festungen zwischen Sidon und Damaskus angreifen. Aber auch wenn diese noch nicht fallen, Karawanen brauchen starken Geleitschutz, damit sie unbehelligt ans Ziel kommen.«
»Wie großzügig von Euch, Niketa«, sagte Trota. »Was habt Ihr mit uns vor? Wollt Ihr uns in einen goldenen Käfig stecken und ausstellen? Den Muslim und die Christin?«
»Erst einmal werde ich euch nach Byzanz bringen – dorthin, wo Araber meine Familie ausrotteten, dorthin, wo Ihr als Ärztin Euren Glaubensbrüdern helfen werdet. Halifa wird eine Ausbildung als Söldner bekommen. Weigert er sich, töte ich Euch, weigert Ihr Euch, töte ich ihn. Eure Liebe wird eure Versicherung sein.«
»Ihr seid verrückt, Niketa.«
Niketa lachte, seine Augen glänzten. Er ließ sich auf die Knie nieder, beugte sich über Trota und forschte in ihrem Ge-

sicht. »Was für eine Schönheit Ihr seid, Trota von Salerno. Verspielt sie nicht, indem Ihr widersprecht. Übt Euch in Geduld und Demut. Schweigt. Dann wird euch beiden nichts geschehen.«
Er erhob sich wieder, starrte auf sie herab. Sein Lächeln war maskenhaft.
Trota zerrte an ihren Fesseln und versuchte, hin und her zu rollen. »Bindet uns los, Niketa, und gebt uns Wasser.«
»Eins nach dem anderen.«
Er winkte einen Mann herbei, der ihnen einen Schwall Seewasser über die Gesichter goss, so dass sie heftig nach Luft schnappten. Niketa zog sein Schwert, ging in die Hocke und legte es über ihre Hälse. »Seht Ihr? Ich bin zu allem fähig – wirklich zu allem.«
Die gleißende Klinge schmerzte Trotas Augen mehr, als dass sie Angst in ihr auslöste. »Woher habt ihr es?«, keuchte sie und schloss die Augen.
»Ihr seid doch klug? Denkt nach. Würde man bei Euch eine Waffe vermuten? Ja?« Er machte eine Pause, erhob sich und steckte die Klinge zurück in ihre Scheide. Dann gab er selbst die Antwort: »Nein, nicht wahr?«
»Der Verletzte«, flüsterte Trota. »Er war der Einzige, der nicht durchsucht wurde. Ihr habt das Schwert unter seinem Körper versteckt. Geschickt, Niketa. Aber warum? Wofür?«
Er bekreuzigte sich und sah gen Himmel. »O Herr, gib allen schönen Frauen Klugheit. Warum ich es tat? Weil ich wissen wollte, ob Euer Verstand Unsichtbares ebenso erkennt wie Eure Schönheit Verborgenes zum Leben erweckt.«
»Der Mohnsaft, Niketa ... Abu Elnum hat Euch den Verstand zerstört ... Ihr sprecht von Leidenschaft, selbst aber bereitet Ihr nur Leiden.«

»»Mein Reich ist nicht von dieser Welt«, spricht der Herr. Vergesst nicht, dass gerade uns Christenmenschen das Leiden zusteht. Ebenso ist es mit der Liebe. Nur ein Christ und eine Christin verstehen ihren wahren Kern. Nur sie sind der Liebe wert.«

Trota begriff endgültig, dass Niketa in einem Netz aus Eifersucht und Liebeswahnsinn gefangen war. Hischams Worte fielen ihr ein: Er hasst euch, weil ihr verstanden habt, euer Leben mit Liebe zu krönen. Einer Liebe, die Allah euch geschenkt hat.

Was wird jetzt?, fragte Trota sich verzweifelt. Die Sonne war untergegangen, und sie waren irgendwo auf dem Meer. Damaskus war nah und doch ferner denn je.

Sie dachte an den Theriak, an Matthäus, an ihr Versprechen. Doch sie war zu schwach, um länger zu grübeln.

»Halifa?«

Er antwortete nicht, lag in tiefem Schlaf.

Wenigstens müssen wir nicht frieren, dachte Trota. Die Teppiche schützen uns. Und das ist kein Zufall. Es wird sich noch alles wenden.

In der Nacht wachte sie vom kehligen Gesang einiger Männer auf. Die Kopfschmerzen waren verschwunden, und sie konnte wieder besser denken. Halifa schien noch immer zu schlafen. Über ihnen verdunkelte eine tiefe Wolkendecke den lichtlosen Himmel. Nur schemenhaft erahnte Trota die gegenüberliegende Bordwand, einige Kisten und Taurollen.

Diese Nacht birgt Unheil, dachte sie besorgt. Es war nur ein Gefühl, doch sie konnte es nicht abstreifen. Lange Zeit lag sie da und überlegte, wie sie ihre Fesseln lösen könnte. Sie versuchte, sie an ihren Handgelenken an der Schließe ihres Umhangs aufzuscheuern, da diese aber zu stumpf war, gab Trota ihre Anstrengung schließlich auf.

Die Männer hatten aufgehört zu singen. Ab und zu knatterte das Segel im Wind, das Wasser klatschte in unregelmäßigen Schlägen gegen die Bordwand, irgendwo achtern schnarchte jemand. Ansonsten war es ruhig. Neben ihr erwachte Halifa.

»Wie geht es dir?«, fragte sie.

»Schon viel besser. Wo sind wir?«

»Auf Niketas Dhau. Mehr weiß ich nicht.«

»Wir müssen in Küstennähe segeln. Die Luft riecht anders als mitten auf See.«

Sie lauschten. Nach einer Weile fragte er: »Hast du das auch gehört?«

Trota hielt den Atem an.

»Nein. Ich höre nichts.«

»Da! Hörst du es nicht?«

»Das leise Klatschen?«

»Ja, es klingt zu gleichmäßig. Hör noch einmal genau hin.«

Noch bevor sie weitersprechen konnten, schoss ein heller Pfeil durch die Dunkelheit und riss das Großsegel auf, das, mürbe von der Sonne, aufflammte. Die eingeschlafenen Seeleute erwachten, griffen zu ihren Dolchen. Schon traf der zweite Brandpfeil ins Ziel, gleich darauf der dritte. Binnen weniger Augenblicke brannte das Segel, beleuchtete Deck und Meer.

»Kämpft!«, schrie Niketa, als der erste Pirat mit erhobenem Säbel auf sein Schiff sprang. Niketa stürzte vor und stieß dem Piraten sein Schwert in die Brust. Doch schon war der nächste an Bord. Der Kampf begann. Die Männer brüllten, einer von Niketas Männern stürzte schreiend ins Meer. Schließlich flehten sie um ihr Leben, denn mit ihren Dolchen konnten sie gegen die viel längeren Säbel nichts ausrichten. Trota hörte

Niketa fluchen, dann aufstöhnen. Instinktiv duckten Halifa und sie sich tiefer in ihre Teppichrollen hinein, doch noch ehe sie sich versahen, wurden sie von mehreren Männern hochgehoben. Dabei rutschte das Messer eines der Männer in Trotas Teppichrolle. Sie zog den Bauch ein, das Messer rutschte tiefer. Sie ergriff es und hielt es fest.
Die Piraten hoben sie über die Bordwand, um sie zu ihrem Schiff zu hieven. Doch da Niketas Dhau durch das Kampfgetümmel heftig ins Schaukeln geraten war, drückten die Wellen das Piratenschiff zu weit fort. Es gelang den Piraten nicht, beide Schiffe nebeneinander zu halten. Trota und Halifa rutschten aus den Teppichrollen heraus und fielen zwischen den Schiffen ins Wasser.
Trota schnappte nach Luft, schnitt ihre und Halifas Fesseln durch. Pfeile zischten neben ihnen ins Wasser. Doch es gelang ihnen immer wieder, rechtzeitig unterzutauchen. Sie schwammen, tauchten, holten Luft, schwammen. Wieder und wieder. Als sie einmal wagten, sich umzudrehen, brannten die Segel an Niketas Dhau lichterloh.
Dies war ihre Rettung, denn die Piraten entschieden sich, lieber die Dhau zu retten, als ihnen nachzusetzen.
»Sie haben gute Beute gemacht«, keuchte Halifa. »Ein Schiff mit Ladung und ein knappes Dutzend Köpfe.«
»Warum haben sie nicht alle getötet?«, wollte Trota, um Luft ringend, wissen.
»Tot kann man sie nicht als Sklaven verkaufen.«
Sie schwammen, doch bald verließen Trota die Kräfte. Arme und Beine wurden ihr schwer wie Blei.
»Ich kann nicht mehr.«
Sie sank unter die Wasseroberfläche. Halifa legte seinen Arm um ihre Brust und zog sie mit sich. Doch schon nach kurzer

Zeit war auch er mit seiner Kraft am Ende. Seine Arme waren gefühllos, seine Beine schwer wie Säulen aus Stein.
Eine Welle schwappte über ihre Köpfe. Sie schluckten Wasser, tauchten unter. Noch eine Welle rollte heran. Kaum noch hatten sie Kraft, Luft zu holen.
Trota packte ein Schwindel. Entkräftigt ließen sie und Halifa sich treiben, doch statt in die Tiefe abzusinken, spürten sie plötzlich unerwarteten Widerstand. Feste glatte Körper drückten sie sanft zurück an die Oberfläche. Langgestreckte, flache Köpfe mit lachenden Mäulern tauchten auf, Rückenflossen umkreisten sie.
»Delphine!« Fassungslos blickten sie sich um, schöpften neue Hoffnung. »Allah hat sie uns geschickt. Sie werden uns an Land bringen.«
Mit letzter Kraft wateten sie wenig später durch seichtes Wasser an den Strand. Es war kalt, sie froren. Mühsam zerrten sie sich ihre Kleider vom Leib und gruben sich in den Sand ein. Fast augenblicklich schliefen sie ein.

Glaube, Liebe, Hoffnung

Sie erwachten kurz nach Sonnenaufgang. »Ich habe es immer gewusst: Es gibt nur einen Gott. Und es ist gleichgültig, wie wir ihn nennen«, meinte Halifa.
Überrascht wandte Trota sich ihm zu. »Was willst du damit sagen?«
»Warte ab. Der Zeitpunkt ist noch nicht gekommen.«
»Du verheimlichst mir ein Ziel, das du schon kennst?«, empörte sie sich.
»Alles hat seine Zeit. Habe Geduld, Trota.«

Verstimmt starrte sie in die Weite und empfand plötzlich nur noch Leere. Alles schien ihr in diesem Augenblick fraglich und brüchig. Plötzlich kam ihr sogar der Gedanke, sie werde für ihre Leidenschaften bestraft und es sei ihr Schicksal, hier in der Einöde zu verdursten.

Meine Suche nach der Rezeptur des Theriak ist Anmaßung, dachte sie. Ich will mit Gewalt in etwas eingreifen, habe mir eingebildet, mich gegen Matthäus' Schicksal auflehnen zu können. Ich war eitel. Die Rettung aus dem Meer ist nichts als der Hohn der Vorsehung. Statt zu ertrinken, werden wir verdursten. Ich werde Salerno nie wiedersehen.

Und Matthäus auch nicht.

Trota sah sein vom Schlaf rosiges Gesicht vor sich, die flache Hand unter seiner Wange, seinen schlanken Körper mit den langen Beinen, zusammengerollt wie der einer Katze. Tränen stiegen in ihr auf, und ihr Herz schmerzte vor Sehnsucht, ihn zu umarmen und zu küssen.

Wie gerne wäre sie jetzt bei ihm gewesen. Sie stellte sich sein weiches Haar vor, schnupperte an seinem Hinterkopf, seiner nackten Schulter, die nach seiner Fröhlichkeit roch und seiner Trauer um sie, seine Mutter.

Ob er oft an sie dachte? Jeden Tag, jede Stunde? Oder ob er sie bereits als Tote betrauerte?

Trota weinte, begann zu schluchzen.

»Beruhige dich. Er wird fühlen, dass du lebst und an ihn denkst.«

»Ich will zurück! Ich weiß genug vom Mohn, um ihm helfen zu können.«

»Selbst wenn du deinen Sohn im Arm hieltest, würdest du es immer bereuen, die Suche nach dem wahren Mittel frühzeitig aufgegeben zu haben.«

Sie sprang auf.
Auch Halifa erhob sich. Schwerfällig schüttelte er seine Glieder. »Nein, nicht wieder streiten. Du musst einfach Geduld haben, mit dir und deinem, unserem Schicksal. Habe Geduld, Trota.«
»Ich will keine Geduld mehr haben. Ich will, dass etwas geschieht, das mich so schnell wie möglich zu Matthäus zurückbringt. Ich habe Scharifa getroffen. Ist das nicht Zeichen genug?«
»Vertraue Gott …«
Sie breitete ihre Arme aus und blickte in den Himmel. »Siehst du mich?«, schrie sie. »Dann hilf mir zu verstehen. Mein Kopf ist voller Fragen, und ich zerspringe vor Schmerz.«
Halifa trat hinter sie. Leise betete er, küsste ihren Nacken.
Trota aber schaute aufs Meer und weinte.

Auf Wanderschaft

Sie gingen der Morgensonne entgegen. Noch überschwemmte ihr rötliches Licht das blasse Blau des Himmels. Über der Erde lag Nebel, der Trota so vorkam, als seien die Wolken der letzten Nacht in gleißendem Weiß zur Erde gesunken. Geheimnisvoll verhüllte er das flache Land, verbarg vor ihren Augen sein wahres Gesicht.
Doch je weiter Halifa und Trota gen Osten wanderten, desto mehr löste er sich auf. Aus dem flachen, von Gras bewachsenen Land erhoben sich nun hier und da kahle ockerbraune Hügel. Vereinzelt sahen sie Gruppen alter Palmen- und Olivenbäume.
Der Morgen schritt rasch voran, es wurde hell. So hell, dass sie

vor Überraschung stehen blieben, als vor dem nun klaren Himmel ein gewaltiges Gebirge auftauchte. In nordsüdlicher Richtung reihten sich dunkle Gipfel wie eine unüberwindliche Barriere aneinander.
Halifa stöhnte auf. »Ich fürchte, dies sind die Berge des Libanon. Irgendwo dahinter, aber weiter südlich, liegt Damaskus. Wir haben noch einen weiten Weg vor uns.«
Trota schwieg. Sie wäre am liebsten zurück ans Meer gegangen, um in einem Fischerdorf ein Boot zu finden, das sie nach Salerno gebracht hätte. Doch sie sagte nichts. Stattdessen schaute sie um sich, um etwas zu finden, mit dem sie ihren Hunger und Durst stillen konnte. Doch so weit sie auch sah, sie erblickte nichts außer unreifen Oliven und Datteln. Die Oliven waren noch fest, grün mit violetten Flecken, die Dolden der Dattelpalmen waren voller noch gelber Früchte. Bis zu ihrer Ernte im November, Dezember hatten sie noch Zeit zu reifen.
Bis weit über die Mittagszeit hinaus wanderten sie weiter, bis sie schließlich auf einen staubigen Weg trafen. Zwei Männer kamen ihnen mit einem Fuhrwerk voller Zedernholzstämme entgegen. Der Ältere trug einen dichten schwarzgrauen Bart, der Jüngere ein auffallend bunt gewebtes Gewand.
Neugierig blieben sie stehen.
»Wohin wollt ihr?«, fragte der Ältere.
»Wir sind von Piraten überfallen worden und brauchen Hilfe, um nach Damaskus zu kommen. Sagt uns bitte: Wie weit müssen wir noch gehen, bis wir ein Dorf finden, wo wir etwas zu essen bekommen können?«
»Damaskus? Euch müssten Flügel wachsen, so weit ist es entfernt. Ich bin noch nie dort gewesen, habe nie mein Dorf verlassen. Meine Füße setze ich nur in die Berge, um dort Zedern

zu schlagen.« Er dachte nach. »Aber wenn ihr essen wollt, dann geht diesen Weg einfach immer weiter. Irgendwann werdet ihr Brummānā erreichen. Das ist mein Dorf. Fragt nach mir, ich bin Mustafa. Sagt meiner Frau, ich hätte euch geschickt.«
»Richtet auch Salima, meiner Frau, einen Gruß von mir aus«, setzte der Jüngere lächelnd hinzu. »Sie ist schwanger. Wenn Allah es will, werde ich Vater eines Sohnes sein, wenn wir wieder heimkehren.«
Sie nahmen Abschied voneinander und setzten ihren Weg fort.
Das Land wurde fruchtbarer. Der Weg, der kein Ende zu nehmen schien, führte sie durch riesige Haine von Dattelpalmen und Olivenbäumen. Spät am Nachmittag sahen sie hinter einer Biegung Rauch zwischen den Wipfeln jahrhundertealter Oliven- und Dattelpalmbäume aufsteigen.
Der Weizen linkerhand des Weges war bereits fast vollständig abgeerntet. Eine Sichel lag achtlos auf dem Stoppelfeld, blinkte im Sonnenlicht. Rechterhand durchfurchten auf unheimliche Weise Gänge aus niedergetretenen Halmen Teile des Feldes. Der Rest war ebenso schwarz niedergebrannt wie die sich anschließenden Hirsefelder.
Auf der von Pferdehufen aufgewühlten Erde lagen verstreut Körner herum, so als seien die Felder erst hastig beraubt, dann verwüstet worden.
Erschrocken beschleunigten Trota und Halifa ihre Schritte.
Am Eingang des Dorfes lagen mehrere frisch geschlagene Zedernholz- und Pinienstämme. Sie dufteten so angenehm, dass Trota am liebsten stehen geblieben wäre, um das vergessen zu können, was sie soeben gesehen hatte: verbrannte Erde.
Da fiel ihr ein Hund auf, der am anderen Ende des Holzstapels

auf dem Boden lag. Als er sie sah, begann er zu winseln. Sie trat näher und schrie auf.

Neben dem Hund lag der Leib eines geköpften Mannes.

Halifa riss sie zurück.

Das Dorf blieb still und verströmte Brandgeruch.

Dort, wo noch Wände und Mauern standen, klebte Blut. Ebenso an herausgerissenen Türen, Stallgittern, Zäunen. Dann sahen sie die Toten: geköpfte Alte, zerschmetterte Kinder, geschändete und erstochene Frauen.

Keine Spur von Hühnern, Eseln, Ziegen oder Schafen. Dafür überall geronnenes schwarzes Blut und vom Wind verteiltes Mehl.

Hier und da Pferdeäpfel, Schleifspuren.

Entsetzt sank Trota auf die Erde. »Sie müssen heute früh gekommen sein.«

»So grausam sind nicht einmal die Banu Hillal«, murmelte Halifa. »Nur die gottlosen Seldschuken-Barbaren aus den Weiten Asiens führen sich so auf.«

»Es wäre unsere Pflicht, die Toten zu begraben.«

Halifa schüttelte den Kopf. »Gib den Männern, die uns begegnet sind, die Möglichkeit, von jedem einzelnen Abschied zu nehmen. Sie müssen trauern können, sonst werden sie für immer zerbrechen.«

»Du hast Recht. Aber wir ... wir brauchen Stärkung, so furchtbar es auch klingt. Wir haben seit gestern früh nichts mehr gegessen.« Sie stand auf, schwankte. »Ich sehe in der Ölmühle nach. Vielleicht gibt es dort noch Öl.«

Tatsächlich war nur eine der großen schweren Amphoren noch unversehrt, die anderen waren zerschmettert, und der festgestampfte Sandboden war von dunklen Ölflecken durchtränkt. In dieser letzten Amphore waren Oliven mit Rosmarinzweigen

eingelegt. Trota fand noch eine kleine, leere Amphore, schöpfte Oliven mit reichlich viel Öl hinein, trat wieder in die Sonne hinaus und suchte in den Zitronen-, Orangen-, Feigen- und Granatäpfelhainen nach unversehrten Früchten.
Halifa schöpfte aus dem Brunnen Wasser.
Am Rande des Dorfes löschten sie ihren Durst und wuschen sich das Salz von ihrer Haut. So elend sie sich angesichts der grauenerregenden Umgebung fühlten, ihr Wille zu überleben war stark genug, um sich nicht lähmen zu lassen. Trotzdem knieten sie nieder, um Abschied zu nehmen von diesem Ort der Zerstörung. Sie beteten für den Seelenfrieden der Toten und baten sie um Vergebung für die Gaben, die sie ihnen ohne Erlaubnis genommen hatten.
Noch vor Einbruch der Dämmerung verließen sie das Dorf in Richtung Gebirge.
»Wir sollten versuchen, so bald es geht einen Weg über das Gebirge zu finden«, meinte Halifa besorgt.
»Vorher sollten wir aber rasten, um wieder zu Kräften zu kommen. Hier, iss die Oliven.« Doch Halifa schaute nach vorn und schritt weit aus.
»Warte! Lass uns erst etwas essen.«
Widerwillig kehrte er um und hockte sich neben sie auf die Erde. »Ich habe Angst, Trota. Wenn sie wiederkommen ... es sind Mörder, Barbaren ...«
»Nach allem, was wir hinter uns haben, wird Gott dies nicht wollen, Halifa. Wir haben Hunger, also müssen wir auch etwas essen.«
Nachdem sie sich ein wenig gestärkt hatten, nahmen sie den Weg wieder auf. Vor ihnen erstreckte sich der hohe Kamm des Gebirges. Plötzlich rief Halifa: »Schau! Dort vorn ist eine Schlucht. Komm, vielleicht schaffen wir es.«

Vor ihnen lag der Eingang zu einem Tal, das tief in die Berge einschnitt. Riesigen Flecken gleich bedeckten Pinien- und Zedernholzwälder die gewaltigen Berghänge. Es duftete nach dem lieblichen Harz der Zeder, und der Wind säuselte geheimnisvoll. Kein Mensch, kein Tier war zu sehen, nur dann und wann raschelte es zwischen den Felsen.

Mehrfach verloren sie die Spur derjenigen, die hier seit Generationen vor ihnen gegangen waren. Geröll machte ihnen das Gehen schwer, und Felsbrocken, die bei einem Erdbeben herabgestürzt waren und denen sie ausweichen mussten, kosteten zusätzlich Zeit.
Dort, wo man im Laufe der Zeit Wälder gerodet hatte, wuchs Gestrüpp oder bleckte kahles Gestein. Trota wusste, wie begehrt die Zedern des Jordanlandes waren. Schon vor langer Zeit hatten Phönizier und Römer sie für den Bau von Schiffen und Tempeln abgeholzt. Dort, wo sie fehlen, dachte sie, trägt das Gebirge Narben, Narben, die kein noch so fruchtbarer Olivenhain zu heilen vermag.
Der Weg durch die Schlucht stieg langsam, aber stetig an. Hier und da huschten Mäuse durchs niedrige Gestrüpp. Ansonsten war es still, nur der stärker werdende Wind rauschte in den Baumwipfeln.
Die Sonne über dem Meer weit hinter ihnen war bereits untergegangen, als sie am frühen Abend den Kessel der Schlucht erreichten. Von überall her krochen Schatten auf sie zu, bald war keine Spur mehr zu erkennen, und es schien, als hätte ihr Weg sein Ende erreicht.
Trota schaute in den Himmel. Im kalten kobaltblauen Licht erschienen ihr Felsen und Berge noch höher als am Nachmittag. Es war spät, sie waren erschöpft und hatten Durst. Nir-

gends aber rauschte ein Wasserfall, sprudelte eine Quelle. Sie standen im Kessel einer Schlucht und suchten nach einem Ausweg, doch außer einem schmalen Durchlass vor ihnen war nichts zu erkennen, was ihnen Hoffnung gemacht hätte.

Es gab nur zwei Möglichkeiten: Den restlichen Proviant zu verzehren und die Nacht im Kessel zu verbringen oder dem düsteren Durchlass zu folgen. Tagsüber und mit mehr Kraft hätten sie den Berg möglicherweise direkt angehen können, doch dazu fehlte ihnen bei dieser Dunkelheit der Mut. So untersuchten sie den Durchlass etwas näher und stellten trotz des schwachen Lichtes fest, dass er sich nach einer Biegung etwas weitete und dann in nordöstlicher Richtung weiter bergaufwärts verlief.

Damaskus rückte ein winziges Stück näher.

Sie beschlossen, weiterzugehen, in der Hoffnung, der Weg führe irgendwann geradewegs nach Osten. Ihnen schmerzten die Füße, Durst quälte sie, doch sie konnten sich nicht auch noch Müdigkeit leisten.

Der steinige Weg wurde wieder schmal – so schmal, dass sie nur hintereinander gehen konnten. Doch nach einer guten Weile verbreitete er sich wieder, und die Berghänge wurden flacher. Büsche wuchsen beiderseits des Wegs, und nach einer Weile erreichten sie eine Reihe vom Wind zerzauster Pinien.

Über ihnen schien der Mond so hell, als habe es auf ihm geschneit.

Ein Eichhörnchen entdeckte sie zuerst und machte sich den Spaß, ihnen zu folgen, indem es von Baum zu Baum sprang. Schließlich kletterte es kopfüber den letzten Stamm herunter, querte ihren Weg und raste den vom Mond beschienenen Hang linker Hand empor. Vor drei alten knorrigen Olivenbäumen hielt es inne, als überlege es oder warte, dass sie ihm folgten.

Fasziniert betrachteten Trota und Halifa die seltsamen Bäume, deren Stämme ineinander verwoben waren, so dass es aussah, als ob Riesenhände sie verflochten hätten. Trotzig zeigten sie ihre Risse, Geschwülste und Schrunden.
Das Eichhörnchen sprang mitten hinein in diese Borkenlandschaft, krallte sich fest, lief zu einem der äußeren Äste hinauf, sprang von dort auf einen Erdbuckel und jagte dann die Bergflanke hoch.
Warum, überlegte Trota erstaunt, verlässt es die Bäume?
Sie gingen ein kurzes Stück. Zwischen den Berghängen wurde es noch dunkler. Da hörten sie erneutes Rascheln.
Sie blieben stehen. Dieses Rascheln war weit kräftiger als das eines Eichhörnchens oder einer Maus. Trota und Halifa lauschten.
Schritte tapsten durchs Gestrüpp.
Schritte, die kräftiger als die eines Menschen waren. Schwerer.
Trota suchte Halifas Hand.
Halifa bückte sich nach einem Stein.
»Was ist das?«, wisperte sie.
»Ich weiß es nicht«, gab er ebenso leise zurück.
Sie strengten ihre Augen an, um etwas in der Dunkelheit zu erkennen. Wieder raschelte es. Zweige knackten. Halifa zögerte nicht und warf den Stein.
Trota brach der Schweiß aus.
Irgendwo über ihren Köpfen, oberhalb der Olivenbäume, bellte ein Hund.
Das Rascheln kam näher.
Der Hund rannte laut kläffend den Berg herab.
Plötzlich lief ein Bär wenige Schritte vor ihnen über den Weg. Als er sie witterte, blieb er kurz stehen, dann richtete er sich drohend

auf. Im selben Moment schoss der Hund auf ihn zu. Der Bär umfing ihn mit den Vorderbeinen und warf ihn zu Boden.
Der Hund jaulte auf. So schnell sie konnten, liefen Trota und Halifa den Berg hinauf. Über ihnen rief jemand nach dem Hund, der wütend knurrte. Doch da erklang ein grausiges Röcheln und gleich darauf bösartiges Brüllen. Der Hund winselte, schließlich verstummte er.
Aus dem Dunkel des Zedernwaldes trat ihnen ein Mann in schwarzer Kutte entgegen. Auf seiner Brust leuchtete im Schein des Mondes ein silbernes Kreuz. Er trug langes, in der Mitte gescheiteltes Haar. Er bekreuzigte sich bei ihrem Anblick, und als er aufsah, hatte er Tränen in den Augen.
»Seid willkommen«, flüsterte er, um Fassung bemüht. »Seid meine Freunde und sei es nur für heute. Jetzt, da es dem Herrn gefiel, mir meinen liebsten Gefährten zu nehmen.«

Sie verbrachten die Nacht in Christos' Einsiedelei, einer Felshöhle. Sie tranken von seinem Wein, aßen sein Brot, teilten mit ihm Oliven und Käse. Er erzählte, dass er seine Speisen von einem nahe gelegenen Kloster bekäme, das Händler und Freunde mit Waren aus der fruchtbaren Bekaa-Ebene jenseits des Libanongebirges versorgten. Er habe es vor Jahren verlassen, weil ihm die Streitigkeiten zwischen den Andersgläubigen, die dort Zuflucht suchten, gestört hätten, nicht nur Christen, sondern auch Anhänger verschiedener islamischer Sekten. Ihn störe der fanatische Ausdruck ihrer Blicke, Worte und Gesten. Da er ein weiches Herz habe, schmerze ihn die Unerbittlichkeit, mit der sie ihren Glauben verteidigten. So sei er mit seinem Hund, der damals noch Welpe gewesen war, in die Einsamkeit dieser Höhle gezogen.
»So wie dieser Bär meinen guten Freund belauerte, seit dieser

ihn mit Hass verfolgte, so ist es auch mit den Menschen«, fuhr er bedrückt fort. »Nun ist mein Freund tot, ein anderer ist der Sieger. Wie die Menschen in der Ebene wollen auch wir Ruhe und Frieden. Wie sie haben wir Angst. Von Ägypten her jagen schiitische Fatimiden herbei, von Norden kommen sunnitische Seldschukenbanden. Wir Christen fürchten sie alle. Ich prophezeie euch: Bald schon wird es viele blutige Kriege geben. Und in wenigen Jahren werden sich die Christen selbst untereinander entzweien.«
»Wie meint Ihr das?«, fragte Trota.
Christos lächelte traurig. »Ihr wisst vielleicht, dass unsere Glaubensbrüder im Osten alles tun, um den Islam zu bekämpfen. Vor knapp vierhundert Jahren bedrängte der damalige Patriarch, Sergius II., den Heiligen Vater in Rom, Benedikt VIII., all jene Christen zu exkommunizieren, die eine islamische Schule östlich seines Patriarchats besuchen. Wer das tue, sei ein Frevler und Glaubensabtrünniger. Mit anderen Worten: ein Heide. Mit dieser Strafe gegen Christen glaubte Benedikt einer drohenden Spaltung zwischen West- und Ost-Rom zuvorzukommen. Doch ich weiß, dass die Ostkirche in Byzanz ständig gegen Rom rebelliert. Ich vermute, dass die heutigen Oberhäupter – Papst Leo IX. und Kaiser Konstantin IX. – sich nur in ihrem Hass gegen die Nordmänner einig sind. Wenn sie sich zusammentun, um sie zu vertreiben, wird es sie wieder fester zusammenschmieden. Gelingt es ihnen aber nicht, dann bricht die Kirche der Christenheit auseinander.«
Trota dachte an das, was Halifa ihr über Niketa erzählt hatte. Hatte selbst sie als Christin nicht schon seinen Hass verspürt, weil seine Familie ein Opfer arabischer Krieger geworden war und sie mit einem Muslim zusammenlebte? War er nicht ebenso intolerant wie jener Sergius II.? »Was geschieht, wenn eines

Tages die Ostkirche Hilfe gegen die muslimische Bedrohung bei der Westkirche sucht?«
Christos' Augen verdunkelten sich. »Dann gibt es Krieg, einen langen, entsetzlichen Krieg.«

Die Nacht über wachte der Eremit betend, das Gesicht gen Westen gerichtet, vor der Höhle.
Kurz nach Sonnenaufgang beschrieb er ihnen einen Saumpfad über die Berge des Libanon. »Geht in Frieden. Gott der Herr möge euch schützen.« Sie dankten ihm und nahmen ihren Weg wieder auf.

Noch wehte ein kalter Morgenwind. Der Himmel aber war klar, und je weiter sie bergan schritten, desto häufiger blieben Trota und Halifa stehen, um die berauschend schöne Sicht über Schluchten und Hänge des Libanongebirges zu genießen.
Das Kloster, das ihnen Christos beschriebenen hatte, erkannten sie erst, als sie in seine unmittelbare Nähe kamen. In Fels geschlagen und aus Fels gebaut, unterschied es sich aus der Ferne kaum vom Berg.
Sie kamen näher. Die Klostertür öffnete sich, und zwei Männer mit Reisesäcken auf dem Rücken traten ins Morgenlicht.
»Wenn sie das gleiche Ziel wie wir haben, sollten wir uns ihnen anschließen«, meinte Halifa. »Es wäre sicherer.«
Trota stimmte ihm zu, und so beeilten sie sich. Die beiden Fremden stellten sich als Joshua und Simon vor, legten ihre Reisesäcke an der Klostermauer ab und begleiteten Trota und Halifa ins Innere. Hier luden sie die Mönche ein, sich zu einer Gruppe Reisender zu gesellen, die ebenfalls beabsichtige, an diesem Morgen gen Osten aufzubrechen, aber noch bei Brot und Tee im Refektorium säße.

Gerne nahmen sie die Einladung an. Sie grüßten und setzten sich auf eine der einfachen Holzbänke, auf denen Mönche und Gäste im Refektorium saßen und an ebenso einfachen Tischen speisten. Die Wände des Raums zeigten Bibelmotive in leuchtenden Farben, das Licht fiel durch kleine bunte Glasfenster, die die drei Seiten des Raumes in dichter Reihe schmückten. Einer der Mönche raunte ihnen zu, dass ein Bote die Nachricht gebracht habe, Fatimiden hätten in einer der letzten Nächte ein Drusenversteck in den Bergen aufgestöbert und alle Drusen grausam niedergemetzelt.

»Wir fürchten um den Frieden hier bei uns in den Bergen. Mehr und mehr flüchten all jene hierher, die von den Muslimen bezichtigt werden, vom rechten Glauben abgefallen zu sein: Drusen und Maroniten. Schiiten wie Sunniten verfolgen sie, zerstören ihre Klöster, und deshalb flüchten sie und verstecken sich in unwegsamen Bergregionen.«

Unter den Gästen waren einige, von denen Trota annahm, sie seien Hirten ohne Herde, Söldner ohne Eid oder schlichtweg Suchende nach dem Sinn ihres Seins. Von den anderen erfuhren sie, dass sie Überlebende muslimischer Familien waren, deren Dörfer – wie das Mustafas – vor Tagen zerstört worden war. Sie waren aufgebrochen, um irgendwo jenseits des Gebirges bei Verwandten eine neue Heimat zu finden.

Joshua und Simon aber erzählten, dass sie Brüder seien und aus Nablus kämen. »Wir sind Rahdaniya, Wegkundige, und kennen viel von der Welt«, begann der Ältere von ihnen, Joshua, zu erzählen. »Vor kurzem haben wir in Kairo einen üblen Übergriff der Banu Hillal auf ein jüdisches Viertel überlebt.« Er tunkte ein Stückchen Brot in den Tee kaute und spülte es mit einem großen Schluck hinunter. »Also, es war so: Anfang des Jahres lernten wir in Tripolis einen venezianischen Kauf-

mann kennen, der nach Bilma, ins Landesinnere Afrikas, wollte. Vor Ort wollte er selbst nach Elfenbein, Gold, Straußenfedern und sogar Sklaven sehen. Wir hielten ihn anfangs für verrückt, denn das alles hätte er auch von den arabischen Händlern an der Küste kaufen können. Doch er misstraute ihren Preisen und suchte wohl auch das Abenteuer. Da er reich genug schien, um uns zu bezahlen, und wir überall unsere Kontakte haben, nahmen wir seinen Auftrag an. Wir zahlten also die üblichen Wegezölle, leisteten hier und da Tribute an Beduinen und Araber – und sie ließen uns in Ruhe. Das war das Wichtigste. Der Venezianer bekam seine Waren, inklusive drei schöner Sklavinnen und vier kräftiger Sklaven für sein Heim zu Hause.« Sie lachten. »Wahrscheinlich wollte er seinen eigenen Harem gründen. Nun, wie dem auch sei. Wir schafften es sogar, ihn sicher zurück nach Tripolis zu bringen. Von dort aus machten wir uns auf den Weg zu Freunden nach Kairo. Das war vor knapp einem Monat. Da überfielen uns Krieger der Banu Hillal. Mit letzter Not konnten wir ihnen entkommen. Wir flohen zu Verwandten nach Jerusalem, die aber baten uns, unseren Vetter aufzusuchen. Er hatte den christlichen Glauben angenommen und war einem Mönch in dieses Kloster gefolgt. Leider starb er einen Monat zuvor plötzlich im Schlaf.«
»Ja, es ist traurig, das Leben«, mischte sich ein Mann ein. »Ich werde heute nach Jerusalem aufbrechen und euren Brief samt dem der Mönche für eure Verwandten mitnehmen.« Er hob den Kopf, weil in diesem Moment einer der Mönche das Refektorium betrat, eine lederne Rolle in der Hand. »Ah, endlich ist er fertig.« Er erhob sich und nahm die Rolle entgegen. »Dann kann ich jetzt aufbrechen. Wollt ihr noch länger bleiben, Joshua? Simon?«
Beide schüttelten den Kopf.

»Ihr fahrt also nach Jerusalem ...«, sagte Halifa. »Ihr fahrt gen Nordwesten. Sagt, geht eure Reise über Land, oder nehmt ihr ein Schiff?«
»Ich habe den Mönchen hier versprochen, einen der ihren mitzunehmen. Er will einem Kalligraphen in Sidon Schriften zeigen, damit er sie prüft und ihm zeigt, wie man sie verfeinern kann. Sie wollen von ihm lernen.«
»Ihr geht zu Hischam? Wir kennen ihn. Er nahm uns sehr freundlich auf, bevor man uns überfiel«, mischte sich Trota ein.
»Erzählt!«, forderte Simon sie auf.
In kurzen Worten berichtete Halifa, was geschehen war.
»Ihr habt doppelt Glück gehabt«, meinte Simon trocken. »Erstens seid ihr mit dem Leben davongekommen. Zweitens liegen Eure Waren bestimmt noch im Hafen von Sidon. Wenn Euer Steuermann anständig ist, wird er auf Euch warten. Ist er das?«
»Ich denke schon. Lange wird seine Geduld aber nicht andauern. Es wäre besser, ich könnte ihm endlich eine Nachricht zukommen lassen.«
Der Fremde beugte sich über den Tisch und klopfte mit seiner Lederrolle auf die Tischplatte. »Schreibt einen Brief, sagt, wie Euer Steuermann heißt. Ich verspreche Euch, ihm Eure Befehle zu überbringen.«
»Gut. Er soll, so schnell es geht, meine Waren nach Damaskus bringen. Nur das!«
Ein muslimischer Bauer räusperte sich. »Sag ihm, er soll nördlich von Tyros in unserem nahr el Lîtani stromaufwärts segeln. Mit Allahs Hilfe werden sie es bis ins Bekaa-Tal schaffen. Dort werden sie Lastenträger und Söldner finden, die deine Waren sicher nach Damaskus bringen werden.«

»Stimmt, es ist ein schöner langer Fluss«, mischte sich Joshua ein. »Soviel ich weiß, durchströmt er den gesamten Libanon und mündet nördlich von Tyros im Meer.«
Der Bauer drehte sich zu ihm um. »Du scheinst viel zu wissen, Jude, vielgereist wie du bist. Doch es gibt Sachen, die erfahrt auch ihr Juden nie.«
»So? Was meinst du damit?«
»Der Lîtani wird von Piraten missbraucht, solchen, die möglicherweise auch euch überfielen.« Er schaute Trota und Halifa an.
Trotas Kehle zog sich zusammen. »Erzählt uns mehr, bitte.«
»Die meisten schweigen, doch ich will offen sein: Verwandte von uns leben dort, wo der Lîtani sein Knie gen Westen zum Meer hin beugt. Sie erzählen uns oft, dass Piraten ab und zu ihre Beute bei Leuten in ihrem Dorf verstecken oder an Händler verkaufen, die mit ihnen gemeinsame Sache machen. Tuche, Teppiche, Hölzer oder Leder bringen ihnen mehr Geld ein als Fisch, Datteln oder Hirse. So gelangen die Sachen von einer Hand in die andere, und niemand weiß, von wem sie ursprünglich stammten. Manche von ihnen können sich von ihrem Gewinn sogar schon Kamele leisten.«
Halifa wechselte einen bedeutsamen Blick mit Trota. »Dann ist es also nicht der sicherste Weg für meine Waren …«
»Vertraut auf Allah. Wenn es Euer Schicksal ist, zu gewinnen, nehmt es an. Wenn es Euer Schicksal ist, zu verlieren, nehmt es ebenfalls an. Ihr könnt Eurem Steuermann aber auch schreiben, er soll Söldner anwerben. Je mehr, desto besser.« Der Alte lächelte.
»Könnt Ihr uns sagen, was die Piraten mit ihren Gefangenen machen?«, hakte Trota nach.
Der Bauer fuhr sich mit der Handkante über die Gurgel. »Oder

aber sie schleppen sie auf den Sklavenmarkt nach Aleppo, Nablus oder Damaskus.«

Bald darauf brachen sie auf. Nachdem sie eine Weile gegangen waren, wollte Trota von Joshua und Simon wissen: »Was habt ihr eigentlich vor? Wohin führt euer Weg?«
»Nun, wir werden in Damaskus nach Handelsreisenden Ausschau halten, die unsere Hilfe für Reisen nach Samarkand benötigen. Die Strecke über Palmyra, Bagdad, Hamadan, Teheran, Buchara bis Samarkand kennen wir nämlich sehr gut.«
Sie sprachen noch über dieses und jenes, doch je steiler der Weg wurde, desto schweigsamer wurden alle. Heftig atmend stapften sie das letzte Stück zur Scharte hinauf, die das Bergmassiv gen Osten öffnete. Die Sicht war klar. Im Westen glitzerte das Mittelmeer, im Süden beeindruckten die Gipfel des Hermon-Gebirges.
»Wisst ihr«, rief Simon, »dass von dort das Wasser für den Jordan kommt?«
Einige schüttelten ihren Kopf und griffen hastig nach ihren Kapuzen und Tüchern, an denen ein starker Wind zerrte.
»Sollten wir nicht Gott für die Schönheit seiner Welt danken?«, rief Joshua.
Die Schweigsameren unter ihnen nickten, andere knieten nieder, um zu beten. Friedvoll und im stillen Eingeständnis, dass das Schicksal eines jeden in den Händen eines Gottes lag, der größer und weiser als alle Weisen dieser Welt war.

Jenseits der Scharte, auf östlicher Seite, blieben sie noch einmal stehen. Der muslimische Bauer streckte seinen Arm aus und rief begeistert: »Seht ihr? Da unten liegt das fruchtbare Bekaa-Becken mit dem Lîtani. Dort drüben ist das Ostgebirge, das *dschebel esch scharki*. Hinter ihm liegt euer Ziel: Damaskus!«

Ergriffen von der Weite des Landes vor ihnen, hielten sie einen kurzen Moment inne. Doch die Zeit drängte. Der Abstieg war schwieriger als erwartet. Die Osthänge des Libanongebirges waren steil und schroff. Der trockene Kalkstein bot den Füßen kaum Halt, den Augen dagegen boten seine bizarren Gesteinsformationen großartige Eindrücke. Alle mussten aufpassen, nicht abzurutschen oder zu stürzen. Allein die Aussicht auf die üppig bewachsene Bekaa-Ebene und den glitzernden Flusslauf entschädigte für die Strapaze.

In Chtaura trennten sich die Wege. Die muslimischen Flüchtlinge machten sich auf die Suche nach ihren Verwandten und Freunden, die anderen mieteten Maulesel und einen Führer, mit dem sie noch am selben Tag den Lîtani überquerten und am Abend in einer kleinen Siedlung zu Füßen des *dschebel esch scharki*, des Ostgebirges, Unterkunft fanden.

Im Morgengrauen ging es weiter über die wellenförmig aneinander gereihten Hügel des *dschebel esch scharki*. Hier wuchsen niedrige Disteln, Büsche und Zwergeichen, ostwärts waren breite Terrassen in die Hänge geschlagen, die Mandel-, Oliven-, Aprikosen- und Pistazienbäumen Halt gaben. Von hier aus sahen sie die Oasenstadt, den »Diamanten der Wüste«, die »Duftende«, die »Mutter aller Städte«, von der ihnen Ibrahim, der Kalligraph von Tunis, berichtet hatte. Damaskus war umgeben von Gärten und Feldern und durchflutet von den Armen des *nahr Barada*, eines Flusses, der dem Libanongebirge entsprang. Im Osten endeten seine Ausläufer in einem ausgedehnten Sumpfgebiet. Die Stadt selbst aber war von einer festen Mauer mit Türmen und Gräben gesichert und zählte neun Tore.

Wie Prophet Mohammed, der sich bei diesem Anblick der Obstgärten und Kanäle geweigert haben soll, weiterzugehen, blieben auch Trota und Halifa stehen, als zögerten auch sie, vor dem himmlischen Paradies ein irdisches zu betreten.

Die Mutter aller Städte

Zauberisch leuchteten ihnen die goldenen Mosaike der Omajjaden-Moschee entgegen. Ihre gewaltigen Mauern mit ihren hohen Wandsäulen, ihre vier vierstöckigen Ecktürme samt hohem Hauptportal überragten alle Gassen und Häuser der alten Stadt.
Neben Menschen mit Mauleseln, prächtig geschmückten Pferden mit stolzen Reitern, Fuhrkarren und Fußgängern bewegte sich auf der staubigen Straße auch eine Karawane auf das Westtor der Stadt zu. Kurz vor dem Tor bog sie nach Norden ab.
»Sie suchen sich in einer der Karawansereien außerhalb der Stadtmauern ein Plätzchen«, murmelte Halifa. Und einen kurzen Moment lang glaubte Trota, in seiner Stimme Wehmut zu hören.
Um diese Zeit war das Westtor, das *Bab al-Dschabiye*, wie auch die anderen Tore der großen Stadt, weit geöffnet. Lebhafter Verkehr drängte auf die Hauptachse der Stadt, der breiten »Geraden Straße«, die von Ost nach West die Stadt teilte. Zu beiden Seiten zweigten schmale Gassen in ein undurchschaubares Geflecht von Häusern und *suqs* ab. Händler mit Vogelkäfigen, Stapeln von Fladenbroten, Körben mit Tabakblättern und Karren voll glänzender Kupferkessel, farbiger Gläser und Tuchballen drängten an ihnen vorbei.

»Lass dich im Übrigen von dem Treiben hier nicht täuschen«, rief Halifa Trota zu, als sich mehrere Ziegen zwischen sie drängten, die ein Junge hinter ihnen mit Stricken zu halten versuchte. »Es sieht wie ein Durcheinander aus, doch alles hat seine Ordnung, ein jeder hat seinen Platz. Die Muslime leben im Westen, die Christen im Nordosten und die Juden im Südosten. Wir gehen zuallererst zu Kamil, meinem Freund, dem Messerschmied.«

In einer Seitengasse, die ins Judenviertel führte, blieben sie stehen, um von Joshua und Simon Abschied zu nehmen.

»Wir beten für Euch, damit Ihr Eure Ware zurückbekommt«, sagte Simon freundlich. »Ich meinte aus Euren Worten herauszuhören, wie dringend Ihr sie braucht. Ihr seid Kräuterhändler und wollt natürlich Euren Geschäften nachgehen.«

»Ich will«, unterbrach ihn Halifa hastig, weil eine dicke Frau mit einem Korb flatternder Tauben an ihnen vorbeidrängte, »ich will Schriften studieren!«

»Schriften? Und dafür braucht Ihr Geld?«

»Ja, medizinische Schriften«, beeilte sich Trota zu sagen.

»Was für eine Aufgabe! Dann studiert fleißig! Viel Glück! Wenn Ihr Hilfe braucht, besucht uns. Fragt nach Eliah, dem Blinden.«

Rund um die Omajjaden-Moschee drängten sich unzählige Basare, Warenhäuser, Unterkünfte für fremde Kaufherren, Bäder, aber auch Wirkstätten von Tuch-, Kleidermachern, Waffenschmieden und Märkten, auf denen mit Pferden oder anderen Tieren gehandelt wurden. In einer Nebengasse dieses großen *suqs* lebte Kamil, der Messerschmied. Er war ein kleiner, breitschultriger Mann mit derben Händen, aber gutmütigen Augen, und er begrüßte sie voller Freude. Als Halifa ihm Trota als Heilerin von Salerno vorstellte, verbeugte er sich ehrfürchtig.

»Seid mir willkommen, Trota von Salerno. Seid willkommen! Tretet ein und seid meine Gäste.«

»Du solltest wissen, dass, so Allah es will, in den nächsten Tagen meine Waren eintreffen werden. Ich erwarte, dass ein Bote mich bei dir benachrichtigen wird«, erklärte Halifa und erzählte ihm in kurzen Worten, was es mit dieser Ankündigung auf sich hatte.

»Wenn du in der Zwischenzeit Geld brauchst, so sage es nur, Halifa. Du weißt, ein Schmied wie ich verdient in diesen Zeiten gut, sehr gut sogar!«

»Ich danke dir für dein Angebot, Kamil. Vielleicht komme ich eines Tages darauf zurück.«

Kamil führte Trota und Halifa in den Gästetrakt im ersten Stockwerk und überließ sie sich selbst. Am Abend, sagte er, erwarte er sie ausgeruht und hungrig.

So wuschen sie sich und schliefen, erschöpft von der langen Reise, ein. Wohlriechende Düfte weckten sie gen Abend. Es war eine große Familie, die gerade dabei war, sich fürs Abendessen in dem größten Raum des Hauses im Erdgeschoss zu versammeln. Herzlich hieß man sie noch einmal willkommen, und die Frauen beeilten sich, die fertigen Speisen herbeizutragen. Die dickste von ihnen heizte den halbrunden Ofen nach und klatschte einen weiteren Fladenbrotteig, den *khubz*, auf den glühenden Stein. Noch bevor sich die übliche Luftblase in seinem Inneren gebildet hatte, hockten Alte wie Junge auf Teppichen, in deren Mitte Dutzende duftender Schüsseln standen. Kamils Frau verteilte frisches, warmes *khubz*. Ein jeder riss ein Stückchen davon ab, zupfte noch ein kleineres ab, faltete es mit den Fingern der rechten Hand und tunkte es in die Schüsseln.

Diese bargen die *mezze*, köstliche Vorspeisen: *hummus*, Kirchererbsenbrei mit Sesamöl, Knoblauch und Zitronensaft, *mutabbal*, mit Gurken, Joghurt, Olivenöl und Gewürzen verfeinertes Auberginenmus, *kibbe*, gebackene Bällchen aus Lammfleisch und Weizenschrot, *fatayer*, mit Hammelfleisch und Pinienkernen gefüllte Teigtäschchen, und *warak-anab*, mit Fleisch und Gemüse gefüllte Weinblätter.
Man hatte Zeit, viel Zeit, zum Essen, Lachen, Erzählen.
Als die Sterne durchs Fenster blinkten, holten die Frauen *kebab,* frisch gegrilltes Fleisch auf Spießen, dazu Leberstückchen in Zitronensaft, eingelegte Oliven, noch mehr *khubz* und Käse. Als Trota glaubte, bersten zu müssen, kamen die süßen Speisen: in Sirup getränkte Leckereien aus Honig, Mandeln, Mohn, Rosinen und köstlichen Milchgries.
Erst jetzt fiel ihr auf, dass die Frauen leise miteinander tuschelten. Und als die Nacht fortschritt, wurden sie zunehmend schweigsamer. Ab und zu stand eine von ihnen auf und verließ die Gesellschaft. Wenn sie zurückkam, blickten ihr die anderen besorgt entgegen. Ein Kopfschütteln verdüsterte dann ihre Mienen. Schließlich hielt es Trota vor Neugierde nicht mehr aus und fragte: »Haben die Frauen Eures Hauses Sorgen, Kamil?«
»Ihr seid Ärztin. Sagt mir: Kennt Ihr Euch gut aus mit den Frauen?«
»Ich will mich nicht selbst rühmen, aber mehr als ein männlicher Arzt verstehe ich schon von ihnen. Ist eine Eurer Frauen oder Töchter krank?«
»Nein, so darf man es nicht sagen. Doch meine jüngste Frau liegt seit zwei Tagen in den Wehen. Bis heute schien alles ganz natürlich. Nun aber ist bereits die dritte Nacht angebrochen.«

»Sein Kind will nicht kommen!«, klagte eine ältere Frau. »Dabei war Madidja so tapfer!«
Erschrocken starrten die anderen Frauen sie an, und manch eine schlug sich die Hand vor den Mund. Kamil indes wischte sich eine Träne von der Wange. »Verzeiht, dass wir Euch mit unseren Sorgen belästigen, Trota. Kümmert Euch nicht um uns. Madidja ist noch immer tapfer. Sicher wird sie es bald geschafft haben.«

»Das ganze Mahl hindurch hatte ich Appetit, obwohl ich längst schon satt war«, meinte Trota außer Atem, als sie spät in der Nacht zu Bett gingen.
»Du hast mehr gegessen als ein Mann«, murmelte Halifa und streichelte ihr über ihren wohlgerundeten, festen Bauch.
Sie nahm seine Hand und führte sie zu ihrem Schoß.
Leise begannen sie sich zu lieben.

Sie hatten kaum zwei Stunden geschlafen, da klopfte es an der Tür. Trota war sofort wach. Sie ahnte, was auf sie zukam. Tatsächlich rangen Kamil und seine erste Frau weinend die Hände. »Verzeiht uns. Aber wir haben solche Angst um Madidja. Alle weisen Frauen von Damaskus wissen sich keinen Rat mehr. Die Letzte, die noch bei ihr sitzt, weint und bittet Allah um ein Wunder. So wie es aussieht, wird Madidja den Morgen nicht erleben. Aber das Kind, das Kind!«

Der kühne Schnitt

Kamils jüngste Frau lag in ihrem Schlafgemach, das von Öllampen milde beleuchtet wurde. An ihrem Bett hockte eine alte Frau und betete. Sie sah auf, als Trota den Raum betrat.

»Sie stirbt«, sagte sie leise. »Wir haben alles versucht. Glaubt mir, wir sind erfahren. Diese Frauen sterben immer.«
Madidjas Gesicht war das einer Sterbenden: kreideweiß, kalt, mit Schweißperlen auf der Stirn. Tiefe Schatten lagen um ihre geschlossenen Augen. Trota fühlte ihr den Puls. Er war kaum noch zu spüren. Die wenigen Schläge, die sie fühlte, stolperten verzagt, unwillig, setzten beängstigend lange aus.
Die Hebamme hat Recht, dachte sie erschüttert, das Mädchen stirbt.
»Zwei Tage und drei Nächte liegt sie jetzt in den Wehen«, schluchzte Kamils Frau neben ihr. »Unsere schöne, tapfere Madidja stirbt.« Sie sank auf den Boden und weinte verzweifelt.
Die alte Hebamme trat zur Seite, damit Trota den gespannten Leib Madidjas untersuchen konnte. Trota stellte nichts Auffälliges fest: Das Kind lag mit dem Kopf nach unten, so wie es sein sollte. Sie schlug das Laken zurück, winkelte Madidjas Beine an. »Helft mir, haltet die Knie«, wies sie die Hebamme an und ölte ihre Hand.
Vorsichtig glitten ihre Finger in Madidjas Vulva.
Sie hielt inne, überlegte, glitt noch tiefer hinein.
»Was ... was fühlt Ihr?«, wisperte die Alte.
»Ich glaube, der Mutterkuchen liegt vor dem Kopf des Kindes. Ihr Gebärgang ist verstopft.«
Die Alte nickte zustimmend.
»Aber das Kind bewegt sich, nicht wahr?«
Wieder nickte die Alte.
Trota zog ihre Hand aus dem matten Körper und tastete noch einmal Madidjas Bauch ab. Das Kind reagierte, wenn auch kraftlos, auf ihre Berührung.
Kamil klopfte und trat ein. Scheu schaute er Trota an, schlug schicksalsergeben die Augen nieder.

Es gibt nur eine Möglichkeit, schoss es Trota durch den Kopf. Die Mutter wird sterben, daran kann kein Arzt der Welt mehr etwas ändern. Das Kind aber lebt und kann gerettet werden. Erstens muss ich mich an das alte römische Gesetz halten, das gebietet, niemals eine Schwangere mit ihrer Leibesfrucht zu beerdigen, zweitens ist es Christenpflicht, ein Kind zu retten, damit es getauft oder gesalbt werden kann. Und drittens bin ich wahrscheinlich die einzige Ärztin der Welt, die das Glück hatte, Petroncellus einige Mal bei einer *sectio caesarea* über die Schulter schauen zu dürfen.

»Könnt Ihr mir beistehen, wenn es blutig wird?«, fragte sie die Hebamme.

Befremdet schaute sie die Alte an. »Bei unserem Handwerk fließt immer Blut ...«

»Ja, aber würdet Ihr mir helfen, wenn ich versuchte, den Leib der Sterbenden zu öffnen, um das Leben des Kindes zu erhalten?«

Kamil stöhnte entsetzt auf, doch als die Alte nickte, gab er Trota sein Einverständnis.

»Gut, dann besorgt mir das schärfste Messer, das Ihr habt, dazu ein paar kleine spitze Haken wie die, mit denen man Fleischstücke aufhängt, und Nadel und Faden.«

»Was für Faden?«, wisperte Kamils Frau.

»Einen Seidenfaden.«

»Und das Messer? Wie soll es sein?«, wollte Kamil wissen.

»Klein, mit schmaler, spitzer Klinge.«

Die Alte fing Kamils Frau gerade noch rechtzeitig auf, bevor sie in Ohnmacht sank. Kamil aber lief hinaus und wies die Frauen der Familie an, frisches Wasser und Tücher zu holen.

Kurz darauf setzte Madidjas Pulsschlag aus.

»Ich werde dich so behandeln, als wärest du noch am Leben, Madidja«, versprach ihr Trota leise.

Bis auf die Hebamme schickte sie Kamil und alle anderen hinaus, dann markierte sie mit der Fingerspitze den Schnitt auf Madidjas Unterleib: zwischen Bauchnabel und Schoß, vier Finger in der Leistengegend am rechten Muskel entlang. Sie folgte der Linie mit dem Messer und schnitt die Bauchdecke auf, indem sie Haut, Fettgewebe und Muskeln durchtrennte. Sie setzte Haken und wies die Alte an, den entstandenen Spalt zu weiten. Deutlich war darunter die Hülle der Gebärmutter zu erkennen. Du musst sie leicht stützen, ermahnte sie sich, so als ob Madidja noch lebt. Stütze ihren Uterus, um das Kind nicht zu verletzen.

Erst dann setzte sie vorsichtig die Spitze des Messers an und schnitt. Die klaffende Wunde blutete stark, und warmes Fruchtwasser ergoss sich über Leib und Beine der Toten, tränkte die Laken.

Das Kind war unversehrt. Vor allem aber, es lebte – wenn es auch nur noch flach atmete.

Du darfst keine Zeit verlieren, beeile dich!, ermahnte sie sich, während ihr vor Anspannung Schweißperlen auf die Stirn traten.

Sie legte das Messer beiseite, schob ihre Hand unter Schulter und Kopf des Kindes und hob seinen Leib sachte, aber so sicher, wie es ihr möglich war, aus dem Leib seiner toten Mutter.

Die Alte nahm ihr das Kind ab und hielt es so, dass Trota schnell die Nabelschnur durchtrennen konnte. Während die Alte sich mit dem Kind abwandte, um es zu waschen, untersuchte Trota den Leib der Toten. Tatsächlich: Der Mutterkuchen versperrte den natürlichen Ausgang. Ohne ihren Eingriff wäre das Kind binnen kurzem elend gestorben. Sie entfernte die Plazenta, legte sie in eine Schale.

Bei einer Lebenden dürftest du jetzt keine Zeit mehr verlieren, dachte sie, beeile dich also und schiebe die Gebärmutter vorsichtig zurück an ihren Platz, ohne etwas zu vernähen.

Hinter sich hörte sie einen Klaps, doch einen, dann ein Wimmern. Die Alte lachte. »Nun schrei!«, rief sie vergnügt. »Schrei! Zeig uns, dass du Kraft hast!«
Trota sah zu, wie die Alte das Kind auf die Tücher legte, seinen Bauch küsste und seine Füße kitzelte. Komm, beweg dich Kind, dachte sie angespannt. Eben habe ich noch deinen Herzschlag gespürt.
Die Alte goss aromatisiertes Olivenöl in ihre runzligen Hände und begann, das Kind zu massieren. Es zog die Beinchen an, ballte die Fäuste, holte Luft.
Es will leben, jubilierte Trota im Stillen. Jesus Christus, ich danke dir!
Säuglingsgeschrei erfüllte den Raum. Erleichtert wandte Trota sich wieder der Toten zu. Sie drängte die Darmfalten in die Bauchhöhle zurück, zog die Bauchdecke zusammen und vernähte die Wunde mit feinen Stichen. Ein letztes Mal betrachtete sie Madidjas Gesicht, auf dem noch die Spuren ihrer Mühsal eingegraben waren. Und doch schien es ihr, als ob Madidja im Sterben gespürt hatte, wie ihrem Kind geholfen wurde.
Sie ist in Frieden gestorben, dachte Trota bewegt angesichts dessen, was sie getan hatte.
Da das Kind immer kräftiger schrie, trauten sich auch die anderen Frauen des Hauses in den Raum, der Tod und Geburt vereinigte – erst stumm und ergriffen, doch als die Alte das brüllende Kind triumphierend über ihren Kopf hob, klatschten sie und dankten Allah.
Zögernd wagte sich auch Kamil wieder herein. Die Alte legte ihm das Kind in den Arm. »Dies ist dein Sohn, Kamil.«
Sein gramverzerrtes Gesicht hellte sich auf. Er küsste sein Kind, wobei ihm Tränen über die Wangen liefen. »Ein Sohn,

mein Sohn.« Schluchzend kniete er mit dem Kind vor dem Bett seiner Frau nieder.
Erst nachdem er sich wieder erhoben hatte, trat Trota auf ihn zu. »Ihr müsst mir versprechen zu schweigen, Kamil. Was ich getan habe, war meine Pflicht als Ärztin. Ich weiß aber, dass die meisten eurer Geistlichen niemals gebilligt hätten, was ich getan habe. Weil ihnen das Leben eines Kindes weniger wert ist als ihre Überzeugungen.«
Schließlich könnten sie mich steinigen wie eine Verbrecherin, weil ich mir angemaßt habe, Allahs vorgeblichen Willen zu vereiteln.
Kamil gab ihr mit seinem Blick zu verstehen, dass er sie verstand.
Erleichtert atmete sie auf.

Als es am nächsten Morgen an der Tür klopfte, überfiel sie trotzdem die Angst, von Wächtern der Stadt abgeholt zu werden. Ihr war klar geworden, dass ihre Bitte, Schweigen zu bewahren, wohl von Kamil, nicht aber von allen Frauen eingehalten werden würde. Dazu war die Operation zu Aufsehen erregend gewesen. Doch vor der Tür stand nur eine Frau, die um ihren Rat bat – die Erste von weiteren Frauen, die sie in den folgenden Tagen besuchen sollten. Womit sie ihren Plan, Kräuterkundige aufzusuchen, vorerst auf einen günstigeren Zeitpunkt verschob.
Während in Kamils Haus Vorbereitungen für Madidjas Beerdigung getroffen wurden, suchte sie, geführt von einer seiner Töchter, eine Frau nach der anderen auf. Deren Beschwerden unterschieden sich nicht von denen, sie ihr aus Salerno vertraut waren: übelriechende Ausflüsse, nässende Ausschläge, zu starke Monatsblutungen, fehlgeschlagene Abtreibungen.
Am interessantesten dabei war, dass alle Frauen den Theriak

nutzten. Sie erzählten ihr, dass sie damit ihre quengelnden Kinder beruhigten, auch gaben sie es ihnen bei Bauch- oder Ohrenschmerzen. Sie selbst beschworen seine Heilkraft bei Unterleibsschmerzen, Augenentzündungen, Husten, Leibschmerzen mit Verstopfungen, Koliken, Eiterausfluss oder Anfällen, bei denen man befürchten musste, Sprache oder Bewusstsein zu verlieren.
Was aber darin enthalten war, konnte ihr keine sagen.
»Wir Frauen nehmen ihn gern«, sagten alle, »weil er unsere Sorgen lindert, selbst wenn wir keine körperlichen Schmerzen haben. Unsere Männer mögen ihn weniger, weil er sie schläfrig macht. Sie bevorzugen Hanf, weil er ihnen Mut gibt und die Todesfurcht nimmt, wenn sie in einen Kampf ziehen müssen.«
Sie ließen sie vom Theriak kosten, und so wurde sich Trota zunehmend sicher, dass er, so wie er schmeckte und roch, unzählige Kräuter und Gewürze enthalten musste. Man könne ihn bei einigen Kräuterkundigen kaufen, sagten die Frauen. Aber nicht bei jedem sei er gleich gut. Ihre Rezepturen aber behielten die Kräuterkundigen stets für sich.

Ideale

In den nächsten Tagen verließ Halifa schon in den frühen Morgenstunden Kamils Haus, um, wie er sagte, seinen Idealen nachzugehen. Trota ließ ihn gewähren, denn sie ahnte, unter welch großer Anspannung er stand. Wusste er doch noch immer nicht, ob und wann seine wertvollen Waren eintreffen würden.
Sicher sucht er außerhalb Zerstreuung bei Bekannten, beruhigte sie sich.

Eines Abends jedoch, als er wieder einmal sorgenvoll heimkehrte, fragte sie ihn, was ihn mehr bedrücke: seine sogenannten Ideale oder die noch nicht eingetroffenen Waren.
»Du meinst, ich sollte aufrichtiger zu dir sein, nicht wahr?«
»Es würde mich beruhigen.«
»Gut, du weißt, ich brauche Geld. Viel Geld sogar. Ich habe Leute zu bezahlen, die für mich wertvolle Schriften abschreiben sollen. Seit wir hier sind, spreche ich mit Bekannten, die mir dabei helfen könnten.«
»Schriften? Medizinischen Schriften, Halifa? Von welchen Bekannten sprichst du? Ist jemand darunter, der mir endlich hilft, dein Versprechen einzulösen, die Rezeptur des Theriak zu erfahren? Stell dir vor, ich kenne ihn jetzt gut. Alle Frauen, die meine Hilfe brauchten, nehmen ihn. Warum hilfst du mir nicht? Kannst du nur noch an deine Ideale denken?«
»Ich habe eben auch meine Sorgen.«
»Ja, aber rechtfertigt dies deine Selbstsüchtigkeit?«
»Ich tue alles für uns, Trota. Für unsere gemeinsame Zukunft!«
»Aber was tust du?«, rief sie aufgebracht und rüttelte ihn.
Plötzlich wirkte er abweisend und kalt wie ein Stein im Wasser.
»Behandle dich erst einmal selbst, Magistra Trota Platearius!«
Laut schlug er die Tür hinter sich zu.

Die Mutprobe

*A*n diesem Abend kehrte Halifa nicht zurück. Spät in der Nacht klopfte ein Beduinenjunge an Kamils Tür und fragte nach Trota. Die Kunde, dass eine besondere Ärztin in der Stadt sei, hätte sich bis über die Stadtmauern hinaus verbreitet, sagte

er und gab an, vor Tagen im Gefolge Scheich Omars in der Karawanserei außerhalb der Stadt abgestiegen zu sein.
»Der Scheich selbst hat mich geschickt. Eine seiner Frauen klagt über große Atemnot und hat seltsame Angstanfälle. Sie ist alt, aber Scheich Omar hält immer noch zu ihr. Er wünscht, Euch zu sprechen.«
Es ist gefährlich, so einfach mit ihm zu gehen, dachte Trota bei sich. Doch was bleibt mir anderes übrig? Halifa hat mir heute den Rücken gekehrt, ich werde allein gehen müssen. Selbst wenn es mein Unglück bedeutet.
»Ich werde Euch begleiten«, bot sich Kamil an.
»Scheich Omar ist ein großer Stammesfürst«, beeilte sich der Junge zu erklären. »Er wird Euch gut belohnen.«
»Es sei also.« Trota sah Kamils Frau an. »Richtet Halifa aus, dass auch ich meiner Berufung nachgehe. Nachgehen muss!«

Die Wachen des Mondtors, des *Bab as-Salam,* öffneten eine Pforte, Trota und der Beduinenjunge schlüpften hindurch. Außerhalb der Stadtmauer loderten Feuer, deren Licht goldene Tupfen auf das nächtlich schwarze Wasser des kleinen Sees zauberte, den das Flüsschen Barada zu ihrer Linken bildete. Sie bogen aber nach rechts ab und sahen schon von weitem im Schein weiterer, kleiner Feuer Kamelherden und Zelte.
Ziegen waren außerhalb im Dunkel der Nacht angepflockt. Nicht weit von ihnen hockten Gefangene vor einem niedergebrannten Feuer. Sie zitterten vor Kälte. Als Trota in den hellen Schein eines großen Feuers trat, wandte einer der Gefangenen seinen Kopf und sah zu ihr herüber. Da sein Gesicht im Halbdunkel lag, konnte sie es nicht genau erkennen – dennoch hatte sie für einen Moment das Gefühl, es schon einmal gesehen zu haben.

Der Beduinenjunge führte Trota zu einem hochaufgeschossenen, älteren Mann. Er trug einen mit Edelsteinen besetzten Turban und einen langen, ärmellosen Mantel über einer üppig bestickten Tunika. Der juwelenbesetzte Griff eines Krummdolches blitzte im Schein der Lagerfeuer.

»Das ist mein Herr, Scheich Omar«, murmelte der Junge.

»Ihr kommt aus Salerno, erzählte man mir«, begann er mit befehlsgewohnter Stimme.

»Ich bin Ärztin, Magistra an der Schola Hippocraticum und die designierte Äbtissin von Venosa.«

Er zog eine Augenbraue hoch. »Ihr seid stolz, also müsst Ihr etwas können. Beweist es mir: Meine geliebte Salima braucht Hilfe. Sie ist meine erste Frau und Mutter meiner fünf Söhne. Nur weil sie fürchtet, bald zu sterben, erlaubte ich ihr mitzukommen. Sie möchte Abschied von ihren Verwandten nehmen, die hier, in der Mutter aller Städte, leben.« Er zog ein perlenbesticktes Säckchen hervor. »Solltet Ihr sie heilen können, gehört Euch sein Inhalt.« Er wickelte das Band ab und zog den Stoff auseinander. In dem Säckchen funkelte eine Hand voll blutroter Rubine.

»Ich bin Ärztin, Scheich, keine Wunderheilerin. Ich werde tun, was in meinem Wissen steht.«

»Tut, was Ihr könnt. Stirbt Salima aber, so werdet Ihr Damaskus nicht lebend verlassen.«

Eine kräftige Windböe fegte von der weiten Steppe her, fachte die Feuer an. Funken stoben durch die Luft. Der weite Mantel Omars bauschte sich. Trotas Blick fiel auf ein Schwert, das sie sofort als das Niketas wiedererkannte.

Er war also hier – als Gefangener Omars.

Sie versuchte noch einmal nach ihm zu sehen. Doch die von Funken und Sand aufgewirbelte Luft war undurchdringlich.

»Nun?«

»Ich werde alles tun, um Eurer Frau zu helfen«, antwortete Trota mit fester Stimme.

»Helfen? Ich erwarte, dass Ihr sie heilt.« Hocherhobenen Hauptes trat er in sein Zelt zurück.

Salima lag leise stöhnend auf Kissen gebettet in einem Zelt, in dem es nach Myrrhe und Weihrauch duftete. Dienerinnen umgaben sie in gemessenem Abstand. Sie war an die fünfzig Jahre alt und von fülliger Gestalt. Ihr Gesicht war gerötet, dabei atmete sie schwer, und ihre vollen Lippen hatten eine leicht violette Farbe angenommen. Das Auffälligste aber an ihr war die starke Behaarung ihrer Arme. Als sie Trota sah, streckte sie ihr ihre dicht beringten Hände entgegen.

»Ah, endlich seid Ihr da. Man erzählt sich, Ihr kennt Euch gut aus mit uns Frauen. Seht meinen Leib an. Er ist rund, und es sieht so aus, als würden mich meine Köchinnen mästen. Doch müssten dann nicht auch Arme und Beine zugenommen haben? Das ist aber nicht der Fall. Ich habe acht Kinder geboren. Aber das erste Mal verstehe ich nicht, was in mir vorgeht. Es ist mir unheimlich, und ich habe das Gefühl, sterben zu müssen.«

»Gut, dann werde ich Euch zunächst Fragen stellen, wie ich es bei jeder meiner Patientinnen tue. Habt Ihr Schmerzen?«

»Nein.«

»Darf ich Euch berühren, Salima?« Trota kniete neben ihr nieder, fühlte den Puls. »Ihr habt kein Fieber und keine Schmerzen, denn der Schlag Eures Blutes ist stark und regelmäßig. Sagt mir: Habt Ihr Mühe, einzuschlafen?«

»Nach dem Nachtmahl bereitet es mir große Mühe, da ich schlecht atmen kann.«

»Wacht Ihr des Nachts auf? Leidet Ihr unter Schlafmangel?«

Salima nickte. »Der Bauch ist mir so schwer.«
»Und der Gang Eurer Ausscheidungen ist regelmäßig?«
»Müsst Ihr das wissen?«
»Als Ärztin muss ich es.«
»Also, eher: nein.«
»Verzögert? Verstopft?«
Salima nickte wieder.
»Wie fühlt Ihr Euch in Eurem Körper, eher warm oder kalt?«
»Warm.«
»Gut. Seid Ihr oft müde und schläfrig?«
»Nicht mehr als sonst.«
»Und als Letztes möchte ich wissen, wie Ihr es mit der geschlechtlichen Vereinigung haltet. Verspürt Ihr Verlangen?«
Salima errötete tief. »Warum müsst Ihr das auch noch wissen?«
»Weil das Ausbleiben von Lust ein ungutes Zeichen ist. Ein Höhepunkt bei Frau oder Mann ist ein äußerst befriedendes, wirkungsvolles Heilmittel. Seid Ihr aber enthaltsam, so sammeln sich in Euch zu viele verdorbene Säfte, der sich in Gift verwandeln und zu Anfällen hysterischer Art führen. Liebt Ihr aber ...«
»Was unterstellt Ihr mir, Trota? Natürlich liebe ich. Aber ...«
»Aber?«
Salima zog sich ihr Tuch bis über die Nase vor Scham. »Omar fühlt sich von meinem Leib abgestoßen.«
»Dann erlaubt mir jetzt bitte, Euch anzufassen.«
Salima setzte sich abrupt auf, klimperte ärgerlich mit den Ketten an ihren Handgelenken. »Ihr habt mich doch schon berührt.«
»Nein, ich meinte Euren Leib. Ohne Tücher.«
Salima begann noch ärgerlicher zu schnaufen. »Das ist nicht Sitte.«

»Wenn ich Euch helfen soll ...«

»Nicht auf diese Weise.« Salima machte eine abwehrende Handbewegung, woraufhin zwei ihrer Dienerinnen Anstalten machten, Trota aus dem Zelt zu führen.

»Ihr solltet es Euch gut überlegen. Euer Atem geht schwer. Zu ersticken ist keine angenehme Art zu sterben.« Ihr war bewusst, dass sie ein wenig übertrieb, doch längst war ihr medizinisches Interesse erwacht. Sie war sich sicher, dass Salima nicht an Übergewicht litt. Und für eine Schwangerschaft war sie eigentlich zu alt.

»Nicht so schnell«, sagte Salima. »Fragt weiter.«

»Wie Ihr wünscht. Verzeiht, ich müsste wissen, ob Euer Monatsfluss noch anhält.«

Salimas Atem pfiff wütend zwischen ihren Zähnen hervor, aber sie bezwang sich und antwortete: »Nein, seit der letzten Olivenblüte nicht mehr.«

»Dann wäre Euer Kind schon zur Hälfte herangereift.«

»Nie und nimmer. Das glaube ich nicht.«

»Woher seid Ihr Euch so sicher?«, hakte Trota nach.

»Ich fühle es eben.«

»Ihr fühlt es«, wiederholte Trota ruhig. »Aber bedenkt: Was Ihr fühlt, kann ich nicht fühlen. Ich muss Euch als Ärztin behandeln. Habt Ihr schon eine weise Frau zu Euch kommen lassen?«

»Natürlich, die Klügste gab mir einen scheußlichen Sud zu trinken. Es hat nichts genützt.«

»Was war das? Alraune?«

»Das kann sein, ich weiß es nicht mehr genau.«

Alraune treibt Totgeburten aus, überlegte Trota, also wird sie mit Bestimmtheit nicht schwanger sein.

»Nun gut«, gab Salima nach. »Untersucht mich, so wie Ihr es

bei Euch in Salerno mit den Frauen macht. Ihr aber« – sie wedelte mit der Hand nach den Dienerinnen – »ihr lasst uns jetzt allein.«
Trota schlug Decke und Kleider zurück. In der Tat war Salimas Leib hochgewölbt wie bei einer Schwangeren. Sie tastete ihn ab und lauschte sorgfältig.
»Ihr habt Recht, Salima, Ihr seid nicht schwanger. Euer Bauch ist hart, doch ein Kind beherbergt er nicht.« Sie bedeckte wieder ihren Leib.
»Das weiß ich auch«, zischte Salima böse. »Dafür hättet Ihr mich nicht nackt sehen müssen. Was ist also mit mir?«
Sie hat eine Geschwulst, dachte Trota besorgt, eine sehr große Geschwulst. Entweder ich tue nichts, oder ich tue das, was ich vor wenigen Tagen gemacht habe: operieren. Aber dieses Mal setze ich mein eigenes Leben aufs Spiel. »Ihr habt eine Geschwulst in Euch, die groß und hart wie eine Melone ist. Ihr spürt es ja selbst.«
»Ihr sagt mir nichts Neues. Das dachte ich mir schon.«
»Ihr könnt mit ihr weiterleben.«
»Ich kann kaum noch atmen!« Jetzt klang Salimas Stimme schrill und wütend. »Tut doch endlich etwas!«
»Ich kann nur eines tun: Euch von dieser Geschwulst befreien.«
»Warum habt Ihr es nicht schon längst getan?« Salimas Augen blitzten wütend. »Was seid Ihr nur für eine Ärztin?«
»Ich kann Euch nur helfen, indem ich Euren Leib öffne. Überlegt es Euch. Wenn Ihr dabei sterbt, sterbe auch ich.«
Salima rief nach einer ihrer Dienerinnen. »Hole Omar!«
Kurz darauf erschien er.
»Erzählt ihm, was Ihr vorhabt!«, herrschte Salima Trota an.
Als diese das getan hatte, wurde Omar rot vor Wut. »Ihr seid wahnsinnig! Wie könnt Ihr es wagen?«

Trota hielt seinem Blick stand. »Ich kenne das Innere des Leibes einer Frau. Ich weiß, wo ihre Organe liegen. Mir sind Mittel bekannt, die Blutungen stillen und Schmerzen beseitigen. Und ich weiß, wie wichtig es ist, bei jedem Handgriff auf Sauberkeit zu achten. Nur so kann ich Entzündungen vorbeugen.«
»Vorbeugen, aber nicht ausschließen.«
»Ja, das Mittel dafür hat einer meiner Salernoer Kollegen erst vor kurzem entwickelt.«
»So habt Ihr es nicht bei Euch?«
»Nein.«
Omar rang die Hände. Plötzlich wirkte er hilflos. »Salima, Frau, sag du etwas.«
»Wenn ich sterbe, bleiben dir unsere Söhne, Omar. Sie werden dich immer an mich erinnern. Ich habe es geliebt, von dir zu empfangen und zu gebären. Diese Zeit aber ist vorbei, ich weiß es. Wenn ich also sterben soll, dann ist es Allahs Wille. Diese Frau hier steht, ihren Worten zufolge, mit klugen Männern auf einer Stufe. Wenn sie nicht tüchtig wäre, würden Männer sie nicht dulden, oder? Außerdem hat sie ein Kind aus einer toten Frau gerettet. Sollte ich nicht versuchen, mich ihr als neue Prüfung hinzugeben? Vielleicht ist es Allahs Wille. Wie dem auch sei: Ich kann sterben, aber ich könnte auch leben – und zwar viel besser als zuvor.«
Omar schwieg erschüttert. »Hättet Ihr den Mut, das zu tun, Trota von Salerno?«
Halifa, du hast mich allein gelassen, dachte Trota verstimmt. Also gehe ich meinen Weg, einerlei, was passiert. »Ja«, sagte sie schlicht.
»Und du, Salima, willst du es wirklich?«
Die Frauen wechselten einen Blick.

»Ihr seid kühn«, murmelte Salima. »Ich werde nach Euch schicken, wenn ich mich entschieden habe.«

In dieser Nacht schlief Trota unruhig. Immer wieder ging sie in Gedanken die einzelnen Handgriffe durch, die nötig waren, um die Bauchdecke zu öffnen und so zu behandeln, dass so wenig Gewebe wie möglich verletzt wurde. Sie würde Adern durchtrennen und wieder miteinander vernähen müssen, damit Salima nicht verblutete. Sie erinnerte sich, dass die Geschwulst zwar groß und fest war, doch hatte sie sich bewegen lassen, als sei sie ein Ball, der im Bauch feststeckte. Sie konnte also nur an wenigen Stellen – mit Glück nur an einer – festgewachsen sein.
Du bist verzweifelt, Trota, gestand sie sich ein. So ehrgeizig wie verzweifelt. Aber bevor du dieses Wagnis eingehst, denkst du an Matthäus.

Eliahs Rat

*B*ei Sonnenaufgang schlich sie sich aus dem Haus. Schnell fand sie zur »Geraden Straße«, suchte die Gasse, in der sie sich bei ihrer Ankunft von Simon und Joshua verabschiedet hatte.
Eliah, der Blinde, saß schon vor seinem Haus. Ein Junge kniete mit einer Schüssel vor ihm und wusch ihm die Füße.
»Ich höre die Schritte einer Frau«, sagte Eliah und neigte den Kopf ein wenig zur Seite. »Ihr habt es eilig. Also wollt Ihr etwas von mir. Ich bin blind, wie Ihr seht. Ich kann Euch nirgendwohin begleiten. Also wollt Ihr etwas von mir wissen, nicht wahr?«
»Verzeiht die frühe Stunde«, begann Trota.

»Ah, Ihr müsst schön sein, Ihr habt eine wohlklingende Stimme. Vielleicht seid Ihr sehr schön. Vielleicht aber auch nicht. Aber Ihr seid mutig, denn Ihr kommt allein. Was wollt Ihr von mir, einem alten Mann?« Er lächelte und winkte sie näher zu sich heran. »Wer seid Ihr?«
»Ich bin Trota aus Salerno, Eliah. Ich heile Menschen, so gut ich es kann. Das, was ich am dringendsten brauche, ist ein Wundermittel, das man Theriak nennt. Könnt Ihr mir jemanden in dieser Stadt nennen, der mir seine Rezeptur verrät?«
Eliah hob seinen linken Fuß aus der Schüssel, und der Junge bettete ihn auf ein Tuch, das er auf seinem Schoß ausgebreitet hatte. Bedächtig begann er, den Fuß abzutrocknen. Eliah wartete, bis auch der Rechte abgetrocknet war und der Junge duftendes Olivenöl in seine hohle Hand goss, um seine Füße und Waden zu salben.
Er will sich Zeit lassen, um zu reden, dachte Trota und betrachtete seine unbewegte Miene.
»Wundermittel ... was meint Ihr damit?«, fragte er. »Wunder vollbringt nur Gott. Nichts und niemand sonst.«
»Es soll gegen Gebrechen aller Art helfen: Gelenkschmerzen, plötzliche Krämpfe und – ähnlich wie der Saft des Mohnes – auch leibliche und seelische Schmerzen lindern.«
Er schwieg, hob sein Gesicht gen Himmel, als lausche er auf etwas, das ihm eine Antwort geben könnte. Trota wartete. Als er nichts sagte, wandte sie sich zum Gehen.
»Ich sehe, ich bin umsonst zu Euch gekommen. Verzeiht, dass ich Euch störte.«
»Wartet!«
»Ja?«
»Ihr seid Christin, nehme ich an?«
»Ja, warum fragt Ihr, Eliah?«

»Erinnert Ihr Euch daran, was man Jesus anbot, als er am Kreuz hing und Schmerzen litt?«

»Einen Schwamm voller Essig und Galle«, erwiderte Trota scharf. »Wie hätte er das annehmen sollen?«

Eliah schüttelte den Kopf. »Nein, Trota von Salerno, das war es nicht. Ich weiß, dass man ihm das nicht gab. Auch wenn viele meinen, man wollte ihn damals zusätzlich zu seinen Schmerzen verhöhnen. Doch das stimmt nicht. Es ist nicht von Galle die Rede.«

»Nicht von Galle?«

»Nein, das althebräische Wort für Galle heißt ›rosh‹. Aber es bedeutet auch noch etwas anderes. Es bezeichnet in der Tat den Saft des Mohnes, das Opión, wie es bei den Griechen heißt. Das ist es, was Ihr sucht?«

Trota fühlte, wie ihre Wangen glühend heiß wurden. »Ja, Opión also heißt der Saft. Den habe ich bereits gefunden. Ich bin mir sicher, er muss etwas mit diesem Wundermittel zu tun haben.«

»Das Wort Wundermittel ist falsch. Doch in der Sache habt Ihr Recht. Das Opión hat etwas mit dem Theriak zu tun.« Der Blinde nickte und lächelte. »Ich habe ein gutes Gedächtnis. Früher studierte ich viele Schriften, so auch unseren Talmud. Ich meine, dass das, was Ihr sucht, in seinem medizinischen Teil, der auf die Heilkunst der griechischen Ärzte zurückgeht, erwähnt ist: Theriak … ja, ich bin davon überzeugt, dass es so ist. Ihr solltet auch die Schriften studieren, Trota von Salerno, vor allem die der Griechen.«

»Nennt mir Namen, Eliah, bitte.«

»Ich weiß nicht mehr viel. Die größten Ärzte des alten Griechenlands müsst Ihr Euch allerdings merken: den Leibarzt von Marc Aurel, Galen genannt, Dioskurides, Hippokrates und Paulus von Ägina.«

»Ich kenne sie natürlich, doch ihre Schriften sind uns leider nur in Fragmenten überliefert. Und hier ist uns Frauen der Zugang zu den Häusern der Gelehrsamkeit verwehrt. Nennt mir daher, wenn es Euch möglich ist, jemanden, der die Rezeptur zu mischen weiß.«

»Hier in Damaskus? Nun, das ist ganz einfach. Wie alles auf Erden einfach ist, denn wir Menschen sind es auch. Geht zum alten Nuri-Hospital. Links davon biegt eine kleine Gasse ab, in der Ali, der beste Attar, seine Wirkstätte hat. Grüßt ihn von mir. Vielleicht kann er Euch helfen. Und wenn er es nicht kann, so wird Euch Gott einen anderen Weg zeigen. Habt keine Angst.«

»Ich habe keine Angst«, widersprach Trota.

Eliah lächelte wieder. »Doch, Ihr habt Angst. Wenn auch nur ein wenig. Ihr habt Angst um den Menschen, für den Ihr den Theriak braucht. Ich spüre es.«

»Es ist mein Sohn.«

»Ich dachte es mir.«

»Warum?«

»Wäre es ein Mann, hättet Ihr dann einen so weiten Weg auf Euch genommen – von Salerno bis hierher? Sollte es eine so große Liebe geben? Wohl kaum. So aber, wie Ihr liebt, liebt nur eine Mutter.«

»Ihr habt mir sehr geholfen, Eliah. Ihr seid klug und weise.« Sie kniete nieder und küsste seine Hand.

»Geht«, murmelte dieser gerührt. »Seid zuversichtlich. Gott allein weiß, warum er Euch zu mir schickte. Ich durfte Euch helfen. Bedeutet das nicht schon viel für mich, dessen Tage gezählt sind? Glaubt nicht an Wunder. Alles, was geschieht, ist Gottes Wille, und somit ist alles, was geschieht, miteinander verwoben. Alles hat seinen Sinn. Geht in Frieden, Trota von Salerno.«

Sie wartete, bis Ali, der Attar, sein Morgengebet beendet hatte. Sie überbrachte ihm Eliahs Grüße und trug ihm in kurzen Worten vor, was sie sich von ihm erhoffte.

»Das Rezept wollt Ihr also? Nun, es gibt keines.«

»Sagt bitte die Wahrheit! Mein Sohn hat die Fallsucht, nur dieses Mittel kann ihm helfen. Ihm und allen anderen, die darunter leiden.«

Er rollte seinen Gebetsteppich zusammen. »Habt Ihr von Ibn Sina aus Isfahan gehört? Er war am Ende seines Lebens süchtig nach dieser Droge. Es heißt, er habe den Mohnsaft mit allerlei aromatischen Stoffen, vor allem aber mit Ambra und Kampfer vermischt. Seine Rezepturen sind so unterschiedlich wie die Geschmäcker der Menschen. Und bei den Augen meiner Töchter: Ich sage die Wahrheit, wir machen es kaum anders als Ibn Sina. Jeder von uns mischt auf seine Weise.« Er trat zu einem Regal und stellte ein kleines Fläschchen Theriak auf seinen Ladentisch. Nachdem er den gläsernen Stöpsel herausgezogen hatte, ließ er Trota kurz schnuppern.

»Jeder hat eine andere Rezeptur?«, wiederholte Trota ungläubig. Auch Alis Theriak unterschied sich von dem, den sie bei den Frauen kennen gelernt hatte.

»Ja, das ist das Geheimnis um den Theriak: dass es nämlich keines gibt.«

»Ich glaube Euch nicht, Ali! Es muss ein Grundrezept geben, das auf die wirklich großen Ärzte wie Hippokrates, Galen oder Ibn Sina zurückgeht!«

Er verdrehte die Augen. »Ihr seid angriffslustig wie eine Viper und kämpferisch wie eine Gepardin. In wessen Dienst steht Ihr?«

»Ich kämpfe für die Schule von Salerno«, gab Trota zurück.

»Ihr wollt also das Wissen, das unsere Ärzte von Griechen und

Persern übernahmen, in die Welt der Ungläubigen tragen? Erwartet Ihr von mir, einem gläubigen Muslim, dass ich meinen Überzeugungen untreu werde?«
»Ihr wollt mir also nicht helfen?«
Ali legte seine Handflächen kreuzweise auf die Brust und wiegte sich vor und zurück. »Ich bitte Euch, Ihr seid eine Frau.«
»Und damit von den Geheimwissenschaften ausgeschlossen? Das meint Ihr, nicht?« Sie wandte sich zum Gehen. »Ich werde es schon noch herausfinden, Attar Ali. Und wenn ich eines Tages selbst ein Rezept erfinde.«
Ali lachte. »Ihr müsst verrückt sein!«
Von der Straße her erschollen laute Rufe. »Trota! Trota von Salerno! Wo seid Ihr?«
»Man sucht nach Euch?«, fragte er irritiert.
»So ist es. Gebt mir wenigstens dieses Fläschchen mit.«
Er schüttelte den Kopf, woraufhin sie es ihm aus den Händen riss.
»Wenn ich eine Viper bin, seid Ihr ein Kaktus, Ali. Sollte ich nicht wiederkommen, so geht zu Kamil, fragt nach Halifa! Er wird Euch bezahlen! Hört Ihr? Halifa aus Karthago wird Euch bezahlen!«

Das Wagnis

Trota wusste nur zu gut, welches Risiko sie einging, als Salimas Zelt in Sicht kam. Die argwöhnischen Blicke von Scheich Omars Wachen bedeuteten ihr, dass sie die Ersten wären, die den Tod ihrer Herrin rächen würden, sollte sie versagen. Trotzdem war sie ruhig und hatte das sichere Gefühl, diese Herausforderung zu bestehen.

Die alte Hebamme, die bei Madidjas Operation zugegen gewesen war, hatte sich bereit erklärt, ihr zur Hand zu gehen. Sie trug die Tasche mit den Medikamenten und Operationswerkzeugen: mehrere Messer, Haken und kupferne Klammern, Nadeln und Seidenfaden.
Sie betraten das Zelt.
»Salima, wie geht es Euch?«
»Heute früh habe ich Abschied genommen von der Morgensonne, meinen Kindern, meinem Mann, meinem Leib. Befehlt meinen Dienerinnen, was sie tun sollen. Gebt mir reichlich Theriak. Ich möchte nichts fühlen, nichts wissen. Ich lege meine Seele in Allahs Hände.« Sie verstummte, schaute Trota aber fest in die Augen.
»Gut, dann trinkt drei Nussschalen voll.« Trota wies die Dienerinnen an, Weihrauch zu verbrennen, Tücher, Binden, heißes Wasser und saubere Schalen zu bringen. Dann schickte sie sie hinaus, befahl ihnen aber, sich auf Zuruf bereitzuhalten.
Während Salima langsam das Bewusstsein verlor, wies Trota an, ein Brandeisen zum Glühen zu bringen. Anschließend begann sie, in einem Mörser Alaunkristalle zu feinem Staub zu zermahlen, vermischte ihn mit Essig und Minzöl und wusch mit dieser Mixtur Salimas hochgewölbten Leib. Die Alte kniete sich ihr gegenüber an die Bettstatt und hielt eines der spitzen Messer bereit. So wie bei Madidja setzte Trota mit dem Schnitt am Unterleib schräg unten links an, um die Leber nicht zu gefährden.
Sofort füllte helles Blut die Wunde, floss über ihre Hände. Die Alte tupfte, so gut sie konnte. Schnell erkannte Trota, dass kein tieferer Schnitt mehr nötig sein würde, denn die Gebärmutter sah gesund aus. An einem der beiden Ärmchen aber, die an ihrem oberen Teil zu beiden Seiten herauswuchsen, hing eine riesige Geschwulst, groß wie ein Kohlkopf, rund wie ein Ball.

Sie schien mit einer Art Stiel an einem der Ärmchen festgewachsen zu sein. Geschwülste an dieser Stelle hatte Trota bei Petroncellus' Operationen schon gesehen, doch nie zuvor in einer solchen Größe. Sie rief nach dem Brandeisen, das ihr eine bleichgesichtige Dienerin auf einer flachen Messingschale hereintrug.
»Bleib!«, befahl Trota.
Mit vorsichtigen kleinen Schnitten durchtrennte sie den Stiel und hob die Geschwulst aus der Bauchhöhle.
Die Alte stöhnte entsetzt auf, als sie sie Trota abnahm.
»Schwerer als ein Kind«, flüsterte sie.
»Leg sie beiseite, ich schaue sie mir nachher an.«
Sie drehte sich zur Dienerin um und ließ sich das Brandeisen geben. Sorgfältig verödete sie die Schnittstelle, benetzte sie mit einigen Tropfen Alaunmischung und nähte die Bauchdecke wieder zu. Naht und Bauchhaut reinigte sie auf die gleiche Art und verband Salimas Leib mit sauberen Leinenstreifen.
»Komm her«, bat sie die Dienerin. »Ich brauche dich als zusätzliche Zeugin. Schau dir an, was ich aus Salimas Leib entfernt habe.«
Die Dienerin schrie auf und schlug sich die Hände vors Gesicht.
»Du darfst mich jetzt nicht im Stich lassen. Geh zu Scheich Omar und frage ihn, ob er wissen will, was ich getan habe. Mein Leben hängt davon ab. Hole ihn!«
Omar kam. Als er die Geschwulst in der Schale liegen sah, brach er zusammen und fiel in Ohnmacht.

Trota wachte drei Tage und Nächte bei Salima. Wenn diese aufzuwachen drohte, flößte sie ihr wieder etwas Theriak ein, verringerte die Dosis aber allmählich. Von Zeit zu Zeit maß sie ihren Puls, der gleichmäßig stark blieb. Am zweiten Tag stieg Salimas Temperatur leicht an. Auch ihr bereits rosig gewordenes Gesicht rötete sich wieder. Doch starkes Fieber blieb aus.

Trota bat den Scheich, einen Oud-Spieler herbeizurufen, der mit heiteren, doch gleichzeitig beruhigenden Weisen Salimas Schlaf begleitete.

»Ihr seht, Scheich Omar, ich versuche alles in meiner Macht Stehende, Salimas Genesung zu befördern. Musik ist Ordnung. Ihre geheimen Kräfte befördern den Fluss gesundender Säfte, indem sie die Fäulnis des Blutes hemmt. Außerdem stärkt sie die Seele und regt den Körper dazu an, schädliche Stoffe aufzulösen.«

Der Scheich war beeindruckt.

Am dritten Tag löste Trota den Verband und zeigte dem Scheich die Operationsnaht, die keine Spur einer Entzündung aufwies.

»Wenn kein Eiter fließt, sind die gesunden Säfte stärker als die schlechten. Eure Frau ist stark, Scheich. Sie hat mir erzählt, Euch acht Kinder geboren zu haben. Ihr Körper hat gelernt, Verletzungen zu überwinden.«

»Meine Gebete gelten ihr, Trota von Salerno. Ihr aber scheint über Hände zu verfügen, auf denen der Segen Allahs ruht.«

Am Morgen des vierten Tages erwachte Salima.

»Ich habe geträumt«, flüsterte sie. »Ich flog über Berge, tauchte in süßen Meeren.«

»Sprecht nicht«, bat Trota sie.

Salima lächelte. »Ich sehe, ich atme, ich fühle.« Sie schlief wieder ein, doch als sie am späten Nachmittag erneut erwachte, verlangte sie nach ein wenig Theriak gegen den schwachen Wundschmerz, damit sie ungestört eine gute Portion frischer Feigen essen könne. »Ihr seid eine gute Ärztin, Trota.«

»Und Ihr seid stark wie ...«
»... eine Kamelstute? Hat Omar dies gesagt?«
»Nein, Ihr habt es gesagt.« Trota lächelte.
Salima schloss die Augen und schlief für eine Weile wieder ein.
Trota setzte sich auf den Teppich und lehnte sich an eine der Zeltstangen. Für mehrere Augenblicke hatte sie das Gefühl, außerhalb der Welt zu sein. Sie konnte nichts denken, hatte keinen Wunsch. Kaum spürte sie die Zeltstange in ihrem Rücken oder ihre Hände, die ihre Knie umschlungen hielten. Allein der Duft des Weihrauchs und die Geräusche der Stille waren ihr gewärtig: das Säuseln des Windes und Knistern des Feuers, das Atmen der Zeltplane und das zarte Klirren der Seile.
»Trota?«
»Ja?«
»Hat Omar Euch schon entlohnt?«
»Muss er das?«
»Welchen Wunsch hättet Ihr?«
»Meinem Sohn in Salerno genauso helfen zu können wie Euch. Er hat die Fallsucht. Ich glaubte, seine Anfälle mit dem Theriak lindern zu können. Jetzt erkenne ich, dass ich mir übertriebene Hoffnungen gemacht habe.«
»Ihr seid nur erschöpft, Trota. Siege machen erst trunken, dann traurig. Überlegt einmal, selbst wenn Ihr Eurem Sohn nur ein bisschen helfen könnt, war Eure Mühe nicht umsonst. Aber Allah wollte, dass Ihr auch anderen helft. Nehmt seinen Wunsch an, begebt Euch in seine Hand. Dann werdet Ihr erkennen, dass die Fallsucht Eures Sohnes ebenso zur Welt gehört wie der Aussatz zum Bettler und die Juwelen zum Kalifen.«

»Ihr seid ja eine Philosophin.«
Trota erhob sich und trat an Salimas Diwanstatt. Scheich Omars Frau musterte sie mit großen dunklen Augen. Dann zog sie sich einen Ring vom Finger und legte ihn in Trotas Hand. »Wenn Ihr zweifelt, wird er Euch an diesen Sieg erinnern.«

Scheich Omar empfing sie mit einem Becher Scherbet in seinem Zelt. »Euer Lohn ist Euch gewiss.« Er reichte ihr das Säckchen mit den Rubinen. »Sagt, habt Ihr noch einen Wunsch?«
Sie nahm einen Schluck des kühlen Getränkes. »Ich möchte nur noch etwas wissen: Habt Ihr unter Euren Gefangenen einen Byzantiner namens Niketa?«
»Ja, er ist mein Sklave. Er spricht unsere Sprache, ist Händler und versteht sich auf griechische und lateinische Schrift. Er wird mir und meinen Söhnen zeigen, wie in den Küstenstädten Kaufleute Geschäfte machen. Was wollt Ihr von ihm?« In kurzen Worten erzählte sie ihm, was Niketa ihr und Halifa angetan hatte. Der Scheich war entsetzt. »Wie gut, dass Ihr mir davon erzählt. Ein solcher Mensch taugt nicht einmal als Sklave. Er ist grundböse. Was soll ich nur mit ihm machen?«
»Ich möchte ihn sehen.«

Niketa wurde mit gefesselten Händen vor den Scheich gestoßen. Selbst um seine Füße war ein Seil geschlungen. Es war gerade lose genug, um ihn kleine Schritte gehen zu lassen. Sein Gesicht war eingefallen, Trota sah dennoch, dass er geschlagen worden war.
Man hat ihn gedemütigt, dachte sie, aber ob sein tiefer Stolz wirklich gebrochen ist? Auf jeden Fall muss er mich hassen.

»Was gedenkt Ihr mit ihm zu tun? Soll ich ihn Euch schenken?«

»Ich will ihn nicht.«

»Sollen ich ihn für Euch strafen? Als Rache für das, was er Euch angetan hat?«

Niketas Augen wurden schmal, und sein Blick, den er auf Trota gerichtet hielt, brannte.

»Nein.«

»Sollen wir ihn vierteilen? Steinigen? Schleifen?« Scheich Omar musterte sie neugierig und wechselte ein paar Blicke mit seinem Leibwächter. »Oder wollt Ihr ihn selbst auspeitschen?«

Trota blieb ruhig. »Nein, keines von all dem. Ich bin Christin, und Jesus sagt, wir sollen unseren Feinden vergeben. Gott hat mir geholfen, zwei schwierige Eingriffe mit Erfolg durchzuführen. Ich bin ihm dankbar. Wenn Ihr mir also einen Wunsch erlaubt, so bitte ich Euch um Christi willen: Lasst ihn frei.«

Niketa, der die Augen gesenkt hatte, hob seinen Blick. Mit keinem Wort hätte Trota den überraschten, doch zugleich schillernden Ausdruck seiner Augen deuten können.

»Ich hoffe für Euch, dass Eure Menschenkenntnis der Eurer ärztlichen Kunst entspricht«, sagte der Scheich tonlos und winkte seinem Leibwächter, damit er Niketa die Fesseln durchschnitt.

Das hoffe ich auch, dachte Trota bei sich und half Niketa auf. Dieser stand steif vor ihr, hielt den Kopf gesenkt. Trotzdem sah sie, dass sein Gesicht glühte. Aber wieder hätte sie nicht zu sagen gewusst, ob aus Scham oder verletztem Stolz.

»Niketa!«, herrschte sie ihn an. »Hast du kein Wort des Dankes für deine Freiheit übrig?«

»Ich bin es nicht wert«, stammelte er und hob den Kopf. Seine Augen funkelten wild, sein Mund zuckte. Sein Atem ging stoßweise, und er begann am ganzen Leib zu beben.
Scheich Omar winkte seinem Leibwächter.
»Führ ihn weg. Denn sonst, Allah würde mir vergeben, vergesse ich mich.«
Angeekelt verließ er sein Zelt und ließ Trota einfach stehen. Diese trank den letzten Schluck des Scherbets und ließ das Säckchen mit den Rubinen in die Innentasche ihrer Tunika gleiten.
Ala wäre stolz auf mich, dachte sie. Und Matthäus erst recht. Es wird Zeit, dass ich wieder nach Hause komme.

Falsche und richtige Fährten

Kamil begrüßte sie voller Respekt, als sie wieder über die Schwelle seines Hauses trat. Gerüchte, dass sie eine gefährliche Operation erfolgreich zu Ende gebracht habe, seien schon bis zu ihm gedrungen. Ob er sie beglückwünschen dürfe?
Trota war im ersten Moment versucht, ihm als Antwort das Rubinsäckchen zu zeigen, doch sie wusste, dass dies viel zu gefährlich für sie und Kamils Familie war, außerdem verdross es sie, Halifa nicht anzutreffen. Kamil spürte ihre Verstimmung, ahnte auch deren Grund. Er beeilte sich, ihr von dem Boten zu erzählen, der vor wenigen Stunden mit der Nachricht eingetroffen sei, Halifas Waren lägen in der Karawanserei der afrikanischen Kaufleute.
»Er hat sich gleich auf den Weg gemacht, um Menge und Zustand zu überprüfen. Soll ich Euch beschreiben, wie Ihr ihn findet?«

»Sagt mir nur die ungefähre Lage, Kamil. Ich kann mich weiter durchfragen.«
»Das wäre das Einfachste. Geht also die gerade Straße entlang, bis Ihr die breite Straße kreuzt, die zur Großen Moschee führt. In deren Nachbarschaft liegen alle Karawansereien.«
»Danke, Kamil.«

Beflügelt von ihrem Erfolg, konnte sie es kaum mehr abwarten, Halifa wiederzusehen. Die Karawanserei der afrikanischen Kaufleute war wie alle anderen auch ein festungsähnlicher Bau mit quadratischem Grundriss und fensterlosen Mauern. Ein schweres zweiflügeliges Tor führte in einen Innenhof mit Brunnen, der von den Räumen für die Tiere sowie Lager für die Waren umgeben war. Im ersten Stockwerk, geschützt durch eine schlichte Galerie, befanden sich die Schlafstätten für die Reisenden.
Trota trat zuerst auf den Brunnen zu, um etwas zu trinken, da packte sie eine Hand grob an der Schulter.
»Was suchst du hier, Weib? Du trägst noch nicht einmal den Schleier. Geh!«
»Lasst mich! Ich will zu Halifa aus Tunis! Er muss hier sein!«
»Halifa?«, wiederholte er, ließ sie los und sah an ihr vorbei auf eine laut gestikulierende Gruppe von Männern, die gerade damit beschäftigt waren, mehrere Kamele zu beladen. Eines der Tiere aber stellte sich stur und weigerte sich hartnäckig, in die Knie zu gehen.
»Halifa!«, brüllte er einem Mann zu, der mit einem Lastengurt auf das Tier einschlug. »Komm her! Hier ist eine, die will zu dir!«
»Nein!«, rief Trota ärgerlich. »Ich meine Halifa aus Tunis. Dieser Mann ist doch kein Kaufmann.«

Sie drehte sich um und entdeckte den Eingang zum Kontor, aus dem laute Stimmen drangen. Direkt daneben führte eine Treppe zur Galerie mit den Aufenthalts- und Schlafräumen hinauf. Ohne zu zögern lief sie darauf zu. »Halifa!«
Der Mann mit dem Lastengurt folgte ihr mit großen Schritten und riss sie zurück. »Du bist eine Hure!«
Trota stockte vor Schreck der Atem. Beide Männer packten sie an den Armen und schoben sie vor sich her dem Ausgang zu. »Geh und verdiene dir dein Brot mit was anderem!«

Halifa erschien erst zum Abendessen. Als ihre Blicke sich trafen, errötete er vor Freude. Er stürmte an Kindern und Speisen tragenden Frauen vorbei und schloss sie so fest in seine Arme, dass es schmerzte.
»Weißt du, dass ich in der Karawanserei war?«
»Du warst das? Mir und anderen wurde erzählt, dass in Damaskus die Huren jetzt schon so dreist geworden seien, dass sie tagsüber auf Beutesuche gingen. Die Frau, von der gesprochen wurde, soll so frech gewesen sein, auf die Galerie mit den Schlafräumen stürmen zu wollen. Aber zum Glück für uns alle habe sie der gewalttätigste Kameltreiber von ganz Damaskus gerade noch daran hindern können.«
Trota verschlug es für einen Moment die Sprache, Halifas Augen aber funkelten vergnügt.
»Das klingt, als habe Hischam aus Sidon wieder eine seiner Geschichten erzählt.« Sie schüttelte den Kopf, doch je länger sie darüber nachdachte, desto mehr war ihr zum Lachen zumute. »›Geh und verdiene dir dein Brot mit was anderem‹, hat dieser Kameltreiber gesagt.« Sie schlug die Hand vor den Mund, um nicht laut aufzulachen. »Aber genau das habe ich ja bereits getan!«

Sie prustete los und fiel Halifa in die Arme. Seine und ihre Geschichten bestimmten das anschließende Mahl, bei dem Trota auch in allen Einzelheiten erzählen musste, wie sie Salima hatte helfen können.

Als sie schließlich mit Halifa allein war, reichte er ihr schweigend ein Stück Papier, aus dem hervorging, dass er all seine Waren bereits verkauft hatte.
Sie lächelte, griff in ihre Tunika und zog das Rubinsäckchen hervor. Halifa wog die Rubine in der Hand und prüfte ihre Farbe im Schein der Öllampen. »Ich sehe, ich habe den falschen Beruf erwählt«, murmelte er, zog Trota an sich und küsste sie leidenschaftlich. »Ich bin so stolz auf dich. Ich habe immer gewusst, dass ich deinem Mut vertrauen kann.«
Sie erwiderte seine Zärtlichkeiten und wisperte: »Wir sind jetzt reich, Halifa. Jetzt ist der richtige Zeitpunkt, mir zu sagen, was du wirklich willst. Welches sind deine Ideale, wegen denen du mich in den ersten Tagen hier vernachlässigt hast?«
Er schaute ihr tief in die Augen.
»So wie du um deines Sohnes willen das Geheimnis des Theriak entschlüsseln und weiterhin heilen wirst, werde ich das erfüllen, was mir in Rom angetragen worden ist.«
»Und das ist?«
»Um der Verständigung willen Bücher und Schriften unserer muslimischen Gelehrten zu sammeln. Es war ein Vorschlag eures Abtes Richar vom Kloster Monte Cassino, der mich seitdem zunehmend beschäftigt, mich geradezu bannt. Abt Richar sah mir im Hafen von Rom zu, wie ich auf der Dhau mein Abendgebet verrichtete und danach Almosen an die Armen verteilte. Er sprach mich auf Griechisch an, wir kamen ins Gespräch. Der hohen Ehre bewusst, dass ein Abt mir sein Ohr

leiht, bat ich ihn auf mein Schiff. Mein Gastgeschenk war eine fein gearbeitete Ebenholzfigur aus den Tiefen Afrikas, die Abt Richar sehr nachdenklich machte. Er sagte, wenn Gott wilden Heiden solche handwerklichen Fähigkeiten verliehen habe, müsse man daraus schließen, dass er auch Heiden einen Platz auf der Welt zubillige. So sei es wohl auch mit Juden und Muslimen, antwortete ich. Woraufhin er sich erhob und mit eurem Evangelisten Johannes sagte: ›Am Anfang war das Wort, und das Wort war bei Gott, und Gott war das Wort.‹ Aus den Büchern müssen wir lernen. Aus allen Schriften. Woraufhin ich ihm anbot, Bücher und Abschriften zu besorgen.«
»Aber welche denn?«
»Das habe ich mich auch gefragt. Aber jetzt hast du mir endgültig die Augen geöffnet. Ich weiß jetzt, dass ich mit medizinischen Schriften zu beginnen habe. Sie überzeugen durch ihre praktische Weisheit unmittelbar und sind am einfachsten zu verstehen. Mit ihnen werde ich beginnen. Ich werde arabische Medizintraktate kaufen und abschreiben lassen, und wenn ich glaube, genug davon zu haben, sie eurem Abt von Monte Cassino bringen.«
Trota rang um Fassung. »Dann warst du bereits in der Bibliothek des Nuri? Ohne mich?«
Halifa nickte. »Ja. Und ich habe auch schon Kontakt zu einem Gelehrten aufgenommen. Leider haben Frauen keinen Zutritt zur Bibliothek. Aber ich habe einen Plan: Du wirst dich als Mann verkleiden, und ich werde dich als meinen stummen Schreiber ausgeben.«
»Und du glaubst, das gelingt?«
»Wenn du wissen willst, was es wirklich mit dem Theriak auf sich hat, gibt es keinen anderen Weg.«
»Das machen wir aber erst morgen, nicht wahr?«

Sie legte ihre Tunika ab, genoss das dunkle Schimmern seiner Augen. Warmer Nachtwind umschmeichelte ihre Haut, als sie auch das Unterkleid fallen ließ. Sie löste ihr Haar und sah Halifa an. Es war wunderbar zu spüren, wie sehr er sie begehrte. Wieder einmal erkannte sie, wie sehr ihre beiden Seelen miteinander verbunden waren, mehr als die Sehnsucht ihrer Körper ihnen je würde versprechen können. Ein tiefes Glücksgefühl erschütterte sie. Halifa las in ihren Augen und näherte sich sanft.

Das berühmte Nuri-Hospital befand sich südwestlich der Omajjaden-Moschee. Bereits über zweihundert Jahre alt, gehörte es neben der Moschee mit seiner *medrese*, der Schule, zum Berühmtesten, was Damaskus zu bieten hatte.
Trota und Halifa betraten klopfenden Herzens den rechteckigen Innenhof. Sie setzten sich auf eine Bank unterhalb einer der großzügigen Bogenhallen, die sich zum Innenhof hin öffneten, und warteten. Insgeheim fürchtete Trota, jeden Moment als Frau entdeckt zu werden. Es fiel ihr schwer, dem nach Beduinenart geschlungenen schwarzen Schal und den mit Wolle gepolsterten Männerschuhen zu trauen, die ihre Weiblichkeit verheimlichen sollten. Selbst die mit *gummi arabicum* und feinem Ziegenhaar verstärkten Augenbrauen festigten keinesfalls ihr Vertrauen in die Rolle, die sie nun spielen musste. Ebenso wenig die mit *mumia* getönte Färbung ihrer Hände und ihres Gesichtes.
Doch hätte es einen anderen Weg gegeben, um ihre Neugierde zu befriedigen?
Nein, gestand sie sich ein. Wer nicht wagt, verliert. So schob sie ihre Hände tiefer in die Ärmel ihres rauen Leinengewandes und schaute auf den sonnenüberfluteten Innenhof.

Einige Kranke schlurften, gestützt auf den Arm ihrer Pfleger, zum schönsten Teil des Hofes: einem großen rosenblattförmigen und mit türkisfarbenen Mosaiksteinen gefliesten Bassin. Es erhielt sein Wasser über ein reich verziertes Aquädukt, das sich jenseits der Hofmauer fortsetzte und auch die Brunnen der Moschee speiste.

In allen Ecken aber plätscherten Springbrunnen, von denen kleine Bäche abzweigten, die Beete mit verschiedenfarbigen Rosen tränkten. Trotas Blick glitt zu den niedrigen Palmen, in deren Schatten weitere Bänke standen. Auf einer von ihnen nahmen ein Flöten- und ein Lautenspieler Platz, und bald war die Luft von ihren anmutigen Klängen erfüllt.

Es fehlt nicht viel, und sie beginnen zu tanzen, dachte Trota wehmütig, als sie bemerkte, wie ihr Fuß im Takt zu wippen begann.

»Bezähme dich«, raunte ihr Halifa zu. »Die Musik wird hier nicht gespielt, damit die Kranken danach tanzen, sondern sie soll sie von ihrem Leiden ablenken.«

Stumm sah sie ihn an, nickte.

Nach einer Weile erschien Abdulwahid, ein schmächtiger Gelehrter, der sie mit großer Zurückhaltung begrüßte. Halifa erwiderte den Gruß, wies auf Trota und sagte: »Dies hier ist mein Schreiber. Er ist zwar stumm von Geburt an, dafür lernte er in Byzanz. Er hört uns, schreibt aber griechisch und lateinisch.«

»Ah, die Ungläubigen! Wenn sie doch mehr Geist hätten! Wenn sie sich auch barmherzig dünken, die wahre Religion ist ihnen so verhasst wie den Katzen das Bad im Wasser.« Er verzog hochmütig sein Gesicht. »Gut, Ihr kennt ihn, er kann schreiben. Wird er aber auch meinen Worten folgen können?«

»Das lasst meine Sorge sein.«

Trota verbeugte sich stumm.

Abdulwahid zögerte einen Moment, doch Halifa verstand sofort. Er griff in seine Kleidertasche und holte eine getrocknete Mohnkapsel heraus, die in der Mitte durchgeschnitten war. Überrascht und neugierig hob der Gelehrte die obere Hälfte ab. Die beiden Rubine, die ihm entgegenleuchteten, hellten seine Miene auf.
»Eine Spende für Eure bedeutende Einrichtung«, murmelte Halifa so bescheiden wie möglich.
»Allah wird es Euch danken. Wenn Ihr mir nun bitte folgen würdet?«
Ihre List war gelungen.
An einem Tisch in der weitläufigen Bibliothek sitzend, folgte Trota dem Bericht des Gelehrten und schrieb mit.
»In den persischen Städten Nisibis und Gondeshapur machten gelehrte Muslime vor langer Zeit erste Bekanntschaft mit der alten hellenistischen Wissenschaft. Bald begannen persische Übersetzer, wie Yuhanna ben Masawayh und Hunayn ben Ishaq, die griechischen Quellen zu übersetzen. Der große Lehrmeister der arabischen Ärzte aber war ein gewisser Paulus von Ägina, der vor gut dreihundert Jahren in Alexandria lehrte. Er vermittelte uns das Wissen der Hellenen. Ein Muslim, den die Lateiner Rhazes nennen und der vor gut hundert Jahren starb, übersetzte seine Bücher. Im Übrigen gingen die wertvollsten Schriften mit der Zerstörung Alexandrias verloren. Wir wissen aber heute, dass die großen Lehrmeister der arabischen Ärzte auch jene waren, die schon Lehrmeister der Römer waren. Sie hießen, neben Paulus von Ägina: Galen von Pergamon, Dioskurides von Anazarbos und Alexander von Tralles.«
»Wisst Ihr etwas über den Theriak?«
»Ja und nein. Er ist ein berühmtes Heilmittel. Seine Rezeptur kenne ich nicht, denn ich bin ein Mann der Geschichte. Aber

ich weiß, dass der Theriak und das Athanasia viel miteinander zu tun haben.«

»Athanasia?«, wiederholte Halifa einfältig und schaute Trota an, die ihm mit den Augen bedeutete, nachzufragen.

»Euer Schreiber hat es schon richtig verstanden. Athanasia, die Unsterblichkeit. Wozu es eine Geschichte gibt.«

»Bitte lindert mein Unwissen, Abdulwahid.«

Dieser lächelte geschmeichelt, lehnte sich zurück und begann zu erzählen: »Mithridates, der berühmte König von Pontus, gegen den der Römer Sulla einen Feldzug führte, fürchtete sich zeit seines Leben davor, vergiftet zu werden. Darum befasste er sich viel mit Medizin und erhielt von seinem Leibarzt Zopyrus aus Alexandria ein geheimes Rezept als Mittel gegen Gift – das Mithridates später Athanasia nannte.«

Trota stieß Halifa unbemerkt an.

»Wisst Ihr, was es enthielt?«

»Wartet, ich frage jemanden, der es wissen müsste.«

Nach einiger Zeit erschien er mit einem alten Schriftstück, überflog es und fasste es zusammen: »Nun, hier steht, es soll Schlangengift, Arsenik, Mandragora, Bilsenkraut und Opión, also den Saft des Mohnes, enthalten haben. Mithridates hat das Mittel erst an Verbrechern und Sklaven ausprobiert. Da sie die Versuche alle überlebten, erhöhte er nach und nach die Dosis. Erst dann nahm er es selbst.«

»Womit er sich unsterblich dünkte«, ergänzte Halifa. »Daher der Name. Wie aber wurde aus Athanasia schließlich Theriak?«

»Das ist wieder eine andere Geschichte. Kaiser Neros Leibarzt Andromachos verfeinerte das Athanasia, das man Mithridatium zu nennen begonnen hatte, und nannte es Theriak, weil er das Buch ›Theriaka‹ des Arztes Nikandros aus Lydien kannte, der rund einhundertfünfzig Jahre nach dem Großen oder wohl besser Schrecklichen Alexander lebte. Für Nikandros war Theriak der Begriff für eine Medizin, die aus vielen verschiedenen Ingredienzien bestand. Das Wort Therion selbst bezeichnet, Euer Schreiber wird es wissen, ein wildes giftiges Tier. Damit können wir annehmen, das der Theriak vor allem gegen Schlangengifte eingesetzt wurde.«

Trota zeigte Halifa eine Randnotiz mit dem Namen Galens. Halifa nickte und sagte: »Mein Schreiber, Abdulwahid, macht mich gerade auf den großen Galen aufmerksam. Einhundert Jahre nach Kaiser Neros Leibarzt müsste er als Gladiatorenarzt den Theriak doch auch sehr geschätzt haben? Ist bekannt, welche Ingredienzien er vermischte?«

Abdulwahid runzelte die Stirn. »Da muss ich wieder fragen.«

Erst nach einer langen Weile kam er mit mehreren Büchern zurück. »Ich habe hier eine Rezeptsammlung unseres Hospitals. Unter dem Stichwort Theriak stehen Ingredienzien wie Safran, Pyrethrum, Euphorbium, weißer Pfeffer, Bilsenkraut, Speik, Honig und Opión. Darunter die Anmerkung: nach Galenos von Pergamon. Eine andere Mischung besteht aus Indischer Narde, Myrrhe, Safran, Castoreum, Opión, Petersilie, Anis, Eppich, Pfeffer. Sie entstammt einer der Schriften Rhazes' und geht, wie hier vermerkt wurde, auf Paulus von Ägina zurück.«

Trota legte ihre Schreibfeder beiseite. Um ihre Rolle nicht zu gefährden, herrschte Halifa sie an: »Wollt Ihr Eure Arbeit nicht weitermachen?«

Sie senkte den Kopf, nahm die Feder wieder auf und schrieb eine weitere Randnotiz, die sie Halifa zeigte.

»Mein Schreiber erinnert mich daran, dass ich nach Medizinbüchern fragen wollte, die von Euch und Euren Gelehrten für herausragend erachtet werden.«

»Das ist einfach. Zum einen der ›Firdaus‹, eine Enzyklopädie Ali al-Tabaris, dann das ›Buch über die Gifte‹ von Ali ben Wahshiyah und natürlich der ›Kanon der Medizin‹, das Hauptwerk Ibn Sinas. Letzterer zum Beispiel schreibt ausführlich über den Mohn, wohl deswegen, weil Ibn Sina ihn für unverzichtbar hielt, die Fallsucht damit zu bekämpfen.«
Abdulwahid wurde unterbrochen, weil ein Bibliothekar an den Tisch trat und fragte, ob er gehört habe, ob ein gewisser Halifa aus Tunis im Hause sei.
»Er ist im Hause«, gab Halifa zur Antwort, »denn er sitzt vor Euch.«
»Verzeiht, Ihr sollt eine Frau bei Euch haben, die sich Trota nennt ...?«
Halifa blieb ruhig, während Trota die Luft anhielt und ihren Kopf tiefer über ihre Mitschrift beugte.
»Ja, sie ist in Kamils Haus. Was wollt Ihr von ihr?«
»Sie soll sofort zu Scheich Omar kommen! Sofort, hört Ihr?«

Abdulwahid geleitete sie nach draußen. Außerhalb des Nuri-Hospitals warteten zwei Reiter mit einem dritten, gesattelten Tier. An ihrer Kleidung erkannte sie Trota sofort als Scheich Omars Männer. Sie erschrak heftig. War Salima etwas geschehen? Hatte sich die Operationsnaht doch noch entzündet?
»Was wollt ihr?«, rief sie und riss sich aufgeregt den schwarzen Schal vom Kopf.
»Eine Frau?« Verstört schaute Abdulwahid von Trota zu Halifa, dann begriff er und rief nach den Wachen. »Ihr habt mich betrogen! Ihr seid Ungläubige! Spione!«
Scheich Omars Reiter erkannten die Lage sofort. Sie zogen ihre Schwerter und bedeuteten Trota und Halifa, das Pferd zu besteigen, was sie auch sofort taten.

»Die Rache Scheich Omars ist Euch sicher, wenn Ihr dieser Frau und diesem Mann auch nur ein Haar krümmt!«, schrien sie.
»Sie hat die Stätte der Gelehrsamkeit besudelt!« Abdulwahid griff aufgebracht nach einem Stein, warf und traf die Flanke eines der Pferde. Die Reiter hoben ihre Schwerter und trieben die Wachen des Nuri-Hospitals mit ihren Tieren zurück. Abdulwahid wedelte mit den Armen, um sie abzuwehren, ein Pferd aber biss ihn so unvermittelt, dass er mit einem Aufschrei in die Knie sackte.
»Lasst sie in Ruhe!«, rief einer der Männer des Scheichs. »Sie hat unserer Herrin das Leben gerettet und steht unter Scheich Omars Schutz.« Er wartete, bis Halifa und Trota genügend Vorsprung gewonnen hatten, wendete sein Pferd und preschte los.

Sie erregten in den belebten Straßen nicht wenig Aufsehen. Die Menschen drückten sich in Hauseingänge und Nischen und warfen ihnen misstrauische, verärgerte, aber auch bewundernde Blicke zu.
Trota tastete nach den Papierbögen, die sie unter ihre Tunika gesteckt hatte. Für sie waren sie ein viel größerer Schatz als das Säckchen mit den Rubinen. Endlich besaß sie das Wissen, nach dem sie sich so gesehnt hatte: Rezepturen für den Theriak, die auf wirkliche Meister der Medizin zurückgingen.
Wie die Ingredienzien dosiert werden müssen und in welchem Mischungsverhältnis ich sie verarbeiten muss, dachte sie, werde ich selbst herausfinden.
Auf einmal war sie sehr stolz auf sich. Der Gedanke, dass sie einem Rätsel auf die Spur gekommen war und es zum Teil lö-

sen konnte, stimmte sie zuversichtlich. Wenn ich dem Collegium sagen kann, ich hätte das Geheimnis um den Theriak gelüftet und würde es der Schola zum Geschenk machen, wird mir Herzog Waimar bestimmt eine Audienz gewähren. Ob er mir dann auch meine Ehre zurückgeben wird?
Sie ritten durch das im Norden gelegene *Bab as-Salam*, das Mondtor. In Scheich Omars Karawanserei lief ihnen eine von Salimas Dienerinnen entgegen. »Meine Herrin lässt Euch grüßen, Trota von Salerno«, rief sie atemlos und verbeugte sich. »Sie wusste nicht, wann Ihr kommen würdet. Sie trug mir auf, ich solle nach Euch Ausschau halten und sofort empfangen, sollte sie schlafen. Das ist jetzt der Fall. Ihr müsst sofort aufbrechen.«
»Wohin? Was soll ich tun?«
Die Dienerin reichte ihr eine Papierrolle. »Das hier hat sie ihrem Schreiber diktiert. Sie fleht Euch an, zu tun, was nötig ist. Es ist sehr wichtig.« Noch einmal verbeugte sie sich und wartete.

Gepriesene!
Mir geht es gut. Ich nehme täglich ein Nussschälchen Theriak gegen den kleinen Schmerz. Meine Narbe verträgt Eure Salbe sehr gut. Ich nehme sie des Abends. Eine eigene aus Aloe, Öl und Honig lasse ich mir morgens aufstreichen. Ich danke Allah jeden Morgen und jeden Abend für sein Geschenk, das mir durch Euch beschieden wurde.
Nun aber Folgendes: Chalida, eine meiner drei Töchter, bangt um ihr Glück. Sie ist seit über einem Jahr verheiratet und hat noch kein Kind geboren. Jetzt hat Hassan, ihr Mann, keine Geduld mehr. Er ist der zweitälteste Sohn eines Stammesfürsten aus Palmyra. Vor kurzem wurde sein älterer Bruder von tür-

kischen Seldschuken getötet. Nun will er das Erbe seines Bruders übernehmen – und wenn er in den Kampf ziehen muss. Freiwillig will es ihm sein Vater nicht übergeben, es sei denn, Chalida gebiert ihm den ersten Enkelsohn, damit die rechtmäßige Erbfolge erhalten bleibt. Sie muss also unbedingt schwanger werden. Wenn nicht, so wird Hassan sie verstoßen. Helft ihr! Helft, unnötiges Leid abzuwenden!
Schickt einen Boten, wenn Ihr etwas wisst. Und kommt sofort zurück! Berichtet!
Tausend Küsse und Allahs Hilfe für Eure Kunst!
Salima

Die Dienerin schaute Trota erwartungsvoll an. »Was darf ich meiner Herrin antworten?«
»Grüße sie von mir. Ich werde tun, was in meiner Kraft steht, um ihren Wunsch zu erfüllen. Sage ihr aber auch, dass ich nicht zaubern kann. Es gibt nämlich Frauen und Männer, deren Natur für eine Empfängnis ungeeignet ist: Frauen, die zu dünn und mager sind, und solche, die zu dick sind und deren Mutterleib vom Fett erdrückt wird, so dass der Samen des Mannes nicht in sie hineinfließen kann. Andere haben einen so schlüpfrigen, glatten Schoß, dass sie unfähig sind, den empfangenen Samen zu behalten.«
»Es liegt also an den Frauen, wenn sie nicht schwanger werden ...«, wiederholte die Dienerin aufmerksam.
»Nein, keineswegs. Bei manchen Männern ist der Samen so dünn, dass er aus dem Schoß wieder herausfließt. Und es gibt Männer, deren Hoden so kalt und trocken sind, dass ihr Samen nutzlos ist. Berichte Salima, was ich dir erklärt habe.«
»Ja, Herrin.«

Sie wollte noch etwas sagen, doch da trat Scheich Omar aus seinem Zelt. Die Pferde der Reiter tänzelten unruhig, als sie ihn sahen.
Neugierig kam er näher. »Euch habe ich schätzen gelernt, Trota von Salerno. Nun möchte ich den Mann kennen lernen, der ein besonderer Mann sein muss, wenn er mit Euch – einer so klugen und todesmutigen Frau – glücklich ist. Seid willkommen, Halifa aus Karthago!«
»Woher kennt Ihr meinen Namen?«
»Diejenigen, die hier leben, werden nie satt an Neuem. Das wird auch bei Euch in Karthago oder Tunis nicht anders sein. Die Frauen erzählten, dass im Hause Kamils, des Schmieds, eine Fremde abgestiegen sei, die Unerhörtes getan habe. Jedenfalls sei bei Kamil einem sterbenden Baum ein neuer Schössling entwachsen. Wie Ihr seht, bin auch ich nicht vor Neugierde gefeit. Bitte seid mein Gast, solange Eure Magistra sich um das Glück meiner Tochter bemüht.«
»Ich danke Euch«, erwiderte Halifa angespannt. »Doch verzeiht, Scheich, wenn ich Trota nicht allein lassen möchte.«
»Habt keine Angst. Meine Männer haben schon so manche Schlacht gewonnen: gegen Seldschuken-Banden genauso wie gegen Byzantiner. Außerdem werden sie zu mehreren aufbrechen. Ich habe Geschenke für meinen Schwiegersohn besorgt, die sein Gemüt vorerst ein wenig beruhigen sollen. Zwanzig meiner Männer werden die Magistra begleiten.«
Notgedrungen umarmten sich Trota und Halifa.
»Ich bin bis zum übernächsten Vollmond zurück«, murmelte sie und küsste seinen Hals.
Der Scheich klatschte in die Hände. »Wir feiern ein großes Fest, wenn Ihr wieder hier seid, Magistra! Bis dahin werden wir unsere besten Schafe mästen!«

»Verzeiht, Scheich Omar, warum reist Ihr nicht mit?«, fragte Halifa.
»Ich bleibe hier, bis Salimas Wunde so weit verheilt ist, dass sie reisen kann. Morgen holen sie ihre Verwandten zu sich. In deren Haus ist es ruhiger als hier. Ich habe derweil noch einige Geschäfte zu erledigen. Nun kommt. Wenn es der Magistra nicht gelingt, Chalida zu helfen, fürchte ich, dass der alte Streit zwischen unseren Stämmen neu entfacht. Mein Schwiegersohn Hassan ist wie alle seine Vorfahren von hitzigem Temperament. Sieht er eine Klinge, so wallt schon sein Blut vor Angriffslust.«
Die beiden Männer gingen ins Zelt.
Trota winkte Salimas Dienerin zu sich. »Sag mir: Weißt du, wohin der Byzantiner ging?«
»Er sagte den anderen, er wolle zurück nach Byzanz. Mehr weiß ich nicht.« Sie errötete.
Trota prüfte ihre Miene. »Er gefiel dir wohl, oder?«
Sie schlug ihre Augen nieder. »Seine Wangen waren hohl. Und so wie er mich anschaute: Es stach, brannte geradezu, als suchte er in mir nach etwas, das seinen Durst löschte.«
»Hatte er Schmerzen?«
»Nein, aber er ... er sah so ... leidend aus.«
»Er tat dir leid, und da gabst du ihm Theriak? Ohne deiner Herrin etwas zu sagen. War es so?«
Die Dienerin wand sich vor Scham. »Ja, bitte, verratet mich nicht.«
Trota strich ihr über den Kopf. Das Mädchen tat ihr leid. Was hatte sie schon von ihrem Leben? Nichts. Nur das Schwärmen ihres Herzens, das immer unerfüllt bleiben würde.
Halifa aber hat Recht, dachte sie bei sich: Niketa ist süchtig nach dem Saft des Mohnes, nach Abu Elnum.

Und damit unberechenbar.
»Würdest du mich zum Attar begleiten dürfen? Ich brauche Kräuter und Öle, um Chalida zum Kind zu verhelfen.«
»Nur, wenn es der Scheich erlaubt.«

Der Scheich gab Trota zwei seiner Männer zu ihrem Schutz mit. Zusätzlich zu Kräutern und Ölen kaufte sie zwei kleine Fläschchen Theriak und versah sie mit einem Band. Eines davon gab sie Halifa, das andere band sie an eine Kette, um es auf der Brust zu tragen.

Achter Teil

Chalidas Not

Als Karawane zogen sie weit in die Steppe hinein gen Norden. Die Männer verzichteten auf jegliche Rast, folgten unbeirrbar einer Richtung, die kein Weg, kein Strauch, kein Stein kennzeichnete. Vielleicht lag es an der schaukelnden Bewegung auf dem Kamel, dass es Trota so vorkam, als durchpflügten sie die grasige Ödnis dieser Landschaft wie eine Dhau das Meer. Die Männer waren ruhig, und doch glaubte sie unter ihrer Selbstbeherrschung eine verhaltene Unruhe zu spüren, die sie antrieb.

Als in der Weite der Steppe ein einsamer Brunnen sichtbar wurde, schwenkte der Karawanenführer anfeuernd seinen Arm, damit die Tiere nicht auf die Idee kämen, stehen zu bleiben, um zu trinken. Es sei zu gefährlich, rief er, weil jederzeit damit zu rechnen sei, bei solch einer Rast von Seldschuken-Kriegern überfallen zu werden. Trota war enttäuscht. Ihr schmerzte der Rücken, und ihre Beine fühlten sich schon beinahe taub an. Außerdem hatte sie eine Zeit lang gegen Übelkeit gekämpft und hätte sich gerne ein wenig ausgeruht.

Als die Nacht anbrach, folgten die Männer den Sternen. Ab und zu schlummerte Trota ein, dann wieder lenkte die Dunkelheit ihre Aufmerksamkeit auf innere Bilder, bruchstückhafte Gedanken. Einmal wäre sie um ein Haar aus ihrem Kamelsattel gerutscht und konnte sich im allerletzten Augenblick am Sattelknauf festhalten.

Weit nach Sonnenuntergang brachen die Männer in Jubelgeschrei aus, als sie in der Ferne Lichter entdeckten. Sie trieben ihre Tiere an und erreichten spät in der Nacht eine kleine von Gärten und Feldern umgebene Siedlung, aus deren Mitte sich eine befestigte Anlage erhob. Die großen Feuer, die auf ihrer hohen Mauer loderten, tauchten diese in ein wildes Spiel von Licht und Schatten, ganz so, als leckten schwarze Zungen aus der Unterwelt nach ihr.

»Das könnt Ihr nicht von mir verlangen!«
»Ihr müsst, wenn Eure Frau schwanger werden soll!«
Der Raum, in dem Chalida unruhig auf und ab ging, hallte wider von Hassans Gebrüll. Er war mittelgroß, breit und kräftig, Chalida war ein wenig kleiner als er und von weicher, rundlicher Gestalt, so wie ihre Mutter Salima.
Trota stellte die beiden Töpfe, die sie in den Händen hielt, auf den Boden. Hassans' Zorn beeindruckte sie nicht, denn Chalida, das war deutlich zu sehen, liebte ihn. Also, dachte Trota, wird sie auch von ihm schwanger werden.
»Ihr liebt Eure Frau?«
»Um sie zu lieben, brauche ich keinen Dritten. Schon gar nicht Euch!« Er stampfte aus dem Raum.
Chalida sprang weinend von ihrem Lager auf und lief ihm laut rufend nach.
Trota hörte sie schluchzen und tuscheln. Wenn er nur nicht so hitzig wäre, dachte sie bei sich. Seine Hitze macht ihr Angst.
Die Tür wurde aufgerissen.
»Also gut!«, sagte Hassan übellaunig. »Gib ihn mir!«
Trota bückte sich nach einem der Töpfe, bemüht, ihr Lächeln zu verbergen, und reichte ihn ihm.
Als Hassan mit dem Topf verschwunden war, schlang Chalida ihre Arme um ihren Oberkörper und weinte. Trota versuchte, sie zu trösten.

»Und es wird helfen?«
»Ihr müsst das Gleiche tun, Chalida. Geht und uriniert auf die Weizenkleie. Nach neun oder zehn Tagen kann ich erkennen, wer von euch beiden unfruchtbar ist.«
»Woran seht Ihr es, Trota?«
»An den Würmern und dem Gestank!«

Am nächsten Tag bat Trota Chalida um eine Unterredung. Sie suchte sie in ihren Räumen auf und war von deren Schönheit beeindruckt: Rote geschnitzte Holzsäulen stützten die gewölbten Durchgänge, Ornamente in leuchtenden Farben schmückten die großflächigen Kassettendecken. So griffen goldene Kreise mit grünem Blattwerk ineinander oder blaue, rote und gelbe Blüten- oder Kelchformen wechselten harmonisch miteinander ab. Chalidas Truhen trugen Intarsien aus Zedernholz, Elfenbein, Lapislazuli, Bernstein und Perlmutt. Schimmernde Seidenteppiche mit ebensolch feinen Mustern bedeckten die Böden. Schmale, längliche Teppiche mit Abbildungen paradiesischer Landschaften, auf denen Kraniche und Pfauen zu sehen waren, hingen zwischen den Fenstern. Diese waren von außen durch durchbrochene Fensterläden vor Pfeilen und Sandstürmen geschützt. Das Licht, das durch ihr Schnitzwerk drang, brach sich vielfach und fiel in feinen, langen Streifen in die Räume.
Chalida hockte auf dicken Sitzkissen und winkte sie zu sich.
»Kommt, setzt Euch zu mir, Trota. Was wollt Ihr wissen?«
»Ich komme zu Euch, weil ich etwas über Euch erfahren muss, Chalida«, begann sie, worauf diese ihre Dienerinnen fortschickte.
»Liebt Ihr Hassan von Herzen?«
»Ja, er zürnt zwar oft, aber er kann auch weich sein.«

»Habt Ihr das schon oft erlebt, dass er weich ist, meine ich?«
»Um ehrlich zu sein: Es kommt nicht oft vor.«
»Gut, wichtig ist nur, dass Euer Herz ihm vertraut, denn wenn das Herz nicht mitspielt, wehrt sich unser Körper. Die Gebärmutter kann sich verkrampfen oder verstopfen. Dann ist sie so fest wie eine grüne Feige. Ihre Ränder sind hart und können sich umstülpen. Das ist aber bei Euch nicht der Fall, oder? Ihr berührt Euch doch?«
Chalida errötete tief. »Ja«, hauchte sie schließlich.
»Und? Ist es für Euch angenehm?«
Sie nickte.
»Und ... wenn Hassan Euch berührt? Bleibt Ihr da weich und feucht?«
Chalida knetete ihre Hände.
»Ich verstehe ... er ... nimmt sich wenig Zeit für Euch?«
»Ich sei zu eng und zu trocken, sagt er manchmal. Mir tut es weh, doch was soll ich tun? Meistens aber gibt es sich von allein.«
Sie sehnt sich also nach ihm, schloss Trota, aber er lässt es an Feingefühl missen.
»Er selbst aber schenkt Euch immer seinen Samen?«
»Ja, immer.«
»Aber Ihr werdet nicht schwanger.«
»So ist es.«
»Vertraut mir, Chalida. Ich bin zuversichtlich, dass Ihr bald schwanger sein werdet.«

Schon am sechsten Tag war Trota überzeugt, dass beide vollkommen gesund waren. Denn weder ließen sich Würmer sehen, noch roch die mit Urin versehene Weizenkleie übel.
Sie wartete noch weitere drei Tage, dann ließ sie Hassan und

Chalida wissen, dass sie nun mit ihrer Behandlung fortfahren könne: »Ihr sollt Folgendes tun, wenn Euch daran gelegen ist, einen Sohn zu empfangen.« Sie machte eine effektvolle Pause und schaute Hassan an. »Nehmt Chalida mit auf die Jagd.«
»Ihr erlaubt Euch einen Scherz.«
Ungerührt fuhr Trota fort: »Reitet allein hinaus, nur zu zweit. Haltet Ausschau nach den beiden kräftigsten Hasen, einem Weibchen und einem Männchen. Beweise Chalida, wie geschickt Ihr sie fangen könnt, Hassan. Bringt sie lebend hierher zurück und ruft mich, damit ich Euch einen Trank zubereiten kann. Er wird Euch beiden helfen.«
Allein die Jagd wird sein Gemüt von Wut und Zorn befreien, dachte Trota. Er wird ruhiger sein, um Chalida von seiner Männlichkeit zu beeindrucken.
»Du wirst bald deine Monatsblutung bekommen, nicht wahr?«
»Ja.«
»Spürst du schon Anzeichen?«
»Nein.«
»Dann richte es so ein, dass ihr nicht vorher zur Jagd geht, bevor sie einsetzt.«
»Gut, Trota.«
»In der Zwischenzeit aber wollen wir etwas anderes machen, damit dein Schoß geschmeidiger und kräftiger wird.«
»Und das wäre?«
»Du wirst es erleben. Es ist angenehm und tut dir wohl.«

Täglich kochte Trota nun frischen Eibisch und Beifuß auf und nutzte den Sud, um Chalidas Schoß damit zu befeuchten. Zusätzlich bat sie sie, Zäpfchen und Pesare mit Moschusöl in ihre Vagina einzuführen, damit diese gekräftigt würde. Außerdem solle sie, sooft sie Lust verspüre, mit Hassan schlafen.

Währenddessen nahm die Unruhe auf der Festung zu. Boten von Hassans Vater aus Palmyra hatten die Nachricht gebracht, dass an der Küste bei Latakia byzantinische Kriegsgaleeren gelandet seien. Die Truppen würden ins Landesinnere vorrücken, um Seldschuken-Banden unschädlich zu machen, genauso aber wollten sie die heimischen Stämme zerschlagen und damit die Grenzen zum Reich Sultan Al Mustansirs aufweichen.
»Sind wir in Gefahr?«, fragte Trota.
»Mein Vater ist gut gerüstet.« Hassan wich einer Antwort aus. »Er wird allen Angriffen widerstehen. Aber es ist nie verkehrt, sich um die eigene Festung zu kümmern.«
Er befahl, Söldner anzuwerben. Bald darauf trafen Männer ein, die bereit waren zu kämpfen. In den Werkstätten der Siedlung sowie in der Schmiede der Festung wurde verstärkt gearbeitet, um genügend Waffen und Kleidung herzustellen.
Trota bemühte sich, Chalida von den beunruhigenden Nachrichten fern zu halten. Stattdessen berichtete sie ihr von den angenehmen Gefühlen, die eine Schwangerschaft begleiteten, und den vielen Geburten, denen sie beigewohnt hatte. Sie bestärkte sie in dem Glauben an Hassans Gesundheit und die Kraft, die er an ihre Kinder weitergeben würde. Sie, Chalida, aber werde ihnen ihre Sanftheit und Liebe schenken. Sie empfahl ihr, so viel wie möglich zu ruhen, gute und reichliche Speisen zu sich zu nehmen und regelmäßig ein wenig Wein zu trinken.
Als Hassan der Meinung war, genügend Söldner angeworben

zu haben, sah er den richtigen Zeitpunkt gekommen, mit Chalida auf Jagd zu gehen. Auch Chalida war einverstanden, denn ihre Monatsblutung hatte die Nacht zuvor eingesetzt. Entgegen Trotas Empfehlung aber begleiteten sie mehrere Wachen, hielten sich aber auf Abstand.

Am Abend kamen sie heiter und gelöst von der Jagd zurück. Chalida berichtete fröhlich, welch einen Spaß es ihr bereitet hätte, die richtigen Tiere ausfindig zu machen und sie zu jagen. Hassan sei noch nie so unbeschwert, ja geradezu ausgelassen gewesen.

»Wann soll ich die Tiere töten?«, fragte er.

»Jetzt!«

Hassan schnitt den Hasen die Kehle durch und sah zu, wie Trota sie ausbluten ließ.

»Und nun?«

»Warte!«

Sie befahl einer der Küchenfrauen, den Hasen das Fell abzuziehen, dann schickte sie auch diese fort. Allein in der Küche, legte sie beide Tiere auf den Rücken, entnahm dem weiblichen Tier Vagina und Uterus, dem männlichen die Hoden. Sie legte die Teile in Schalen und ging zu Chalida und Hassan hinaus.

Sie gab Chalida die Schale mit den männlichen Teilen, Hassan jene mit den weiblichen und sagte ihnen, sie sollen sie trocknen lassen, dann zu Pulver vermahlen und mit Wein trinken.

Sie versprachen es ihr. Hassan fragte: »Was ist, wenn es nicht hilft?«

»Dann lasst Ihr einen Eber oder einen Bären schlachten. Trocknet Leber und Hoden und gebt beides als Pulver, mit Wein vermischt, Chalida zu trinken. Am besten nach ihrer

letzten Monatsblutung. Wenn Ihr sie dann liebt, wird sie sicher schwanger!«
Er grinste. »Eure Rezepte klingen gut.«
»Macht alles so, wie ich es Euch gesagt habe!«

Die Tage vergingen. Eines Nachmittags traf Halifa ein. Trota war überglücklich, so dass sie vergaß, am Abend nach Chalida zu sehen und mit ihr zu plaudern. Halifa erzählte ihr, dass er die versprochenen Geschenke für Ibrahim gekauft habe: einen Gebetsteppich mit Blumenmuster aus Isfahan, Gedichtbände und Schriftproben aus Schiras. Außerdem habe er Joshua und Simon getroffen und ihnen Geld gegeben, jene Werke in den Stätten der Gelehrsamkeit in Bagdad und Isfahan kopieren zu lassen, die Abdulwahid ihnen genannt hätte: »Sie werden dann die Abschriften zu Hischam nach Sidon oder Ibrahim nach Tunis schicken.«
»Und was ist, wenn sie mit dem Geld auf Nimmerwiedersehen verschwinden?«
»Juden schätzen Gelehrsamkeit über alles. Sie sind Menschen des Geistes. Sie werden das Geld nicht veruntreuen. Ich selbst werde auf neuen Reisen weitere Traktate sammeln. Das bin ich meinen Idealen und den Menschen schuldig.«
»Du sprichst oft von der Liebe zu deinen Nächsten«, scherzte sie, »man könnte glauben, du seiest Christ.«
»Ist Jesu Botschaft falsch? Nein. Ich finde, die Liebe, die er predigt, ist die schönste überhaupt. Liebe deinen Nächsten wie dich selbst. Nirgendwo sonst habe ich diese Botschaft so rein und klar ausgedrückt gefunden. Er hat Gott wahrlich geliebt.«
»Gott?«
»Allah.« Sein Blick versank tief in dem ihren. »Du weißt, wie

sehr ich dich liebe, Trota. Was auch geschieht, diese Liebe wird der Fels bleiben, der allen Stürmen trotzt.«
Trota schwieg. Sie ahnte, dass Halifa noch immer etwas vor ihr verbarg, doch jetzt war nicht die Stunde, ihn danach zu befragen. Ganz gleich, was er ihr erzählen würde, hier war nicht der rechte Ort für Gespräche über Philosophie und Religion. Anderes und Angenehmeres hingegen war vorstellbar.
»Bist du nicht hungrig?«, fragte sie mit Unschuldsmiene.
Halifa stutzte, raunte dann: »Ist die Tafel denn schon gedeckt?«
»Carpe diem, sagten die Römer«, flüsterte sie.
»So viel Zeit haben wir wohl nicht mehr ...«

Chalida klagte über Müdigkeit und innere Schwere. »Ich kann kaum gehen, so schläfrig fühle ich mich«, bekannte sie wenige Tage später.
»Ruht Euch aus.«
Am nächsten Morgen klagte Chalida über Übelkeit.
»Das ist eine sehr gute Nachricht.«
Trota war sich im Klaren, dass sie jetzt nichts tun konnte, außer zu warten. Sie verbrachte viel Zeit im Hamam und ritt mit Halifa aus. Währenddessen trafen immer mehr Flüchtlinge ein. Boten berichteten, dass die Byzantiner näher rückten, erzählten von riesenhaften Kämpfern mit zweischneidigen Äxten und roten Zöpfen.
Düstere Erinnerungen stiegen in Trota auf. Deutlich sah sie die Galeeren der Byzantiner vor sich. Und dann überfiel sie wieder das Bild, das sie so hasste und fürchtete: ihr Vater mit dem Sack über dem Kopf, wie er mit einem Hahn, einer Schlange und einem Affen ins Meer gestoßen wurde.
Halifa tröstete sie, indem er sie hin und her wiegte, Hassan

aber warb jetzt jeden kampffähigen Mann an und stockte die Vorräte in der Festung auf.

Als die Zeit heranrückte, in der Chalida ihre Monatsblutung zu erwarten hatte, bangte auch Trota mit ihr. Die Anspannung stieg von Stunde zu Stunde, doch schließlich war sich Trota sicher: Chalida musste schwanger sein.
Anfangs kannte Chalidas Freude kaum Grenzen, doch dann rückte sie mit der Frage heraus, mit der Trota die zurückliegenden Wochen bereits gerechnet hatte: »Könnt Ihr auch erkennen, ob ich ein Mädchen oder einen Jungen erwarte?«

Ich habe nie auf dieses Erkennungszeichen vertraut, dachte sie, als sie einen Topf mit Sand, Datteln, Gersten- und Weizenkörnern füllte. Aischa selbst hat mir damals in Palermo geraten, ihm zu misstrauen. Trotzdem täuschte sie sich nicht allzu oft. Bei einem Dutzend Schwangeren behielt es achtmal Recht. Möge ich dasselbe Glück haben wie sie – und auch Chalida wünsche ich, dass es erfüllt, was insgeheim alle von ihm erwarten.
Sie klemmte sich den Topf unter den Arm und ließ sich bei Chalida melden.
»Ich habe Euch schon gesagt, dass ich mich auch irren kann.«
»Hassan wird Euch deswegen nicht bestrafen. Ein Kind ist ein Kind. Es ist Allahs Wille, wenn es kein Sohn wird.«
»Gut. Dann lasse ich Euch jetzt allein. Ihr wisst, was Ihr zu tun habt?«
»Ja.« Chalida verdrehte die Augen. »Jeden Tag um dieselbe Zeit einmal in den Topf urinieren.«

Sieben Tage vergingen. Am Morgen des achten Tages stattete Trota Chalida wieder einen Besuch ab. Sie fragte nach dem Topf, stocherte ein wenig darin herum.
»Die Zeichen an sich sind deutlich. Die Weizenkörner haben zu keimen begonnen.«
»Und das heißt?« Chalidas Stimme war schrill.
»Wenn es denn so sein soll: Ihr könntet mit einem Sohn niederkommen.«

Die Nachricht war Hassan ein Festmahl wert, doch noch in der Nacht kam ein Bote und brachte besorgniserregende Nachrichten. Hassan nahm Trota und Halifa beiseite und legte ihnen nahe, gleich am nächsten Morgen nach Damaskus aufzubrechen.
»Dazu habe ich eine Bitte: Nehmt Chalida mit. Sie darf nicht länger hierbleiben, die Gefahr ist zu groß.«
»Warum?«, fragte Halifa.
»Ich habe Nachricht bekommen, dass sich etliche Seldschuken-Banden zusammengetan haben und den byzantinischen Truppen einen Hinterhalt stellten.«
»Aber ist das denn keine gute Nachricht? Die Kräfte der Byzantiner werden jetzt nicht mehr ausreichen, Euch gefährlich werden zu können.«
Hassan schüttelte den Kopf. »Sie haben nicht viele Männer verloren. Die eigentlichen Kämpfer haben sie gar nicht eingesetzt: Waräger, Franken und Nordmänner. Allesamt erprobte Söldner, die bereits bei Euch in Apulien gewütet haben. An Grausamkeit mögen die Seldschuken ihnen zwar überlegen sein, aber nicht an Kampfkraft. Wohl nicht von ungefähr haben sie sich vor Emesa in eine Karawanserei zurückgezogen.«

»In Emesa wohnen viele Christen«, meinte Halifa nachdenklich.
»Allein deswegen werden die Byzantiner sie angreifen«, sagte Hassan düster. »Sie werden nicht vergessen haben, dass dort einst viele Christen von meinen Glaubensbrüdern umgebracht wurden.«
Trota ging nachdenklich ans Fenster und schaute hinaus. »Wie weit liegt Emesa denn von Euch entfernt?«
»Eine lächerliche Tagesreise.«
»Wenn sie also weiter südlich ziehen ...«
Plötzlich war ihr kalt.

Sterben und Tod

Als Chalida erfuhr, dass sie fliehen müsse, wehrte sie sich so lange, bis Hassan die Geduld verlor und sie schlug. Er zerrte sie vom Diwan, doch Chalida weinte zum Steinerweichen und klagte schließlich über Schmerzen im Unterleib.
Hassan resignierte.
»Soll ich es noch einmal versuchen?«, fragte Trota.
»Tut alles.«
Trota sprach auf Chalida ein, malte ihr aus, wie gefährlich es hier geworden war, doch auch sie konnte nichts ausrichten.
Ein Schrei ließ beide verstummen.
Kurz darauf stürzte Hassan herein. »Es ist zu spät.«

Die Byzantiner hatten die Karawanserei bereits im Morgengrauen erobert. Äxte und Schwerter von Warägern und Nordmännern hatten fürchterliche Arbeit geleistet. Im Blutrausch und Siegestaumel waren sie weiter gen Süden gezo-

gen und betrachteten Hassans Festung bereits als so gut wie gefallen.
Mitleidlos verwüstete ihre Vorhut den fruchtbaren grünen Gürtel und tötete jeden, der sich ihnen in den Weg stellte. Als die Hauptstreitmacht heran war, setzten sie kurzerhand das Tor in Brand und zertrümmerten es mit zwei Steinschleudern.

Das Morden begann. Hassans Söldner mochten gegen die byzantinischen Truppen bestehen, aber gegen die fränkischen Söldner mit ihren Zweihändern konnten sie nichts ausrichten. Nicht anders erging es Hassans Kämpfern, die gegen Waräger und Nordmänner antraten.
Trota war vor Angst wie gelähmt. Sie klammerte sich an Halifa, lauschte hilflos auf das Schreien und Stöhnen der Verwundeten und Sterbenden.
Es kam die Stunde, in der bei ihnen die Tür aufflog und ein blutbesudelter Byzantiner auf Halifa zuschritt und sein Schwert zog.
»Habt Erbarmen!«, rief Trota und warf sich ihm zu Füßen. »Ich bin Christin und er hat mich vor den Seldschuken beschützt.«
Der Byzantiner steckte sein Schwert in die Scheide und griff nach Alas Geldsäckchen. Er leerte die restlichen Münzen aus und pfiff anerkennend durch die Zähne. Alas *solidi* zeigten das Bild Konstantin Monomachos, des byzantinischen Kaisers.
Trotzdem schlug er Halifa ins Gesicht und spuckte auf ihn.
»Danke deinem Allah, dass ich kein Waräger bin.«
Er stieß sie vor sich her, bis sie im Hof der Festung auf die anderen Gefangenen stießen. Es waren wenig genug, und sie

alle wurden Zeuge, wie Hassan und seiner Leibwache die Kehle durchgeschnitten wurde.
Trota hatte das Gefühl, innerlich zu erstarren. Sie konnte nicht weinen und atmete so flach, dass ihr schwindlig wurde. Halifa flehte den Byzantiner um einen Becher Wasser an, doch dieser schlug ihm nur wieder ins Gesicht.
Wimmernd brach Trota zusammen.

Als sie wieder zu sich kam, schrie sie auf. Niketa beugte sich über sie. Seine Augen glühten, und seine Wangen waren tief zerfurcht. »Ihr habt mir die Freiheit geschenkt, damit ich Euch für meine Pläne retten kann.« Er zog sie zu sich hoch und strich ihr mit widerlichem Lächeln über die Wange. »Erkennt Ihr jetzt, dass dies unser Schicksal ist? Wir sind Werkzeuge für den einzigen gerechten göttlichen Weg.«
»Wir werden sehen, ob dies wirklich sein Weg ist,« murmelte Halifa, woraufhin Niketa sich dicht vor ihn stellte und mit vor Hass verzerrtem Gesicht sagte: »Dich zu töten ginge schnell. Doch deinen Hochmut zu brechen ist schöner. So wie die Stadt, aus der du kommst, vernichtet wurde, wirst auch du vernichtet werden. Ab jetzt hüte deine Zunge. Sonst könnte die Schönheit deines Weibes leiden. Die Männer hier sind hungrig. Aber nicht auf Wasser und Brot. Du verstehst?«
Halifa schwieg.
»Der Mohnsaft hat Euch zerstört, Niketa«, sagte Trota leise.
Niketa starrte sie an, suchte nach Worten. »Nein, der Mohnsaft hat mich nicht zerstört, Magistra. Er hat meinen Hass beflügelt.«
Niketa bekam den Befehl, die Gefangenen nach draußen zu führen. Sie schritten über Leichen, wateten durch Blutlachen. Es roch nach Exkrementen, Fliegenschwärme stoben auf. Wer

noch nicht tot war, dem wurde der Hals aufgeschnitten, derweil vor einem Zelt ein Pope ein Weihrauchgefäß schwenkte und mit einer Glocke zum Gottesdienst rief.
»Trota!«
Chalida stand auf der Festungsmauer und versuchte, sich mit gezogenem Schwert eine Gruppe lachender Söldner vom Leib zu halten. Ihr helles Kleid war blutverschmiert, ihr langes Haar aufgelöst.
»Chalida!«
Trota brachte kaum einen Ton heraus. Sie hob die Hand, winkte Chalida zu. Diese winkte zurück.
Die Männer lachten.
Chalida aber rief Allah an – und sprang in die Tiefe.

Das Janusgesicht des Theriak

Niketa wurde ausgewählt, die Gefangenen nach Latakia an die Küste zu bringen, ein Marsch von über einer Woche Dauer. Brot war kostbarer als Wasser, doch als auch dieses zur Neige ging, glaubte Trota, vor Erschöpfung nicht mehr weitergehen zu können. Sie taumelte nur noch, stürzte schließlich.
»Lass mich sterben«, bettelte sie Halifa an, der vergeblich versuchte, sie wieder auf die Beine zu bekommen.
Niketa schlug ihr ins Gesicht und gab ihr das Wasser, das für andere Gefangene bestimmt waren. »Was für eine jämmerliche Frau Ihr seid«, höhnte er. »Da sind wir bald am Orontes, Ihr aber wollt sterben?«
Er riss sie hoch und zwang sie, weiterzugehen. Halifa stützte sie, sang, beschwor sie durchzuhalten. Trota indes plagte der Gedanke, dass all ihre Pläne und ihre Liebe nichts als eine Fata

Morgana gewesen seien. Der Gedanke fraß sich in sie hinein, setzte sich in ihr fest wie ein Bandwurm und zehrte an ihrem Verstand. Halifa ging das Wagnis ein, ihr ein wenig von seinem Theriak zu geben, doch der darin enthaltene Mohnsaft stürzte Trota in ein Delirium, so dass sie schließlich an den Ufern des Orontes endgültig zusammenbrach. Auch Halifa und die anderen Gefangenen waren so entkräftet und des Marsches müde, dass der Anführer in der Nacht wütend beschloss, sie alle bei Morgenanbruch zu töten.

Mit Tritten wurde Trota geweckt, und Niketa riss sie an den Haaren. »Willst du leben?«
»Ja.«
»Dann hilf.« Er stieß sie an eine der Feuerstellen, wo sich der Anführer, ein Waräger, stöhnend das Fußgelenk rieb. Er hatte Schweißperlen auf dem Gesicht und atmete stoßweise. »Eine Schlange hat ihn gebissen. Wenn du ihn heilst, schenkt er dir und den anderen das Leben. Kannst du es?«
»Ich versuche es.«
»Womit?«
Trota tastete nach der kleinen Amphore, die an einer Kette um ihren Hals hing. Wenn ich ihm einfach Theriak gebe, überlegte sie, wird er uns umbringen. An was aber glaubt ein Waräger? An die Sprache des Bluts. Ich werde ihn täuschen.
»Darf ich die Bisswunde sehen?«
Der Waräger streckte ihr seinen Fuß hin. Trota legte den Mund auf die Wunde und begann zu saugen. Dann schüttelte sie den Kopf. »Das Gift ist bereits zu tief im Bein. Ich schmecke es kaum noch. Besser ist es, wenn ich Euch am Oberschenkel zur Ader lasse. Dann kann das Gift mit dem Blut ausfließen.«

Der Gedanke leuchtete dem Waräger ein. Er ließ sich einen Dolch bringen, den Trota umständlich im Feuer wendete und mit den Säften irgendwelcher Sumpfpflanzen ablöschte. »Wollt Ihr festgehalten werden, wenn ich schneide?«
Die Frage wurde ihr mit einer Ohrfeige vergolten.
Also stach Trota einfach zu. Der Waräger verzog keine Miene.
Ich werde noch ein wenig saugen, dachte Trota. Und ihm dann den Theriak geben.
Wieder legte sie den Mund auf die Wunde, verdrängte all die widerlichen Gerüche. Der Waräger grunzte zufrieden, und fasste nach ihrem Kopf.
Trota schnellte zurück. »Euer Blut schmeckt rein! Jetzt aber müsst Ihr hiervon etwas nehmen.« Sie zog die Amphore hervor und zog den Stöpsel.
»Was ist das?«
»Theriak. Eine Medizin, die ich nach einem Rezept aus dem Nuri-Hospital in Damaskus hergestellt habe.«
Sie hob die Amphore hoch, so dass sie Niketa und alle Söldner sehen konnten. Dabei erzählte sie die Geschichte vom König Mithridates, schmückte sie aus und erklärte, dass der Theriak in der Lage sei, überschüssige Giftmengen, die trotz Aderlass in den Körper gedrungen seien, zu binden und auszuschwemmen.
Der Waräger ließ sie nicht aus den Augen. Er schnupperte am Theriak, befand ihn für wohlriechend und befahl Trota, ihm genau die Hälfte davon zu geben. »Die andere Hälfte nimmst du. Dann weiß ich, dass es kein Gift ist.«

Was den Waräger heilte, stürzte sie in einen langanhaltenden Rausch. Darum bekam sie so gut wie nichts von der Fahrt auf dem Orontes mit. Die Fischer eines anliegenden Dorfes hatten

den Söldnern ihre flachen Kähne freiwillig zur Verfügung gestellt – aus Dankbarkeit. Obwohl wir Muslime sind, sagten sie, vergessen wir nicht, dass ihr uns von den Seldschuken-Banden befreit habt.
Dies hob die Stimmung. Endlich gab es wieder genug zu essen und zu trinken und alle Strapazen waren vergessen. Die Gefangenen waren Trota dankbar, selbst die Söldner waren beeindruckt. Eine Zeit lang murmelten sie das Wort Theriak vor sich her, um es nicht zu vergessen, doch bald interessierten sie sich nur noch dafür, wie lange sie noch bis nach Latakia brauchten.
Schließlich lag das letzte Stück vor ihnen: Die Überquerung des Sahiliya-Höhenzuges, der die Orontes-Ebene von der Küste trennte.
Trota schaffte den Weg nur mühsam, unter Aufbietung all ihrer Willenskraft. Der Theriak hatte sie ausgezehrt. Sie begriff, wie gefährlich er war, wenn er nicht richtig dosiert wurde.
Abu Elnum, das Opión, ist ein eifersüchtiger Stoff, dachte sie. Jetzt erst verstehe ich, warum er ebenso der Bruder des Todes ist. Aber hatte ich nicht schon damals auf Kreta, in Aigistos' Haus, das Gefühl, mit der Mohnkapsel auch einen Totenschädel in der Hand zu halten?
Ein Schwindel erfasste sie, als sie auf den steinigen Pfad einbogen, der in glühender Sonne lag. Die Luft flimmerte über kahlem Fels, die Grasnarben glichen braungrauem Filz. Trotas Schläfen pochten vor Anstrengung, ihr Kopf schmerzte.
Ich könnte Halifa bitten ...
Nein, sie durfte nicht nachgeben.
Sonst weckt Abu Elnum seinen Bruder ...
Sie dachte über die Ingredienzien des Theriak nach.

Wenn Matthäus etwas davon nehmen soll, darf er nicht zu viel vom Abu Elnum enthalten. Galen und Rhazes mischen den Mohnsaft beide mit Safran und Pfeffer ... Pyrethrum, wie Galen ihn beimischt, förderte die Verdauung, tut aber auch den Augen gut. Bauch und Kopf, es passt zusammen. Bilsenkraut dagegen ist sicher überflüssig, Honig allein gut für den Geschmack.
Und Speik? Er harmoniert, besänftigt. Wirkt wie Baldrian.
Sie taumelte, kam ins Grübeln. Der trockene Wind trieb ihr Tränen in die Augen.
Was ist mit den anderen Ingredienzien, die Rhazes fordert?
Myrrhe ist gut gegen Entzündungen und wirkt leicht betäubend, wozu aber Küchenkräuter wie Petersilie, Anis und Eppich? Castoreum ist Bibergeil und wirkt gegen Krämpfe. Rhazes hat ihn sicher gegen den Speik ausgetauscht, der eine Pflanze der Alpen ist.
Die Namen schwirrten in ihrem Kopf herum. Sie versuchte, sich die Düfte von Blüten und Harzen in Erinnerung zu rufen, glaubte, Aromen von Wurzeln und Blättern zu schmecken. Die Beschäftigung mit den Ingredienzien half ihr auf ihrem Weg über den Sahiliya-Höhenzug und verdrängte die körperliche Erschöpfung.
Wo war Halifa?
Er trat gerade aus, wurde sogar dabei bewacht.
Was nützt mein Grübeln, dachte Trota resigniert, als endlich in der Ferne das Meer glitzerte. Wenn kein Wunder geschieht, steht uns die Sklaverei bevor.
Und doch begannen ihre Gedanken wieder um den Theriak zu kreisen. Sie kombinierte das Opión mit anderen Harzen und Kräutern, sah sich in ihrem Garten an der Seite Gismundas mörsern, reiben, trocknen, schneiden, kochen: Kresse, Knob-

lauch und Ingwer, Iris und Lavendel, Nelken, Kardamon und Kümmel, Pech und Mumia, Weihrauch und Zimt.
Und Nüsse, Nussschalen ... Schalen mit den Tropfen des Balsambaumes ... aber wie schmeckt alles mit Zitronen, den Früchten der Macchia ...?

Im Hafen von Latakia legte man ihr wie allen anderen Gefangenen Fußfesseln an. Gewaltsam zwang Niketa sie, Wasser, mit Theriak versetzt, zu trinken, und schlug so lange auf Halifa ein, bis dieser vor ihren Augen zu Boden ging.
»Wacht auf!« Niketa versuchte erneut, ihr Wasser einzuflößen. Es schmeckte scharf und bitter. Sie hustete, spuckte, ein Großteil lief über ihre spröden Lippen. Sie mochte nicht schlucken, wandte sich ab.
Die Kriegsgaleere, die sie, Halifa und die anderen Gefangenen nach Byzanz brachte, glitt zügig ihrem Ziel entgegen. Das Rot der Fahne erinnerte Trota an das Gemetzel in Hassans Festung, das Blau des Meeres rief ihr das Schicksal ihres Vaters ins Gedächtnis.
»Ihr werdet mich nicht lebend nach Byzanz bringen«, hauchte sie.
Niketa lachte schrill auf. Er hielt Trota Halifas Theriak-Fläschchen vor die Augen und zeigte auf den Becher Wasser.
»Es bekommt dir und mir, Magistra.« Seine Augen funkelten in irrem Glanz, als er den Becher an die Lippen setzte und langsam leerte. »Denn darin ist der Stoff, der uns verbindet ...«
Er erhob sich schwerfällig, taumelte gegen die Bordwand. Vor Halifa blieb er stehen, schwankte vor und zurück und spuckte ihm dann ins Gesicht.
Trota schloss die Augen und schlief ein.

Der Verräter als Retter

Als man sie in Byzanz von Bord trug, bekam Niketa vom kommandierenden Waräger den Befehl, Trota in eines der Spitäler zu bringen, in denen Verletzte und Kranke aus der Waräger-Garde des Kaisers behandelt wurden.
»Tot ist sie nichts wert. Lebend ein Vermögen.«
»Gut, aber ich passe hier auf sie auf.«
Niketa setzte sich auf einen Stuhl an Trotas Bett. Der Arzt fühlte ihr den Puls, zog ihr die Lider herab und ließ sie zur Ader: »Ihr habt Ihr Theriak gegeben? Es war zu viel. Wir werden jetzt nur ihr Blut auffrischen und warten.«
Die Stunden verstrichen. Am Abend breitete sich Unruhe im Spital aus. Harte Schritte näherten sich ihrem Bett.
Trota erwachte, sah, wie Niketa aufsprang und Haltung annahm vor einem breitschultrigen Mann, der mit dem Rücken gegen das Licht stand. Sie konnte sein Gesicht nicht sogleich erkennen. Er trat einen Schritt näher: »Wer ist die Frau?«
Trota versuchte, sich hochstemmen, zu vertraut war die Stimme: »Argyros?«
Er beugte sich über sie. »Trota!«
»Sie ist meine Gefangene, Katapan«, zischte Niketa.
»Meint Ihr? Ab jetzt nicht mehr.«

Ihren Vetter Argyros wiederzusehen war nicht die einzige Überraschung, die Trota erwartete. Doch zunächst genas sie in einem palastähnlichem Gebäude, der Kommandantur der Katapane des byzantinischen Reiches.
»Wären wir in Bari, hätte ich dich in meinem Haus gepflegt, Trota. Du musst wissen, man hat mich zum Katapan von Apu-

lien gemacht. Dass ich hier in Byzanz bin, hat damit zu tun, dass ich neue Truppen anwerben muss, um die Nordmänner in Schach zu halten. Mein Besuch im Spital galt einem Freund. Kennst du die Hautevilles? Sicher. Natürlich kennst du sie. Du hast ja ihrem besten Kämpfer das Leben gerettet: Robert von Hauteville, den sie den Schlaukopf nennen.«
Von all dem interessierte sie nichts. Sie hatte nur eine Sorge. »Wo ist Halifa?«
»Der Muslim mit dem zerschlagenen Gesicht? Du liebst ihn?«
»Ja, bring mich zu ihm.«
»Gedulde dich. Er ist frei und bei einem seiner Gönner.«
Erleichtert sank Trota zurück in die Kissen.

Halifas Geheimnis oder die Einlösung der Ideale

Nach drei Tagen brachte Argyros ihr neue Kleider und schickte sie ins Badehaus.
»Einer meiner Männer wird auf dich warten und dich danach ins Haus des Patriarchen führen.«
»Warum das?«
Argyros lächelte. »Lass dich überraschen.«

Man führte Trota in einen Saal, dessen Goldglanz und prächtig ornamentierte Wände ihr den Atem verschlugen. Nur schemenhaft nahm sie die Reihen dick gepolsterter Diwane wahr, das Glitzern von Edelsteinmosaiken an den Wänden. Am Ende des Raumes traf ihr Blick auf zwei vertraute Gesichter: Halifa und Erzbischof Alphanus. Neben ihnen stand in türkisfarbenem

Seidenbrokatmantel der Patriarch von Byzanz, Michael Keroularios.
Ehrfürchtig beugte sie vor dem Patriarchen Kopf und Knie. Dieser legte seine Hand auf ihr Haupt und segnete sie. »Gepriesen sei Gott der Herr und sein uns geschenkter Sohn! Er hat Euch auf Eurem Weg geprüft und sicher hierher geleitet. Ihr werdet wissen, was er Euch damit sagen will. Erhebt Euch, Trota von Salerno.«
Sie tat, wie ihr geheißen. Der Blick des Patriarchen ruhte auf ihr, ernst und freundlich.
»Ich danke Euch für Euren Segen, Euer Heiligkeit. Der Grund für die Reise war mein Kind, ihr Gewinn aber ein Nutzen für alle Kranken und Leidenden.«
»Ich weiß«, antwortete er lächelnd. »Wollt Ihr nicht Eure Gefährten des Geistes begrüßen? Soviel ich verstanden habe, ist Erzbischof Alphanus Euer Bewunderer und Förderer. Und auch Euer Freund wird froh sein, Euch wieder in seine Arme schließen zu können, oder täusche ich mich?«
Er wandte sich Halifa zu, wobei Trota der belustigte Ausdruck seines Blickes nicht entging. Sie zögerte einen Moment, doch ihre Sehnsucht war stärker. Aber kaum hatte sie Halifa berührt, zuckte dieser zusammen und hob die Hände, als wolle er sich schützen. Ein gequältes Lächeln spielte um seinen verquollenen Mund und verwandelte sein von Blutergüssen geschundenes Gesicht in eine mitleiderregende Fratze.
»Er wird dafür büßen«, sagte sie. »Dafür sorge ich. So wahr ich hier vor dir stehe.«
»Nein, Trota, sei barmherzig, so wie du es schon einmal ihm gegenüber warst. Niketa hat nicht mehr lange zu leben. Abu Elnum hat ihm Seele und Verstand zerfressen, er richtet sich selbst. Bete für ihn.«

»Sind das nicht die Worte eines wahrhaften Christen?«, warf Alphanus ein. Er schaute zum Patriarchen, als suche er Zustimmung für seine Bemerkung.
Trotas Herzschlag beschleunigte sich. Sie trat einen Schritt zurück und musterte Halifa eindringlich. Für wenige Augenblicke herrschte gespannte Stille. Die Festigkeit, die Halifa ausstrahlte, verunsicherte sie. Ihre Angst, an ihrer Liebe zu ihm zu zerbrechen, nahm zu. Sie spürte, dass die Anwesenheit des Patriarchen und Erzbischof Alphanus' ihrem Wiedersehen mit Halifa eine schmerzliche Bedeutung verlieh.
Doch welche?
»Es scheint, als habe ich nur einen geringen Teil deines Wesens verstanden, Halifa. Zu meisterhaft verstehst du es, dich zu beherrschen. Deine Ideale, von denen du mir erzähltest, bergen noch ein Geheimnis, nicht wahr?«
»Ja, Trota. Es schon am Anfang unserer Reise zu lüften, hätte ich nicht gewollt, aber auch nicht gekonnt. Erst das, was geschah, machte mir deutlich, dass all das, was die Begegnung mit Abt Richar aus Monte Cassino auslöste, wahrhaft Bestimmung ist.«
»Du sprichst in Rätseln, Halifa.«
»Für Euch schon, Trota«, mischte sich Alphanus ein. »Aber der Weg, den Halifa zu beschreiten gedenkt, ist noch nicht abgeschlossen. Die heilige christliche Kirche aber ist geduldig. Sie wartet gerne. Und sie wartet umso lieber, je sicherer sie sein kann, dass die Entscheidung des Verstandes dereinst auch das Herz mitreißt.«
»Halifa, du willst konvertieren?«, rief Trota überrascht aus. »Du, der du zu Beginn unserer Reise Moscheen aufgesucht hast? Warum?«
»Schlicht gesagt, die Liebe ist der Grund. Gott, Allah, schenkte sie mir durch dich. Du bist eines seiner Symbole für Nächsten-

liebe und Barmherzigkeit. Mit anderen Worten: Du lebst die Botschaft von Jesus Christus. Wie soll ich mich ihr entziehen, wo ich erleben durfte, was sie bewirkt und wie sie belohnt wird? Unsere Rettungen sind der lebendige Beweis, wie mächtig die Kraft der Liebe ist, die uns zuteil wurde.«
Trota senkte den Kopf. Als sie wieder aufschaute, hatte sie Tränen in den Augen. Erzbischof Alphanus trat auf sie zu, breitete die Arme aus und zog Trota an sich. »Das Geschenk, das Ihr damit der Kirche gemacht habt, Magistra, wird nicht unbelohnt bleiben. Zieht euch jetzt beide zurück und nehmt Abschied voneinander. Halifas Dhau liegt im Hafen von Sidon, seine Männer warten dringend auf Befehle. Er reist schon morgen mit den neuen Truppen des Kaisers.«

Sie gingen im Garten des Patriarchen spazieren. Lange Zeit sprachen sie kein Wort miteinander, sondern lauschten dem Plätschern der Brunnen und dem Gesang der Vögel, die in vergoldeten Volieren gehalten wurden. Ab und zu stolzierten Pfauen hinter blühenden Hecken hervor und schlugen ihr Rad. Seichter Abendwind trug ihnen den Duft von Rosen- und Jasminblüten zu, es war, als ob er ihnen die sinnliche Wärme der anbrechenden Nacht zuhauchte.
Vor einem Brunnen blieben sie stehen.
»Ist es nicht seltsam, dass wir Ibrahims Schutzbrief nicht benötigten?«, eröffnete Trota schließlich das Gespräch.
»Wir bekamen nicht die Gelegenheit dazu«, antwortete Halifa und zog sie an sich. »Ist das nicht auch eines der wunderbaren Zeichen?«
Trota spürte wieder, wie die Angst sie überfiel. Sie schlang ihre Arme um seinen Nacken und presste sich fest an ihn. »Ich will nicht ohne dich leben, Halifa. Niemals.«

Er nahm ihr Gesicht zwischen seine Hände. Sie schloss vor Schmerz die Augen. »Hast du es vergessen, Trota? Unsere Liebe wird ewig währen. Sie wird das feste Band zwischen uns sein, das allem Irdischen standhält. Lass dir Zeit, bis du es wirklich verstehst und leben kannst. Du wirst zu deinem Mann und deinem Sohn zurückkehren, und du wirst deine Bestimmung als Heilerin und Magistra erfüllen.«
»So mächtig ist Alphanus nicht. Herzog Waimar hat das letzte Wort. Auch die Kollegen müssen ihr Einverständnis geben. Und wie soll Johannes jene Frau zurücknehmen, die ihn ständig daran erinnern wird, von ihr betrogen worden zu sein?«
»Gestehe ihm eine unserer vielen Umarmungen. Dann schweige und bitte ihn um Verzeihung. Er wird sie dir nicht verwehren.«
»Aber wie geht es weiter?«, flüsterte sie kaum hörbar.
»Zunächst werde ich noch ein wenig reisen, meinen Geschäften nachgehen und dabei in den Stätten der Gelehrsamkeit Abschriften medizinischer Bücher in Auftrag geben. Dann wird der Tag kommen: Abt Richar, der mich in Rom übrigens auch Erzbischof Alphanus vorstellte, hat mich eingeladen, ihn jederzeit zu besuchen.«
»Du meinst, für immer?«
»Wer weiß?«
»Aber was heißt das für uns?«
»Nun, ich stelle mir vor, dass ich dann und wann eine kluge Magistra an meiner Seite wissen muss, die mir, sagen wir, ein wenig zur Hand geht?«
Sie küssten sich sanft und tröstend. Ihre tiefe Sehnsucht nach einander aber verwandelte ihre Küsse in ein Verlangen, das der Schmerz ebenso befeuerte wie das Glück, Körper und Seele in Einklang bringen zu dürfen.

Heimkehr

Trota segelte mit Erzbischof Alphanus und Argyros, dem Katapan von Apulien, zurück nach Italien. In ihrem Gepäck befand sich eine Kiste mit Mohnkapseln und mehreren Laiben getrockneten Mohnsaftes: Opión. Das Einzige, was sie beunruhigte, war die Frage, wie Herzog Waimar ihre Rückkehr bewerten würde. Hatte sie erneute Festnahme und die Zwangsinvestitur zur Äbtissin von Venosa zu befürchten?

»Ihr könnt unbelasteten Gemüts heimkehren, Trota«, beruhigte sie Alphanus auf ihre Frage. »Niemand wird Euch mehr des Mordes am Vogt verdächtigen. Seine Mörderin entlarvte sich, weil sie wie Judas handelte: Sie hängte sich auf und richtete sich damit selbst. Ihr braucht also Herzog Waimar nicht mehr zu fürchten.«

»Aber was ist mit seiner Verfügung, mich zur Äbtissin von Venosa investieren zu wollen?«

»Ich werde mich für Euch verwenden, doch da Schola und Spital dem Benediktinerorden und der klösterlichen Gewalt Monte Cassinos unterstehen und Halifa sowohl Abt Richar wie auch der Schola – mit Eurer Hilfe – dienen wird, bin ich überzeugt, dass Herzog Waimar seinen Anspruch, Euer Schicksal bestimmen zu wollen, aufgeben wird. Im Übrigen braucht Graf Drogo den Löwenanteil seines Geldes, um seine Männer zu bezahlen. Außerdem frage ich mich wirklich, woher er und Herzog Waimar all das Geld nehmen wollen, um jene Mauern zu errichten, hinter denen sie Euch verschwinden lassen wollen? Ein Klosterspital für eine Magistra wie Euch mit allen Notwendigen zu bauen, kostet Zeit und Geld. So wie es ihrem Wesen entspricht, werden sie es aber einzig dafür brauchen, ihre Macht zu festigen.«

Seine Antwort befreite Trota von zwei großen Sorgen. Eigentlich, dachte sie, könnte ich nun die ruhige Fahrt gen Westen ge-

nießen, schließlich segele ich Matthäus entgegen. So Gott will, werde ich ihn bald wieder in die Arme schließen. Und dennoch habe ich Angst. Eine Angst, die ich niemandem mitteilen kann und die ich so lange mit Erfolg verdrängte: die Angst vor Costas' Heimtücke. Sein wacher Geist ist stark genug, um seine Krankheit im Zaum zu halten. Ich traue ihm zu, dass er auf mich wartet. Wenn ich zurückgekehrt bin, wird er womöglich ein letztes Mal handeln – um mich endgültig zu Fall zu bringen. Er wird Herzog Waimar verraten, wer die Frau war, die an seiner Tochter Sikelgaita eine Abtreibung vornahm.
Dann wird mir niemand mehr helfen können.
Auch Alphanus nicht.
Je weniger es ihr gelang, diese bedrückenden Gedanken zu vertreiben, desto rascher schien ihr die Fahrt voranzugehen. Trota wurde immer schweigsamer, was Alphanus nicht störte. Er plauderte zwar gelegentlich mit Argyros, verbrachte aber die meiste Zeit mit seinen Dichtungen. Hin und wieder näherte er sich ihr, um sie aufzumuntern, weil er annahm, dass sie das Wiedersehen mit Johannes belastete.
»Mögt Ihr auch mit Eurem Freund Halifa über das Schickliche hinausgegangen sein, Trota, vergesst nicht die Worte, die unser Herr Jesus Christus einst sagte: ›Wer ohne Sünde von euch ist, der werfe den ersten Stein.‹ Im Übrigen unterstelle ich Euch nichts. Schweigen werde ich sowieso.«
»Danke, Alphanus«, sagte Trota schnell und spürte, wie ihr das Blut zu Kopf schoss. »Nur eins vergaß ich, Euch zu fragen: Wie geht es Prinzessin Sikelgaita?«
»Sie reitet, führt Schwert und Bogen und lehrt jeden Ritter am Hof das Fürchten. Der Herzog hat große Pläne mit ihr. Warum fragt Ihr?«
»War ich nicht ihre Leibärztin?«

Mehrere Tage genossen Trota und Alphanus Argyros' Gastfreundschaft in Bari. Die Weiterreise nach Salerno zögerte sich noch etwas hinaus, weil Trota die Freundin ihrer Kindheit, Gisa, wiedersehen wollte.
»Weißt du noch, Gisa, wie du mir zuriefst: ›Du musst leben! Leben!?‹«
»Du wolltest sterben, Trota. Wir waren Kinder, wussten nichts. Und doch spürte ich schon damals: Du bist nicht wie wir anderen. Am Tag der Katastrophe trafen wir uns während der Siesta auf der Mole. Du wartetest auf die Rückkehr deines Vaters, ich hatte zu viel Kichererbsenbrei mit Ziegenmilch gegessen. Mein Bauch fühlte sich an, als wüchsen in ihm Wolken. Da hast du alle Wegränder nach Minzkraut abgesucht, weil du wusstest, dass es mir helfen würde. Wir waren kaum sieben Jahre alt.«
»Morgen breche ich auf nach Salerno, Gisa. Sehen wir uns wieder?«
Gisa schaute Trota bedeutungsvoll an. »Wenn die Kriege nicht wären ... Die Nordmänner werden immer stärker. Die Byzantiner dagegen verlieren eine Festung nach der anderen. Bari ist ihre letzte große Bastion.«
»Komm zu mir, bevor sie fällt.«

Ein Band knüpft sich neu

*M*atthäus klammerte sich an sie, als sie sich am frühen Abend aufmachte, Costas zu besuchen. So groß seine Freude über Trotas Heimkehr auch war, so sehr fürchtete er, sie ein zweites Mal zu verlieren. Wohin sie auch gehe, er werde sie nicht mehr aus den Augen lassen und sie wie ein richtiger Mann beschützen und verteidigen.

»Dann übertrage ich dir, mein Sohn, die Verantwortung dafür, dass du mir deine Mutter wieder zurückbringst«, scherzte Johannes und versuchte, streng zu klingen. Dem Ton seiner Stimme aber entnahm Trota, dass er an Halifa, nicht an Costas dachte. Sie war klug genug gewesen, ihm nicht zu viel zu erzählen, doch natürlich war Johannes viel zu sensibel, um nicht zu spüren, wie sehr sie Halifa liebte. Er hatte ihr zwar verziehen, doch sie wusste, dass er noch lange Zeit brauchen würde, ihr Geständnis zu verarbeiten und sich damit abzufinden, dass Halifa und nicht er die Liebe ihres Lebens war.

»Costas wird nicht die Kraft haben, mich lange aufzuhalten. Wir werden bald wieder bei dir sein«, antwortete sie bemüht heiter.

Johannes nahm es wahr und fügte leise hinzu: »Das hoffe ich nur zu sehr.« Er machte eine lange Pause, in der Matthäus zunehmend heftiger an Trotas Arm zerrte. »Costas verhärtete sich immer mehr unter seinen Schmerzen. Er ist abweisend wie ein angeschossenes Tier. Richte ihm von mir aus, dass ich ihn darum bitte, mir dich, die mir von Gott wiedergeschenkte Frau, nicht zu nehmen.«

»Was weißt du, Johannes?«, fragte Trota bestürzt.

»Nichts«, antwortete dieser leichthin.

»Aber ... du klingst so.«

»Nein, jeder weiß, dass Costas dich dafür verantwortlich macht, mit Rodulfus einen Kollegen an die Seite gestellt bekommen zu haben, der ihm in puncto Eitelkeit in nichts nachsteht. Er ist jetzt der Leibarzt der herzoglichen Familie. Und wird sich, nebenbei bemerkt, auch nicht von dir dieses Ehrenamt streitig machen lassen.«

Sie hauchte Johannes einen Kuss auf die Wange und ging.

»Warum hast du deine Tasche dabei?«, fragte Matthäus. »Costas ist doch selbst Arzt?«

»Wenn er will, habe ich etwas für ihn.«

Sie erreichte den Campo Olio auf direktem Weg. Den ganzen langen Tag hatte die Stadt unter spätsommerlicher Hitze gelitten, und erst jetzt brachte ein leichter Wind vom Meer her etwas Kühlung. Die Salernitaner versammelten sich auf ihren Dachterrassen, speisten und tranken. Bald brannten die ersten Fackeln.

Vor einem Jahr war der Aufstand schon vorüber, dachte Trota. Jetzt erinnert nichts mehr an ihn, und alle tun so, als wäre Salerno die sicherste Stadt der Welt.

Halifa – wo bist du jetzt?

Matthäus drückte ihre Hand fester und begann zu rennen, als Torbogen und Viehtränke in Sicht kamen, hinter denen sich der Campo Olio öffnete.

»Das ist der Olivenbaum!«

»Ich weiß.«

»Damals aber grasten keine Ziegen darunter.«

»Da war ja auch Gewitter. Sie waren im Stall.«

Trota hoffte, den Duft von frischem Brot zu riechen, doch die Hitze des vergangenen Tages erinnerte nur daran, dass auch Ziegen nicht nur Milch gaben.

Sie rümpfte die Nase.

Waren die hebräischen Schriftzeichen noch am Stamm, um die der Bäcker Costas gebeten hatte?

Nein.

»Wohnt Costas in seinem Laboratorium?«

»Nein, darüber.«

Sie klopfte und brauchte nicht lange zu warten: Nathanael öffnete.

»Ihr kommt spät, Trota, aber nicht zu spät.«
»Das heißt, Ihr lasst mich an sein Bett?«
Statt zu antworten ging Nathanael voraus.
Costas' Krankenbett stand in einem Zimmer, um dessen Fensterladen sich ein Rosenstock geschlungen hatte. Bleich und ausgezehrt ruhte er in frischen Laken. Auf einem Stehpult daneben lag die Heilige Schrift, aus der Nathanael ihm vorgelesen hatte.
»Costas?«
Die geschlossenen Lider zuckten, Costas hob den Kopf. Trota hielt den Atem an, nahm Matthäus fester an die Hand.
»Ihr habt gute Arbeit geleistet«, flüsterte er. »Hättet Euren Sohn nicht mitbringen müssen zur Verstärkung.«
»Ich habe den Theriak gefunden, Costas«, sagte sie leise.
»Und ich den Branntwein«, gab dieser zurück.
Er winkte Trota näher und musterte sie. Hinter seinen stechenden Augen erkannte sie den nach wie vor wachen Verstand. Sie schaute sich kurz nach Nathanael um, doch der war hinausgegangen.
»Trota?«
»Ja?«
»Habt Ihr mich auch richtig verstanden? Ihr habt gute Arbeit geleistet ...«
»... bei Sikelgaita?«
Costas hüstelte, ein Lächeln spielte um seine Lippen. Er winkte sie noch ein Stück näher. »Habt Ihr Euren Sohn an der Hand?«
»Ja.«
»Reicht mir die Eure.« Sie kam seiner Bitte nach. Ihre Finger umschlossen seine knochige und kühle Hand und erwiderten den schwachen, aber beherzten Druck.

»Jetzt ist die Kette geschlossen, Magistra«, flüsterte Costas. »Wir beide werden an unsere Kinder weitergeben, was Gott uns hat zuteil werden lassen.«
Trota lächelte. Einen Atemzug lang zögerte sie, doch dann beugte sie sich vor und hauchte einen Kuss auf die kühle Stirn des Todgeweihten. »Danke«, sagte sie und zog ihren Sohn fest an sich. Costas' Gesicht entspannte sich, und es schien, als glitt ein unwirkliches Leuchten über seine von Schmerz gezeichneten Züge. »Lebt wohl, Magistra. Lebt ... wohl.«

Nachwort

Jenen Stimmen, die anzweifeln, ob Trota von Salerno, die erste Gynäkologin des Abendlandes, wirklich gelebt hat, stehen jene gegenüber, die auf die Einfühlsamkeit ihrer unter dem Namen *Trotula major* und *Trotula minor* überlieferten Traktate verweisen: medizinische Schriften, die unleugbar aus der Perspektive und mit dem Wissen und Einfühlungsvermögen einer Frau geschrieben sind.

Ich gehöre zu denen, die sich der Mehrheit moderner amerikanischer Medizinhistoriker anschließen und Trota von Salerno als leibhaftige Ärztin, die im 11. Jahrhundert im damals langobardischen Fürstentum Salerno gelebt, gelehrt und gearbeitet hat, anerkennen. Die italienische Forschung weist sie als Mitglied der dort schon seit dem 8. Jahrhundert bestehenden medizinischen Fakultät aus, sieht sie als Ehefrau des Arztes Johannes Platearius und als Mutter zweier Söhne. Im 19. Jahrhundert ehrte die Stadt sie mit einer Bronzemedaille, heute ist das in Wien ansässige Frauengesundheitszentrum nach ihr benannt.

Ob unter dem Namen Trota – Trotta – Trocta – Tortola – Trottola – Trottus: Ihre beiden Traktate wurden oft kopiert und im 16. Jahrhundert sogar gedruckt. Der erste Traktat – *Passionibus Mulierum Curandorum* – ist eine Abhandlung über Frauenkrankheiten und gynäkologische Spezifika, der zweite Traktat – *Ornatu Mulierum* – widmet sich Hautkrankheiten und kosmetischen Fragen.

Beide Traktate wurden gegen Ende des 12. Jahrhunderts von einem unbekannten Kompilator zusammengefasst und sind Teil des heute verlorenen, 1837 in Breslau entdeckten Salernoer Medizinkonvoluts *De Aegritudinem Curatione*, einer Sammlung medizinischer Schriften, die neben Trotas Traktaten auch Abhandlungen anderer Kollegen enthielt. Dass es Stimmen gab und gibt, die sich schwer tun, die vorhandenen Traktate konkret einer Frau zuzuschreiben, beruht vor allem auf dem Mangel biographischer Fakten. Die Befürworter der realen Ärztin Trota führen den normannischen Adeligen Rudolf Malacorona an, der im Jahre 1059 Salerno besuchte und daraufhin berichtete, er sei »niemandem begegnet, der ihm in Fragen der medizinischen Wissenschaft hätte Paroli bieten können, außer einer vornehmen, recht gebildeten Frau«.

Jene *matrona sapiens*, von der Malacorona schreibt, wurde von Salvatore de Renzi, der zusammen mit seinem französischen Kollegen Charles-Victor Daremberg 1852 in Neapel die fünfbändige *Collectio Salernitana* herausgab, mit Trota in Verbindung gebracht. Auf ihn geht auch die Legende zurück, dass sich bei Trotas Tod im Jahre 1097 ein drei Kilometer langer Trauerzug gebildet habe.

Auch wenn es wenig wahrscheinlich ist, dass in der Zukunft neues biographisches Material zu Tage gefördert wird, so glaube ich doch Folgendes: Jene Frau, die in diesem Roman als Trota von Salerno auftritt und der ich eine fiktive Lebensgeschichte antrage, hätte in Salerno lehren und praktizieren können, denn nachweislich war die Fakultät für Frauen offen. *Mulieres salernitanae* studierten, praktizierten, unterrichteten und forschten: aus dem 13. bis 15. Jahrhundert wissen wir von Namen wie Abella, Rebecca Guarana, Francesca di Romana und Costanza Calenda.

Aber Trota ist der Name, der die Gemüter über nunmehr bald eintausend Jahre bewegt hat. Schon im 13. Jahrhundert sagt der zwischen 1215 und 1280 umherziehende Spielmann Rutebeuf in seinem dramatischen Monolog *Erzählung von den Heilkräutern*: »Gute Leute, ich bin keiner dieser Vagabundenprediger oder windigen Kräuterheiler (…), die mit ihren Kistchen und Beutelchen herumziehen und sie auf Teppichen feilbieten. Nein, ich bin ein Schüler der großen Dame mit Namen Trotula von Salerno, die Wunder jeglicher Art vollbringt. Und wisset wohl, sie ist die weiseste Frau in allen vier Winkeln dieser Welt« (zit. nach Brooke, Die großen Heilerinnen).

Trota als Tochter des baresischen Hauptmanns Dattus oder Geliebte des später zum Christentum konvertierten Constantinus Africanus (Halifa) – warum diese Konstruktion? Die Antwort liegt auf der Hand: Weil auch ein historischer Roman nicht ohne Dramaturgie auskommt und »die« Domäne des literarischen Spiels mit Fakten und Fiktionen schlechthin ist.

In der Tat gab es jenen baresischen Stadthauptmann Dattus, der am 15. Juni 1021 nach der verlorenen Schlacht am Gargano vom byzantinischen Katapan Apuliens ertränkt wurde. Damit ist das weite Feld der verwickelten Geschichte Süditaliens betreten, Landstrichen wie Apulien, Kampanien und Kalabrien. Sie waren im 11. Jahrhundert fortwährenden Kämpfen, Aufständen, Schlachten und Kriegen ausgesetzt, rangelten doch Langobarden, Byzantiner und Normannen um die Macht. Am Ende gingen die Normannen als Sieger hervor – der Roman deutet dies in der Figur des Robert von Hauteville, des Guiscardus an, der mit seinen Brüdern und Halbbrüdern nach und nach – Festung für Festung und Stadt für Stadt – ganz Süditalien und schließlich auch Sizilien eroberte und von Byzantinern und Sarazenen »befreite«.

Trota könnte diesem Guiscard (»Schlaufuchs«) auf Gaitelgrimas Hochzeit mit Drogo von Hauteville durchaus begegnet sein, wie ich es auch für plausibel halte, dass Robert von Hauteville die Hochzeit seines Halbbruders zum Anlass nahm, sein Glück in Kampanien und Kalabrien zu suchen. Nachweislich ließ er sich in späteren Jahren in Salerno behandeln, auch sollte er 1059 Sikelgaita, die jüngere Tochter Herzog Waimars, heiraten und für sie seine erste Frau Alberada verstoßen.

Jene Sikelgaita nun muss eine besondere Frau gewesen sein. Mit den Worten Julius Norwich' ähnelte sie einer Wagner'schen Walküre: schön und groß und von gewaltigen Körperkräften. Sie wurde Robert eine vorbildliche Frau und im wahrsten Sinn des Wortes Mitstreiterin, mit schlachtentscheidendem Charisma. Trota und Sikelgaita: zwei starke Frauen, deren Schicksale ich einfach zusammenführen musste.

Was mögen beide wohl gefühlt haben, als Robert 1071 und 1077 Bari und Salerno, ihre Heimatstädte, eroberte? Sahen sie so ohne weiteres über seine Rücksichtslosigkeiten – Klosterplünderungen etc. – hinweg?

Ich gestehe, vor der verwickelten Geschichte dieser Zeit zuweilen kapituliert zu haben. Trotzdem habe ich mich bemüht, geschichtliche Ereignisse nicht zu erfinden, sondern sie aus der engeren Nachbarschaft zu den Jahren 1046 bis 1048 zu nehmen: Dies betrifft vor allem die Umstände um den Aufstand des Wilhelm Barbotus, der tatsächlich für den Sommer 1051 verbürgt ist und in dessen Folge Drogo von Hauteville im August desselben Jahres in einer Kirche ermordet wurde. Sein Schwiegervater

Herzog Waimar erlitt kaum ein Jahr später am Strand von Salerno dasselbe Schicksal.

Zurück zu Trota. Ich ließ sie nach dem Tod ihres Vaters Dattus mit ihrer Mutter nach Bamberg flüchten. Deren Bruder Melus genoss dort die Gunst Kaiser Heinrichs II., war aber bereits verstorben, als Trota und ihre Mutter eintrafen. Dies ist die Stunde, in der Trota Melus' Sohn Argyros kennen lernt, jenen späteren Überläufer, der erst auf normannischer Seite kämpfte, sich dann mit ihnen entzweite und sich den Byzantinern andiente. So real wie Dattus, Melus und Argyros waren, so erfunden ist die Figur des Magisters Rodulfus, Trotas Lehrer, der sie mit den Geheimnissen des von Kaiser Heinrich dem Bamberger Domstift geschenkten Lorscher Arzneibuches vertraut machte. Trota verdankt diesem Mann ihre Gelehrtenbildung, einen Großteil ihres gynäkologischen Wissens dagegen jener Aischa aus Palermo, einer erfundenen Hauptfrau des Emirs Achmed al-Akhal.

Sind schon die Abläufe der normannischen Eroberungen schwer zu durchschauen, steigern sich die Schwierigkeiten bei der Betrachtung der sizilianischen und im weitesten Sinne muslimischen Geschichte noch beträchtlich. Auch hier habe ich mich bemüht, die politischen Hintergründe zeitentsprechend heranzuziehen und »richtige« Namen zu eruieren, zumindest, was die Herrschaftsverhältnisse betrifft. Dass

Trota aus der damals weit überlegenen sarazenisch-muslimischen Kultur Anregungen bezog, beweisen Passagen aus ihrem *Ornatu Mulierum*. Nichtsdestotrotz hat sie sich mehr an den klassischen griechischen und lateinischen Autoritäten der Antike orientiert, womit ich zur Grundidee des Romans komme: ihrer Suche nach dem angeblich die Fallsucht mäßigenden Theriak.

War dieser zu ihrer Zeit in Westeuropa bestenfalls dem Namen nach bekannt, wurde er nach den Kreuzzügen zur wichtigsten Universalmedizin des Mittelalters. Parallel zur (Wieder-) Entdeckung des darin hauptsächlich wirkenden Opiums verlief die Perfektionierung der Weindestillation, die der Salernitaner Schule im 11. Jahrhundert zugeschrieben wird.

Halifa und Trotas erfundener Gegner Costas – andere Kollegen wie zum Beispiel Erzbischof Alphanus lassen sich in der Salernitaner Medizingeschichte nachweisen und zum Teil einigermaßen genau zeitlich zuordnen – stehen für beide Themenkreise: Der eine ist ein von Krankheit und Vorurteilen geplagter, doch auch rechtschaffener Arzt, der andere eine Art Idealmann, der zugleich zum wichtigsten Vermittler arabischen medizinischen Wissens geworden ist. Es würde zu weit führen, hier die Verdienste des Constantinus Africanus für die westeuropäische Medizingeschichte zu referieren. Mir jedoch erschien es verlockend, ihn eine Romanze mit Trota erleben zu lassen, an deren Ende seine Einsicht stand: Ich konvertiere. Sein muslimischer Name Halifa ist meine Erfindung, nicht aber, dass er aus Karthago stammte, Kräuterhändler war und ab ca. 1060 im Kloster Monte Cassino medizinische arabische Texte ins Lateinische übersetzte.

»Meine« Trota von Salerno ist, unserem modernen Selbstverständnis entsprechend, eine quasi »vernünftig« agierende Frau. Sie hat Gottvertrauen und Mut, ist kritisch und selbstbestimmt. Bei ihren medizinischen Einsätzen habe ich mich eng an ihre Schriften gehalten, gebe aber gerne zu, dass ich mir – neben anderen mittelalterlichen medizinischen Weisheiten – das ausgesucht habe, was uns daran heute am ehesten nachvollziehbar erscheint. Denn so überraschend hellsichtig sich manches in den Trotula-Traktaten liest, zum Beispiel die Behandlung eines Dammrisses, kann ich dennoch nicht verhehlen, dass sich auch Etliches darin findet, was »typisch« finsteres Mittelalter genannt werden muss. Wobei ich meine Heldin damit entschuldige, dass nicht sie, sondern Kollegen und spätere Kompilatoren für derartige »quacksalberische Passagen« die Verantwortung tragen ...

Der Rest war, wie immer, fünf Prozent Inspiration und fünfundneunzig Prozent Arbeit. Zu ihr gehörte das Studium zahlreicher einschlägiger

Geschichts- und Medizingeschichtsbücher, vor allem:

Bertini, Ferruccio: Trotula, die Ärztin. In: Heloise und ihre Schwestern. Acht Frauenporträts aus dem Mittelalter, hrsg. von Ferruccio Bertini, München 1991, S. 139–163.

Brooke, Elisabeth: Die großen Heilerinnen, Düsseldorf, München 1997.

Green, Monica H.: The Trotula – An English Translation of the Medieval Compendium of Women's Medicine, University of Philadelphia Press 2001.

Jankrift, Kay Peter: Krankheit und Heilkunde im Mittelalter, Darmstadt 2003.

Norwich, John Julius: Die Wikinger im Mittelmeer, Wiesbaden 1968.

Seefelder, Matthias: Opium – Eine Kulturgeschichte, 3. Auflage, Hamburg 1996.

Spitzner, Hermann Rudolf: Die salernitanische Gynäkologie und Geburtshilfe unter dem Namen der Trotula, Med. Diss. Leipzig 1921.

Natürlich war auch das Internet eine große Hilfe:

Ich bedanke mich bei den Autoren/-innen der freien Enzyklopädie Wikipedia, verweise dort neben den vielen Artikeln zu bestimmten Kräutern und Pflanzen auf den vorzüglichen Einführungsaufsatz »Trotula«.

Auch die entsprechenden Artikel zu einzelnen Herrscherpersönlichkeiten aus http://www.genealogie-mittelalter.de seien genannt. Ohne sie würde man sich heutzutage die Finger wund exzerpieren.

Herausragend ist auch der online verfügbare Aufsatz »Salerno« aus der Ciba Zeitung April 1938, Nr. 56: http://www.amuseum.de/medizin/CibaZeitung/apr38.htm

Zum Schluss möchte ich meinem Mann danken: Er zeigte viel Geduld mit mir und opferte so manche Stunde für sachlichen Disput.

Ina-Marie Cassens, im April 2006